Christoffer Carlsson, geboren 1986, wuchs außerhalb von Marbäck an der Westküste Schwedens auf. Er promovierte in Kriminologie an der Universität Stockholm und wurde 2012 mit dem Young Criminologist Award der International European Society of Criminology ausgezeichnet. Für seinen Debütroman «Der Turm der toten Seelen» erhielt er 2013 als jüngster Preisträger mit 27 Jahren den Schwedischen Krimipreis. Sein Roman «Unter dem Sturm» war 2019 für den Schwedischen Krimipreis nominiert und stand auf Platz 1 der schwedischen Bestsellerliste, ebenso sein aktueller Roman «Was ans Licht kommt». Alle seine Bücher werden verfilmt.

Ulla Ackermann studierte Skandinavistik, Germanistik und Anglistik in Münster/Westfalen und Lund. Nach dem Studium lebte sie mehrere Jahre in Stockholm. Seit 2015 arbeitet sie als freie Übersetzerin in Kiel und übersetzt vorwiegend Belletristik aus dem Schwedischen und Norwegischen. Unter anderem gehören die Kriminalromane von Anna Tell, Bo Svernström und Anders Roslund zu den von ihr übertragenen Titeln.

«Carlsson schreibt besser als so ziemlich jeder andere. Nicht nur in diesem Genre, sondern unter den jungen Schriftstellern insgesamt.» *Leif GW Persson, Expressen*

«Der beste Kriminalautor, den wir in Schweden haben. Eine perfekte Kombination aus kristallklarer Prosa und profundem Wissen.» *David Lagercrantz*

WAS ANS LICHT KOMMT

Christoffer Carlsson
Kriminalroman

Aus dem Schwedischen von
Ulla Ackermann

Rowohlt Taschenbuch Verlag

Die Originalausgabe erschien 2021 unter dem Titel «Brinn mig en sol»
bei Albert Bonniers Förlag, Stockholm.

3. Auflage April 2025
Veröffentlicht im Rowohlt Taschenbuch Verlag
Rowohlt Verlag GmbH, Kirchenallee 19, 20099 Hamburg
Zuerst veröffentlicht im Rowohlt Taschenbuch Verlag,
Hamburg, Oktober 2023
Copyright © 2022 by Rowohlt Verlag GmbH, Hamburg
Die Nutzung unserer Werke für Text- und Data-Mining
im Sinne von § 44b UrhG behalten wir uns explizit vor.
«Brinn mig en sol» Copyright © 2021 by Christoffer Carlsson
Redaktion Justus Carl
Covergestaltung und -abbildung Hauptmann & Kompanie
Werbeagentur, Zürich
Satz aus der Lyon
bei Dörlemann Satz, Lemförde
Druck und Bindung GGP Media GmbH, Pößneck
ISBN 978-3-499-00285-4

Kontaktadresse nach EU-Produktsicherheitsverordnung:
produktsicherheit@rowohlt.de

Für Ida

Ein jegliches hat seinen Platz.
Ein jegliches hat seine Zeit.

Das Leben hat seine Zeit und das Sterben.
Der Sommer und der Winter.
Anpflanzen, Ernten.
Träumen, Wachen,
Aufbrechen und Heimkehren.

Der kälteste aller Winter hat seine Zeit,
der Sommer und die Wärme,
und die stürmischste aller Verliebtheiten
und die Liebe haben ihre Zeit.

Entfache mir eine Sonne bei Nacht,
du, welcher mir Dunkelheit schenken soll.

Elsa Grave

I
RÜCKKEHR

Halland, 2019

1.

Es war der Sommer, in dem Evy Carlén schwer erkrankte und verstand, dass sie bald sterben würde, als sie mir anvertraute, dass sie wusste, was Sven Jörgensson und seinem Sohn Vidar oben in Tiarp widerfahren war.

Wir kannten uns erst einige Wochen. Ich wusste, dass Evy Polizistin gewesen und ein paar Jahre nach ihrer Pensionierung in das Haus nahe Tofta gezogen war. Ihr Mann Ronnie lebte nicht mehr, und als Witwe widmete sie ihre freie Zeit dem hübschen Garten rings um ihr Haus. Es lag etwas weiter oben im Wald. So begegneten wir uns.

Seit meiner Rückkehr lebe ich sehr zurückgezogen. So

möchte ich es haben. Ich habe die vierzig überschritten, und meine Tage beinhalten weder Kinder, Frauen noch andere ablenkende Dinge. Ich verbringe meine Zeit mit Lesen oder Schreiben. Einmal in der Woche setze ich mich ins Auto, erledige Besorgungen, gehe in die Buchhandlung oder besuche meine Eltern. Sie sind inzwischen über siebzig. Hin und wieder fahre ich nach Lund, wo mein Bruder arbeitet und mein Verleger halbtags anzutreffen ist. Viel mehr unternehme ich nicht. Wenn ich Lust habe, laufe ich zur Haltestelle am Växjövägen und nehme den Bus in die Stadt, um mich mit einem alten Bekannten auf eine Tasse Kaffee oder ein Bier zu treffen. Doch das kommt immer seltener vor.

Die einzige Regelmäßigkeit in meinem Leben, abgesehen vom Lesen und Schreiben, ist das Spazierengehen. Während meiner Jahre in Stockholm bin ich – außer, wenn ich irgendwohin unterwegs war – so gut wie nie zu Fuß gegangen. Hier laufe ich fast jeden Tag mehrere Kilometer. Ich weiß nicht genau, warum, aber ich brauche das. Neben dem Glas Whisky, das ich mir einmal in der Woche nach einem besonders produktiven Arbeitstag gönne, sind Spaziergänge eine der wenigen Belohnungen, die ich mir herausnehme.

Das erste Mal begegnete ich Evy Ende Juni. Die alte Dame stand mit einem Sack Pflanzerde vor sich im Garten. Die Stille der Umgebung machte es ihr leicht, mich zu bemerken, als ich den Weg entlangkam. Sie hob den Kopf, sah mich, nickte und lächelte.

«Wohnen Sie nicht seit kurzem in dem Haus am Ende der Straße, in dem gelben?»

«Ja, ich bin vor ein paar Wochen hergezogen», bestätigte ich.

«Wo haben Sie vorher gewohnt?»

«In Stockholm. Aber ich bin hier aufgewachsen.»

«Ich habe Sie schon öfter hier vorbeigehen sehen.»

«Es ist eine schöne Strecke.»

«Ja, vielleicht. Man selbst sieht es gar nicht mehr.» Sie trat an den Gartenzaun und streckte mir die Hand entgegen. «Ich heiße Evy.»

Nachdem ich mich vorgestellt hatte, sagte sie: «Ach ja, richtig. Sie schreiben Bücher, nicht wahr?»

«Ja», sagte ich, obwohl ich, seit ich hier war, kein einziges Wort zu Papier gebracht hatte. «So ist es wohl.»

«Ich muss gestehen, ich habe nichts von Ihnen gelesen.»

«Das muss man auch nicht. Wohnen Sie schon lange hier?»

«Bald fünfzehn Jahre. Mein Mann und ich haben das Haus für uns gekauft. Jetzt bin nur noch ich übrig. Ich habe natürlich darüber nachgedacht, es zu verkaufen», fuhr sie fort, als wäre das eine Frage, die sie oft zu hören bekam. «Aber wohin sollte ich schon gehen mit meinen achtzig Jahren? Ich werde wohl einfach weiterleben, schätze ich.»

Bei unserer nächsten Begegnung, etwa eine Woche später, lud sie mich auf eine Tasse Kaffee ein, und wir tauschten unsere Telefonnummern aus. Wir saßen in Evys Küche. Sie hatte von einem ihrer Enkel ein neues Handy geschenkt bekommen, und ich zeigte ihr, wie man die Weckfunktion einstellte.

Gelegentlich besuchte sie auch mich. Wir tranken Wein, plauderten, spielten Karten und leisteten einander Gesellschaft. Sie erzählte mir Episoden aus ihrem Leben als Polizistin, urkomische und tragische Geschichten von Verbrechern, Junkies, Opfern und Angehörigen. Wie ungewöhnlich es damals war, als Frau bei der Polizei zu arbeiten, und andererseits auch nicht. Sie kramte ein Album hervor und zeigte mir Fotos von ihrem verstorbenen Mann Ronnie, von ihren Kindern und Enkeln, von ihrem Bruder Einar. Ich erzählte ihr, dass ich in mein Elternhaus gezogen war, dass ich versuchte, es zu renovieren, aber nicht recht wusste, wie. Ich erwähnte meine Schreibblockade und dass mir der Stoff zum Schreiben schon lange ausgegangen war.

«Das klingt einsam. Ich meine, Sie. Sie kommen mir einsam vor.»

«Sie mir auch», erwiderte ich.

Evy kicherte vergnügt.

«Das ist nicht dasselbe.»

Ihre Augen waren aufgeweckt und auf eine verblüffende Art entwaffnend, als wäre ihr Blick eine Kunst, die sie kultiviert und die ihr wertvolle Dienste geleistet hatte bei all ihren Aufeinandertreffen mit jenen, die in die Fänge der Ordnungsmacht geraten waren. Es sollte noch eine Weile dauern, bis ich dahinterkam, dass sie trotz ihres souveränen Hintergrunds jahrelang geraucht und ihre Nerven nachts mit Gin beruhigt hatte, um durchzuhalten.

Dann, eines Tages Anfang August, geriet etwas durcheinander. Evy wachte zeitig auf und fühlte sich seltsam. Mit ihrem Gleichgewicht stimmte etwas nicht. Beim Kaffeekochen wurde ihr schwindelig, und als sie in die Diele hinauswankte, musste sie sich an der Wand abstützen, weil sich die Dinge ringsum sonderbar neigten. Übelkeit stieg in ihr auf. Sie stellte sich vor den Garderobenspiegel, streckte sich und lächelte, obwohl ihr nicht danach zumute war. Ein Mundwinkel blieb starr. Ihr Gesicht wirkte schief. Sie hob die Arme und wollte bis zehn zählen. Als sie jedoch einen Arm wieder herabsinken sah, brach sie ab, wankte zu einem Sessel und wählte die 112.

«Mein Name ist Evy Carlén. Es ist ein schöner Morgen. Rede ich klar und deutlich?»

«Entschuldigung», sagte die Telefonistin am anderen Ende der Leitung. «Was haben Sie gesagt? Ich habe Sie nicht verstanden. Wie heißen Sie?»

«Mein Name ist Evy Carlén, und ich sagte: *Es ist ein schöner Morgen. Rede ich klar und deutlich?*»

«Ich sehe, dass Sie aus Norteforsen bei Tofta anrufen. Norteforsen 195, ist das korrekt? Wie heißen Sie? Ich verstehe Sie kaum.»

«Wenn das so ist.» Evy seufzte. «Dann kommen Sie wohl besser her.»

Mit dem Handy in der Hand schleppte sie sich zur Haustür und schloss sie auf, damit die Sanitäter hereinkommen konnten, dann sank sie zu Boden, der Weg zurück war zu weit. Als der Rettungswagen eintraf, war sie nicht mehr bei Bewusstsein.

Ich erfuhr, dass Evy einen Schlaganfall gehabt hatte. Und als sie im Krankenhaus wieder zu sich kam, konnte sie weder sprechen noch sich an irgendetwas erinnern. Alles, was sie tat, war zu weinen. Es vergingen Tage, bis sie etwas sagte, und als sie es schließlich tat, nannte sie einen Namen. Aber nicht etwa den ihres verstorbenen Ehemanns oder den ihrer Freundin, mit der sie sich hin und wieder im Kupan traf, es war auch nicht der Name ihres Bruders Einar oder der eines ihrer Kinder oder Enkelkinder. Sie sagte: «Sven Jörgensson.»

Und dann brach sie abermals in Tränen aus.

Zu diesem Zeitpunkt musste sie verstanden haben, dass ich nicht ganz ehrlich zu ihr gewesen war, dass ich sie im Grunde getäuscht hatte. Aber was hätte ich tun sollen. Als Evy den Schlaganfall erlitt, hatte mein Leben begonnen, um das zu kreisen, was in jenem lange zurückliegenden Frühlingswinter in Tiarp geschehen war. Moralisches Leid ist von besonderer Art. Es kann die Starken genauso treffen wie die Schwachen, und weder Operationen, Schmerzmittel noch künstliche Beatmung bringen Linderung. Moralischer Schmerz ist anders beschaffen. Dagegen gibt es nur zwei Mittel: sich langsam aufzehren zu lassen oder mit drastischen Maßnahmen einen Befreiungsversuch zu unternehmen.

Das sollte ich von Evy lernen.

2.

Als Kind sah ich Sven Jörgensson mehrmals in der Woche. Wenn man in einem Ort wie Tofta aufwächst, ergibt sich das von selbst. Man erfährt so einiges über alle und jeden, ohne großartige Anstrengungen unternehmen zu müssen.

Ich, mein Bruder Rasmus und unsere Eltern wohnten in der Nähe des Toftasjön an der Landstraße in Richtung Simlångsdalen. Ab meinem zehnten Geburtstag, im Jahr 1986, fuhr ich mit dem Schulbus in die Snöstorpsskolan. Jeden Morgen stellte ich mich unten an die Straße vor die Briefkästen und wartete darauf, dass der alte orange-weiße Bus in der Kurve nach Skedala auftauchte. Der Name des Busfahrers fällt mir nicht mehr ein, aber es war immer derselbe schütterhaarige und schweigsame Mann. Er kam mit dem Bus aus dem Stadtzentrum angefahren, hielt bei uns an und setzte seinen Weg dann Richtung Marbäck fort, bis er an Toftas Hofatelier wendete, die Landstraße in entgegengesetzter Richtung zurückfuhr und die Abzweigung nach Snöstorp nahm.

Mein Bruder ist drei Jahre jünger als ich, und nach seiner Einschulung warteten wir zu zweit vor den Briefkästen unten an der Straße. Nie habe ich mich so erwachsen gefühlt, wie wenn ich frühmorgens neben ihm stand, die Straße im Auge behielt und aufpasste, dass er nicht zu weit auf die Fahrbahn hinaustrat, dass an dunklen Herbst- und Wintermorgen die reflektierenden Streifen an seinem Anorak zu sehen waren und dass er alle Schulsachen eingepackt hatte. Bei kleinen Siebenjährigen konnte man schließlich nie wissen.

Bei diesen Gelegenheiten sahen wir Sven Jörgensson. Er kam mit dem Auto oben aus Marbäck, in Uniform und ein müdes Gesicht gekleidet, eine Zigarette im Mundwinkel und das Seitenfenster ein Stück heruntergekurbelt, dem Morgen entgegenblinzelnd, als stünde ihm eine harte Prüfung bevor, von der wir Kinder noch nichts wussten. Manchmal saß er in einem Streifenwagen, aber meistens fuhr er sein eigenes Auto, einen roten Volvo-Kombi. Dann war es schwieriger, ihn von weitem zu erkennen, aber es ging.

Eines Morgens, als Svens Volvo an uns vorüberfuhr, schnappten wir nach Luft. Eine klebrige rote Masse war vom Autodach geflossen, an Scheiben und Kotflügel hintergetropft, und erstarrt. Mein Bruder und ich gerieten vor Aufregung völlig aus dem Häuschen. Den ganzen Schulweg über rätselten wir, was vorgefallen sein könnte, wisperten uns Geschehnisse ins Ohr und diskutierten Szenarien, eines abenteuerlicher als das andere. Vielleicht hatte Sven einen Dieb geschnappt und ihn verwundet. Oder ihn erschossen. Wir wussten, dass Sven eine Pistole trug, das taten alle Polizisten. Oder er hatte auf dem Autodach mit jemandem gekämpft, der ganz offensichtlich verloren hatte, vielleicht einem Dieb, der versucht hatte, mit der wertvollen Beute zu fliehen. Möglicherweise hatte Sven den Kerl mit seinem Schlagstock halb totgeprügelt.

Als wir abends unserem Vater davon erzählten, der schon damals ein Mann mit Humor war, reagierte er genauso elektrisiert wie wir.

«Ein Kriminalfall, in unserer Nähe! Vielleicht war es das, was ich heute Nacht gehört habe. Den Schuss also.»

«Schuss?» Ich sah meinen Bruder an. «Welchen Schuss?»

«Ich bin heute Nacht so gegen drei Uhr aufgewacht. Ihr wisst doch, dass man manchmal träumt und Traum und Wirklichkeit sich vermischen?»

«Ja», sagte mein Bruder mit kugelrunden Augen.

«Ich weiß noch, dass ich von einer Tür geträumt habe, die mit einem lauten Knall zuschlug.» Vater zwinkerte und senkte die Stimme. «Vielleicht war das Türknallen in Wirklichkeit Sven, der auf den Dieb geschossen hat.»

Gebannt hingen wir an Vaters Lippen, bis unsere Mutter demonstrativ den Kopf zur Seite neigte und müde lächelte. Da lachte er auf, und mit einer Stimme, in der plötzlich kein bisschen Phantasterei und Sensationslust mehr mitschwang, sondern der schnöden väterlichen Realität Platz machte, sagte er, ja, es sei natürlich nicht ausgeschlossen, dass Sven einen Dieb gefasst habe, dass auf dem Autodach ein Handgemenge aus dem Ruder gelaufen sei oder ein anderes unserer Szenarien zutreffe. Aber, fuhr er fort, Sven sei früher Jäger gewesen. Heute jage er nicht mehr, er hatte seine Waffen und seine Ausrüstung abgegeben, aber er hielt noch immer Kontakt zu Lennart Börjesson, Göran Lundgren und anderen Jägern oben im Dorf. Manchmal half er ihnen mit erlegten Tieren. Vor zwei Tagen hatten sie einen Elch geschossen, und Sven hatte das tote Tier auf seinem Autodach transportiert, weil es auf keinen anderen Wagen gepasst hatte, und die Plane, in die sie den Elch eingehüllt hatten, war undicht gewesen.

Natürlich waren wir enttäuscht. Aber es wäre, wenn man es recht bedenkt, vollkommen untypisch für Sven gewesen, auf einen Menschen zu schießen oder ihn auch nur zu schlagen, selbst dann, wenn dieser Mensch ein Dieb war. Sven war schließlich Sven. Wir winkten ihm immer zu, sobald er morgens angefahren kam. Manchmal winkte er zurück. Dann konnte man ein Lächeln um seine Lippen spielen sehen, kein breites, dann hätte er seine Zigarette verloren, aber unverkennbar ein Lächeln.

Im Umkreis von Marbäck und Tofta gab es damals zwei Kfz-Mechaniker. Der eine war Peter Nyqvist im Svanådvägen, oben im Dorf, der andere mein Vater. Er arbeitete bei Rejmes in Halmstad, hinter Sannarp direkt gegenüber der Feuerwache. Ging ein Wagen in der Umgebung kaputt, wandte man sich an ihn oder Peter, um eine erste Einschätzung vom Ernst der Lage zu erhalten, besonders im Sommer und am Wochenende. Das Auto in eine Werkstatt zu bringen, war ein Unterfangen für sich, da war es gescheiter – und billiger –, mein Vater oder Peter begutachteten den Schaden zuerst. Ich weiß nicht, wie oft ich frühmorgens aufwache, weil das Telefon schellte, Vater aufstand und mit schlaftrunkener Stimme sagte *Hallo, Göran* und *Oh, verdammt, das klingt übel* und *Ja, ich bin zu Hause, kein Problem, kannst du den Wagen herbringen?*

Wir gewöhnten uns daran, dass in unserer Einfahrt Autos standen, die nicht uns gehörten, aufgebockt und mit geöffneter Motorhaube, unser Vater rücklings auf einer abgenutzten Schaumgummiplatte, die ursprünglich einmal gelb gewesen war, mittlerweile aber eine dunkelbraune Patina aus Öl und Dreck angenommen hatte. Zweimal, erinnere ich mich, gehörte das Auto Sven Jörgensson. Ich weiß nicht mehr, wie das Wetter an jenen Tagen war, was an dem Auto kaputt war, ob mein Vater es reparieren konnte oder ob er Kenneths Abschleppdienst rufen musste. Das, was mir in Erinnerung geblieben ist, ist Sven.

Svens Kinn war kantig und breit wie ein Schaufellader. Er hatte Hände so groß wie Vorschlaghämmer, muskulöse Schultern und schütteres Haar, und von der unausgewogenen Ernährung im Dienst und dem Bier, das er abends gerne trank, wölbte sich sein Bauch leicht über den Hosenbund. Von seiner äußeren Erscheinung glich er eher einem Bauern als einem Polizisten. Aber alle wussten, dass er Polizist war. Das machte ihn aus. Mein Bruder und ich standen am Fenster oder hockten auf der Vordertreppe und beobachteten genau, wie er sich bewegte, wie er redete, wie er in einer Hand eine Zigarette hielt und die andere auf dem Gürtel seiner Jeans ruhen ließ, als vermisse er das Holster, das dort sitzen musste, damit alles an Ort und Stelle war. Während Vater das Auto in Augenschein nahm, redeten sie über ihre Häuser, anstehende und abgeschlossene Renovierungen, über Autos, Urlaubsreisen, Fußball, Breared gegen Snöstorp, die Partie war 1:2 ausgegangen, was es in Marbäck Neues gab und in Tofta, und über uns. Die Kinder.

Sven und seine Frau Bibbi hatten einen Sohn, Vidar. Vidar war genau wie sein Vater, groß und kräftig und hilfsbereit. Er ging aufs Gymnasium, spielte als Stürmer beim FC Breared, hackte Holz, als sei er schon ein ganzer Kerl, und war bei allen beliebt. Wir sahen ihn manchmal im Dorf und hörten die Leute oft von ihm reden. *Der konnte nicht mal Vidar Jörgensson beikommen, weißt du, wir mussten eine Firma aus der Stadt beauftragen*, sagte Bauer Andersson und nickte mit dem Kopf in Richtung einer außergewöhnlich großen Fichte, die am Rand seiner Kuhweide lag. *Teufel noch eins, seht ihr, jetzt seid ihr in der Nähe von Vidar Jörgenssons altem Rekord*, platzte es aus unserem Sportlehrer heraus, als er beim Hochsprung die Latte andächtig auf die schwindelerregende Höhe von einem Meter und sechsundsiebzig Zentimeter legte. Vidar half gelegentlich bei den Bauern aus, einfach weil die Arbeit ihm Spaß machte. Schon damals, erinnere ich mich, schien er mit sich im Einklang zu sein, mit seinem Platz in der Welt und seinen Träumen, wie auch immer sie ausgesehen haben mochten.

Sagt Bescheid, wenn ihr etwas braucht oder ich sonst wie helfen kann, pflegte Sven zu sagen, und wenn er mich mit seinen klaren grünen Augen ansah, mir eine große, schwere Hand auf die Schulter legte und *Pass auf dich auf, Junge, und hör auf deine Eltern* sagte, waren es Worte, die sich mir einprägten und die ich sehr ernst nahm, gerade weil sie von ihm kamen. Er nannte mich Junge, behandelte mich aber fast, als wäre ich erwachsen.

Es war nicht so, dass wir wie Sven sein wollten. Es war die Welt, die in seiner Nähe spürbar wurde, die Illusion, die in den Bereich des Möglichen rückte, über uns, über Marbäck und Tofta, die Menschen und das Leben, die so starke

Anziehungskraft auf uns ausübte. Dass die Welt ein verlässlicher und sicherer Ort war, an dem auch unsere kleinen Schritte von Sinn und Bedeutung erfüllt waren, dass wir einen Unterschied bewirkten und darauf vertrauen konnten, nie übergangen zu werden. Dass uns immer jemand sah.

Sven muss schon damals krank gewesen sein. Es fiel nur nicht auf. Oder vermutlich tat es das, wir wollten es wohl eher nicht sehen. Vieles, was sichtbar ist, sieht man nicht, weil es zu schmerzhaft wäre.

3.

Dass ich jetzt, so viele Jahre später, über Sven und Vidar schreibe, hat etwas Unwirkliches. Manchmal haben wir uns in direkter Nähe voneinander bewegt, mitunter sogar Seite an Seite, wie Lebenslinien, die für die Dauer einer Sekunde aufeinandertreffen, im Begriff sind, sich zu verflechten, und im letzten Moment aus irgendeinem Grund doch einen anderen Verlauf nehmen.

Es hätte anders kommen können. Ich habe viel an sie gedacht, an diese beiden Männer und den Zahn der Zeit, an all das, was ringsum geschah, ohne dass man es mitbekam.

An einem Abend im Mai 2019, ein paar Monate nach meiner Rückkehr, hielt ich mich in Halmstad auf. Um genau zu sein, ich hockte in einer Bar. Meine Ehe mit Sara war gescheitert, die Papiere waren unterzeichnet, die Gütertrennung war vollzogen, Kapitel abgeschlossen, das Blatt leer und unbeschrieben. Ich war geschieden und ohne Antrieb, irgendetwas zu tun, am allerwenigsten Schreiben. Ungefähr so.

Ich hatte extra eine abseits gelegene Bar gewählt, unweit des Lilla torg. Die meisten Gäste saßen draußen in der Abendsonne, also entschied ich mich für einen Ecktisch in der Bar, direkt neben der Theke, in der Hoffnung, nicht aufstehen zu müssen, wenn ich Nachschub orderte. Der Barkeeper schien in diesem Punkt kooperationsbereit zu sein.

Nach Hause zu kommen, war nicht so, wie ich es mir vorgestellt hatte. Es rührte mich, wie wenig sich in fast dreißig Jahren verändert hatte. Es rührte und, so stellte ich fest, enttäuschte mich. Über die Gründe war ich mir nicht recht im Klaren. Wollte ich eine Veränderung sehen? Obwohl ich zurückgekehrt war, gerade um in der Vergangenheit zu leben?

Genau darin besteht das Dilemma des Rückkehrers. Zurückzukehren ist eigentlich unmöglich, und wer es trotzdem versucht, wird nur verwirrt. Vielleicht findet die wahre Veränderung nicht am Ort der Heimkehr statt, sondern beim Heimkehrer selbst.

Trübsinnig hockte ich da, nippte an meinem Bier, lauschte dem anonymen Geplätscher der Loungemusik und starrte aus dem Fenster. Ab und zu liefen Passanten vorüber. Die Frauen sahen schön aus, die Männer irgendwie verhärmt.

In jenem Frühjahr erfüllten mich alte Gedanken, Gedanken an die Vergangenheit, an Dinge, die vor vielen Jahren geschehen waren und gerade eben, Erinnerungen an meine Kindheit und die Vorbilder, die ich gehabt hatte, meine Träume. An Männer und Frauen, die einander mehr versprochen hatten, als sie zu halten imstande gewesen waren.

Ein großer, erschöpft aussehender Mann kam zur Tür herein, hielt zielstrebig auf den Tresen zu, lehnte sich dagegen, als benötigte er Halt, ließ sich ein Bier geben und sah sich dann mit der Flasche in der Hand in der Bar um.

Als sein Blick auf mir hängenblieb, erkannte ich ihn.

«Vidar?»

Der große Mann machte ein paar Schritte nach vorn und musterte mich aus zusammengekniffenen Augen.

«Wurm? Sag bloß, bist du das?»

Ich stand auf und streckte ihm die Hand entgegen. Vidars Hand war feucht und klamm von der Bierflasche. Seine Hände waren dreckig, und er hatte schwarze Ränder unter den Fingernägeln, als käme er geradewegs vom Kartoffelacker.

«Dich habe ich nicht mehr gesehen, seit wie vielen Jahren? Dreißig? Bist du zu Besuch?»

«Genau genommen wohne ich wieder hier», sagte ich.

«Seit wann?»

«Seit Februar. Was macht das? Drei Monate?»

«Sag bloß. Was hast du hier vor?»

«Gute Frage.» Ich lachte. «Schreiben, nehme ich an. Arbeiten. Leben.»

Vidar öffnete den Mund, als wollte er etwas erwidern. Doch dann fiel ihm vielleicht der eigentliche Grund seines Kommens ein, denn sein Blick schweifte erneut über die vielen freien Stühle.

«Ist schon in Ordnung», sagte ich. «Ich bin auch nicht hier, um Gesellschaft zu haben.» Vidar musterte mein halbleeres Bierglas. Er hob seine Flasche an den Mund, und die Hälfte ihres Inhalts verschwand. Seine tiefe Stimme dröhnte aus der Brust.

«Das erste Bier reden wir. Das zweite trinken wir schweigend.»

Vidar zog einen Stuhl unter dem Tisch hervor und setzte sich.

Wurm. Diesen Spitznamen hatte ich lange nicht gehört, aber so war ich genannt worden. In meiner Klasse hieß noch ein zweiter Junge wie ich, und ich liebte Bücher. Das tat mein Namensvetter nicht, seine größte Leidenschaft galt dem Hockey. Die Phantasie macht nicht immer große Sprünge, aber das muss sie auch nicht. Ich weiß nicht mehr, wer auf die Idee kam, aber zu Beginn meiner Schulzeit lautete mein voller Spitzname Bücherwurm. Mit der Zeit wurde Wurm daraus. Ich kam recht glimpflich davon, ein Mitschüler erhielt den Rufnamen Bohne verpasst, weil irgendwer meinte, er sähe aus wie Mr. Bean, doch am schlimmsten traf es den armen Kerl, den alle nur Wichsfrosch nannten. Man braucht kein Schriftsteller sein, um sich auszumalen, was ihm diesen Namen eingetragen hat.

Es war merkwürdig, meinen alten Spitznamen wieder zu hören. Es wunderte mich, dass Vidar sich überhaupt daran erinnerte.

Erst jetzt fiel mir auf, dass auch seine Kleidung voller Erd- und Grasflecken war und die dunklen Schatten in seinem Gesicht nicht nur Bartstoppeln waren, sondern ebenfalls Dreck. Er roch stark nach Natur und Schweiß und war dramatisch gealtert.

Für mich, der ihn einmal bewundert hatte, war sein Anblick unerwartet schwer zu ertragen. In meiner Erinnerung sah ich ihn vor mir, wie er über den Fußballplatz stürmte, im Begriff, Breared in einem entscheidenden Match den Siegtreffer zu bescheren, und uns alle dazu brachte, jubelnd die Arme hochzureißen. Ich sah ihn tanzen mit einer sehr schönen jungen Frau, die in uns Halbwüchsigen den Wunsch weckte, Manns genug zu sein, sie berühren zu dürfen, und ich erinnerte mich, wie verblüfft wir als Fünfzehnjährige darüber waren, dass es möglich war, sich so geschmeidig und souverän zu bewegen, und mit welch spielerischer Leichtigkeit die komplexe Kunst gemeistert werden konnte, die Frau beim Tanzen zu führen, ohne sie zu leiten. Wie in sich ruhend Vidar gewirkt hatte, wenn er durchs Dorf schlenderte. In meiner Erinnerung umgab ihn ein Glanz, den ich hier in der Bar nur schwer erkennen konnte.

«Du kommst von der Arbeit?»

Vidar blickte mich verwirrt an.

«Was?»

Ich deutete mit dem Kopf auf seine Kleidung.

«Ach so. Nein. Ich habe zu Hause im Garten gearbeitet, danach musste ich mal raus und konnte mich nicht aufraffen, vorher unter die Dusche zu springen. Aber erzähl, was führt dich zurück in die Heimat?»

«Ich bin nicht mehr verheiratet, das ist wohl der Hauptgrund.»

«Du warst verheiratet?»

«Siebenundvierzig Monate.» Mein Blick fiel auf Vidars linken Ringfinger. «Du auch, sehe ich. Oder, du bist verheiratet, meine ich.»

«Dreiundzwanzig Jahre im August. Ich weiß nicht mal, wie viele Monate das sind.»

Wir tranken. Vidar rieb mit dem Finger über seinen Ehering, als wollte er einen Fleck entfernen.

«Wo wohnst du jetzt?», fragte er.

«Wo ich früher gewohnt habe.» Ich lächelte. «Am Toftasjön. In dem gelben Haus, du weißt.»

«Wie, im selben Haus? Bist du in dein Elternhaus gezogen?»

Meine Eltern hatten das Haus verkaufen wollen, und ich hatte wohl den Gedanken nicht ertragen, es in fremde Hände übergehen zu sehen. Die großen Entscheidungen trifft man oft aus diesem Grund heraus: weil einem sonst etwas aus den Händen gleitet.

Zu Vidar sagte ich: «Ich habe es quasi übernommen. Meine Eltern wollten es verkaufen. Sie sind in eine Dreizimmerwohnung in Tegelbruket gezogen.»

«In einen dieser Neubauten oben auf Slottsmöllan? In die Hochhaussiedlung?»

Ich nickte.

«Zurzeit mache ich also nichts anderes, als zu fluchen, zu grübeln, Handwerkern hinterherzutelefonieren, Kostenvoranschläge einzuholen und zu vergleichen und Möbel zu kaufen. Das ist nicht unbedingt meine Welt.»

«Kann ich verstehen.»

«Meine Eltern hatten ihre Gründe.»

Das Haus musste neu isoliert werden, Fußböden mussten eingezogen oder ausgebessert werden, das Fundament wies Feuchtigkeitsschäden auf. Das Dach musste erneuert werden, die Badezimmerleitungen waren marode, die meisten Haushaltsgeräte hatten ihre besten Tage schon lange hinter sich, und das über zweitausend Quadratmeter große Grundstück mit sattgrüner, feucht-wuchernder Marbäck-Vegetation war verwildert. Diese Probleme waren nun die meinen und führten dazu, dass ich mich mit Dingen befassen musste, von denen ich nicht recht wusste, wie ich sie angehen sollte.

Bisher hatte ich mein Leben eine Armlänge entfernt von der täglichen körperlichen Arbeit verbracht, welche die Welt am Laufen hält. Ich komme aus einer Handwerker-Familie und bin mit dem Bild von Arbeit als einer Tätigkeit aufgewachsen, die man mit den Händen ausführt, nicht mit dem Kopf. Zuweilen geschah es, dass ich, in stehender oder liegender Position mit irgendeiner Arbeit am Haus beschäftigt, plötzlich Freude und Stolz angesichts dieser physischen Tätigkeit empfand, darüber, die körperliche Anstrengung, den Schweiß auf meinem Rücken zu spüren.

Ich will nicht übertreiben. Diese Momente waren rar.

So rar, dass ich begonnen hatte, meine Entscheidung zu bereuen, und mich einsamer fühlte als in der schlimmsten Phase meiner Scheidung. Das war auch der Grund, warum ich an diesem Abend in der Bar hockte.

«Wie gefällt es ihnen da oben in Slottsmöllan?», fragte Vidar.

«Sie lieben es, erstaunlicherweise. Sie gehen jede Woche in irgendwelche Museen, testen neue Cafés. Mein Vater liest jetzt *Bücher*. Er liest mehr als ich.»

Vidar lachte.

«Das ist doch gut.»

«Du bist nicht mehr bei der Polizei, oder?»

«Seit fünfzehn Jahren nicht mehr. Ich arbeite draußen auf dem Flugplatz.»

«Fühlst du dich wohl da?»

«Vor einiger Zeit haben sie gefragt, ob ich nicht zurückkommen will, aber ich habe abgelehnt.» Vidar lächelte blass. «Also schätze ich, dass ich mich wohlfühle, da, wo ich bin.»

Natürlich tat er das. Wie könnte er, der nie ein anderer gewesen war als er selbst, etwas anderes tun, als sich dort, wo er war, wohlzufühlen? Doch er sagte es, als wäre es gar nicht so selbstverständlich. Mit düsterem Blick hob er seine Bierflasche. Sie war fast leer. Widerstrebend nahm ich einen Schluck aus meinem Glas, mit einem Mal wollte ich nicht, dass unsere Unterhaltung endete.

Vidar trank seine Flasche aus, drehte sich zum Barkeeper, bestellte eine zweite. Die Anziehungskraft, die ich als Kind ihm gegenüber empfunden hatte, war noch da. Aber nun sollte Schweigen eintreten. Sollten wir uns stumm gegenübersitzen und trinken? Einer von uns musste an einen anderen Tisch wechseln. Alles andere sähe zu merkwürdig aus.

Doch unser Gespräch verstummte nicht. Es war, als hätte Vidar seinen Vorsatz vergessen oder seine Meinung geändert. Stattdessen saßen wir da und redeten – *Was ist eigentlich aus dem geworden? Sag bloß? Die zwei haben geheiratet? Das hätte ich nie gedacht. Nein, der arme Teufel hat sein ganzes Hab und Gut versoffen, traurige Geschichte. Hast du von dem alten Hof gehört, den sie in Frösakull abgerissen haben? Sie haben im Stall drei tote Pferde und in der Scheune einen roten MG Baujahr 1960 gefunden. Mint condition. Manchmal fragt man sich, was in den Köpfen der Leute vorgeht. Ja, die habe ich vor ein paar Jahren mit ihrem Mann bei einer Signierstunde in Falkenberg getroffen –*, zwei Menschen, die einander einerseits fremd waren, andererseits nicht. Wir teilten ein Fleckchen Erde. Manchmal braucht es nicht mehr.

Vidar lachte viel, ich ebenfalls. Es war schön. Doch die dunklen Wolken um ihn herum lösten sich nicht vollständig auf. Als ich von einem Toilettengang zurückkam, starrte er tief in Gedanken versunken auf die Tischplatte.

«Es ist sicher herrlich, Schriftsteller zu sein», sagte er. «Als Schriftsteller irrt man nie.»

Diese unvermittelte Feststellung verblüffte mich. Es war ein Gedanke, der nicht von ihm zu kommen schien.

«Als Schriftsteller irrt man immer», entgegnete ich.

«Aha, ja klar, vielleicht.» Er verstand nicht, was ich meinte. «Darf ich dich was fragen?»

«Ich denke schon.» Ich lachte. Eine leichte Bierseligkeit hatte sich meiner bemächtigt, und ich wusste nicht richtig, was ich antworten sollte. «Das hängt von der Frage ab.»

«Warum habt ihr euch scheiden lassen? Du und ...?»

«Sara.» Ich dachte nach. «Sie fand, ich sei leer.»

Vidar hob eine eindrucksvolle Augenbraue.

«Was heißt das?»

«Ich weiß es nicht genau. Aber es fühlte sich an, als hätte sie recht.»

«Also wollte sie die Scheidung?»

«Nicht nur.»

Vidar sah aus, als versuche er, auch diese Worte zu entschlüsseln, ohne dass es ihm gelang.

«Ich glaube ...», begann ich und trank einen Schluck von meinem Bier. «Also, ich weiß nicht, aber ich glaube, das ist einer der Gründe, warum ich hier sitze. Es gibt verschiedene Dinge, die dem Leben Sinn verleihen, wie zum Beispiel die Verantwortung, die man gegenüber seinem Kind fühlt. Ich habe keine Kinder, aber ich kann mir vorstellen, dass das Elternsein Sinn stiftet, man hat eine Aufgabe. Einen Zweck. Oder nicht?»

«Doch, sicher.»

«Oder ein Haus. Man schafft sich das Zuhause, das man sich wünscht, oder man versucht, sein Elternhaus zu erhalten und zu bewahren. Aber den einzigen wirklichen Sinn empfinde ich beim Schreiben, wenn ich mir vorstelle, die

Leben von anderen zu leben. Das ist es, was man als Schriftsteller tut. Wenn ich spüre, dass ich das tue, wozu ich geboren wurde, kann ich eine Art Sinn darin erkennen. Das hat mich wohl über weite Strecken abwesend gemacht, und das, was übrig blieb, genügte Sara nicht. Sie wollte, dass wir den Lebenssinn in uns selbst finden. Wir beide. Dazu war ich nicht fähig.»

Vidar nickte nachdenklich.

«Das klingt leer. Und ein bisschen traurig. Aber vielleicht stimmt es, dass man als Schriftsteller das Leben von anderen lebt. So habe ich es noch nie betrachtet. Andererseits habe ich auch nicht groß darüber nachgedacht. Apropos.» Er schob seine Bierflasche beiseite. «Es war nett, Wurm. Aber ich muss nach Hause. Ich muss nachdenken.»

«Worüber?»

«Über meinen Vater.»

«Sven? Was ist mit ihm?»

Als hätte er sich verplappert, sah Vidar mich mit ausdruckslosem Blick und halbgeöffnetem Mund an. Auf einmal wirkte er verlegen.

«Nichts, aber ... sei froh, dass deine Eltern noch leben. Wenn sie tot sind, kann man ihnen keine Fragen mehr stellen, sosehr man es auch will. Man glaubt, seine Eltern zu kennen, aber das tut man nicht.»

«Wohl wahr», pflichtete ich ihm bei, nicht sicher, was er damit meinte.

Da erst fiel es mir auf. Vidars Gesicht war eingefallen wie das Gesicht eines Menschen, der inmitten einer großen Tragödie steckt und keinen Ausweg findet. Und er hatte mich angelogen. Wo auch immer die Erde in seinem Gesicht und auf seiner Kleidung und seinen Händen herkam, ich ahnte, dass sie nicht von heimischer Gartenarbeit herrührte. Ich machte ihm keinen Vorwurf, aber an diesem Frühlingsabend konnte ich seinen Gesichtsausdruck mühelos deuten, weil ich ihn unzählige Male gesehen hatte, in meinem eigenen Spiegelbild, in Saras Gesicht, wenn sie mir bei unseren unerträglichen Diskussionen und Auseinandersetzungen gegenübersaß. Etwas Fundamentales in Vidar Jörgenssons Leben war aus dem Gleichgewicht geraten.

«Es war schön, dich zu sehen, Wurm.»
«Gleichfalls.»
Als Vidar die Bar verließ, blieb ich sitzen und sah ihm nach. Ich dachte daran, wie Sven einmal in unserer Einfahrt neben seinem Auto stand, während mein Vater sich über die Motorhaube beugte, wie freundlich und stabil der große Mann gewirkt hatte, wie besonnen und klug. Wie Vidar durchs Dorf geschlendert war, mit der kleinen Welt, seiner kleinen Welt, sicher auf den Schultern, voller Gewissheit, dass sie niemals herunterfallen und zerbrechen würde.

Doch Risse gibt es überall. Das ist kein Geheimnis. Dieses Detail verstand ich in jenem Frühjahr besser als so manches andere. Trotzdem hatte ich Schwierigkeiten, die Risse bei Vidar zu entdecken. Ich konnte mir nicht vorstellen, was ihm und seinen Nächsten widerfahren sein könnte.

4.

Etwa zwei Wochen später, am zwölften Juni 2019, explodierte die Nachricht in den Medien.

33 JAHRE SPÄTER:
DIESER MANN IST DER TIARP-MÖRDER

Es ging um drei Morde und einen Mordversuch, die sich vor über dreißig Jahren in der Gegend ereignet hatten und die erst jetzt aufgeklärt worden waren. Es war eine fesselnde Lektüre, und es dauerte lange, bis ich die Zeitung zur Seite legte, nur um sie gleich darauf wieder aufzuschlagen. Ich begriff, dass der Artikel eine Art Hinweis war.

In den folgenden Tagen war der Tiarp-Mörder das Einzige, worüber geschrieben und geredet wurde, fast, so schien es, war er das Einzige, das die Leute umtrieb. Ich versuchte, am Haus zu arbeiten und meinen täglichen Verrichtungen nachzugehen, aber meine Gedanken kehrten unaufhörlich zu ihnen zurück, zu Vidar und seinem Vater und den Tiarp-Morden.

Der erste Mord hatte sich im März 1986 ereignet, als man Stina Franzén in einem Auto unweit von Gut Tiarp fand. Sven Jörgensson war der zuständige Ermittler gewesen, und erst jetzt, dreißig Jahre nach seinem Tod, war die Lösung des Falls ans Licht gekommen. Svens Sohn hatte das Bild zusammengefügt und die Wahrheit an den Tag gebracht. Doch wie sah dieses Bild aus?

Das Wiedersehen mit Vidar hatte mich enttäuscht. Aber

warum? Vielleicht weil etwas in dem Mann zerbrochen zu sein schien, den ich immer für unerschütterlich gehalten hatte.

Sechzig Minuten, nicht länger, aber auch nicht kürzer. Wenn man ein Problem nicht innerhalb einer Stunde löst, soll man sich anderen Dingen zuwenden. Das habe ich mal irgendwo gelesen. Ich weiß nicht mehr, ob es in einem Buch oder in einem Zeitungsartikel stand, aber Tag für Tag saß ich genau sechzig Minuten vor meinem Computer, als sei es eine Pflicht, an der ich standhaft festhielt, in der Hoffnung, es würde etwas passieren, das mich veranlasste, einen Satz zu schreiben, den ich nicht gleich wieder löschte.

Als Kind sah ich Sven Jörgensson mehrmals in der Woche.

Vor meinem Fenster schimmerte ein Streifen Himmel über den Baumkronen wie ein schmaler hellblauer Hals. Ich dachte an Sven und Vidar, lehnte mich zurück und schloss die Augen. Als ich sie wieder öffnete, waren dreiundfünfzig Minuten vergangen. Sieben weitere blieb ich noch sitzen, dann löschte ich den Satz und ging aus dem Zimmer, spürbar verwirrt, ohne dass ich hätte sagen können, warum.

Jedes Mal, wenn ich ein Buch beendet habe, fühle ich mich seltsam befreit, irgendwie losgelöst. Als hätte es mich in seinem Bann gehabt und mich nun endlich freigegeben. Inzwischen währte meine Freiheit schon sehr lange. Ob es sich so anfühlt? Frei zu sein. Worte wie *frei* sind zerbrechlich und fragil, dünn wie Papier. Sie vertragen keine Erschwernisse.

Am nächsten Morgen passierte es wieder.

Als Kind sah ich Sven Jörgensson mehrmals in der Woche.

Ich starre auf den Satz. Unweigerlich kehre ich zurück.

Nach einer Weile fiel mir der Schulbus ein, die Herbstkälte, wenn ich morgens mit meinem Bruder an der Landstraße stand, die Pendler, die stadteinwärts zur Arbeit fuhren. Sven, der dann manchmal an uns vorbeifuhr. Ich schrieb die erstaunlich wenigen Erinnerungen auf, die ich an ihn und Vidar hatte. Ich erinnerte mich an ein Fußballspiel im März 1986. Breared gegen irgendeinen Großstadtverein. HBK? Nein, HBK konnte es nicht gewesen sein. Die gegnerische Mannschaft fiel mir nicht mehr ein, aber ich weiß noch, dass wir gewannen und es ein wichtiger Sieg war. Das entscheidende Tor hatte nicht Vidar geschossen, da war ich mir sicher, aber wie hieß der doch gleich, der ...?

Ich kramte in meinem Gedächtnis. Alles, was mir einfiel, notierte ich. Nach ein paar Tagen begriff ich, dass ich nach Wegen suchte, meine Erinnerungen an diese beiden Männer mit dem zu verknüpfen, was danach geschah. Nachdem ich Tofta verlassen hatte. Nachdem ich nach Stockholm gezogen war und ein Studium begonnen hatte, nachdem ich Schriftsteller und fast ein anderer geworden war und sie ihre Leben hier fortgesetzt hatten.

Am Ende steckte ich in einer Sackgasse, doch da war es längst zu spät. Etwas war in mir erwacht. In dem gelben Haus am Toftasjön hatte ich begonnen, immer fieberhafter nach etwas oder möglicherweise jemandem zu suchen, in das oder den ich mich hineinversetzen konnte.

5.

Schon bald saß ich bei anderen Leuten zu Hause, blätterte in ihren Fotoalben, stellte Fragen und dokumentierte ihre Erzählungen mit einem kleinen Aufnahmegerät. Ich durchstreifte die Gegend um Vapnö und durchforstete in der Stadtbibliothek alte Zeitungen. Ich sammelte Artikel über die Tiarp-Morde, machte mir Notizen und trug Fakten zusammen, trat den Facebook-Gruppen *Das alte Halmstad* und *Halmstad im Wandel der Zeit* bei. Einstweilen drückte ich mich davor, mit Vidar zu reden. Der Gedanke an ein Gespräch mit ihm machte mich beklommen, vielleicht weil ich ahnte, welche Konsequenzen es haben würde.

Ich hatte noch keine rechte Vorstellung davon, nach welcher Geschichte ich mich auf die Suche gemacht hatte, doch das weiß man am Anfang selten; erst wenn die Geschichte zusammengestellt und abgeschlossen ist, kann man zurückblicken und sie verstehen. Ich hatte noch nie über ein Verbrechen geschrieben, doch irgendetwas am Tiarp-Mörder fesselte mich. Ich glaube, ich wollte verstehen, was er den Menschen angetan hatte, die ihm und seinen Untaten auf die eine oder andere Weise zum Opfer gefallen waren. Zumindest war das die Erklärung, die ich den Leuten in der Gegend gab, und jedes Mal, wenn ich mit ihnen über Vidar und Sven sprach, tauchte früher oder später ein Name auf: Evy Carlén.

Evy hatte viele Jahre mit Sven zusammengearbeitet. Ich erfuhr, dass sie in der Nähe von Söndrum und dann in Kärleken gewohnt hatte, bis sie im hohen Alter noch einmal umgezogen war. Wohin, wusste ich nicht. Als ich ihre aktuelle Anschrift googelte, lachte ich auf. Norteforsen 195 lag nur wenige Kilometer von meinem Aufenthaltsort am Küchentisch meines halbrenovierten Elternhauses entfernt.

Noch am selben Tag beschloss ich, dort vorbeizugehen, mir ihr Haus anzusehen, wie sie wohnte, möglicherweise einen Blick auf sie zu erhaschen. Etwas anderes hatte ich nicht im Sinn, das möchte ich ausdrücklich betonen. Als ich sie draußen im Garten antraf und wir miteinander ins Gespräch kamen, war ich erstaunt, wie leicht es war, Vertrauen zu ihr zu fassen. Schon während unserer ersten Treffen ließ ich sie an meinem Leben teilhaben, vertraute ihr Dinge an, die nur wenige wissen: warum ich so früh von zu Hause weggegangen war, wie es sich anfühlte, zurückzukommen, sogar von meiner Scheidung erzählte ich ihr.

Es war schön, mit jemandem zu reden, doch das war nicht der Grund. Der Grund war, dass der Schriftsteller in mir Evys Vertrauen gewinnen wollte. Ich ahnte, dass es etwas gab, das sie mir verschwieg, über Sven und Vidar. Kleine Zeichen verrieten es, eine Handbewegung, ein Blick oder ein Schweigen, das einen Bruchteil zu lange andauerte, wenn ich die beiden zur Sprache brachte. Ich wartete darauf, dass sie ihr Wissen mit mir teilte.

«Wie gut kennen Sie Vidar?», fragte ich sie eines Abends.

«Flüchtig, würde ich sagen. Wir sind nur Bekannte. Aber ich kannte seinen Vater. Sven Jörgensson. Das war ein grundanständiger Kerl. Ein Jammer, dass er krank wurde und so früh gestorben ist.»

Wenn wir über Sven sprachen, kam Evy häufig auf seinen Tod zurück.

«Ja», fuhr sie fort. «Ein jegliches hat seine Zeit. Das Leben hat seine Zeit und das Sterben hat seine Zeit.»

Ein jegliches hat seine Zeit. Das sagte sie oft. «Aber», setzte sie neu an, «Sie müssen einem müden alten Mädel zu dieser späten Stunde verzeihen, aber was wollen Sie eigentlich?»

«Was ich will?»

«Warum fragen Sie nach Sven und Vidar?»

«Ich glaube, ich versuche das alles zu verstehen», sagte ich. «All das, was im Sommer in der Zeitung gestanden hat, über Tiarp und den Tiarp-Mörder, und wie das zu meinem Bild von Sven und Vidar passt. Ich kriege es nicht zusammen. Vor allem Vidar. Ich meine, er ... es war etwas Besonderes an ihm. Jedenfalls habe ich ihn so in Erinnerung. Als könnte ihn nichts und niemand aus der Ruhe bringen.»

Evy neigte den Kopf zur Seite und lächelte leicht.

«Lügen Sie mich an?»

Meine Handflächen wurden feucht. Ich räusperte mich.

«Warum sollte ich das tun?»

Evy antwortete nicht. Stattdessen sah sie mich mit diesem sonderbaren Blick an, der in mir den Verdacht aufkeimen ließ, dass sie mein wahres Anliegen durchschaute; und ich begriff, dass nie ein Wort über ihre Lippen kommen würde.

Dann erlitt sie den Schlaganfall.

6.

In der ersten Zeit konnte sie nur *ja* sagen. Das war ihre Antwort auf alles, während ihr Gehirn versuchte, den Raum wiederzufinden, in dem die restlichen Wörter warteten: *Ja, ja, ja*. Evy bekam viel Besuch, von Leuten aus der Gegend, alten Bekannten, ihren Kindern und Enkelkindern. Auch ich besuchte sie gelegentlich, um mich zu vergewissern, dass sie sich auf dem Weg der Besserung befand.

«Wie geht es Ihnen?», fragte ich sie eines Tages.

«Ja.»

Evy war eine robuste Frau, mit breiten Schultern und kräftigen Handgelenken, doch der Schlaganfall und der Krankenhausaufenthalt hatten sie unnatürlich blass und hager werden lassen. Ihre Wangenknochen zeichneten sich ab. Sie saß am Tisch, ein Radio murmelte leise Nachrichten vor sich hin. Bei meinem letzten Besuch hatte ich ihr Papier und Stift dagelassen, aber sie konnte nicht mehr schreiben. Block und Stift lagen unverändert auf dem Tisch, unangetastet.

«Wollen wir einen kurzen Spaziergang machen?», schlug ich vor.

«Ja.»

Evy stand mühsam auf und packte die Griffe ihres Rollators. Ich wollte ihr mit den Schuhen helfen, aber sie wedelte abwehrend mit der Hand und zog sie allein an.

Am Vormittag war ein leichter Nieselregen gefallen, in der Luft lag der Geruch von nassem Asphalt. Es war Ende August. Alles schlummerte noch im Urlaubsmodus, und uns begegneten nur wenige Autos. Eine umfassende schwedische Stille umgab uns.

Plötzlich erstarrte Evy.

«Sven.»

«Wie bitte?»

«Sven Jörgensson.»

«Haben Sie gerade an ihn gedacht?»

«Singing in the rain.»

«Was haben Sie gesagt?»

Sie wiederholte die Worte, ich begriff rein gar nichts. Den Rest des Spaziergangs schwiegen wir.

Danach kehrte Evys Sprache allmählich zurück, und als sie wieder auf der Höhe war, hatte sich etwas verändert. Sie begann zu erzählen, vielleicht weil sie wusste, dass ihr nicht mehr viel Zeit blieb.

«Ich glaube, ich werde bald sterben», sagte sie eines Nachmittags, als der Sommer in den Herbst übergegangen war. «Das ist ja kein Leben mehr.»

«Ich glaube, Sie werden noch mindestens zwanzig Jahre leben.»

«Das ist Svens Verdienst», sagte sie. «Ohne ihn wäre es nie dazu gekommen.»

«Was meinen Sie?»

«Ja, Tiarp.»

«Die Aufklärung der Mordfälle? War das Svens Verdienst?»

«Ja, ja.»

Ich verstand nicht. Sven Jörgensson war seit fast dreißig Jahren tot. Die Tiarp-Morde waren erst vor wenigen Monaten aufgeklärt worden.

«Ein jegliches hat seine Zeit.»

Ich wartete.

«Ja. Ein jegliches hat seine Zeit.»

«Das Erinnern hat seine Zeit. Ebenso wie das Vergessen. Ich habe immer gedacht, früher oder später werde ich es vergessen. Aber das konnte ich nicht vergessen.»

«Was konnten Sie nicht vergessen?»

«Die Nacht oben im Wald.»

«Welche Nacht?»

Ich musste lange warten, bis sie antwortete.

Ich hatte geglaubt, dass Evy sich erholte, doch nach einer Weile begriff ich, dass das Gegenteil der Fall war. Im Verlauf des Herbstes und Winters wurde ihr Kopf klarer und ihre Gedanken wurden ein wenig zusammenhängender, aber ihr körperlicher Verfall schritt immer weiter voran, ein langsamer, aber unerbittlicher Prozess. Überall in ihrem Haus standen Medikamente, die ihr beim Aufstehen helfen sollten, beim Einschlafen, dabei, keine Blutgerinnsel zu bekommen, keinen erneuten Schlaganfall zu erleiden. Kurz darauf konnte sie keine Spaziergänge mehr machen. Ihr Gedächtnis ließ nach, ihr Appetit schwand, und ihre Nächte wurden lang und schlaflos. Jedes Mal, wenn ich sie traf, hob sie die Hände, lächelte versonnen und sagte: «Noch bin ich nicht tot. Noch bin ich hier. Aber bald ist es so weit.»

Ich ahnte, dass sie recht hatte.

Eines Abends holte sie wieder ihre Fotoalben hervor und zeigte mir Bilder von Menschen, die ich inzwischen aus ihren Erzählungen kannte.

«Hier ist ein Foto von Sven», sagte sie und deutete auf eine körnige Aufnahme. «Ich glaube, das war im Frühjahr 1986.»

Ich bin mir nicht sicher, was Evy damit bezweckte. Ob sie mir die Bilder zeigen wollte oder ob sie Teil ihrer Vorbereitung waren und sie sie ein letztes Mal sehen wollte. Die Menschen, die sie im Leben umgeben und die ihr am Herzen gelegen hatten, bevor ihre Zeit zu Ende ging. Der Gedanke stimmte mich traurig.

«Wo wurde das Bild aufgenommen? Ist das draußen vor dem Polizeirevier?»

«Ich weiß es nicht», sagte sie. «Ich erinnere mich nicht. Möchten Sie es haben?»

Die Frage überrumpelte mich.

«Wollen Sie es mir schenken?»

Evy nahm das Foto aus der Einstecktasche des Albums, und ich studierte es eingehend. Sven lehnte an einer Hauswand und hielt eine Zigarette in der Hand. Er sah erschöpft aus. Ich drehte das Foto um.

«Es wurde im Herbst fünfundachtzig gemacht», sagte ich. «Jedenfalls dem Datum auf der Rückseite nach. Ist das Ihre Handschrift?»

«Ja, das wird sie wohl sein. Ich habe es ja gesagt, auf mein Gedächtnis ist kein Verlass mehr.»

Während ich diese Sätze schreibe, liegt Svens Foto neben einem zweiten zuoberst auf meinem Stapel mit Arbeitsmaterialien.

«Dieses hier können Sie auch haben», sagte Evy. «Ich habe so viele davon.»

Sie hatte weitergeblättert und ein anderes Bild aus dem Album genommen. Ein Familienfoto. Im Hintergrund stand ein stattlicher und bunt geschmückter Weihnachtsbaum.

«Das bin ich», sagte sie. «Das ist mein Bruder Einar. Das sind Ronnie und seine Mutter, damals lebte sie noch. Und vor mir und Ronnie sitzen unsere Kinder. Ich weiß nicht, welches Weihnachten das ist.» Evy kniff die Augen zusammen. «Damals konnte ich mich sehenlassen. Schauen Sie. Jung und hübsch. Heute bin ich nur noch *und*.»

«Sind Sie nicht.»

Evy kicherte. Ich nahm das Foto zögernd entgegen.

«Weihnachten 1987», las ich von der Rückseite ab. «Möchten Sie wirklich, dass ich das Foto behalte?»

Evy nickte.

«Damit Sie eine Erinnerung an mich haben, wenn ich nicht mehr bin.»

Ich wusste nicht, was ich darauf erwidern sollte, also schob ich die beiden Fotos in meine Tasche, entschuldigte mich und flüchtete mit einem Kloß im Hals auf die Toilette.

Sven und Vidar Jörgensson hatten in mir, genau wie in vielen anderen Kindern der Umgebung, die lebhafteste Phantasie geweckt, die man sich vorstellen kann: sich an dem Ort, an dem man lebt, vollständig zu Hause und glücklich zu fühlen. Aber das allein macht noch keine Geschichte. Es ist nur ein Bild, schön aus der Ferne betrachtet.

Ich begann über die Fragen nachzudenken, die Sven, und vielleicht auch Vidar, bis ans Ende gequält haben mussten: Warum musste er, ausgerechnet *er*, ein derart von Gerechtigkeitssinn erfüllter Mann, auf einen Täter treffen, der allem zuwiderlief, was er kannte? Warum wurde ausgerechnet er, der stets für andere nach der Wahrheit suchte, in ein Ereignis hineingeworfen, dessen Lösung keinerlei Antworten lieferte. Und sein Sohn? Wie kam sein Sohn damit zurecht?

Ich weiß, mein Porträt von ihnen kann nicht vollständig sein. Es gibt noch so vieles, was ich nicht über Sven, Vidar, Evy und all die anderen weiß.

Wir unterstellen Menschen unentwegt Absichten, Motive, Beweggründe. Aber wie sicher können wir uns sein? Was kann man über einen anderen Menschen eigentlich wissen?

Die Macht des Schriftstellers besteht darin, Menschen eine Bühne betreten zu lassen, auf der er selbst Regie führt, Lücken und Leerstellen füllt, um zu ergründen, was geschehen sein könnte. Ich habe Menschen auf die Bühne geschickt, die nicht nur in Schweden gelebt und gewirkt haben, sondern die Schweden gewissermaßen *waren*, so wie es uns Kindern 1986 erschien, in jenem Jahr, das mehr als jedes andere das Jahr der Angst werden sollte.

Jetzt beginnt es.

II
TOD AUF DEM NYÅRSÅSEN

1986

II
TOD AUF DEM
NYÁRSASZEN

7.

Von allen Vogelarten war uns die Bachstelze die liebste. Die Wintermonate waren so lang gewesen und die Tage so kurz, dass es schwerfiel, sich zu entsinnen, wenn der kleine Vogel endlich erschien.

Mit dem Frühling erwachte das Dorf zum Leben. Alles war von einem Glanz umgeben, und die Farben leuchteten satt und kräftig. Lichte Zeiten standen bevor.

Doch der Anblick einer Bachstelze ist auch ein Moment der Ungewissheit. Wir lernten, sehr vorsichtig zu sein. Sah man die Bachstelze von hinten, was so gut wie immer der Fall war, verhieß sie Freude und Glück. Doch bei den seltenen Gelegenheiten, bei denen man sie von vorn erblickte, den schwarzen Fleck klar und deutlich auf der Brust, verkündete sie Unglück und Leid.

So ist das Leben: licht. Aber ungewiss.

Vermutlich ist nichts Wahres daran, trotzdem nahm man es sehr ernst. Vielleicht aus gutem Grund. Nachdem der alte Nilsson oben am Torvsjön einen Blick auf den schwarzen Brustfleck einer Bachstelze erhascht hatte, ging es mit seiner Firma bergab, und nur eine Woche später stürzte seine Frau auf der Treppe und brach sich die Hüfte. Sie wurde medikamentenabhängig. Am Ende ging die Geschichte glimpflich aus, die Frau erholte sich, es sprach wohl nichts dagegen, dass sie die Medikamente nahm, und ihr Mann konnte die Firma verkaufen. Aber es war ein Unglück, und ein Unglück kommt bekanntlich selten allein. Die Bachstelze war der Anfang.

Carl Jörgensson, Sohn eines Jörgen, kam im Mai 1860 in Marbäck zur Welt. Er zeugte sieben Kinder, das jüngste erhielt den Namen Ludvig. Besagter Ludvig erblickte an einem Märzmorgen im Jahr 1902 das Licht der Welt, ein gesunder und kräftiger Säugling, dessen Geburt seiner Mutter Elfrid unglücklicherweise mehr abverlangte, als sie verkraftete. Ihr Zustand verschlechterte sich, und sie verstarb am folgenden Tag noch vor Sonnenaufgang im Kindbett. Eine Woche später wäre sie achtunddreißig geworden. Von Bachstelzen berichtet die Überlieferung nichts, obgleich es Frühling war.

Ludvig begegnete seiner zukünftigen Frau Märta bereits in der Schule. Sie führten ein bescheidenes Leben. Es bestand aus der Arbeit auf dem Hof, Ludvigs Dienst als Landgendarm, der Instandhaltung des Hauses, dem Bestellen der Felder, der Teilnahme an den Sitzungen des Dorfvereins und den Machtkämpfen in der unlängst gegründeten Gewerkschaft. Was auf sich warten ließ, war der Nachwuchs. Sie sollten fünfunddreißig werden, ehe Märtas Bauch sich zu runden begann und ihr das Schlafen Mühe bereitete. Da dämmerte ihnen beiden, was los war. Es war Herbst. Am zwanzigsten Mai 1937 kam Sven Jörgensson zur Welt.

Er wuchs heran, lernte Bibbi kennen, heiratete, wurde Polizist und hatte über fünfundzwanzig Jahre für Recht und Ordnung in der Kleinstadt gesorgt, als das Geschehen seinen Lauf nahm. Der Mann aus Marbäck, den wir morgens mit dem Auto stadteinwärts fahren sahen, war ein Arbeitstier, erzogen im Geist und der Moral des Landstrichs. Er war schweigsam und in sich gekehrt, aber warmherzig und freundlich. Er verhielt sich wie jemand, der versuchte, all das zu sein, was das Leben von einem verlangt: ein treusorgender Ehemann, ein guter Vater, ein hilfsbereiter Nachbar und zuverlässiger Kollege. Auch Sven hatte als Kind die Bachstelze gemocht. Als er sie im Winter 1986 wiedererblickte, wurde ihm eiskalt. Angst packte ihn. Seine Erinnerung trog ihn doch nicht? Er hatte die Bachstelze doch gemocht?

Wenn ich die Augen schließe und mir Sven auf meiner Bühne vorstelle, sehe ich ihn dort vor mir. An jenem Morgen, an dem er sich wie jeden Tag für die Arbeit fertig machte, sein Sohn, der fast erwachsene Vidar, am Küchentisch sitzend, ein Glas Milch und die Musterungspapiere vor sich, und Bibbi, die im Bademantel am Herd stand und den Tee umrührte.

Alles war wie immer. Sven trug seine Jacke, das kleine

schwarze Notizbuch steckte in der Brusttasche seines Hemds, ein Stift in seiner Gesäßtasche, die Autoschlüssel hielt er in der Hand. Er verabschiedete sich, kam jedoch kurz darauf noch einmal ins Haus zurück.

«Was ist?», fragte Bibbi, die ihm den Rücken zuwandte.

«Springt das Auto nicht an?»

«Nein, nein.» Sven räusperte sich. «Draußen war eine Bachstelze.»

Bibbi war ein Mensch, der es vorzog, nur wenige Dinge zu tun. Aber das, was sie tat, machte sie gründlich: ihren Job verrichtete sie tadellos, Essen kochte sie wie für ein Festmahl, wenn sie putzte, schritt sie ans Werk, als stünde ein Schwiegermutterbesuch bevor, und ihren gemeinsamen Sohn erzog sie mit Überzeugung und Beharrlichkeit, als sei er eine Chance, etwas Wichtiges zu korrigieren, das einst schiefgelaufen war. Und ihre Liebe zu Sven war wie die letzte Liebe auf Erden. Jetzt drehte sie sich zu ihm um.

«Was hast du gesagt?»

«Ich habe eine Bachstelze gesehen.»

«Im Februar? Du hast dich bestimmt verguckt.»

«Es war eine Bachstelze. Sie saß auf dem Zaun zu Janssons Grundstück.»

«Ich kann mir nicht vorstellen, dass der Frühling dieses Jahr so früh kommt.»

«Von vorn. Der Brustfleck ... Ich habe sie von vorn gesehen.»

Bibbi schwieg, mit dem ganzen Gewicht, das eine Frau wie sie in die simple Handlung, nicht zu reden, hineinlegen konnte. Vidar stand auf und trat ans Fenster. Mit zusammengekniffenen Augen blickte er zu Janssons hinüber. Keine Bachstelze.

Er seufzte resigniert, aus einer Enttäuschung heraus, die Sven am liebsten nicht gesehen hätte.

«Es kann keine Bachstelze gewesen sein, Sven. Du musst dich irren. Es ist noch viel zu kalt.» Bibbi schaute ihn an. «Ist sonst noch was?»

«Nein.»

Ihre Lippen streiften seine Wange.

«Wir sehen uns heute Abend.»

«Es war eine Bachstelze.» Er öffnete die Tür. «Ich bin ganz sicher.»

8.

Im Revier fragte ein Kollege, ob Sven heute seine Schicht übernehmen könnte. Der Kollege hatte drei Kinder, und zwei hatten in der Nacht die Windpocken bekommen. Er musste seine Frau zu Hause unterstützen.

Es war normal, dass sie Dienste tauschten, um den Alltag zu bewältigen. Man half sich gegenseitig. Sven rief im Scandic an und erkundigte sich, ob seine Frau schon da sei. Das war sie.

«Hallo, Bibbi. Ich bin's. Ich wollte nur sagen, dass es heute später wird. Vermutlich Mitternacht.»

«Okay», erwiderte sie unbekümmert, in Gedanken schon mit irgendeiner Hotelangelegenheit beschäftigt. «In Ordnung. Und du?»

«Ja?»

«Entschuldige wegen vorhin. War es wirklich eine Bachstelze?»

Ja. Er war sich sicher. Laut sagte er:

«Vielleicht habe ich mich geirrt. Wir sehen uns heute Abend.»

Die Personalakte der Polizei Halmstad dokumentiert den Tag: Um zehn Uhr vormittags fuhr Sven zu einem Verkehrsunfall, nach der Mittagspause verhängte er eine Geldbuße wegen Geschwindigkeitsübertretung, am Nachmittag wurde er zu einem Fall von häuslicher Gewalt gerufen, dann ruhte er sich einige Stunden aus, bevor er um zwanzig Uhr abermals den Dienst antrat. Um zwanzig Uhr dreißig fuhr er zu einem Einbruch in ein Ferienhaus in Tylösand. Die Angelegenheit zog sich hin, erst um zweiundzwanzig Uhr dreißig war er wieder im Revier, um den Papierkram zu erledigen. Er würde später als gedacht nach Hause kommen. Kurz erwog er, Bibbi noch einmal anzurufen, doch dann hämmerte er weiter auf die Tasten der Schreibmaschine ein und versuchte, seine Notizen zum Einbruchshergang zu entziffern.

Sven mochte die Nacht. Nachts war die Welt ruhig und geräuschlos. Die Büros waren dunkel und still, und er hatte Zeit, die Dinge zu erledigen, die tagsüber liegengeblieben waren. Vor seinem Fenster breitete sich die Kleinstadt wie ein Lichterteppich aus. Es war friedlich.

Und er arbeitete mit Evy Carlén zusammen. Mehr konnte er sich nicht wünschen. Evys Mädchenname war Bengtsson gewesen, aber nach der Hochzeit hatte sie den Namen ihres Mannes angenommen. Sie war sechsundvierzig Jahre alt, besaß die Statur einer Kugelstoßerin und den scharfen Verstand einer wahren Detektivin; sie war klug und sympathisch, und wenn sie einen schlechten Witz hörte, platzte ein herbes Männerlachen aus ihr heraus.

Es war kurz vor halb eins, als die Meldung kam. Sie blickten von ihren Schreibmaschinen auf. Sven legte seine Zigarette auf den Rand des Aschenbechers und lauschte der Stimme im Funk, während die Nachricht sämtliche Polizeieinheiten des Landes erreichte.

Sven und Evy sahen sich an. Sie wirkte verblüfft, fast verärgert. Als die Funkstimme verstummte, folgte sekundenlanges statisches Rauschen, dann meldete sich eine Streife.

«Dreiundsechzig, bitte kommen. Das war ein Witz, oder?»

Es knackte und knisterte. Die Stimme des Leitstellenmitarbeiters erklang.

«Nein, es stimmt.»

Sven starrte das Funkgerät an. Das war unmöglich. Nicht hier. Nicht in Schweden.

Er wandte sich wieder dem Blatt in seiner Schreibmaschine zu, dem halbfertigen Einbruchsprotokoll, nahm die Zigarette aus dem Aschenbecher, zog ein letztes Mal daran und hustete. Ein warmer, stechender Schmerz saß in seiner Brust.

Telefone begannen zu schrillen. Sven und Evy taten, was sie konnten, die Gedanken vor Schock erstarrt. Die Leute waren verängstigt, und wenn sie Angst hatten, wandten sie sich an die Polizei, und aus irgendeinem Grund stellte die Telefonzentrale sämtliche Anrufe zu ihnen durch. Die Warteschleifenlämpchen leuchteten rot. Evy zuckte ihre breiten Schultern und schüttelte den Kopf, dass ihr Kraushaar nur so flog.

Wenn sie keine Anrufe entgegennahmen, saßen sie vor dem Funkgerät und warteten auf weitere Informationen, wie alle anderen. Sven ging in ein angrenzendes Büro, nahm den Telefonhörer von der Gabel, bekam ein Freizeichen und rief zu Hause an.

«Hallo?»

«Ich bin es», sagte er. «Hast du es schon gehört?»

«Was soll ich gehört haben?» Bibbi gähnte. «Ich habe geschlafen. Wie spät ist es?»

«Auf Palme ist geschossen worden.»

«Was?»

«Auf Palme ist geschossen worden.»

«Warte, was? Was hast du gesagt?»

Er wiederholte es abermals.

«Großer Gott. Aber er lebt, oder?»

«Nein.» Sven starrte aus dem Fenster, sah den schwarzen Himmel, der dort draußen über ihnen hing. «Nein, er ist tot.»

In diesem Moment ging er ein.

Vier Minuten vor eins, ungefähr anderthalb Stunden nach den tödlichen Schüssen in Stockholm, ging bei der Polizei Halland ein anonymer Anruf ein. Der Anrufer war ein Mann.

Ich habe eine Frau vergewaltigt, in einem Auto. Der Wagen steht in der Nähe von Gut Tiarp. Darauf folgte eine kurze Pause. Dann: *Ich werde es wieder tun. Auf Wiederhören.*

Das waren seine Worte. Dann legte er auf.

9.

Was, wenn es sich um einen Scherz handelte, einen Scherzanruf von irgendeinem kranken Irren, der Blaulicht sehen wollte? Es war die Nacht auf Samstag, Gehaltswochenende, und irgendjemand hatte gerade den Ministerpräsidenten erschossen. Wie zum Teufel sollte man das wissen? Alles war Chaos. Stellte man den Polizeifunk an, erklang ein heilloses Durcheinander von Stimmen.

«Wir können zu zweit fahren», schlug Evy vor.

«Es ist besser, einer von uns bleibt hier.» Sven deutete mit dem Kopf auf die Telefone. «Vielleicht ist es nur blinder Alarm.»

Also fuhr er allein. Die Strecke führte durch eine Geisterlandschaft, karg und bläulich-grau, fast mondähnlich. Es war eine eiskalte Nacht, der Himmel klar. Sven konnte die Sterne sehen, leuchtend und unbeweglich über ihm. Sie beruhigten ihn.

Er folgte den kurvenreichen, schmalen Landstraßen, auf denen jedes Jahr zahlreiche Menschen bei Verkehrsunfällen ums Leben kamen. Sven hatte es mit eigenen Augen gesehen. Das Überbringen von Todesnachrichten war die schlimmste Aufgabe, die sein Beruf mit sich brachte. Aber irgendwer musste es schließlich tun, dachte er. Alles im Leben musste von irgendwem getan werden. Doch manchmal war es schwer.

Im Hinterland erhob sich bläulich schimmernd der mächtige Nyårsåsen mit seinen kleinen Dorfflecken wie Tiarp, Risarp und Björkebo. Der Nyårsåsen war ein Bergmassiv, dünn besiedelt von Bauern und Gutsbesitzern, die ausgedehnte Ländereien bewirtschafteten. Schaute man genau hin, ließen sich dort Spuren vom Vormarsch der Eiszeit finden. Die Landschaft wechselte zwischen Bergkämmen, Sumpfgebieten und tiefen Bachschluchten. Im Sommer blühte dort heimlich und leise die seltene Moorlilie. Auf der Nordseite schäumten steile Bäche, von deren Wasser es einst hieß, es bewirke Wunder.

Heute Nacht gab es keine Wunder. Nur Gedanken. Mein

Sohn, warum verstehe ich ihn nicht mehr? Was ist passiert? Und Bibbi, ich sollte mehr Zeit mit ihr verbringen. Ich wünschte, sie wäre jetzt hier. Wo kommt dieser verfluchte Husten her? Was sollen die Nachbarn denken? Palme. Großer Gott, Palme. Wie wird es jetzt weitergehen?

Die Tiarper Landstraße verlief schnurgerade zwischen Feldern und Äckern, kilometerlang und schwarz wie die Nacht. Er passierte dunkle Höfe, deren Bewohner träumend in ihren Betten lagen, sie schliefen noch in einer anderen Zeit.

Sven hatte nie für Palme gestimmt. Sein Ministerpräsident war Fälldin: volksnah, deutlich, schlicht. Integer. Palme war zu gerissen, zu reich und zu schlau, hatte zu viele Bücher gelesen. Wenn er sprach, ahnte man die Schemen im Schatten.

Mit zusammengekniffenen Augen starrte er in die Dunkelheit. Sein Magen verkrampfte sich, als er es entdeckte. Das Auto, ein zehn Jahre alter Opel Rekord, stand ein paar hundert Meter von Gut Tiarp entfernt unbeleuchtet und still am Rand eines Waldwegs.

Sven griff nach dem Funkgerät und machte Meldung ans Revier.

«Hier steht ein Auto. Das könnte es sein.»

Er nahm die Taschenlampe vom Beifahrersitz und stieg aus. Der Waldweg war holprig und glatt von morastigem Eis. Der Lichtkegel waberte vor ihm her. Seine Atemzüge dampften in der Kälte.

Sven ließ den Strahl der Taschenlampe über die vordere Stoßstange, die Motorhaube und die Windschutzscheibe wandern. Er notierte das Kennzeichen. Manche Fahrzeuge waren alte Bekannte, die entweder notorisch im Parkverbot standen oder im Zuge eines Delikts überprüft worden waren. Halmstad wuchs, war aber nach wie vor eine Kleinstadt. Doch den Opel kannte er nicht.

Er streifte einen Handschuh ab und legte die Hand auf die Motorhaube. Kühl, nicht kalt.

Der Waldweg war schmal und von hohen Tannen gesäumt. Sven leuchtete ins Wageninnere und zuckte zurück.

Sie lag seitlings auf der Rückbank und bewegte sich nicht, ihre Hose zusammengeknüllt im Fußbereich hinter dem Fahrersitz. Sie sah jung aus. Sven zog am Türgriff. Die Tür war unverschlossen. Ein schwerer Geruch, wie von Eisen und Fleisch, schlug ihm entgegen, als er sich ins Wageninnere beugte. Hektisch zog er auch den anderen Handschuh aus und tastete am Hals der Frau nach einem Puls.

Er packte sie und rief. Sein Notizbuch rutschte aus der Hemdtasche und fiel zu Boden. Ansonsten geschah nichts. Die Frau hatte dunkle Haare und trug eine weiße Bluse. Die beiden obersten Knöpfe standen offen. Sie sah seriös aus. Arbeit, schoss es Sven durch den Kopf. Sie ist bei der Arbeit gewesen. Die Frau blutete aus einer Wunde am Kopf, doch woher genau, konnte er nicht feststellen.

Sven atmete schwer. Er bekam Blut an die Hände und wünschte, er wäre nicht hergefahren. Er hätte sagen sollen, *Nein, tut mir leid, ich kann die Schicht heute nicht übernehmen, ich muss nach Hause*; verfluchter Mist, wie widerwärtig das war.

Der Zündschlüssel steckte. Das Auto war ein Beweismittel, aber Leben zu retten hatte Vorrang. Sven beugte sich wieder über den reglosen Körper und schnallte ihn mit dem Sicherheitsgurt fest.

Dann rutschte er auf den Fahrersitz, ließ den Motor an

und trat aufs Gas. Er manövrierte den Opel auf den Waldweg und raste die Tiarper Landstraße hinunter. Der Wagen schlingerte und schlitterte über die glatten Straßen. Er wagte nicht, sich zu der Frau auf der Rückbank umzudrehen.

In der Notaufnahme schrie er nach Hilfe. Seine Stimme versagte. Zwei herbeieilende Krankenschwestern folgten ihm zum Auto. Sven rang keuchend nach Luft. Er hustete, spürte einen brennenden Schmerz in der Brust. Die Krankenschwestern stellten Fragen, wie sie Krankenschwestern in Notaufnahmen immer stellten, aber zwischen seinen rasselnden, pfeifenden Atemzügen wiederholte er ein ums andere Mal dasselbe, wieder und wieder, sagte das, was er sich wünschte:

«Ich habe ihren Puls gespürt. Ich glaube, sie lebt.»

Aber das tat sie nicht. Nicht mehr.

Wiederholte Schläge mit einem dumpfen Gegenstand gegen den Kopf hatten dazu geführt, dass für sie jede Rettung zu spät kam. Der Tod hatte sie irgendwo zwischen der nasskalten Dunkelheit Tiarps und dem kalten, blassen Licht vor dem Eingang der Notaufnahme geholt. Der Arzt, der kurz darauf hinzugerufen wurde, legte den Todeszeitpunkt auf Viertel vor zwei in der Nacht auf den ersten März fest.

Sven trat durch die gläsernen Türen der Notaufnahme ins Freie, fingerte eine Schachtel Prince-Zigaretten aus seiner Tasche, steckte sich eine an und rauchte sie stumm. Wünschte, er stünde zu Hause in Marbäck auf seiner Terrasse. Leichter Schneefall setzte ein. Er hatte ihren Puls gespürt.

Da fiel es ihm ein: sein Notizbuch.

Er kehrte zum Opel zurück, ging in die Hocke und tastete

mit der Hand vorsichtig über den Boden hinter dem Fahrersitz, bis er das Notizbuch fand und es zurück in seine Hemdtasche schob.

10.

Eine erschütterte Radiostimme tat ihr Bestes, nicht zu brechen, und verlas eine Meldung.

Schwedens Ministerpräsident Olof Palme ist tot. Er wurde heute Abend im Zentrum von Stockholm erschossen. Olof Palme wurde an der Kreuzung Tunnelgatan Ecke Sveavägen angeschossen und verstarb noch in der Nacht im Krankenhaus Sabbatsberg. Die Regierung ist unterrichtet. Finanzminister Kjell-Olof Feldt und Vize-Ministerpräsident Ingvar Carlsson sind informiert, beide bestätigen das Ableben des Ministerpräsidenten. Die Polizei sucht einen circa fünfunddreißig- bis vierzigjährigen Mann mit dunklem Haar und langem, dunklem Mantel.

Bis hierhin verhältnismäßig sachlich und mechanisch, wenngleich mit einigen Wiederholungen und Umständlichkeiten im Wortlaut, die nicht dem geradlinigen, anonymen Sprachduktus entsprachen, der im schwedischen Rundfunk für gewöhnlich praktiziert wurde. Doch jetzt wurde die Stimme des Sprechers schwankender und unsicher, sehr viel dünner, belegter:

Die Regierung hat ... ist zu einer außerordentlichen Sitzung zusammengetreten. Der Vize-Ministerpräsident Ingvar Carlsson führt den Vorsitz. Bei seinem Eintreffen in Rosenbad sagte er lediglich «Das ist furchtbar ...», äußerte er ... gegenüber der Nachrichtenagentur TT, bei seinem Eintreffen in Rosenbad.

Es knackte. Sekundenlange Stille.

Dann ertönte wieder Musik.

Sven hörte die Nachricht im Streifenwagen zweier Kollegen. Sie brachten ihn nach Tiarp, sein Wagen stand noch dort in der Dunkelheit. Er schlug sein Notizbuch auf und notierte erste Anmerkungen. Seine Schrift war krakelig, schief, die Buchstaben aneinandergequetscht. Er musste seine Hände beschäftigen. Sobald sie innehielten, spürte er die tote Frau, ihr Blut, seinen Klammergriff um das Lenkrad, die Angst, die ihn in der Schwärze des Nyårsåsen erfasst hatte.

Die Kollegen kannten sich nicht aus. Er musste sie lotsen. Sie waren jung, ein Kleiner und ein Großer, keiner der beiden war schon einmal auf dem Nyårsåsen gewesen, und nach der Nachricht über Palme standen sie unter Schock.

Sie hielten ein Stück entfernt an. Sven bat sie, den Bereich abzuriegeln. Die beiden blickten sich mit großen Augen in der Dunkelheit um und schienen ihre Hilfsbereitschaft zu bereuen.

«Wo sind wir? Warst du schon mal hier?», fragte der Kleine seinen Partner.

«Nein, du?»

Der Kleine schüttelte den Kopf.

Sven hatte seine blutbeschmierte Dienstjacke im Krankenhaus ausgezogen, es aber nicht geschafft, ins Revier zu fahren und eine neue zu holen, also stieg er in Hemdsärmeln in die Kälte hinaus. Er ging auf die Stelle zu, wo der Opel gestanden hatte, vorsichtig, als näherte er sich einem verwundeten Tier. Auf dem Boden lag etwas. Seine Taschenlampe. War sie ihm aus der Hand gefallen? Vermutlich. Er knipste sie an, und der grelle Lichtkegel leuchtete über den Waldweg.

Neben den Abdrücken des Opels verliefen deutliche Reifenspuren eines zweiten Fahrzeugs. Sven ging zu seinem Wagen, funkte die Zentrale an und forderte ein Team der Spurensicherung an.

In der Leitung blieb es einen Moment lang still, dann antwortete eine verwunderte Stimme: «Du weißt, dass Palme gerade erschossen wurde, oder?»

«Ja, und?»

«Wir sind ein bisschen beschäftigt. Die Leute rufen pausenlos an.»

«Sagt ihnen, dass sie ihr Radio anschalten sollen. Schick die Spurensicherung her.»

Unwirsch rammte er das Funkgerät in die Halterung am Armaturenbrett. Seine Hände. Sie brauchten irgendetwas zu tun, immer.

Er zitterte vor Kälte.

Wer war sie, die Frau im Opel? Erneut funkte er die Zentrale an und fragte, ob schon Informationen aus dem Krankenhaus vorlägen.

Derselbe Mitarbeiter antwortete. Diesmal deutlich übellauniger: Nein. Aber die Kleidung der Frau sei auf dem Weg ins Revier, sie sollte also in Kürze da sein. In einer Hosentasche stecke wohl ein Portemonnaie.

«Hat denn niemand ihren Namen notiert?»

«Ganz bestimmt hat das jemand. Aber ich komme gerade nicht durch. Hier ist die Hölle los.»

Sven schmetterte das Funkgerät so heftig in die Halterung, dass es wieder heraussprang und am Kabel vom Armaturenbrett baumelte.

Er lehnte sich an den Wagen, wartete und versuchte, nicht daran zu denken, wie sehr er fror.

«Sven?»

Er drehte sich um. Die beiden Streifenpolizisten hatten den Fundort abgeriegelt und kamen auf ihn zu.

«Du holst dir den Tod, wenn du hierbleibst. Wir halten die Stellung. Fahr du zurück ins Revier.»

11.

«Sven. Was machst du?»

Evy hatte den wer weiß wievielten Automatenkaffee dieser Nacht getrunken, als sie mit einer weißen Plastiktüte in der Hand den Kopf in das Büro der Telefonzentrale steckte.

Sven stand über das stumme Aufnahmegerät gebeugt, die Hände auf dem Schreibtisch abgestützt, als ringe er mit einer Last, die nur er sah.

Er drehte sich um. Müdigkeit glänzte aus seinen roten Augen. Sie hätte Sven gern berührt. Er sah aus, als könne er eine Berührung gebrauchen.

«Ich höre ihn mir an.»

Evy deutete auf den Schreibtischstuhl.

«Willst du dich nicht lieber hinsetzen?»

«Nein, ich stehe gut.»

Sein Blick fiel auf die Tüte in Evys Hand.

«Ihre Kleidung.» Evy stellte die Tüte neben Sven auf den Schreibtisch. «Sie ist gerade gekommen.»

«Gut.»

Sven wandte sich wieder dem Tonbandgerät zu, spulte das Band zurück. Es war noch niemand dazu gekommen, den Anruf zurückzuverfolgen, alle waren zu beschäftigt.

Eine landesweite Fahndung war ausgelöst. Palmes Mörder wurde von Kiruna bis Trelleborg gesucht.

«Wir ...» Evy räusperte sich. «Wir sitzen draußen und hören Radio. In der Stadt ist es ruhig, die Leute schlafen. Willst du ...»

«Ich komme gleich.»

«Aber ...»

«Evy.» Sven sah sie an. «Ich komme gleich.»

Er hörte, wie sie die Tür hinter sich schloss und ihn allein ließ.

Er spielte die Aufnahme erneut ab. Eine heitere Stimme, klares Halländisch schwang in ihr, aber nicht die Art, wie sie die Bauern oder die älteren Einheimischen sprachen. Verstellte der Mann seine Stimme? Sven zog sein Notizbuch aus der Brusttasche und notierte: *Städter? Höchstens 40.*

Ich habe eine Frau vergewaltigt, in einem Auto. Es steht in der Nähe von Gut Tiarp. Darauf folgte eine kurze Pause. Dann: *Ich werde es wieder tun. Auf Wiederhören.*

Er sagte nicht *ermordet*. Wusste er nicht, dass er die Frau getötet hatte? Sven sah ihren Kopf vor sich, ihre Haare und das viele Blut, sah seine eigenen blutverschmierten Hände. Dem Täter musste es klar gewesen sein.

Sven streifte ein Paar Handschuhe über, griff nach der Tüte und öffnete sie vorsichtig. Das Portemonnaie, flach und schwarz, lag obenauf. Das Krankenhauspersonal hatte es aus der Kleidung genommen.

Die Frau hieß Stina Franzén. Geboren im September 1965. Zwanzig Jahre alt. Sie hatte noch ihr ganzes Leben vor sich gehabt. War sie gern zur Schule gegangen? Hatte sie einen großen Freundeskreis gehabt, hatte sie Tagebuch geschrieben, ihm ihre Wünsche und Träume anvertraut, in wen sie gerade verliebt war? Wer diese Lieben waren? Vielleicht war der Täter darunter. Oft war es so. Sven schrieb *(Ex-)Freunde?* in sein Notizbuch.

Dann ging er in den Waschraum und schloss sich in einer Kabine ein. Er wollte zu Hause anrufen, Bibbis und Vidars Stimmen hören. Stattdessen blieb er auf dem Toilettendeckel sitzen und dachte an die Finsternis in Tiarp, das Auto und die Einsamkeit da oben, versuchte, sich den Täter vorzustellen.

Konnte er schlafen, trotz dessen, was er getan hatte? Hatte er Geschwister? Würde er im Lauf des Samstags seine Eltern besuchen? Er könnte in den Supermarkt gehen, Kaffeefilter, Gebäck und eine neue Flasche Shampoo einkaufen, wie ein ganz normaler Mensch. Abscheulichkeiten sind immerzu gegenwärtig, unmittelbar unter der Oberfläche, knapp außerhalb des Gesichtsfelds. Jemand hatte heute Nacht den Ministerpräsidenten erschossen.

Wusste ihr Täter das? Saß er in diesem Moment vor dem Radio? Oder war er viel zu sehr von seiner eigenen Tat erfüllt, um wahrzunehmen, dass das Land, in dem er lebte, aus den Fugen geraten war wie nach einem Staatsstreich?

Ich werde es wieder tun.

In diesem Moment könnte er das nächste Opfer auswählen.

Sven blickte auf seine Hände. Blut. Blut unter den Fingernägeln. Er hatte die Frau gepackt und versucht, sie zu Bewusstsein zu bringen. Es war ihm nicht gelungen. Er beugte sich über das Waschbecken, schrubbte seine Finger, bis die Haut feuerrot brannte, dann sank er zurück auf den Toilettendeckel, saß nur da und atmete.

Die Bachstelze. Er hatte den Zweifel in Bibbis Stimme

gehört, Vidars gleichgültigen Teenagerblick im Rücken gespürt, aber er war sich sicher. Er hatte eine Bachstelze gesehen.

Darum war sie so früh zurückgekehrt.

Als Vorbotin.

12.

Gisela galt als liebes Kind. Nicht, weil sie überlebt hatte, aber vielleicht spielte es mit hinein. Eine Tochter, die bei der Geburt stirbt und ihre Mutter beinahe mitnimmt, bezeichnet man schließlich selten als lieb. So war es ihrer großen Schwester ergangen.

Aber Gisela, die Kleine? Das Mädchen trug keinen Funken Böses im Leib. Darüber war man sich zu Hause in Harplinge einig.

Sie wuchs in einem braunen Haus auf, unweit der Lichtung im Wald, wo die Wege aufeinandertrafen, zusammen mit ihren Eltern und einem Foto der Schwester. Das Foto war nach dem Tod aufgenommen worden. Ihre Mutter hatte darauf bestanden. Auf dem Foto, das unverändert im Wohnzimmer ihrer Eltern hing, sah das kleine Würmchen aus, als schliefe es. Es war ein Schwarz-Weiß-Bild, vielleicht damit die unnatürlich bleiche Hautfarbe nicht auffiel. Aber fiel sie nicht trotzdem auf? Wenn man genau hinsah? Gisela war sie immer aufgefallen.

So war das Leben. Man wurde jemandes *anstelle von*, auf die eine oder andere Weise. Das galt nicht nur für Gisela. Robert war der Mann, den sie anstelle von Christian getroffen hatte, nachdem sie nach Risarp in die Bruchbude gezogen war.

Sie hatte Christian geliebt, tat es vielleicht noch immer. Er hatte ihr tiefe Wunden zugefügt, so tiefe, dass sie – obwohl damals erst neunzehn – sich nicht vorstellen konnte, wie sie jemals wieder Vertrauen zu jemandem fassen sollte.

Robert hatte sie auf der Party einer Freundin in Holm kennengelernt. Inzwischen, nach weniger als einem halben Jahr, verbrachte er mehr Zeit bei ihr als in seiner Wohnung in der Stadt. Er kümmerte sich um sie, war aufmerksam und fürsorglich und gab ihr gleichzeitig den Freiraum, den sie benötigte. Er arbeitete als Lkw-Fahrer und war mehrere Nächte in der Woche nicht zu Hause.

Robert hatte sie geweckt. Er kam gerade mit dem Lkw aus Malmö zurück und stellte ihn hinter der Bruchbude ab. Der brummende Dieselmotor röhrte ein letztes Mal auf, dann verstummte er, und Robert schlug die Fahrertür zu. Sein Schlüsselbund klirrte gegen die Haustür, die knarrend aufglitt.

«Gis?», erklang seine Stimme in der Diele. «Gis, bist du wach?»

«Nein», raunzte sie und bereute, ihm einen Schlüssel gegeben zu haben.

«Es muss irgendwas passiert sein», sagte er.

«Was?»

«Am Gut Tiarp stehen jede Menge Streifenwagen mit Blaulicht und Sirenen. Die Polizei hat gerade die Straße abgesperrt, als ich vorbeikam.»

Gisela hörte, wie Robert in der Diele Schuhe und Jacke auszog und ins Badezimmer ging. Sie setzte sich im Bett auf und sah aus dem Fenster. Draußen war es stockfinster.

Sie erahnte die Umrisse der Baumkronen, die Äste, die sich gegen den Himmel abzeichneten.

Robert hatte recht. Irgendetwas musste passiert sein. In der Ferne, auf der anderen Seite des Nyårsåsen, zuckte eine bläuliche Lichterwelle.

«Weißt du, was passiert ist?»

«Bestimmt ein Autounfall», rief Robert. «Auf den Straßen ist es so duster, dass man kaum die Hand vor Augen sieht.»

Die Klospülung rauschte. Wasser gluckerte durch die Rohre. Robert kam mit dem Pullover über dem Kopf ins Schlafzimmer. Gisela betrachtete seinen schlanken, sehnigen Oberkörper, die gewölbten Adern, die über die Arme zur Brust verliefen, die Kette mit dem Anhänger, der in seiner Halsgrube baumelte.

«Hallo.» Gisela lächelte. «Ich hab dich vermisst.»

Robert kroch zu ihr ins Bett und küsste sie. Er schmeckte nach Zahnpasta und Schweiß und packte ihre Taille. Seine Hände waren kalt und kühlten sie durch das dünne Nachthemd hindurch. Das gehörte zu den Dingen, die sie am liebsten an Robert mochte. Die Art, wie er sie anfasste. Fest und bestimmt, als ob sie ihm gehörte.

«Willst du nicht schlafen?», fragte er. «Es ist spät.»

«Hinterher», sagte sie mit rauer Stimme und zog ihn auf sich.

13.

Das Morgenlicht war matt und fahl. Robert stand mit bloßem Oberkörper am Herd, die nackten Füße auf den kalten Holzdielen, nur mit einer verwaschenen Bluejeans bekleidet, die ihm von den Hüften rutschte. In einer Hand einen Topf mit heißem Wasser, in der anderen einen großen Becher mit einem Teebeutel.

«Wie kannst du schon wach sein?», murmelte sie und hüllte sich in ihren Bademantel.

«Es ist sieben», sagte Robert. «Die Frage ist doch eher, wie kannst du erst jetzt aufwachen?»

«Jemand hat mich heute Nacht fix und fertig gemacht.»

Robert lachte. Sie schlang ihm von hinten die Arme um den Bauch und schmiegte ihre Wange an die raue Haut zwischen seinen Schulterblättern.

«Wir sollten das Radio anschalten.» Robert drehte an den Knöpfen des alten Transistorradios, das auf der Fensterbank stand. Der Apparat knisterte und knackte, ehe der Lokalfunk ansprang. «Vielleicht sagen sie, was heute Nacht passiert ist.»

Als die Stimme des Radiosprechers erklang, drehte Gisela verblüfft den Kopf.

«Hat er gerade Palme gesagt?»

Robert stand wie erstarrt da und hörte zu.

«Um Himmels willen», flüsterte er leise.

«Heute Nacht», sagte Gisela. «Haben sie es nicht im Radio gebracht, als du unterwegs warst?»

«Ich hatte das Radio nicht an.»

Gisela drehte den Kopf und sah aus dem Fenster. Draußen auf dem Feld saß ein kleiner Junge.

«Um Gottes willen. Was macht er da?»

«Wer?»

«Wille. Er ist draußen auf dem Feld.»

Wille saß mit baumelnden Beinen auf einem Findling von der Größe eines Traktorreifens. Er trug Winterkleidung, die an Ellbogen und Knien durchgescheuert war, aber keine Mütze. Seine Ohren waren feuerrot. In der Hand hielt er eine mattschwarze Pistole, wog sie prüfend auf der flachen Hand, packte sie erst mit einer, dann mit beiden Händen, als versuche er, auszuloten, wie er sie halten musste, um genug Kraft zu haben. Gisela ließ Robert los.

«Großer Gott. Ich rede mit ihm.»

«Soll ich mitkommen?»

«Nein, warte hier. Er kriegt vielleicht Angst, wenn wir zu zweit sind.»

Gisela schlüpfte in ihre Winterjacke und ging aufs Feld hinaus. Palme, dachte sie. Um Gottes willen. Und jetzt das. Als sie den Jungen beim Namen rief, schrak er zusammen.

Wilhelm Skog wohnte oben in Tiarp. Er war ein lieber, aber schüchterner Junge. Man sah ihn immer allein durch die Gegend streifen, still und in sich gekehrt, tief in seinem eigenen Kopf versunken und wie entschwunden aus einer Welt, die ihm schon als Sechsjähriger nicht sonderlich gut zu gefallen schien.

«Hallo, Wille. Wo hast du denn die Pistole her?»

«Sie gehört Papa. Ich hab sie mir ausgeliehen.»

Gisela ging vorsichtig auf ihn zu.

«Weiß er, dass du dir die Pistole ausgeliehen hast?»

Der Junge senkte den Blick, biss sich auf die Unterlippe. Schüttelte den Kopf.

«Darf ich sie mir ansehen?»

Er gab ihr die Pistole.

«Ganz schön schwer. Du musst in diesem Winter bärenstark geworden sein, dass du sie halten kannst.»

Wille wuchs vor Stolz. Gisela wog die Pistole in der Hand, umfasste den Schaft, spürte die Wärme von Willes Hand.

«Das ist eine Luftpistole, oder?»

Wille nickte.

«Ich will sie nur haben, um mich zu schützen.»

«Wovor willst du dich schützen?»

Wille riss die Augen auf.

«Heute Nacht ist was passiert. Was Böses. Hast du es nicht gesehen?»

Gisela dachte im ersten Moment an Palme. Dann erinnerte sie sich an das Blaulicht, das zwischen den Bäumen geflackert hatte, als Robert nach Hause gekommen war. Sie drehte sich um und blickte zum Haus zurück. Robert stand am Küchenfenster, nach wie vor mit nacktem Oberkörper, das Gesicht starr vor Sorge.

«Doch, ich habe es gesehen», sagte sie und wandte sich wieder dem Jungen zu. «Aber hast *du* es gesehen? Warst du so spät noch auf?»

Wille lächelte listig. Seine klaren blauen Augen funkelten.

«Ich hab mich aus dem Haus geschlichen, als Mama auf dem Sofa eingeschlafen ist. Ich hab gesehen, wie er es gemacht hat. Wie böse er war. Aber ich hab mich nicht getraut, irgendwas zu machen. Ich hab mich versteckt. Dann bin ich weiter hoch auf den Nyårsåsen gelaufen.»

Wille betrachtete die Luftpistole in Giselas Händen. «Kann ich die Pistole wiederhaben? Ich will sie haben, falls er zurückkommt.»

«Wer?»

«Der Mann, den ich gesehen hab.»

«Was genau hast du gesehen?»

«Am Gut Tiarp. Da ist es passiert. Ich hab gesehen, wie er die Frau im Auto geschlagen hat. Mehr nicht. Ich ...» Wille verstummte und ließ den Satz unvollendet.

Der Junge presste die Lippen aufeinander, um nicht zu weinen. Gisela legte ihm vorsichtig eine Hand auf die Schulter. Behutsam auf ihn einredend, half sie ihm vom Stein herunter, spürte seine kleine Hand in ihrer, als sie zusammen über das Feld gingen.

14.

Jemand hämmerte gegen die Tür.

«Hallo?», erklang eine Stimme auf der anderen Seite. «Hallo, Sven? Ist alles in Ordnung?»

Seine Glieder waren steif. Er hatte Kopfschmerzen, und seine Augen waren verklebt. Mühsam rappelte er sich vom Toilettendeckel auf, verließ die Kabine und blickte in das erstaunte Gesicht eines Kollegen.

«Wie spät ist es?»

Der Kollege, ein junger Mann, dessen Name Sven entfallen war, warf einen Blick auf seine Armbanduhr.

«Halb neun. Morgens», fügte er sicherheitshalber hinzu.

«Eine Frau möchte dich sprechen. Am Telefon. Es geht um die Sache in Tiarp. Sie heißt Gisela Mellberg, und sie sagt, es sei wichtig.»

Fluchend ging Sven an dem Kollegen vorbei in den Flur.

Er hustete. Er hatte über vier Stunden auf dem Toilettendeckel gesessen und geschlafen.

15.

Der schmächtige Junge saß steif auf der äußersten Stuhlkante. In der Küche roch es muffig, nach altem Kaffeesatz und dreckigem Geschirr. Er nahm ein Saftglas in beide Hände und trank es mit großen Schlucken aus.

«Saft trinke ich am liebsten», erklärte er und stellte das leere Glas zurück auf den Tisch. Svens Blick wanderte zu den Eltern. Mit dem Vater hatte er schon einmal zu tun gehabt. Er arbeitete als Klempner, hatte in den Siebzigern einen Chevrolet Camaro gefahren und zu den Stammgästen des Fridhemsgrill im Stadtzentrum gehört. Hin und wieder war es dort zu Schlägereien gekommen. Er war weder schlimmer noch besser gewesen als die anderen. Dann hatte er seine Frau getroffen, den Camaro gegen einen Saab eingetauscht, und gut ein Jahr später war Wilhelm gekommen.

«Wenn ich richtig informiert bin, hat Ihr Sohn nicht zuerst mit Ihnen gesprochen?»

Die Eltern wechselten einen Blick. Die Mutter schüttelte widerstrebend den Kopf.

«Ja, das stimmt. Er geht manchmal auf die andere Seite des Nyårsåsen. Da wohnen Leute, die er gerne mag. Sie sind nett zu ihm. Sie heißen Gisela und Robert. Da gibt es auch einen großen Stein, auf dem er gerne spielt.»

Sven hustete. Im Wohnzimmer lief ein Radio und vermeldete Neuigkeiten über Palme.

«Könnten wir das Radio vielleicht ausschalten?»

Der Vater ging aus der Küche und dämpfte die Radiostimme zu einem leisen Gemurmel. Sven setzte sich dem Jungen gegenüber an den Küchentisch. Er hätte Evy mitnehmen sollen oder diesen Milchbart, der ihn auf der Toilette geweckt hatte. Die beiden konnten bestimmt besser mit Kindern reden als er.

«Du, Wille.»

Der Junge sah auf.

«Ja?»

«Ich dachte, du und ich, wir unterhalten uns ein bisschen. Deine Mama und dein Papa haben dir doch bestimmt erzählt, worüber ich mit dir reden möchte?»

Wille nickte ernst und blickte sehnsüchtig auf sein Glas.

«Darf ich noch ein Glas Saft haben, Mama?»

«Wenn du mit Sven gesprochen hast.»

«Ich glaube, es wäre gut, wenn Wille noch ein Glas trinken dürfte», sagte Sven ruhig. «Und wenn wir uns alleine unterhalten könnten.»

Als Willes Glas aufgefüllt war und auch die Mutter die Küche verlassen hatte, legte Sven sein Notizbuch auf den Tisch und klickte mit einem Kugelschreiber.

«Ich würde unsere Unterhaltung gerne aufschreiben», erklärte er und klopfte gegen seine Schläfe, «damit ich nichts vergesse. Aber trink nicht das ganze Glas auf einmal aus, teil es dir ein.»

Wille stellte das Glas zurück auf den Tisch und wischte sich den Mund ab.

«Ich hab oben im Wald einen Mann gesehen. Ich weiß, dass du über ihn reden willst.»

«Ich werde dir wohl eine ganze Menge Fragen darüber

stellen. Ich kann verstehen, wenn du das pingelig findest, aber ich frage nur so viel, weil ich alles verstehen will. Das ist manchmal nicht ganz einfach. Ist das in Ordnung?»

Wille nickte.

«Wo hast du den Mann gesehen?»

«Auf dem Waldweg.»

«Auf welchem Waldweg? Kannst du mir etwas nennen, was in der Nähe liegt?», verdeutlichte Sven.

Der Junge zog die Stirn kraus.

«... Janssons Feld ist da. Und Bengt wohnt nicht weit weg. Und das Gut. Das liegt da oben. Da bin ich oft.»

«Du meinst das Gut Tiarp?»

«Ja, die haben Pferde. Das kannst du aufschreiben. Da gibt es Pferde.»

Ohne nachzudenken, notierte Sven *Pferde*. Es wäre wirklich klüger gewesen, er hätte Evy mitgenommen.

«Kannst du mir erzählen, was genau du gesehen hast? Auf dem Waldweg?»

«Da stand ein Auto. Ein ziemlich kleines. Ich weiß nicht, was für ein Auto es war. Es war zu dunkel.»

«War jemand in dem Auto?»

«Ja. Ein Mann und eine Frau. Die Frau lag auf dem Rücksitz.»

«Und wo war der Mann?»

«Er war auch hinten im Auto, aber er hat nicht gelegen. Er ...» Wille sah sich in der Küche um. «Ich weiß nicht, wie das heißt, aber er hat auf ihr gesessen. Und er hat sie geschlagen. Ganz doll. Dann hab ich nichts mehr gesehen.»

Sven machte sich Notizen.

«Warum? Ich meine, warum hast du nichts mehr gesehen?»

Der Junge schwieg lange. Er griff nach seinem Saftglas und trank einen kleinen Schluck.

«Man darf keine Angst haben», flüsterte er dann, als hätte ihm das jemand eingetrichtert. «Nur Feiglinge haben Angst. Aber ich ... Was der Mann gemacht hat, war böse. Also bin ich weggelaufen. Darum hab ich nichts mehr gesehen.»

Sven sah ihn ernst an.

«Das war klug von dir, Wille. Manchmal ist es sehr klug, Angst zu haben. Manchmal rettet uns Angst das Leben.»

Seine Worte lösten etwas in dem Jungen aus, Sven konnte es sehen. Er wollte seine Worte zurücknehmen, sie durch etwas ersetzen, das Sicherheit einflößte. Aber ihm fiel nichts ein.

«Kannst du den Mann beschreiben? Wie die Frau aussieht, weiß ich ziemlich genau, aber bei dem Mann brauche ich deine Hilfe.»

Wille starrte auf seine Hände.

«Er ... Ich glaube, er hatte eine Mütze auf. Draußen ist es ja kalt.»

«Hast du sein Gesicht gesehen?»

«Nein. Es war dunkel.»

«Ich verstehe. Aber ich muss dich das fragen, damit ich nichts übersehe. War der Mann groß oder klein?»

Wille sah ihn verständnislos an.

«Er war jedenfalls größer als ich.»

Sven stand auf und trat ein paar Schritte zurück.

«Was meinst du, war er größer oder kleiner als ich?»

Wille kniff die Augen zusammen.

«Kleiner.»

«Was hatte er außer der Mütze an?»

«Handschuhe. Und eine Jacke. Und eine Hose.»

Sven schrieb mit. Die Müdigkeit steckte ihm in den Knochen, sein Nacken schmerzte. Er betrachtete seine Notizen und verstand sie nicht. *Hose: ja*, hatte er geschrieben.

«Von Risarp nach Tiarp ist es mit dem Auto ziemlich weit», sagte er. «Und wenn man zu Fuß läuft, erst recht.»

«Nicht, wenn man über den Nyårsåsen geht.»

«Kennst du dich da oben aus?»

Der Junge nickte, mit einem Mal stolz.

«Ich weiß genau, wie man gehen muss. Ich kann dir den Weg zeigen, aber dann musst du dich in Acht nehmen. Vor dem alten Steinbruch und den Mergelkuhlen. Mama sagt, sie sind tief. Die Mergelkinder wohnen da unten.»

Sven hatte von den Mergelkuhlen gehört. Sie waren im 19. Jahrhundert angelegt worden, um den mageren halländischen Boden mit fruchtbarem Mergelkalk zu düngen. Man wollte den Nyårsåsen urbar machen. Aber die Alten gruben zu gierig und zu tief. Die Erde und der Berg taten sich auf. Viele Menschen kamen bei Abstürzen ums Leben oder ertranken. Man sagte, die Mergelkinder hätten sie geholt, damit die Kinder nicht zu dicht an die Kuhlen herangingen. Die Mergelkuhlen existierten noch immer.

Sven musterte den Jungen. Etwas Einsames umgab ihn. Seine Fingernägel waren schwarz vor Dreck, seine Kleidung verwaschen. Er versuchte, sich Wilhelm Skog als erwachsenen Mann vorzustellen. Würde er arbeiten, heiraten, eine Familie gründen oder bei ihm auf dem Revier in einer Arrestzelle landen? Würde das Leben ihn aufzehren, wie es früher oder später fast jeden aufzehrte?

«Da stand noch ein Auto.»

«Was hast du gesagt?»

«Da stand noch ein Auto.»

«Ach ja?»

«Ja, und es war größer.»

«Wie groß? Wie ein Lastwagen?»

«Nein, nein.» Wille schüttelte den Kopf. «Ein normales Auto. Wie das andere, nur ein bisschen größer. Es hatte eine Ladefläche.»

«Und wo hat es gestanden?»

«Dahinter.»

Sven wartete.

«Wohinter? Hinter dem anderen Auto?»

Wille nickte und blickte auf Svens Kugelschreiber. Sven gab ihm den Stift. Wille nahm ihn fest in die Hand und zog Svens Notizbuch zu sich heran. Die Zungenspitze im Mundwinkel, zeichnete er konzentriert zwei Linien auf die Seite.

«Das ist der Weg.»

Er malte zwei Autos, die hintereinander an der Wegböschung parkten.

«So haben sie gestanden. Das hier», erklärte Wille und zeigte auf das vordere Auto, «ist das Auto, in dem der Mann und die Frau waren. Das Auto dahinter ist das größere Auto. Das war leer.»

Sven nickte langsam.

«Jetzt verstehe ich. Danke, Wille. Das hast du sehr gut gemacht.»

Der Junge lehnte sich auf seinem Stuhl zurück und trank seinen Saft aus, offensichtlich erleichtert, das wundersame Kunststück vollbracht zu haben, einem Erwachsenen etwas begreiflich zu machen.

16.

Es dürfte etwas so gut wie Unausweichliches sein, ein Teil dessen, was einem durchs Menschsein aufgezwungen wird, dass man einander entgleitet. Das gilt nicht nur für Familien. Freunde, Ehepartner kann es genauso treffen. Als Vidar und sein Vater erkannten, dass es ihnen passiert war, hatten sie keine Möglichkeit, die Distanz zu überbrücken. Also nahmen sie sie hin.

Vidar genoss es fast, wenn sein Vater nicht zu Hause war. Er hatte nichts gegen ihn, aber Sven war so oft abwesend, dass es sich ungewohnt anfühlte, ihn um sich zu haben, Küche, Wohnzimmer und Badezimmerschrank mit ihm zu teilen. Als wären sie Fremde. Er wünschte sich von zu Hause weg, sehnte den Wehrdienst herbei, ein eigenes Leben.

Im Wohnzimmer lief der Fernseher. Bilder aus der Stockholmer Innenstadt. Am Eingang von Rosenbad lag ein Kondolenzbuch aus. Die Schlange davor war schwarz gekleidet und endlos, die Kamera schwenkte durch einen strahlend schönen Märztag mit gleißendem Sonnenschein und blauem Himmel. Die Bevölkerung wurde interviewt; eine Zeitungsverkäuferin in ihrem Kiosk, einen Stapel Dagens Nyheter und Svenska Dagbladet vor sich, ihre Finger waren schwarz von Druckerschwärze. *Man kann keinen klaren Gedanken fassen. Die Menschen sind verstummt, vollkommen verstummt*, sagte sie.

Stockholm war weit weg. Eine Weile verfolgte Vidar die Berichterstattung, dann ging er nach draußen, fuhr sein Auto in die Einfahrt, öffnete die Motorhaube, breitete eine Decke über die kalten Pflastersteine, klemmte sich eine Taschenlampe zwischen die Zähne, legte sich auf den Rücken und inspizierte den Motorraum von unten.

Er lag noch immer rücklings draußen in der Kälte, als er den Dienstwagen seines Vaters die Straße entlangfahren hörte.

«Hallo», sagte Sven kurz darauf und betrachtete seinen fast erwachsenen Sohn. «Wie sieht es aus?»

«Beim Kaltstart ist der Einspritzdruck zu schwach.» Vidar rappelte sich vom Boden hoch. «Ich weiß nicht, was das Problem ist.»

«Bring den Wagen doch zu Peter oder zu dem Kerl in Tofta. Der versteht sein Handwerk.»

Sein Vater rang sich ein Lächeln ab, aber sein Gesicht war grau. Die Falten waren tiefer, seine Haltung war eingefallen.

Er ging in die Garage, griff sich ein paar alte Latten, legte sie auf zwei mit Farbe bekleckerte Holzböcke und sägte sie zurecht. Dann nagelte er sie zusammen. Das Ergebnis glich einem grob zusammengezimmerten Bilderrahmen. Von einem Regal mit einem Sammelsurium aus Farbeimern, Plastikbehältern, Lackdosen und anderem Krimskrams nahm er einen Eimer herunter. Seine Uniform spannte über dem Bauch. Der Eimer war groß und schwer, als wäre er mit Wasser gefüllt. Vidar ging widerwillig zu ihm hin.

«Soll ich dir helfen?»

«Nein, es geht schon.»

Das Sprechen bereitete seinem Vater Mühe. Als er mit der freien Hand nach dem Holzrahmen griff, rutschte er ihm aus der Hand. Vidar fing ihn auf, bevor er zu Boden fiel.

«Kannst du das ins Auto tragen?», fragte Sven heiser. «Und hol aus der Küche bitte einen Teigschaber.»

«Einen Teigschaber?»

«Ja.»

Vidar ging ins Haus und wühlte in den Küchenschubladen, bis er den Teigschaber fand. Als er ihn zusammen mit dem Holzrahmen auf den Rücksitz von Svens Dienstwagen legte, fiel ihm der eigentümliche Geruch auf, eine sonderbare Mischung aus Metall, schalem Zigarettenrauch und Reinigungsmittel. Bei einer Klientel aus Saufbrüdern und Junkies passierte wohl schon mal das eine oder andere Malheur.

«Was ist das?»

Sein Vater hievte den Eimer auf den Rücksitz.

«Gips. Du, Vidar, ich werde wohl eine Weile weg sein. Ich ...» Sven brach ab. Dann sagte er mit sichtlicher Anstrengung: «Eigentlich braucht man zwei Leute dafür. Kannst du ... Hast du Lust mitzukommen?»

«Nein, lieber nicht.»

«Es dauert nicht lange.»

«Du hast gesagt, du wärst eine Weile weg.»

«Wir können ... Es ist besser, wenn man zu zweit ist, und ich habe ... Es geht schnell.»

Sein Vater wirkte fast gequält.

«Wo willst du hin?»

«In die Nähe von Vapnö und Tiarp.»

«Das ist auf der anderen Seite der Stadt. Hat es was mit Palme zu tun?»

«Nein, nein.»

«Haben sie ihn geschnappt?»

Sein Vater blickte ihn verwirrt an.

«Wen?»

«Den Täter natürlich.»

«Das bezweifle ich.» Sven sah auf seine Armbanduhr, mit

einem Mal ungeduldig. «Du musst nicht mitkommen, Vidar. Es ist in Ordnung. Aber ich muss es machen, bevor es dunkel wird.»

Vidar blickte auf sein geliebtes Auto, das in der Einfahrt stand und mit geöffneter Motorhaube auf ihn wartete.

«Ich schließe nur schnell den Wagen ab», murmelte er.

17.

Als Vidar klein war, hatte sein Papa darauf geachtet, sein Dienstholster außerhalb der Reichweite von Vidars Kinderhänden aufzubewahren, aber manchmal vergaß er es und warf den Gürtel gedankenlos aufs Bett oder auf die Bank in der Diele. Dann erinnerte Bibbi ihn: *Sven, der Junge spielt wieder mit deiner Taschenlampe. Pass auf, dass er nicht an das Holster kommt. Sven, Vidar hat deinen Schlagstock in der Hand. Sven!*

Als Vidar älter wurde, erklärte Sven ihm, wie sein Arbeitsalltag funktionierte. Dann hatte Vidar das Gefühl, Zutritt zu einem geheimnisvollen Fragment der Wirklichkeit zu erhalten, in dem sein Papa sich immer dann aufhielt, wenn er nicht zu Hause war und zu der Person wurde, die er war, wenn Vidar ihn nicht sah.

«Hörst du, Vidar? Das ist eine Polizeisirene. So klingen wir, wenn wir in unseren Streifenwagen fahren. Aber das, das ist keine Polizeisirene, das ist die Sirene eines Feuerwehrautos. Hörst du den Unterschied? Die Signale klingen anders. Es sind unterschiedliche Töne. Und das hier ist unser Walkie-Talkie oder Funkgerät, wie wir es nennen. Wenn du diese

Taste drückst, kann man sprechen. Dann hören mich die Kollegen im Revier. Nein, nicht jetzt. Ich zeige es dir später. Vidar, gib mir das Funkgerät. Genau, wenn du gesagt hast, was du sagen willst, lässt du die Taste los. Nein, nicht die. *Die.* Und wenn ich diese Taste drücke, kann ich mit meinen Kollegen sprechen, die in ihren Streifenwagen unterwegs sind. Ich kann sie zum Beispiel fragen, ob sie Hilfe benötigen. Ein Warnschuss? Wo hast du den Ausdruck denn her? Nein, das sind zwei verschiedene Dinge. Einen Warnschuss gibt man vorher ab, solange niemand in Lebensgefahr ist. Ein *Rettungsschuss* ist etwas anderes. Da dürfen wir ohne Vorwarnung schießen. Das ist eine ernste Sache. Manchmal hat man keine andere Wahl, aber das kommt nur selten vor. Sam, einer meiner Kollegen, arbeitet seit 1950 als Polizist, und er musste noch nie einen Rettungsschuss abgeben. Du musst deshalb keine Angst haben. Was sagst du? Doch, ich habe es schon mal gemacht. Zweimal.»

Und so weiter. Vidar war sich nicht sicher, wieso sein Vater ihm das alles erzählt hatte. Vielleicht hatte er ihn danach gefragt. Oder es lag daran, dass sein Beruf das Einzige war, worüber sein Vater hatte reden können. Das war der Teil des Lebens, der für ihn Sinn ergab. Der ihm einen Kontext und einen Zweck gab, eine Antwort auf die schwierigste aller Fragen: wer er war.

Kinder lernen, die Welt zu verstehen, indem sie sehen, was andere tun. Für Vidar nahm die Welt und eine Ahnung davon, wie sie funktionierte, Formen an, indem er seine Eltern beobachtete. Das für sein Weltbild womöglich prägendste Ereignis begann mit einem Telefonanruf. Es musste im Sommer 1979 gewesen sein, als er noch ein Kind war. Der Anruf kam von einer Frau aus Skärkered. Sie hatte gerüchtehalber gehört, dass auf ihrem Grundstück eine Elchkuh vergraben sein sollte. Es hieß, das Tier sei vor vielen Jahren gewildert und heimlich auf dem Grundstück beseitigt worden, das inzwischen ihr gehörte. Die Frau fand den Gedanken unbehaglich und wollte Gewissheit, ob das Gerücht stimmte. Und am liebsten sähe sie es, wenn der Wilddieb gleich mit gefasst und vor Gericht gestellt würde. Sein Papa, der das Gerücht über die gewilderte Elchkuh kannte, meinte, dass es schwierig sein würde, den Schuldigen zu finden. Es sei jedoch durchaus denkbar, dass man den Kadaver aufspüren könne. Allerdings frage er sich, ob es den Aufwand wert sei. Die Frau beharrte auf ihrem Anliegen. Ein gewildertes Tier, das auf ihrem Grundstück verscharrt worden war, empfand sie als gruselig. Ob Sven nicht vorbeikommen könne?

Papa hatte den Anruf am Apparat in der Küche entgegengenommen, an dem die Gesprächslautstärke so hoch eingestellt war, dass Vidar den Hörer immer ein Stück vom Ohr weghielt, damit er kein Kopfweh bekam. Er hatte am Küchentisch gesessen und alles mitangehört.

«Wie macht man das, Papa?»

«Was?»

«Wie findet man etwas, das in der Erde vergraben ist? Musst du das ganze Grundstück umgraben?»

«Es gibt einen anderen Weg. Ich weiß nicht, ob es funktioniert, aber mit ein bisschen Glück klappt es. Ich kann am Wochenende einen Versuch wagen, damit die Frau sich beruhigt. Willst du mitkommen?»

Am Samstag gingen sie zusammen in die Garage. Papa kramte in seinen Schubladen, Vidar stand mit einer kleinen Tasche in der Hand neben ihm.

«Dann wollen wir mal sehen», sagte Papa. «Ich bin froh, dass du dabei bist, Vidar. Ich werde allmählich ein bisschen tüdelig und vergesse Sachen.»

Vidar kam sich superwichtig vor, obwohl Papa seines Wissens nie etwas vergaß.

«Wir brauchen Filterpapier.» Papa zog eine Schublade der Werkbank auf und nahm einen Packen Papierstreifen heraus. «Diese kleinen hier.»

Er reichte den Packen an Vidar weiter, der ihn vorsichtig in die Tasche legte.

«Und Zitronensäure. Die habe ich hier.» Papa nahm eine kleine dünne Flasche von einem Regal. Sie sah aus wie die Flasche mit Hustensaft, den Vidar nehmen musste, wenn er krank war. «Und Ammoniummolybdat.»

«Wie heißt das?»

«Ammoniummolybdat. Das ist ein schwieriges Wort.» Papa zog eine andere Schublade auf. «Hier haben wir es.»

Vidar betrachtete das Fläschchen forschend, ehe er es in die Tasche steckte.

«Einen Block und einen Stift brauchen wir auch noch, aber das habe ich im Auto. Wir können los.»

In Skärkered war die Luft klirrend und klar. Es roch nach Herbst. Das Haus war das graue mit dem braunroten Dach, an dem Vidar und Mama manchmal vorbeiradelten. Das Grundstück war groß und von dichtem Gebüsch umgeben. Die Frau, die sie begrüßte, hieß Elsa. Sie hatte weiße Haare, ein runzliges Gesicht und war nur ein bisschen größer als Vidar, der schon ziemlich in die Höhe geschossen war. Sie hatte freundliche Augen und war ihnen unendlich dankbar, dass sie kamen, um ihr zu helfen. Sie sagte *sie*, als wären Vidar und Papa ebenbürtige Partner, obwohl sie das natürlich nicht waren, und Vidar wurde von der Bedeutsamkeit des Augenblicks erfüllt.

«Dann wollen wir mal», sagte Papa. «Als Erstes zeichnen wir auf unserem Block ein Raster mit gleich großen Kästchen. Das ist das ganze Grundstück. Hier ist das Haus. Hier steht Elsas Garage. Dieses Kästchen, hier oben links, ist die Ecke da drüben, siehst du? Ich würde sagen, sie misst ungefähr einen Quadratmeter, vielleicht etwas mehr. Da fangen wir an. Den Block legen wir solange auf die Verandatreppe. Nimmst du die Tasche mit? Jetzt brauchen wir einen Streifen Filterpapier. Ich mache dir vor, wie es geht, dann kannst du es selbst ausprobieren. Als Erstes brauchen wir ein wenig Erde. An dieser Stelle wächst Gras, also müssen wir ein bisschen graben. Hier, das genügt schon. Nur ein paar Krumen, die streuen wir auf das Filterpapier. Jetzt träufeln wir Zitronensäure und Ammoniummolybdat darauf. Wenn du das Papier hältst, träufele ich. Pass auf, dass du nichts auf deine Schuhe bekommst, das Zeug stinkt fürchterlich. Wir brauchen nur ein paar winzige Tropfen. Jetzt müssen wir einen Augenblick warten. Siehst du, wie das Papier sich verfärbt? Jetzt kleben wir den Streifen mit einem Klecks Kleber in die obere linke Ecke unseres Rasters. Dann machen wir das Gleiche mit allen anderen Kästchen.»

«Mit allen?»

«Ja, mit allen.»

«Aber warum wird das Papier lila?»

«Das ist eine kluge Frage.» Sie gingen wieder in den Garten hinaus. «Die Verfärbung deutet auf eine Veränderung in der Zusammensetzung des Erdbodens hin. Wenn organische Substanzen, wie zum Beispiel tote Tiere, in der Erde abgebaut werden, wirkt sich das auf die Beschaffenheit des

Bodens und auf das Pflanzenwachstum aus. Manchmal auf ganz bestimmte Weise. Wenn hier irgendwo ein totes Tier liegt, könnte sich das Filterpapier an der Stelle dunkel verfärben. Man nennt das Phosphatgehalt. Phosphat verteilt sich in der Erde, aber ungleichmäßig. Der Phosphatgehalt ist also überall ein anderer. Da, wo sich das Filterpapier am dunkelsten verfärbt, könnte also möglicherweise unsere Elchkuh liegen.»

Sie machten sich ans Werk, untersuchten und werteten aus. Es dauerte schrecklich lange. Vidar verlor abwechselnd die Lust und fieberte voller Spannung dem nächsten Resultat entgegen. Die Sonne wanderte über den Himmel, und Papa bestand darauf, dass sie weitermachten, um vor Einbruch der Dunkelheit fertig zu werden.

Nach und nach füllte sich ihr Raster mit Filterpapierstreifen. Zitronensäure tropfte auf Vidars Schuhe. Es stank fürchterlich, und die Filterpapierstreifen sahen alle gleich aus. Er konnte keinen Unterschied in der Farbe erkennen und verlor die Lust.

Als sie endlich den letzten Filterpapierstreifen aufgeklebt hatten, setzten sie sich ins Auto. Papa griff nach seiner Taschenlampe. «Dann wollen wir mal sehen», sagte er. «Es ist besser, wenn wir die Taschenlampe zu Hilfe nehmen. Sie gibt kaltes, klares Licht. Siehst du? In diesem Licht sind die Farbunterschiede deutlicher zu sehen als unter einer normalen Deckenlampe. Es sind ganz schön viele Streifen geworden, oder?»

«Ja.»

Sie begutachteten ihr Farbraster unter angespanntem Schweigen.

«Was meinst du, Vidar?»

Er verstand, dass dies ein wichtiger Augenblick war. Mit dem Zeigefinger in der Luft – Papa hatte ihm eingeschärft, dass man die Filterpapierstreifen nicht berühren durfte – kreiste Vidar vier Proben ein, die sie in der hintersten Ecke des Grundstücks genommen hatten, direkt neben der Garage.

«Da.» Erwartungsvoll und mit einem nervösen Kribbeln im Bauch sah er Papa an. «Oder?» Er ließ seine Hand sinken, fast beschämt. «War das falsch?»

Papa lächelte.

«Ich bin ganz deiner Meinung. Wenn auf diesem Grundstück eine tote Elchkuh vergraben ist, dann da.»

Am folgenden Tag kamen Elsas Söhne zu Besuch. Die beiden wohnten und arbeiteten in der Stadt, waren aber nach Skärkered gerufen worden, wo zwei Schaufeln an der Garagenwand lehnten und auf sie warteten. Sie begannen an der Stelle zu graben, die Vidar mit Papa markiert hatte, und am Ende des Vormittags stießen sie auf den ersten Knochen. Einen Wirbel der Wirbelsäule.

So war das also, dachte Vidar. Alles konnte ans Licht gebracht werden. Alles ließ sich aufklären. Man musste nur hartnäckig bleiben und durfte nicht aufgeben.

18.

Wie bedeutsam und klug er sich damals gefühlt hatte. Je öfter er heute daran zurückdachte, desto mehr bedrückte es ihn.

«Ich überlege, Pilot zu werden», sagte der fast erwachsene Vidar in die Stille des Autos hinein und ahnte im Augenwinkel, dass sein Vater den Kopf drehte.

«Pilot?»

«Oder Feuerwehrmann. Vielleicht auch Soldat. Oder Ingenieur.»

«Alles Berufe, in denen man gut verdient. Aber die Ausbildungen dauern lange.»

«Nicht, wenn man zum Militär geht, oder?»

«Das kommt drauf an, glaube ich.»

Das war alles, was er sagte. Sie bogen in einen kleinen Waldweg in der Nähe von Gut Tiarp ein. Ein Stück vor ihnen flatterte Polizeiabsperrband zwischen den Bäumen. Sein Vater parkte und bat Vidar, den Holzrahmen und den Teigschaber mitzunehmen.

«Was machen wir hier?» Vidars Stimme klang unsicherer, als ihm recht war.

Sven hievte den Gipseimer von der Rückbank und schloss die Tür.

«Einen Abdruck.»

Kurz darauf stand Vidar fröstelnd vor Kälte neben seinem Vater, Holzrahmen und Teigschaber in der Hand. Aufmerksam musterte Sven den gefrorenen Boden.

«Siehst du die Reifenspur?»

«Ja.»

«Leg den Holzrahmen bitte so darüber, dass die Spur in der Mitte ist.»

«Solltest du das nicht lieber machen?»

«Nein, das ist schon in Ordnung. Mach du es.»

Vidar blickte sich um.

«Aber ...»

Seufzend ging er in die Hocke und legte den Rahmen zögernd auf den Boden.

«Drück ihn fest. Er muss im Boden versinken. Tiefer.»

«Ich versuch es ja», zischte Vidar. «Der Boden ist gefroren.»

«Du musst den Rahmen tiefer in die Erde drücken.»

«Ich denke, das reicht.»

«Das ist wichtig, Vidar», sagte sein Vater mit erhobener Stimme. «Das reicht nicht. Du musst ...»

«Ich weiß!»

In dem Moment, als der gefrorene Boden Vidars festem Druck nachgab, begriff er, warum er hier war. Hätte ihn sein Vater nicht dazu gebracht, sich wieder wie ein Kind zu fühlen, hätte ihn die Erkenntnis erschreckt.

Sven besaß nicht mehr die Kraft, es selbst zu tun.

Jetzt öffnete sein Vater den Gipseimer. Der Inhalt war fest geworden. Ein Holzstab steckte in der erstarrten Masse. «Eigentlich soll man den Gips direkt vor Ort anrühren, aber das konnten wir jetzt nicht machen», sagte Sven und rührte die Masse um. «Auf das richtige Verhältnis von Gipspulver und Wasser kommt es an. Man muss sich herantasten und Luftblasen vermeiden.» Er hob den Eimer an und hielt ihn über die Reifenspur. «Halt den Rahmen auf beiden Seiten fest, aber drück ihn nicht tiefer in den Boden. Pass nur auf, dass er nicht verrutscht.»

Sein Vater goss den Gips seitlich neben die Reifenspur. «Das ist eigentlich Aufgabe der Spurensicherung, aber sie haben keine Zeit. Also muss ich es selber machen. Siehst du, ich gieße den Gips nicht direkt in die Spur, das würde den Abdruck zerstören. Man gießt ihn rechts und links daneben, vorsichtig und nicht zu viel, damit er sich gleichmäßig im Rahmen verteilt. Man darf die Masse niemals direkt auf die Spur gießen und nicht zu viel auf einmal nehmen. Wenn man Pech hat, ist der Abdruck nicht zu gebrauchen, das gilt vor allem für Abdrücke auf weichem Untergrund oder auch Schuhabdrücke. Immer nur ein bisschen. Das genügt schon. Die Luft ist ziemlich kalt, wie du merkst, aber hier im Wald ist es schattig und feucht, der Boden lässt sich leichter auflockern, als man denkt.»

Vidar hörte nicht zu. Als der Gipseimer leer und der Holzrahmen mit einer zähen, weißen Masse ausgegossen war, griff sein Vater nach dem Teigschaber und strich vorsichtig darüber, vor und zurück.

«Auch hierbei muss man behutsam sein. Vor allem, wenn man nicht so viel Gips genommen hat. Man darf die Masse nur oberflächlich glatt streichen. Setzt man den Schaber zu tief an, läuft man Gefahr, die Spur zu zerstören, und dann war alles für die Katz. Immer nur an der Oberfläche. Siehst du? Man streicht die Masse nur ein wenig glatt. Willst du es mal probieren?»

«Nein.»

Als sein Vater fertig war, stand er auf und streckte den Rücken durch. Seine Wirbelsäule knackte vernehmlich. Hustend zündete er sich eine Zigarette an.

«Du solltest mit dem Rauchen aufhören.»

«Danke für deine Hilfe, Vidar. Das hast du gut gemacht.»

Vidar verdrehte die Augen.

«Und was machen wir jetzt?»

«Wir setzen uns ins Auto und warten, bis der Abdruck ausgehärtet ist. Das dauert etwa eine halbe Stunde.»

Der Zigarettenrauch brannte Vidar in den Augen. Er sah

sich um. Er konnte es spüren: Hier oben war etwas Schreckliches geschehen.

Die Kälte kroch ins Wageninnere, und die Minuten verstrichen mit quälender Langsamkeit. Keiner von ihnen sagte etwas. In den letzten Jahren hatten sie viel Übung darin bekommen, in der Gegenwart des anderen zu schweigen. Sie brauchten noch mehr Übung.

Schließlich fragte Vidar etwas, bekam aber keine Antwort. Als er den Kopf drehte, sah er, dass sein Vater schlief, das Kinn auf der Brust, die schweren Augenlider geschlossen.

«Papa.»

Vidar berührte ihn am Arm. Sven schrak zusammen, sah sich verwirrt um und starrte seinen Sohn mit aufgerissenen, geröteten Augen an.

«Was hast du gesagt?»

Vidar musterte ihn, mit einem Mal verunsichert.

«Nichts. Es war nicht wichtig.»

«Entschuldige, ich ...»

«Schon in Ordnung.»

Vidar starrte geradeaus durch die Windschutzscheibe, auf die Absperrung und den weißen Abdruck in der Erde. Kein Laut war zu hören.

«Wir haben morgen ein Spiel.»

Sein Vater drehte den Kopf.

«Ach ja? Ein Heimspiel?»

«Ja, gegen Alet.»

«Willst du spielen? Morgen soll es regnen.»

«Was macht das für einen Unterschied, ob es regnet?»

Sein Vater schwieg eine Weile.

«Ich versuche zu kommen.»

Es spielte keine Rolle. Vidar fragte sich, ob Linus dabei

sein würde, einer ihrer Stürmer. Vor dem Tor war er brandgefährlich. Sie brauchten ihn. Alet war eine starke Mannschaft. Der Trainer verstand seinen Job.

«Beim Militär machen sie übrigens auch Abdrücke.»

«Ich weiß nicht, ob ich zum Militär will.»

«Pilot ist auch eine gute Entscheidung. Oder Feuerwehrmann. Aber das andere, was war das andere noch mal?»

«Ingenieur.»

«Da weiß ich kaum, was sich dahinter verbirgt. Ein klarer Beruf hat seine Vorteile. Ich ...»

Sein Vater fuhr zusammen und verstummte. Ein Schatten war über den Rückspiegel gehuscht.

«Was war das?», fragte Vidar.

«Ein Vogel, glaube ich.» Sein Vater kniff die Augen zusammen und blickte zum Himmel, der zwischen den Baumkronen hindurchschimmerte. «Nur ein Vogel, der aufgeflogen ist.»

Wir eifern den Menschen nach, deren Anerkennung wir gewinnen möchten, sie aber nur schwer erlangen. Alles andere wäre seltsam. So kämpfen wir darum, wahrgenommen zu werden, hoffen, das zu bekommen, was wir uns ersehnen und was wir uns von anderen wünschen. Andere Mittel stehen uns nicht zur Verfügung, weder in der Kindheit noch später.

Es sollte lange dauern, bis Vidar Jörgensson zu dieser Einsicht gelangte, und als er es schließlich tat, fiel ihm dieser Tag ein, oben auf dem Nyårsåsen, am Rand von Tiarp, als er mit seinem Vater im Auto saß, frierend und ohne zu verstehen.

In dem Moment wünschte er, er hätte eher verstanden.

19.

Stina Franzén hatte keinen Freund und nur ein paar kurze Schwärmereien auf dem Gymnasium hinter sich. Sie arbeitete als Kellnerin im Grand Hotel am Bahnhof. Um dreiundzwanzig Uhr hatte sie Dienstschluss gehabt und das Restaurant eine Viertelstunde später verlassen. Augenzeugen zufolge wollte sie nach Hause. Alles war wie immer. Sie wirkte erschöpft, aber fröhlich. Sie verabschiedete sich von ihren Kollegen und ging durch den Personaleingang zum Parkplatz, wo ihr Opel stand.

Dort hatte jemand auf sie gewartet.

Die Kollegin, die Stina als Letzte gesehen hatte, hatte gerade den Müll nach draußen gebracht. Sie traf Stina in der Tür und hielt sie ihr auf. Als die Kollegin sich umdrehte, vernahm sie Schritte, als ginge jemand auf Stina zu. Sie meinte gehört zu haben, dass Stina sagte *Hallo, was machst du denn hier?*, wie man es tut, wenn man unvermutet jemanden trifft, den man kennt.

Dann klappte die Tür hinter der Kollegin zu, und Stinas *Was machst du denn hier?* war das Letzte, was jemand von ihr hörte. Auf dem Parkplatz hatte jemand gestanden, da war sich die Kollegin sicher. Im Schatten, in unmittelbarer Nähe.

Keine zwei Stunden später ging der Telefonanruf ein. Da war es geschehen, und der Opel stand verlassen auf einem Waldweg in der Nähe von Gut Tiarp.

Stinas Wohnung in Vallås war unangetastet. Keiner der Nachbarn hatte sie nach Hause kommen sehen. So weit war sie nicht gekommen.

Sven stand in der Kälte auf dem Parkplatz des Grand

Hotel und sah sich um. Autos kamen und fuhren weg. In den Gesichtern der Menschen hatte sich etwas verändert. Die Stadt war von einer Angst erfasst, wie er es noch nie zuvor erlebt hatte.

Oder es war nur er selbst.

Wer hatte hier draußen im Schatten gewartet? Stina Franzéns Ex-Freunde und andere mögliche Kandidaten besaßen Alibis. Sein Blick verweilte auf der leeren Parklücke, wo ihr Opel gestanden hatte. Keinerlei Hinweise.

Hallo, dachte Sven. *Was machst du denn hier?*

Ein Bekannter. Stina Franzén hatte die Person gekannt.

Ihre Eltern standen unter Schock. Er wusste nicht, was er ihnen sagen sollte, also sagte er sehr wenig. Antwortete auf die wenigen Fragen, die sie herausbekamen. Sie wurden psychologisch betreut. Der psychiatrische Dienst hatte in der Tatnacht alle Hände voll zu tun gehabt, um den vielen armen Seelen beizustehen, denen der Tod des Ministerpräsidenten zusetzte.

Es gab wenige Gedanken, die Sven nicht zu denken wagte, doch einer davon war, was passieren würde, wenn ihm sein Sohn genommen würde. Wie sollte das Leben danach weitergehen?

Es war unvorstellbar.

Er dachte an den Gipsabdruck im Wald. Ihm wurde seltsam warm ums Herz. Er hatte Vidar erklärt, wie man einen Abdruck sichert, wie damals, als er klein war. Einen kurzen Moment lang war es fast wie früher gewesen. Und er hatte sich gut dabei angestellt, der Junge.

Sven ging zu einer Telefonzelle und rief zu Hause an, um Bibbis Stimme zu hören.

«Was machst du?», fragte er.

«Ich gieße die Blumen.»

Das verschlug ihm die Sprache. Begriff sie nicht?

Nein, sie begriff nie etwas. Für Bibbi bestand die Welt aus Blumen, den Gästen im Scandic Hotel, ihren Freundinnen oben im Simlångsdalen, der Hausarbeit – Wäsche, Abwasch und Gartenarbeit –, neuen Bechern aus der alten Töpferei in Oskarström und ihrer morgendlichen Zeitung mit dem Kreuzworträtsel auf der letzten Seite. Sie lebte in einer geschützten Blase, die Frau, die seit so vielen Jahren an seiner Seite war. Sie sah die Dinge nicht, die er sehen musste und die er ihr nicht zu erzählen wagte.

Er sah all das Hässliche und dessen Sinnlosigkeit. Jedes Geschäft hatte Bargeld vorrätig. Jeder konnte einem zugedröhnten und verzweifelten Irren über den Weg laufen, in einem Geschäft, in dem Frau oder Sohn gerade mit einem Liter Milch oder einer Packung Brot in der Hand vor den Regalen standen, die Situation könnte aus dem Ruder laufen und der Irre eine Pistole ziehen und um sich schießen. Auf allen Straßen waren betrunkene oder unter Drogen stehende Autofahrer unterwegs. Vidar, Bibbi oder einer seiner Nachbarn konnten jederzeit in einem brennenden Autowrack im Straßengraben liegen. Die Leute brachten sich schon wegen eines läppischen Streits um einen freien Parkplatz oder einen flüchtigen Kuss an Mittsommer um. Alles war vergänglich und konnte verloren werden. Er sah es tagtäglich. Er konnte die, die er liebte, jeden Moment verlieren.

Sven kämpfte jeden Tag darum, als wäre es eine Schuldigkeit, die ihm früh im Leben aufgebürdet worden war: nicht den Glauben zu verlieren.

20.

Auf dem Heimweg, nachdem sie Wille zu seinen Eltern gebracht hatte, sah Gisela die Polizeiabsperrung, die in der Nacht errichtet worden war, und die Streifenwagen, die an der Wegböschung parkten. Was um alles in der Welt war hier passiert? Aus dem Jungen war nichts anderes herauszubekommen gewesen, als dass ein böser Mann jemanden geschlagen hatte.

Ein Pritschenwagen rumpelte den Schotterweg entlang. Gisela wich zur Seite aus. Es war der alte Carl-Henrik Håkansson.

Er hielt neben ihr an und kurbelte das Fenster herunter.

«Hallo, Gisela. Wie geht's?»

«Ich kann nicht klagen.»

«Machst du einen Spaziergang?»

«Ja.»

In der ländlichen Umgebung von Marbäck lebten nach wie vor überwiegend Bauern, Pächter und Handwerker. Carl-Henrik war nett, mitunter jedoch ein wenig zu neugierig und aufdringlich. Obwohl er weit über sechzig war, verdiente er seinen Lebensunterhalt nach wie vor, indem er über die Dörfer fuhr und alten Schrott einsammelte, den er zum Verwertungsbetrieb in die Stadt brachte, auch an den Wochenenden. Und er nahm fast alles; auf der Ladefläche standen bereits ein ausgedienter Rasenmäher und ein alter Betonmischer.

«Du bist heute auch fleißig, wie ich sehe.»

«Der Betonmischer ist von Arvid Carlsson. Er meinte, er hätte gestern Abend versucht, ihn zu reparieren. Linders

Junge hat ihm dabei geholfen. Das Ding wiegt eine Tonne, man muss zu zweit sein. Aber als Arvid ihn heute Morgen ausprobiert hat, sprang er nicht an. Also hat er ihn mir mitgegeben. Der Rasenmäher ist von Olssons. Ich hole noch einen Bootsmotor aus Fammarp, dann bringe ich die Fuhre zum Schrottplatz.» Carl-Henriks alte graue Augen blickten plötzlich beunruhigt drein. Der Motor lief im Leerlauf, eine Abgaswolke umnebelte den Pritschenwagen. «Merkwürdige Zeiten», sagte er.

«Ja.»

«Soll ich dich ein Stück mitnehmen?»

«Nein danke, ich komme klar.» Gisela blickte auf die Polizeiabsperrung. «Weißt du, was da passiert ist?»

«Offenbar wurde jemand ermordet. Ein Mädchen. Oder eine Frau. Kein Kind, aber jung.»

«Oh.» Giselas Magen krampfte sich zusammen. «Wer? Jemand von hier?»

«Das weiß man noch nicht. Vielleicht. Aber sie soll wohl ... Ja, ich bin nicht sicher, aber ich habe gehört, dass sie vergewaltigt wurde.» Carl-Henrik sah sie an. «Deswegen dachte ich ... Willst du nicht doch lieber mitfahren?»

«Das ist lieb, aber danke nein.»

Carl-Henrik trommelte nachdenklich mit den Fingern aufs Lenkrad, dann nickte er seufzend.

«Von Palme hast du schon gehört, nehme ich an.»

«Ja.»

«Teufel, was für eine Nacht. Ich konnte ihn nie leiden, aber deshalb wünscht man jemandem ja nicht den Tod. Nun denn, ich denke, ich muss jetzt weiter. Der Schrott muss auch heute abgeliefert werden. Bist du sicher, dass ich dich nicht mitnehmen soll?»

«Ganz sicher», sagte Gisela, die sich ganz und gar nicht sicher fühlte.

Sie sah dem Pritschenwagen nach. Eine junge Frau. Carl-Henrik war um ihre Sicherheit besorgt, um seine eigene machte er sich keine Gedanken. Das war typisch: die eine Hälfte musste keine Angst haben, dass ihr Gewalt angetan wurde, jedenfalls nicht diese Art von Gewalt. Sie sah sich um. Der Wald war tief und voller Schatten.

Als sie weiterging, beschleunigte sie ihre Schritte nicht nur, weil sie nach Hause wollte, um zu telefonieren und sich zu vergewissern, dass es allen Freunden und Bekannten gutging.

Robert war unterwegs. Er brachte den Lkw zur Spedition zurück, wo sein Auto stand. Anschließend wollte er noch einkaufen fahren. Bis er nach Hause kam, würde es noch eine Weile dauern, trotzdem behielt sie die Straße im Blick, in der Hoffnung, seinen alten klapprigen Saab auftauchen zu sehen.

Zu Hause wartete jemand auf sie. Ein junger Polizist wollte ihre Aussage zu Wille aufnehmen. Er entschuldigte sich, dass er erst jetzt käme, sie hätten auf dem Revier gerade alle Hände voll zu tun. Sein Auftreten war professionell, aber er machte einen zurückhaltenden, fast schüchternen Eindruck, als würde er es sich gut überlegen, ob und wann er ihr ins Gesicht sah. Er kam ihr bekannt vor, aber sie konnte ihn nicht einordnen, bis er sich als David vorstellte und sagte, er wohne auf dem Nyårsåsen, ein Stück entfernt.

«Darum kenne ich Sie», sagte sie. «Ich habe Sie schon öfter hier in der Gegend gesehen.»

«Ja, Sie kamen mir auch gleich bekannt vor.»

Er stand in seiner Uniform da und sah sie gelassen an, strahlte Ruhe und Sicherheit aus, und genau das brauchte sie in diesem Moment. Als er Giselas Aussage aufgenommen, sich für ihre Zeit bedankt und die Bruchbude verlassen hatte, fühlte sie sich seltsam allein.

Sie selbst hatte das Haus in Risarp Bruchbude getauft. Als Robert es hörte, hatte er gelacht.

«Witzig», sagte er.

«Zutreffend», spezifizierte sie, denn es traf zu.

Alles war alt: die Rohre, die Waschmaschine, die Toilette, die Lampen, die Heizung, die schon lange keine Wärme mehr abgab, sondern nur knackte. Die Türen waren dünn, die Wände und die knarrenden Fußböden schadhaft. Aber das Haus was schimmelfrei. Das genügte Gisela. Und sie hatte es günstig bekommen. Ans Grundstück grenzte ein weitläufiges Feld, das sich bis hinauf zur dunklen Baumlinie des Nyårsåsens erstreckte. Es gehörte irgendwem, aber, wie so oft hier oben, war unbekannt, wem genau.

Seit fast einem Jahr wohnte sie nun hier. Christian war anfangs ein paar Mal hier gewesen, hatte sich aber kein bisschen wohlgefühlt. Vielleicht hatte er sie deshalb verlassen. In der ersten Zeit, als sie im Kopf Listen mit Gründen für die Trennung erstellte, hatte sie sich das eingeredet. Ja, hatte sie gedacht, vielleicht war die verfluchte Bruchbude schuld. Vermutlich war es ein Versuch gewesen, eine Antwort zu finden und ein neues Kapitel aufzuschlagen. Christian und sie hatten hier kein einziges Mal miteinander geschlafen.

Dann war Robert in ihr Leben geplatzt, hatte die Bruchbude liebevoll betrachtet und gemeint, dass sie, allen Mängeln zum Trotz, einen gewissen Charme besäße.

Sie mochte Robert, mochte, wie er sie ansah und anfasste, wie er ihr zuhörte, wenn sie sich am Küchentisch gegenübersaßen oder in den Nächten, in denen er auswärts schlief, miteinander telefonierten, seine besonnene Art, dass er den gleichen Musikgeschmack hatte wie sie, dass es ihm keine Angst zu machen schien, dass sie war, wer sie war. Bei ihm fühlte sie sich geborgen, genauso geborgen wie in der Bruchbude in Risarp.

An diesem Nachmittag brach die Dunkelheit früh herein. Sie saß stundenlang am Telefon. Allen ging es gut, aber die Angst ging um. Bisher wusste niemand, wer die junge Frau war. Gisela starrte hinaus in die Schwärze vor dem Fenster.

21.

«Ich brauche jemanden zur Unterstützung.»

Svens Vorgesetzter Reidar Björkman war ein mürrischer Mann in den Fünfzigern, eher Buchhalter als Polizist, mit Schnurrbart, kurzgeschnittener Lockenfrisur und großen Brillengläsern. Es hieß, er sei ein schlechter Mensch, aber ein fähiger Polizist. Sven hatte ein paar Mal versucht, ihn in ein Gespräch zu verwickeln, doch angesichts der Tatsache, dass Björkmans einziges Interesse den Pferden auf dem heimischen Hof in Veinge galt und Svens wahre Leidenschaft im Leben neben der Jagd darin bestand, für sich allein schweigend dazusitzen, hatten sie Schwierigkeiten gehabt, ein gemeinsames Thema zu finden.

Jetzt sah Björkman aus, als hätte Sven ihn gekränkt.

«Und wer sollte das sein?»

«Irgendwer. Ich schaffe das nicht allein. Carlén? Sie ist gut. Sie war heute Nacht mit dabei.»

«Sie ist beschäftigt.»

«Womit?»

«Mit dem Einbruch in der Sibylla-Filiale.»

In Björkmans Büro roch es muffig und säuerlich. In der Ecke standen seine Reitstiefel, in denen er aus unerfindlichen Gründen tagtäglich zur Arbeit kam. Vielleicht bemerkte er die Ausdünstungen nicht mehr.

Björkman senkte den Blick auf seine Schreibtischplatte.

«Jörgensson. Der Ministerpräsident ist vor weniger als sechsunddreißig Stunden ermordet worden.»

«In Stockholm.»

«Und wir haben genug eigene Baustellen.»

Sven startete einen neuen Versuch. «Wir können das Ganze nicht mehr lange unter Verschluss halten. Die Zeitungen werden darüber berichten, sie haben schon angerufen. Das Krankenhaus hat die Verletzungen der Frau bestätigt. Der Kerl hat sie vergewaltigt, bevor er sie totgeprügelt hat. Das ist widerwärtig, Reidar. Die Leute werden uns die Hölle heißmachen, wenn wir nicht mehr Ressourcen auf den Fall verwenden.»

Björkmans Miene war hart und verbissen, die Haut hinter seinen Brillengläsern gräulich lila. Er griff nach einem halbvollen Kaffeebecher, trank ihn aus und verzog das Gesicht.

«Widerliche Plörre.»

Die Bürotür stand offen. Auf dem Flur erklangen Schritte. Sven drehte sich um. Ein junger blonder Mann ging vorbei.

«Ihn kannst du haben», sagte Björkman, als würde er sich damit ein Problem vom Hals schaffen.

«Wer ist das?»

«Er ist neu. Aber er war oben in Tiarp und hat mit einer Zeugin gesprochen.»

«Hat er? Mit wem?»

«Mit dieser Mellberg. Wie heißt sie noch? Gunnel? Ich habe ihn hingeschickt, als du mit dem Jungen geredet hast.» Björkman stand auf und ging zur Tür. «Hallo?» Er hob die Stimme. «Hallo, du da. Wie heißt du noch mal?»

«David», antwortete eine unsichere Stimme.

«Komm mal her.»

Der junge Mann kam mit den Händen in den Hosentaschen angetrottet, als wäre er auf dem Weg ins Büro des Schuldirektors, um sich eine Strafpredigt abzuholen.

Sven musterte ihn skeptisch.

Das war er. Der Kollege, der Sven auf der Toilette gefunden hatte.

22.

David Linder war Polizeiassistent kurz vor dem Abschluss. Er stammte aus der Gegend um Tiarp, von einem Hof, nur einen Steinwurf von der schönen alten Kirche in Vapnö entfernt. Er war groß und blond und hatte Schultern und Hände wie ein Knecht, als den seine Eltern ihn vielleicht gern gesehen hätten.

«Was für eine fürchterliche Geschichte.» Kopfschüttelnd legte David das Blatt mit Ermittlungsnotizen, das er in der Hand hielt, auf den Tisch. «Ich habe Gisela Mellbergs Aussage zu dem Jungen, Wille, aufgenommen, aber mir war nicht klar, dass das Ganze so furchtbar ist. Und noch dazu gleich um die Ecke. Ich habe als Kind da oben im Wald gespielt und immer gedacht, dass eines Tages meine Kinder da spielen würden. Und plötzlich steht da ein Auto mit einer vergewaltigten und ermordeten Frau. Während zur selben Zeit der Ministerpräsident erschossen wird. In was für einem Land leben wir eigentlich? Schrecklich.»

Sie standen in einem Büro des Polizeireviers. Sven nahm eine Aufnahme des Gipsabdrucks aus einer Klarsichthülle.

«Dieser Abdruck ist nicht von Stina Franzéns Auto. Ich glaube, er könnte vom Fahrzeug des Täters stammen. Wir haben einen Zeugen, der aussagt, zwei Autos gesehen zu haben. Seiner Beschreibung zufolge hatte das zweite eine Ladefläche. Ein Pick-up vielleicht?»

Sven zeigte David die Zeichnung, die Wille in sein Notizbuch gekritzelt hatte.

«Der Junge ist erst sechs», gab David zu bedenken.

«Sechsjährige sehen mehr, als man denkt.»

David antwortete nicht. Stattdessen wandte er sich wieder dem Gipsabdruck zu.

«War die Spurensicherung schon vor Ort?»

«Den Abdruck habe ich genommen. Gestern.»

Fast hätte Sven voller Stolz hinzugefügt: mit meinem Sohn. Aber das ging nicht, also sagte er nichts. David klopfte auf die Aufnahme.

«Hier in der Gegend gibt es zig Pick-ups oder ähnliche Nutzfahrzeuge. Und nicht alle sind offiziell registriert, werden aber trotzdem gefahren, weil die Leute darauf angewiesen sind. Wir haben auch einen Pick-up auf dem Hof. Was ist mit dem Wagen, den wir sichergestellt haben? Was für eine Marke war das noch gleich? Ein Opel?»

«Ja, was soll damit sein?»

David musterte Sven mit klaren blauen Augen.

«Hat sich den schon jemand angesehen?»

«Es ist noch keiner dazu gekommen. Er steht in der Garage der Spurensicherung.»

Er hätte einen Kriminaltechniker um einen Gefallen bitten können. Was das Problem wahrscheinlich gelöst hätte. Aber wer Sven kannte, wusste, dass ein solcher Gefallen für ihn dasselbe gewesen wäre, wie um Hilfe zu bitten, das Haus zu streichen oder das Feuerholz für den Herbst zu hacken. Man löste kein Problem, indem man sich in jemandes Schuld begab. Dabei kam nie etwas Gutes heraus.

«Wir müssen so weit wie möglich mit den Ermittlungen vorankommen, bevor die Sache in den Zeitungen breitgetreten wird.» Ironischerweise hatten die Schüsse in Stockholm sie bisher vor der Nachstellung der Medien bewahrt. Doch diese Schonfrist lief bald aus. «Ich hätte den Wagen selbst untersuchen können, aber ...»

Es geschah wieder. Er saß am Steuer von Stina Franzéns Opel, die Hände am Lenkrad, den Anblick ihres Körpers im Rückspiegel, und raste die Tiarper Landstraße entlang in Richtung Krankenhaus. Der einsame Kirchturm der Vapnöer Kirche, der in der nächtlichen Dunkelheit zum Himmel emporragte, der scheußliche Geruch im Auto, die Einsamkeit. Angst schnürte ihm die Kehle zu, löste ein Brennen hinter seinen Augenlidern aus, ließ seine Hände zittern. Was zum Teufel?

«Ich dachte», sagte sein junger Kollege sanft, als wolle er ihn auffangen, falls er fiel, «dass wir zusammen einen gründlichen Blick darauf werfen könnten. Natürlich nur, wenn es dir recht ist.»

Der Opel stand in einer dunklen Ecke der weitläufigen Halle. Sven starrte ins Wageninnere, als ginge darin ein Geist um. Am liebsten hätte er sich eine Zigarette angezündet, doch er riss sich zusammen.

Das Fahrzeug war dunkelblau und in gutem Zustand. Sie sicherten Spuren einer Flüssigkeit, vermutlich Speichel, und von Blut. Unmengen Blut. Die im Sitzbezug eingetrockneten Flecken waren schwarz und servierplattengroß. An einigen Stellen entdeckten sie vereinzelte Spritzer und Tropfen. David betrachtete sie nachdenklich.

«Ich bin kein Blutspurenexperte, aber die Stellen kommen mir seltsam vor. Die Spritzer an der Nackenstütze zum Beispiel. Sie könnten von einer anderen Person stammen.»

Auf einer der beiden hinteren Fußmatten sicherte Sven den Abdruck eines Stiefels Größe vierundvierzig, wahrscheinlich der des Täters, weil er zum Tatzeitpunkt frisch gewesen war und das Opfer Schuhgröße siebenunddreißig trug. David sicherte einen identischen Abdruck auf der Fußmatte des vorderen Beifahrersitzes.

«Und der hier?»

Diesmal deutete David auf einen Schuhabdruck im Fußraum des Fahrersitzes.

«Ich fürchte, der ist von mir», sagte Sven leise und rutschte hinters Steuer.

Übelkeit stieg in ihm auf. Aus dem Augenwinkel sah er zum Beifahrersitz. Da hatte der Täter gesessen. Stina Franzén hatte ihn kutschiert. Sven schluckte. Das Wageninnere wurde klaustrophobisch eng.

«Was haben wir eigentlich an der Hand?», fragte David. «Nur mögliche Blutspuren?»

«Und Speichel vermutlich.»

«Kein Sperma?»

«Wie es aussieht, nicht. Nicht in ...» Sven zögerte. «Nicht in ihr. Jedenfalls der ersten Rückmeldung des Krankenhauses nach. Es deutet auch nichts darauf hin, dass der Täter ein Kondom benutzt hat.»

«Also bekommt er keinen Samenerguss», folgerte David.

«Jedenfalls nicht in dem Moment.»

«Du meinst, das könnte er später nachgeholt haben?»

«Manche machen das wohl so.»

«Was könnte das bedeuten?»

Zögernd berührte Sven das Lenkrad.

«Ich weiß es nicht. Dass es ihm nicht in erster Linie um Sex ging, vielleicht.»

«Obwohl er die Frau vergewaltigt hat?»

Sven nickte, schwieg aber. Es ließ sich nicht sagen, was in seinem Kopf vorging. David nahm einen Zettel aus dem Handschuhfach und musterte ihn mit gerunzelter Stirn.

«Eine Tankquittung.» Er hielt sie gegen das Licht. «Sieht ganz danach aus, als hätten wir hier einige Fingerabdrücke.»

Behutsam schob er den Zettel in einen Klarsichtbeutel und hielt die Quittung erneut ins matte Licht der Innenbeleuchtung.

«Die Fingerabdrücke müssen von Stina Franzén sein. Sie hat Freitagabend um zwanzig nach elf an der OK-Tankstelle in der Slottsgatan getankt. Eine halbe Tankfüllung, obwohl sie noch Benzin im Tank hatte und nur nach Hause wollte.»

«Vielleicht hatte sie am nächsten Tag eine längere Fahrt geplant?»

«Aber wenn sie nach Hause wollte, warum ist sie dann in diese Richtung gefahren? Ihre Wohnung liegt in der entgegengesetzten Richtung, in Vallås. Da gibt es auch eine Tankstelle.»

«Du denkst also nicht, dass sie nach Hause wollte?»

David zögerte.

«Du hast doch gesagt, auf dem Parkplatz hätte jemand auf sie gewartet, oder? Ein Bekannter.»

«Jedenfalls deutet alles darauf hin, dass sie die Person kannte.»

David betrachtete die Quittung.

«Vielleicht wollte sie die Person nach Hause fahren.»

23.

Die Stille zwischen ihnen war seltsam angenehm. David hing schweigend seinen Gedanken nach und blickte aus dem Fenster auf die vorbeiziehende Landschaft, Sven fuhr und wünschte, so würde es sich anfühlen, wenn sein Sohn neben ihm auf dem Beifahrersitz saß.

Draußen fiel ein dünner Nieselregen. Im Radio dudelte Stings neueste Single. Sven verzog das Gesicht.

«Man versteht kein Wort von dem, was der Kerl singt.»

«Ich hoffe, die Russen lieben ihre Kinder auch, glaube ich», sagte David.

«Danke, ich kann Englisch.»

Aber was es bedeuten sollte, begriff er trotzdem nicht. Sie hielten auf dem Parkplatz der Tankstelle. Hinter der Kasse stand ein schlaksiger Teenager mit braunem Haar und ängstlichem Blick. Auf Nachfrage stellte sich heraus, dass er am fraglichen Abend gearbeitet hatte.

Sven zog ein Foto aus der Innentasche seiner Jacke. Der junge Mann nahm es zwischen seine langen Finger und betrachtete es. Er hatte einen ausgeprägten Überbiss, seine Vorderzähne waren permanent zu sehen. Jetzt kratzte er sich an seiner pickeligen Wange.

«Sie war am Freitag hier und hat getankt.»

«Um wie viel Uhr?»

«Das weiß ich nicht mehr genau. Irgendwann nach meiner Pause um neun. Eine ganze Weile bevor die Nachricht von Palme im Radio kam. Kurz nach elf vielleicht.»

Sie habe keinen verängstigten oder nervösen Eindruck gemacht. Sich nicht umgesehen oder so. Sie habe ganz normal gewirkt, sagte er. Und sie sei allein gewesen. Er könne sich nicht erinnern, ob zur selben Zeit noch andere Kunden im Laden gewesen seien. Gut möglich, dass noch jemand zwischen den Regalen gestanden habe, aber die Frau sei allein in den Laden gekommen.

«Glaube ich jedenfalls. Ich habe nicht so genau darauf geachtet.»

«Gibt es hier keine Überwachungskameras?»

Die Augen des Jungen weiteten sich.

«Nein.»

«Und draußen?», fuhr Sven fort.

Der Blick des Teenagers wanderte von Sven zu David.

«Ist irgendwas passiert?»

«Ja», sagte Sven. «Draußen bei den Zapfsäulen. Hast du da jemanden gesehen?»

«Nein, aber es hat jemand im Auto gesessen.»

«In welchem Auto?»

«In ihrem. Auf der Beifahrerseite», erklärte der Teenager nervös. «Bei den Zapfsäulen war niemand, aber im Auto.»

«Woher weißt du, welches Auto der Frau gehört hat?», fragte David.

«Sie hat vor dem Bezahlen draufgezeigt und gesagt, dass sie an der Zwei getankt hat. Ich habe rausgeguckt, um zu kontrollieren, ob es stimmt. Die Kunden vertun sich manchmal und denken, sie hätten an der Zwei getankt, obwohl sie an der Eins stehen. Und da habe ich gesehen, dass ein Mann im Auto saß.»

«Bist du sicher, dass es ein Mann war?», fragte Sven.

«Ja, so was sieht man.»

Sven gab sich damit zufrieden.

«Kannst du den Mann beschreiben?»

«Ja, also ... Draußen war es dunkel. Ich konnte ihn nicht genau erkennen. Nur seine, wie nennt man das, wenn man nur die Umrisse sieht? Seine ...»

«Silhouette?»

«Genau. Aber ich bin sicher, dass es ein Mann war.»

«Was für eine Frisur hatte er?», fragte David.

«Kurz. Blond vielleicht. Aber ich bin mir nicht sicher. Vielleicht hatte er auch eine Mütze auf.»

«Du denkst, er hat eine Mütze getragen?», hakte Sven nach.

«Ja, vielleicht. Ich weiß es nicht. Entweder hatte er kurze Haare oder eine Mütze auf.»

«Keine Baseballkappe?»

«Nein, die Mütze hatte keinen Schirm.»

Sven nickte. *Mütze?* notierte er. Was das Detail anging, hatte Wille vielleicht richtig gesehen. Das war ermutigend.

«Konntest du erkennen, ob der Mann eine Brille trug?»

«Nein.»

«Nein, wie in ...?»

Der Junge blinzelte.

«Hä?»

Frust stieg in Sven auf.

«Nein, wie in: Er trug keine Brille, oder nein, wie in: Du konntest keine Brille erkennen?»

«I-ich», stotterte der Junge, «ich konnte keine Brille erkennen.»

«Okay. Danke.»

«Wie hat der Mann gesessen?», fragte David. «Hat er sich nach vorn gebeugt, oder saß er aufrecht? In welche Richtung hat er geblickt?»

«Ich glaube ...» Der Junge zögerte. «Doch, ich glaube, er hat aufrecht gesessen. Und ich glaube, er hat sie angestarrt.»

24.

Als er zurückkam, erwarteten ihn in der klammen Märzkälte vor dem Eingang des Polizeireviers zwei schwarz gekleidete Schatten, ein Mann und eine Frau. Sven war mit David ins Gespräch vertieft und blieb überrumpelt stehen, als Stina Franzéns Vater die Hand ausstreckte und ihn aufhielt.

«Können Sie ... Können wir reden? Über Stina?»

Dunkle Ringe umschatteten seine Augen, sein Blick war blutunterlaufen, seine ausgestreckte Hand zitterte, als litte er unter Entzugserscheinungen. Seine Frau stand neben ihm, steif und angespannt.

«Natürlich. Guck, ob du einen Techniker der Telefongesellschaft an die Strippe bekommst», wies Sven David leise an, der schnell davoneilte, den Blick auf den Boden geheftet, als wäre es verboten, den Eltern in die Augen zu sehen.

Der blasse Himmel senkte sich auf Sven herab. Er bekam kaum noch Luft. Sie blieben allein zurück und sahen sich an, er und die Eltern der Tochter, die er nicht hatte retten können.

Als er sich im Polizeirevier hinter seinen Schreibtisch setzte, bekam er einen heftigen Hustenanfall, die Art Anfall, gegen die man sich nicht wehren kann und bei der sich die Leute vorbeugen und fragen, ob man ein Glas Wasser möchte. Laut und hart prallte der Husten gegen die Wände.

Das Paar vor seinem Schreibtisch tat nichts. Es saß nur da.

«Ich bitte um Verzeihung», presste Sven hervor. «Entschuldigung.»

«Also ...», begann Stina Franzéns Mutter zögernd. «Ich erinnere mich nicht, was wir gestern vereinbart haben, alles ist so chaotisch. Wir dachten, dass wir uns noch einmal treffen sollten, wenn es Ihnen recht ist. Das Ganze ist ... Es ist unbegreiflich.»

«Das verstehe ich. Ich kann ... Wir tun alles, was in unserer Macht steht, um den Täter zu fassen.»

«Tun Sie das?» Die Mutter ähnelte ihrer Tochter. Die Ähnlichkeit zeigte sich in den Augen, in der Mundpartie, in der Form des Kinns. «Ich meine, niemand interessiert sich für uns. Alle denken nur an Palme.»

«Ich interessiere mich für Sie.»

«Seit dem Krankenhaus durften wir unsere Tochter noch nicht einmal sehen», fuhr Stina Franzéns Mutter fort. «Wo ist sie?»

«Möchten Sie Ihre Tochter noch einmal sehen?»

«Ja.»

«Ich kümmere mich darum.»

Sven zog sein Notizbuch aus der Hemdtasche. Es sei gut, dass sie gekommen seien, sagte er. Wenn sie die Kraft dazu aufbrächten, würde er gerne einige Details mit ihnen abgleichen?

«Unserer Ansicht nach», begann er langsam, «hat sich der Tathergang folgendermaßen abgespielt: Ihre Tochter hat das Grand Hotel nach ihrem Schichtende kurz nach dreiundzwanzig Uhr verlassen. Vor dem Personaleingang wartet jemand auf sie. Obwohl sie noch Benzin hat, tankt sie wenige Minuten später an der Tankstelle in der Slottsgatan und macht den Tank voll.» Sven senkte die Stimme, obwohl sie allein im Büro waren. «Auf dem Beifahrersitz sitzt ein Mann, ein Bekannter vermutlich. Wir glauben, dass es sich um denselben Mann handelt, der vor dem Personaleingang auf sie gewartet hat. Ein mutmaßlicher Zeuge hat später einen Teil der Tat oben im Wald beobachtet. Aber aufgrund der Dunkelheit konnte er nicht viel erkennen.» Er räusperte sich. «Wurde Ihre Tochter häufiger nach der Arbeit abgeholt?»

Die Eltern wechselten einen Blick. Schüttelten den Kopf.

«Dieser Zeuge», sagte die Mutter, «der, wie Sie sagen, etwas beobachtet hat. Glauben Sie, er hat gesehen, wie ... Hat er gesehen, wie Stina ...»

«Ja, das glauben wir.»

«Warum, ich meine, warum tut er nichts? Wie kann er das einfach geschehen lassen?»

«Ganz genau», sagte der Vater kalt. «Wer steht einfach nur da und sieht tatenlos zu?»

«Ein sechsjähriger Junge. Er bekommt Angst.»

Die Mutter hob die Hand vor den Mund. Der Vater senkte den Blick.

«Das ist unser momentaner Ermittlungsstand. Ich halte Sie auf dem Laufenden, Sie haben mein Wort.»

«Ich ...», begann Stina Franzéns Mutter erneut, den Blick auf ihren Mann gerichtet. «Also ...» Sie wandte sich Sven zu. «*Wir* haben ausgesagt, dass wir ein gutes Verhältnis zu unserer Tochter haben, und das haben wir. Ein sehr gutes sogar. Aber im letzten Jahr hatten wir nicht viel Kontakt. Wir wohnen in der Nähe von Mickedala, Stina draußen in Vallås, auf der anderen Seite der Stadt. Sie ist erwachsen, und wir wollten uns nicht zu sehr einmischen. Sie sollte ihr eigenes Leben führen. Sie hatte sich darauf gefreut, von zu Hause auszuziehen. Sie hat sich wohlgefühlt, und wir hatten ein gutes Verhältnis.»

Die Mutter hielt inne, als warte sie auf Bestätigung vonseiten ihres Mannes. Der sah sie jedoch nur fragend an.

«Aber in der letzten Zeit, seit einem Monat etwa, hatte ich das Gefühl, dass etwas war. Ich dachte, sie hätte vielleicht jemanden kennengelernt.»

«Das weißt du nicht», wandte ihr Mann ein und bedachte sie mit einem tadelnden Blick.

«Nein, aber ich ...» Stina Franzéns Mutter rang die Hände. «Vielleicht stimmt es nicht, aber ich hatte das Gefühl, dass irgendetwas war. Und dann diese seltsamen Anrufe, die sie bekam.»

«Anrufe?»

«Ja, der Anrufer legte einfach auf.»

Sven machte sich Notizen.

«Hat Ihre Tochter irgendetwas darüber gesagt?»

«Nein, nur dass jemand anrief und auflegte. Zuerst nahmen wir an, die Anrufer hätten sich verwählt, aber als es immer wieder vorkam, haben wir uns Gedanken gemacht.»

«Sie sagten die Anrufer. Glauben Sie, es waren unterschiedliche Anrufer?»

«Nein, ich weiß es nicht. Ich glaube, es war immer derselbe Anrufer.»

«Und die Person hat nie etwas gesagt?»

Stina Franzéns Mutter schüttelte den Kopf.

«Nein, es wurde nur aufgelegt.»

«Seit wann bekam Ihre Tochter diese Anrufe?»

«Seit zwei Wochen etwa. Aber sie schienen sie nicht zu beunruhigen oder ihr Angst zu machen. Eher wütend.»

Sven nickte und betrachtete seine Notizen, versuchte zu entscheiden, welche Frage er als Nächstes stellen sollte.

«Sie sagten, Sie vermuten, Ihre Tochter hätte jemanden kennengelernt. Glauben Sie, dass dieser Jemand und der anonyme Anrufer ein und dieselbe Person sein könnten?»

«Ich weiß es nicht. Ich hatte nur so ein Gefühl.»

«Und worauf basierte Ihr Gefühl?»

«Haben Sie Kinder? Dann wissen Sie, dass man als Eltern Dinge spürt, wenn es um das eigene Kind geht und irgendetwas nicht stimmt.»

Eine kurze Stille trat ein. Dann brach sie in Tränen aus. Ihr Mann nahm sie in den Arm und wiegte sie sanft.

Jemand klopfte an die Tür. Sven entschuldigte sich und ging mit einem Kloß im Hals auf den Flur hinaus.

25.

Auf dem Flur stand David und hielt einen Ausdruck in der Hand.

«Wie läuft es?»

«Was ist?»

David reichte ihm den Ausdruck.

«Der Anruf des Täters. Die Telefongesellschaft hat ihn zurückverfolgt.»

Der Täter hatte aus der alten Telefonzelle in Söndrum angerufen, ungefähr zehn Minuten vom Tatort in Tiarp entfernt.

Jedes Detail enthüllt irgendetwas. Die Frage ist nur, was.

«Gibt es eine Telefonzelle, die näher am Fundplatz des Opels liegt als die in Söndrum?», fragte David.

«Die in Gullbrandstorp vielleicht. Aber ich bin nicht sicher. Sie ist auch ein ziemliches Stück entfernt. Ich denke, eher nicht.»

«Also ...»

«Unser Täter besitzt gute Ortskenntnis. Er kennt sich aus, weiß, wohin er will.»

Und zehn Minuten waren ein kurzer Zeitraum. Er hatte sich unmittelbar nach der Tat zu erkennen gegeben. Das war ebenfalls ein Zeichen, das irgendwas enthüllte.

«Ich habe noch mal mit dem Krankenhaus telefoniert», sagte David. «Sie haben Hautreste unter Stinas Fingernägeln gefunden.»

«Und?»

«Wir müssen abwarten, was die Gerichtsmedizin sagt. Aber anscheinend sind die Partikel zu klein oder zu dünn für eine Analyse. Wir müssen wohl ohne sie auskommen. Die Blutspritzer auf der Nackenstütze könnten aber vom Täter stammen. Hätte ich ...», begann David und blickte nervös auf die geschlossene Tür, als hätte er einen Fehler gemacht. «Wie läuft es? Hätte ich warten sollen?»

Sven legte ihm eine Hand auf die Schulter und klopfte sie ein wenig unbeholfen.

«Fahr zu dieser Telefonzelle und nimm sie unter die Lupe. Nimm auch einen Kollegen von der Spurensicherung mit.»

«Sie waren das», sagte Stina Franzéns Mutter langsam, als Sven die Bürotür geschlossen und wieder hinter dem Schreibtisch Platz genommen hatte. «Oder?»

«Sie haben Stina ins Krankenhaus gefahren», setzte ihr Mann hinzu.

Sven nickte stumm. Stina Franzéns Vater beugte sich vor.

«Hat sie noch gelebt?»

«Ja, aber nicht mehr, als ich am Krankenhaus ankam.»

«Hat sie irgendetwas gesagt?», fragte die Mutter.

«Sie war nicht ansprechbar. Ich habe es versucht, aber ich ...»

«Wie haben Sie es versucht? Ich meine, haben Sie sie angefasst oder ...»

«Ich habe ihre Schultern gepackt, versucht, sie zu Bewusstsein zu bringen. Gerufen habe ich auch, glaube ich. Ja, das habe ich. Aber sie hat nicht reagiert, also bin ich losgefahren. Ich bin so schnell gefahren, wie es in der Dunkelheit möglich war. Da oben sind die Straßen sehr schlecht, und ich ...»

«Sie müssen doch gesehen haben, dass sie am Kopf geblutet hat», fiel ihm der Vater ins Wort.

«Ja.»

Stille breitete sich im Zimmer aus.

Die Mutter blickte verstohlen zu ihrem Mann. Sven hörte seine eigenen Atemzüge, den Verkehr, der draußen auf dem Patrikshillsvägen vorbeifuhr.

«Und trotzdem haben Sie sie geschüttelt.» Stina Franzéns Vater verkrampfte die Hände so fest ineinander, dass die Fingerknöchel weiß hervortraten.

Vielleicht hätte Sven es früher verstehen müssen, aber manches wird einem erst hinterher klar, und dann ist es zu spät. Er saß da, reglos.

«Es tut mir leid», sagte er. «Wenn Sie eine Beschwerde einreichen möchten, müssen Sie sich an meinen Vorgesetzten wenden.»

«Beschwerde?» Der Vater sprang vom Stuhl auf. *«Beschwerde?»*

Speichel sprühte in Svens Gesicht. Erst jetzt fiel ihm die Alkoholfahne des Mannes auf. Seine Frau legte ihm beschwichtigend die Hand auf die Brust.

«Setz dich», sagte sie leise. «Liebling.» Sie drückte seine Hand. «Bitte, setz dich.»

Ihr Mann blieb stehen.

«Sie ... Sie hätten ...» Er verzog heftig das Gesicht und sackte auf den Stuhl. «Eine Beschwerde? Eine Beschwerde darüber, dass unsere Tochter tot ist?»

«Entschuldigen Sie. Das war ... Ich hätte mich nicht so ausdrücken dürfen. Aber darauf war ich nicht vorbereitet.»

«Beschwerde», wiederholte Stina Franzéns Vater tonlos und schüttelte den Kopf. Sein Zorn verrauchte so plötzlich, wie er gekommen war. Zurück blieb nur Erschöpfung.

Sven blieb draußen vor dem Polizeirevier stehen, zündete sich eine Zigarette an und blickte den beiden Gestalten nach, die Seite an Seite in der Dunkelheit verschwanden, leicht gegen die Schulter des anderen gelehnt, als bedürften sie einer Stütze, um nicht zusammenzubrechen.

Mit einem Mal stieg Wut in ihm auf. Es war doch kein Wunder, dass er sich im ersten Moment angegriffen gefühlt hatte! Er hatte ihnen nicht nur aus heiterem Himmel gegenübersitzen müssen, er war nicht vorbereitet gewesen. Und außerdem: Ein Schatten hatte sich auf die Stadt gesenkt, pulsierend und mächtig. Es war nur eine Frage der Zeit. Jemand wartete auf den geeigneten Augenblick. *Ich werde es wieder tun.* Sven glaubte ihm.

Als er das Polizeirevier an diesem Sonntagabend verließ, regnete es noch immer. *Wenn Sie eine Beschwerde einreichen möchten, müssen Sie sich an meinen Vorgesetzten wenden.*

Als ginge es um eine defekte Kaffeemaschine oder eine Küchenlampe.

Im Auto schlug er mit aller Kraft auf das Lenkrad ein, wieder und wieder, bis seine Gelenke schmerzten.

26.

Es waren mehr Zuschauer gekommen als üblich, trotz des Regens. Vielleicht war es den Umständen geschuldet. Die Leute suchten nach etwas, das ihnen Hoffnung gab und ein Gefühl der Zugehörigkeit.

Am zweiten März, einem Sonntag, hockte fast das ganze

Dorf unter Regenschirmen auf der Tribüne des Sportplatzes hinter der Schule von Breared. Alle wollten das jährliche Eröffnungsspiel Breared gegen Alet sehen, einer Mannschaft Oberschichtjungs aus der Stadt.

Das Spiel fand eigentlich zu früh statt. Niemand konnte sich an ein Jahr erinnern, in dem es unter blauem Himmel ausgetragen worden wäre. So auch in diesem Jahr nicht, obwohl der anhaltende Regen den Schnee tauen und das Eis schmelzen ließ. Vor dem Spiel verkaufte Hagge Södermans Mutter in dem kleinen Sportplatz-Kiosk Kaffee, Würstchen, Kekse und Saft. Alle redeten über Palme und den Täter auf dem Sveavägen. Man war einhellig der Meinung, der Schuldige dürfe ruhig erschossen werden. Auge um Auge, Zahn für Zahn, ein Leben für ein Leben. Die Ordnung musste wiederhergestellt werden. So redeten sie, diese für gewöhnlich so friedfertigen Landwirte und wortkargen Waldarbeiter, diese pflichtbewussten Handwerker und besonnenen Mechaniker, die tagtäglich das Ihre dazu taten, um die Welt am Laufen zu halten, oft, ohne dass man es mitbekam. Abends saßen sie an ihren Esstischen, verzehrten ihr Abendbrot, lasen die Zeitungsschlagzeilen, sahen die Fernsehnachrichten und tranken Bier, bis sie auf dem Sofa einschliefen und am nächsten Tag wieder in aller Herrgottsfrühe aufstanden und von vorn begannen. Aus dem Mund normaler, redlicher Leute kamen mit einem Mal Worte und Wünsche, die ihre Kinder nie zuvor von ihnen gehört hatten.

So etwas als Kind zu hören, geht wohl nicht spurlos an einem vorüber.

Sie sprachen über den grausamen Fund, von dem in Tiarp gemunkelt wurde. Pfui Teufel, in was für einer Welt man lebte. Sven Jörgensson sollte einer der Polizisten vor Ort gewesen sein. Und die Eltern. Wie sollten sie in Gottes Namen damit fertigwerden? Wie hielt man so etwas aus? Unvorstellbar. Und Palme!

Dann wurde das Spiel angepfiffen; kurz vor der neunzigsten Minute wurde Linus Sjöö so schwindelig, dass er nicht mehr wusste, wo sein Tor stand; und darum ging Breared als Sieger vom Platz, und Linus' Kopf wurde ein zweites Mal in Mitleidenschaft gezogen.

Der Hergang ist nicht eindeutig zu rekonstruieren, aber kurz bevor Breared eine Ecke gegen Alet bekam, war Linus bei einem Kopfballduell mit einem gegnerischen Stürmer mit der Stirn gegen die Schulter seines Kontrahenten geprallt. Linus zog sich eine Platzwunde zu, und die Zuschauer schnappten nach Luft.

Die Wunde konnte notdürftig mit einem Verband und Klebeband verarztet werden, der Schwindel hingegen nicht. So etwas lässt sich nicht einfach verpflastern.

Es stand 1:1, es war noch weniger als eine Minute zu spielen, und Linus konnte sich kaum aufrappeln, geschweige denn auf den Beinen halten. Mit seinem blut- und schlammverschmierten Gesicht sah er richtiggehend gruselig aus. An seiner Schläfe tropfte nach wie vor ein rotes Rinnsal hinunter. Linus' Ersatzmann war zu Hause geblieben, zum einen, weil er mit Grippe im Bett lag und kotzte, zum anderen, weil ihm das Wetter zu schlecht war. Damit sie vollzählig blieben – und zumindest noch eine Chance auf den Sieg hatten –, musste Linus auf dem Platz bleiben. Vidar Jörgensson ging zu seinem Teamkameraden und legte ihm einen Arm um die Schultern. Man konnte sehen, dass er etwas zu ihm sagte, aber was, war unmöglich zu verstehen, obwohl es auf dem Sportplatz mucksmäuschenstill geworden war. Er gab Linus einen aufmunternden Klaps, dann lief er in Richtung Strafraum.

Alets Trainer war ein schlanker, blonder Mann, höchstens fünfundzwanzig, mit sorgfältig gekämmten Haaren und kantigen Gesichtszügen. Er machte einen motivierenden und fürsorglichen Eindruck. Seine Schützlinge schienen ihm am Herzen zu liegen. Vidar musterte ihn mit einem nahezu sehnsüchtigen Blick. Sein eigener Trainer war ein fetter Tischler, der Bosse hieß und oft nach Alkohol stank.

«Bleib einfach stehen!», brüllte Bosse, nachdem er den benommenen Linus vor dem verängstigten Aleter Torhüter platziert hatte, einem Großstädter mit geleckter Frisur und teuren Handschuhen. «Du musst nur stehen bleiben, verflucht noch mal! Es geht um *eine* Ecke. Du schaffst das!»

Kurz bevor der Schiri in seine Trillerpfeife blies, sah Vidar zur Tribüne hinüber. Suchend schweifte sein Blick über die Bänke.

Die Ecke führte Breareds berüchtigter Linksaußen Hagge Söderman aus. Im Kiosk faltete seine Mutter wie zum Gebet die Hände. Der Ball beschrieb einen hübschen, leicht angeschnittenen Bogen. Linus stand mitten im Strafraum, in die falsche Richtung gewandt, schwankend, ein breiter, silberfarbener Streifen Klebeband auf der Stirn.

Vidar, der viel zu weit entfernt war, rief seinen Namen.

Linus drehte sich verwirrt um. In dem Moment traf ihn der Ball im Nacken. Und unter den gegebenen Umständen war es wohl ein Glück, dass er ihn nicht mit der Stirn annahm.

Alets Torhüter hatte die Flugbahn des Balls berechnet und hechtete ihm mit geballter Faust entgegen. Linus' plötzliche

Drehung fehlte in seiner Berechnung jedoch. Als der Ball Linus' Nacken traf, änderte er seine Richtung, flog am Torhüter vorbei in das schmutzig weiße Netz, und im nächsten Moment traf die Faust des Torhüters statt des Balls Linus' Nacken.

Erst ein Zusammenprall mit einer Schulter, dann ein Ball in den Nacken und zu guter Letzt eine geballte Faust. Und trotzdem jubelten Vidar, Hagge und der Rest der Mannschaft. Es war unfassbar. Das ganze Dorf sprang von den Bänken auf, riss jubelnd die Arme in die Höhe, in einem Freudentaumel, wie er nur zum Ausdruck kommen kann, wenn sein wahrer Zweck darin besteht, etwas anderes zu verdrängen.

Linus verstand nichts. Auf dem kalten, morastigen Sportplatz überwältigte ihn der Schwindel, und er fiel um.

Alets Trainer umarmte seine Spieler, klopfte ihnen auf die Schulter und boxte sie sanft gegen die Brust. Seine Lippen bewegten sich: *Gut gemacht, ihr habt tapfer gekämpft, das war Pech*. Einer der Spieler reagierte mit einem bissigen Kommentar, aber der Trainer konterte mit einem Scherz, man sah es an seinem Gesicht, seinen Gesten. Er brachte seinen Schützling zum Lachen, ein wenig erschöpft und niedergeschlagen zwar, aber er lachte.

Auf der anderen Seite des Rasens war Breareds Siegesfeier in vollem Gang. Trainer Bosse grölte jubelnd im Kreis seiner Spieler. Sie rissen die Fäuste in die Höhe und hüpften übers ganze Gesicht strahlend auf und ab.

Als der Siegesrausch verebbt war, blieb Vidar allein auf dem Rasen zurück, sah mit zusammengekniffenen Augen zur Tribüne. Er winkte seiner Mutter zu, die dort stand und applaudierte, dann wanderte sein Blick weiter die Reihen entlang. Er sah seine Teamkameraden, die ihre Eltern umarmten.

Als Vidar begriff, dass sein Vater nicht gekommen war, trottete er mit gesenktem Kopf in Richtung Umkleide.

27.

Angesichts der Umstände landete die Nachricht vom Mord in Tiarp an einer relativ versteckten Stelle der Lokalzeitung. Und nicht einmal da stand Stina Franzéns Tod für sich allein: die zeitliche Nähe zu den Schüssen auf dem Sveavägen wurde mehrmals erwähnt, zuerst vom Verfasser des Artikels, dann von dem Polizeibeamten, der sich um die Öffentlichkeitsarbeit kümmerte. Das war vermutlich unvermeidbar. Aber es machte die Sache nicht besser.

Sven las die Zeitung immer morgens, bevor er zur Arbeit fuhr.

Bibbi saß ihm am Küchentisch gegenüber, aß schweigend ein Brot mit Ei und Kaviar und trank Tee.

«Bei euch im Scandic Hotel.»

Verwirrt blickte sie auf.

«Ja?»

«Kommt es vor, dass deine Kollegen nach der Arbeit abgeholt werden? Wenn sie mit dem Auto da sind, meine ich?»

«Kann sein, vielleicht. Ich weiß es nicht. Wieso?»

Sven schüttelte den Kopf.

«Ach, nichts.»

«Hast du gehört? Vidars Mannschaft hat gestern gewonnen. Gegen Alet.»

«Haben sie? Wie schön.»

Diese geistesabwesenden Antworten seinerseits brachten Bibbi immer dazu, missbilligend den Mund zu verziehen.

Er liebte sie von ganzem Herzen, so wie man jemanden liebt, mit dem man zusammengewachsen ist, der ein Teil von einem selbst geworden ist. Sie hatten ein Kind bekommen, aber er argwöhnte, dass Bibbi sich insgeheim mehr Kinder gewünscht hatte. Jetzt war es zu spät, und er hoffte, dass sie sich mit dem Umstand ausgesöhnt hatte, dass es nur *eine* Geburt geworden war. *Ein* Paar kleiner Füßchen, *eine* Zeit mit milchschweren Brüsten, *ein* erster Schultag. Die Dinge, von denen man weiß, dass man sie nur einmal erleben darf, sind die, die man am schmerzlichsten vermisst.

Als er gestern spät nach Hause gekommen war, hatte Bibbi auf ihn gewartet. Brauchst du mich?, hatte sie durch die Dunkelheit des Schlafzimmers geflüstert, als wäre sie eine Hilfe, die sie ihm anbieten könnte, oder vielmehr eine Stütze. Das ist es schließlich, was Sex letztendlich ist: eine Stütze. Ein Trost. Und das, was er brauchte, damit es ihm gutging und er etwas anderes spürte als diesen unergründlichen Schatten, der sich seit achtundvierzig Stunden auf alles herabgesenkt hatte, war nichts anderes als einen Menschen an seiner Seite, den er liebte und der ihm wichtig war, für den er da sein, auf den er aufpassen konnte. Und als er kurz darauf ruhig und lautlos in ihr kam, streichelte er Bibbis Haar, küsste ihre Stirn und berührte das einzige Frauengesicht, das zu berühren er je geliebt hatte.

«Ist das der Fall, an dem du gerade arbeitest?», fragte sie jetzt mit Blick auf die Zeitung.

«Ja.»

«Furchtbar. Ich verstehe nicht, wie du das aushältst.»

Sein Schlaf war tief und schwarz gewesen, doch jetzt am Morgen kamen ihm die gestrigen Ereignisse fast unwirklich vor, eingehüllt in einen traumähnlichen Nebel.

Wenn Sie eine Beschwerde einreichen möchten, müssen Sie sich an meinen Vorgesetzten wenden.

Hatte er das wirklich gesagt? Nein, sein Kopf musste ihm einen Streich spielen. Aber die Worte hatten sich viel zu tief in sein Gedächtnis geprägt, um nicht real gewesen zu sein.

Der Zeitungsartikel war vielleicht nicht nur schlecht. Als er ins Polizeirevier kam, fing sein junger Kollege ihn vor dem Büro ab. Er war eigenartig gut gelaunt.

«Zwei Dinge sind passiert», sagte er.

28.

Gisela hatte das Gerücht am Sonntagabend gehört. Es kam ihr seltsam vor, dass noch immer Wochenende war. Die vergangenen zwei Tage waren so angefüllt mit Ereignissen, Gedanken und Gefühlen gewesen, dass sie sich ausgedehnt und unnatürlich in die Länge gezogen hatten.

Robert und sie saßen entweder vor dem Fernseher oder am Radio, aber alles drehte sich nur um Palme. Kaum ein Beitrag erwähnte, was bei ihnen auf dem Nyårsåsen geschehen war. Das ließ Zweifel aufkommen.

War es vielleicht gar nicht passiert? War am Ende alles nur ein böser Traum? Obwohl man es besser wusste. Es bewirkte, dass man sich – sie musste eine Weile nachdenken, ehe sie das richtige Wort fand – unsichtbar fühlte.

Als sie Robert ihr Gefühl schilderte, meinte er, dass manche Menschen auch im Tod noch mehr wert seien als andere.

«Hast du Palme gewählt?»

«Nein, nie.» Robert schwieg einen Moment, dann fügte er hinzu, leiser, als seien seine Worte über Nacht zu einem schambehafteten Tabu geworden: «Ehrlich gesagt konnte ich ihn nicht leiden.»

«Warum nicht?»

«Ich weiß nicht. Dass er auf offener Straße erschossen wurde, ist natürlich total krank. Dass er überhaupt erschossen wurde, dass so etwas in Schweden passieren kann. Irgendwie habe ich es immer noch nicht richtig begriffen. Wenn ich gefühllos klinge, liegt das daran, dass es mir einfach nicht in den Kopf will. Aber ich ... Es ist schwer, aber ich habe ihm nicht über den Weg getraut. Auch wenn er viel Gutes für Schweden geleistet hat. Was ist mit dir?»

«Ich fand ihn in Ordnung.»

«Ja», sagte Robert nachdenklich. «Das war er vielleicht.»

Gisela mochte es, dass sie mit Robert über ernste Dinge sprechen konnte, dass sie unterschiedlicher Meinung sein konnten, ohne in Streit zu geraten. Dass Robert ihr zuhörte, wenn sie etwas sagte, und nicht nur darauf wartete, selbst zu Wort zu kommen. Wenn er nicht verstand, worauf sie hinauswollte, fragte er nach. Sie mochte, wie er aussah, wenn er konzentriert zuhörte, die glatte Stirn in Falten gelegt und den Kopf zur Seite geneigt, als wolle er sichergehen, dass seinen Ohren nichts von dem entging, was sie sagte.

Sie mochte seine warmen Augen, seinen wachen und neugierigen Blick, wenn er sie ansah; es kribbelte in ihrem Bauch, plötzlich und unerwartet, und dann waren sie im

Schlafzimmer, und sie wurde von einem lustvollen Wunsch nach Dominanz gepackt, von dem sie bisher lediglich phantasiert hatte. Sie drückte Robert mit beiden Händen aufs Bett und begann sich langsam auf ihm zu bewegen, so langsam, dass er frustriert aufstöhnte. Sie beugte sich vor, legte ihm eine Hand auf den Mund, die andere in den Nacken, damit er verstummte, und sie lächelte, genoss es, seinen warmen Atem an ihrer Handinnenfläche zu spüren, seine Augen in der Dunkelheit schimmern zu sehen.

So war es normalerweise nicht. Sie hatte ihm gesagt, dass sie den devoten Part bevorzugte, lieber genommen wurde, als zu nehmen, lieber festgehalten wurde, als festzuhalten. Das reizte sie. Aber nicht diesmal.

Hinterher lagen sie nackt und verschwitzt auf dem Bett, Decke und Laken zerwühlt.

«Wow», sagte Robert.

«Hat es dir gefallen?», fragte sie dösig.

Er nahm ihre Hand und drückte sie.

«Mm.»

«Mir auch.»

«Aber wo kam das her?»

«Keine Ahnung.»

Robert musste los, um den Lkw zu holen. Morgen war Montag, fast fühlte es sich schön an. Ein Stück Normalität. Er küsste sie leidenschaftlich, sagte, er wäre gleich zurück, und verschwand hinaus in die Abendkälte.

Gisela bereitete ihren morgigen Dienst vor, sie rief sogar im Krankenhaus an und erkundigte sich, wie das Wochenende verlaufen war. Dann stopfte sie eine Ladung Wäsche in die alte Waschmaschine, drehte das Radio an und spülte das dreckige Geschirr. Es war ein seltsames Gefühl, allein im

Haus zu sein. Sie hatte beinahe ein wenig Angst, in die Nähe der Fenster zu kommen.

In dem Moment klingelte es. Gisela ging in die Diele, schlich zur Haustür und spähte durch das kleine Guckloch.

Draußen stand Micke Håkansson, außer Atem und mit nervösem Blick. Micke war der Sohn vom alten Håkansson. Er war fünfundzwanzig, arbeitete aber immer noch für seinen Vater. Sie hatten einmal miteinander geschlafen, nach einer Fete in Söndrum, und am nächsten Morgen hatte Micke ihr gestanden, sich in sie verliebt zu haben. Das war nach der Trennung von Christian gewesen, bevor sie Robert kennengelernt hatte. Sie war jedoch zu nichts anderem bereit gewesen, als nach Hause zu gehen. Also war sie gegangen und hatte ihn damit tief verletzt. Das wusste sie.

Sie wünschte, Robert käme zurück. Micke begann gegen die Haustür zu hämmern.

Als sie öffnete, drang eisige Kälte in die Diele.

«Was ist denn los, Micke? Ist alles in Ordnung?»

«Ich dachte ... Ich wollte nur nachsehen. Ich bin ihm bis hierher gefolgt, habe ihn aber aus den Augen verloren.» Micke krümmte sich, stützte die Hände auf die Oberschenkel und atmete angestrengt. «Tut mir leid, wenn ich dich erschreckt habe.»

«Wem bist du gefolgt?»

Micke richtete sich auf, fuhr sich mit der Hand durch die Haare. Seine Stirn glänzte vor Schweiß.

«Ich war bei Frans und Eva oben auf dem Nyårsåsen. Sie hatten mich zum Abendessen eingeladen. Auf dem Heimweg ist meine alte Schrottkarre nach ein paar Kilometern verreckt und wollte nicht mehr anspringen. Scheiße, hab ich mir gedacht, dann muss ich wohl zu meinem alten Herrn und Werkzeug holen. Er ist ja bestens ausgerüstet. Also habe ich die Blechkiste auf dem Waldweg stehenlassen und bin losmarschiert. Und da habe ich den Kerl gesehen. Er lungerte bei einem der Höfe unten an der Straße rum. Ich bin ihm nachgeschlichen, um zu sehen, wer es war. Aber dann machte er Anstalten, über den Zaun zu steigen, und ich dachte: Scheiße, was, wenn ich ihn nicht rechtzeitig einhole? Was, wenn er irgendwas im Schilde führt, und ich habe tatenlos zugesehen? Das konnte ich auf keinen Fall zulassen. Also habe ich geschrien, dass er stehen bleiben soll. Und da ist er abgehauen. Verflucht, war der schnell. Er ist hier hochgelaufen. Aber an der Straße habe ich ihn aus den Augen verloren.» Micke redete schnell und gehetzt, als verfolge er den Kerl noch immer. «Ich wollte sichergehen, dass er nicht hierhergelaufen ist. Dass es dir gutgeht. Ich weiß ja, dass du hier oben wohnst. Aber dann habe ich gesehen, dass ... wie heißt der Typ, mit dem du jetzt zusammen bist?»

«Robert.»

«Ja, Robert.» Micke spuckte den Namen aus, wie ein Gericht, das er nicht ausstehen konnte. «Sein Lkw steht nicht vor dem Haus. Ich wollte sichergehen, dass der Kerl nicht ... Ja.» Er starrte zu Boden. «Man kann schließlich nie wissen. Er scheint sich schon länger in der Gegend rumzutreiben. Janssons haben auch eine Gestalt um ihren Hof streichen sehen.»

«Um Gottes willen. Er war also hier, vor dem Haus?»

«Unten an der Straße.» Micke deutete in die Dunkelheit. «Schön, dass es dir gutgeht. Bist ... Bist du allein?»

«Nein.» Gisela verschränkte die Arme. Micke starrte auf

ihre Brüste. «Robert kommt gleich», sagte sie. Micke zuckte zusammen. «Er holt den Lkw für seine nächste Tour.»

«Soll ich warten?»

«Du solltest vielleicht besser die Polizei informieren», sagte sie. «Hast du den Mann erkannt?»

Micke schüttelte den Kopf.

«Ich habe ihn nur von weitem gesehen, im Dunkeln. Kann ich bei dir telefonieren? Oder mir dein Auto leihen, damit ich zu meinem Vater fahren kann? Ich brauche immer noch Werkzeug für meine Karre von ihm.»

Gisela zögerte. Sie hatte Robert von Micke erzählt, aber sie wollte nicht, dass er die Situation missverstand, wenn er nach Hause kam. Dann verscheuchte sie den Gedanken. Robert würde es verstehen.

Sie trat zur Seite und ließ Micke herein.

29.

Die Kaffeemaschine im Pausenraum war seit gestern nicht benutzt worden. Sven setzte eine frische Kanne auf, füllte Wasser in den Behälter und suchte einen Filter, während David redete.

«Zwei Dinge», sagte er. «Ich habe gestern nach der Arbeit mit meinen Eltern Kaffee getrunken. Sie haben mich gefragt, ob ich von dem Mann gehört hätte, der auf dem Nyårsåsen um die Höfe streichen soll. Ihren Nachbarn ist wohl ein Mann aufgefallen, der sich sonderbar verhielt. Und im Hinblick darauf, was unser Täter bei seinem Anruf gesagt hat, dachte ich, wir sollten der Sache vielleicht nachgehen.»

David zog einen Block aus seiner Tasche und blätterte darin, Sven maß Kaffeepulver in den Filter und schaltete die Maschine an.

«Soweit ich weiß, liegen mehrere Meldungen dieser Art vor», fuhr er fort. «Der Mann wurde in der Nähe mehrerer Höfe gesehen. Ich habe eine Karte gezeichnet und die jeweilige Entfernung zum Fundort von Stina Franzéns Opel eingetragen. Die Meldungen gingen gestern Abend innerhalb von gut drei Stunden ein. Personenbeschreibung und Verhalten des Mannes sind jeweils nahezu identisch. Lies selbst.»

«Jung, breitschultrig, dunkel gekleidet», las Sven und nahm nebenbei zwei Kaffeebecher aus einem Hängeschrank. «Schleicht wiederholt um den Hof. Beobachtet das Haus.»

«Als hätte er die Häuser ausgekundschaftet. Und ich weiß ja, welche Familien da wohnen. Sie haben Kinder, ungefähr in meinem Alter. Töchter. Aber das ist dein Fall, ich bin nur Assistent. Die Leute sind ziemlich verängstigt angesichts der Ereignisse. Dieses Wochenende hat sich in ihren Köpfen eingebrannt. Jetzt kann alles passieren, sagen sie. Es können also auch nur überspannte Hirngespinste sein. Allerdings hat einer der Zeugen, Micke Håkansson, den Mann sogar verfolgt, ihn aber in Risarp aus den Augen verloren.»

Sven machte ein erstauntes Gesicht.

«Er hat ihn verfolgt?»

«Ich habe seine Aussage notiert.» David blätterte eine neue Seite auf. «Hier. Der Mann war im Begriff, über den Zaun zu klettern und sich dem Wohnhaus zu nähern. Was denkst du?»

David klang nervös, wie ein Schuljunge, der seinem Lehrer seine Hausaufgaben vorlegte.

«Gut. Das ist gut. Wir müssen den Zeugen noch einmal befragen, wie heißt er gleich? Håkansson. Und wir positionieren einen zivilen Streifenwagen auf dem Nyårsåsen, der regelmäßig seine Runde dreht. Vielleicht auch ein offizielles Polizeifahrzeug, um ihn abzuschrecken, vor allem abends. Was ist das zweite?»

«Was?»

«Du hast von zwei Dingen geredet.»

«Ja, richtig.» David zog einen Zettel aus der Gesäßtasche. «Heute Morgen hat ein Mann angerufen, der den Zeitungsartikel gelesen hat. Er wohnt neben dem Grand Hotel und kann von seinem Schlafzimmerfenster aus den Personaleingang sehen. Dort hat er am Tatabend kurz vor dreiundzwanzig Uhr einen Mann gesehen. Ein paar Minuten später sei eine Frau aus dem Hotel gekommen, sagt er. Die beiden hätten sich begrüßt und seien dann gemeinsam zum Auto der Frau gegangen.»

Inzwischen war genug Kaffee für zwei Becher in die Kanne gelaufen. Sven schenkte ein, reichte einen Becher an David weiter, nahm den Zettel und las.

«Jung, breitschultrig, helle Jeans, Stiefel. Sie machten einen freundlichen Eindruck.» Er blickte auf. «*Freundlich?* Was soll das heißen? Wer hat das aufgeschrieben?»

«Der Anruf wurde am Empfang entgegengenommen. Ich weiß es nicht. Ich interpretiere es so, dass die beiden sich kannten.»

Sie tranken einen Schluck Kaffee. Draußen auf dem Flur sprang das Faxgerät an und spuckte eine Nachricht aus. Sven blickte auf die Uhr an der Wand. Seit dem Mord waren achtundfünfzig Stunden vergangen. Sie waren dabei, die Witterung zu verlieren.

«Wer wohnt auf dem Hof, an dem der Mann über den Zaun steigen wollte?»

«Keine Ahnung. Ich überprüfe das.»

«Gut.»

«Wir könnten mehr Leute gebrauchen», sagte David.

«Ja. Aber ich denke, ich werde mich wohl auf den Weg machen.»

«Wohin?»

«Nach Tiarp.»

«Jetzt?»

«Ich übernehme die erste Schicht. Du kannst mich später ablösen.» Sven dachte nach. «Mehrere Höfe. Als würde er die Bewohner ausspähen. Das macht die Sache komplizierter.»

«Ja, das bedeutet irgendwas», sagte David. «Aber ich habe keinen Schimmer, was.»

«Dass er Stina Franzén vielleicht nicht kannte.»

David sah ihn verblüfft an.

«*Nicht?*»

«Wenn er die Höfe auskundschaftet, deutet das darauf hin, dass er auf der Suche nach einem geeigneten Opfer ist. Er wählt seine Opfer nicht, weil er sie kennt. Er wählt sie, weil er von ihnen kriegt, was er will, und damit davonkommt.»

David nickte langsam.

«Oder er kennt sie alle.»

Auf dem Weg zu seinem Wagen begegnete er Evy, die den Arm voller Bäckertüten hatte.

«Heute Morgen ist keine Lieferung gekommen», keuchte sie als Antwort auf Svens hochgezogene Augenbrauen. «Ich musste selbst losfahren.»

Sven verdrehte die Augen.

«Ich weiß», schnaufte Evy und bedeutete ihm mit einem Kopfnicken, ihr die Tür aufzuhalten. «Aber ich spüre, dass ich meine wahre Berufung gefunden habe. Mit dem Polizeikram können sich andere rumschlagen. Ich werde Brotlieferantin. Glückwunsch, übrigens. Man darf wohl gratulieren.»

«Wozu?»

Evy blieb in der Tür stehen.

«Zum Spiel. Ihr habt doch gewonnen. Spielt dein Junge nicht bei Breared?»

«Doch», sagte Sven und wuchs vor Stolz. «Doch, sicher. Und er ist verflucht gut.»

Herrschaftszeiten, natürlich. Vidar hatte gestern ein Spiel gehabt. Verdammt. Hatte Bibbi es heute Morgen erwähnt? Er wusste es nicht mehr genau. Sven sackte wieder in sich zusammen. Evy schien es nicht zu bemerken, sie nickte lächelnd.

«Mein Bruder springt bei Alet manchmal als Trainer ein. Ich kriege also einiges mit. Na ja, man sieht sich. Bis später.»

Sven ließ die Tür los, und sie fiel hinter Evy ins Schloss, die im Polizeirevier verschwand.

30.

Am Växjövägen, weiter östlich zwischen Sannarp und Snöstorp, lag das Schnellrestaurant Mack Inn. Am Wochenende aßen Sven und Bibbi gelegentlich dort zu Mittag. Die Einrichtung war nicht gerade geschmackvoll, aber das Personal war freundlich und wusste, wie man Fleischklößchen briet. Es gab immer freie Tische, und an sonnigen Tagen konnte man draußen sitzen. Heute fiel vor den Fenstern ein kühler Regen.

Ein Radio spielte Musik, und in einer Nische weiter hinten saßen vier Männer um die dreißig und unterhielten sich leise, die Teller vor ihnen waren halbleer. Zwei kamen Sven bekannt vor, und er überlegte, wo er sie schon einmal gesehen hatte.

Bibbi und er saßen an einem Fenstertisch mit Blick auf den Växjövägen und die vorüberfahrenden Autos. Bibbi klagte, dass die Leute rasten und dass früher oder später ein Unfall passieren würde, vor allem wenn die Ampeln ausfielen, was sie meistens taten.

«Ja», sagte Sven. «Und dann dürfen wir uns darum kümmern.»

Verstohlen blickte er zu den Männern hinüber. Rolf und Mats? Konnte das sein?

Er aß einen Cheeseburger, Bibbi Würstchen mit Kartoffelbrei. Sie redeten über Vidar und das Wetter, und darüber, ob sie im Sommer verreisen oder neue Gartenmöbel kaufen sollten. Den Großteil des Gesprächs bestritt Bibbi, Sven hörte lieber zu und dachte nach. Zeit mit Bibbi zu verbringen entspannte ihn. Dann brauchte er nichts anderes zu sein als Ehemann. Es hatte etliche Jahre gedauert, aber inzwischen empfand er es als eine Art Befreiung.

Im Radio wurde die Musik von Nachrichten unterbrochen. Die vier Männer in der Nische verstummten und hörten zu. Ja, die beiden hießen Rolf und Mats. Sie arbeiteten bei der Kfz-Prüfstelle.

Sven hörte den Namen des Ministerpräsidenten, das

Wort Polizeiermittlung fiel, dann kam ein kurzer Beitrag mit Hans Holmérs wohlbekannter Bassstimme.

«Zum Teufel.» Düster ließ Rolf die Fritte, die er in der Hand hielt, auf seinen Teller zurückfallen. «Was für eine verfluchte Katastrophe.»

«Was?», fragte Mats.

«Hast du nicht zugehört?»

«Du meinst Holmér?»

«Der Typ ist doch das Abziehbild eines Stockholmers. Er liebt das Rampenlicht, liebt es, im Zentrum zu stehen. Aber hat er eigentlich was auf dem Kasten? Hier geht es schließlich nicht um einen Giftmord an einem unbekannten Fremden irgendwo draußen in der Walachei. Das wäre vielleicht eine kriminalistische Herausforderung, da könnte ich das Problem wenigstens verstehen. Aber der Ministerpräsident wurde erschossen, an einem Freitag, an einem Gehaltswochenende, auf einer der belebtesten Straßen der Hauptstadt. Es ist fast eine Woche her, warum hat die Polizei nicht mehr vorzuweisen? Ich sag's euch. Wegen Holmér. Ein unfähigerer Stümper als Holmér ist mir noch nicht untergekommen.»

«Dann ist er ja genau das richtige Aushängeschild für die schwedische Polizei», meinte der dritte Mann in der Runde.

«Ja.» Rolf lachte freudlos. «Ja, die Rolle passt zu ihm wie Arsch auf Eimer. Habt ihr das mit Jannes Auto gehört? Es wurde letzte Woche am Fridhemsgrill gestohlen. Glaubt ihr, die Bullen sind angerückt, als er den Diebstahl gemeldet hat? Nein, natürlich nicht.»

Bibbi wandte sich um und blickte zu den Männern hinüber, dann sah sie wieder zu Sven, musterte ihn besorgt. Sie legte ihr Besteck beiseite und griff nach seiner Hand. Er zog sie zurück.

«Hör nicht auf diesen ...»

«Doch.»

Er räusperte sich und blickte wieder aus dem Fenster, auf den Regen und die Leere, den Växjövägen und die vorüberfahrenden Autos, auf all die Dinge, die so waren, wie sie immer gewesen waren, und er dachte an Palme, an Stina Franzén, ihre Eltern.

«Vielleicht haben sie recht.»

Dieses Bild hatten die Leute aktuell von ihnen. So wirkte die Polizei nach außen. Zum ersten Mal in seinem Leben empfand er so etwas wie Scham, wenn er an seine Dienstuniform dachte.

31.

Mit dem März kam der Frühling, und die Sonne wärmte die kalte Marbäcker Erde. Morgens, wenn Sven durch die Innenstadt fuhr, saßen Vögel am Springbrunnen, die Geschäfte kurbelten ihre Markisen nach außen, und die Straßen waren sauber.

Er saß oben in Tiarp und observierte. Die Stunden im Auto hatten bislang zu nichts anderem geführt, als seinen Husten zu verschlimmern. Es lag an den Zigaretten. Er sollte das Rauchen besser drangeben. Nachts hustete er manchmal so stark, dass Bibbi aufwachte und ihn bat, auf dem Sofa zu schlafen.

Sein Blick wanderte über den dunklen Asphalt der Tiarper Landstraße, die Äcker, die weiten Felder, die fast brutale Landschaft. Er kurbelte das Fahrerfenster herunter und zündete sich eine Zigarette an. Es konnten Stunden vergehen, ohne dass er etwas anderes sah als die Bauern in ihren Traktoren und die Vögel auf den schwarzen Leitungen der Telefonmasten hoch über seinem Kopf.

Sven rauchte und ließ seine Gedanken weit in die Vergangenheit schweifen. Als Kind war Vidar nie bei Bibbi in der Küche gewesen, sondern immer bei ihm, draußen auf dem Hof oder in der Garage. Auf alten Super-8-Filmen aus diesen Jahren – bei den wenigen Gelegenheiten, an denen Bibbi die Kamera gehalten hatte – sah man sie zusammen. Die Filme hatten keine Tonspur, aber wenn man genau hinschaute, erkannte man, dass der Junge Svens Worte wiederholte. *Aha, was haben wir denn hier?*, hatte Sven einmal gesagt und die Hände in die Seiten gestemmt, als er in die Küche gekommen war, wo Bibbi stand und filmte. Vidar, nicht mehr als ein Dreikäsehoch, hatte sich in exakt gleicher Positur neben ihn gestellt und die kleinen Kinderhände in seine schmale Taille gestemmt. Als seine Lippen die Lippenbewegungen seines Vaters wiederholten, dieselben Worte sagten, hatte Sven sich nicht mehr beherrschen können und schallend gelacht. *Mein kleines Echo* hatte er ihn manchmal genannt und seinem Sohn dabei das Haar zerzaust. *Vidar ist mein kleines Echo.*

Als er nachdachte und versuchte, in Worte zu fassen, was zwischen ihnen geschehen war, herrschte nichts als Stille. Es gab ein Wort dafür, aber er kam nicht darauf.

Was sollte er tun? Musste er überhaupt irgendetwas tun? Vidar machte sich eigentlich ganz gut. Aber *Ingenieur*? Einem Ingenieur konnte man doch nicht über den Weg trauen.

Sven rauchte und hörte Radio, damit die Zeit verging, las die Notizen in seinem schwarzen Büchlein. *Ein anonymer*

Anrufer, der auflegt. Ein Mann, der nach der Arbeit auf sie wartet. Sie hat sich mit jemandem getroffen.

Der Junge hatte allein in der Dunkelheit gestanden und die Tat mitangesehen. Sven fragte sich, was Wilhelm Skog gerade tat, was er dachte. Konnte er das, was er gesehen hatte, vergessen, oder würde es ihn für immer prägen?

Wenn Sie eine Beschwerde einreichen möchten ...

Es bereitete ihm körperliche Schmerzen. Wie konnte er nur.

Die Anwohner waren freundlich. Sie nickten ihm zu, wenn sie an seinem Auto vorbeikamen, fragten, ob er eine Tasse Kaffee wollte. Er lehnte ab. Einmal ließ er sich jedoch von einem der Bauern überreden. Er ging mit zu ihm nach Hause und trank einen Kaffee, während der Bauer über die Geschichte des Dorfes plauderte, über das historische Kulturerbe und moderne Landwirtschaft. Er schenkte Sven einen Lyrikband mit Gedichten einer regionalen Dichterin. Sven nahm das Geschenk an, obwohl er keine Bücher las. Wer hatte Zeit dazu?

Im Autoradio: Bei einem Lawinenunglück in Norwegen waren mehr als zehn Menschen ums Leben gekommen. Palme. Ermittlungsleiter Hans Holmér hatte eine Belohnung in Höhe von einer halben Million Kronen für entscheidende Hinweise ausgesetzt, die zur Aufklärung der Tat führten. Inzwischen war ein Phantombild veröffentlicht worden, das auf Aussagen von Zeugen basierte, die gesehen hatten, wie ein Mann den Snickarbacken hochgelaufen war. Die Beerdigung des Ministerpräsidenten fand am 15. März statt. Aids: eine kurze Reportage über Rock Hudson. Der Schauspieler hatte sich als erster Hollywoodstar überhaupt zu seiner HIV-

Infizierung bekannt. Kurz vor seinem sechzigsten Geburtstag war er der Krankheit erlegen. Um seine Homosexualität zu verbergen, hatte er eine Scheinehe geführt. Sein Tod markierte einen Wendepunkt in der öffentlichen Wahrnehmung des HI-Virus. Konnte Hudson sich mit Aids infizieren, konnte jeder daran erkranken. Aids sei eine Immunschwäche, hieß es nun, keine moralische Schwäche. Und jetzt weiter mit den Lokalnachrichten: Der Polizei fehlt noch immer jede Spur von dem Mann, der im Verdacht steht, in Tiarp, unweit von Halmstad, eine Frau vergewaltigt und ermordet zu ha...

Sven hustete und schaltete das Radio aus.

Eine halbe Million Kronen. Das war enorm viel Geld. Er sah die Flut von Zeugenaussagen vor sich, die im Stockholmer Polizeipräsidium eingehen mussten. Hans Holmér. Verfluchter Hanswurst. Belohnungen? Phantombilder? Wozu sollte das gut sein, zum Teufel? Sie sollten Polizeiarbeit betreiben, kein Medientheater inszenieren. Wenn er seinem Sohn nur einen einzigen Rat fürs Leben geben dürfte, sofern sein Sprössling zuhörte, würde er lauten, sich vor Menschen wie Holmér zu hüten, ganz gleich, wohin ihn sein Berufsweg führte. Unter Ingenieuren waren Scharlatane von Holmérs Schlag sicherlich gang und gäbe.

David und er wechselten sich bei der Observation ab. Eines Tages knackte während Svens Schicht das Funkgerät. Er streckte sich nach dem kleinen Mikrophon.

«David hier», erklang eine knisternde Stimme aus dem Lautsprecher. «Wie läuft's?»

«Tote Hose.»

«Soll ich dich ablösen?»

«Nein, ich komme klar. Wir geben der Sache noch ein paar Tage. Was willst du?»

«Es geht um den Reifenabdruck, den du am Fundplatz des Opels genommen hast. Da gibt's leider auch keine guten Neuigkeiten.»

Der Reifenabdruck stammte von einem Betriebsfahrzeug, das im Wald gewesen war, um die dortigen Leitungen zu überprüfen. Der Fahrer des Fahrzeugs besaß zudem ein wasserdichtes Alibi. Zum Tatzeitpunkt war er im Krankenhaus gewesen, bei seiner Freundin, die in den Wehen lag und ihr gemeinsames Kind zur Welt brachte.

Sven lehnte den Kopf an die Nackenstütze und schloss die Augen.

«Noch was?»

«Die Fingerabdrücke auf der Tankquittung stammen wie erwartet von Stina Franzén. Und ich habe bei der Telefongesellschaft nachgehakt, ob sie eine Liste der Anrufe erstellen können, die an ihrem Anschluss eingegangen sind. Wegen des anonymen Anrufers, der aufgelegt hat. Aber das können sie leider nicht.»

«Wieso nicht?»

«Die Daten sind zu alt.»

Sven seufzte.

«Aber», fuhr David fort. «Blutgruppe B Rh+.»

«Was ist damit?»

«Das ist die Blutgruppe des Täters. Die Auswertungen der Laboranalysen aus Franzéns Auto sind gekommen. Das Blut stammt überwiegend von ihr, aber nicht alles. Und die fremden Blutspritzer sind zur selben Zeit entstanden. Stina Franzén hatte Blutgruppe A. Unser Täter nicht. Momentan bringt uns das vielleicht nicht weiter, aber es ist immerhin etwas.»

Sven dachte nach. B Rh+ war eine der drei häufigsten Blutgruppen hierzulande.

«Also muss er sich während der Tat verletzt haben.»

«Aber er kann nicht stark geblutet haben. Wir haben nur ein paar winzige Spritzer an der Nackenstütze. Vielleicht hat Stina Franzén ihn gekratzt, das würde auch zu den Hautpartikeln unter ihren Fingernägeln passen.»

«Sonst noch was?»

«Momentan nicht, nein.»

Als Sven die Augen schloss, wurde es vollkommen still, er spürte nichts, dachte nichts, existierte beinahe nicht.

Und dann erschien sie wieder.

Wie eine graue Silhouette kam sie aus der schwarzen Dunkelheit auf ihn zugeflogen, die Flügel ausgebreitet, das Köpfchen gesenkt, die Krallen scharf, wie zum Angriff bereit. Die Bachstelze.

Er schlug die Augen auf.

Nichts hatte sich verändert.

Da erinnerte er sich. An die Erzählung von Aron, Sohn eines Per-Olov, einem Knecht aus Marbäck, der nach Westen zog, um sich auf einem der Höfe zu verdingen. Es war die Erzählung der Pferde.

Aron ging auf dem Hof von Bauer Jönsson unten in Gränstorpet in Dienst. An einem Frühlingsabend fuhr er mit einem Zweispänner über den Nyårsåsen, auf dem Rückweg nach Tiarp, nachdem er auf der anderen Seite des Berges die Kartoffeln des Gränstorp-Bauern verkauft hatte. Der Mond stand hell und klar am Himmel, und nach dem langen Tagewerk ruhte sich Aron auf dem Kutschbock ein wenig aus.

Urplötzlich hüllte ihn eine gespenstische Kälte ein, und

die Pferde bäumten sich so heftig auf, dass Aron an den Zügeln reißen musste, damit das Fuhrwerk nicht umkippte. Dann, als hätte sich eine ungeheure Kraft auf ihre Sinne gelegt, standen die Pferde vollkommen ruhig da.

Aron spähte in den finsteren Wald hinein und sah, wie sich aus den Schatten eine schlangenähnliche Kreatur aus rußschwarzem Rauch löste. Er wusste sich keinen irdischen Rat da oben auf dem Nyårsåsen und begann vor Furcht zu weinen. Er dachte an seinen alten Vater zu Hause in Marbäck, seine Mutter, die viel zu früh von ihnen gegangen war, und seine Brüder, die nach Amerika gefahren waren, um dort ihr Glück zu machen. Sie alle hatten Christus in ihren Herzen getragen. Er nicht. Er war zweiundzwanzig Jahre alt und hatte Gott den Herrn nie gefürchtet.

Ist das der Grund?, soll er die gewaltige Finsternis, die sich vor ihm auftürmte, gefragt haben. *Wenn es so ist, dann bete ich! Ich bete. Ich bete um Vergebung!*

Er erhielt keine Antwort. Es war wohl zu spät.

Wer bist du?, schrie er mit überschlagender Stimme. *Wer ist gekommen, um mich zu holen? Antworte mir!*

Das war vielleicht das Schrecklichste. Zu sehen, wie sich eine schauerliche Hand nach einem ausstreckt, und nicht zu wissen, wem sie gehört. Es heißt, wenn das Ende kommt, erlange man Klarheit. Doch so ist es nicht.

Erst im Morgengrauen kam das Pferdegespann in wilder Fahrt den Nyårsåsen hinunter. Der Gränstorp-Bauer war gerade aufgestanden, um die Kühe zu melken. Er musste auf den Schotterweg springen, um das Gefährt aufzuhalten. Aron war verschwunden. Doch in den Augen der Pferde spiegelte sich, was sich oben auf dem Nyårsåsen zugetragen hatte, und so hatte man Arons Schicksal aufzeichnen können.

Das war im Sommer 1886, und seither hieß es, der Wald hole die, welche sich von Gott abgewandt haben.

Sven, der seit jeher den Glauben im Herzen trug, starrte zwischen die Bäume.

32.

Dann, eines Tages, ein plötzlicher Triumph, wie ein Lichtstreif in der Dunkelheit. Nicht auf dem Nyårsåsen, aber in Stockholm. Sven drehte das Radio lauter.

Die Polizei hatte einen dreiunddreißigjährigen Mann festgenommen, gegen den inzwischen offizieller Tatverdacht im Palme-Mord bestand. Der Mann hatte sich kurz vor den Schüssen in unmittelbarer Nähe des Tatorts befunden, er hatte gegenüber anderen seinen Hass auf Palme formuliert, und bei einer Hausdurchsuchung waren Palme-feindliche Schriften und der dunkle Parka bei ihm gefunden worden, den der Täter am Mordabend getragen haben sollte. Auf dem Parka befanden sich Schmauchspuren. Der Mann war kein einsamer Irrer, was eine Erleichterung darstellte. Auch wenn er allein am Tatort gewesen war, hatte er sehr wahrscheinlich im Auftrag gehandelt, möglicherweise der CIA oder des indischen Geheimdienstes. Er war Teil eines größeren Zusammenhangs.

Nach der lautstarken, öffentlichkeitswirksamen Verhaftung und Inhaftierung des dreiunddreißigjährigen Verdächtigen folgte etwas Merkwürdiges: Schweigen.

Svens Kollegen machten sich jedoch keine Sorgen. Sie vertrauten darauf, dass die Mühlen der Justiz nun mit der üblichen Präzision mahlten und dass in den vier Wänden, die bereits die Bezeichnung «Palme-Raum» erhalten hatten und das Land über geraume Zeit tragen sollten, an der Rekonstruktion des Geschehens vor, während und nach den Schüssen auf dem Sveavägen gearbeitet wurde.

Manche Fragen erfordern Antworten, manche Verbrechen Aufklärung. Andernfalls geht man unter. Das wusste Sven besser als die meisten.

Sobald er die Augen zumachte, saß er in dem Auto, das in die Dunkelheit hineinfuhr, und der alte Wald schloss sich um ihn. Das Licht schwand, die Natur drang durch die Lüftung und füllte seine Lungen mit einem schweren, erdigen Geruch, der ihm ewig vorkam.

Manchmal fuhr er nach Feierabend an den Strand. Er mochte das Meer. Vielleicht weil er auf dem Land aufgewachsen war, tief verwurzelt im Boden der undurchdringlichen halländischen Wälder. Er mochte die Weite, die Offenheit des Meeres.

Oder war es das Gefühl, an einer Grenze zu stehen?

Er konnte seine Schuhe ausziehen und an die Wasserlinie hinuntergehen, seine Füße auf den Punkt stellen, an dem seine Heimat, das Land, das Schweden war, begann.

Hin und wieder kam Evy mit. Sie redeten nicht viel, aber sie saß neben ihm, und für einen kurzen Moment fühlten sich die Dinge, die auf seinen Schultern lasteten, merkwürdig leicht an.

An einem kühlen Wochentag im April, etwa einen Monat später, wurde der Dreiunddreißigjährige aus der Untersuchungshaft entlassen. Er war nicht der Täter.

Zu dem Zeitpunkt hatten Sven und David die Observation auf dem Nyårsåsen eingestellt. Nichts hatte sie weitergebracht, und die Spur von Stina Franzéns Mörder war erkaltet.

Alles stand still. Sven, David und Evy wussten im Prinzip genauso viel wie in jener Nacht, in der es Sven nicht gelungen war, Stina Franzéns Leben zu retten.

Da passierte es wieder.

33.

In diesem Frühjahr geschah etwas mit Vidar. Eine Veränderung ging in ihm vor, und niemand bemerkte sie, anfangs nicht einmal er selbst. Auch die Ursache war nicht ohne weiteres erkennbar. Vielleich hatte der Samstag damit zu tun, an dem sein Vater und er oben in Tiarp den Reifenabdruck genommen und versucht hatten, miteinander zu reden.

In diesem Frühjahr kehrte eine Erinnerung zu ihm zurück. Die Veränderung bestand nicht in der Erinnerung, aber sie trug wohl dazu bei. Sie lag sehr weit zurück. Fast zwölf Jahre.

Es war Spätsommer, Papa und er fuhren zum Toftasjön. Vidar war sechs Jahre alt. Die Sonne stand hoch an einem strahlend blauen Augusthimmel. Sie zogen sich im Auto um. Als Vidar seine nackten Füße auf den Schotterparkplatz stellte, stieg die Wärme seine Beine hinauf, und einen Moment lang bildete er sich ein, die Zeit stünde still. Der Sommer dauerte jetzt schon so lange, und er wünschte, es würde für immer Sommer bleiben.

Er liebte den Toftasjön. Der See lag eingebettet in die Natur, ruhig und spiegelglatt, fast wie ein Geheimnis. Ein schmaler, unbefestigter Pfad führte zu einem kleinen Badeplatz. Von der Landstraße aus war der See nur an einer einzigen Stelle zu sehen. Fuhr man mit dem Auto daran vorbei und drehte nicht im genau richtigen Moment den Kopf, da, wo die Bäume ein kleines Stück beiseitegerückt waren, verpasste man ihn. Im See flitzten Kaulquappen und winzige Fischchen umher, manchmal so nah am Ufer, dass Vidar im Wasser stehen konnte und spürte, wie sie an seinen Beinen kitzelten.

Papa lief zum See hinunter, drehte sich noch einmal zu Vidar um und winkte, ein breites Lachen auf dem kantigen Gesicht. Dann watete er ins Wasser und tauchte unter. Das machte er immer, wenn sie badeten. Er sagte, das sei die einzige Art, dem See zu begegnen: hineinzutauchen und sich vom Wasser umhüllen zu lassen, zu spüren, wie es Haut und Seele erfrischte, ehe man an die Oberfläche zurückkehrte, fast wie neugeboren.

Vidar beobachtete die Wasseroberfläche, die sich wieder glättete, nachdem Papas großer Körper darin verschwunden war, und wartete darauf, ihn wieder auftauchen zu sehen, in einer Kaskade aus Wasser und Schaum, den Kopf so heftig schüttelnd, dass die Tropfen nach allen Seiten wegspritzten. Lange Sekunden verstrichen. Ringsum wurde es totenstill.

«Papa?»

Nichts regte sich.

Vidar hörte das Rauschen in den Bäumen, roch den Duft von Erde und Gras, der vom Boden aufstieg.

Er rief wieder, so laut, dass es im Hals weh tat, aber die Wasseroberfläche rührte sich nicht.

«Papa?», wiederholte er, leiser.

Ein großes, schwarzes Loch tat sich in seinem Inneren auf.

Das Zittern, das in seinen Knien begonnen hatte, erreichte seine Brust. Er bekam keine Luft mehr, konnte nicht mehr atmen. Alles, was er herauskriegte, war ein Japsen und Stottern.

Was sollte er tun? Er konnte doch nichts.

Trotz der Wärme fröstelte er. Er wandte sich ab, kehrte dem See den Rücken zu, wollte ihn nicht mehr sehen, nichts mehr von ihm wissen. Er wollte sich wieder ins Auto setzen und die Augen so fest zukneifen, dass sie explodierten. Die Welt verschwamm, warme Tränen liefen seine Wangen hinunter.

Da erklang hinter ihm ein Platschen. Vidar drehte sich um.

Weit draußen auf dem See dümpelte ein Holzfloß. Es gehörte zum Toftasjön und lag schon so lange da draußen auf dem Wasser, dass sogar Papa nicht wusste, wann und wie es dahin gekommen war.

«Niemand schwimmt so weit raus», hatte er gesagt. «Das Floß ist viel zu weit weg.»

Jetzt schaukelte es, als hätte eine unsichtbare Hand ihm einen Stoß versetzt. Vidar hatte keine Ahnung, wie es zugegangen war, aber auf dem Floß stand ein großer, kräftiger Mann, seine braungebrannte Haut glänzte in der Sonne, die sich im Wasser spiegelte. Der Mann hob die Hand und winkte, rief Vidars Namen.

Vor lauter Erleichterung begann Vidar zu lachen. Ein Lachen, das im Bauch anfing, aufstieg und sich bis in seine Wangen ausbreitete, und er hob die Hand und winkte zurück.

Es war unglaublich. Nicht nur, dass Papa es geschafft hatte, so weit auf den See hinauszuschwimmen, weiter als jeder andere vor ihm – obwohl, wenn das jemand fertigbrachte, dann sein Papa –, aber die Zeit, die er unter Wasser geblieben war, da unten in der Tiefe, unsichtbar und verschwunden, war so gruselig gewesen, als wäre er tot. Und dann war er zurückgekommen, zurückgekehrt aus dem Totenreich.

Auferstanden geradezu. War sein Papa unsterblich? Vielleicht. Woher sollte man das wissen? Wenn, dann verlor er kein Wort darüber. Wenn Vidar genauer darüber nachdachte, benahm sich Papa oft ziemlich geheimnisvoll.

An dem Tag, an dem sein Vater den Tod gewissermaßen an der Nase herumführte, begriff Vidar, dass es Dinge gab, die er nicht über ihn wusste, wichtige Dinge. Der Mensch, den er besser kannte als irgendjemand anderen auf der Welt, hütete Geheimnisse.

34.

1986 fiel die Walpurgisnacht auf einen Mittwoch. Die junge Frau verschwand am Tag davor, sie war dreiundzwanzig Jahre alt. Es war insgesamt ein eigenartiger Tag, der seit dem frühen Morgen von Rauchschwaden beherrscht wurde. Es ging um eine Nachricht, die in den Himmel emporgestiegen war und kurz darauf die gesamte nördliche Hemisphäre, nicht zuletzt den entlegenen Winkel, den das Land Schweden bildete, entsetzt nach Luft schnappen ließ.

Im Kernkraftwerk im ukrainischen Tschernobyl hatte es einen Unfall gegeben. Aber weil sich der Unfall auf der anderen Seite der Freiheit ereignet hatte, wusste niemand, wie schlimm die Lage tatsächlich war, jedoch war in den jüngsten Nachrichten von einem kompletten Reaktorausfall die Rede gewesen. Was erklären würde, weshalb die Messinstrumente oben in Forsmark, wie es jemand ausdrückte, völlig verrücktspielten.

Wenn das Ende nahe war, dann sehr nahe.

So sagte man in Marbäck und blickte beunruhigt zum Himmel empor, einen lebensgefährlichen Regen fürchtend. Doch die Vorzeichen blieben aus. Der Abend war lau, und kurz vor zweiundzwanzig Uhr ging bei der Polizei ein Anruf ein, der für diese Geschichte weitaus folgenschwerer ist.

– 90000.

Kurzes Schweigen. Dann:

– *Ich habe es wieder getan.*

– *Wie bitte? Worum geht es?*

– *Ich habe es wieder getan. Ringenäs.*

– *Ich verstehe nicht. Was haben Sie in Ringenäs getan?*

Man hörte seinen Atem. Er klang angestrengt.

– *Ihr werdet sie nicht finden.*

Und dann legte er auf.

Es bestand kein Zweifel, dass es sich um denselben Täter handelte. Er hatte begonnen, Sven in seinen Träumen heimzusuchen.

Die junge Frau hieß Frida Östmark und wohnte gar nicht in Ringenäs, sondern im zwei Kilometer entfernten Vilshärad. Ihre Freundin Lotta wohnte in Ringenäs. Die beiden hatten am Abend zusammen gegessen und besprochen, wie sie am nächsten Tag die Walpurgisnacht feiern wollten. Gegen einundzwanzig Uhr hatte sich Frida mit dem Fahrrad auf den Heimweg gemacht. Sie trug ein dunkelrotes Kleid, eine schwarze Strumpfhose, eine Jeansjacke mit hochgerollten Ärmeln, und sie hatte einen Rucksack dabei.

Ringenäs und Vilshärad sind durch eine Straße direkt miteinander verbunden, dem Kungsvägen – Königsweg. Es heißt, der schwedische König sei auf einer Reise durch Halland einst von der von seinen Höflingen empfohlenen Route abgewichen und habe stattdessen diese Strecke gewählt. Sie verläuft entlang der Küste, und der schwedische König war ein ästhetisch veranlagter Mann. Er befand den Meerblick für außerordentlich schön. 1986 verstellten hohe Bäume und Häuser die Sicht aufs Meer, doch man konnte es nach wie vor hören. Das spielte dem Täter in die Hände: die Hypothese, die sich herauskristallisierte, war die, dass er sich, von Brandungsrauschen und Dämmerung geschützt, seinem Opfer unbemerkt hatte nähern können.

Das Fahrrad fanden sie im Gras am Straßenrand, ein rotbraunes Monark-Damenrad. Ein Stück entfernt davon lag der Rucksack. Als Sven mit Evy in der Dunkelheit stand, auf die vorhandenen Spuren blickte und das unaufhörliche Rauschen des Meeres hörte, fühlte er sich seltsam allein, fast wähnte er sich in Gefahr. Seine Hände begannen zu kribbeln, als wüsste sein Körper bereits, worum es ging.

Seine Armbanduhr zeigte dreiundzwanzig Uhr. Es würde eine lange Nacht werden.

Sven blickte zum Himmel. Er hatte die Nachricht im Radio gehört. Für einen gottesfürchtigen Mann war der Gedanke an einen richtenden Regen, der vom Himmel fiel, nicht ohne Bedeutung. Auch dann nicht, wenn der Untergang von Menschenhand in Gang gesetzt worden war.

Doch der Regen blieb aus.

Vielleicht war auch dies nicht ohne Bedeutung.

Sie fanden kaum Spuren, und das war fast das Schlimmste. Aber sie hatten den Telefonanruf, und vielleicht genügte er: Ein technischer Vergleich mit dem Anruf gut zwei Monate zuvor ergab, dass es sich bei dem Anrufer um denselben Mann handelte. Er hatte sogar aus derselben Telefonzelle angerufen. Sie suchten die Telefonzelle nach Spuren ab, nach Abdrücken, Hautpartikeln, Fasern. Nichts.

Sie begannen nach einer Verbindung zwischen Stina Franzén und Frida Östmark zu forschen. Was Aussehen, Lebensstil und Demographie betraf, existierten offensichtliche Übereinstimmungen. Und Halmstad war eine kleine Stadt. Gab es vielleicht einen gemeinsamen Bekannten? Waren sie einmal mit demselben Mann liiert gewesen? Hatten sie einen gemeinsamen Kumpel? Dieselben Kollegen oder Klassenkameraden? Fehlanzeige. Sie waren auf verschiedene Schulen gegangen, hatten sich in unterschiedlichen Kreisen bewegt. Frida Östmark hatte an der Hochschule studiert und wollte Diätassistentin werden.

«Ja, also ...», sagte Sven zu Björkman, seinem Chef. «Stina Franzén hat früher Fußball gespielt, in der Damenmannschaft von Alet. Frida Östmarks Bruder Sören spielt ebenfalls Fußball.»

«Ihr *Bruder*? Und was ist mit ihr selbst?»

«Nein, sie war nicht im Fußballverein. Sie hat gerne gemalt.»

Björkman starrte ihn an.

«Soll das die Verbindung sein?»

«Nein, das ist keine Verbindung.»

«Nein.» Frustriert warf Björkman seinen Stift auf den Tisch. «Das ist ganz offensichtlich *keine* Verbindung, verflucht noch mal.»

Wenn es eine Verbindung gab, dann lag sie zu tief im Verborgenen, um sie an die Oberfläche zu holen.

Auch Frida Östmark hatte im Vorfeld der Tat anonyme Anrufe erhalten, bei denen der Anrufer wieder auflegte. Das hatte ihre Freundin Lotta ausgesagt. Doch bis auf das Klicken im Hörer, das beide Opfer gehört hatten, gab es keine Spur.

Wo war Frida Östmark?

Sie hörten sich im Landkreis um, richteten Telefonketten zwischen den Polizeirevieren ein. Sie fragten sich, warum der Täter Frida Östmark nicht einfach ermordet und ihre Leiche zurückgelassen hatte. Hielt er sie irgendwo gefangen?

Blutgruppe B Rh+. Hätten sie doch wenigstens Vergleichsmaterial. Einen Körper, dem sie einen klitzekleinen Tropfen Blut entnehmen könnten. Alles, was Sven hatte, war eine nebulöse Vorstellung vom Täter als ein Wesen. Der Mann war ein Schemen im Gegenlicht des kalten Scheins der Straßenlaternen. Kein Körper aus Fleisch und Blut, kein Gesicht, einzig Linien und Schatten, und eine Stimme, die eine pervertierte Heiterkeit zur Schau trug.

Sven fragte sich oft, was den Täter antrieb. Macht, vielleicht. Perversionen. Eine unmenschliche Kreatur. Ja, das war er. Etwas anderes war undenkbar.

Inzwischen saßen ihnen die Medien im Nacken. Am schlimmsten war Inger Nilsson von der Hallandsposten. Sie war insofern verlässlich, als dass sie immer genau dann anrief, wenn man es am wenigsten gebrauchen konnte. Eine Giftschlange, die sich nicht für dumm verkaufen ließ und Svens Gedanken zu lesen schien. Morgens fühlte er sich oft auf merkwürdige Weise beobachtet und musterte seine Umgebung wie ein Gefangener auf der Flucht.

Der Mord an Stina Franzén hatte sich im Schatten der Ermordung des Ministerpräsidenten ereignet, und die Zeitungen hatten im Prinzip nie ein vollständiges Bild davon erhalten. Als der Presse schließlich aufging, was passiert war, war es zu spät. Genau wie bei der Polizeiarbeit ist Zeit ein entscheidendes Kriterium für effektiven Journalismus. Man muss schnell sein, um die Teile in die Finger zu bekommen, die das Puzzle zu einem Ganzen zusammenfügen. Polizisten und Angehörige verschließen sich mit der Zeit, Zeugen vergessen. Es wird schwieriger, die Leute dazu zu verleiten, sich zu verplappern, etwas preiszugeben, das sie eigentlich für sich behalten wollten. So war es im Fall von Stina Franzén gewesen. Nach Frida Östmarks Verschwinden kam jedoch frischer Wind in die Ermittlung. Man würde den Mord an Stina Franzén im Rahmen derselben Voruntersuchung neu aufrollen, hieß es, und als diese Information in der Hallandsposten zu lesen war, begriffen die Leute, dass sich ein Mörder in der Gegend herumtrieb, ein Mann, der im Schutz der Dunkelheit erneut töten würde.

«Aber Ihnen ist doch klar, dass die Bevölkerung Angst hat», sagte Inger Nilsson, der es nach tagelangen vergeblichen Versuchen endlich gelungen war, Sven an die Strippe zu bekommen.

«Ja, natürlich.»

«Welche Spuren verfolgen Sie im Fall des Tiarp-Mörders?»

«Tiarp-Mörder? Wer bezeichnet ihn so?»

«So nennen wir ihn in der Redaktion. Welche Bezeichnung verwenden Sie?»

«Keine.»

«Was tun Sie eigentlich, um Frida Östmark zu finden? Die Leute sind aufgebracht. Bisher haben Sie nicht einmal einen Hubschrauber eingesetzt. Haben Sie keinen?»

«Doch, den haben wir. Wir arbeiten diesbezüglich mit den schwedischen Streitkräften zusammen, und sie ...»

«Die Öffentlichkeit organisiert private Suchtrupps, die die Gegend durchkämmen. Was sagen Sie dazu?»

«Das ist eine lobenswerte Initiative. Wir unterstützen sie mit Informationen, soweit es uns möglich ist.»

«Was tun Sie, um den Leuten ihre Ängste zu nehmen? Stina Franzén und Frida Östmark haben sich sehr ähnlich gesehen. Und Frauen, die ihnen gleichen, haben eine Todesangst, der Mörder könnte es als Nächstes auf sie abgesehen haben.»

«Wir wissen nicht, ob er vorhat, einen weiteren Mord zu begehen. Wir wissen nicht einmal, ob er Frida Östmark überhaupt ermordet hat.»

«Aber Sie müssen doch davon ausgehen, dass der Täter plant, ein weiteres Mal zuzuschlagen? Sie können doch nicht annehmen, dass ...»

«Es tut mir leid.» Sven schnitt Inger Nilsson das Wort ab. «Ich muss jetzt weiterarbeiten.»

«Sie sollten eine Pressekonferenz abhalten, damit wir Fragen stellen können», erwiderte Inger Nilsson. «Genau wie Ihre Stockholmer Kollegen.» Sie lachte. «Nein, ernsthaft.»

Sven knallte den Hörer auf die Gabel.

35.

Auch an diesem Morgen versammelten sie sich um zehn Uhr. Die Zahl der Teilnehmer war geschrumpft, aber es war immer noch ein relativ großer Trupp, der auf dem Feld am Kungsvägen zusammenkam. Gisela versuchte, die Frauen und Männer zu zählen, kam durcheinander, fing noch einmal von vorn an, gab es auf. Ungefähr vierzig. Grob geschätzt. Ein Mann in Reflexjacke erwartete sie. Er hielt eine blaue Plastikmappe in der Hand. Ein Stück entfernt parkten etliche Rundfunkfahrzeuge. Fotografen standen dicht gedrängt.

Gisela blickte zum Himmel hinauf. Der Horizont erstreckte sich bis zum Meer, rau und gebeutelt, als erhole er sich von einem Unwetter.

Beim ersten Sucheinsatz vor einer Woche waren Robert und sie zusammen gegangen. Heute war sie allein. Robert musste beruflich nach Jönköping und würde nicht vor dem Abend nach Hause kommen.

Die Teilnehmer stammten allesamt aus der Gegend. Gisela nickte Carl-Henrik Håkansson und dem Ehepaar Carlsson zu. Der Mann in der Reflexjacke schlug seine Mappe auf und nahm ein Foto von Frida Östmark heraus. Er rekapitulierte ihre Personenbeschreibung, die Kleidung, die sie getragen hatte, ihre letzten bekannten Aufenthaltsorte und schloss mit einer Erklärung des Ablaufs der bevorstehenden Suchaktion.

Heute würden sie das Gebiet weiter südlich durchkämmen, sagte er. Bis hinunter ans Meer. Die Polizei vermute, dass der Täter diesen Weg genommen haben könnte, um leichter ungesehen zu entkommen.

Gisela dachte an den Mann, den Micke auf dem Nyårsåsen verfolgt und der sich angeblich in unmittelbarer Nähe ihres Hauses befunden hatte. Als Micke gefragt hatte, ob er reinkommen dürfe, um von ihrem Apparat seinen Vater anzurufen, hatte sie zunächst gezögert und ihn im Haus die ganze Zeit im Auge behalten. Seine Hände, seine Bewegungen. Man konnte niemandem trauen. Nicht mehr. Aber Micke hatte getan, was er gesagt hatte. Er war der, der er war. Warum hätte er etwas anderes tun sollen? Er trug nichts Böses in sich. Er hatte seinen Vater angerufen, ihr anschließend noch kurz Gesellschaft geleistet, und als sie ihm zu verstehen gegeben hatte, dass sie allein sein wollte, war er gegangen.

Hinterher hatte sie ein schlechtes Gewissen geplagt.

Die Suchkette setzte sich in Bewegung. Der Wind biss ihnen in die Wangen. Sie gingen langsam, den Blick auf den Boden gerichtet und einen Meter Abstand zum Nebenmann haltend, in einer Linie in Richtung Meer.

Gisela hörte, wie sich zwei Frauen in ihrer Nähe unterhielten. «Ich habe Anders gesagt, er soll die Schrotflinte laden und sie mir rauslegen. Ich traue mich nicht einmal nach draußen, um die Zeitung zu holen, das muss Anders machen. So langsam wird es morgens ja wieder heller. Dann gehe ich auch wieder allein aus dem Haus, aber die Schrotflinte nehme ich trotzdem mit.»

«Ich habe fast immer den Hund dabei», erwiderte ihre Freundin. «Eigentlich hätte ich Dienstag nach meiner Mutter sehen sollen. Sie wohnt in Bjällbo, zu Fuß sind das fünfzehn Minuten. Aber ich bin doch nicht lebensmüde.»

Die beiden Frauen begannen über die Polizei zu reden, die den Taten völlig ratlos gegenüberzustehen schien. Nicht einmal den Mörder des Ministerpräsidenten konnten sie fassen. Was sollte man davon halten? Gisela lauschte der Unterhaltung schweigend. Es war ein gutes Gefühl, nicht allein mit ihren Ängsten zu sein.

Sie überquerten die Straße. Die Autos hielten an, als begriffen sie den Ernst der Lage. Für einen kurzen Moment kam sich Gisela bedeutsam vor.

Wenig später zeichnete sich am Horizont ein diffuser Streifen von dunkelgrauer Farbe ab, der mit dem Himmel verschmolz. Es war das Meer.

«Ja, du», murmelte ihr Nebenmann unvermittelt. «Ich habe keine Ahnung, wer so etwas Grauenvolles tut.» Erst jetzt bemerkte Gisela, dass der alte Håkansson links von ihr ging.

Am Straßenrand stand eine Gruppe von Leuten, die ihnen beunruhigt nachblickten. Als Gisela den Kopf drehte, hob ein junger Mann die Hand und kam ein paar Schritte auf sie zu.

«Ich glaube, der will mit uns reden», meinte der alte Håkansson. «Vielleicht hat er was gesehen.»

Gisela löste sich aus der Kette und ging dem Mann entgegen. Er hatte ein offenes Gesicht, warme Augen, trug Bluejeans und eine schicke Übergangsjacke. Aber seine Hände waren schmutzig. Unter seinen Fingernägeln klebte schwarzer Dreck, als arbeite er in einer Werkstatt.

«Was tun Sie hier?», fragte er.

«Wir suchen nach Frida Östmark, der jungen Frau, die vor einigen Tagen verschwunden ist.»

Der Mann zog die Augenbrauen hoch.

«Ja, davon habe ich in der Zeitung gelesen.»

«Wir hoffen, sie zu finden.»

«Ich wohne in der Nähe», erzählte der Mann. Er blickte zu den Leuten am Straßenrand. «Da drüben stehen Nachbarn von mir. Wir würden gerne bei der Suche helfen, wenn das möglich ist.»

«Ja, sicher. Sie müssen nur mit dem Einsatzleiter sprechen. Ich gebe Ihnen seine Kontaktdaten. Richten Sie ihm einen Gruß von Gisela aus.»

«Danke, das mache ich.»

Gisela gefiel, dass der junge Mann seine Hilfe anbot. Und ihm schien zu gefallen, dass sie sich bereits engagierte. Sie kehrte an ihren Platz in der Kette zurück.

Den Blick auf den Boden geheftet, fragte sie sich, wie sie reagieren würde, wenn sie plötzlich einen Arm, ein Bein oder ein Haarknäuel von Frida entdeckte, von Erde und Dreck verkrustet, ihre Haut unnatürlich bleich, die bläulichen Adern sichtbar wie Verästelungen in weißem Marmor. Die Angst, die sie beim Anblick von Fridas leblosem Körper erfassen würde. War sie schlimmer als die Furcht, die sich in ihr festsetzen würde, sollte Frida nie gefunden werden?

Gisela wusste nicht zu sagen, was schlimmer war: Frida zu finden oder nicht.

36.

Sie fuhren wieder nach Tiarp, Sven, David und Evy.

Im Grunde hatten sie keinen anderen Grund als die Hoffnung, dort auf einen Hinweis zu stoßen, der sie auf die Fährte des Tiarp-Mörders brachte. Evy fuhr. Sven sah aus dem Fenster und versuchte, einen Blick in die Küchen- und Schlafzimmerfenster der Höfe links und rechts der Straße zu erhaschen. Ein Stück entfernt bewegte sich eine Menschenkette über ein Feld, auf der Suche nach Frida Östmark. Evy bremste ab und schaute sich aufmerksam um.

«Was hast du gesagt?» Sven drehte den Kopf und sah sie an. «Entschuldige, ich habe nicht zugehört.»

«Ich habe nur gesagt, dass es hier so still ist.»

Jede Verbrechensserie hatte einen Mittelpunkt, jeder Täter einen Ausgangspunkt, von dem aus er seine Welt beobachtete. Sven war in seiner Nähe, er wusste es. In der Nähe des Tiarp-Mörders. Inzwischen nannten auch sie ihn so.

Sie unterhielten sich über dies und das. Evy erzählte, dass sie sich am Wochenende ein Fußballspiel angucken würde, Alet gegen Almia. Ihr Bruder würde da sein.

«Apropos Bruder. Du hast keine Geschwister, Sven, oder?», fragte David.

«Leider nein. Als Kind habe ich mir immer einen kleinen Bruder gewünscht.»

«Mein kleiner Bruder ist ein, wie heißt das heutzutage? Ein Nachzügler», sagte Evy. «Er kam spät. Und ich habe ihn geliebt, als wäre er mein eigenes Kind.» Sie wandte sich an David. «Was ist mit dir?»

«Einzelkind, wie Sven. Keine Geschwister. Ich glaube, meine Eltern waren der Ansicht, sie hätten keine Zeit für mehr Nachwuchs.» David lachte. «Sie mussten sich um den Hof kümmern. Aber ich hätte gern eine kleine Schwester gehabt.»

«Warum ausgerechnet eine Schwester?», wollte Sven wissen.

«Keine Ahnung. Vielleicht um jemanden zu haben, auf

den ich hätte aufpassen, den ich hätte beschützen können. Das hätte mir gefallen, glaube ich.»

«Bist du gerne hier aufgewachsen?»

«Ja, ich denke schon. Ich wusste nur nicht, was ich mit meiner Zeit anfangen sollte. Aber dann musste ich auf dem Hof mithelfen. Ich bin mir nicht sicher, aber ich glaube, ich hätte gern Geschwister gehabt, um als Kind weniger allein zu sein.»

«Hat dich das belastet?», fragte Evy.

David hob lächelnd die Hände.

«Keine Ahnung. Sicher. Mein Therapeut würde das bestimmt behaupten.»

«Du gehst zu einem Therapeuten?», sagte Sven verblüfft. «Oder bist zu einem gegangen?»

David schüttelte den Kopf.

«Das war ein Witz», sagte er. «Ich meine nur, das hat sich sicher irgendwie auf mich ausgewirkt. Nur wie genau, kann man schlecht selbst beurteilen.»

«Meiner Meinung nach sollten viel mehr Männer einen Therapeuten aufsuchen», sagte Evy. «Das würde euch nur guttun.»

«Ja», pflichtete David ihr bei, als hätte er selbst lange darüber nachgedacht. «Ja, vielleicht.»

Verstohlen blickte Sven zu ihm hinüber. David war ein seltsamer junger Mann. Nicht richtig Polizist, nicht richtig Bauer. Und es steckte etwas Tieferes in ihm, das auf den ersten Blick nicht zu erkennen war. Aber was genau er in seinem jungen Kollegen zu sehen meinte, konnte er nicht benennen.

«Übrigens.» David räusperte sich auf der Rückbank. «Ich habe gestern mit Björkman über die anonymen Anrufe gesprochen, die Stina Franzén und Frida Östmark bekommen haben. Dass sie zur Masche des Täters gehören könnten. Und Björkman meinte, wir sollten damit an die Öffentlichkeit gehen.»

Sven drehte sich zu ihm um.

«Warum sollten wir das tun?»

«Ja.» David zögerte. «Um die Bevölkerung zu warnen, nehme ich an, die Frauen. Damit sie die Polizei einschalten, sobald sie solche Anrufe erhalten.»

«Scherzanrufe gibt es ständig», wandte Evy trocken ein. «Wir können nicht riskieren, mit diesem Detail an die Öffentlichkeit zu gehen. Das würde die Leute nur noch weiter verunsichern. Entweder sie geraten in Panik, sobald ihr Telefon läutet, oder sie hängen sich selbst an die Strippe, weil sie Idioten sind und sich einen Spaß daraus machen.»

David sah Sven fragend an.

«Evy hat recht», meinte er und begann zu husten.

Evy warf ihm einen besorgten Blick zu.

«Sven?»

«Ja?»

«Geht es dir gut?»

Die Frage traf Sven völlig unvorbereitet, als hätte Evy eine Grenze überschritten. Normalerweise redeten sie nicht über solche Dinge.

«Gut», erwiderte er. «Wieso fragst du?»

Evy schwieg. Sie fuhren weiter und verfolgten die Bewegungen des Suchtrupps aus der Ferne.

«Wer tut so etwas?», fragte David schließlich.

«Ich weiß es nicht.» Sven spürte, wie sich Hass, nein, *Verachtung* für den Täter wie Gift in seinem Körper ausbreitete. Er presste die Zähne aufeinander. «Aber was auch immer in seinem Kopf verkehrt läuft, es ist durch und durch falsch.»

37.

Bibbi schlief schon, und Sven saß allein in der Küche, als das Telefon klingelte. Vermutlich wollte Vidar Bescheid geben, dass er später nach Hause kam, doch als er den Hörer abnahm und sich meldete, erklang eine andere Stimme.

«Sven», wiederholte die Stimme. «Du bist das also. Oder nicht? Der Mann, der mich sucht?»

Eine Männerstimme. Mit einem geradezu voyeuristischen Unterton, als würde der Anrufer etwas überprüfen, das seine Neugier geweckt hatte. Er hielt etwas vor den Hörer, einen dicken Lappen oder ein Handtuch, um seine Stimme unkenntlich zu machen. Sie klang sonderbar dumpf, trotzdem kam sie Sven vage bekannt vor.

«Wer sind Sie?», fragte er.

«Ich kenne dich aus der Zeitung. Aus den Artikeln über mich.»

«Über Sie? Und wer sind Sie?»

«Ich rufe sie vorher an. Mehrmals.»

Stille trat ein, aufgeladen wie Elektrizität.

In Sven war es eiskalt geworden. Darum kam ihm die Stimme bekannt vor. Er hatte sie gehört. Als der Mann wegen Stina Franzén und Frida Östmark angerufen hatte.

Sven presste den Hörer fest an sein Ohr.

«Wo ist Frida?»

Es knisterte und raschelte in der Leitung, als ob der Mann den Lappen oder das Handtuch neu zurechtrückte.

Sven horchte auf Zeichen jenseits der Stimme, Hintergrundgeräusche. Das kleinste Detail wäre ein Hinweis, ein Signal. Er hörte nichts.

«Sie sagen, ich bin krank. Die Pressefritzen schreiben, ich bin krank. Glaubst du das auch?»

Ich muss ihn am Telefon halten, dachte Sven. Ich muss ihn aus seiner Deckung locken.

«Wenn man krank ist, gibt es Wege, um wieder gesund zu werden. Bei Ihnen stimmt irgendetwas nicht, davon bin ich überzeugt. Ob es in Ihrem Fall heilbar ist, weiß ich allerdings nicht.»

«Aber», sagte die Stimme, «fragst du dich nicht, warum ich ausgerechnet die beiden gewählt habe? Warum ich nicht Junkies, Nutten oder irgendwelche anderen armen Seelen gewählt habe, um die sich kein Mensch schert?»

Der Hörer in Svens Hand begann zu zittern.

«Ich will nur wissen, wo Frida ist. Lebt sie?»

Die Stimme kehrte zurück.

«Ich glaube, es war schon immer in mir. Ganz tief in mir. Ich weiß nicht, was es ist.»

Er sagte es, als wäre es etwas, über das er lange sinniert hatte. Sven wartete. Einen kurzen Moment lang horchten sie nur auf die Atemzüge des anderen. Es fühlte sich seltsam intim an.

«Hast du Angst vor mir, Sven?»

«Nein. Warum rufen Sie mich an?»

«Ich spüre es manchmal. In mir. Aber nicht jetzt.»

«Rufen Sie mich deswegen an? Weil Sie wissen wollen, ob ich Sie für krank halte?»

«Ich wollte wissen, was du über mich denkst. Wen du zu suchen glaubst, was für eine Sorte Mensch. Wie es sich für dich anfühlt, jemanden wie mich zu jagen.»

«Ist das wichtig für Sie? Was ich über Sie denke?»

«Ja.»

«Und jetzt, wo Sie wissen, was ich denke. Wie fühlt sich das für Sie an?»

Der Mann seufzte. Als hätte er Svens Frage nicht gehört, sagte er: «Stina habe ich im Auto zurückgelassen. Das war nicht geplant. Sie hat nicht getan, was ich wollte.»

«Sind Sie wütend auf Stina geworden?»

«Ja.»

«Haben Sie sie deswegen umgebracht?»

«Frida habe ich mitgenommen. Das war leichter.»

Die Stimme des Mannes war völlig emotionslos. Aber er sprach die Namen seiner Opfer nicht aus, als wären sie Gegenstände. Er sagte Stina und Frida, als wüsste er, dass sie junge Frauen gewesen waren, Menschen aus Fleisch und Blut, mit Wünschen und Träumen. Es war ihm schlicht gleichgültig. Und das machte Sven Angst.

«So leicht kann es nicht gewesen sein», sagte er. «Frida mitzunehmen, meine ich. Haben Sie sie mit dem Auto irgendwohin gebracht?»

«Frida lebt.»

«Ist das die Wahrheit?»

Die Stimme lachte.

«Was glaubst du?»

Svens Angst verwandelte sich in Wut, die rot glühend in ihm aufflammte.

«Du Schwein willst wissen, wie es sich für mich anfühlt, dich zu jagen?», presste er hervor. «Ich fühle gar nichts. Du bist ein Job für mich, verstehst du? Ein Job. Ein Blatt, das kopiert werden muss, ein Auto, das gewaschen, Müll, der entsorgt werden muss. Das ist alles, was du bist. Ich werde dich finden, und wenn ich dich in die Finger bekomme ...»

«Auf Wiederhören.»

Der Mann am anderen Ende der Leitung klang seltsam befriedigt, als hätte er Sven genau dahin gebracht, wo er ihn haben wollte.

Dann klickte es im Hörer.

1988

38.

Äußerlich war alles unverändert. Die Bäume waren dieselben, ebenso die Farben, Geräusche, Straßen und Geschäfte, der Fleischklößchen-Teller, den man nach einem Tag am Strand im Mack Inn aß, die Touristen und das Gedränge. Doch irgendetwas war anders.

Vielleicht bloß das Wetter. Der Sommer war heiß und stickig. In Marbäck waren die Rasen schon an Mittsommer gelb. Einer von Backlunds Kühen, der alten Greta, wurde es so heiß, dass sie sich auf Wanderschaft begab. Das ganze Dorf war auf den Beinen und suchte nach ihr, bis man sie gegen Abend auf Johanssons Rasen fand, im Schatten einer Eiche im Gras liegend und kühles Wasser aus dem kleinen Teich saufend, den er in seinem Garten angelegt hatte.

In diesem Sommer drangen seltsame Nachrichten aus den Fernsehapparaten. Oben in Norrland, in einem Städtchen namens Åmsele, hatte ein finnisches Teenagerpärchen auf einem Friedhof drei Menschen ermordet. Es war ein Schock. Die Zeitungen schrieben immer wieder über den Charme des finnischen Jungen, seine Ausstrahlung, sein sympathisches Lächeln, das jugendliche Glänzen in seinen Augen. Er sah nicht aus wie ein Monster.

Es war nicht die einzige Meldung, die in diesem Sommer über das Land hereinbrach. Es gab Raubüberfälle und Flüchtlinge, Drogen und Gewalt, den Gerichtsprozess über den Fall der ermordeten Prostituierten Catrine da Costa, deren Leiche zerstückelt worden war, die Anhörungen vor dem Verfassungsausschuss im Zuge der Ebbe-Carlsson-Affäre, und all das unter der Last einer drückenden Hitze, die ein vages Gefühl von Verwesung hervorrief.

Es schien, als gäbe es ein anderes Dasein als das, in dem man aufgewachsen und das einem vertraut war. Unmittelbar unter der Oberfläche von Volvos, sommerlichen Campingdomizilen und Gartengrills. Es war schwer zu begreifen, und in Marbäck, im Haus der Familie Jörgensson, saß Sven auf dem Sofa und schaute sich an, wie Anders Björck Carl Lidbom verhörte:

– Sie haben Ihre Frau vertrauliche Dokumente lesen lassen?

– Was Sie da reden, ist grober Unfug. Darum werde ich die Frage nicht beantworten.

– Ich denke nicht, dass es Ihnen zusteht, derartige Äußerungen zu machen. Sie sollten sich schämen, vor diesem Gremium ein solches Betragen an den Tag zu legen.

All das war schäbig, der finnische Jugendliche, der sich im Grunde nicht von vielen schwedischen Landsleuten unterschied, der Allgemeinmediziner und der Pathologe, die in den Catrine-da-Costa-Fall verstrickt waren und mit einer Prostituierten Umgang gepflegt haben sollten, die Ermordung des Ministerpräsidenten und das Versagen der Justiz, das von innen gekommen war, *von innen! wie war das möglich?! scheußlich!*, diese vermaledeite Hitze, der Massentourismus, der auf Hochtouren lief, die immer höher werdenden Stapel mit Gewaltdelikten in den Polizeirevieren des Landes und die Medien, die über all diese Dinge berichteten, als gäbe es kein Morgen mehr. Da war es kein Wunder, wenn man die Nase voll hatte. Es war, als bekäme man den Spiegel vorgehalten, und das, was man sah, erkannte man nicht wieder.

Im Verlauf dieses Sommers dachte Sven ein ums andere Mal: Sind das wir? Ist das Schweden?

Als der Ministerpräsident erschossen wurde und der Täter ein Schatten blieb, der die Treppenstufen zur David Baggares gata hinaufrannte und im Dunkel der Gasse verschwand, war etwas geschehen. Ekel. Wut, die niemand richtig kontrollieren konnte.

In Leitartikeln und an heimischen Küchentischen zeigte man sich entsetzt über die Polizei und die Politik, die Kriminalität und die Einwanderer und über das Scheusal, zu dem Schweden und das eigene Spiegelbild geworden waren. Inzwischen lag es offen zutage. Alles hätte man unbeschadet durchgestanden, alles, bis auf das. Dieser Jugendliche mit den lächelnden Augen da oben in Norrland, der Traum einer jeden Schwiegermutter, der sich als kaltblütiger Mörder entpuppt hatte: Vielleicht sind das wir.

Natürlich hinterlässt so etwas Spuren. Bei Menschen. Einem Land. Wie sollte es nicht?

Im Frühjahr 1987 war eine Abordnung aus Stockholm eingetroffen und hatte die Ermittlung in den Tiarp-Fällen übernommen. Die, so befand man in der Hauptstadt, von einem Format waren, das es erforderlich machte, die Reichskriminalpolizei in die Provinz zu entsenden, um den Hinterwäldlern zu zeigen, wie man eine Polizeiermittlung durchführte. Das war jedenfalls der Eindruck, den Sven und seine Kollegen gewannen.

Die Ermittler der Reichskriminalpolizei kamen im April, blieben anderthalb Monate, fuhren ein paarmal nach Tiarp, rauchten Zigaretten und nahmen einen Lokalaugenschein vor. Einige Wochen nachdem sie erleichtert wieder gen Norden abgereist waren, schickten sie Björkman einen Bericht, in dem sie ihr Resümee wie folgt zusammenfassten: *Angesichts des gegenwärtigen Ermittlungsstands, insbes. des augenfälligen Mangels an technischem Beweismaterial, werden die Voraussetzungen für ermittlungsmäßige Fortschritte als äußerst gering eingeschätzt.*

«Die Reichskriminalpolizei.» Björkman zerriss den Bericht in kleine Schnipsel. «Ein wichtiger Bestandteil des schwedischen Polizeiwesens.» Er beförderte die Schnipsel in den Papierkorb. «In der Tat.»

Und dann verging die Zeit. Im August 1988 erhängte sich Frida Östmarks Vater in der Garage. Er wolle mit Frida vereint sein, schrieb er seiner Frau in dem Abschiedsbrief, den er auf seiner Werkzeugbank hinterließ.

Die Mutter wurde in die Psychiatrie eingewiesen. *Ich weigere mich zu sterben, aber ich weiß nicht, wie ich weiterleben soll.* Das war das Einzige, was sie sagte.

39.

Es kann nicht ausgeschlossen werden.

So stand es in der Dienstaufsichtsbeschwerde, die an einem warmen Donnerstagabend im August gegen Sven Jörgensson eingereicht und anderntags aktenkundig gemacht wurde.

Es kann nicht ausgeschlossen werden, dass das Vorgehen des einzelnen Polizeibeamten, obwohl sein Handeln erwiesenermaßen aus verständlichen Beweggründen heraus erfolgte und er unter hohem Druck stand, zu einer gravierenden Verschlechterung des Zustands des Opfers beitrug, welche geeignet war, den späteren Tod der Frau herbeizuführen.

Angesichts dieser Umstände ist es zulässig, gegen den Polizeibeamten ein internes Disziplinarverfahren wegen Fahrlässigkeit einzuleiten. Anbei ergänzende Dokumente zum Vorgang sowie der angewandte Gesetzesparagraph.

Der angewandte Gesetzesparagraph bezeichnete den Straftatbestand der *Fahrlässigen Tötung*.

Unter den weiteren Dokumenten befand sich unter anderem ein auf Ersuchen von Stina Franzéns Eltern erstelltes medizinisches Gutachten. Es stützte sich auf Informationen aus der Tatnacht, nicht zuletzt von Sven selbst, sowie auf die Ergebnisse von Stina Franzéns Obduktion. Das Fazit des Gutachtens lautete, es sei nicht auszuschließen, dass Svens Handeln den Zustand des Opfers verschlimmert habe.

Die Kläger waren Hans-Martin und Gun Franzén, ein Elternpaar, das seine Tochter durch die Hände eines Täters verloren hatte, den er nie gefasst hatte.

Nie gefasst. So dachte er. Als wäre alles vorbei, eine verlorene Schlacht, obwohl er sich einredete, nicht aufgegeben zu haben.

Er las das knappe, sachliche Schreiben in seinem Büro, das Blatt bebte in seinen Händen.

Die Kollegen sahen ihn seltsam an. Sie bewegten sich um

ihn herum wie Autos, die eine Unfallstelle passieren. Wussten sie es schon? Wie war das möglich? Vielleicht war der Bescheid in mehrfacher Ausführung verschickt worden.

Ein Druck legte sich auf seine Brust. Eine Strafanzeige. Sven bekam keine Luft mehr. Er hastete in den Waschraum und schloss sich in einer Kabine ein. Seine Lungen brannten. *Wenn Sie eine Beschwerde einreichen möchten, müssen Sie sich an meinen Vorgesetzten wenden*, dachte er.

Es kann nicht ausgeschlossen werden.

Ein trockenes Schluchzen schüttelte ihn, doch statt Tränen kam der Husten, wütete in seinem Brustkorb, riss und zerrte an ihm, ein rasiermesserscharfer Schmerz durchschnitt seine Bronchien und Lungenflügel. Er begann zu schwitzen, der Husten kam in Wellen, legte sich aber nicht. Als Brechreiz in ihm aufstieg, presste er die Hand vor den Mund und kniff die Augen zu.

Als der Anfall endlich verebbte, war seine Handinnenfläche nass und rot von Blut.

Sven wusch sich die Hände. Seine Augen waren rot unterlaufen. Er sah krank aus.

Blut. Ich habe Blut gehustet.

Aber keine Worte. Nur Angst.

Er musste sich beeilen. Das Stadtcafé hatte einen Außenbereich. Vidar saß an einem Tisch im Freien und wartete, als Sven ankam.

«Hallo», sagte er. «Tut mir leid, dass ich zu spät bin, ich ...»

«Schon okay.» Vidar deutete mit dem Kopf in Richtung Kuchenauslage. «Gerade ist keine Schlange. Der Moment ist günstig.»

Sven ging ins Café und bestellte eine Tasse Kaffee. Der brennende Schmerz in seiner Brust war noch immer da. Blut. Was zum Teufel. Die Anzeige steckte zusammengefaltet in seiner Hemdtasche. Im Büro hatte er sie nicht liegen lassen wollen, aus Angst, die anderen könnten sie sehen, aber er brachte es auch nicht fertig, sie einfach zu zerreißen. Er wünschte, er könnte das verfluchte Blatt immer wieder falten, kleiner und kleiner, bis es nicht mehr da wäre.

In diesem Moment hasste er alles aus tiefster Seele, den vermaledeiten Husten und das Blut, die Eltern und die Anzeige.

«Das sollten wir öfter machen», sagte er, als er sich ein Herz fasste und zu seinem Sohn zurückkehrte. «Ein Treffen in der Stadt ist doch nett.»

«Ja, vielleicht.»

«Möchtest du noch was?»

«Du kommst doch gerade von der Kasse.» Dann, als hätte er beschlossen, sich Mühe zu geben, fügte Vidar hinzu: «Nein danke. Ich möchte nichts.»

Sven nahm einen Schluck von seinem Kaffee. Er schmeckte stark und gut. Wie immer redeten sie leise und bedächtig miteinander, fast behutsam, als hätten sie Angst, etwas Falsches zu sagen.

«Ich überlege, ob ich mich bewerben soll», sagte Vidar schließlich.

«Aha.» Sven stellte seine Tasse auf den Tisch. «Und wo?»

«Bei der Polizei. Was ... ich meine, wie würdest du das finden?»

«Wenn du Polizist werden würdest?»

«Ja.»

Über ihnen schien die Sonne. Auf der Straße erwachte ein Busmotor hustend zum Leben.

«Warum solltest du das werden?»

Vidar lachte.

«Ja, das ist wohl der Sinn und Zweck, wenn man diese Ausbildung macht.»

«Aber warum *willst* du Polizist werden?»

«Ich will etwas Sinnvolles tun, schätze ich.» Vidar sah seinen Vater mit aufrichtigem Interesse an. «Deine Arbeit ist doch sinnvoll, oder?»

«Es gibt tausend sinnvolle Berufe», wandte Sven ein. «Soldat, Feuerwehrmann, Pilot, Tischler und weiß der Geier was noch. Warum zum Teufel willst du wie dein alter Vater enden?»

«Warum nicht?» Vidar stellte die Frage so aufrichtig und direkt, dass Sven keine Antwort herausbekam. Sein Sohn holte tief Luft. «Ja, nein, du hast recht. Vielleicht ist es eine dumme Idee. Ich weiß nicht.» Vidar stand auf. «Ich muss mal aufs Klo.»

Sven sah seinem Jungen nach und hätte ihn gerne berührt. Allerdings wusste er nicht, ob er ihn umarmen oder ihm einen Schlag verpassen wollte. Stattdessen blieb er allein am Tisch zurück, mit einem Kopf, in dem die Leere rauschte. Er trank einen Schluck Kaffee. Inzwischen war er kalt geworden. Seine Hand wanderte zur Hemdtasche und der Anzeige. Der Anzeige gegen ihn. Er konnte sie nicht verdrängen. Warum war das nicht möglich, wo er doch nichts lieber wollte, als sie zu vergessen? Er verstand sich selbst nicht.

Außerdem: sinnvoll? Wer hatte seinem Jungen die Flausen in den Kopf gesetzt, dass der Beruf, den man ausübte, sinnvoll sein musste. Hat er das von *uns*? Von Bibbi und mir? So dumm sind wir doch wohl nicht gewesen.

Alles war unbegreiflich.

40.

Warum jetzt, und nicht schon damals, 1986? Warum zwei Jahre später. So muss die Frage gelautet haben, die Sven sich stellte, nachdem der schlimmste Schock abgeklungen war und er versuchte zu verstehen.

Was war in diesen zwei Jahren geschehen, das Stina Franzéns Eltern zu einer derart drastischen und brutalen, zu einer derart *vernichtenden* Maßnahme wie einer Strafanzeige veranlasst hatte. War ihnen klar, was sie taten? Waren sie sich des Ausmaßes ihres Vorgehens gegen ihn bewusst, gegen ihn, der nichts anderes gewollt hatte, als den Mörder ihrer Tochter zu fassen?

Nichts. Nichts war geschehen. So fiel die Antwort wohl aus.

Vielleicht hatten sie im Sommer beschlossen, ihren Dachboden zu entrümpeln. Vielleicht hatten sie ein neues Sofa gekauft, und um das alte auf den Dachboden verfrachten zu können, hatte anderer alter Kram weichen müssen. So ist es ja oft mit Dingen, die man im Urlaub in Angriff nimmt. Man fängt mit einem festen Vorsatz an, und heraus kommt etwas völlig anderes. Sie waren die Treppe zum Dachboden hinaufgestiegen und hatten dort Kartons mit Stinas alten Kindersachen entdeckt, die sie, in der Hoffnung, eines Tages Großeltern zu werden, nie weggeworfen hatten. Daraufhin hatten Gun und Hans-Martin einen Karton nach dem anderen geöffnet, kleine Pullover und Hosen, Röcke und Kleider, Spielzeug, Kinderbücher, Kinderbesteck und Kinderteller, Becher und Gläser betrachtet, die ersten Schlittschuhe, Fahrradhelme, Märchen- und Musikkassetten, Stinas kleines Radio mit Mikrophon und Aufnahmefunktion. In dem Gerät steckte eine Kassette, und nachdem Hans-Martin nach unten gegangen war, um neue Batterien zu holen, und das rote Lämpchen im Dämmerlicht des Dachbodens leuchtete, betätigte er die Rückwärtspultaste. Das Gerät funktionierte. Knisternd und knackend lief das Band zurück, und als Hans-Martin auf die Wiedergabetaste drückte, hörten sie Stina, zum ersten Mal seit all der Zeit. Sie hörten ihre Tochter und Stinas Freundin Lisa. Die beiden Mädchen sangen, lachten, alberten herum, Hans-Martin begegnete dem Blick seiner Frau, und mehr hatte es nicht gebraucht. Der Verlust hatte zwei leere Hüllen aus ihnen gemacht, die nachts nebeneinander im Bett lagen, zwei hohle Überreste eines Paares, die einmal Eltern und Menschen gewesen waren.

Wie alt war Stina damals gewesen? Acht, neun? Die zweite Stimme auf dem Band gehörte Lisa. Die Mädchen hatten doch angefangen, sich nach der Schule zu treffen, als Stina acht gewesen war? Dass man sich nicht erinnerte! Furchtbar. Wie konnten sie diese Dinge vergessen?

Stina war ihr einziges Kind gewesen. Sie hörten die Stimme ihrer Tochter, wie kindlich sie klang, erinnerten sich daran, wie sie als Zwanzigjährige geklungen hatte, und stellten sich vor, wie sie als Dreißig-, Vierzig-, Fünfzigjährige geklungen hätte. Es tat weh, alles tat weh, der Schmerz würde nie nachlassen, nie aufhören, und die Polizei war nicht fähig, denjenigen zu finden, der ihnen ihre Tochter genommen hatte, nicht einmal zu einer Erklärung, warum es geschehen war, waren sie in der Lage. Niemand war zur Verantwortung gezogen worden, obwohl zwei Jahre vergangen waren. Zwei Jahre. Grundgütiger, wie hatten sie es nur so lange ohne Antworten ausgehalten? Seit über einem Jahr teilte ihnen die Polizei keine Ermittlungsfortschritte mehr mit, vielleicht weil es keine Fortschritte gab. Für die Polizei war es vorbei. Sie konnte zum Alltag zurückkehren.

Das war nicht gerecht. Irgendwer musste zur Rechenschaft gezogen werden, nicht zuletzt der Polizist, mit dem sie gesprochen und der sie beleidigt und sie an seinen Vorgesetzten verwiesen hatte, falls sie eine Beschwerde einreichen wollten. Eine Beschwerde!

Wäre er nicht gewesen, hätte Stina es vielleicht bis ins Krankenhaus geschafft, ihr Kind wäre noch bei ihnen, und Stina hätte all die Dinge erleben dürfen, die das Leben für sie bereitgehalten hatte, und dieser Mensch sprach von einer Beschwerde! Sie hätten die Angelegenheit damals nicht auf sich beruhen lassen dürfen, aber ihnen hatte die Kraft gefehlt. Die Kraft reicht nicht unbegrenzt. Es war zu schmerzhaft gewesen, hatte ihnen zu viel abverlangt. Und sie hatten noch die Hoffnung gehegt, dem Täter eines Tages in die Augen sehen zu können.

Doch so war es nicht gekommen. Und auf dem dämmrigen Dachboden, die Stimme ihrer kleinen Tochter im Ohr, die sagte und tat, was eine kleine Tochter sagt und tut, wenn sie sich nach der Schule mit ihrer Freundin zum Spielen trifft, an einem Tag unmittelbar am Beginn eines Lebens, das unendlich lang zu sein schien, hielten sie es nicht mehr aus.

Ein Urlaubsprojekt. Nichts anderes hatte es sein sollen. Ein neues Sofa, das sie gekauft und das die Mitarbeiter von

Severins Möbelhaus im Ryttarevägen direkt zu ihnen nach Hause geliefert hatten. Stattdessen dieser Zusammenbruch einer Welt, die bis in ihre kleinsten Bestandteile hinein verzerrt worden war und nichts als zwei menschliche Hüllen zurückgelassen hatte.

41.

Es waren die Details, die verrieten, dass Gisela sich an ihn gewöhnt hatte. Sie reagierte nicht mehr auf die zweite Zahnbürste im Badezimmerschrank, die Jacken an der Garderobe, die nicht ihr gehörten, die viel zu großen Schuhe in der Diele, die Gerüche, oder dass sie morgens, wenn sie zuerst aufwachte, ohne nachzudenken nicht nur Brot für sich allein zum Frühstück aufschnitt. Es war ein eigenartiges Gefühl, dass der Alltag, der immer bloß der ihre gewesen war, jetzt einen zweiten Menschen so fundamental miteinschloss, dass sie sich im Schlaf manchmal umdrehte und nach seinem Körper tastete. Die Tage und Nächte, die Robert nicht zu Hause verbrachte, waren zu Ausnahmen geworden. Wenn sie mit ihrer Mutter telefonierte, erkundigte sie sich jedes Mal: Und Robert? Wie geht es Robert?

Gisela hatte begriffen, dass sie mit Robert zusammenlebte, dass sie nichts anderes wollte als Robert, einen Lkw-Fahrer aus Gullbrandstorp. Das hätte sie nie gedacht.

Halmstad war eine kleine Stadt, aber dennoch groß genug, dass man, solange man gewisse Plätze oder Kreise mied, Leuten, die man nicht treffen wollte, aus dem Weg gehen konnte. Doch dann war sie ihm eines Tages Anfang Sommer begegnet, ein dummer Zufall, sie war aus dem Supermarkt gekommen, er wollte hinein, Gisela schleppte zwei volle Einkaufstaschen, und Christian, der Mann, den sie einmal geliebt hatte, schob einen Kinderwagen vor sich her. Ein winziges Bündel schlummerte darin, ein rosiges und friedliches Kind mit einem Mützchen auf dem Köpfchen und einem knallroten Schnuller im Mund, behütet von der Gewissheit, die nur die Liebe zweier Eltern zu geben vermag.

«Hallo», sagte sie.

«Hallo», erwiderte er.

Giselas Blick fiel auf den Kinderwagen, sie brachte ein Lächeln zustande.

«Glückwunsch.»

«Danke.» Er blickte auf ihre Einkaufstaschen. «Wie geht es dir?»

«Gut», antwortete sie, nach wie vor lächelnd, doch es war schwer zu sagen, ob ihre Gesichtsmuskeln ein aufrichtiges Lächeln formten oder eine Grimasse, und als sie an jenem Tag ihre Leben fortsetzten, Christian seinen Weg in den Supermarkt und sie mit den Einkaufstaschen in den Händen ihren Weg zum Parkplatz und ihrem Auto, wurde ihr bewusst, wie fremd Christian ihr geworden war, wie unwirklich der Gedanke, dass sie einmal Gefährten gewesen waren, Liebende, Lieben.

Sie hatte geglaubt, Christian zu lieben. Das hatte sie ganz bestimmt. Aber nicht so, wie sie Robert liebte.

«Was habt ihr vor?», fragte ihre Mutter jetzt. «Wollt ihr nicht ... ich meine, Robert und du, ihr seid doch jetzt schon ziemlich lange zusammen?»

Im Wohnzimmer ihrer Eltern in Harplinge hing nach wie vor das Foto ihrer toten Schwester an der Wand.

«Müsst ihr das Bild da hängen haben?»

«Ja. Möchtest du wirklich nichts essen? Du siehst dünn aus.»

Gisela schüttelte den Kopf. Ein dampfender Teebecher wärmte ihre Hände.

«Ich muss gleich wieder los. Ich wollte nur kurz hallo sagen. Weißt du, wann Papa nach Hause kommt?»

«Er ist drüben bei Gösta.» Ihre Mutter spie den Namen des Nachbarn aus wie eine Verwünschung «Also wird er wohl erst auftauchen, wenn die Hausbar leer ist. Wo willst du denn noch hin?»

Ihre Mutter saß in dem Sessel, in dem sie immer saß, dieselbe Decke auf den Knien, dieselbe kleine Brille auf der Nase, dieselbe braune Kraushaarfrisur. Gisela hatte immer geglaubt, ihre Mutter würde bis in alle Ewigkeit da sein, doch das würde sie nicht.

Die Liebe hat viele Gesichter. Sie sah ihrer Mutter in die Augen. Gisela hatte die braunen Augen ihres Vaters geerbt, nicht die blauen ihrer Mutter, trotzdem glichen sie einander sehr. Urplötzlich wurde ihr warm ums Herz.

«Ich muss zur Arbeit.»

«Ich hatte immer gehofft, jetzt schon Großmutter zu sein.» Ihre Mutter nahm einen Schluck von ihrem eigenen Tee. «Dass du Papa und mir in deinem Alter wenigstens ein Enkelkind geschenkt hättest.»

«Ich bin erst siebenundzwanzig, Mama.»

«Und glaub mir, ehe du dich versiehst, bist du siebenundsechzig und fragst dich, wo die Zeit geblieben ist. Wenn du überhaupt so alt wirst.»

«Aber Mama.»

Ihre Mutter gluckste.

«Hast du die Zeitung gelesen? Sie haben wieder über die Tiarp-Morde berichtet.»

«Ach ja?»

Ihre Mutter erhob sich aus dem Sessel.

«Ich habe die Zeitung für dich aufgehoben. Ich dachte, du kommst sowieso nicht zum Zeitunglesen. Seit du arbeitest, hast du ja kaum noch Zeit für irgendwas, also habe ich ...»

Auf dem Weg in die Küche redete ihre Mutter ununterbrochen weiter. Gisela blieb sitzen und hörte nicht mehr zu.

Die Tiarp-Morde. Die Bezeichnung hatte sich eingebürgert, obwohl Frida Östmark nie gefunden worden war. Wenn Gisela an die langen, kalten Tage im Frühjahr 1986 zurückdachte, kamen sie ihr unwirklich vor, fast wie ein Traum. Wie sie und die anderen Freiwilligen des Suchtrupps ans Meer hinuntergegangen waren, eine unheilvolle Vorahnung in der Brust.

Leute hatten sie aus der Ferne beobachtet, zugesehen, ein paar hatten gefragt, was sie da taten, an wen man sich wenden müsse, wenn man mithelfen wolle. Ihr hatte es gefallen, dass das Engagement des Suchtrupps diese Reaktionen in der Bevölkerung bewirkte, dass sie eine motivierende Kraft waren. Sie hatte neue Freunde gefunden, Fanny und Olivia und einige andere. Hin und wieder trafen sie sich, tranken Kaffee, bummelten durch die Stadt, gingen ins Kino.

Jeder war irgendwo. Niemand konnte sich in Luft auflösen. Früher oder später würden sie Frida finden – davon waren sie überzeugt gewesen. Doch die Zeit verging, die Hitze kam, die Leute verreisten, als die Sommertouristen in der Gegend einfielen, und die Sucheinsätze fanden immer sporadischer statt. Die Menschen vergaßen, führten ihr Leben wie gewohnt weiter.

Auch Gisela. Das war doch nicht verwunderlich.

Trotzdem fühlte es sich nicht gut an.

«Hier ist der Artikel.»

Ihre Mutter kam mit der aufgeschlagenen Zeitung zurück. *794 Tage später sucht die Polizei erneut nach Frida*, lautete die Schlagzeile.

Tage, nicht Jahre. Vermutlich weil es so dramatischer klang. Gisela dachte an die Eltern. 794 Morgen, Nachmittage, Abende und Nächte ohne ihr Kind. Sie hatte gerüchtehalber gehört, dass der Vater sich das Leben genommen hatte. Über die Mutter wusste sie nichts.

Ein großes Bild, aber sehr wenig Text. Es war ein Interview mit dem verantwortlichen Einsatzleiter, der die Suche nach Frida Östmark koordinierte. Gisela erkannte die Stelle wieder. Eine Böschung nahe Vilshärad.

Sie schüttelte den Kopf.

«Genau da haben wir gesucht. Aber wir haben nichts gefunden.»

«Vielleicht ist es eine gute Idee, das Gebiet noch einmal zu durchsuchen.»

Gisela blickte auf ihre tote Schwester an der Wand.

«Oder sie sind einfach nur verzweifelt.»

«An der Zeit ist es jedenfalls», murmelte ihre Mutter und kehrte in den Sessel zurück. «Gisela?»

«Ja?»

«Bist du glücklich mit ihm? Mit Robert, meine ich?»

Die Frage verblüffte sie, aber ihre Antwort erstaunte sie vielleicht noch mehr.

«Ja, es fühlt sich an, als ob das Leben jetzt beginnt.»

42.

«Ich habe mich beworben.»

Es war ein lauer Abend. Spätsommerliche Insekten summten leise in der Luft. Sven saß auf der Veranda, eine Zigarette in der einen Hand, eine Flasche Bier in der anderen, drehte den Kopf und blickte zur Tür. Da stand er, sein einziger und hoch aufgeschossener Sohn, der ihm in der letzten Zeit immer ähnlicher geworden war, und sah ihn unsicher an.

«Wo ...?»

«Bei der Polizei. Ich will es versuchen.»

Sven blinzelte. Seine Augenlider fühlten sich schwer an. Zögernd kam Vidar zu ihm nach draußen und setzte sich in den zweiten Stuhl. In der Ferne erklang das anschwellende Geknatter eines Mofas.

«Willst du das wirklich?»

«Ich will vor allem wissen, ob ich angenommen werde.»

«Das wirst du sicher.»

«Abwarten.» Vidar holte Luft. «Aber ich dachte, du würdest es gerne wissen.» Als Sven schwieg, stieß sein Sohn einen Seufzer aus. «Okay, gut. Ich hau gleich wieder ab. Ich helfe Mama nur noch beim Abwasch.»

Sven nickte stumm und zog an seiner Zigarette. Vidar war im Herbst von zu Hause ausgezogen und wohnte jetzt in einem kleinen Häuschen auf der anderen Seite von Marbäck. Der alte Hedensjö hatte da gewohnt, bis er zu alt geworden war und in ein Pflegeheim in Simlångsdalen übersiedeln musste. Das Häuschen hatte günstig zum Verkauf gestanden, und Vidar hatte es sich von seinen Ersparnissen leisten können.

Es machte Sven stolz, dass sein Sohn nicht auf fremdes Geld angewiesen war, um sich ein eigenes Heim zu schaffen.

Er spürte auch noch etwas anderes. Es fiel ihm schwer, das Gefühl in Worte zu fassen, aber es glich einem Verlust. Als wäre ihm an dem Tag, an dem Vidar von zu Hause auszog, etwas genommen worden.

Und jetzt das: *Ich habe mich beworben.*

Sven hatte versucht, das Richtige zu tun. Das ist es, was man lernen und verinnerlichen muss. Dass die Güte der Menschen in ihrem Streben besteht, Gutes zu tun. Es gelingt nicht immer. Wenn es das täte, wäre man kein Mensch, doch man muss es versuchen.

Sven dachte an all die Verunglimpfungen, die ihm in der Stadt an den Kopf geworfen wurden, an die vielen Male, die Leute – Jugendliche, Alkoholiker, Alte und Kranke – seine Uniform vollgekotzt hatten, dachte an die Spucke in seinem Gesicht und die obszönen Gesten, die Drohungen und Schläge, die Beschimpfungen, das viele Blut, das er gesehen hatte, die offenen Wunden, die zertrümmerten Schädel, die Stichwunden und blauen Flecke und die Tränen. All das, vor dem Eltern ihr Kind beschützen wollen, und jetzt lieferte sich dieses Kind alldem aus eigenem Antrieb aus.

Sven begriff es nicht. Er musste etwas falsch gemacht haben.

Auf der Veranda sitzend, umgeben von der friedlichen Stille des Abends in Marbäck, erkannte er mit Erstaunen, wie groß der Abstand zwischen ihm und Vidar geworden war. Unbemerkt von ihm hatte sich ein wichtiger Prozess in seinem Sohn vollzogen. Wie hatte er so etwas Entscheidendes nicht mitbekommen können?

Er dachte an die Anzeige und versuchte, sich die Gesichter des Ehepaars Franzén in Erinnerung zu rufen, wie sie ausgesehen hatten, als sie an jenem Tag vor über zwei Jahren vor dem Polizeirevier auf ihn gewartet hatten.

Es tut mir leid, wenn Sie eine Beschwerde einreichen möchten, müssen Sie sich an meinen Vorgesetzten wenden.

Das hatte er gesagt. Daran erinnerte er sich.

Aber an die Gesichter der Kläger erinnerte er sich nicht mehr.

All das dachte er in der Stille zwischen ihm und seinem Sohn draußen auf der Veranda, und kein einziges Wort kam ihm über die Lippen.

43.

Früh am nächsten Morgen breitete Sven hustend die alte Halmstad-Umgebungskarte auf seinem Schreibtisch aus. Ihm schwindelte vor Müdigkeit, und als er die Karte studierte, glitten die winzigen Buchstaben der Ortsnamen ineinander. Er kniff die Augen mehrmals zusammen, trank einen Schluck Kaffee und versuchte, sich zu konzentrieren.

Da waren seine alten Markierungen. Die Kreuze, mit denen er erst Tiarp und Ringenäs, später auch Söndrum markiert hatte, die Quadrate um Vilshärad und Vallås, die Wohngegenden der Opfer.

Er hatte die Karte seit fast zwei Jahren nicht mehr betrachtet und tat es jetzt mit peinlicher Verlegenheit. Erkennt man kein Muster, konstruiert man eines, welches auch immer, Hauptsache, es ergibt Sinn.

Er hatte die Markierungen am Morgen nach dem Anruf des Tiarp-Mörders bei ihm zu Hause eingezeichnet. Der Anruf war ihm nicht aus dem Kopf gegangen. *Stina habe ich im Auto zurückgelassen. Frida habe ich mitgenommen. Das war leichter.*

Das hatte ihn erschüttert.

Um die westliche Umgebung von Marbäck verlief ein dicker schwarzer Rahmen: von der Einmündung des Flusses Nissan in die Stadt bis nach Åled, ungefähr zehn Kilometer weiter nördlich, von dort westwärts bis hoch nach Kvibille, da knickte der Rahmen scharf nach Südwesten bis unten nach Haverdal ab, wo er eine letzte Wendung nach Osten beschrieb, ehe er sich in Höhe von Tylösand schloss.

Irgendwo hier. In diesem Gebiet wohnten etwa zehntausend Menschen, die Hälfte davon Männer, von denen statistisch gut acht Prozent die Blutgruppe B Rh+ besaßen. Etwas mehr als vierhundert Kandidaten also, und demnach ungefähr dreihundertneunzig zu viele, um die Ermittlungen irgendwie weiterzubringen. Der Täter stammte sehr wahrscheinlich aus diesem Personenkreis. Viel weiter hatte sie dieser Ansatz 1986 nicht gebracht.

Sven studierte die alten Markierungen wie Puzzleteile, die sich zu einem Bild zusammenfügten, solange man sie an die richtige Stelle legte.

Wie schwierig konnte es sein, die Teile zusammenzusetzen? Er legte eine Hand auf die Karte, fuhr mit dem Finger über Tiarp und weiter über Fammarp nach Ringenäs.

Hast du Angst vor mir, Sven?

Du warst ganz in der Nähe. Ich glaube nicht, dass du nördlich vom Nyårsåsen gewohnt hast. Die Gegend ist zu dünn besiedelt, die Leute sind zu wachsam. Nicht umsonst lautete ein Sprichwort: Nicht einmal ein Geist kann sich vor den alten Bauern und Mütterchen verbergen. Hier in der Gegend hatte es Gewicht.

Tiarp. Ringenäs. Die Telefonzelle in Söndrum. All das war ihm bekannt und zugleich seltsam neu. Als ließe die Zeit, die seither verstrichen war, die Zusammenhänge deutlicher hervortreten, klarer.

Wenn er vielleicht ...

«Jörgensson.»

Sven blickte auf. Björkman stand im Türrahmen, eine Hand in die Seite gestemmt, in der anderen ein Blatt Papier, sein Bauch hing über dem Hosengürtel, seine Füße steckten noch in den Reitstiefeln. Sie stanken.

«Ja?»

«Was zum Teufel ist das für ein Bockmist? Fahrlässige Tötung?»

Sven sackte zusammen. Es war unvermeidlich. Aber das machte die Sache nicht besser.

«Ja, das ist eine Anzeige.»

Björkman kniff die Augen zusammen.

«Das ist doch Schwachsinn.»

Sven richtete sich auf und sah seinen Chef an.

«Ich weiß es nicht.»

«Was soll das heißen? Du weißt doch wohl, was du getan hast?»

«Ich habe versucht, ihr das Leben zu retten.»

«Ganz genau. Und so sehen wir das auch. Das ganze Revier. Ich möchte, dass du das weißt.»

«Ich habe es versucht. Aber ich habe es nicht geschafft.»

«So geht es uns allen.»

«Was soll ich deiner Meinung nach dazu sagen, Reidar?»

«Dass du dir deswegen keine schlaflosen Nächte machst, das ist es nicht wert. Du hast getan, was notwendig war. Mehr als das sogar. Keiner hier denkt etwas anderes.»

Mit gesenktem Blick erwiderte Sven:

«Ich weiß nur nicht, was ...»

«Was weißt du nicht?»

«Was ich dagegen unternehmen soll.»

«Wogegen?»

«Gegen die Anzeige.» Sein Mund war ausgedörrt. Sein Brustkorb schmerzte. Wenn er sprach, klang seine Stimme dünn und brüchig. Er sah auf die Schreibtischplatte, die Karte.

«Ich habe es versucht und versagt. Sie ist gestorben. Reicht das nicht, Reidar? Reicht das nicht?! Ist das nicht Strafe genug? Zwei Jahre sind vergangen, und ich versuche noch immer, dieses Schwein zu fassen.»

Sven hatte die Hände auf den Schreibtisch gestützt und sah aus, als wolle er gleich darüberspringen. Er bebte. Sein Hals fühlte sich merkwürdig an, und ein Pfeifen lag ihm in den Ohren. Er musste gebrüllt haben.

Björkman trat einige Schritte zurück, legte langsam eine Hand auf die Klinke und zog die Tür behutsam zu.

Svens Brust brannte wie Feuer. Er blickte wieder auf die Karte. Wie hatte das alles nur so weit kommen können? Sollte sein Sohn sich eines Tages mit den gleichen Abgründen befassen? Er hatte davon gesprochen, Soldat, Pilot, vielleicht Feuerwehrmann zu werden, was zum Teufel war passiert?

Wenn er dieses Schwein doch nur aufspüren könnte. Er musste den Tiarp-Mörder fassen.

«Sven, so etwas kommt manchmal vor. Es ist ein Unding,

aber so ist es. Diese Anzeige unterscheidet sich nicht von anderen.» Björkman holte tief Luft. «Trotzdem muss ich dich bitten, mir deine Version der Ereignisse schriftlich darzulegen. Du kannst dasselbe schreiben wie in deinem Bericht damals. Es ist eine reine Formsache.»

«Meine *Version*?»

«Ja, deine Version.»

Björkman blickte fast betrübt drein, als wäre es eine tiefe Schande, dass der Vorgang von nun an unter dieser Bezeichnung geführt werden musste.

44.

Sven musste eine Weile suchen, aber schließlich fand er den Hof, umzäunt von verwitterten Gattern, an denen die Farbe abblätterte. Das Anwesen mit den roten Holzgebäuden, weißen Stalltüren und moosbedeckten Dächern wirkte insgesamt ein wenig aus der Zeit gefallen. Ein Traktor schlummerte untätig neben einem Pick-up, auf dessen Ladefläche sich Holz und Säcke mit Sand oder Erde stapelten. Kleine Haine säumten das Gehöft.

Das Wohnhaus machte einen gemütlichen Eindruck. Es hatte zwei Stockwerke, große Fenster, weiße Giebel, und zur Eingangstür führte eine breite Holztreppe hinauf. Dort saß er, in der Spätsommersonne auf den Stufen, mit einem Thermobecher und einer Zeitung in den Händen. Im ersten Moment blinzelte er seinem Besucher fragend entgegen, doch als er sah, wer es war, lächelte er.

«Hol mich doch der Teufel.» David stand auf, kam auf

Sven zu, griff nach seiner Hand und schüttelte sie herzlich.

«Welch hoher Besuch!», rief er.

«Was für ein schöner Hof.»

«Danke, aber er hat schon bessere Zeiten gesehen. Ich tue mein Bestes, ihn am Laufen zu halten, aber es war leichter, als mein Vater noch lebte. Willst du was trinken? Ich habe nicht viel da, aber der Kaffee in der Thermoskanne ist noch warm, falls du möchtest.»

«Gerne.»

David verschwand im Haus, kam mit einem Becher zurück und schenkte Sven ein. Der Bohnenkaffee dampfte und verströmte einen behaglichen Duft.

«Wie läuft es bei euch?»

Sven nahm einen ersten, heißen Schluck.

«Wie immer, im Großen und Ganzen.»

David blickte auf den Vorplatz hinaus.

«In der ersten Zeit habe ich es höllisch vermisst. Ich war ja nur gut zwei Jahre dabei, aber das hat gereicht, damit es sich – wie sagt man – wie ein Teil meines Lebens anfühlt. Polizist ist ein sehr spezieller Beruf. Aber heute bin ich froh, aufgehört zu haben. Das hier passt besser zu mir.»

In der letzten Zeit hatte sich David sehr zurückgezogen. Nachdem sein Vater krank geworden war, hatte er sich zunächst immer wieder für längere Phasen beurlauben lassen, bis er den Dienst schließlich endgültig quittierte. Die Zeit auf dem elterlichen Hof hatte den jungen Mann altern lassen. Er sah mager und müde aus, unter seinen Augen lagen dunkle Schatten, und in seiner Stimme schwang Erschöpfung.

«Der Tod deines Vaters tut mir sehr leid», sagte Sven. «Aber deine Mutter lebt noch?»

«Danke. Ja, meine Mutter lebt noch. Sie wohnt nicht mehr hier, aber sie kommt mich ab und zu besuchen. Das heißt, ich hole sie ab und bringe sie her, damit sie eine Weile auf dem Hof sein kann. Sie fühlt sich hier wohl. Wenn ich es nicht schaffe, holt mein Stallbursche sie.»

Das klang schön. Sven fragte sich, ob Vidar dasselbe für ihn tun würde. Vielleicht nicht. Vater zu sein war nicht leicht, Sohn zu sein allerdings auch nicht. Vor allem, wenn man der einzige war.

«Ich habe mit dem Gedanken gespielt, von hier wegzuziehen», sagte David. «Den Hof zu verkaufen oder wenigstens die Tiere.» Er deutete mit dem Kopf auf den Traktor und den Pick-up. «Und die Maschinen und Fahrzeuge. Ich habe einen ehemaligen Kommilitonen aus meiner Polizeianwärterzeit kontaktiert. Er ist nach der Ausbildung zurück nach Hause gezogen, weil er da einen Job bekommen hat. Aber er ist auch kein Polizist mehr. Er hat eine eigene Firma, oben in Sundsvall, und er meinte, er könnte Hilfe gebrauchen. Der Gedanke ist verlockend, aber ich könnte den Hof nie verkaufen, er ist schon so lange im Familienbesitz. Das heißt, natürlich könnte ich ihn verkaufen, aber dann würde meine Mutter nie wieder ein Wort mit mir reden.»

«Tu das, womit es dir am besten geht. Es klingt nicht, als würdest du dich auf dem Hof besonders wohlfühlen.»

«Nein. Nein, das stimmt wohl. Nicht mehr.»

«Würdest du lieber zu uns zurückkommen?»

David lachte.

«Im Moment nicht, nein.»

Sie tranken ihren Kaffee. Die Wärme hielt sich über Halland. Die Sonne schien kräftig und klar. Etwas Schweres lastete auf David. Vielleicht gehörte es zum Wesen dieser Stadt, dachte Sven, zum Wesen der Fabriken und der Grube, des Steinbruchs und der Höfe, des Polizeireviers: Sie verschlangen die Menschen und spien das aus, was von ihnen übrig blieb.

«Gegen mich läuft ein internes Ermittlungsverfahren», sagte er unvermittelt.

«Was ... weswegen?»

«Wegen fahrlässiger Tötung. Gun und Hans-Martin Franzén haben Anzeige gegen mich erstattet.» Sven blinzelte. «Stina Franzéns Eltern.»

David wirkte perplex.

«Stina Franzéns Eltern? Aber ... warum? Weshalb?»

Sven schluckte.

«Ich soll Stina geschüttelt haben.»

«Stimmt das?»

«Ich erinnere mich nicht. Angeblich habe ich das damals gesagt, im Krankenhaus. Aber ich erinnere mich nicht mehr.»

David sah aus, als wolle er ihn berühren. Sven war froh, dass es nicht tat.

«Es ist doch vollkommen verständlich, dass du dich nicht erinnerst. Und selbst wenn du sie geschüttelt hättest, wäre auch das angesichts der Umstände völlig verständlich. Vielleicht versuchen sie ... Ich meine, sie brauchen wohl jemandem, dem sie die Schuld geben können. Wenn man sich in ihre Situation versetzt ... Sie haben ihre Tochter verloren und wissen nicht, wer sie ihnen genommen hat. Und da suchen sie jemanden, den sie zur Rechenschaft ziehen können, weil ...»

«Weil wir versagt haben.»

David öffnete den Mund, als wolle er protestieren, doch es gab nichts zu sagen. Es war, wie es war.

«Du hast dein Möglichstes getan», sagte er schließlich.

«Das haben wir alle.»

«Er hat mich einmal angerufen. Wusstest du das?»

«Wer? Der Tiarp-Mörder?»

Sven nickte.

«Der Anruf war zu kurz, um ihn zurückzuverfolgen.»

«Was hat er gesagt?»

David hörte zu, während Sven erzählte.

«Verrückt», meinte er. «Und er hat kein zweites Mal angerufen?»

«Nein», sagte Sven. «Ich frage mich, ob er weitere Morde begangen hat. Oder ob es frühere Opfer gibt. Was, wenn Stina Franzén gar nicht sein erstes Opfer war? Wenn es frühere Opfer gibt, die uns entgangen sind?»

«Ja», erwiderte David nachdenklich. «Ja, vielleicht. Aber das haben wir doch überprüft, oder nicht?»

«Wenn man die Hintergründe der Opfer durchleuchtet, gibt es genauso viele Ähnlichkeiten wie Unterschiede. Er hat sich auf keinen bestimmten Typ festgelegt, er ... es ist irgendetwas anderes.»

«Ja, jetzt, wo du es sagst. So habe ich es nie betrachtet.»

«Aber ich habe keine Ahnung, was es bedeutet.»

«Hätte er uns nicht angerufen, wenn es weitere Opfer gäbe, und uns die Tat mitgeteilt? So wie bei Stina Franzén und Frida Östmark?»

«Vielleicht nicht. Wir wissen nicht mit Sicherheit, ob er das jedes Mal macht.»

David schielte auf Svens Zigarette.

«Darf ich mal ziehen?»

Sven reichte ihm die Zigarette. David nahm einen Zug, und als er den Rauch ausblies, registrierte Sven den Alkohol in Davids Atem. Hinter David, auf dem Boden, stand eine leere Whiskyflasche. Ein schwerbeladener Lkw rumpelte auf der Straße vorbei, auf dem Weg in die Stadt oder zum Gut Vapnö. David drehte die Zigarette langsam zwischen den Fingern und schien mit seinen Gedanken weit weg zu sein. Er war nicht betrunken, nur düster.

«Behalt sie», sagte Sven. «Ich stecke mir eine neue an. Ich frage mich, ob er ... Ich glaube nicht, dass er weitere Morde begangen hat und wir es nicht mitbekommen haben. Es gab keine Vergewaltigungen, die ins Bild passen. Ich habe die Augen offen gehalten. Also: Warum hört er auf?»

«Weil er wegen einer anderen Tat einsitzt? Das passiert oft.»

«Blutgruppe B Rh+, Schuhgröße vierundvierzig, ein Pickup. Nichts davon ist mir untergekommen.»

«Aber du beschränkst deinen Suchradius auf Marbäck und Umgebung.» David inhalierte tief. Es wirkte ein wenig ungeübt, aber lang ersehnt. Er blies den Rauch mit geschlossenen Augen aus. «Er könnte ganz woanders sein.»

«Ja, vielleicht.»

David merkte, dass Sven nicht daran glaubte.

«Oder er ist tot. Oder schwerkrank. Weiß der Teufel was.»

«Du glaubst also auch nicht, dass er aus freien Stücken aufgehört hat?»

David schüttelte den Kopf.

«Nein, das glaube ich nicht. Das passt nicht zu ihm.»

Es war ein gutes Gefühl, es jemand anderen sagen zu hören.

«Aber in den letzten zwei Jahren», fuhr Sven fort, «haben

auch nicht gerade viele Männer unter vierzig mit Schuhgröße vierundvierzig und Blutgruppe B Rh+ in Marbäck ins Gras gebissen.»

David grinste schwach.

«Wie viele waren es?»

«Zwei.»

«Und die hast du ausgeschlossen?»

«Ja.»

Sven zündete sich eine neue Zigarette an.

«Ich weiß noch, wie wir die Gegend hier oben observiert haben. Mehrere Anwohner hatten einen Mann um die Höfe streichen sehen. Was ist daraus geworden? Haben die Leute weiter darüber geredet, wurde der Mann noch mal auf dem Nyårsåsen gesehen?», fragte er.

David zögerte.

«Ist es wirklich eine gute Idee, dieser Geschichte weiter nachzugehen? Solange die interne Ermittlung gegen dich läuft, meine ich?»

Sven senkte den Blick.

«Nein, ich weiß. Aber es fällt mir schwer, die Sache auf sich beruhen zu lassen, wenn du verstehst.»

David sah ihn lange an und nickte bedächtig.

«Nein», sagte er dann. «Soweit ich weiß, wurde der Mann hier oben nicht mehr gesehen. Und darum hat man wohl auch nicht weiter darüber gesprochen. Vielleicht war es auch nur ein Junkie aus der Stadt, der sich auf der Suche nach einem Unterschlupf oder etwas zu beißen auf den Nyårsåsen verirrt hat. Was weiß ich. Aber jedenfalls hatte es nichts mit dem Tiarp-Mörder zu tun.»

Sie redeten über die Ereignisse des Sommers: die Anhörungen in der Ebbe-Carlsson-Affäre, Åmsele, den Da-Costa-

Fall. David erkundigte sich nach den ehemaligen Kollegen, nach Björkman und Evy und den anderen.

«Es geht ihnen gut», sagte Sven. «Allen geht es gut.»

David zog ein letztes Mal an der Zigarette, schnippte die Kippe auf den Boden und trat sie aus.

«Ich muss gleich in den Stall und die Kühe melken. Normalerweise macht das mein Stallbursche, aber er ist noch nicht zurück. Es war schön, dass du hier warst, vielleicht können wir ...»

«Absolut.» Sven erhob sich von der Treppenstufe. Es knirschte in den Knien, knackte im Rücken, brannte in den Lungen. «Ich muss auch los. Bibbi kommt bald nach Hause. Lebst du eigentlich allein hier?»

«Nur ich und die Tiere.» David sah ihn gegen die Sonne blinzelnd an. «Aber gelegentlich treffe ich mich mit einer Frau. Sie wohnt unten in Genevad. Wir sehen uns immer bei ihr.»

Irgendetwas belastete David. Er war ein Mann, der auf den ersten Blick mit beiden Beinen fest im Leben zu stehen schien, ausgeglichen, sicher und mit sich selbst im Reinen. Doch hinter dieser äußeren Fassade lag etwas verborgen. Sven hatte es bemerkt, als David mit der Krankheit seines Vaters und seiner Entscheidung gerungen hatte, den Polizeidienst zu quittieren und auf den elterlichen Hof zurückzukehren. Etwas Dunkles.

«Aber dir geht es gut?», machte er einen neuen Versuch.

«Es ist nicht immer leicht. Aber ich komme klar.»

«Sag Bescheid, wenn ich irgendwas für dich tun kann.»

David lächelte matt.

«Es war schön, dich zu sehen.»

«Gleichfalls. Und wenn ich irgendwas tun kann, dann ...»

«Danke.»

Als Sven sich umdreht und zu seinem Auto ging, plagten ihn die Gedanken und bildeten einen schäbigen Knoten in seiner Brust. Im Auto hustete er Blut.

45.

Ihre Augen, von der plötzlichen Dunkelheit überrascht, spielten ihr einen Streich, als sie die Küchenlampe ausknipste und aus dem Fenster sah. Die Silhouetten der Bäume waren ihr im Lauf der Jahre genauso vertraut geworden wie die Bilder an der Wand in der Diele. Deswegen fiel sie ihr auf, eine plötzliche Abweichung im Dunkel, ein Schatten, der auf die Veränderung im Haus reagierte. Eine Bewegung, die erstarrte, mit der Umgebung verschmolz und wieder unsichtbar wurde. Gisela spürte ein Zittern in der Brust.

Vorsichtig trat sie einen Schritt näher ans Fenster und blinzelte in die Dunkelheit, das Gesicht so dicht an der Scheibe, dass sie beschlug.

Dann wich sie langsam zurück.

«Robert.»

Er hörte sie nicht. Gisela drehte sich um und ging hastig aus der Küche ins Schlafzimmer, wo er im Bett lag, im kalten, flackernden Schein des Fernsehers.

Sie sagte es so ungezwungen, wie sie konnte.

«Ich glaube, vor dem Haus ist jemand.»

«Was?»

«Ich glaube, vor dem Haus ist ...»

Robert war bereits aus dem Bett gesprungen. Er schlüpfte in eine Jeans, ging zur Haustür und griff nach dem Baseballschläger, der neben dem Schuhregal an der Wand lehnte. Normalerweise reagierte er nicht so, doch irgendetwas in ihrem Gesicht musste ihre Angst verraten haben.

«Wo?»

«Vor der Küche. Hier, Liebling.»

Gisela gab ihm eine Taschenlampe. Sie wartete, während Robert nach draußen ging. Im langen Lichtkegel der Taschenlampe nahm die dichte Natur vor dem Haus Gestalt an.

Mit vor der Brust verschränkten Armen beobachtete sie vom Küchenfenster aus, wie Robert mit dem Baseballschläger in der Hand die Umgebung absuchte. Als sie die Küchenlampe probehalber an- und ausknipste, passierte es wieder: für den Bruchteil einer Sekunde löste sich eine schemenhafte Gestalt aus der Dunkelheit heraus.

Als Robert ins Haus zurückkam, plagte sie das schlechte Gewissen.

«Ich glaube nicht, dass da draußen jemand ist», sagte er.

«Ich weiß.» Gisela kam sich dumm vor. So unsagbar dumm. «Entschuldige, ich dachte ... Es war ...»

«Lass uns ins Bett gehen», sagte Robert nur, legte die Lippen auf ihre Stirn und nahm sie in die Arme.

Sie lebte jetzt mit ihm zusammen. Sie war seine nächste Angehörige geworden. Vor ein paar Wochen kam Robert mit Gesundheitsunterlagen aus der Firma nach Hause und bat sie, ihre Kontaktdaten anzugeben. Als sie sie eingetragen hatte, wurde ihr ganz warm ums Herz, erfüllt vom Gefühl der Zusammengehörigkeit. Vom Gefühl, jemandem anzugehören. Das hatte sie sich immer gewünscht.

Es war ein richtiger Dokumentenstoß. Roberts Sehvermögen, Gehörsinn, Blutdruck, alles war vermerkt. Seine Spedition verlangte die Daten aus Versicherungsgründen. Dabei war ihr Blick auf Roberts Blutgruppe gefallen.

«Oh, wir haben die gleiche Blutgruppe. Wie witzig, das wusste ich gar nicht.»

Er hatte gelächelt.

«Dann können wir uns im Notfall gegenseitig Blut spenden. Aber wir sollten wohl lieber hoffen, dass es nie so weit kommt.» Robert hatte den Arm um sie gelegt. «Auch wenn ich dein Leben mit Freuden retten würde. Das würde mir einen Vorteil verschaffen, ein Ass im Ärmel. *Liebling, wolltest du nicht heute putzen? Nein, ich habe keine Lust. Kannst du das nicht machen? Schließlich habe ich dir das Leben gerettet.*»

Sie hatte gelacht und ihm spielerisch auf den Arm geboxt. Er hatte sie aufs Haar geküsst. Sie liebte es, wenn er die Nase in ihrem Haar vergrub.

46.

Es wurde September. Die Blätter färbten sich gelb. Diese Veränderung hatte etwas Zeitloses, Jahr für Jahr wusste man, dass sie früher oder später eintreten würde. Ein tröstlicher Gedanke. Sven hustete immer schlimmer, schlief schlechter und arbeitete viel zu viel. Er war im Begriff, sich zu verrennen.

«Wie wäre es, wenn du ...» Evy beugte sich über ihn. Sie setzte den Zeigefinger auf das Blatt und fuhr unter der Zeile entlang. «So kannst du es doch formulieren? *Ich habe nach bestem Wissen und Gewissen gehandelt, gemäß den Verhaltensrichtlinien, an die ich als Polizeibeamter gebunden bin.* Das ist die Wahrheit.»

Bibbi wusste nichts davon. Auch Vidar nicht. Sven schwieg so sehr, dass es schmerzte. Vielleicht weil er sich schämte, hauptsächlich aber, redete er sich ein, weil die ganze Sache durch und durch falsch war. Nicht sich selbst wollte er schützen, sondern die, die er liebte.

Björkman hatte ihn dazu gezwungen, sich an die Schreibmaschine zu setzen, aber Sven hatte keinen Schimmer, welche Worte er wählen sollte. Evy war ins Büro gekommen, um etwas zu holen, und als sie Sven gesehen hatte, hatte sie gefragt, wie es ihm ging. Als sie ihm schließlich aus der Nase gezogen hatte, was los war, hatte sie ihre Hilfe angeboten.

«Ich ...» Sven musste sich räuspern, um weitersprechen zu können. «Ich wäre dir dankbar, wenn du niemandem davon erzählst.»

Evy legte ihm eine Hand auf die Schulter, und es war so lange her, dass ihn jemand berührt hatte, dass er nicht wusste, wie er darauf reagieren sollte.

Und jetzt saßen sie da.

«Nach bestem Wissen und Gewissen», sagte Sven. «Aber wie gut ist das? Wenn Wissen und Gewissen wertlos sind, ist das Ergebnis trotzdem ein Desaster. Das sagt nicht das Geringste aus. Ich habe nichts falsch gemacht. Ich habe das Richtige getan.» Er sagte es mit Überzeugung. Mittlerweile war er fast sicher. «Ich habe sie berührt. Natürlich habe ich das. Schließlich habe ich versucht, ihr Leben zu retten.» Er hatte versucht, Stina Franzéns Leben zu retten, verflucht

noch mal. Was hätte er sonst tun sollen? Sie da liegen und verbluten lassen? «Aber dass ich sie durch mein Handeln verletzt haben soll ...»

«Ihren *Zustand verschlimmert*», korrigierte Evy. «Das ist ein Unterschied.»

«Ich riskiere ...» Sven musste abermals husten. «Ich weiß nicht mal, was ich riskiere. Meinen Job zu verlieren, schätze ich. Sie werden mich wohl suspendieren.»

«Sven», sagte Evy sanft und neigte den Kopf zur Seite. «Was ist los?»

«Mein Sohn wird Polizist.»

Evy blieb neben ihm stehen, offensichtlich verwirrt.

«Okay? Aber das ist doch nicht schlimm, oder?»

«Warum muss er ... Das hier.» Sven machte eine unbestimmte Geste, vielleicht auf das in der Schreibmaschine eingespannte Blatt Papier, auf Stina Franzén und Frida Östmark, vielleicht auf die Dinge, denen man sich aussetzte, indem man diesen Beruf Tag für Tag ausübte, auf das Leben, vielleicht auf alles. «Mein einziges Kind will ... Es ist nur ... Ich kann einfach nicht verstehen, warum.»

«Sven.» Evy berührte ihn sachte am Unterarm. «In diesem Fall ist nichts Verwerfliches daran, in die Fußstapfen des Vaters zu treten. Im Gegenteil. Vergiss das nicht.»

Evy ließ ihre Hand auf seinem Unterarm liegen und blickte ihm fest in die Augen. Jetzt drückte sie seinen Arm leicht. Sven betrachtete ihre Finger, und in diesem Moment kamen sie ihm wunderschön vor. Stark und schön. Evy presste sich an ihn und legte ihre Lippen auf seine. Sie seufzte schwer, als hätte sie einem langgehegten Wunsch nachgegeben, den sie bisher stets unterdrückt hatte. Ihr Atem schlug warm gegen seine Oberlippe, und seine Hände griffen nach ihr, in einem neu entdeckten Bedürfnis, sie zu berühren, sie zu halten.

Hatte es schon immer zwischen ihnen in der Luft gelegen, unausgesprochen? Nein, aber jetzt existierte es. Das war das Einzige, was Bedeutung hatte. Sven war erstaunt, dass er vergessen hatte, wie sich Begehren anfühlte, wie unvermittelt es aufflammen, dass es noch immer in ihm ausgelöst werden konnte.

Evys Augen waren geweitet und funkelten auf eine Art, wie er es nie zuvor gesehen hatte. Ihre Hand wanderte in seinen Nacken. Die Berührung war zärtlich und stark. Sven erschauderte. Es war lange her, dass ihn jemand mit etwas anderem als Gewohnheit berührt hatte. Eine neue Art von Hunger erwachte in ihm, und er war im Begriff aufzustehen, als Evy seine Hand nahm und flüsterte: «Ja. Komm. Wir gehen woandershin.»

Ihre Stimme brachte ihn zur Besinnung. Evys Stimme, gleichzeitig vertraut und doch fremd.

«Evy.» Er schob sie von sich. «Ich kann nicht.»

Sie starrte ihn an, mit erlöschendem Blick und dem Gefühl der Leere in den Armen, das sein Rückzug hinterließ. «Nein», sagte sie und holte tief Luft. «Ich weiß. Ich auch nicht.»

47.

Um nicht denken zu müssen, versuchte er zu schreiben. Es ging nicht. Abrupt stand er auf und stieß die Schreibmaschine von sich, als wäre sie ein lästiges Haustier, das nichts mit seiner Arbeit zu tun hatte. Einen Moment lang hätte er sie am liebsten mit voller Wucht an die Wand geschmettert.

Dann zog er sie wieder zu sich heran. Was sollte er tun?

Zu guter Letzt riss er das Blatt aus der Walze, unterschrieb es, ohne es noch einmal durchzulesen, und legte es in Björkmans Fach. Es war nur eine halbe Seite, aber er wollte es nicht ansehen.

Dann ging er nach draußen, rauchte hinter dem Revier eine Zigarette und versuchte, sich den Text, den Evy und er formuliert hatten, in Erinnerung zu rufen, welche Worte von ihm und welche von ihr stammten, welche sie geändert oder stehengelassen hatten. Er konzentrierte sich darauf, denn ganz gleich, wie abscheulich sich die Anzeige anfühlte, war der Gedanke an sie leichter zu ertragen als der an Evys Lippen, ihren Körper, wie kurz davor er gestanden hatte, sie zu berühren. Er spürte, wie sich beim Gedanken an Evy etwas in seinem Schritt regte: er bereute, sie von sich geschoben zu haben, und war verwirrt, es zu bereuen.

Er dachte an Regentropfen, die in der Erde versickerten. Tage, die von der Zeit verschluckt wurden, Erinnerungen, die in Vergessenheit gerieten. Er fragte sich, wie dieses Ereignis ihm wohl später im Leben erschien. Ob es verblasste wie der Regen und die Tage, oder hatte es etwas ins Ungleichgewicht gebracht, das sich nicht wieder ungeschehen machen ließ. Würde es die Zukunft neu geschrieben haben?

Was war in ihn gefahren? Wie konnte er nur? Er dachte an Bibbi und an Evy, wie Evy sich fühlte. Hatte er sie gekränkt? Wie würde es von nun an weitergehen?

Sven machte sich auf den Weg ins Stadtcafé, wo er sich erneut mit Vidar verabredet hatte. Heute war er früh dran.

Er saß an einem Tisch im Café und las Zeitung, als das Glöckchen über der Tür bimmelte und ein Mann an die Theke trat.

«Einen Kaffee und ein Mazarintörtchen, bitte.»

Ein Stromschlag durchfuhr Sven, von der Magengrube bis zum Herzen und weiter hoch in den Nacken, bis er stocksteif auf seinem Stuhl saß.

Der Mann war schlank, höchstens dreißig, trug Jeans und Jacke. Er nahm sein Tablett mit Kaffee und Gebäck und ging an Sven vorbei, der vergeblich versuchte, Blickkontakt herzustellen. Der Mann hatte grobe, geäderte Hände, und Sven erahnte einen hellen Flaum auf den Handrücken. Er roch leicht nach Aftershave. Ein Handwerker, dachte Sven. Aber heute hat er frei.

Die Stimme. Hatte sie nicht bekannt geklungen? Er hatte sie schon einmal gehört. Sven drehte sich um. Der Mann setzte sich an einen Ecktisch, griff nach einer Zeitung, die jemand dort liegengelassen hatte, und blätterte sie zerstreut durch.

Einen Kaffee und ein Mazarintörtchen, bitte.

Hast du Angst vor mir, Sven?

Seine Brust begann zu brennen, und er merkte, dass er den Atem anhielt. Er holte tief Luft. In seinem Hals pfiff es.

Er stand auf und wandte sich um. Starrte den Mann an, der mit der Zeitung und dem Törtchen dasaß, seiner Kaffeetasse. Er hatte weizenblondes Haar und eine ausgeprägte Kinnpartie, markante Wangenknochen. Das Türglöckchen bimmelte erneut, in Svens Kopf schien es von weit her zu kommen, kaum wahrnehmbar. Ein Nebel hüllte ihn ein.

Ohne sich dessen bewusst zu sein, bewegte er sich auf den Tisch des Mannes zu. Jetzt war er so nah, dass er die

Hand ausstrecken und den Stuhl auf der gegenüberliegenden Tischseite zu sich heranziehen konnte. Er sollte es tun, dachte er, einfach den Stuhl unter dem Tisch hervorziehen und sich hinsetzen, ein Bein über das andere schlagen und abwarten, wie der Mann reagierte. Er wird wissen, wer ich bin, wenn er mir ins Gesicht blickt. Dass ich ihn gejagt habe und dass das Spiel jetzt aus ist. In Svens Händen begann es zu kribbeln, verhalten und angenehm, als machten sie sich bereit.

«Hey», erklang eine Stimme hinter ihm. «Entschuldige, dass ich zu spät komme. Ich wurde im Büro aufgehalten, ich ...»

Eine Frau glitt an ihm vorbei und nahm seinen Platz am Tisch ein. Der Mann fuhr zusammen und blickte von der Zeitung auf.

«Das macht nichts», sagte er lächelnd. Er legte die Zeitung aus der Hand, beugte sich über den Tisch, und die beiden küssten sich. «Ich wusste nicht, was du möchtest. Deshalb habe ich nur für mich bestellt.»

«Ich hole mir schnell was.»

Als die Frau ihren Mantel über die Stuhllehne gehängt hatte und zur Theke ging, warf sie Sven, der viel zu dicht am Tisch stand und sie anstarrte, einen fragenden Blick zu.

Der Mann zog eine Augenbraue in die Höhe.

«Kann ich Ihnen helfen?»

Jetzt hörte er es. Viel zu leicht, zu hell. Auch die dialektale Färbung fehlte. Sven blickte auf die Schuhe des Mannes. Zu klein.

Er schüttelte den Kopf.

«Nein, Verzeihung. Ich dachte, Sie wären jemand anders. Ich warte auf meinen Sohn.»

Was zur Hölle war in ihn gefahren? Sven sah auf seine Hände. Er konnte es noch immer spüren, das Gefühl, die Kehle des Mannes zu packen. Um ein Haar hätte er es getan.

48.

Die Staatsanwältin hieß Selvin. Nora Selvin. Ihre Kontaktdaten standen in der Anzeige. Zurück im Polizeirevier, stellte Sven sich vor das Telefon und starrte es an. Zum Gott weiß wievielten Mal.

Er nahm den Hörer von der Gabel und wählte die Nummer.

Sie meldete sich mit ihrem Namen gefolgt von *Staatsanwaltschaft Halmstad*. Als Sven schwieg, fragte sie: «Hallo?»

Er räusperte sich.

«Hier ist Sven Jörgensson, von der Polizei in Halmstad. Wir haben am Freitag einen Termin. Ich rufe wegen Gun und Hans-Martin an. Gun und Hans-Martin Franzén», verdeutlichte er.

«Ja?»

«Ich weiß nicht, ob Sie mir weiterhelfen können, aber gibt es eine Möglichkeit, dass ich vor Freitag mit den Franzéns sprechen kann?»

«Ich glaube nicht, dass das eine gute Idee wäre.»

Selvin sprach ein nasales, tonloses Småländisch. Sie klang kühl, neutral, als führten sie ein Kundendienstgespräch.

«Aber ...»

«Das Verfahren muss sauber über die Bühne gehen, Sven, korrekt. Die Antwort lautet nein. Kann ich sonst noch etwas für Sie tun?»

Sven schluckte.

«Nein.»

«Dann sehen wir uns am Freitag.»

Es klickte im Hörer.

49.

In seinem Inneren stürzte alles wie ein Kartenhaus in sich zusammen, während das Leben außen ganz normal weiterging. Er wollte niemanden beunruhigen und war erstaunt, dass es ihm allem Anschein nach gelang.

Wenn er Bibbi ansah, wurde der Schmerz fast körperlich, riss und zerrte an ihm. Er redete sich ein, dass er richtig gehandelt hatte. Evy hatte sich ihm genähert, und er hatte sie abgewiesen. So war es gewesen. Was er fühlte, spielte keine Rolle. Was er getan hatte, darauf kam es an.

Bibbi machte sich Gedanken, das sah er ihr an, aber sie sagte nichts. Auch der Junge hielt sich damit zurück, wenn er zu Besuch kam.

Doch am Abend vor der Anhörung, als er auf eine Tasse Kaffee vorbeischaute, fragte Vidar: «Papa?»

«Ja?»

«Ist alles in Ordnung?»

«Alles bestens.»

Der Junge nahm einen Schluck von seinem Kaffee. Sven hätte sich gern eine Zigarette angezündet, um etwas in der Hand zu halten, aber er hatte Angst, einen Hustenanfall zu kriegen.

«Ich bin angenommen», fuhr Vidar plötzlich fort.

«Du meinst ...»

«An der Polizeischule.»

Sven schwieg lange. Dann hörte er die Worte und erkannte sie als seine eigenen, war aber trotzdem verblüfft, dass er sie aussprach. Ihm war, als kämen sie aus dem Mund eines Fremden.

«Vidar, ich ... ich verstehe, dass du das tun möchtest. Aber ich wünschte mir, du würdest etwas anderes aus deinem Leben machen.»

«Warum?»

«Warum nicht? Warum willst du wie dein alter Vater werden? Ich meine, sieh mich doch mal an. Sehe ich aus, als würde es mir gutgehen? Sehe ich aus, als würde ich mich wohlfühlen?»

«Ich verstehe nicht, was das Problem ist», erwiderte Vidar mit lauterer Stimme. «Und ich verstehe nicht, warum dich das so wundert. Das Einzige, was wir zusammen unternommen haben, als ich klein war, hatte mit deiner Arbeit zu tun. Und nein. Das ist nicht der Grund, warum ich mich für die Polizeiausbildung entschieden habe», fuhr Vidar fort, als Sven den Mund öffnete. «Dein Verhalten in meiner Kindheit hat nichts damit zu tun. Aber warum in aller Welt überrascht dich das so?»

Sven holte tief Luft.

«Ich habe all das getan, weil ich mir hundertprozentig sicher war, dass du einmal einen anderen Beruf ergreifen würdest. Dass du nie und nimmer so dumm wärst, wie dein alter Herr zu werden. Du warst damals neugierig auf meine Arbeit. Und das ist ganz natürlich, das sind alle Kinder.»

Vidar starrte ihn an.

«Ich weiß, warum du es getan hast. Es war das Einzige,

womit du dich auskanntest. Polizist sein. Das war alles, was du früher konntest, und das ist alles, was du heute kannst. Vom Vatersein hast du keinen blassen Schimmer.»

Hinter Svens Augen wurde es warm und feucht. Er blinzelte.

«Vidar, mir wäre es lieber, du würdest einen anderen Beruf wählen.»

«Das weiß ich, aber das werde ich nicht.»

Aha. War das alles? Erstaunt über die Entschlossenheit seines Sohnes, trank Sven seinen Kaffee aus. Er war kalt. Draußen vor dem Haus wehte ein schneidender Herbstwind.

Nachdem Vidar sich auf den Heimweg gemacht hatte und Bibbi ins Bett gegangen war, blieb Sven allein am Küchentisch zurück und lauschte dem pfeifenden Wind. Er wälzte düstere Gedanken über die Liebe, das Vatersein, über Evy, den Tiarp-Mörder und über Stina Franzéns Opel Rekord, über Blut, Blut und Husten, Gewalt und Tod und das Leben, welches das seine geworden war, das Leben, das vielleicht das seines Sohnes werden würde. Warum wollte Vidar das tun? Was zum Teufel war in ihn gefahren, seinem Vater so schreckliche Vorwürfe zu machen? War es nicht an der Zeit, dass Vidar eine Frau kennenlernte? Eine Frau, die gut für ihn war? Ja, genau das brauchte er. Eine Frau, die ihm guttat, die ihn dazu brachte, das Leben mit nüchternem Blick zu betrachten, und ihm die Schnapsidee ausredete, Polizist zu werden. Eine Frau, wie er sie in Bibbi gefunden hatte. Bibbi, die immer an seiner Seite stand. Die ihn niemals enttäuscht hatte.

Sehe ich aus, als würde es mir gutgehen? Sehe ich aus, als würde ich mich wohlfühlen?

Vidar schien ihm nicht einmal zugehört zu haben. Hätte er es getan, hätte er vielleicht verstanden, dass etwas nicht stimmte, aber Vidar sah nur sich selbst.

Als Sven die Augen schloss, sah er die grünen Felder und tiefen Wälder des Nyårsåsen vor sich, das Auto, das in Tiarp zurückgelassen worden war, und die Gewalt, die die junge Frau auf dem Rücksitz hatte erleiden müssen. Kaum ein Tag verging, an dem er es nicht tat, an dem er nicht die Augen schloss und die Szenen durchschritt, die er erlebt hatte. Vielleicht in der Hoffnung, etwas zu entdecken, das er damals übersehen hatte, im Gras, an der Wegböschung oder ein Stück tiefer im Wald. Er sah ein unvollständiges Notizbuch, Frida Östmarks Rucksack, einen Stiefelabdruck Größe vierundvierzig, einen Telefonhörer, der in einer leeren Telefonzelle baumelte. Auf diese Weise näherte er sich dem Täter, durch die Spuren, die dieser hinterlassen hatte. Um ihn zu einem Wesen aus Fleisch und Blut zu formen, sichtbar und deutlich, mit Puls und Haut, Schultern, Armen und Beinen, einem Gesicht.

Wenn Sven die Augen schloss, tauchte er manchmal auf, am äußersten Rand der Szene, der Mann, den er jagte.

Ein Gesicht. Das ist alles, was ich will. Ich will dein Gesicht sehen, du Schwein. Sven dachte an den Mann im Café. Er war nicht der Tiarp-Mörder. Aber das Schlimme war, dass er es hätte sein können. Was, wenn er dem Tiarp-Mörder schon einmal begegnet war, beim Betreten oder Verlassen eines Geschäfts, an der Kasse der Tankstelle oder in der Serviceschlange im Baumarkt? Nur wenige Dinge auf dieser Welt waren besser dazu geeignet, einen in den Irrsinn zu treiben, als Ungewissheit. Es war, als befände er sich in einem dunklen Raum, in dem außer ihm noch eine zweite

Person war, irgendwo. Irrsinn. Er war angezeigt worden. Er hatte das Richtige tun wollen und war angezeigt worden. Blut, Blut, der Tod in unmittelbarer Nähe. Evy. Pferde, die sich in der Finsternis des Nyårsåsen vor dem Bösen aufbäumten. Er hustete. Evy. Bibbi. Vidar. Der Tod. Alles war Irrsinn.

50.

Nora Selvin sah aus, wie sie sprach, eine Frau in grauem Kostüm, mit einem straff zurückgebundenen kohlschwarzen Pferdeschwanz. Ihr Jackett schlotterte um magere Schultern. Die eckige Brille auf ihrer spitzen Nase verlieh ihr das Aussehen einer Wirtschaftsprüferin.

«Gut, dass Sie kommen konnten. Es begleitet Sie niemand?»

«Ich hielt das nicht für notwendig.»

Selvin bat Sven, auf der anderen Seite ihres massiven Schreibtisches Platz zu nehmen, schob einen Stapel Unterlagen beiseite, griff nach einem Aufnahmegerät und legte eine Kassette ein.

«Wie funktioniert das noch mal ...», murmelte sie und fingerte an den Knöpfen herum. «So.» Als sie die richtige Taste betätigte, begann das Gerät leise zu surren. «Dann wollen wir mal sehen. Ich möchte ...», begann sie und pausierte die Aufnahme. «Bevor wir anfangen, möchte ich, dass Sie verstehen, dass ich Ihnen nichts Böses will. Im Gegenteil. Mir ist bewusst, dass das, was geschehen ist, schwirig für Sie ist. Und wir werden eine Lösung finden. Wir stehen auf derselben Seite, das wissen Sie. Aber ich muss gründlich sein und mich an die Vorschriften halten. Aus diesem Grund müssen wir dieses Gespräch führen. Verstehen Sie, was ich Ihnen sage?»

Sie war die Ärztin und er der begriffsstutzige Patient, der erst eine Verschlimmerung seiner Beschwerden in Kauf nehmen musste, bevor eine Besserung eintrat. Was sollte er tun, was konnte er sagen? Nichts. Er nickte nur steif und fragte sich, ob sie auch einmal einen Kollegen geküsst hatte, einen jungen, elegant gekleideten Juristen vielleicht, der ihr in einer schwierigen Phase beigestanden hatte. Sofern eine Frau wie Selvin jemals schwierige Phasen durchmachte. Sven bezweifelte es. Sie machte nicht den Eindruck, als hätte sie eine der vielen Prüfungen des Lebens durchleiden müssen. Vielleicht waren manche davon ausgenommen. Vielleicht wurden sie verschont? Er wusste es nicht zu sagen.

Selvin drückte die Aufnahmetaste, und das Gerät begann wieder zu surren.

Sie forderte ihn auf, in seinen eigenen Worten zu erzählen, was geschehen war. Als er einwandte, er habe bereits eine schriftliche Stellungnahme eingereicht, nickte Selvin schroff, murmelte *Jaja*, hielt den Blick auf ihre Unterlagen gerichtet und bat ihn, fortzufahren.

Das Aufnahmegerät surrte. Im Raum war es kühl.

«Ich würde gerne wissen, wie es den Eltern geht. Wie fühlen sie sich?»

«Warum fragen Sie sich das?»

«Aus ... ja aus Mitgefühl, oder wie man es nennen soll. Ich bin ihnen schließlich einige Male begegnet.»

«Bitte erzählen Sie weiter. Was ist damals geschehen?»

Sven rekapitulierte die damaligen Geschehnisse, so gut er konnte. Als er geendet hatte, blickte Selvin ihn erstaunt an, als hätte sie eine bedeutend längere Ausführung erwartet.

«Sind Sie fertig?»

«Ja, ich denke schon.»

Die magere Frau neigte den Kopf zur Seite. Ihre straffe Frisur wirkte starr und steif, wie ein Helm.

«Ich verstehe, dass diese Situation schwierig für Sie ist, Sven, aber für die Eltern ist sie genauso schwierig. Bedauern Sie Ihre damalige Äußerung?»

«Welche meinen Sie?»

Selvin konsultierte ihre Unterlagen. Sven sah das medizinische Gutachten, maschinengeschrieben. Er sah die Anzeige, den Freitext und Selvins Zeigefinger, der suchend über die Zeilen glitt:

«*Es tut mir leid, wenn Sie eine Beschwerde einreichen möchten, müssen Sie sich an meinen Vorgesetzten wenden*», las sie vor.

«Ach so. Ja, natürlich bedauere ich diese Äußerung.»

«Sven, die Eltern verfolgen keine bösen Absichten. Sie haben ihr Anliegen klar formuliert. Sie wollen sich nicht an die Medien wenden, keinen Anspruch auf Schmerzensgeld erheben, nichts dergleichen. Und ich vertrete sie nicht. Das Einzige, was die Eltern wollen, genau wie ich, ist zu verstehen, was geschehen ist. Sie wissen, dass die Anzeige gegen Sie auf Fahrlässigkeit lautet. Deshalb muss ich Sie noch einmal bitten, genau zu schildern, was Sie nach Ihrem Eintreffen am Fundort getan haben. Sie sind aus Ihrem Wagen gestiegen. Was tun Sie dann?»

«Ich ...» Sven räusperte sich. «Ich gehe zum Opel und

leuchte mit meiner Taschenlampe hinein. Da sehe ich sie liegen, auf der Rückbank, sie liegt auf der Seite. Sie hat ... Ich bin ziemlich sicher, dass sie keine Hose trug. Ich ...»

«Aber Stina Franzén trug eine Hose.»

«Im ersten Moment habe ich sie nicht gesehen. Ich glaube, sie war bis auf ihre Knöchel heruntergezogen.»

«In Ordnung. Was tun Sie als Nächstes?»

«Ich taste nach dem Griff der hinteren Wagentür und merke, dass sie unverschlossen ist. Also beuge ich mich ins Auto und taste nach ihrem Puls. Sie ...»

«Wo?»

Sven verstummte. Selvin ordnete ihre Unterlagen neu, legte das medizinische Gutachten nach oben.

«Wo?»

«Wo haben Sie nach ihrem Puls getastet?»

«Am Hals.»

«Wie?»

«Wie man es machen soll.»

«Und wie soll man es machen?»

Sven hob die Hand und zeigte es ihr, erklärte, wie er vorgegangen war. Selvin verfolgte seine Handbewegungen aufmerksam.

«Danke, bitte fahren Sie fort.»

«Der Puls war ... er war kaum zu spüren, aber sie hatte einen Puls, zwar sehr schwach, aber vorhanden. Und ... Ja, gemäß Paragraph zwei Punkt vier des Polizeigesetzbuchs habe ich es als meine Pflicht betrachtet, nach der erfolgten Feststellung ihres Zustands lebensrettende Maßnahmen in Form von Wiederbelebungsversuchen einzuleiten.»

«Was haben Sie genau getan?»

«Ich habe sie angefasst und gerufen.»

«Eins nach dem anderen. Wo haben Sie Stina Franzén angefasst?»

«An der Schulter.»

«Wie?»

«Ich habe meine Hand auf ihre Schulter gelegt. Meine Hände. Beide Hände.»

«Haben Sie sie geschüttelt?»

«So würde ich es nicht bezeichnen.»

«Wie würden Sie es bezeichnen?»

«Nachdem ich ihren Puls gespürt hatte, habe ich ihr eine Hand auf die Schulter gelegt. Dann die andere. Ich habe gerufen und sie leicht berührt.»

«Leicht? Sie haben angegeben, sie geschüttelt zu haben. Der Täter hatte Stina Franzén schwere Gehirnschäden und einen gebrochenen Nackenwirbel zugefügt.»

«Das war in der Dunkelheit nicht zu erkennen.»

«Also haben Sie nicht bemerkt, dass sie verletzt war?»

Sven starrte auf das Aufnahmegerät, das unermüdlich zwischen ihnen surrte. Er verkrampfte die Hände unter dem Tisch, spürte, wie seine Schläfen zu pochen begannen.

«Ich habe sie kaum berührt», presste er hervor und gab sich Mühe, ruhig zu atmen. «Ich habe sie zuerst nur mit einer Hand angefasst, dann mit beiden. Es waren höchstens ein paar Sekunden. Ich habe irgendwas gerufen. Was genau, weiß ich nicht mehr. *Hallo, hallo*, oder etwas in der Art, glaube ich. Dann habe ich gemerkt, dass sie verletzt war.»

«Wie haben Sie es bemerkt?»

«Durch das Blut. Den schwachen Puls.» Sven schluckte. «Sie reagierte nicht. Ihr Gesicht war blass. Aber es ging alles so schnell. Ich habe nicht langsam eins und eins zusammengezählt. Zwischen dem Moment, in dem ich mich zu ihr ins

Auto gebeugt habe, bis zu dem Moment, in dem ich losgefahren bin, lagen vielleicht zehn, fünfzehn Sekunden.»

«Aber Sie hatten Blut an Ihren Händen, ist das korrekt?»

«Ja.»

«Wie konnte das Blut an Ihre Hände kommen, wenn Sie Stina Franzén nur an der Schulter berührt haben?»

«Ich weiß es nicht. Vielleicht bin ich mit den Händen an die Polster gekommen, die Rückbank muss voller Blut gewesen sein.»

Nora Selvin setzte eine bedauernde Miene auf.

«Sie spekulieren.»

«Aber ich weiß es doch nicht. Ihnen würde es an meiner Stelle genauso gehen. Niemand wüsste das. Wie ich gesagt habe, wenn man vor Ort ist, geht alles ungeheuer schnell.»

«Sven.» Die Staatsanwältin legte ihren Stift aus der Hand und pausierte die Aufnahme. «Sie missverstehen mich. Ich stehe auf Ihrer Seite. Niemand hier, am allerwenigsten ich, möchte, dass Sie in eine missliche Lage geraten. Aber damit ich Sie schützen, damit ich Ihnen helfen kann, muss ich wissen, was damals geschehen ist. Erst dann weiß ich, wie ich vorgehen muss, damit diese Angelegenheit ein gütliches Ende nimmt, für alle Beteiligten.»

Er fühlte sich hilflos.

«Okay.»

Selvin drückte wieder auf die Aufnahmetaste. Erneut konsultierte sie das medizinische Gutachten.

«War es nicht so, dass Sie Stina Franzén am Kopf berührt haben? Dass Sie ihren Kopf gedreht haben?» Selvin hob den Blick und gestikulierte demonstrativ, während sie weiterredete. «Sie beugen sich ins Auto. Sie legen Stina Franzén eine Hand auf die Schulter. Greifen mit der anderen nach. Sie reagiert nicht. Sie schütteln sie leicht. Sie legen Ihre Hände auf ihre Wangen und drehen ihren Nacken, um ihr Gesicht sehen zu können. War es nicht so?»

Für einen Moment geriet der Fußboden unter Sven ins Schwanken, wie das Trampolin im Garten, das er gebaut hatte, als der Junge klein war.

«Nein, so war es nicht.»

«Aber Sie ...»

«Nein.»

Sie hatte ihn verunsichert. Obwohl sie angeblich auf seiner Seite stand. Wollte er das überhaupt? Dass sie, wie hatte sie es genannt, ihn schützte? Er wollte nicht geschützt werden, er wollte erklären. Seine Sichtweise darlegen.

Er versuchte, seine Hände in dem stockfinsteren Wald vor sich zu sehen, die geöffnete Autotür und die Frau, die sterbend auf der Rückbank lag.

«Wie Sie sich vielleicht erinnern, wurden auf Stina Franzéns Wangen verschmierte Blutspuren sichergestellt. Sie hatten Ihre Hände ...»

«Nein, verflucht noch mal!»

Er sprang auf.

«Sven», bat Selvin. «Setzen Sie sich wieder hin.»

«Nein! Sie hören mir nicht zu!» Ohnmächtige Wut pulsierte in seinen Adern. Jeder Atemzug pfiff und rasselte in seinen Lungen. «Für wen halten Sie sich eigentlich? Ich bin seit dreißig Jahren Polizist. Seit *dreißig Jahren*! Es ist nicht so einfach, wie Sie es mit Ihrer Fragerei darstellen. Habe ich *dieses* oder *jenes* getan? War es *so* oder war es *so*? Das kann man nicht beantworten. Sie haben keine Ahnung, wie es ist, da oben im Wald zu sein, kurz nachdem der Ministerpräsident ermordet wurde, der Ministerpräsident, verfluchte

Hölle noch mal! Und dann steht da ein Auto, es ist eiskalt und so stockfinster, dass man die eigene Hand nicht sieht, und dann merkt man, dass die Frau blutet, und man hat nur Sekunden, um eine Entscheidung zu treffen. Da denkt man nicht nach, man handelt einfach. Und alles, was ich getan habe, *alles*, habe ich in der Absicht getan, ihr Leben zu retten. Ich habe sie in die Notaufnahme gebracht, verflucht noch mal! Ich ...»

Als hätte jemand einen Stecker gezogen, wich alle Energie aus Svens Muskeln. Das Zimmer um ihn herum begann zu schwanken, und er konnte sich nicht mehr auf den Beinen halten. Keuchend stützte er die Hände auf Selvins Schreibtisch ab und beugte sich über die zierliche Frau.

«Ich habe alles getan, was ich konnte. Aber als ich im Krankenhaus ankam, war sie tot. Ich war nicht schnell genug.»

Nora Selvin blinzelte. Sie ordnete ihre Unterlagen.

«Ich denke, ich habe alles, was ich brauche.»

Ein blasser, knochiger Zeigefinger drückte eine Taste des Aufnahmegeräts und brachte es zum Verstummen. Als ginge es hier nicht um die Wahrheit, als hätte all das weder etwas mit Sven noch mit seinem Beruf, seiner Identität oder seiner grundlegenden Existenz zu tun.

«Was ...», begann er, war aber außerstande weiterzureden.

«Es ist gut.» Selvin nickte steif. Ihre Worte waren völlig ausdruckslos. «Vielen Dank.»

51.

Er begann, ein Taschentuch bei sich zu tragen, um es sich bei den schlimmsten Hustenanfällen vor den Mund zu pressen. Nach einem halben Arbeitstag musste er es wechseln. Das Rote blutete durch.

«Sven?»

Er schrak zusammen. Evy stand in der Tür des Kopierraums, wo er gerade einen Satz Umgebungskarten von Tiarp vervielfältigte.

«Ja?»

«Ich dachte ... Ich wollte dich fragen, ob du Lust hast, heute Abend nach der Arbeit etwas essen zu gehen? Also», fügte sie rasch hinzu, als wäre ihr aufgegangen, wie er ihre Worte auffassen könnte, «nicht *so*. So meine ich es nicht. Was neulich passiert ist, war dumm. Ich weiß nicht, was in mich gefahren ist.»

«Mir geht es genauso.»

«Lass es uns einfach vergessen.»

Im selben Moment spürte Sven, wie Evy sich in seinen Händen angefühlt hatte. Seltsam klein. Etwas in ihm schmerzte vor Sehnsucht. Evy errötete.

«Aber eine Abstimmung außerhalb dieser vier Wände wäre sinnvoll.»

«Worüber?»

«Ja», sagte Evy zögernd. «Über Selvin.»

«Ich weiß nicht, ob ich das schaffe.» Sven schichtete die Kopien aufeinander. «Ich wollte nach Tiarp fahren.»

«Wieso?»

«Um mit einem Vermessungsingenieur zu sprechen.»

«Über was?»

«Ich brauche seinen Rat.»

Evy musterte die Kopien. Umgebungskarten.

«Was für einen Rat?»

«Ich möchte wissen, ob es irgendwo eine Bodensenke oder eine Erhöhung in der Landschaft gibt. Die Bauern und die Waldarbeiter kennen ihre Flurstücke. Vielleicht ist ihnen eine Abweichung aufgefallen. Er hat Frida Östmark irgendwo da oben vergraben. Ich bin mir sicher.»

Evy blieb hartnäckig.

«Dann ein Kaffee? Auf dem Weg nach Tiarp? Ich fahre dich.»

In Evys Auto war es warm und still. Sven trank Kaffee aus einem Pappbecher, während Evy langsam stadtauswärts fuhr.

«Wie ist es mit Selvin gelaufen?»

«Gut.» Mehr sagte er nicht. Wollte es nicht. «Haben sie mit dir gesprochen? Ich meine, über mich? Über diese Nacht?»

«Mit mir? Nein, warum sollten sie?» Als Sven schwieg, fuhr Evy fort: «Mein Vater hatte eine gute Ärztin. Eine Herz- und Lungenspezialistin. Sie heißt Eva-Britt Simonsson.»

«Aha?»

«Du kannst sie anrufen.»

«Wieso das?»

«Ich habe deine Taschentücher gesehen. Wenn man Blut hustet, ist es ernst.»

Frauen. Damit hätte er rechnen müssen. Sie sahen alles, hörten alles, mussten sich überall einmischen. Ahnte Bibbi es etwa auch? Er hatte Evy geküsst. So war es. Es fiel schwer, an etwas anderes zu denken.

«Das ist nur ein Virus. Es geht mir gut.»

Solange er zurückdenken konnte, waren die Geräusche des Stadtverkehrs vom Klingeln unzähliger Bahnübergänge übertönt worden. Reklamefilme über Halmstad wurden oft mit sommerlichem Kinderlachen unterlegt, mit Meeresrauschen und Möwengeschrei, aber das zutreffendste Geräusch war das Klingeln, unter dem sich die Schranken der Bahnübergänge senkten, die Motoren der wartenden Autos, die im Leerlauf liefen. Auf einmal nahm Sven die Abgase wahr, die in den Wagen drangen. Er stellte die Lüftung aus.

«Weiß Bibbi davon?»

Sven erstarrte.

«Weiß Ronnie davon?»

«Ich meine deinen Husten, Sven. Dass du Blut hustest.»

«Ach so. Ja, Bibbi weiß es.»

«Und was sagt sie?

«Dass es ein Virus ist. Sie macht sich keine Sorgen.»

Er verstand nicht, warum Evy Bibbi ins Spiel brachte. Es belastete sein Gewissen, machte ihn beinahe wütend. Wie konnte sie? Nach dem, was sie getan hatte. Was sie *beide* getan hatten? Evy zog einen Zettel aus ihrer Hosentasche.

«Hier, falls du deine Meinung änderst. Eva-Britts Name und ihre Telefonnummer. Sie weiß, worum es geht, wenn du anrufst.»

«Was hast du ihr erzählt?»

«Dass du Blut hustest und Atembeschwerden hast.»

Sven schwieg. Noch war kein Schnee gefallen. Die Welt vor dem Fenster war grau und braun.

«Und nein», fügte Evy hinzu. «Ronnie weiß nichts.»

Sie errötete, blickte auf Svens linke Hand, in der er die Mappe mit den Unterlagen für den Vermessungsingenieur hielt, auf die feinen Härchen auf dem Handrücken, die grobe Haut. Ihre eigene Hand war glatt, weich. Sven wollte sie unentwegt berühren. Er musste sich beherrschen, es nicht zu tun.

«Ich weiß nicht, warum ich mich einmische», sagte Evy vorsichtig, als suche sie nach einer Erklärung, die glaubhaft klang. «Vielleicht bin ich familiär vorbelastet, vielleicht liegt es in meiner Natur, Menschen helfen zu wollen.»

Auf der anderen Seite der Bahnschranken rauschte ein Güterzug vorbei.

«Ich brauche keine Hilfe», sagte Sven laut, um den Lärm zu übertönen. «Mir geht es gut.»

Evy verdrehte die Augen angesichts seiner Sturheit.

Hans-Martin und Gun Franzén. Ihre Tochter war tot. Gegen ihn lief ein internes Disziplinarverfahren. Nora Selvins kalte und ausdruckslose Augen. Der tiefe und unergründliche Wald. Der muffige Geruch von etwas Verwesendem in der Luft. Wie ein Schatten hatte sich der Tiarp-Mörder ein weiteres Mal auf ihn herabgesenkt. Als ihn die Erkenntnis traf, tat sie es mit brutaler Wucht. Diesmal ging es nicht nur um die Opfer. Diesmal ging es auch um ihn selbst. Im Autoradio begann ein neuer Song.

«Du, Sven?»

«Ja?»

Evy wusste, dass er das Lied mochte, und drehte das Radio lauter. Es war ein alter Song, irgendjemand sang darin im Regen, während dunkle Wolken über den Himmel zogen. Evy stimmte mit ein, laut und theatralisch, albern. Doch am Ende begann Sven zu lachen. Manchmal blieb einem nichts anderes übrig.

Schließlich sangen sie zusammen.

52.

Der Vermessungsingenieur hatte nichts anderes zu sagen, als dass es seiner Meinung nach eine Schande war, ein Unding, dass der Tiarp-Mörder noch immer nicht hinter Schloss und Riegel saß. Sven stimmte ihm zu. Als er sich nach Flurveränderungen erkundigte, nach Auffälligkeiten, die seinem geschulten Landvermesserblick merkwürdig erschienen, schüttelte der Mann nur den Kopf und meinte, so etwas ließe sich nicht mit bloßem Auge erkennen. Solche Dinge müssten gründlich geprüft und analysiert werden, um eine verlässliche Aussage treffen zu können. Aber nein, hier oben sähe alles aus wie immer. Sven glaubte ihm.

Erst im Dezember gab sich der Herbst geschlagen. Adventslichter leuchteten in den Fenstern. Im Pausenraum des Polizeireviers hatte jemand einen roten Läufer auf den Tisch gelegt. Unten an der Rezeption stand ein Weihnachtsbaum, noch ungeschmückt. Man gab sich Mühe, im Präsidium für eine gemütliche Atmosphäre zu sorgen. Eine Notwendigkeit vor dem bevorstehenden langen Winter.

Eines Tages ging ein Anruf aus Vapnödalen ein. Ein Anwohner hatte einen Mann beobachtet, der um den Nachbarhof herumschlich, eine dunkle Gestalt mit aufgesetzter Kapuze und einem Gegenstand über der Schulter, den der Anrufer als rucksackähnlich beschrieb. Der aufmerksame Bürger hatte weder Stina Franzén noch Frida Östmark im Sinn, als er die Nummer der Polizei wählte, wohl aber den Einbruch, dem er zwei Monate zuvor selbst ausgesetzt gewesen war. Ein unbekannter Täter war in seine Scheune eingebrochen und hatte aus seinen Traktoren den Diesel abgezapft. Er hatte einen dieser verfluchten Ausländer im Verdacht, die über die Grenzen strömten und dafür sorgten, dass das Land rechtschaffener Bauern und Arbeiter vor die Hunde ging. Und jetzt wollte er im Namen seines Nachbarn den Anfängen wehren und die Polizei gleichzeitig davon in Kenntnis setzen, dass er vorhabe, seinem Nachbarn zur Sicherheit eine seiner zwei Schrotflinten zu leihen.

«Aber das ist nicht ohne weiteres gestattet», informierte ihn die Telefonistin, die den Anruf entgegennahm.

«Darauf scheiße ich.»

Björkman erwog, Sven die Angelegenheit zu übertragen. Dann dachte er daran, was in der letzten Zeit alles vorgefallen war, und betraute Evy damit. Aber Evy ging mit der Sache, natürlich, zu Sven. Als Sven sie sah, krampfte sich sein Magen zusammen. Wie konnte es sein, dass eine so winzige Handlung, ein einziger Moment der Schwäche, eine so große Erschütterung bewirkte? Und als sie das Büro betrat, überkam ihn ein weiteres Mal der Impuls, sie berühren zu wollen, seine Hand auf ihre zu legen.

Das Einzige, worüber sie reden konnten, ohne dass es verkrampft wirkte, waren die laufenden Fälle, die Arbeit, der Alltag innerhalb des Polizeireviers. Alles andere kam ihm wie ein Minenfeld vor, durch das er sich nur mit größter Vorsicht bewegen konnte, um keine Explosion auszulösen.

«Hast du das gesehen?», fragte Evy jetzt.

Sven warf einen Blick auf das Eingangsprotokoll.

«Das ist ja in Tiarp.»

«Darum dachte ich, dass ... Sind damals nicht ähnliche Anzeigen eingegangen?»

«Ja, doch.» Er sah sie an. «Wie lange soll das dauern, Evy?»

Sie rang nach Luft.

«Was meinst du? Wovon, also, was ...»

«Das interne Disziplinarverfahren. Selvin.»

«Ach so.» Evy blinzelte. «Ich weiß es nicht. Hast du noch nichts gehört?»

Sven schüttelte den Kopf.

Seine Nerven lagen zunehmend blank. In seinen Träumen suchte der Tiarp-Mörder ihn nach wie vor heim, auch wenn er sich selten zeigte. Doch er lauerte knapp außerhalb des Bildrands, Sven spürte seine Anwesenheit, wie ein Wesen.

Er stand auf und griff nach seiner Jacke.

«Gut. Fahren wir?»

53.

Sven rutschte auf dem Sitz ein Stück nach unten. Dunkelheit hatte sich auf das Vapnödalen herabgesenkt. Das Auto stand hinter einer Baumgruppe. Durch das Astwerk hatte er den Hof im Blick. Alle zwei Stunden stieg er aus und drehte eine geräuschlose Runde.

Es war sein fünfter Observationsabend. Er setzte sich wieder aufrecht hin, zündete eine Zigarette an und betrachtete die Schattenlandschaft, die Silhouetten der Hof- und Stallgebäude. Der Nyårsåsen lag im tiefen Schlaf.

Vermutlich war es ein Benzindieb gewesen oder ein Ausländer, der sich verlaufen hatte, oder weiß der Teufel wer. Dass es der Tiarp-Mörder gewesen sein sollte, bezweifelte er. Auf dem Hof wohnten zwei Frauen, Mutter und Tochter, siebenundvierzig und vierundzwanzig Jahre alt. Sven hatte mit ihnen gesprochen und sie informiert, warum in der nächsten Zeit ein Auto in der Nähe des Hofes stehen würde. Die beiden Frauen hatten Angst bekommen, sich jedoch geweigert, für die Dauer der Observation woanders zu wohnen, obwohl er es ihnen dringend geraten hatte. Die Leute hörten nicht mehr auf die Polizei. Sie wollten alleine zurechtkommen.

Eine Stunde verstrich. Zwei. Zeit für einen Rundgang. Er stieg aus, klemmte sich eine neue Zigarette zwischen die Lippen und zog sein Feuerzeug aus der Tasche. Die Kälte biss ihm in die Wangen. Plötzlich erstarrte er, stand reglos da, eine Hand um das Feuerzeug gewölbt, hob nur den Blick, als wäre die winzigste Bewegung fatal.

Er war kaum zu sehen. Hätte Sven nicht jedes Detail der Umgebung gekannt, hätte er die Gestalt für einen Schatten des Hofs gehalten. Sie schien ein Teil der Dunkelheit zu sein. Langsam ließ er seine Hand sinken, schob das Feuerzeug in die Hosentasche zurück und nahm die Zigarette aus dem Mund.

Der Mann war dunkel gekleidet, hatte eine Kapuze über den Kopf gezogen, trug einen Rucksack über der Schulter und blickte unverwandt auf das Wohnhaus, wo in einem Fenster eine einsame Lampe brannte. Es war eines der Schlafzimmer. Er wartet darauf, dass das Licht ausgeht, dachte Sven.

Sie waren einen Steinwurf voneinander entfernt. Der Abstand war zu groß. Sven schlich näher. Der Wind, der durch die öden Felder und die kahlen Baumkronen fuhr, übertönte seine Bewegungen. Seine Hand glitt zur Dienstwaffe.

Er machte einen weiteren Schritt. Einen zu viel. Wie von einem Stromschlag getroffen, richtete sich die dunkle

Gestalt unvermittelt auf und drehte den Kopf in seine Richtung. Sie blickten sich geradewegs in die Augen, Sven spürte es, obwohl er das Gesicht des Mannes nicht erkennen konnte, er wusste, dass er den Tiarp-Mörder vor sich hatte.

Er riss seine Dienstwaffe aus dem Holster und richtete sie auf den Mann.

«Polizei! Keine Bewegung!»

Der Mann begann zu rennen. Svens Finger drückte den Abzug, und der Schuss durchschnitt die Nacht. Eine plötzliche Mündungsflamme färbte alles weiß.

Sven rannte mit schweren Schritten, der Tiarp-Mörder mit deutlich leichteren, mit Schritten eines jungen Körpers. Das hohe Gras strich um seine Arme und Beine. Die Personenbeschreibung stimmte. Er war hochgewachsen, breitschultrig und hatte eine schmale Taille. Sven griff nach seiner Taschenlampe, fasste jedoch ins Leere. Verdammt, er hatte sie im Auto liegenlassen. *Scheiße.*

Der Mann lief den Nyårsåsen hinauf. Er wurde kleiner, war im Begriff, zu entkommen. Als er sich dem Waldrand näherte, wurde Sven klar, dass er ihm irgendwie den Weg abschneiden musste, andernfalls war er chancenlos.

Während er so schnell rannte, wie sein Körper es zuließ, hatte er trotz der kargen, offenen Landschaft ringsum das Gefühl, durch einen Tunnel zu laufen. Nichts war mehr von Bedeutung. Außer der Gestalt weit vor ihm und dem Rucksack, der rhythmisch auf ihrem Rücken auf und ab hüpfte.

Im Wald, zwischen den dichten Baumstämmen, hoch und gerade wie Schiffsmasten, verlor Sven den Mann aus den Augen. Gestrüpp zerkratzte seine Arme. Er senkte den Kopf, kämpfte sich vorwärts. Nichts als Bäume, Moos, Äste, Steine, Steine, Moos. Sven blieb stehen. Sein keuchender

Atem wurde zu Husten, und er krümmte sich vor Schmerzen vornüber. Nicht jetzt, dachte er. Nicht jetzt. Er biss die Zähne zusammen. Seine Lungen brannten wie Feuer, und er musste die Luft anhalten, um sich aufzurichten.

Vergebens lief er weiter, kehrte um, machte ein paar Schritte in die eine, dann in die andere Richtung. Er horchte auf Bewegungen, wusste jedoch, dass es sinnlos war.

Es schien, als wäre der Mann vom Wald verschluckt oder eins mit ihm geworden. Sven spürte sein Versagen in den Knien, in den Lungen, bis in die Fingerspitzen hinein. Er wollte brüllen, aber er war kein Mann, der brüllte.

Du bist nicht tot, dachte er verzweifelt. Du sitzt nicht im Knast. Du hast nur gewartet. Es ist nicht vorbei.

1991

54.

Der Anruf aus Snapparp begann als Routinekontrolle und betraf einen dunkelgrünen VW-Transporter. Das Fahrzeug stand seit zwei Tagen auf dem Parkplatz der Autobahnraststätte, als einer der dortigen Angestellten irritiert anrief und bat, den Wagen abschleppen zu lassen. Doch bevor der Abschleppdienst gerufen werden konnte, musste eine Fahrzeugkontrolle durchgeführt werden. Laufarbeiten wie diese überließ man den Streifenpolizisten, und an diesem Tag fiel das Los auf Vidar Jörgensson und Markus Danielsson, beide mit gut zwei Monaten Streifendiensterfahrung in der Tasche.

Markus Danielsson war ein zuverlässiger Bursche aus Laholm, einer kleinen Ortschaft, nur zehn Minuten von der Raststätte entfernt, zu der sie nun unterwegs waren. Sie hatten sich während der Ausbildung kennengelernt und angefreundet. Vidar gefiel es, dass Markus fröhlich und gesprächig war, solange kein Ernstfall vorlag, dass sie aber genauso gut stundenlang schweigend nebeneinandersitzen konnten, wenn es nichts zu sagen gab.

«Es ist fast schön, mit dir in einem Wagen zu sitzen», hatte er einmal bei einem Bier zu Markus gesagt.

«Aus dem Mund eines Kerls aus Marbäck gibt es kein größeres Kompliment», hatte Markus erwidert und Vidar zugeprostet. «Ich kann es nur zurückgeben.»

Danach hatten sie kein Wort mehr darüber verloren. Es wäre zu schmalzig geworden.

Als Markus von der Autobahn abfuhr, erstreckten sich vor ihnen wogende Weizenfelder. Die Landschaft war wunderschön, jedenfalls solange man nach Osten blickte. Snapparp hatte nicht nur eine Raststätte, sondern zwei, auf jeder Seite der Autobahn eine. Man sollte meinen, dass sie sich nicht großartig voneinander unterschieden, doch in den Sommermonaten rückte in Snapparp Ost dreimal täglich eine Putzkolonne an, in den Wintermonaten zweimal. Dort gab es ein gutes Restaurant und saubere Toiletten. Die Raststätte war groß und hell und mehrfach als beste Autobahnraststätte der Provinz Halland ausgezeichnet worden.

Der dunkelgrüne Transporter, ein fünf Jahre alter VW-Lieferwagen, stand im hintersten Winkel des Parkplatzes der gegenüberliegenden Raststätte: Snapparp West. Snapparp West war schmuddelig, klein und schattig. Keine Auszeichnungen, nicht einmal der schlechten Art. Kam man aus nördlicher Richtung und musste pinkeln, tat man besser daran, es sich noch eine Weile zu verkneifen.

Der Lieferwagen machte einen verlassenen Eindruck. Markus bog auf den Parkplatz ein und fuhr langsam an einer Familie mit Kindern vorbei, die sich abmühte, ein Kanu auf ihr Autodach zu schnallen.

Er betrachtete den Lieferwagen aus zusammengekniffenen Augen.

«Verkehrstauglich scheint er zu sein. Jedenfalls von weitem.»

Sie stiegen aus. In Halland sah der März wärmer aus, als er sich anfühlte, vom Meer wehte ein eisig feuchter Wind herüber. Die Kinder drehten sich um und zeigten auf sie, woraufhin die Mutter ihr Ende des Kanus losließ und das Boot bedenklich ins Rutschen geriet. Markus winkte den Kindern lächelnd zu.

«Wohl doch nicht ganz verkehrstauglich.» Vidar deutete auf den Lieferwagen.

Die Nummernschilder fehlten. Ein vertrauter Anblick. Es kam vor, dass Obdachlose Fahrzeuge stahlen, insbesondere Lieferwagen, die Kennzeichen abschraubten und sich mitten im Wald oder auf einer Lichtung häuslich niederließen, bis jemand, nicht selten der Landbesitzer, davon Wind bekam und sie entweder von seinem Grund und Boden vertrieb oder die Polizei rief.

Der Lieferwagen war verstaubt und klapprig, und er roch eigenartig. Vidar knipste seine Stabtaschenlampe an und richtete den Strahl ins Wageninnere. Im Becherhalter steckte ein halbvoller Kaffeebecher, auf dem Beifahrersitz lagen eine Zeitung und eine leere Wasserflasche. Aus dem Seitenfach der Beifahrertür ragten ein Paar Arbeitshandschuhe.

«Kannst du die Fahrgestellnummer sehen?», fragte Markus von der anderen Seite des Fahrzeugs.

«Nein, wir müssen den Wagen öffnen.»

Die Kinder beobachteten sie neugierig.

Markus klopfte mit dem Fingerknöchel laut an die Karosserie.

«Hallo?» Er ersetzte den Fingerknöchel durch die Handfläche, hämmerte so fest gegen den Wagen, dass das Metall vibrierte. «Polizei. Ist jemand da?»

Vidar nahm die Hecktür in Augenschein. Sie war abgeschlossen, aber die Scharniere saßen ein wenig locker. Er ging zum Streifenwagen und holte ein Brecheisen, das sie vor einem Monat bei einem Einbruch beschlagnahmt hatten, stemmte es in den Spalt und begann zu biegen. Das Metall knackte protestierend. Die Scharniere quietschten.

«Vidar.»

«Was?»

Da roch er ihn auch. Den Gestank.

«Hast du den Griff angefasst?», fragte Markus.

Vidar schüttelte den Kopf.

«Gut.»

Markus packte mit an, und sie hebelten zu zweit. Der Gestank wurde schlimmer. Die Hecktür jaulte und winselte wie ein verwundetes Tier.

Als das Schloss schließlich mit einem lauten Knacken nachgab und die Tür aufschwang, wichen Vidar und Markus stolpernd zurück.

Der Lieferwagen war seit einigen Tagen zur Fahndung ausgeschrieben. Doch hin und wieder nehmen die Dinge einen falschen Verlauf, nicht selten aufgrund banalster Ursachen. Diesmal lag es an den nicht vorhandenen Nummernschildern und der Tatsache, dass das Fahrzeug stand, wo es stand. In einem Winkel des Autobahnrastplatzes Snapparp West.

Der Mitarbeiter der Telefonzentrale, der den Anruf bezüglich des VW-Transporters entgegengenommen hatte, stammte nämlich aus Umeå. Er war erst kürzlich nach Halland gezogen, wegen einer Halländerin, die seinen Weg gekreuzt hatte, als sie oben im Norden an einer Konferenz teilnahm. Er wusste nicht, dass man aus Malmö kommend an Snapparp vorbeifährt, wenn man nach Halmstad will. Hätte er es gewusst, wären die Dinge für Vidar und Markus an jenem Tag nicht so verlaufen, wie sie verliefen, was in diesem Zusammenhang allerdings nur ein magerer Trost sein dürfte.

Auf dem Rastplatz trat Totenstille ein. Oder vielleicht herrschte sie auch nur in Vidars Kopf. Es gibt Situationen, da weiß man es einfach. Mit Markus an seiner Seite trat er einen Schritt vor und sah in den Lieferwagen hinein. Er spürte die Blicke der Familie im Rücken. Um das Kanu kümmerten sie sich nicht mehr.

Im Innenraum lag ein Mann. Er trug Herbststiefel, Bluejeans und einen langärmeligen dunkelblauen Pullover, und Blut war wie eine Fontäne aus seinem Kopf gesprudelt – wenn man es so nennen konnte, denn im Grunde war der Kopf nicht mehr vorhanden. Als Vidar die Augen zukniff, machte er Schädelfragmente aus, die wie kleine Plastiksplitter über den Boden verstreut waren.

Der spätere Obduktionsbefund ergab, dass der Mann an wiederholten Schlägen gegen den Kopf gestorben war. Ausgeführt mit einem Baseballschläger.

Wie viele Schläge genau, konnte der Pathologe nicht mit Bestimmtheit beziffern. Mindestens vierzig, höchstens fünfzig, also vielleicht etwa fünfundvierzig.

Vidar war zu unerfahren, um an der anschließenden Ermittlung mitzuwirken. Der Fall wurde Kollegen auf höheren Ebenen im Haus übergeben; Kollegen, die besser verdienten, besser kombinierten und verstanden, warum solche sinnlosen Dinge geschahen. Doch als Vidar seinen Abschlussbericht in die Fallakte heftete, stieß er darin auf alte Dokumente und Unterlagen. Beim Durchblättern entdeckte er den Namen seines Vaters, die Jahreszahl 1986, den Namen seiner Kollegin Evy Carlén und einen Satz Umgebungskarten mit Markierungen aus dem Herbst 1988.

Näher sollten sie sich als Kollegen nicht kommen. Die unvermutete Nähe zu seinem Vater, der physische Abdruck, der unversehens zum Vorschein kam, brannte in seinen Fingerspitzen.

In den ersten Monaten hatte er das Gefühl, in eine Welt hineingeraten zu sein, die nicht die seine war. Im Polizeirevier war er *Svens Junge*, genau wie früher, wenn er seinen Vater als Kind begleitet hatte. Als befände sich sein alter Herr nach wie vor im Haus, als wäre er nur kurz zum Faxgerät gegangen, aufs Klo oder in die Kantine, um einen Kaffee zu trinken.

Vermutlich wollten sie, dass er sich wohlfühlte: *ein Jörgensson geht, ein anderer kommt. Wie schön. Wie geht es deinem Vater? Manche Dinge vererben sich eben. Jetzt wird die junge Garde gebraucht. Geht es Sven gut? Was macht er jetzt? Ich habe gehört, dass er aus gesundheitlichen Gründen aufgehört hat, dass er lieber Frührentner ist, als hinter dem Schreibtisch zu sitzen? Stimmt das?*

Es stimmte. Die Erwerbsminderungsrente war zwar ein Witz, aber Sven hatte es nicht mehr ausgehalten.

Vermutlich ist es besser so. Wahre Polizisten sind rastlose Seelen, und dein Vater war ein wahrer Polizist. Ihr seid euch so ähnlich, ihr beiden. Sag Bescheid, wenn du Hilfe brauchst oder sonst etwas ist. Ich werde tun, was ich kann. Wir alle vermissen ihn hier, musst du wissen.

Vidar bat nie um Hilfe. Nicht auf diese Art. Er wollte es alleine schaffen. Seinem Vater erzählte er nichts davon. Was hätte er auch sagen sollen? Es hätte ihn nur traurig gemacht.

Dass er im Polizeirevier eine Version seines Vaters verkörperte, legte sich mit der Zeit. Doch dazu hatte es eines VW-Transporters bedurft. Als Übergangsritus. Danach war Vidar eine eigenständige Person, er selbst.

Er selbst. Ja, wenn man es so nennen konnte.

55.

Es gab kein Muster. Das war das Schlimmste. Wenn man sich doch nur vorbereiten könnte, dachte Gisela. Dann wäre es leichter.

Nicht leicht, aber leichter.

Sie wurde nie vorgewarnt, wenn es passierte.

Bei den Gelegenheiten, an denen sie fast damit gerechnet hatte, war es nicht eingetreten. Als hätte er in diesen Situationen geahnt, dass es ihm nicht gelingen würde, und beschlossen, sich nicht zu zeigen, sondern auf den geeigneten Moment zu warten.

Sie stand im Supermarkt, eine ganz gewöhnliche Kundin, um eine neue Spülbürste zu kaufen, eine grüne. Ihr Körper war nach wie vor ein einziger Schmerz. Alles fühlte sich wund an, aber auch seltsam dumpf, als wäre ihr Leben von ihr abgetrennt. In diesem Moment drang er in ihr Bewusstsein ein. Sie hatte keine Ahnung, wie er es bewerkstelligte. Ein dunkel gekleideter Schatten jagte sie am Küchentisch vorbei, an dem sie und Robert immer frühstückten. Sie rannte zur Haustür. Es gelang ihr, die Klinke zu greifen, aber nicht, den Schlüssel herumzudrehen, die Tür zu öffnen. Der Schatten packte sie und riss sie brutal zurück. Sie stieß gegen ihn, einen harten Körper. Er roch kalt, wie der Frühlingswinter draußen vor dem Haus.

Die Schlagzeilen über Robert und sie berührten sie nicht. Das war nur Text, der andere betraf. Das Telefon, das zu Hause bei ihren Eltern klingelte, konnte aus der Buchse gezogen werden, wenn es zu lästig wurde, und wenn die Journalisten anklopften, konnte sie sich im Badezimmer verstecken, die Tür abschließen und sich neben dem Klo in die Ecke kauern. Man konnte sich schützen.

Doch im Supermarkt, mit der grünen Spülbürste in der Hand, bekam sie plötzlich keine Luft mehr. Sie blickte auf ihre Hand und registrierte verblüfft, dass sie sich am Regal festklammerte. Warum, dachte sie, wie merkwürdig. Aber als sie losließ, gaben ihre Beine unter ihr nach, und sie musste sich erneut festhalten.

Sie wankte aus dem Supermarkt und nahm dabei aus Versehen die Spülbürste mit. Niemand hatte es gemerkt. Was, wenn die Leute dachten, sie hätte die Bürste geklaut? Nicht auszudenken. Gisela warf die Spülbürste in eine Mülltonne und hastete davon.

Sie hatte nie für möglich gehalten, dass sie das nächste Opfer sein könnte, aber so war es. Stina Franzén, Frida Östmark und jetzt sie, ihr Name stand neben ihren in der Zeitung. Und trotzdem war Giselas Fall anders; sie war das Opfer, das er zu Hause überfallen hatte. Das war den anderen erspart geblieben – so dachte sie –, Stina und Frida war erspart geblieben, in ihrem eigenen Zuhause überfallen zu werden. Sie hatte er verschont. Sie, Gisela, nicht. Warum? Gisela begriff es nicht. Sie hielt sich so oft im Freien auf. Hätte er nicht wie bei den anderen vorgehen können?

Und sie hatte überlebt. Gisela dachte an ihre tote Schwester. Sie war dem Tod nicht nur einmal entgangen, sondern zweimal.

Aber warum hatte er sie gewählt? Was hatte sie getan? Sie schämte sich, obwohl sie wusste, dass es falsch war. Und auch für diesen Gedanken schämte sie sich, weil sie wusste, dass sie es nicht sollte. Es war ein Teufelskreis.

Wer war er? In ihrem Gedächtnis – als die Polizisten sie befragt hatten, zuerst im Krankenhaus, dann zu Hause, dann wieder im Krankenhaus und schließlich in der psychiatrischen Notaufnahme nach ihrem ersten Zusammenbruch infolge des Vorfalls mit der Spülbürste – herrschte nichts als Leere. Wenn sie sich zu erinnern versuchte, so angestrengt nachdachte, dass ihr Körper sich in einem Bogen spannte, spürte sie eine leichte Erschütterung im Nacken, einen plötzlichen Schwindel. Sie erinnerte sich an alles, an jeden ausgedehnten Moment voller Angst und Verwirrung, Schmerz und Panik, und trotzdem nichts als Leere.

Etwas musste ihn überrascht haben. Das war es, was Gisela über den Mann sagen konnte, der in ihr Zuhause eingedrungen war. Hatte sie eine Vorstellung davon, wie lange der Übergriff gedauert hatte? Minuten? Eine Stunde?

Vier Wörter waren in ihr Gedächtnis zurückgekehrt, plötzlich, gedämpft und feucht, als wäre er betrunken gewesen. Wie Tropfen in der Dunkelheit waren sie aus seinem Mund gefallen, auf sie herab.

Lieg still jetzt, Mädelchen.

Das hatte er gesagt. Daran erinnerte sie sich.

Und dann war er über ihr erstarrt, unvermittelt, wie ein Tier, das eine Gefahr wittert.

Irgendetwas war eingetreten, etwas, womit er nicht gerechnet hatte. Dann hatte er sich ihr wieder zugewandt und sie bewusstlos geschlagen.

Das Telefon hatte geklingelt. Früher am Abend. Gisela besaß kein Telefon mit Rufnummernanzeige und wusste nicht, wer sie anrief. Sie nahm ab und meldete sich, hörte jedoch nur, wie jemand auflegte.

Das passierte nicht zum ersten Mal. In der letzten Zeit hatte sie Anrufe dieser Art öfter bekommen. Sie hatte einen älteren Mann im Verdacht, den sie im Krankenhaus betreut hatte und der etliche Male ziemlich zudringlich geworden war.

Die Polizei stellte unzählige Fragen, wieder und wieder. Was sie wunderte, war, dass so viele davon Robert betrafen. Ihre erste Frage, als sie wieder zu Bewusstsein gekommen war, hatte gelautet, ob Robert da sei. Sie brauchte ihn, seine Nähe und seine Stimme. Sie wollte ihn hören. Aber jede Faser ihres Körpers schmerzte. Jedes Mal, wenn sie sich bewegte, hatte sie das Gefühl, als zerre jemand an einer Säge, die sich in ihren Eingeweiden verhakt hatte, und ihr Kopf dröhnte und pochte fürchterlich. Sie war zu schwach, um in Roberts Firma anzurufen, und bat eine Krankenschwester, es für sie zu tun. Als die Krankenschwester verschwunden war, sah sie auf die Uhr.

Erst zwei Stunden später weckte man sie auf. Der Schlaf hatte sie übermannt. Wie war das möglich? Sie konnte kaum atmen und trotzdem hatte sie geschlafen.

Die Krankenschwester, die an ihrem Bett stand, war nicht allein. Sie hatte zwei Polizisten mitgebracht. Sie fragten nach Robert.

«Haben Sie nicht mit ihm telefoniert?»

«Wann haben Sie zuletzt mit ihm gesprochen?», fragte einer der beiden Polizisten sanft.

«Heute ... Ich ...» Gisela blinzelte. Hinter ihren Schläfen zuckten Blitze. «Ich erinnere mich nicht. Heute Morgen. Er hat heute Morgen angerufen.»

«Und worüber haben Sie gesprochen?»

Gisela blickte vom ersten Polizisten zur Krankenschwester, von ihr zum zweiten Beamten.

«Was ist passiert?», flüsterte sie.

«Wir konnten ihn noch nicht erreichen», sagte einer der beiden Polizisten langsam.

«Aber er ist doch in Malmö? Sie müssen in seiner Firma anrufen.»

«Er ist nicht mehr in Malmö.»

«Aber er sollte erst morgen zurückkommen.»

«Er konnte seine Tour früher beenden.» Der Polizist räusperte sich. «Und hat sich auf den Heimweg gemacht.»

«Wir glauben, dass Ihr Mann in der Umgebung von Halmstad war, als ...», begann der andere Polizist, verstummte jedoch.

Ihr Mann. Sie hatten letztes Jahr geheiratet. An einem Samstag im August. Sie hatte sich wunderschön gefühlt, und Robert hatte so elegant ausgesehen. In weniger als einer Woche hatte sie ihren Eisprung. Sie versuchten es seit drei Monaten.

«Ihr Mann war in einem dunkelgrünen VW-Transporter unterwegs», fuhr der Polizist fort. «Wir haben den Wagen zur Fahndung ausgeschrieben.»

Liegstill jetzt, Mädelchen. Das war alles. Die Polizisten notierten die Worte, schienen jedoch nicht recht zu wissen, was sie damit anfangen sollten.

«Wir dachten», sagte der eine, «es wäre einen Versuch wert, ein Bild des Täters zu erstellen. Ein Phantombild, also.»

«Aber ich habe ihn doch nicht gesehen.»

«Es könnte trotzdem hilfreich sein.»

Sie saß stundenlang mit einer Polizeizeichnerin und einer anderen Polizeibeamtin zusammen.

Welche Form hatte das Kinn? Wie würde sie die Nase beschreiben? Die Augen? Wie weit saßen sie auseinander? In etwa so? War der Abstand größer oder kleiner? Augenbrauen. Nasenrücken. Wenn wir noch einmal zum Kinn zurückgehen? Ich weiß, dass er eine Maske trug, aber ...

Als die Polizeizeichnerin den Skizzenblock schließlich umdrehte und Gisela das Bild zeigte, hatte sie geglaubt, es würde eine spürbarere Reaktion in ihr auslösen, als es der Fall war. Es war nur eine Zeichnung. Vielleicht sah er so aus. Vielleicht nicht.

Wie hatte er sich bewegt? Hatte er den Nachttisch angefasst? Erinnerte sie sich daran, wo er seine Füße gehabt hatte? Wann hatte er ihre Hände gefesselt? Bevor oder nachdem er sie ins Schlafzimmer geschleift hatte? Womit hatte er sie penetriert?

Sie hatten Hilfsmittel dabei, um ihr die Aussage zu erleichtern, sie sollte nicht alles aussprechen müssen. Sie bekam eine Liste und einen Stift: *Penis. Ein Finger / mehrere Finger.* Gisela las weiter. Die Liste war lang. *Dildo. Flasche. Meißel.* Beim letzten Wort stockte sie, fragte sich verwundert, warum es da stand. Dann begriff sie: Es gab immer jemanden, dem es schlimmer ergangen war.

«Sie denken in diesen Begriffen», sagte ihre Psychologin, als Frage formuliert.

«In welchen Begriffen? *Schlimmer*?»

«Ja. Und *verschont*.»

«Ja.» Gisela blinzelte. «Ja, das tue ich.»

Drei Tage später fand man Robert Mellberg in einem dunkelgrünen VW-Transporter in Snapparp.

Ein Stück weiter hinten im Wagen lag der Baseballschläger, der für gewöhnlich in der Diele neben der Eingangstür seines und Giselas Zuhauses stand. Der Schläger war über und über mit grauer Hirnsubstanz und Haaren verklebt, die im Blut getrocknet waren.

56.

Irgendwo jenseits der grünen Felder und Wiesen des Vapnödalen, tief im dichten Wald des Nyårsåsen, existierte ein Grab ohne Namen. Wer hartnäckig genug nach ihr suchte und besessen genug war, nicht aufzugeben, erwartete dort eine Wahrheit.

Man würde gerne aufgeben, dachte Sven. Doch das war keine Option.

Wie in einer sonderbaren Symbiose gingen die beiden Wintermorde miteinander einher. Der eine oben in Stockholm, der alle Blicke auf sich zog, der andere hier unten bei ihnen, der so gut wie unbemerkt geblieben war. Sie hingen zusammen und auch wieder nicht. Der dünne Faden des Schicksals verband sie. So sah er es.

Ein Schatten strich um Stina Franzéns Leiche, um ihr Auto oben im Wald, entlang der Straße zwischen Vilshärad und Ringenäs, auf der Frida Östmark nach Hause geradelt war. Sven hatte seine Stimme im Ohr gehabt, seinen Atem gehört. Er hatte ihn einmal auf dem Nyårsåsen verfolgt, durch winterliches Dickicht und eiskaltes Unterholz. Sie hatten sich angesehen, der Schatten und er. Er hatte verloren.

Er war so dicht dran gewesen. Es zehrte ihn auf. Er dachte an das Phantombild, das er in der Zeitung gesehen hatte. Ein alltägliches Gesicht. Ein ganz normaler Mann, der als Supermarktkassierer arbeiten könnte, als Briefträger oder Klempner, als Sachbearbeiter beim Finanzamt, sogar Polizist könnte er sein.

Wie sehr Sven sich auch anstrengte, er wurde den Gedanken nicht los, dass er nur die Hand auszustrecken brauchte, um ihn in der Dunkelheit zu berühren.

Er saß auf der Terrasse. Es war ein kalter Abend. Die Zigaretten lagen auf dem Tisch, die Bierflasche stand daneben. Traktorengebrumm. Krähen am Abendhimmel. Die Bauern brachten die Ernte ein. Die Lichter eines Dorfes schimmerten durch den Wald. Normale Menschen lebten ihre normalen Leben, genau wie er.

Wie viel man gab, für so wenig. Alles stand, wo es stand, war, wo es war. Schwere Stunden waren Teil des Lebens, aber oft war es nicht mehr als das. Man konnte sich durchhangeln. Alles ging irgendwie.

Sven hatte den Dienst quittiert und kurz vor Weihnachten seinen Ausstand gegeben. Am neunundzwanzigsten Dezember 1990 hatte er seinen letzten Arbeitstag absolviert. Ein Abschied für immer. Was liegt, das liegt, heißt es beim Kartenspiel. Jetzt war sein Sohn am Zug.

Vor ein paar Tagen war ein Mann in Gisela und Robert Mellbergs Haus in der Nähe von Tiarp eingedrungen, er hatte es in der Zeitung gelesen.

Der Terrassentisch war klein und rund. Er wackelte, als er seine Bierflasche darauf abstellte. Sie hätten nach Kopenhagen fahren sollen, Bibbi und er. Sie hatte es sich so sehr gewünscht, wann war das noch gleich? Im Sommer fünfundachtzig, damals hatte sie von nichts anderem geredet. Aber daraus war nie etwas geworden. Vermutlich wegen ihm, oder hatte es an Bibbis Arbeit gelegen? Er erinnerte sich nicht.

Wenn er nicht mehr wäre, würde sie sich ein neues Leben aufbauen. Frauen waren gut darin. Neue Gewohnheiten, Beziehungen, neue Teller und Bettwäsche und neue Hoffnungen, neue Träume. Vielleicht würde sie Kopenhagen sehen. Er glaubte es.

Manchmal wollte er ihr etwas sagen, doch die Worte zerfielen im Hals.

Er schlug das Notizbuch auf. Alte Stimmen spukten wie Geister durch seinen Kopf. *Tiarp*.

Jahre später, eine Rückkehr.

57.

Die alten Fotoalben waren schwarz und braun, in Leder gebunden. Da waren seine Großeltern, die Eltern seines Vaters und die Mutter seiner Mutter, und da war sein Vater, damals musste er Mitte, Ende fünfzig gewesen sein, ungefähr so alt wie er heute.

Es ist seltsam. Sobald man nicht mehr arbeitet, bleibt viel zu viel Zeit für andere Dinge, obwohl die Knochen recht mürbe geworden sind. Was tut man dann? Eigentlich sollte er den Garten für den Sommer vorbereiten, den Schimmel im Badezimmer entfernen, Ove in Simlångsdalen anrufen und fragen, wann er vorbeikommen konnte, um einen neuen Fußboden zu verlegen.

Stattdessen flüchtete er sich in alte Zeiten. Er fand ein Foto, das ihn in Uniform zeigte. Darauf war er blutjung, stand mit aufrechter Haltung da, und er lächelte. Daran erinnerte er sich: Das Foto war am Morgen seines zweiten Arbeitstages entstanden. Der erste hatte damit geendet, dass ihm ein Betrunkener vor dem Fridhemsgrill auf die Uniform gekotzt hatte. Der Mann war sternhagelvoll gewesen und wollte sich, blau wie er war, hinters Steuer setzen. Sven hatte ihn daran gehindert.

Und trotzdem lächelte er auf dem Bild. Das bedeutete etwas.

Die Uniform hatte er gewaschen, ausgebürstet und über Nacht zum Trocknen aufgehängt.

Es war lange her. Jetzt war die Zeit seines Sohnes gekommen. Ein merkwürdiges Gefühl.

Sven hatte ein Bild vom Tod. Er trug es schon so lange mit sich herum, dass es in seiner Kindheit in ihm herangereift sein musste, befeuert durch die Geschichten und Sagen, die die alten Leute am Abendbrottisch erzählten. Man steht am Rand eines Waldes, den Blick auf ein offenes Feld gerichtet, und wartet. Viele Jahre war man gewandert, hatte Freuden und Leid durchlebt, die großen und kleinen Augenblicke waren gekommen und gegangen, und nun ist man angelangt, an der Grenze, an der alle Dinge des Lebens vollendet und geordnet sind. Auf der anderen Seite herrscht unbewegte Stille.

Dann, als er den ersten Schritt auf das Feld hinaus macht, sich anschickt, die Grenze zu überschreiten, regt sich etwas, eine Gestalt löst sich aus der Unbeweglichkeit heraus und kommt mit ausgestreckter Hand auf ihn zu.

Es ist der Tod, und Sven denkt viel an ihn.

Arzttermine, Apothekenbesuche, das Auto zur Inspektion bringen, neue Topfpflanzen für die Küche kaufen, Besorgungen im Supermarkt erledigen, Fahrten ins Gartencenter und zum Baumarkt, um Erde oder einen neuen Gartenschlauch zu kaufen, die Einfahrt harken, am Küchentisch bei einer Tasse Kaffee die Zeitung lesen, Ove aus Simlångsdalen hinterhertelefonieren, der nicht ans Telefon geht. Das war jetzt sein Alltag, grau und nasskalt und eigenartigerweise von Nebel geprägt. Fast jeden Morgen lag er wie eine dicke Decke über den Wiesen und Feldern von Marbäck. Wenn Bibbi nach dem Frühstück zur Arbeit fuhr, stand Sven am Küchenfenster und blickte ihrem Wagen nach, der schon in der weißen Suppe verschwand, bevor er Janssons Haus passiert hatte. An manchen Tagen hielt der Nebel bis mittags an.

Sven lernte die Regelmäßigkeit schätzen, die Routine, die Vorhersehbarkeit und den Leerlauf im Leben. Das ergibt sich vielleicht automatisch, wenn der Beruf des Sohnes darin besteht, Dinge zu bekämpfen, die nicht vorhersehbar und riskant sind, und die eigene Gesundheit einem Angst macht.

Mehrmals griff er zum Telefonhörer, um Gun und Hans-

Martin Franzén anzurufen. Als der Bescheid im Frühjahr 1989 endlich kam, hatte er nicht gewusst, ob er lachen oder weinen sollte.

«Das Verfahren wird eingestellt.» Er hatte in dem Raum gesessen, der sein Büro gewesen war, auf seinem Stuhl, und hatte Evy das Schreiben hingehalten. «Sie sind zu dem Schluss gekommen, dass ich nichts falsch gemacht habe.»

Einen Moment lang sah es so aus, als wolle Evy sich über den Schreibtisch beugen und ihn umarmen. Doch sie sagte nur:

«Das habe ich immer gewusst. Und du auch.»

Sven nickte stumm, legte das Blatt aus der Hand und betrachtete es. Er hatte keine Ahnung, was er sagen oder tun, wie er sich fühlen sollte.

«Was, wenn ...», begann er. «Was, wenn es doch meine Schuld war? Ich meine, wenn Selvin recht hatte. Vielleicht konnte sie es nur nicht beweisen. Oder wollte es nicht. Sie hat mir gesagt, dass ...»

«Red keinen Unsinn, Sven.»

So waren seine Tage im letzten Jahr seines Berufslebens verlaufen. Befreit. Als wäre das möglich. Er hatte nicht mit den Eltern gesprochen und spürte – ja, was eigentlich? Schuld? Er wollte ihnen etwas sagen, ihnen eine Antwort geben, doch er hatte keine. Jedes Mal legte er den Hörer unverrichteter Dinge zurück auf die Gabel. Als das neue Telefonbuch kam, schlug er es auf und suchte nach ihrem Namen, um sich zu vergewissern, dass sie noch immer dort wohnten, dass sie lebten, dass ihre Nummer noch dieselbe war, für den Fall, dass er doch anrufen sollte.

Eines Morgens ging er wie jeden Morgen mit dem Kaffeebecher in der Hand nach draußen, um die Zeitung zu holen, als ihm die Schlagzeile auf der ersten Seite ins Auge fiel: *Frau vergewaltigt, Täter flüchtig.*

Die Journalisten stürzten sich auf den Fall, dass die Wände in der Redaktion der Hallandsposten wackeln mussten. Die Abendzeitungen witterten Blut und erschienen auf der Bildfläche. Alle waren fest davon überzeugt, dass der Tiarp-Mörder erneut zugeschlagen hatte. Man erinnerte an Stina Franzén und Frida Östmark, veröffentlichte Luftaufnahmen vom Nyårsåsen, interviewte die Anwohner und bereitete die grauenhaften Ereignisse von damals frisch auf. Als der VW-Transporter in Snapparp aufgefunden wurde, brach die Hölle los. Drei Morde und ein Mordversuch waren eine Sensation, ein Rätsel und ein Drama.

Snapparp. Sein Vidar hatte die Leiche gefunden.

Verflucht. Das erste Mal ist unausweichlich, aber dass ausgerechnet sein Sohn …

Er sollte ihn anrufen und sich erkundigen, wie es ihm ging. Sven trat wieder aus dem Haus. Nebel. Weit und breit war kein Laut zu hören. Er rauchte eine Zigarette. Das Brennen in der Brust wurde stärker. Er hustete Schleim.

Jedes Mal, wenn er an den Tiarp-Mörder dachte, lösten sich seine Bescheidenheit und Zurückhaltung in Luft auf. Wenn er versuchte, sich ein Bild des Mannes vor Augen zu rufen, wurde es zu groß, zu mächtig, ein riesiger, konturloser Schatten. Sven spürte, wie sein Puls schneller schlug.

«Jetzt ist Schluss», zischte er sich auf dem Rasen laut zu.

Der Waldrand. Das Feld. Vidar. Bibbi. Evy. Die Gestalt, die mit ausgestreckter Hand auf ihn zukam. Der Gedanke ängstigte ihn.

Auf der Straße schlenderten zwei junge Männer vorbei. Backlunds Söhne. Sie mussten inzwischen beide um die zwanzig sein. Hoch aufgerichtet, breitschultrig, lachend und feixend. So jung, dachte er. So kräftig, und ein Meer von Zeit vor sich.

Morgens hustete er immer öfter Blut.

58.

Gisela wusste nicht mehr, wie oft sie sich gewünscht hatte, Robert hätte seine Tour nicht früher beendet und wäre in Malmö geblieben. Wäre er nicht nach Hause gekommen, wäre alles anders. Aber er war nach Hause gekommen. Er hatte den Schlüssel ins Schloss der Haustür geschoben und ihn herumgedreht. Das war das Geräusch gewesen, das der Tiarp-Mörder gehört hatte. Deshalb hatte er innegehalten und wie ein Hund aufgehorcht.

Ihre Eltern, die Polizei, die Psychologen, alle erklärten ihr, dass sie es *so nicht sehen dürfe, das sei nicht fair ihr selbst gegenüber*. Doch wie sollte sie es sonst sehen? Es war ein Schmerz, als sei sie innerlich verbrannt, sich dagegen zu wehren, war unmöglich. Sie vermisste seine Hände, sein Haar, seine Stimme, die Geräusche, wenn er mit dem Besteck in der Küche klapperte. Über dem Nyårsåsen ging die Sonne auf, Männer und Frauen fuhren in ihren Autos zur Arbeit, die Tiere trotteten gemächlich über die Wiesen des Vapnödalen. Mähdrescher dröhnten. Die Zeitung kam. Alles war wie immer. Es war unbegreiflich, wie alles einfach weitergehen konnte.

«Aber Gis, willst du wirklich da wohnen bleiben?»

Ihre Mutter hatte ihr diese Frage gestellt, eine Woche nachdem man Robert gefunden hatte. Gisela war aus dem Krankenhaus entlassen worden, und sie saßen in der Küche, in der es angefangen hatte. Die Kriminaltechniker der Polizei waren im Haus gewesen und hatten ihre Arbeit verrichtet, lange und gründlich. Sie hatten ihr Möglichstes getan, die Zeichen ihrer Anwesenheit zu beseitigen, doch sie waren überall zu erkennen. Geschirr stand nicht an seinem gewohnten Platz, Roberts und ihr Sofa war zu dicht an die Wohnzimmerwand gerückt, im Schlafzimmer hing der metallische Geruch irgendeiner Chemikalie in der Luft, die sie verwendet hatten, und auf einigen Flächen lag sonderbarer Staub. Erst später begriff sie, dass es Fingerabdruckpulver war.

«Ja», sagte sie. «Das will ich.»

Ihre Mutter sah sie verständnislos an.

«Aber warum?»

«Es ist ...» Gisela verstummte und blickte verstohlen in die Diele, auf die Garderobe, auf die Haken, an denen unverändert Roberts Jacken hingen. «Es ist alles, was ich noch habe.»

«Aber ...»

«Nein, Mama.»

Gisela sagte Wörter ohne Klang, mit einer Stimme ohne Ton. Ein typisches Symptom für einen Schockzustand. Sei's drum, dann stand sie eben unter Schock. Das änderte nichts.

«Sieht es eigentlich ähnlich aus?», fragte ihre Mutter jetzt zögernd.

«Sieht was ähnlich aus?»

«Das Phantombild, in der Zeitung?»

«Natürlich tut es das. Ich habe ihn beschrieben.»

«Alle reden darüber. Sie haben es sogar in den Hauptnachrichten gebracht. Hast du die Sendung gesehen? Ich meine nur, er hatte schließlich eine Maske auf. Es muss schwierig sein ... Ja, nein, ich weiß auch nicht. Ich habe nur laut gedacht.»

Gisela antwortete nicht. Ihre Mutter hatte recht, aber ihr war das Phantombild egal. Was spielte es jetzt noch für eine Rolle? Für sie?

Sie fühlte sich im Haus nicht schlechter, aber sie hatte Schwierigkeiten, auf sich achtzugeben. Sie duschte nicht, aß nicht, nahm nicht die Medikamente, die sie verschrieben bekommen hatte. Ihre Kollegen und Vorgesetzten riefen an, und als sie nicht ans Telefon ging, hinterließen sie Nachrichten auf dem Anrufbeantworter, fragten, wann sie wieder zur Arbeit käme.

Sie kündigte. Ihr fehlte ohnehin die Kraft, um zu arbeiten, und die wenigen Male, die sie sich dazu durchgerungen hatte, hatte es sie nur an jene Nacht erinnert, wie verhängnisvoll sie gewesen war, wie ihr Leben hätte verlaufen können und worauf es reduziert worden war.

Es war, als ob sie in einer Hölle lebte. Und das war der Grund, warum sie nach der Beerdigung eines Abends im Regen vor ihrem Elternhaus in Harplinge stand und fragte, ob sie hereinkommen dürfe.

Ihre Mutter nahm sie in die Arme.

Rückblickend erschien es ihr vollkommen wahnwitzig, dass sie es so lange ausgehalten hatte. Sie würde das Haus nie wieder betreten.

Und ihr Vater. Für ihn war es, als hätte er etwas, das seiner Obhut anvertraut gewesen war, nicht beschützen können. Nachts fuhr er mit dem Auto die Straßen ab, auf der Suche nach einem Schatten. Er war der festen Überzeugung, den Tiarp-Mörder früher oder später zu finden. Es war lediglich eine Frage der Zeit. Neben ihm auf dem Beifahrersitz lag eine abgesägte Schrotflinte.

Gisela wünschte, sie besäße seine Wut, seine Verbitterung, seine Willensstärke und Hartnäckigkeit, oder die Wärme ihrer Mutter, die Fürsorglichkeit ihrer Freunde. Jeder in ihrem Umfeld hatte etwas, das sie sich wünschte. Was hatte sie selbst? Nichts. Sie hatte nichts, war ein Nichts.

Wenn es neben den Erinnerungen, von denen sie heimgesucht wurde, etwas anderes gab, das ein Gefühl in ihr auslöste, Schwingungen in ihrem Innern, dann die Erkenntnis, wie viel ein Mensch zu ertragen imstande ist und trotzdem am nächsten Morgen die Augen aufschlägt. Sie stand auf, ging ins Bad und begann den Tag. Als gäbe es keinen Boden, bloß einen endlosen Abgrund, in den man hinabstürzte. Das war das Los, das der Menschheit aufgebürdet worden war.

Oder zumindest ihr. Sie, die dem Tod zweimal entronnen war, obwohl es vielleicht das Beste gewesen wäre, sie hätte es bei keiner der beiden Gelegenheiten getan.

So sah sie es.

Oder war sie vielleicht längst tot? Schließlich war es unmöglich, zu leben, ohne etwas zu fühlen. Je länger sie darüber nachdachte, umso überzeugter war sie, dass es sich so verhielt. Es war ein logischer Schlusssatz: Sie fühlte nichts, also musste sie tot sein. Das war es, was sie von allen anderen unterschied. Die anderen waren am Leben, und sie, Gisela, war vernichtet worden.

59.

Das Phantombild bewirkte viel. Der Tiarp-Mörder saß im Kaufhaus an der Kasse, war ein Klempner aus Åled, einer der Makler in dem Büro am Stora torg. Er stand hinter der Fleischtheke im örtlichen Supermarkt, arbeitete als Vertrauenslehrer an einem Gymnasium und als Autoverkäufer bei einem neu eröffneten VW-Händler in Stenalyckan.

«Es ist hoffnungslos», seufzte Evy. «Die Leute glauben, ihn gesehen zu haben, aber niemand hat es tatsächlich getan. Und ich bin mittlerweile mit anderen Delikten beschäftigt.»

Evy hatte angerufen, um sich zu erkundigen, wie es Sven zu Hause in Marbäck erging. Sie arbeitete nicht mehr am Fall des Tiarp-Mörders. Er war neuen, jüngeren Kollegen übertragen worden, die die Verbrechensserie mit frischen Augen betrachten sollten.

Sven begriff es nicht. Mit frischen Augen? Wohl eher mit Augen, die nicht verstanden, was sie sahen, weil sie nicht von Anfang an dabei gewesen waren. Idiotisch.

«Erinnerst du dich an Micke Håkansson?», fragte Evy.

«Natürlich erinnere ich mich», antwortete Sven, als ob etwas anderes undenkbar wäre. «Der Sohn vom alten Håkansson. Er hat behauptet, den Tiarp-Mörder verfolgt zu haben.»

«Er soll vor einigen Jahren etwas mit Gisela Mellberg gehabt haben.»

Sven richtete sich auf.

«Ach ja?»

«Jedenfalls haben sie eine Nacht miteinander verbracht.

Mehr ist daraus aber nicht geworden. Micke hatte Interesse, doch Gisela hat ihn abblitzen lassen.»

«Überprüfen ihn die Kollegen?»

«Ich glaube schon. Er sieht dem Mann auf dem Phantombild ziemlich ähnlich.»

Sven dachte nach.

«Soweit ich mich erinnere, war er ein eher fahriger und ängstlicher Typ. Ich glaube nicht, dass er zu so etwas fähig wäre. Haben wir sein Alibi damals nicht überprüft?»

«Nein», sagte Evy, «haben wir nicht. Und», fügte sie mit Nachdruck hinzu, «wozu jemand fähig ist oder nicht, kann man schwer einschätzen.»

Sven versuchte, sich den jungen Mann ins Gedächtnis zu rufen, und schloss die Augen. Nein, Micke Håkansson konnte unmöglich der Tiarp-Mörder sein. Er war zu zartbesaitet.

Evy und er unterhielten sich eine Weile, über den Alltag, ihre Pläne für den Frühling, und Sven erwähnte den Schimmel im Badezimmer.

«Hast du dich noch immer nicht darum gekümmert?»

«Ich bin nicht dazu gekommen», murmelte er.

«Ich vermisse die Tage, als wir zum Strand gefahren sind und aufs Meer geschaut haben», sagte Evy. «Erinnerst du dich daran?»

«Ja.»

«Das waren erholsame Stunden für mich.»

«Für mich auch.»

«Jetzt ist alles so ... ich weiß nicht, chaotisch. Mit dir war es angenehmer.»

«Ja», sagte Sven langsam, mehr fiel ihm nicht ein, und als er so dastand, am Fenster in seinem geliebten Haus und hinaussah, war es, als würde er auf all die freie Zeit blicken, die ihm fortan zur Verfügung stand und von der er absolut keine Ahnung hatte, wie er sie ausfüllen sollte.

Also hatte er nachgedacht, diverse Anrufe geführt und ein letztes Mal versucht, das Bild zusammenzufügen. Er ahnte, dass er ganz dicht dran war, dass ihm der Durchbruch gelingen konnte. Doch um sicher zu sein, dass es ihm gelang, benötigte er Hilfe.

«Ich wollte ...», begann er und schlug sein Notizbuch auf, das er in den vergangenen Wochen fast bis auf die letzte Seite vollgeschrieben hatte. «Ich wollte dich fragen, Evy, ob du mir einen Gefallen tun könntest?»

60.

Gisela sah den Mann vom Fenster ihrer Wohnung aus. Dort stand sie oft. Aus dem sechsten Stock war die Welt erträglich. Von hier nahmen sich die Autos und Menschen, die Straßen, Häuser und Leben seltsam klein und unbedeutend aus. Dieses Wissen gab ihr Sicherheit. Aus der Ferne war alles erträglich.

Er schloss die Autotür und blickte sich um. Seine Kleidung wirkte zu groß, und der Wind fuhr durch dünnes, schütteres Haar. Als er auf die Eingangstür ihres Hauses zusteuerte, überlegte sie, zu wem er wohl wollte. Sie wohnte noch keine Woche im Haus und war mit dem Umfeld noch nicht vertraut, kannte die Nachbarn nicht und hatte keine Ahnung, welche Autos zum Straßenbild gehörten.

Sie ging ins Wohnzimmer. Die Wohnung war klein. Leere

Umzugskartons ließen sie noch beengter wirken. Sie setzte sich aufs Sofa, zog die Beine hoch und wartete, hoffte, dass es nicht an der Tür klingeln würde.

Es klingelte an der Tür.

Gisela blieb sitzen und hoffte, dass es kein zweites Mal klingeln würde.

Es klingelte ein zweites Mal. Mit klopfendem Herzen stand sie auf, ging in die Küche und nahm ein Messer aus einer Schublade. Die Wohnungstür hatte ein Guckloch. Gisela musterte den Mann, der draußen im Treppenhaus stand. Durch die Linse des Spions wirkte er eigenartig gestaucht. Sie drehte das Türschloss herum, ohne zu öffnen, wich zwei Schritte zurück, packte das Messer mit festem Griff und starrte auf die Türklinke, die sich langsam nach unten senkte.

«Hallo?», fragte eine zögernde Männerstimme.

Die Stimme des Mannes passte nicht zu seinem Gesicht. Sie war tiefer, als sie erwartet hatte.

Er steckte den Kopf durch den Türspalt und sah sie mit dem Messer in der Hand in der Diele stehen, verbissen und angespannt, doch er schien den Anblick keineswegs merkwürdig zu finden.

«Ich heiße Sven», sagte er. «Ich bin Polizist. Ich war bei Ihren Eltern. Ihre Mutter hat mir die Adresse gegeben.»

Sie bat ihn in die Küche, und er setzte sich. Sie fragte, ob er einen Kaffee trinken wollte. Er verneinte und zog ein kleines schwarzes Notizbuch aus der Brusttasche seines Hemds. Gisela goss sich selbst ein Glas Wasser ein und setzte sich ihm gegenüber. Würde er sie jetzt nach dem Messer fragen, oder war er an Anblicke dieser Art gewöhnt? Sie war bestimmt nicht der erste Mensch, den er mit einem Messer in der Hand antraf.

«Mir ist klar, dass das nicht leicht für Sie ist», begann er. «Aber ich würde gern mit Ihnen über das sprechen, was sich vor einem Monat ereignet hat.»

«Okay», sagte Gisela tonlos.

Wenn sie jemals die Hoffnung gehegt hatte, ihr Vergewaltiger und Roberts Mörder würde gefasst, so war sie inzwischen erloschen.

«Ich will ehrlich zu Ihnen sein», sagte er, hielt sich die Hand vor den Mund, hustete heftig und musterte anschließend seinen Handteller. «Genau genommen bin ich kein Polizist mehr. Aber ich war Polizist. Ich habe den Dienst Ende letzten Jahres quittiert. Ich habe an dem Fall ... Ich habe Stina gefunden und nach Frida gesucht.»

Keine Nachnamen, als hätte er sie persönlich gekannt. Gisela verspürte den Impuls, zu fragen, ob dasselbe für sie galt, ob sie für ihn auch nur Gisela geworden war, ob er sich einbildete, dass sie beide, er und sie, einander kannten. Doch sie sagte nichts.

Jetzt erkannte sie ihn wieder. Es war nicht leicht, seit den Zeitungsbildern hatte er sich stark verändert.

«Einmal habe ich ihn fast geschnappt», sagte er bedrückt, als hätte er ihre Gedanken gelesen. «Aber ich habe es nicht geschafft. Im Wald ist er mir entkommen.»

«Wann war das?»

«Vor ein paar Jahren. Achtundachtzig.»

«Hätten Sie ihn gefasst, wäre Robert nicht tot.»

«Ja, so ist es.»

Gisela verstand nicht, warum er das sagte. Er stellte sich damit bloß, das musste ihm bewusst sein. Wollte er Abbitte leisten? Oder war er tatsächlich ehrlich zu ihr? Wenn, dann sicher nicht ohne Hintergedanken. Polizisten verfolgten immer einen Hintergedanken, das hatte sie gelernt. Sie fragte sich, welcher seiner sein mochte. Und wahrscheinlich war das der Grund, weshalb sie ihn nicht hinauswarf.

«Worüber wollen Sie sprechen?»

«Wie bitte, was?»

Wie beschämt hatte er den Kopf sinken lassen.

«Sie sagten, Sie wollten über das sprechen, was geschehen ist.»

«Richtig.» Er räusperte sich. «Ganz recht.» Er schlug sein Notizbuch auf. Seine Hand zitterte leicht. «Haben Sie Stina und Frida gekannt? Oder eine von beiden?»

Gisela schüttelte den Kopf.

«Ich wusste, was ihnen zugestoßen ist. Ich habe Wille gefunden, den kleinen Jungen, der das Auto im Wald gesehen hat. Und ich bin in den Suchtrupps mitgelaufen, die nach Frida gesucht haben, mehrmals. Ich wollte helfen.»

«War Robert auch dabei? Bei den Sucheinsätzen, meine ich.»

Sie schüttelte den Kopf.

«Nur beim ersten Mal, danach nicht mehr. Er konnte nicht, aus beruflichen Gründen. Er war viel unterwegs. Aber nein, gekannt habe ich sie nicht, das kann ich nicht behaupten.»

Sein Name. Alle fünf Minuten dachte sie an Robert, jede zehnte vielleicht, sie konnte es nicht lassen, ihn in jedem Gespräch, jeder Unterhaltung zu erwähnen. Aber immer nur als *er*. Seinen Namen sprach sie selten laut aus, und wenn, tat es weh. Wie konnte ein Name so viel Schmerz auslösen?

«Wir wollten eine Familie gründen», murmelte sie leise.

«Verzeihung?», erwiderte Sven. «Was haben Sie gesagt?»

«Nicht wichtig.»

«Ich würde gerne wissen, ob Sie ihn erkannt haben.»

«Wen?»

«Den Mann, der Sie überfallen hat.»

«Ach so.» Diese Frage war ihr unzählige Male gestellt worden. «Ich weiß es nicht. Am Anfang habe ich es geglaubt, aber heute ... Es ist schwierig. Meine Erinnerung ist ... sie ist zurückgekommen. Aber ich habe ihn nicht gesehen. Er trug eine Maske.»

«Wie sah die Maske aus?»

«Es war eine Gesichtsmaske, eine Haube ... so eine, wie sie Motorradfahrer tragen.»

«Eine Sturmhaube?»

«Ja, genau.» Gisela hatte die Bezeichnung schon einmal gehört, aber wieder vergessen. «Er hatte sie sich über das Gesicht gezogen.»

«Welche Farbe hatte sie?»

«Grün. Dunkelgrün, glaube ich.»

Die Fragen brachten Erinnerungen an die Oberfläche, aber das war in Ordnung, sie hatte sie im Griff. Sie hatte auf sie gewartet. Sie war bereit.

«Wie hat seine Stimme geklungen?»

«Wie meinen Sie das?»

«Verzeihung.» Sven notierte etwas in sein Büchlein, dann sah er Gisela an. «Hat seine Stimme hell oder dunkel geklungen? Glauben Sie, er kam aus der Gegend, oder hat er einen anderen Dialekt gesprochen?»

«Es war dieselbe Stimme wie auf dem Band. Ihre Kollegen haben es mir vorgespielt.»

«Sie meinen die Anrufe des Täters, die bei der Polizei eingegangen sind?»

Gisela nickte. Er schrieb etwas auf. In der Wohnung war es sehr still.

«Vor der Tat haben Sie anonyme Anrufe erhalten, ist das richtig? Von einem Anrufer, der wieder aufgelegt hat?»

«Ja, aber ich habe sie für gewöhnliche Scherzanrufe gehalten.»

«Sie hatten nicht den Mann im Verdacht, wie heißt er noch, mit dem Sie einmal eine Nacht verbracht haben?»

Seine Geradlinigkeit überraschte sie.

«Sie meinen Micke?»

«Ja.»

Gisela zögerte. Dann schüttelte sie den Kopf.

«Nein. Nein, Micke war es nicht.»

Sven nickte und hustete, heftiger als beim ersten Mal. Er schien nicht darauf gefasst zu sein. Der Husten attackierte ihn ohne Vorwarnung, eine Hand fest vor den Mund gepresst, nestelte er mit der anderen fieberhaft in seiner Hostentasche, zog einen Inhalator heraus und holte mehrmals tief Luft. Als er den Inhalator in die Tasche zurückschob, meinte Gisela, einen roten Streifen am Mundstück zu erkennen. Sie wollte etwas sagen, wusste aber nicht, was.

«Hat er etwas gesagt?», brachte Sven mit erstickter Stimme hervor. «Der Anrufer, meine ich.»

«Nein, nichts. Aber ich glaube ...» Gisela zögerte, verstummte wieder.

«Was glauben Sie?»

«Einmal habe ich gedacht, ich hätte jemanden draußen vor dem Haus gesehen. Das war ein paar Jahre früher. Aber es war niemand da. Ich dachte, ich hätte mich geirrt. Aber vielleicht habe ich das gar nicht.»

«War das 1988?»

Gut möglich. Wille, die Suche nach Frida, die Jahre in Risarp vor dem Überfall, Roberts Beerdigung – obwohl ihr diese Details überdeutlich vor Augen standen, verschwammen sie gleichzeitig miteinander.

Sven nickte. Er machte sich wieder Notizen. Gisela dachte an den Inhalator. Aus der anderen Hosentasche zog er jetzt ein Blatt Papier, zweifach geknickt. Er faltete es auseinander. Sie hatte die Phantomzeichnung erwartet, aber sie war es nicht. Sondern ein Foto.

«Könnte das der Mann sein, der Sie überfallen hat?», fragte Sven.

Gisela war verblüfft. Sie kannte den Mann, konnte aber nicht sagen, woher.

So lief der Moment des Wiedererkennens in Wirklichkeit ab, es war weder mehr noch weniger. Kein Schock, kein gleißend heller Augenblick, der sich unauslöschlich in ihr Bewusstsein einbrannte, nicht so, wie es in Filmen immer dargestellt wurde. Sie hatte den Mann ganz sicher schon einmal gesehen.

«Wohnt er in der Gegend? Er kommt mir bekannt vor. Ich bin ihm schon einmal begegnet, glaube ich.»

«Das glaube ich auch», sagte Sven langsam. Plötzlich brannte ein Feuer in seinen Augen, das vorher nicht da gewesen war. «Ist er es?»

Gisela zögerte, versuchte, sich an die Augen des Tiarp-Mörders zu erinnern. Das war das einzige Merkmal, das sie hatte. Die Augen und die Hände. Wie sie sich angefühlt hatten, als er sie aufs Bett gedrückt hatte, das Gewicht seines Körpers, und die panische Angst, die er in ihr ausgelöst hatte. Aber solche Dinge waren auf einem Foto natürlich nicht zu erkennen. Oder vielleicht doch. Sie musterte den Mann genauer.

Die Vorstellung von der eiskalten klaren Sekunde, in der

das Foto eines Mannes Schockwellen durch die Erinnerung schickt, sie zurückführt in das Schlafzimmer, wo sie ihn in den schrecklichsten Momenten gesehen hatte und die Qualen am größten gewesen waren, eine Verbindung zwischen damals und heute, die die Wahrheit abscheulich klar zutage treten lässt, ist genau das: eine Vorstellung. Was tatsächlich geschieht, wenn das Opfer seinem Peiniger in die Augen blickt, ist dies: eine schwache Erschütterung durchzuckte ihren Körper und ließ sie nach Luft schnappen. Sie erkannte die Augen.

«Ja.»

Da geschah etwas Unerwartetes.

Sven wirkte nicht erleichtert. Er wirkte bis ins Mark erschüttert.

61.

In jenem Frühjahr verhielt sich Sven Jörgensson irgendwie sonderbar. Das sagte so gut wie jeder, der ihm begegnete. Die erste Zeit nach seinem Renteneintritt hatte ihm zu schaffen gemacht, das war nicht zu übersehen, weiß Gott, man machte sich fast ernsthafte Sorgen um den Mann. Er wirkte so müde und vom Leben isoliert, wie er da zu Hause in Marbäck hockte. Ähnliche Beispiele kannte man zuhauf: Das, was am Ende eines Berufslebens übrig bleibt, ist häufig nicht sehr viel. Es war, als hätte ihm jemand das Leben aus dem Körper gesogen.

Andererseits schien er sich in den letzten Jahren bei der Arbeit nicht mehr besonders wohlgefühlt zu haben. War es mit ihm ihn in Wirklichkeit schon sehr viel länger bergab gegangen? Schwer zu sagen.

Die, die Sven begegneten, fanden, dass er ausgezehrter und abgemagerter aussah als früher, körperlich war er in erschreckend schlechter Verfassung. Er hustete viel. Es kam vor, dass Ortsfremde ihn in der Öffentlichkeit verängstigt anstarrten und ein paar Schritte vor ihm zurückwichen. Und er wirkte isoliert. Jeder, der mit ihm sprach, bekam zu hören, dass sich seine sozialen Kontakte, jetzt, wo er Ruheständler war, drastisch reduziert hatten.

Einer seiner wenigen Freunde, David Linder, hatte es zum Beispiel nicht mehr ertragen mitanzusehen, wie der Hof seiner Eltern in den schwierigen Zeiten zunehmend verfiel; er hatte die Landwirtschaft von heute auf morgen aufgegeben und war nach Sundsvall gezogen. Das war wohl nicht verwunderlich, aber es machte Sven einsamer.

Eines Morgens hatte er draußen im Garten gestanden, auf Socken, den Blick auf ein Bild gerichtet, das er in der Hand hielt, ein Foto vielleicht. Der Nachbar, der auf dem Weg zur Arbeit an ihm vorbeifuhr, hatte es nicht genauer erkennen können.

Vielleicht hätte man sich mehr um ihn kümmern müssen. Aber niemand tat es, denn ein wenig später, im selben Frühjahr, geschah etwas mit Svens Augen. Im April und Mai trat ein neuer Glanz in sie, sie glänzten nicht mehr aus Hunger oder Willensstärke, sondern aus Zuversicht. Sie strahlten Ruhe aus. Er wirkte fast friedlich.

Doch die Ursache, was diese Veränderung bewirkt hatte, wusste niemand zu benennen.

62.

Im Sommer jenes Jahres ereignete sich auf dem Kustvägen ein Unfall. Vidar und Markus machten gerade in der Nähe des Campingplatzes Vilshärad Pause und ließen sich jeder eine Wurst schmecken, als es in ihrem Funkgerät knackte. Sie waren keinen Kilometer von der Unfallstelle entfernt, und bei ihrem Eintreffen kaute Markus noch auf dem letzten Bissen.

Wer Augen im Kopf hatte und hinzusehen wagte, begriff sofort, dass die Lage bitterernst war. Der Pkw, ein Saab, war frontal mit einem entgegenkommenden Laster kollidiert, zusammengeknautscht worden wie ein Blatt Papier und in den Graben gerutscht. Der Lkw stand am Straßenrand wie ein waidwundes Tier.

Vidar und Markus stiegen aus dem Auto. Leute, die an der Unfallstelle angehalten hatten, kamen mit schreckgeweiteten Augen und schweißglänzender Stirn auf sie zu.

«Der Fahrer atmet, aber er ist nicht ansprechbar. Es riecht nach Benzin.»

Markus wischte sich den Mund ab und begann zu rennen. Vidar war ihm einen Schritt voraus. Die Sonne brannte im Nacken.

Der Fahrer des Saab saß eingeklemmt hinter dem Lenkrad. Bei der Kollision hatte sich das Armaturenbrett verschoben und keilte seine Beine ein. Der Mann war bewusstlos. Und überall war Blut, Unmengen von Blut, das sich in einer Lache auf der Fußmatte vor dem Fahrersitz sammelte. Sie betrachteten das entstellte Gesicht des Mannes. Es war von Glassplittern durchbohrt, trotzdem erkannten sie ihn, und für einen Moment kam alles um sie herum zum Stillstand.

«Um Gottes willen», keuchte Markus. «Das ist ... Sollen wir ...»

«Später», sagte Vidar.

Es waren noch keine weiteren Einsatzfahrzeuge vor Ort. Sie waren allein, als die erste Flamme emporschlug. Die Hitze war schneidend und bösartig. Als die Flamme Nahrung fand, breitete sich das Feuer entlang der Tür weiter aus.

«Scheiße!»

«Schnell», rief Vidar. «Wir müssen uns beeilen.»

Sie schritten zur Tat, Vidar von der Fahrerseite, Markus von der Beifahrerseite. Beißender Qualm lag in der Luft, und die im Wind lodernden Flammen versengten Vidars Oberarme. Markus stöhnte vor Anstrengung.

Das verformte Lenkrad bereitete ihm keine Schwierigkeiten, doch als Vidar am Armaturenbrett zerrte, knackte es nur störrisch. Die Flammen brachten die Kunststoffstreben an der Decke zum Schmelzen. Flüssiges Plastik tropfte zischend auf die Sitzbezüge, ihre Uniformen. Das Atmen fiel immer schwerer, der Rauch stach in den Lungen. Vidar hörte, wie Markus nach Luft rang.

«Jetzt», keuchte Vidar gepresst. «Fass mit an.»

«Aber du darfst ihn nicht loslassen, sonst schaffe ich es nicht.»

«Ich schaffe es auch nicht allein.»

Panik breitete sich in Vidars Kopf aus. Er stirbt, dachte er, er stirbt uns weg. In allerletzter Sekunde und mit einer Kraft, von der er nicht gewusst hatte, dass er sie besaß, gelang es Vidar, den Fahrer aus dem Auto zu ziehen. Der Mann sackte schlaff zu Boden. Die Wunden in seinem Gesicht bluteten stark, und seine Beine waren in einem grotesken Winkel verrenkt. Er atmete schwach. Vidar wollte den Mann untersuchen, aber es war schwierig, er wagte nicht, ihn zu sehr zu bewegen. Mit zwei Fingern ertastete er am Hals einen schwachen Puls. Sie wurden blutig. In diesem Moment fiel das Autowrack in sich zusammen, krachend und berstend unter der Hitze der Flammen.

«Gottverfluchte Scheiße.» Markus starrte einen Moment keuchend auf den Mann am Boden, dann hob er den Kopf, schirmte seine Augen mit der Hand ab und blickte den Kustvägen entlang. «Wo zum Teufel bleiben die?»

Vidar drehte den Kopf.

«Da kommen sie.»

Sie kamen aus der entgegengesetzten Richtung. Wie Perlen an einer Schnur tauchte eine Reihe Blaulichter in der Ferne auf. Rings um sie herum war der Verkehr zum Erliegen gekommen. Autos rollten langsam vorbei. Leute stiegen aus und gafften, die Hände vor den Mund geschlagen, Strandlatschen an den Füßen, Kühltaschen und bunte Badelaken in den Händen. Die Sonne stand hoch über ihnen. Es war ein heißer Freitag mitten in den Ferien, und der Himmel war von einem unwirklichen Blau. Daran sollte er sich später erinnern.

Evy Carlén traf mit dem dritten Einsatzwagen ein. Sie hatten die Straße abgeriegelt. Markus versuchte, mit dem Lkw-Fahrer zu sprechen, und die Rettungssanitäter kümmerten sich um den Mann im Gras. Sie hatten ihn aus der Reichweite des brennenden Autowracks bringen müssen.

Jetzt stieg sie aus. Sie schloss die Beifahrertür, fuhr sich mit der Hand durch die Haare, kontrollierte ihr Holster, dann trat sie ans Absperrband.

«Hallo», sagte Vidar. «Das ist jetzt nicht so gut.»

«Ich weiß. Ich habe es im Funk gehört. Wir waren gerade in Tylösand, also nicht weit weg. Wir wollten euch helfen, falls ihr Unterstützung gebraucht hättet.»

«Evy», sagte Markus, der zu ihnen kam. «Es tut uns leid, aber es ...» Er verstummte.

Vidar sah Evy an.

«Es ist Einar.»

«Einar? Welcher Einar? Mein Bruder?»

«Ja. Es tut mir leid, wir haben den Wagen überprüft. Es ist seiner.»

63.

Einar Johan Bengtsson war fast zwanzig Jahre jünger als seine große Schwester, ein Nachzügler, der aus Versehen gezeugt worden war. Kurz nach seiner Geburt erkrankte die Mutter an Leukämie und pendelte zwischen Klinikaufenthalten und Krankheitsphasen, die sie zu Hause verbrachte. Drei Jahre später starb sie.

Einar wuchs gemeinsam mit seiner älteren Schwester und seinem Vater auf. Er spielte zusammen mit Janne Andersson, der es später einmal bis zum Trainer der schwedischen Herren-Nationalmannschaft bringen sollte, in der F-Jugend des Alets IK, des örtlichen Fußballvereins. Es gibt Fotos von ihnen, auf denen sie vor einem Tor des Sportplatzes stehen, zwei Jungen, die Zukunft vor sich und jeder mit einem Fußball an den Füßen. Es existieren keine Angaben darüber, dass sie über ihre Kindertage hinaus in Kontakt geblieben wären. Ihre Lebenslinien haben sich auseinanderentwickelt.

Während Janne Andersson dem Fußball die Stange hielt, absolvierte Einar Bengtsson eine Ausbildung zum Schweißer. Der Betrieb Halmstad Montage & Schweißtechnik befand sich in Gamletull, ganz in der Nähe der Rex-Fabrik, wo Einar noch immer arbeitete, als sich der Unfall ereignete und seine und Vidars Wege sich kreuzten.

Inzwischen war seit dem Unfall auf dem Kustvägen ein Monat vergangen. Das Haus, in dem Evy, Ronnie und ihre Kinder wohnten, lag in Kärleken, einem hübschen und ruhigen Viertel Halmstads mit in warmen Farben gestrichenen Einfamilienhäusern. Evy umarmte Vidar und Markus, als sie kamen. In der Diele roch es nach Kaffee, und an der Wand hing ein gerahmtes Familienfoto der Carléns. Evy, Ronnie und die Kinder. Alle lachten in die Kamera.

Hinter dem Haus gab es eine Terrasse. Der Rollstuhl wirkte fehl und deplatziert, wie ein Fremdkörper in einem Bild, das ansonsten ungemein stimmig war: eine sorgfältig zurechtgestutzte Hecke, gemütliche Gartenmöbel, eine holzgetäfelte Terrasse, das Idyll im Kleinen. Vidar sah seinen Nacken, das kurze blonde Haar. Obwohl es auf der Terrasse warm war, saß Einar Bengtsson in eine Decke gehüllt.

«Wie geht es ihm?»

«Gut, würde ich sagen.» Evy stellte sich neben ihren Bruder und beugte sich zu ihm hinunter. Die Bewegung wirkte ungeübt und steif. «Einar, jetzt sind sie da.»

Verlegen traten Vidar und Markus auf die Terrasse hinaus und wandten sich an den reglosen Mann im Rollstuhl. Seine Augen waren wach und aufmerksam, doch im ersten Moment war Einar nicht wiederzuerkennen. Er sah leblos und ausgehöhlt aus, abgemagert und bleich, die Haut an seinem Hals und den Wangen war schlaff und faltig. Einar wirkte zwanzig Jahre älter, als er war, und für einen kurzen Moment durchfuhr Vidar der Gedanke, ob es nicht besser gewesen wäre, er hätte den Unfall nicht überlebt.

«Vidar und Markus haben dich nach dem Unfall aus dem Auto gerettet», fuhr Evy fort.

Vidar und Markus zogen sich jeder einen Stuhl heran und setzten sich. Sie rangen sich ein Lächeln ab und fragten Einar, wie es ihm ging. Ein leichter Wind wehte über die Terrasse. Einar blickte sie ausdruckslos an.

«Ihr wisst ja, das Sprechen bereitet ihm ein wenig Mühe. Und er ist noch immer ... Dein Gehirn ist noch immer leicht angeschwollen. Das beeinträchtigt deine Gemütsverfassung und dein Reaktionsvermögen. Aber ich weiß, dass du dich freust, dass Vidar und Markus gekommen sind.» Evy lächelte und berührte ihren Bruder durch die Decke sanft am Arm. «Ich hole uns mal Kaffee.»

Evy verschwand im Haus. Das Sprechen bereitete Einar ein wenig Mühe? Im Polizeirevier hieß es, Evys Bruder sei stumm wie ein Stein. Vidar rutschte unbehaglich auf seinem Stuhl hin und her, Markus starrte auf seine Hände. Die Geräusche der Wohnsiedlung waren von einer umfassenden Stille getilgt worden.

«Ja also», sagte Markus, hauptsächlich weil er den Wunsch verspürte, irgendetwas zu sagen. «Es ist sehr schön hier.»

Auch Vidar wandte sich an Einar. «Wirklich sehr schön. Ich kann verstehen, dass Sie gerne hier draußen sitzen. Hier braucht man bloß noch ein gutes Buch. Evy hat erzählt, dass Sie gerne lesen. Ich weiß nicht, ob Sie sich daran erinnern», fuhr er fort, «aber wir sind uns einmal begegnet. Auf verschiedenen Seiten des Fußballplatzes.»

Markus hob eine Augenbraue. Einar zeigte keine Reaktion.

Vidar hatte ihn einmal gesehen, in Breared. Einar hatte damals die Jungenmannschaft von Alet trainiert, und Linus Sjöö war als Held des Matches vom Spiel gegangen, nachdem er gegen alle Gesetze der Wahrscheinlichkeit den Siegtreffer für Breared erzielt hatte. Vidar gab die Geschichte zum Besten und brachte Markus damit zum Lachen.

Vidar erinnerte sich an einen blonden Mann, der seine Spieler nach der Niederlage aufgebaut hatte. Er hatte ihn für einen guten Trainer gehalten, einen Trainer, an den man später, wenn man älter wurde, voller Zuneigung zurückdachte.

Evy kehrte mit einem Tablett auf die Terrasse zurück. Darauf standen drei Tassen und ein Glas, in dem ein Strohhalm steckte. Sie meinte, sie drei könnten Kaffee trinken, Einar zöge Eistee vor. Sie hielt ihrem Bruder das Glas an den Mund, Einars Lippen fanden den Strohhalm, und sie sahen, wie der Flüssigkeitsspiegel im Glas ein paar Millimeter sank. Ein anderes Lebenszeichen war nicht auszumachen.

«Wie kommen Ronnie und die Kinder damit klar?», fragte Markus und nahm eine Tasse vom Tablett. «Ist es nicht eng im Haus?»

«Ja, natürlich ist es jetzt beengter. Und Einar stört der Lärm und die Unruhe. Wir versuchen, uns ein bisschen anzupassen. Heute Nachmittag ist Ronnie mit den Kindern in Tylösand. Aber wir kommen zurecht.» Evy stellte Einars Glas beiseite und legte ihm eine Hand auf die Schulter. «Bald wird in der Stadt ein Platz in einer Einrichtung für betreutes Wohnen für dich frei. Die Wohnungen sind sehr schön, nicht wahr, Einar? Wenn ihr Milch möchtet, bedient euch. Sie ist in dem Kännchen.»

Vidar und Markus gossen sich jeder einen Schuss Milch in ihren Kaffee und tranken einen Schluck.

«Schmeckt gut», sagte Vidar.

«Ja, sehr gut», pflichtete Markus bei.

Die Unterhaltung driftete zu dem einzigen Thema über, das sie gemeinsam hatten. Die Arbeit. Evy fragte, wie es diesem oder jenem Kollegen in der letzten Woche ergangen war, ob es etwas Neues im Misshandlungsfall in der Storgatan gab oder bei dem versuchten Raubüberfall auf das Restaurant in der Brogatan. Schließlich war sie gerade viel zu Hause und verpasste einiges.

«Wie geht es eigentlich deinem Vater?»

«Gut, denke ich. Besser als gut, sogar. Als sie Christer Pettersson freigelassen haben, ist er aufgesprungen und hat den Fernseher angebrüllt. Das ist ein gutes Zeichen, glaube ich.»

«Ja», stimmte Evy ihm zu. «In Svens Fall ist es das wohl. Die Sache mit Palme hat ihn stark getroffen, also, dass sie den Kerl nicht geschnappt haben. Damit kam er nicht zurecht.»

«Ich dachte immer, er konnte Palme nicht leiden.»

«Nein», sagte Evy. «Das konnte er auch nicht. Aber gerade deshalb ist es ihm so nahegegangen. Ja, ja. Grüß ihn von mir. Wie gesagt, Einar hat ein bisschen Schwierigkeiten damit, zu kommunizieren. Aber er und ich, wir beide, möchten, dass ihr wisst, wie sehr wir euren Besuch zu schätzen wissen.»

Vidar betrachtete den reglosen Mann im Rollstuhl. Es gab so viele Fragen, die er ihm gerne zum Unfall gestellt hätte, was passiert war und was er davor gemacht hatte. Aber das war nicht mehr möglich. Er kramte nach einem medizinischen Fachbegriff, den er in der Ausbildung gelernt hatte, er bezeichnete einen physischen Zustand. War es katatonisch? Eine Starre im ganzen Körper, eine völlige Reglosigkeit.

Als sie kurz darauf aufbrachen, lag ein seltsamer Ausdruck auf Markus' ansonsten so offenem und empathischem Gesicht.

«Wenn ich ehrlich bin, weiß ich nicht, warum wir hergekommen sind. Die ganze Situation war unbehaglich. Scheiße, manchmal redet sie mit ihm wie mit einem Kind, dann wieder nicht.»

Markus' Stimme war voller Abscheu.

«Ich glaube, sie weiß noch nicht, wie sie mit der Situation umgehen soll», sagte Vidar. «Ist ja auch kein Wunder.»

«Wenn ich mir vorstelle, dass ich eines Tages so enden könnte, gruselig», fuhr Markus fort, als hätte er Vidars Einwand überhört. «Wenn ich einen Schlaganfall oder weiß der Teufel was kriege und danach nur noch in der Lage bin, dazusitzen und an einem Strohhalm zu saugen, dann erschieß mich.»

Einar war der erste Mensch, dem Markus und er das Leben gerettet hatten. Vielleicht wäre es besser gewesen, sie hätten es nicht getan. Gab es ein schlimmeres Schicksal als den Tod? Vidar dachte an Evys Hand, wie sanft und liebevoll sie sie auf den Arm ihres Bruders gelegt hatte.

«Ich glaube, auch dann lebt man lieber», sagte er.

64.

Eines Abends klingelte das Telefon. Als Vidar sich meldete, hörte er die Stimme seines Vaters, der fragte, wie es ihm ging.

«Gut», sagte er. «Mir geht's gut.»

«Ich habe von dem Unfall gehört. Auf dem Kustvägen. Ich erinnere mich noch an meinen ersten Überlebenden. Damals war ich Polizeianwärter, im Sommer achtundfünfzig. Ich war erst gut einen Monat dabei. Es war ein schöner Junimorgen. Die Apfelbäume blühten, die Scheunen leuchteten rot auf den Wiesen, und die Vögel zwitscherten. Es war ein junger Mann, nicht älter als dreißig. Er hing an einer Schlinge von einem Baum. Mein Kollege Börje und ich sind zu ihm hingerannt, und ich weiß noch, dass ich dachte, nein, nein, lieber Gott, er darf nicht sterben. Und weißt du, was? Er lebte. Als wir ihn vom Ast geschnitten hatten, starrte er mir geradewegs ins Gesicht und zischte *Verpiss dich, Arschloch, lass mich sterben*.»

Zwischen ihnen wurde es still. Vidar versuchte, sich daran zu erinnern, wann sein Vater zuletzt eine derart lange Geschichte erzählt hatte. In der letzten Zeit hatte in ihm eine Veränderung stattgefunden. Im Lauf des Frühjahrs und Sommers war eine neue Offenheit in seine Stimme getreten, wenn sie miteinander redeten. Und er hörte ihm zu, wartete nicht nur darauf, selbst zu Wort zu kommen oder den Hörer aufzulegen.

«Wenn man so etwas erlebt, kann sich das in einem festsetzen», fuhr er jetzt fort. «Man kann ... Es ist schwer, damit abzuschließen. Man sucht nach einer Antwort, mehr noch als bei einem Toten.»

Vidar ließ sich auf einen Küchenstuhl sinken. Sein Vater hatte etwas in Worte gefasst, das ihm auf der Seele lag: ein diffuses Gefühl von Schäbigkeit.

«Ja, warum ist das so?», fragte er.

«Ich weiß es nicht. Aber es ist so. Ich weiß noch, dass ich an diesem Junimorgen dachte, warum muss ausgerechnet ich in dieses, ja, in dieses *Kreuzfeuer* aus Dreck geraten, das mich in die Pflicht nimmt, einem Menschen mitten im Sommer das Leben zu retten? Man bekommt selten eine Antwort, und man lernt, damit zu leben. Aber beim ersten Mal ist es so gut wie unvermeidlich. Also ... Ich weiß nicht, wie du dich gerade fühlst, aber ich denke, ich kann es nachvollziehen. Das wollte ich dir nur sagen.»

Es klang, als hätte sein Vater vor, das Gespräch zu beenden.

«Okay. Ja. Danke, ich hoffe, dass es vorbeigeht. Wie geht es dir?», sagte Vidar.

«Bestens, das tut es wirklich. Aber wie steht es mit Evy?»

«Nicht so gut, glaube ich, doch sie kommt klar. Markus und ich haben sie letzte Woche zu Hause besucht. Sie und Einar, er wohnt zurzeit bei ihr.»

«Wir telefonieren ab und zu miteinander. Meistens ruft sie an.» Sein Vater gluckste vergnügt. «Es ist ziemlich angenehm, seine Ruhe zu haben. Aber sie hat vor ein paar Tagen angerufen und mir von dem Unfall erzählt und gemeint, er sei schlimm ausgegangen. Sie klang ein wenig bedrückt, aber vielleicht habe ich mir das nur eingebildet.»

«Hat sie dir mehr darüber erzählt? Über den Unfall und Einar, meine ich?»

«Nein.» Vidar hörte, wie sein Vater in seine Holzpantoffeln schlüpfte, auf die Veranda trat und sich in einen Sessel setzte. «Nicht direkt», fuhr er mit einer Zigarette zwischen den Lippen fort, ein Feuerzeug klickte. «Sie meinte nur, dass der Unfall schlimm gewesen ist und du Einar das Leben gerettet hast.»

«Markus und ich. Wir waren zu zweit.»

«Ja, da hast du recht.»

Sein Vater nahm einen Zug und hustete heiser.

«Wie geht es dir?», startete Vidar einen neuen Versuch.

«Ich kann nicht klagen. Diese Woche geht's dem Schimmel im Badezimmer an den Kragen. Eine Scheißarbeit.»

Vidar wartete. Sein Vater rauchte. Kein Husten.

«Hast du Einar mal getroffen?», fragte Vidar.

«Nein, ich glaube nicht.»

«Er hat Alet trainiert. Wir hatten mal ein Heimspiel gegen sie.»

«Ja», sagte sein Vater nachdenklich. «Ich kann mich daran erinnern, aber nur schwach. Ich habe es wohl nicht gesehen?»

«Nein, du hast gearbeitet.»

In Vidars Stimme schwang kein Vorwurf mit. Nicht mehr.

«Wie ist es dem Lkw-Fahrer ergangen?», fragte sein Vater.

«Er ist unverletzt, jedenfalls physisch. Wie es mit seiner Psyche aussieht, kann ich nicht sagen. Er geht mir auch nicht mehr aus dem Kopf. Er war ja unmittelbar beteiligt.»

Der Mann hieß Leif Brännström, Jahrgang 1939, und arbeitete seit zweiunddreißig Jahren als Lkw-Fahrer. Sein Führungszeugnis war blütenweiß. Keine Einträge, keine schlechten Angewohnheiten, keine Vorstrafen oder sonstige Auffälligkeiten. Vidar hatte mit Brännströms Arbeitgeber gesprochen und erfahren, dass er unterwegs gewesen war, um eine Fuhre Steine aus der Kiesgrube zu holen, die für eine Baustelle in Tylösand bestimmt gewesen war.

«Woran denkst du?», fragte sein Vater.

Vidar blickte aus dem Küchenfenster auf den Spätsommerabend, der in ein warmes, orangefarbenes Licht getaucht war, dasselbe Licht, das sein Vater auf der anderen Seite des Dorfs von der Veranda aus sah.

«Ich frage mich, wie es zu dem Unfall gekommen ist, nicht, warum ausgerechnet ich es war, der ... Warum ist der Unfall *überhaupt* passiert? Brännström scheint keine Schuld zu treffen. Einar Bengtsson auch nicht. Mit seinem Auto war alles in Ordnung. Zeugenaussagen zufolge hat er, kurz bevor er auf die Gegenfahrbahn geraten ist, die Kontrolle über den Wagen verloren. Aber ich habe keine Ahnung, warum er die Kontrolle verloren hat, was er in den Sekunden davor gemacht hat, wohin er unterwegs war, wie er sich gefühlt hat. All das weiß niemand, und Einar können wir nicht fragen.»

«Die Antworten kennt nur er allein, Vidar. So ist es mit vielen Dingen im Leben. Manche Puzzleteile fügen sich nicht ein. Das muss man hinnehmen. Genau wie Snapparp», fügte er etwas leiser hinzu. «Manchmal wird man dazu gezwungen, Dinge zu sehen, die man nie vergisst.»

Sie hatten nie über Snapparp gesprochen, weder über die Leiche noch über den VW-Transporter noch den öden Rastplatz mit den Kindern, die ihnen die ganze Zeit zugesehen hatten. Vidar hatte immer darauf gewartet, dass sein Vater ihn danach fragte, doch das hatte er nicht.

«Ich habe deinen Namen in den Unterlagen gesehen», sagte er. «Als ich meinen Bericht abgeheftet habe.»

«Ja, an irgendeiner Stelle werde ich da wohl auftauchen.»

«An ziemlich vielen Stellen.»

Sein Vater seufzte.

«Das kann ich mir vorstellen. Leider ist es mir nicht gelungen, den Fall aufzuklären. Hast du etwas darüber gehört? Gibt es neue Hinweise? Hat dieses Phantombild irgendwas bewirkt?»

«Ich weiß, dass sie Micke Håkansson unter die Lupe genommen haben. Aber er hat ein Alibi. Sowohl für Stina Franzén als auch das Ehepaar Mellberg. Außerdem hat er Schuhgröße einundvierzig.»

«Nein, nein, Håkansson war es auf gar keinen Fall.» Sein Vater klang irritiert. «Das sieht doch jeder Depp. Aber sie haben noch keinen neuen Verdächtigen, oder?»

«Wer sollte das sein?»

«Keine Ahnung. Ich dachte nur an das Phantombild.»

«Bestimmt seltsam für dich, es zu sehen», meinte Vidar. «Nach so vielen Jahren. Auch wenn es nur ein Bild ist.»

«Ja, natürlich.» Sein Vater schwieg lange. «Ein bisschen vertrackt ist es schon. Wie mit dem Phantombild des Palme-Mörders in Stockholm. Es könnte jeder x-beliebige Kerl von der Straße sein, und doch wieder nicht. Momentan haben sie also niemanden in Verdacht?»

«Nicht, dass ich wüsste. Aber der Fall fällt nicht in unser Ressort, er liegt ein paar Etagen weiter oben.»

«Ich weiß. Ich dachte nur ...» Sein Vater verstummte. Vidar hörte die rasselnden Atemzüge. «Kommst du am Wochenende vorbei?»

«Ja. Ich bringe Kuchen mit. Aber du, wie geht es dir?»

«Mein Gott, bist du hartnäckig.»

«Du sagst nur, es geht dir gut. Aber was bedeutet das?»

«Ich hatte ein paar Probleme damit, das Berufsleben an den Nagel zu hängen. Aber inzwischen habe ich meinen Frieden damit geschlossen. Ich habe meine Aufgabe erfüllt.»

Vidar horchte auf einen Unterton in der Stimme seines Vaters, konnte jedoch keinen entdecken.

«Das ist gut», sagte er. «Ich glaube, das habe ich dir in den letzten Wochen auch angesehen»

«Du wirst es schaffen, Vidar», sagte sein Vater, als spüre er Vidars Zweifel. «Es wird alles gutgehen. Du bist mein Junge. Du wirst diesen Job besser machen als ich.»

Und wäre Vidar aufmerksamer gewesen, hätte er womöglich den dunklen Beiklang aus den Worten seines Vaters herausgehört, die eigentliche Bedeutung seiner Worte, als er den Tiarp-Mörder zur Sprache brachte und sagte, er habe seine Aufgabe erfüllt. Dann hätte Vidar vielleicht verstanden, dass zwischen den Worten seines Vaters eine Geschichte verborgen lag, über Schuld und Leid und Wut, über einen Verlust, den man nicht verstehen konnte, wenn man ihn nicht selbst erlitten hatte. Dass er sich ausgesöhnt hatte, diese Aussöhnung jedoch einen Preis gefordert hatte, den er sich nie hatte ausmalen können.

Aber Vidar war von den Worten seines Vaters viel zu sehr berührt, um etwas anderes als Erleichterung zu spüren, und, zum ersten Mal seit dem Unfall, Hoffnung.

«Danke, Papa», sagte er.

65.

Eines Morgens im November geschah es.

Im Verlauf der Nacht gelangte Sven an den Waldrand. Die Luft der Dämmerung war federleicht, Insekten summten behaglich in der Nähe, und auf der anderen Seite zeichneten sich die Baumwipfel schön und scharf gegen den Himmel ab. Er streckte eine Hand nach dem Feld aus, das wartend vor ihm lag, und strich über die hohen Halme. Sie waren weich und dick wie die Mähne eines Pferdes.

Sven blickte an seinem Körper hinunter und fand ihn verändert. Die Nacht hatte ihn gleichzeitig älter und jünger gemacht. Er hatte die Glieder und den Körper eines Knaben. Und er trug seinen guten Anzug, wie früher, wenn Bibbi und er sonntags zur Kirche gegangen waren.

Apropos. Er blickte sich um. Nein, er war allein. Ihre Stunde war noch nicht gekommen. Er war froh, dass dem Jungen wenigstens seine Mutter erhalten blieb. Ihre Aufgabe war noch nicht erfüllt. Die seine hingegen schon, und eine Woge der Erleichterung durchflutete ihn. Ein jegliches hat seine Zeit. So sagte man. Aber wie lange man aushalten musste, ehe man sein Leben als vollendet betrachten durfte! Wie vielen Menschen man Kummer zufügen, wie viel Leid man selbst durchstehen musste.

Wenn er darüber nachdachte, war es unbegreiflich, dass er die Kraft dazu aufgebracht hatte. Aber das hatte er.

Eine sanfte Brise ließ die Blätter in den Bäumen rascheln, strich durch die Halme des Felds, erreichte sein Haar und seinen Nacken.

Er trug etwas auf dem Kopf. Als er die Hand hob und darüberfuhr, behutsam, als taste er nach einer Verletzung, stockte er. Er nahm die Kopfbedeckung ab und sah mit Staunen, was er da in der Hand hielt.

Sein Schiffchen.

Sven betrachtete es einen Moment, dann setzte er es wieder auf, und als er es tat, dachte er an die Menschen, die vor ihm hier gestanden hatten, an seine Mutter, seinen

Vater, an seine Großmutter und seinen Großvater, an seine Tanten Eva und Britt, an seinen Onkel Egon, sogar an Aron dachte er, obwohl er ihn nur aus Erzählungen kannte. Er konnte ihre Gesichter vor sich sehen, alle miteinander, und er wusste, dass sie im Wald jenseits des Feldes auf ihn warteten, er sehnte sich danach, sie wiederzusehen, spürte die Sehnsucht auf seiner Haut, die sich bei dem Gedanken an sie kräuselte.

Auf der anderen Seite des Feldes löste sich etwas aus dem fahlen Licht der Morgendämmerung. Sven kontrollierte ein letztes Mal den Sitz seines Schiffchens und räusperte sich.

Die Andacht des Moments ließ ihn die Schultern straffen.

Ja, dachte er und lächelte der Gestalt, die ruhig und bedächtig über das Feld auf ihn zuschritt, leise entgegen. *Da.* Da bist du. Endlich kommst du.

2019

66.

Früher hieß es Flugplatz, Flugplatz Halmstad. So sagte man. Seitdem hatte die Zeit das getan, was sie gemeinhin mit Orten und Menschen zu tun pflegt, und heute lautete die offizielle Bezeichnung Halmstad City Airport.

Aber man sagte nach wie vor *Flugplatz*.

Er lag in einem großen, weitläufigen Gebiet in der Nähe der alten Küstenstraße. Wenn die Flugzeuge Richtung Stockholm starteten und der Wind günstig stand, nahmen die Piloten die Route über die Bucht, ehe sie nordwärts flogen, und gaben den Passagieren Gelegenheit, die kleine Stadt am Meer in all ihrer grünen Pracht von oben zu betrachten. Nur aus der Luft fiel auf, dass der Flugplatz tief ins Vapnödalen eingebettet lag, in direkter Nachbarschaft des mächtigen Nyårsåsen.

Vidar war einmal Polizist gewesen, das stimmte, aber nach dem Sturmtief Gudrun hatte er dem Polizeiberuf den Rücken gekehrt. Es hatte mit der Suche nach Lovisa Markströms Mörder zu tun gehabt. Eine grauenvolle Geschichte. Lovisa Markström war in einer Nacht im November 1994 in ihrem Haus in Marbäck ermordet worden, das Haus war anschließend abgebrannt. Rasch hatte man ihren Freund dingfest gemacht, und damit galt der Fall zehn Jahre lang als geklärt und abgeschlossen, bis Vidar im Herbst 2004 auf Unstimmigkeiten in den Ermittlungen gestoßen war.

Er hatte sein Möglichstes getan, die Dinge richtigzustellen, aber er war gescheitert und hatte den Polizeidienst daraufhin im Januar 2005 quittiert. Erst im Sommer 2017 war die wahre Lösung ans Licht gekommen. Zu diesem Zeitpunkt hatte Vidar als Teil der Bodencrew am Flughafen gearbeitet.

Und das tat er zwei Jahre später noch immer. Morgen für Morgen fuhr er zum Flugplatz. Manchmal, nachmittags und abends, wenn die Sonne tief am Himmel stand, warf der Nyårsåsen seinen mächtigen Schatten über das Gelände.

Was ihm widerfuhr, begann auf dem Dachboden.

Es war erst Ende Januar, und der Winter schien noch ewig anzudauern. Matschiger Schnee fiel auf Marbäck und Tofta herab. Wintervögel zogen in Schwärmen am Himmel entlang. Ungeduldig, als warteten sie auf den Frühling.

Seine Tochter Amadia zog von zu Hause aus. Es war ein seltsames Gefühl. Hatte er nicht eben erst einen Sandkasten für sie gebaut, ihr das Fahrradfahren beigebracht? Und dass sie sich mit Hanna, Elena und Yasha in ihrem Zimmer eingeschlossen und die Stereoanlage auf volle Lautstärke aufgedreht hatte und mit ihrem ersten Freund, Juha von der Östergårdsskolan, nach Hause gekommen war, lag doch auch nicht lange zurück? Nur einen Monat später hatte er als Aufsichtsperson neben ihr im Auto gesessen, als sie ihren Führerschein machte, und jetzt sollte sie nicht einmal mehr zu Hause wohnen?

Vidar hievte einen Umzugskarton auf die Sackkarre, die im Wohnzimmer stand, einen zweiten und einen dritten, dann war sie so schwer, dass er sie kaum vom Fleck bekam.

«Was hast du dadrin? Steine? Geklaute Goldbarren?»

Amadia verdrehte die Augen.

«Bücher, Papa. Bücher und Ordner.»

«Du solltest weniger lesen», murmelte er und rollte die Sackkarre unter größter Kraftanstrengung durch die Diele, die Verandastufen hinunter und weiter in die Einfahrt, wo der Umzugswagen wartete.

Als er ins Haus zurückkehrte, empfing ihn seine neunzehnjährige Tochter mit einem schwer zu deutenden Gesichtsausdruck.

«Papa», sagte sie.

Vidar fuhr sich mit dem Handrücken über die Stirn und stellte die Sackkarre ab.

«Ja?»

«Ich bin doch nicht aus der Welt. Ich ziehe bloß nach Nyhem.»

«Das weiß ich doch.»

Er gab sich unberührt. Als Vater war das seine Pflicht. Amadia lächelte und streichelte seinen Arm.

«Okay, Papa.»

«Warum kann Papa seine Gefühle nicht ausdrücken?», hörte er sie später am Tag zu ihrer Mutter sagen. «Warum kann er nicht zugeben, wie er sich fühlt?»

«Ich weiß es nicht, mein Schatz. Aber so ist er eben. So war er schon immer. Männer sind so.»

«Nicht alle.»

«Aber die meisten. Und dein Vater ist genauso wie die meisten.»

67.

An diesem Abend hockte er im Wohnzimmer auf dem Fußboden, in einem Haus, das viel zu groß und viel zu still geworden war, blätterte in alten Fotoalben und betrachtete Bilder ihres Familienlebens. Amadia war ein Einzelkind geblieben, genau wie er.

Er hatte eines der ältesten Alben aufgeschlagen, sah sich selbst als Kind, seinen Vater, seine Mutter. Die Fotos klebten auf steifen Kartonseiten.

Patricia setzte sich zu ihm auf den Fußboden. Ihre Knie knackten, als sie die Beine anwinkelte.

«Was ist los?», fragte sie.

«Glaubst du, Amadia hat sich einsam gefühlt?»

Patricia strich ihm nachdenklich über die Schulter.

«Manchmal.» Ihre Lippen berührten sein Haar. «Aber das tun alle Kinder.»

«Ich möchte einfach nicht, dass sie sich einsam gefühlt hat.»

«Sie hat sich hier zu Hause mit uns wohlgefühlt, Vidar. Und sie wird sich in der Smedjegatan weiter wohlfühlen.»

Vidar betrachtete ein Foto, auf dem er mit seinem Vater zu sehen war. Sven hielt einen entladenen Schlachtschussapparat in der Hand. Im Hintergrund, auf dem großen Grundstück hinter dem Haus, lag eine tote Kuh. Die Wipfel der Tannen ragten in einen blassen Himmel empor, sie wirkten fast schwarz. Seine Mutter hatte das Foto geknipst. Er war damals zehn oder elf, und die Kuh war krank gewesen. Plötzlich fiel es ihm wieder ein, der laute Knall des Schlachtschussapparats, die Krähen, die danach aufgeflogen waren.

Sie blätterten weiter in den Alben, entdeckten Fotos vom Ende der neunziger Jahre. Das war eine ruhige Zeit gewesen. Er hatte als Polizist gearbeitet, hatte den Menschen gefunden, mit dem er den Rest seines Lebens verbringen wollte, und sie hatten Amadia erwartet. Alles war in trockenen Tüchern gewesen, der Weg festgelegt.

Vidar schlug die nächste Seite auf.

«Ist das Markus neben dir?», fragte Patricia.

Er nickte.

«Ich erinnere mich daran.» Vidar nahm das Foto aus dem Album. «Keine Ahnung, wie das Foto dahin gekommen ist. Es ist keine schöne Erinnerung.»

«Warum nicht?»

Ein Kollege hatte das Foto geschossen, an einem kalten Frühlingswintertag 1991, kurz nachdem Markus und er aus Snapparp zurückgekommen waren. Die Erinnerung erfüllte ihn mit Unbehagen. Sie blätterten weiter. Die restlichen Fotos waren unbeschwerter, Aufnahmen schöner Momente. Patricia und er lachten über die Frisuren und die Klamotten, die sie damals getragen hatten, darüber, wie jung sie aussahen. Vidar in Uniform, anlässlich der Verabschiedung seines Chefs Reidar Björkman in den Ruhestand, Vidar nach seinem ersten Tag beim Einbruchsdezernat.

«Vermisst du es?», fragte Patricia.

«Nicht wirklich», antwortete er.

Jetzt ist unsere Zeit. Das hatten sie einander versprochen.

Sie fuhren ins Wirtshaus Tallhöjden im Simlångsdalen. Vidar bestellte Leichtbier, damit Patricia Wein trinken konnte, und die Abendsonne versank zwischen den Bäumen, auf dieselbe Art, wie sie es in seiner Kindheit getan hatte, und als sie sich ein letztes Mal zuprosteten, sich lächelnd in die Augen sahen und der letzte Schluck schäumendes Leichtbier seine Kehle hinunterrann, sich auf Hering, Lachs und Sorbet in seinem Magen legte, redete er sich sein, sich rundum wohlzufühlen. Mehr konnte man sich vom Leben nicht wünschen, und er fühlte sich vom Glück begünstigt.

Eines Abends, als ihn die Stille im Haus keinen Schlaf finden ließ, beschloss er, ein paar Umzugskartons auf den Dachboden zurückzubringen. Sie hatten einige Kartons nach unten geräumt, um an andere Kisten zu kommen, die Amadia mit in ihre neue Wohnung nehmen wollte, und diese Kartons stapelten sich noch an den Wänden im Erdgeschoss.

Die alten Stufen knarzten, als Vidar mit der Taschenlampe in der Hand die Treppe zum Dachboden hinaufstieg. Er knipste die schummrige Deckenlampe an und betrachtete ihr erstes Sofa, ein Ungetüm von Fernsehapparat und ein paar Gegenstände, die Amadia bei ihrem Umzug zurückgelassen hatte.

Vidar schlängelte sich an Kartons mit Kinderkleidung, einem Gitterbettchen und einem Dreirad vorbei. Er fühlte einen Stich in der Brust. Er hatte es nicht fertiggebracht, sie wegzuwerfen. Nachdem er genügend Platz für die besagten Kartons freigeräumt hatte, ging er wieder nach unten und schleppte einen Karton nach dem andern nach oben. Sie waren verteufelt schwer. Der ganze Kram würde wohl hier oben eingemottet bleiben, bis Amadia eines Tages danach fragte. Vidars Blick verweilte auf dem Gitterbettchen. Ja, früher oder später, vielleicht ...

Als er fertig war, ließ er den Strahl der Taschenlampe durch den Bodenraum wandern. Ganz hinten stand ein klobiger, alter Schrank. Wie hatten sie das Ding auf den Dachboden bekommen? Hatten sie den Schrank auseinandergebaut, bevor sie ihn hochgetragen hatten? Vermutlich. Vidar zog die Türen auf und leuchtete mit der Taschenlampe hinein. Im Schrank stand ein Stapel Kartons. Verdammt. Hatten sie die vergessen? Vielleicht gehörten sie Amadia.

Ein Karton, der oberste, unbeschriftet und schwer, war verblichener als die anderen. Vidar konnte sich nicht daran erinnern, ihn schon einmal gesehen zu haben. Keuchend hievte er ihn herunter.

Er strich über den staubigen Deckel, seine Hand hinterließ eine helle Spur. Als er den Deckel öffnete, stieg ihm alter Zigarettengeruch in die Nase.

Manchmal war es, als ginge ein Riss durch die Zeit.

Papa.

68.

Der Lichtkegel der Taschenlampe wanderte über Aktenordner, Ablagemappen, einen Stapel Schnellhefter, eine Handvoll Kassettenbänder, Tonbandspulen und Müll: eingetrocknete Filzstifte, leere Briefumschläge, Briefmarken, die nie benutzt worden waren, eine zusammengeknüllte schwarze Plastiktüte.

In den Ablagemappen und Schnellheftern befanden sich handschriftliche Notizen, Umgebungsskizzen von Tiarp, Dokumente, Polizeiberichte, Protokolle, sogar Mitschriften interner Besprechungen.

In einem Ordner steckte etwas, das Vidar gut kannte: das

schwarze Notizbuch seines Vaters. Er hatte stets das gleiche Buch derselben Marke gekauft. Immer waren es schwarze Lederbüchlein mit weichem Einband gewesen, die es in der Buchhandlung in der Brogatan gab. Vidar fragte sich, wie viele Sven davon im Lauf der Jahre vollgeschrieben haben mochte. Es mussten Hunderte sein.

Ein einziges hatte er aufbewahrt. Vidar nahm es vorsichtig in die Hand, strich über den Einband und schlug aufs Geratewohl eine Seite auf. Es war die Handschrift seines Vaters.

Frühlingswinter 1986. *Wir suchen das Gelände rund um Tiarp ab. Habe mit V einen Abguss gemacht*, hatte er notiert. *Bislang Fehlanzeige. Der Boden ist zu stark gefroren.*

V. Das war er. Es war seltsam, durch die Zeit hindurch einen Blick auf sich selbst zu erhaschen. Vidar verspürte den plötzlichen Impuls, das Notizbuch aus der Hand zu legen. Es war zu intim, als dränge er unbefugt in eine geheime Welt ein, zu der sein Vater niemandem Zutritt gewährt hatte.

Auf einmal sah er Svens Rücken vor sich, wie er zu Hause in seinem Arbeitszimmer stand, sich über einen geöffneten Karton beugte, angestrengt atmete, und Arbeitsmaterialien hineinpackte. Eine Schlussbilanz. So hatte er es genannt. Das musste einundneunzig gewesen sein, zu Beginn des Jahres. Vidar erinnerte sich, wie sein Vater auf der Veranda gesessen hatte, mit einer Schachtel Zigaretten und einem Stapel Unterlagen vor sich auf dem Tisch. Eine Bierflasche, aus der er hin und wieder einen Schluck trank, verhinderte, dass die Unterlagen im Abendwind davonflogen. Damals war er schwerkrank gewesen und hustete ganz fürchterlich. Trotzdem saß er bis spät in die Nacht draußen auf der Veranda und las, ein Dokument nach dem anderen, als enthielte eines von ihnen des Rätsels Lösung und müsse akribisch studiert werden, ehe er es zur Seite legen konnte.

Er hatte seine Dienstwaffe behalten dürfen. Eine Geste seiner direkten Vorgesetzten, die auf diese Weise ihre Wertschätzung zum Ausdruck hatten bringen wollen. Einen privaten Waffenschein besaß er bereits. Sie hatten die Waffe behördlich abgemeldet, sie aber nicht wie üblich eingezogen, sondern sie seinem Vater am letzten Arbeitstag im Rahmen einer kleinen Abschiedszeremonie feierlich überreicht. Vidar erinnerte sich, dass Sven die Schachtel nur äußerst widerwillig entgegengenommen hatte. Er hatte sie nicht einmal geöffnet und vorgehabt, sie bei erstbester Gelegenheit zu entsorgen. Ein geeigneter Moment hatte sich jedoch nicht ergeben, und am Ende war die Waffe zusammen mit seinem Dienstausweis und dem Schiffchen in den Keller gewandert.

Vidar blieb auf dem Dachboden sitzen, bis die Batterien der Taschenlampe schwach wurden und das Licht zu flackern begann. Papas alten Dienstausweis hatte er gefunden, aber wo war die Waffe? Dann erinnerte er sich. Sie hatten sie nach seinem Tod abgegeben.

Und das Schiffchen? Das müsste doch eigentlich auch in dem Karton sein. Vidar kramte abermals durch den Inhalt, fand es aber nicht.

Die Rückansicht seines Vaters, seine angestrengten Atemzüge und der muffige Geruch im Karton, alte Dokumente und Zigarettenrauch. Die Trauer packte Vidar wie eine kalte und zeitlose Hand. Wie konnte etwas, das so lange zurücklag, fast dreißig Jahre, so gegenwärtig sein?

69.

Vidar tat, was zu tun war. Er fuhr zur Arbeit, kaufte auf dem Heimweg ein, saugte nach dem Auszug seiner Tochter das Haus, saugte bei der Gelegenheit das Auto gleich mit, das musste schließlich auch von Zeit zu Zeit getan werden, und duschte die großen Topfpflanzen in der Badewanne ab. Er kaufte Streusalz und verteilte es in der Einfahrt, damit niemand stürzte, und als Patricia nach Hause kam, kochten sie Abendessen. Später rief Amadia an und fragte, ob sie noch auf einen Sprung vorbeikommen wollten. Also setzten sie sich ins Auto und fuhren durch die vereiste Winterlandschaft in die Smedjegatan.

Er wartete, als fiele ihm die Entscheidung in den Schoß, wenn er nur ein wenig Zeit verstreichen ließ.

70.

«Markus hier», meldete sich Markus Danielsson am anderen Ende der Leitung.

«Hallo», sagte Vidar. «Ich bin's. Hast du einen Kaffee für mich da?»

«Die Kanne ist grade leer. Soll ich frischen kochen?»

«Ja.»

Hat man einmal tausend Stunden zusammen im Streifenwagen verbracht, braucht es selten mehr Worte. Vidar packte den Karton ins Auto und fuhr nach Laholm.

Vidar hatte den Dienst quittiert, Markus hatte weitergemacht. Inzwischen arbeitete er bei der Kriminalpolizei, als Inspektor in leitender Funktion. Die Falten um seine Augen waren zahlreicher geworden, die Furchen zwischen Nase und Mund tiefer. Sein Gesicht war fülliger, sein Leibesumfang ebenso.

Sie umarmten einander zur Begrüßung, obwohl es sich ungewohnt anfühlte. Vidar ging ins Haus und begrüßte Hanna, die in der Küche werkelte.

«Bist du hier, um mal wieder Chaos in das Leben meines Mannes zu bringen?», fragte sie und lächelte.

«So wenig wie möglich diesmal», beteuerte Vidar.

Markus nahm zwei Becher aus einem Hängeschrank und goss ihnen Kaffee ein. Anschließend setzten sie sich ins Wohnzimmer, wo stumme Nachrichten über den Fernsehbildschirm flackerten.

«Apropos Chaos. Wie geht es Amadia in Nyhem?»

«Gut, glaube ich.»

«Fühlt es sich komisch an?»

«Und wie. Es ist so still ohne sie. Aber sie fühlt sich wohl, das ist das Wichtigste. Und Patricia und ich kommen klar.»

«Bei uns ist es genauso», sagte Markus. Seine Tochter war vor gut einem Jahr flügge geworden.

«Ja, es ist ein Segen», seufzte Hanna. «Keine Teenagerhorden mehr, die an den Wochenenden das Bad besetzen, keine wilden Partys, wenn wir im Urlaub sind, keine Jungs, die mit ihren Autos unsere Einfahrt blockieren. Der Kühlschrank ist immer voll, und die Waschmaschine brauchen wir nur alle vierzehn Tage anzustellen. Es ist hart, aber wir kommen über die Runden.»

Markus zuckte mit den Achseln.

«Du hörst es. Es ist die reinste Qual.»

Vidar lachte. Sie unterhielten sich eine Weile, über die Kinder, die Häuser, die Arbeit bei der Polizei und am Flugplatz.

«Ja», sagte Vidar schließlich. «Bei Amadias Auszug bin ich auf etwas gestoßen. Ich habe keine Ahnung, was ich damit machen soll.»

Markus zog die Augenbrauen hoch.

«Aha?»

Sie stellten ihre Kaffeebecher auf den Tisch und gingen nach draußen zu Vidars Auto. Die Abendluft war kalt und trocken. Vidar öffnete die Heckklappe.

«Der Karton hat meinem Vater gehört.»

Markus hob den graubraunen Deckel ab und blickte hinein. Vidar hatte alles so gelassen, wie er es vorgefunden hatte, nur den Dienstausweis und das schwarze Notizbuch hatte er herausgenommen, als Erinnerung an seinen Vater.

«Hol mich doch der Teufel.» Markus nahm einen Aktenstapel aus dem Karton, hielt ihn ins Licht der Kofferraumbeleuchtung und begann darin zu blättern. «Stina Franzén.» Er blätterte weiter. «Frida Östmark.»

«Kannst du dich an die Namen erinnern?»

«Ja, natürlich. Die Tiarp-Morde. Frühjahr sechsundachtzig.» Markus blätterte eine Seite um und kniff die Augen zusammen. «Das ist über dreißig Jahre her.»

«Ich weiß nicht, was du damit anfangen kannst, aber ich dachte, bei euch im Revier ist das Zeug besser aufgehoben als zu Hause bei mir. Schließlich sind es Ermittlungsdokumente.»

Sie standen in der dunklen Einfahrt. Von Veinge und Tjärby wehte ein scharfer Nordwind herüber. Markus fröstelte.

«Ja, ich kümmere mich darum. Lass uns den Karton ins Haus tragen, dann nehme ich ihn morgen früh mit.» Er sah Vidar an. «Hast du noch ein bisschen Zeit? Ich wollte dich schon länger anrufen.»

Zurück im Wohnzimmer, ging Markus zu Whisky über, Vidar blieb bei Kaffee.

«Ihr lest oben in Marbäck doch immer noch Zeitung?»

«Warum fragst du?»

«Erinnerst du dich an das Polizeidatengesetz?»

«Ganz ehrlich? Das war eines der ersten Dinge, die ich vergessen habe.»

Markus lachte.

«Wir haben erweiterte Befugnisse bekommen. Seit diesem Jahr darf das Nationale Forensische Centrum zu Fahndungszwecken Verwandtschaftsabgleiche durchführen. Das eröffnet einige neue Möglichkeiten.»

Verwandtschaftsabgleiche. Vidar hatte davon gehört. Solche DNA-Analysen waren heikel, aber umsichtig, und mit gesundem Urteilsvermögen eingesetzt, konnten sie äußerst nützlich sein: Hatte man DNA-Spuren vom Täter gesichert, war das NFC nun befugt – vorausgesetzt, die Täter-DNA befand sich nicht schon in der Datenbank der Polizei –, einen erweiterten Abgleich vorzunehmen und nach Geschwistern, Eltern oder Kindern zu suchen. War diese Suche von Erfolg gekrönt, grenzte dies den Fahndungskreis erheblich ein.

«Natürlich wird es eine Weile dauern, im Labor stauen sich die Analysen, und das NFC verfährt nach dem Relevanzprinzip. Je mehr Aufsehen ein Fall erregt hat, umso wichtiger ist er. Der alte Billdal-Fall und der Doppelmord in Linköping sollen neu aufgerollt werden. Mein Chef will, dass sich jemand von uns damit befasst, was bedeutet, dass ich mich halbtags damit herumschlagen soll. Das Problem ist nur», fuhr Markus fort und sah auf einmal erschöpft aus, «dass ich neben dem ganzen Verwaltungskram und all den anderen Dingen, die sich auf meinem Schreibtisch häufen, gar keine Zeit dafür habe. Meine fünfzig Prozent müsste eigentlich jemand anders übernehmen. Du zum Beispiel.»

«Das heißt, die Fälle werden in Halmstad bearbeitet?», fragte Vidar. «Nicht in Göteborg?»

«Wie gesagt, mein Chef will, dass sich jemand bei uns damit befasst. Dieser Jemand wird also in Halmstad sitzen.»

Vidar stand dem Gedanken einer möglichen Rückkehr in den Polizeidienst nicht vollständig ablehnend gegenüber. Doch dann erinnerte er sich an Patricias Augen, ihre ergrauenden Schläfen, an ihr Leben zu zweit in Ruhe und, ja, Freiheit. *Jetzt ist unsere Zeit.*

«Ich glaube, ihr müsst euch einen anderen Kandidaten suchen.»

Markus grinste schief.

«Ich hab's geahnt, aber ich musste dich fragen.»

Wie leicht es gewesen war, dachte Vidar, als er heimwärts fuhr. Nein zu sagen, als seine Lebenslinie einen anderen Verlauf hätte nehmen können, und die Entscheidung zu fällen, an dem Platz zu bleiben, an dem er war. Eigenartig, dass es ihm nicht schwerer gefallen war.

Einmal Polizist, immer Polizist. Vielleicht stimmte das. Aber er war auch noch etwas anderes.

71.

Der Karton auf dem Dachboden hatte ihn zum ersten Mal seit langem an seinen Vater denken lassen, an dessen Leben, wie es verlaufen und wie es zu Ende gegangen war. Sobald Menschen nicht mehr bei uns sind, verklären wir sie. Die Erinnerung übertüncht Makel und Fehler, sie radiert Konflikte aus und bettet die Vergangenheit auf eine Weise ein, in der man sie mit sich herumtragen kann. Einen anderen Weg gibt es wohl nicht. Man ist schließlich Mensch, andernfalls hätte man nicht die Kraft. Mit einem Verlust zu leben, der zugleich ein Schmerzpunkt ist, ist qualvoll.

Vidar war dreiundzwanzig gewesen, als sein Vater starb. Amadia war ihrem Großvater nur in Gestalt eines von der Sonne verwitterten Grabsteins am äußersten Rand des Gottesackers von Breared begegnet.

Das schwarze Notizbuch wurde schnell ein Teil von ihm, genauso selbstverständlich wie Geldbeutel, Schlüsselbund und Handy. Die Seiten waren eng beschrieben, mitunter so eng, dass die Zeilen fast unleserlich waren. Mittlerweile bereute er, Markus den Karton so rasch ausgehändigt zu haben. Er hätte abwarten, sich mehr Zeit lassen sollen. So hätte er die Notizen seines Vaters besser deuten können, die, von ein paar wenigen Ausnahmen abgesehen, größtenteils undatiert waren. Die Einträge waren kurz, technisch, hin und wieder eine Hypothese, eine grobe Ortsskizze. Es ging um den Mord an Stina Franzén im Februar 1986 und die mutmaßliche Entführung und Ermordung von Frida Östmark zwei Monate später. Die letzten Notizen stammten vom März 1991 und betrafen das Ehepaar Mellberg. Zu dem Zeitpunkt war sein Vater schon zu krank gewesen, um zu arbeiten, und trotzdem hatte er den Fall weiterverfolgt und versucht, durch die Zeit hindurch Verbindungen zu ziehen.

Vidar erinnerte sich an den Tiarp-Mörder. An die Berichterstattung der Zeitungen, die Theorien, die verworfen und wiederbelebt worden waren. Markus und er waren damals am Rand beteiligt gewesen. Er wusste, dass der Fall seinen Vater sehr beschäftigt hatte. Aber das hier?

Am Ende des Notizbuchs fehlten einige Seiten. Im Einband hingen noch Papierfitzelchen. Vier, fünf Seiten fehlten, vielleicht ein paar mehr. Sie waren herausgerissen worden. Sein Vater musste es selbst getan haben.

Vielleicht hatte er sie für etwas anderes benutzt, vielleicht hatte er eine Telefonnummer notiert, eine Einkaufsliste, die Bibbi ihm am Telefon diktierte, irgendwelche Termine, eine Abholung beim Schlachter, die nächste Autoinspektion oder einen anstehenden Arzttermin.

Vielleicht, aber es ließ sich unmöglich sagen.

Und dann wachte Vidar eines Morgens im März auf, setzte sich im Bett auf, gähnte den Schlaf aus den Gliedern, küsste seine Frau aufs Haar, ging nach unten in die Küche, um Kaffee zu kochen, und da sah er sie.

Die Bachstelze saß vor dem Küchenfenster und sah ihn prüfend an, mit neugierigen Augen und dem leuchtenden Fleck klar und deutlich auf der Brust. Bevor sie davonflog, legte sie ihr kleines Köpfchen einen Augenblick nachdenklich auf die Seite. Vidar folgte dem zierlichen Körper mit der langen Schwanzfeder mit dem Blick.

Dann lachte er.

Am selben Tag, er saß gerade in der Flugplatz-Kantine, klingelte sein Handy. Es war Markus. Er bedankte sich für den netten Abend neulich und fragte, wie es ihm gehe.

«Alles bestens. Ich bin bei der Arbeit. Und selbst?»

«Alles gut. Kannst du ...» Markus stockte. «Könntest du vielleicht herkommen?»

«Ins Revier?»

«Ja, wenn du kannst.»

«Natürlich. Worum geht's?»

«Darüber sprechen wir, wenn du hier bist. Das ist einfacher. Wann kannst du kommen?»

Vidar warf einen Blick auf die Uhr an der Kantinenwand. Das Ziffernblatt stellte eine alte Propellermaschine dar.

«Bis drei muss ich arbeiten. Wie wär's mit halb vier?»

«Gut. Das passt gut, danke, Vidar.»

72.

«Es geht um den Karton», sagte Markus.

Er klang seltsam verlegen und förmlich.

«Ja, das habe ich mir gedacht.»

Der graubraune Karton stand auf einem Tisch in Markus' Büro, der Inhalt aufgereiht daneben, säuberlich getrennt nach Aktenordnern, Ablagemappen, Schnellheftern und allen anderen Gegenständen, die sich darin befunden hatten, sorgfältig sortiert und vorbereitet wie ein komplizierter Bausatz.

Vor dem Fenster im dritten Stock trieb ein heftiger Wind dunkle Wolken vom Meer heran. Frische Böen pfiffen um den gläsernen Komplex.

«Ich habe mir den Karton angesehen, oder vielmehr seinen Inhalt. Aber ich wollte dich fragen, war noch etwas anderes darin? Hast du etwas herausgenommen oder zur Seite gelegt ...»

«Nein, ich habe alles so gelassen, wie es war.»

«Alles?», wiederholte Markus.

«Bis auf Papas alten Dienstausweis.»

«Okay.» Markus nickte. «Gut, das beruhigt mich.»

«Worum geht es eigentlich? Was ist mit dem Karton?»

«Es hat ein bisschen gedauert. Wir haben zurzeit ziemlich viel um die Ohren. Du weißt ja, wie es ist. Eigentlich wollte ich nur eine kurze Bestandsaufnahme machen, den Inhalt mit den Asservaten abgleichen, die wir unten im Archiv haben, mich vergewissern, dass es sich um Kopien handelt, die dein Vater, ja, für den *eigenen Gebrauch* mit nach Hause genommen hat. In der Hinsicht wäre er nicht der Einzige, um es mal so zu formulieren.»

Markus wusste, dass auch Vidar einmal einen Karton auf dem heimischen Dachboden verwahrt hatte. Und auch er war damit nicht allein. Es war nicht ungewöhnlich, dass Polizisten Dinge, die ihnen keine Ruhe ließen, mit sich herumschleppten: ungelöste Rätsel, Labyrinthe. So war es. Manche taten es in der Hoffnung, eines Tages doch noch das fehlende Puzzleteil zu finden und die Lösung herbeizuführen, andere begriffen, dass es nie so weit kommen würde, behielten die Ermittlungsgegenstände aber trotzdem, als Erinnerung daran, dass nicht jedes Rätsel aufgeklärt werden kann.

«Aber es sind nicht nur Kopien», fuhr Markus fort. «Und vor allem ...» Er brach ab und deutete mit dem Kopf auf den Tisch, auf dem der Karton nebst Inhalt stand. «Diese Plastiktüte.»

Vidar drehte den Kopf und betrachtete die zerknüllte schwarze Plastiktüte.

«Was ist damit?»

«Hast du reingesehen?»

«Ich dachte, sie wäre leer.»

«Das dachte ich auch. Aber sie war nicht leer.»

Markus zog eine Schublade des Rollcontainers unter seinem Schreibtisch auf und nahm einige verschlossene Plastikbeutel heraus, in denen die Spurensicherung früher technisches Beweismaterial aufbewahrt hatte. In jedem davon steckte ein einzelner kleiner Stofffetzen, kaum größer als eine Briefmarke.

«Was ist das?»

Markus senkte den Blick auf ein Blatt Papier, das vor ihm auf dem Schreibtisch lag.

«Der Inventarliste zufolge handelt es sich um Blutspuren aus Stina Franzéns Wagen.» Er hob den Blick. «Erkennst du sie wieder? Ich meine, hat dein Vater sie dir einmal gezeigt oder sie dir gegenüber erwähnt?»

Vidar schüttelte langsam den Kopf.

«Das waren die einzigen Beweisstücke, die direkt mit dem Täter verknüpft werden konnten», fügte Markus hinzu. «Und in unseren Asservatenkartons unten im Archiv fehlen diese Beweisstücke. Ich habe nachgesehen. Dein Vater scheint sie entwendet zu haben.»

Ein Beben ging durch den Raum. Vidar streckte sich zum Schreibtisch, zog die kleinen Plastikbeutel zu sich heran, fuhr mit der Hand darüber.

«Kannst du dir irgendeinen Grund vorstellen, warum dein Vater sie an sich genommen hat?»

«Nein, ich ... keine Ahnung.»

Vorsichtig schob er die Plastikbeutel zurück. Es musste ein Missverständnis sein.

«Im Winter neunzig-einundneunzig wurde im Archiv eine Inventur gemacht», sagte Markus und schlug die Beine übereinander. «Um sicherzustellen, dass alles an Ort und Stelle ist. Die Inventur wurde im Januar einundneunzig abgeschlossen. Damals gab es keine Beanstandungen. Die Beutel müssen also später aus dem Archiv entwendet worden sein.»

«Aber da war Papa schon nicht mehr im Dienst», wandte Vidar ein. «Er ist im Dezember neunzig in den Ruhestand gegangen, als ich gerade angefangen habe.»

«Ja», sagte Markus. «Ganz genau.»

Das lief hier also ab. Markus hatte ihm eine Falle gestellt.

«Du verscheißerst mich.»

«Vidar, du weißt, wie es ist. Ich will nur ...»

«Glaubst du, *ich* war das?»

«Das sage ich überhaupt nicht.» Markus stützte die Unterarme auf die Schreibtischplatte. «Aber ich musste mit dir sprechen. Du bist der ... ja, der Einzige, der noch da ist und Sven am besten kannte, der eine Verbindung zu ihm hatte. Ich dachte, wenn du ...» Markus setzte neu an, sein Blick wurde fast flehend. «Beweismittel zu entwenden, derart bedeutende noch dazu, ist eine sehr ernste Sache. Ich muss dir diese Fragen stellen.»

«Und ich sage dir, dass weder ich noch mein Vater Beweismittel entwendet haben. Ich weiß nicht, was in euren Köpfen vorgeht, aber es stimmt nicht.»

«Sven hatte das Beweismaterial in seinem Besitz. Du selbst hast es uns ausgehändigt.»

«Dann muss er es von jemand anderem bekommen haben.»

«Das klingt nicht sehr plausibel. Aber mal angenommen, es war so, das ändert nichts an der Tatsache, dass dein Vater widerrechtlich Beweismaterial aus dem Polizeiarchiv entwendet hat.»

«Warum hätte er das tun sollen?»

«Um etwas zu vertuschen?»

Eiseskälte stieg in Vidar auf.

«Was zum Teufel willst du damit sagen?»

«Wusstest du, dass gegen deinen Vater damals intern ermittelt wurde? Wegen fahrlässiger Tötung?»

«Wie bitte?»

Markus zog ein Blatt Papier aus seiner Hosentasche und hielt es Vidar hin. Eine Strafanzeige. Vidar überflog das Schreiben. Das interne Disziplinarverfahren war im Sommer 1988 von einer Staatsanwältin namens Nora Selvin eingeleitet worden. Der Name sagte ihm nichts.

«Das ist Schwachsinn.»

«Ja.» Markus nahm die Anzeige und schob sie demonstrativ zurück in die Hosentasche, als wolle er Vidar zu verstehen geben, dass dies ein besonderer Fall war und er auf seine Diskretion zählen konnte.

«Vidar.»

«Ich habe keine Ahnung, was du und deine Kollegen hier veranstaltet», sagte er und sprang abrupt auf, erfüllt vom starken Gefühl der Kälte, «aber ich schlage vor, dass ihr es ganz schnell wieder bleiben lasst.»

Seine Hände bebten, als er zum Fahrstuhl ging. Das war nicht seine Art. Das wusste er, und ihm war klar, dass Markus dasselbe dachte. Für gewöhnlich fuhr er nicht aus der

Haut. Aber was sollte er tun? Er hatte das Gefühl, überrumpelt worden zu sein.

Es war keine zehn Stunden her, dass er die Bachstelze gesehen hatte.

73.

Zu Hause holte er den Rasentrimmer aus dem Schuppen, jätete Unkraut und beschnitt die Beetkanten, damit Patricia zum Frühling Sträucher und Blumen einpflanzen konnte. Unter der Woche hackte er nach der Arbeit Holz, wusch das Auto vor der anstehenden Inspektion, beizte die Treppenstufen ab und versiegelte sie mit einer frischen Schicht Holzöl. Der intensive Geruch hüllte ihn ein und ließ ihn den Sommer herbeisehnen. Er traf sich mit seinen Kollegen auf ein Feierabendbier, klönte, lachte und erörterte die großen und kleinen Dinge des Lebens. Er fuhr mit seiner Tochter nach Helsingborg zu IKEA und half ihr mit einem neuen Bett.

Sein Ausbruch in Markus' Büro ließ ihm keine Ruhe. Er sah sich auf dem Stuhl vor dem Schreibtisch aufbrausen, spürte die Zornesröte in den Wangen und das Gewicht seiner Beine, als er das Polizeirevier verlassen hatte. Zunächst hatte er geglaubt, es sei nur Wut gewesen über das Gefühl, überrumpelt worden zu sein, dass die Wut sich gegen Markus richtete, doch je mehr Zeit verstrich, desto klarer sah er es: all diese Dinge waren geschehen, und er hatte keine Ahnung davon gehabt. Sie waren geschehen, und sein Vater hatte kein Wort darüber verloren. Er war im November 1991 an einem Lungenkollaps gestorben, Mama hatte ihn damals gefunden, und die letzten Einträge in seinem Notizbuch stammten aus dem März desselben Jahres. Nur ein halbes Jahr vor seinem Tod hatte ihn ein alter Fall umgetrieben, bei dem er wegen fahrlässiger Tötung angezeigt worden war. Wie hatte er von alldem nichts mitbekommen können, und wie hatte sein Vater es fertiggebracht, zu schweigen? Warum hatte er beschlossen, diese Dinge allein mit sich herumzutragen? Vidar war es unbegreiflich. Oder hatte er sie gar nicht allein getragen? Vielleicht hatte er es nur ihm, seinem Sohn, nicht gesagt. Aber wieso? Hatte Sven ihn schützen wollen?

Vidar suchte in dem schwarzen Notizbuch nach Antworten. Fand keine. Wenn er die Augen schloss, sah er seinen Vater wieder vor sich, in seinem Arbeitszimmer, über den Karton gebeugt. Der Tiarp-Mörder hatte seinen Lebensabend geprägt. In der Erinnerung befanden sie sich im selben Raum, nur eine Armlänge voneinander entfernt. Ich war ihm so nah, dachte Vidar, und gleichzeitig meilenweit von ihm entfernt.

Er hörte die Lokalnachrichten im Radio. Auf dem Stora torg war gestern Abend ein Mann festgenommen worden. Die Anklage lautete auf Mordversuch. Das Opfer war mit Stichverletzungen im Bauch ins Krankenhaus gebracht worden. An Walpurgis würde im Picassopark ein Kinderchor singen. Und der Frühling hatte endlich Einzug gehalten. Die Bachstelze war in Halland gesichtet worden.

Mit der Zeit würde er sich seinem Vater auf eine Weise nähern müssen, wie es sich kein Kind wünscht: mit den Augen eines Inquisitors. War es nicht das, wovor er sich in Wahrheit fürchtete und vor dem er an diesen vergangenen schönen Frühlingstagen geflohen war, seit er das Polizeirevier nach dem Gespräch mit Markus wutentbrannt verlassen hatte? Das, und die Angst vor dem, was er finden würde?

74.

«Ich habe es mir anders überlegt», sagte Vidar. «Ich mache es.»

Er hörte, dass Markus zögerte. Es raschelte im Hörer.

«Du meinst ...»

«Den Job. Du hast mir einen Job angeboten. Ich will ihn.»

Markus seufzte schwer.

«Du könntest sowieso nicht an den Vorgängen arbeiten, die deinen Vater betreffen. Das wäre ein Fall von Interessenskonflikt, von Befangenheit ganz zu schweigen.»

«Aber ...»

«Es tut mir leid, wie die Situation neulich gelaufen ist. Ich verstehe, dass du wütend geworden bist.»

«Ich bin nicht wütend geworden, ich war ... Kann ich zurückkommen oder nicht?»

«Du kannst zurückkommen, aber mit der Sache um deinen Vater hättest du nichts zu tun, und das weißt du auch. Vielleicht solltest du deine Entscheidung besser noch einmal überdenken», fügte Markus hinzu, als Vidar nichts erwiderte.

«Wenn das so ist, habe ich keine Lust», schloss Vidar und war im Begriff aufzulegen, als Markus etwas sagte, das ihn aufhorchen ließ.

«Was hast du gesagt?»

«Ich dachte nur, dass Sven vielleicht befürchtet hat, jemand anderes könnte die Beweismittel entwenden und sie vernichten. Vielleicht wollte er die Blutspuren gar nicht unterschlagen, sondern in Sicherheit bringen, wenn du verstehst, was ich meine.»

«Ja. Ja vielleicht.»

«Ich weiß es nicht, aber so könnte es gewesen sein.» Vidar hörte, dass Markus zweifelte. Er zweifelte selbst. Aber es wäre schön, wenn das die Erklärung wäre.

«Wurde er wirklich angezeigt?»

«Leider ja.»

«Ich hatte keine Ahnung, ich ... Es war ein Schock. Ich verstehe nicht, warum ich das nicht mitgekriegt habe. Wie ist die Sache ausgegangen?»

«Das Verfahren wurde Anfang neunundachtzig eingestellt. Die Staatsanwaltschaft hat es nicht weiterverfolgt. Das hätte ich dir vielleicht gleich sagen sollen.»

«Ja.»

«Aber andererseits hat die Einstellung des Verfahrens nicht unbedingt viel Aussagekraft.»

Mehr musste Markus nicht sagen. Strafverfahren gegen die Polizei endeten für gewöhnlich auf diese Art, ganz gleich, was tatsächlich vorgefallen war.

«Ich habe es ans NFC geschickt», fuhr Markus fort.

«Was?»

«Das Blut des Täters aus Stina Franzéns Auto. Jetzt, wo wir es haben, müssen wir es mit unserer Datenbank abgleichen. Die Wahrscheinlichkeit ist groß, dass seine DNA im System gespeichert ist. Aber ich habe mit der Abteilungsleiterin gesprochen. Da der Fall so alt ist, müssen wir uns in Geduld üben.»

«Lasst ihr auch einen Verwandtschaftsabgleich machen?»

«Vorerst nicht, dann würde das Ganze noch länger dauern. Fürs Erste begnügen wir uns mit dem Standardverfahren. Die Bearbeitungszeiten sind schon lang genug. Vidar, ich ... Bitte glaub mir, bevor wir auflegen, sofern du kein anderes Anliegen hast ... Es tut mir aufrichtig leid. Entschuldige. Ich hätte vielleicht mehr ...»

«Schon in Ordnung.»

Als er das Telefon aus der Hand legte, spürte Vidar trotzdem, wie sich die Wut in seinem Herzen bis in die Fingerspitzen fortpflanzte, eine Wut, die ihn ratlos machte und verwirrte. Er verstand nicht, woher sie kam oder gegen wen sie sich richtete. Sie hatte keinen Namen.

Er erinnerte sich an den Geruch in dem Lieferwagen, den Markus und er in Snapparp geöffnet hatten, den zertrümmerten Kopf des Mannes, die Schädelfragmente wie Plastiksplitter, die Familie, die verflixten Kinder, die in der Nähe gestanden und diesen Geruch vielleicht auch gerochen hatten, pfui Teufel, wie scheußlich das alles gewesen war. Wollte er sich erneut in all das hineinziehen lassen ...

Vidar wurde aus seinen Gedanken gerissen, als Patricia mit Einkaufstüten in beiden Händen von der Arbeit nach Hause kam.

«Soll ich dir helfen?», fragte er, fast erleichtert, nicht weiter grübeln zu müssen.

Amadia. Sie hatte nie erzählt, was sie von Beruf werden wollte. Bloß nicht Polizistin, dachte Vidar. Alles, bloß das nicht.

An diesem Abend fiel ein lautloser Regen auf Marbäck herab. Er kühlte die Gemüter. Vidar stand am Küchenfenster und beobachtete die Landschaft, als lauere irgendwo da draußen in der frisch sprießenden Natur ein Feind.

75.

Das Ehepaar Mellberg. Diese Tat war fast die schlimmste, sofern es eine Abstufung des Bösen gibt. Die Tat war im Haus des Paares verübt worden. Gisela Mellberg war inmitten ihrer persönlichen Sicherheitszone geschändet worden, wäre dabei fast ums Leben gekommen und hatte ihren Mann verloren.

Vidar fuhr langsam die sich durch Vapnö windende Landstraße entlang. Wäre er tatsächlich zu einer Rückkehr bereit gewesen? Wenn Markus ihn gelassen hätte, wäre er dann wirklich ...? Es gab Dinge, an denen man besser nicht rührte, die man besser auf sich beruhen ließ. Genau das sollte er tun. All das in Vergessenheit zurücksinken lassen.

Trotzdem war er hier.

Vapnö war ein abgeschiedener kleiner Ort, ähnlich wie Marbäck, mit einer Geschichte, die bis ins Mittelalter zurückreichte. Damals war fahrendes Volk an dem Marktflecken vorbeigezogen, und manche hatten beschlossen, zu bleiben und sesshaft zu werden. Sie hatten eine Kirche gebaut.

Aber so ist das wohl: es kann eine Kirche, ein Ehebündnis oder eine Arbeit sein. Man schafft einen Mittelpunkt, damit man sich einreden kann, einen Mittelpunkt zu haben.

Vidar hielt an und schlug das Notizbuch auf.

Hier in der Nähe, auf einer Lichtung, hatten die Hunde die Spur verloren. Der Täter war zu Fuß geflohen. Er hatte Stiefel in Größe vierundvierzig getragen, und statt in den Wald zu flüchten, war er der Straße gefolgt. Es musste eine bewusste Entscheidung gewesen sein. Damit hatte er die Verfolgung für Menschen wie Hunde erschwert.

Weit und breit war niemand zu sehen.

Gisela Mellberg hätte am nächsten Morgen um halb acht Dienst im Krankenhaus gehabt. Vermutlich war sie im Begriff gewesen, ins Bett zu gehen, doch was genau sie getan und in welchem Raum sie sich aufgehalten hatte, als der Mann ins Haus eingedrungen war, hatte sich nicht eindeutig rekonstruieren lassen. Aber es hatte in der Küche begonnen. Der Täter war durch eines der alten Fenster eingestiegen.

Er musste sie überwältigt haben. Das Chaos in der Küche hatte dafür gesprochen. Dann hatte er sie ins Schlafzimmer geschleift und sie vergewaltigt. Hatte er vorgehabt, sie zu töten? Das würden sie wohl nie erfahren. Gisela Mellberg hatte überlebt, aber wohl einzig und allein, weil der Täter unterbrochen worden war.

Robert, Gisela Mellbergs Mann, war nach Hause gekommen. Er war in Malmö gewesen und hatte einen Sattelschlepper in eine Spedition unten am Hafen gebracht. Danach hatte er sich auf den Heimweg gemacht, in einem dunkelgrünen VW-Transporter, den er anderntags bei der Transportfirma Elia Express abliefern sollte.

Vidar stieg aus dem Auto. Eine blasse, kalte Sonne fiel durch die Bäume. Es war vollkommen windstill. Hier hatte einmal ein Ehepaar gelebt. Robert und Gisela. Sie waren glücklich gewesen, wenn man den Aussagen aus ihrem Umfeld Glauben schenkte.

Vidar sah sich in der Umgebung um. Papa hat nie und nimmer Beweise entwendet oder vernichtet, dachte er. Das ist unmöglich. Es muss eine andere Erklärung geben.

Plötzlich fühlte er sich seinem Vater sehr nah. In seinem Notizbuch hatte Sven vermerkt:

VW-Transporter. Wieso Snapparp? Was ist die logische Schlussfolgerung?

Eine Antwort hatte er nicht notiert. Vielleicht weil es keine gab. Vielleicht weil er am Ende fast den Verstand verloren hätte und sein Sohn viele Jahre später kurz davorstand, einen Schritt in dieselbe Richtung zu machen.

Ja, jetzt konnte er es erkennen. Vidar strich mit den Fingern über die Seiten, spürte die Spur des Kugelschreibers auf dem Papier, als sei sie der Abdruck der Verderbtheit der Menschheit. Ich habe deine Notizen gelesen, und ich habe sie verstanden. Durch diese Notizen sah Vidar seinen Vater in einem deutlicheren Licht, als er ihn jemals auf der anderen Seite des Küchentischs, am anderen Ende des Sofas oder neben sich im Auto gesehen hatte. Manche Verbrechen weichen nicht vom Fleck, ehe sie aufgeklärt sind. Und scheitert man, wird es einen für alle Zeiten prägen.

Was hier oben geschehen war, hatte seinen Vater regelrecht aufgezehrt.

Vidar blätterte die letzte Seite um und betrachtete die Innenseite des Einbands, fuhr mit den Fingern über die glatte Oberfläche.

Doch sie war nicht vollkommen glatt. Auch hier hatte der Kugelschreiber Vertiefungen hinterlassen. Vidar hielt den Einband dichter vor die Augen.

1 ... 3 ... eine Acht oder eine Sechs, nein, eine Acht. *1380*, die Behördenkennziffer der Provinz Halland. Gefolgt von einem K. Es war eine K-Nummer; das Aktenzeichen, unter dem eine Strafanzeige geführt wurde, sobald sie offiziell aufgenommen und registriert war. Sein Vater hatte das Aktenzeichen auf einer Seite notiert, die er anschließend heraus-

gerissen hatte, aber der Kugelschreiber hatte sich bis auf den Einband durchgedrückt. Jetzt, wo er wusste, wofür sie standen, waren die Zahlen leichter zu entziffern.

1380-K 2431-85.

So sah es aus. Vielleicht 2437, aber er tendierte zu 2431. Das Aktenzeichen endete auf 85. Also war der Vorgang 1985 erfasst worden. Vermutlich relativ spät im Jahr, da die vorausgehende Nummer sehr hoch war. Ein polizeilicher Aktenvermerk hier in der Stadt. Das war der letzte Eintrag seines Vaters.

76.

Der Mitarbeiter am Empfang war ein dunkelhaariger, dünner Mann mit Brille und tief im Kopf liegenden Augen. Er musterte Vidar wie einen Bekannten, den er wiedererkennen müsste.

«Ihr Name war ...»

«Vidar Jörgensson», sagte Vidar und nannte das Aktenzeichen.

«Ach ja, richtig.»

Vidar war nicht mehr im Gericht gewesen, seit er den Polizeidienst quittiert hatte. Eine andere Zeit, ein anderes Leben. Es war ein eigenartiges Gefühl, wieder hier zu stehen. Der Geruch war unverändert.

«Es hat ein bisschen gedauert, die Akte zu finden. Der Vorgang liegt ja etliche Jahre zurück.»

Der Mann legte eine dünne Mappe auf den Empfangstresen.

«Vielen Dank.»

«Sehr gern.»

Vidar nahm die Mappe und ging damit zurück zum Auto. Eine zaghafte Frühlingssonne mühte sich durch die Wolken und wärmte die Karosserie. Er setzte sich auf den Fahrersitz und las bei geöffneter Tür.

Es ging um eine Anzeige wegen Körperverletzung. Der Vorfall hatte sich gegen einundzwanzig Uhr am Abend des 15. November 1985 im Grand Hotel ereignet, und der Betreiber des Hotelrestaurants hatte die Polizei gerufen. Zwei Gäste waren miteinander in Streit geraten, der eine hatte dem anderen einen vor den Latz gehauen, und die Polizei war hinzugerufen worden. Vor Ort hatte man die Augenzeugen des Vorfalls befragt.

Eine der Zeuginnen hieß Stina Franzén. Vidar griff nach einem Kugelschreiber und kreiste den Namen ein. Stina Franzén war zweimal zu der Sache vernommen worden. Einmal vor Ort im Hotel und einmal, zwei Tage später, telefonisch.

Im Januar 1986 war einer der beiden Restaurantgäste zu einer Bewährungsstrafe und zur Zahlung von Schmerzensgeld verurteilt worden, und damit hatte alles seine Ordnung gehabt.

Vidar blätterte die Seiten durch. Er hatte sowohl die Ermittlungsprotokolle als auch das Gerichtsurteil ausgehändigt bekommen, und alles war fein säuberlich abgeheftet. Das Protokoll zum Anruf des Restaurantbesitzers, der Bericht des ersten Polizeibeamten vor Ort, die Vernehmungsprotokolle, einige davon in Dialogform, die meisten jedoch als kurze Zusammenfassungen, nicht länger als eine halbe Seite. Vidar notierte sich die Namen der Beteiligten, insbesondere die der Männer. Vorgesetzte, Kollegen, Stammgäste, Täter und Opfer. Aber kein Name sagte ihm etwas.

Hatten diese Dokumente in dem Karton seines Vaters gelegen? Vielleicht, aber er bezweifelte es.

Vidar dachte an den Empfangsmitarbeiter des Gerichts, den dünnen, bebrillten Mann. Ob er Markus kannte? In Halmstad waren die rechtspflegenden Behörden wie ein kleines Dorf, wo jeder jeden kannte, jeder mit jedem sprach, tratschte und Geheimnisse austauschte.

Es hatte keinen Sinn, dass er seine Zeit weiter damit vergeudete. Es war, wie es war. Vidar schlug die Mappe zu, legte sie auf den Beifahrersitz, schloss die Fahrertür und fuhr zur Arbeit.

Auf dem Heimweg klingelte sein Handy. Als er Markus' Nummer auf dem Display sah, ließ er es klingeln. Das Handy verstummte, klingelte wieder. Vidar ignorierte es. Als Markus zum dritten Mal anrief, war er schon in Skedala.

«Was ist?», blaffte er.

«Ich störe wohl», erwiderte Markus.

«Ich sitze im Auto, auf dem Weg nach Hause.»

«Ich habe nur eine Frage», sagte Markus. «Das ist alles. Dann behellige ich dich nicht weiter.»

«Okay?»

«David Linder.»

«Was?»

«David Linder», wiederholte Markus, als glaube er, Vidar habe ihn nicht verstanden. «Sagt dir der Name was?»

«Ein ehemaliger Angestellter von euch.»

Nach den kalten Straßenlaternen in Skedala verlor sich

die Landstraße in Richtung Marbäck und Tofta in Dunkelheit. Markus wartete.

«Ich glaube, er hat mit meinem Vater zusammengearbeitet», fügte Vidar schließlich hinzu.

«Ganz genau. Er soll weggezogen sein.»

«Und?», sagte Vidar. «Ist er nicht weggezogen?»

Markus zögerte einen Moment.

«Ich weiß es nicht. Darum wollte ich mit dir sprechen.»

«Worüber?»

«Ob Sven, dein Vater, ihn mal erwähnt hat. Oder ob du etwas anderes weißt, das mir weiterhelfen kann. Du sagtest, die beiden hätten zusammengearbeitet.»

«Ja, ich glaube schon.»

«Das haben sie.»

«Was ist los, Markus? Ich höre doch, dass irgendwas ist.»

«Ich kann nicht ... Es ist kompliziert, ich habe nichts Konkretes. Aber an diesem Linder ist irgendwas faul.»

Vidar dachte nach. Beim Namen Linder regte sich etwas in ihm. Markus redete weiter, aber er hörte nicht mehr zu. Stattdessen hielt er an der Abzweigung in Richtung Marbäck an, schaltete die Innenbeleuchtung ein, griff nach der dünnen Mappe, die auf dem Beifahrersitz lag, und blätterte eine bestimmte Seite auf.

«Hallo?», schnitt Markus' Stimme laut und klar durch die Stille des Autos. «Bist du noch dran?»

Die Schlägerei im Grand Hotel im November 1985, Stina Franzén war dabei als Zeugin vernommen worden, da war das Anrufprotokoll, der Bericht des ersten Polizeibeamten vor Ort.

«Ja.» Vidar fuhr mit dem Finger die Zeilen entlang. Vorhin hatte er nicht darauf reagiert, warum auch, aber jetzt,

jetzt sah er es. «Du, wir sollten uns treffen. Aber dann musst du mir sagen, was zum Teufel eigentlich los ist.»

Der erste Beamte vor Ort war David Linder gewesen.

77.

Der Samstag war klar und kalt. Eine kraftvolle Sonne schien auf die Autobahnraststätte Snapparp West. Sie sah nicht mehr aus wie damals. Die heruntergekommenen Gebäude, die Zapfsäulen und Schilder waren verschwunden. Stattdessen reihten sich auf dem Parkplatz blitzblanke Mietwagen aneinander, und der Tankstellenshop war groß und hell.

Vidar saß mit dem Notizbuch seines Vaters im Auto. *22:30–00:30 Uhr kein Licht*, stand auf einer Seite. Mehr nicht. Vidar versuchte, den Eintrag zu deuten, doch es gelang ihm nicht. Svens Notizen waren zusammenhanglos und kryptisch, unmöglich zu verstehen, in eine Abfolge zu bringen oder in ein Muster zu übertragen. Doch je mehr er verstand, desto interessanter wurde das bislang augenscheinlich Triviale, und das vermeintlich Zentrale erwies sich als Sackgasse.

Als Markus mit zwei Kaffeebechern aus dem Tankstellenshop kam, schob Vidar das Notizbuch hastig zurück in die Tasche. Die frostige Stimmung von ihrer letzten Begegnung hielt nach wie vor an.

«Ich dachte, den haben wir uns verdient.» Markus reichte ihm einen Becher, schloss die Beifahrertür und schnallte sich an. «Immerhin ist Wochenende. Findest du den Weg?»

«Ich denke schon.»

Markus' Blick wanderte über den Rastplatz.

«Ein komisches Gefühl, wieder hier zu sein, oder?»

«Das kannst du laut sagen. Ich war nicht mehr hier, seit wir den Transporter überprüft haben. Seitdem hat sich einiges verändert, wie man sieht.»

«Wie alles andere auch. Jedenfalls fast alles.»

«Sag mir endlich, was los ist. Was ist mit diesem Linder?»

Markus dachte eine lange Weile nach, dann sagte er:

«Ich weiß es nicht. Ich habe versucht, ihn ausfindig zu machen, aber er ist wie vom Erdboden verschluckt. Soweit ich weiß, soll er während der Ausbildung einen gewissen Adam Persson aus Sundsvall kennengelernt haben. Persson hat eine Weile als Polizist gearbeitet, dann aber gekündigt, um, genau wie Linder, in den Familienbetrieb einzusteigen. Als es mit Linders Hof immer weiter bergab ging, hat er Persson angeblich um einen Job angehauen und ist nach Sundsvall gezogen. Im Frühjahr einundneunzig, um genau zu sein. Aber ich habe gestern mit Persson gesprochen, und er hat seit dreißig Jahren nichts mehr von Linder gehört.»

«Woher kommt dann die Information, dass er nach Sundsvall gezogen sein soll?»

«Genau das versuche ich herauszufinden. Ich habe keine Ahnung. Das scheint einer dieser klassischen Fälle zu sein. Alle meinen, etwas zu wissen, aber niemand weiß etwas Konkretes. Und ich finde keine Kreditkarten auf seinen Namen, keine Führerscheinverlängerung, keine Meldeadresse, ich habe ... Ich habe nichts. Linder soll vor seinem Verschwinden ein Verhältnis mit der Frau gehabt haben, der wir jetzt in Genevad einen Besuch abstatten. Sie heißt Ylva Sandström. Ich dachte, wir sollten mit ihr reden.»

Ylva Sandström wohnte auf dem Hof ihrer Eltern, den sie nach wie vor bewirtschaftete. Vor dreißig Jahren war sie zweiundzwanzig gewesen. Inzwischen führte sie den Hof allein, hatte zwei erwachsene Kinder und einen Ehemann namens Henrik, zwei Autos, einen Traktor, einen kleinen Laster und war, von einigen Bußgeldern wegen Verstößen gegen das Tempolimit abgesehen, noch nie mit dem Gesetz in Konflikt geraten.

«Wo hast du die Mappe?»

«Sie liegt hinten auf dem Rücksitz.»

Markus drehte sich um und griff nach der Mappe, die sich Vidar tags zuvor aus dem Gerichtsarchiv besorgt hatte. Während Vidar langsam Richtung Autostraße 15 und Genevad fuhr, blätterte Markus mit einem Schweigen, das schwer zu deuten war, in den Dokumenten.

Vidar trank einen Schluck Kaffee. Er war stark und heiß.

«Waren diese Dokumente auch in dem Karton, den ich dir ausgehändigt habe?», fragte er.

«Nein. Und darum frage ich mich, wie es kommt, dass du sie hast?»

«Pures Glück.»

«Aha. Glück.»

Markus hatte ihn gefragt, ob er mitkommen wollte, er hatte gemeint, dass es hilfreich sein könnte. Den Grund hatte Vidar zwar nicht ganz verstanden, aber trotzdem zugestimmt. Die bevorstehende Befragung war eine Polizeiangelegenheit, und er war seit vielen Jahren kein Polizist mehr. *Aha. Glück.* Was sollte er hier, wenn Markus ihm nicht vertraute?

«Da vorne musst du rechts abbiegen», sagte Markus.

«Ich weiß.»

«Linder begegnet Stina Franzén im November fünfundachtzig im Rahmen einer Schlägerei, die sich an ihrem Arbeitsplatz zugetragen hat. Er ist der erste Beamte vor Ort. Drei Monate später wird Stina Franzén ermordet, und Linder ist in die Ermittlung involviert. Er erwähnt mit keiner Silbe, dass er ihr schon einmal begegnet ist. Fünf Jahre später soll es ihn angeblich nach Sundsvall verschlagen haben. Er hat den elterlichen Hof verlassen, die Tiere hat er vorher verkauft. Doch nichts deutet darauf hin, dass er je in Sundsvall gewesen ist. Stattdessen Hunderte unbezahlter Rechnungen, die mittlerweile verjährt sind, abgelaufene Kreditkarten et cetera pp.» Markus klappte die Mappe zu. «Wie soll man das interpretieren?»

«Ich weiß es nicht. Ist es der Hof da drüben?»

Vor ihnen tauchte ein großes Gehöft auf.

«Ja. Sie weiß, dass wir kommen.»

78.

Ylva Sandström war eine warme, offenherzige Frau Anfang fünfzig, mit dickem graubraunem Haar wie ein Wischmopp, feinen Krähenfüßen um die Augen und einem Lächeln, das unregelmäßige Zähne enthüllte.

Sie bedeutete ihnen, auf der Verandatreppe Platz zu nehmen. Es war kalt draußen, aber Ylva Sandström trug dicke Kleidung, eine gefütterte Jacke, eine Arbeitshose und robuste Stiefel. In einer Hand hielt sie einen Eimer mit Mohrrüben, in der anderen einen Sparschäler. Sie wählten einen neutralen Einstieg, unterhielten sich über den Hof und die Tiere. Vidar und Markus kamen auch vom Land. Sie kannten die Routinen und die unermüdliche Arbeit, die den Alltag auf einem Bauernhof prägten.

«Sie sagten», wechselte Ylva Sandström schließlich das Thema, «dass Sie über David Linder sprechen wollten. Es ist lange her, dass mich jemand nach ihm gefragt hat. Deswegen sind Sie doch gekommen?»

«Das ist richtig», gab Markus zu.

«Ist irgendwas passiert?»

«Woher kannten Sie ihn?»

«Ja, da fragen Sie mich was. Wir hatten wohl ... ja, wir hatten wohl eine Affäre.»

«Wie lange?»

«Ein halbes Jahr vielleicht. Etwa vom Herbst neunzig, bis er verschwunden ist, also bis März einundneunzig.»

«Sie sagen, er ist verschwunden?»

«Damals wusste ich das natürlich nicht.»

«Wann haben Sie ihn zum letzten Mal gesehen?»

«Unser letztes Treffen hat nie stattgefunden.»

Markus zog die Augenbrauen in die Höhe.

«Wie meinen Sie das?»

«David wollte abends zu mir kommen, sobald er die Tiere versorgt hatte. Normalerweise kam er immer gegen Mitternacht. Aber an dem Tag ist er nicht aufgetaucht. Und danach habe ich ihn nie wiedergesehen.»

«Was haben Sie damals gedacht?»

«Tja. Ich weiß es nicht. Ich fand es merkwürdig, aber andererseits war ich auch erleichtert.»

«Haben Sie jemanden informiert, als er nicht aufgetaucht ist?»

«Ja, ich habe David am nächsten Tag angerufen, um zu

fragen, ob alles in Ordnung ist. Aber er ist nicht ans Telefon gegangen. Dann habe ich ein bisschen in der Gegend herumtelefoniert. Niemand wusste etwas, also habe ich ein, zwei Tage gewartet. Dann habe ich mich wieder umgehört, und da hieß es, er sei weggezogen. Um ehrlich zu sein, hat es mich nicht weiter gewundert.»

«Warum nicht?»

«Er war seit einiger Zeit ... ich weiß auch nicht. Sein Hof ging schlecht, das wussten alle. Ich glaube, das hat ihn hart getroffen, obwohl es nicht seine Schuld war. Er musste seinen Stallburschen entlassen und die Tiere verkaufen. Am Ende hat er die ganze Arbeit allein gemacht. Ich habe keine Ahnung, wie er das geschafft hat. Er wirkte ziemlich am Ende, und außer mir und vielleicht ein, zwei Kumpels gab es niemanden, der ihn hier in der Gegend hielt. Er trank eine ganze Menge, litt unter Depressionen und wurde unberechenbar. Warum hätte er seine Zelte nicht abbrechen sollen? Aber worum geht es hier eigentlich?»

«Dazu kommen wir später. Sie sagten, David sei unberechenbar geworden. Inwiefern?»

«Ich weiß nicht genau ... aber einmal, erinnere ich mich, hat er einen Anruf bekommen. Es ging um den Hof, glaube ich. David wurde fuchsteufelswild. Seine Wut hat sich nicht gegen mich gerichtet, ich habe mich nicht bedroht gefühlt, aber ...»

Markus neigte den Kopf zur Seite.

«Aber Sie hatten Angst?»

«Ja, ein bisschen. Als ich ihn fragte, was los sei, wurde er extrem ausfallend. Nicht körperlich, aber verbal. Er meinte, das ginge mich einen Scheißdreck an und Ähnliches mehr.» Ylva Sandström senkte die Stimme. «An dem Abend war er sehr dominant, als wir ... Ja.» Sie lachte auf. «Ich weiß nicht, wie explizit ich hier sein muss.»

«So explizit, wie es Ihnen nötig erscheint.»

«Ja, also, David hatte gewisse Vorlieben im Bett, als wollte er eigentlich etwas anderes.»

«Was meinen Sie damit?»

Ylva Sandström schwieg eine Weile, dann sagte sie:

«Er hat seinen Frust an mir ausgelassen. Aber ich möchte nicht, dass Sie ein falsches Bild von ihm bekommen. David war ein feiner Kerl, am Ende hatte er einfach dunkle Stunden.»

«Sie sagten, Sie seien auch erleichtert gewesen, als er damals nicht gekommen ist. Wie darf ich das verstehen?»

«Wenn David bei mir war, kam der Schlaf ziemlich kurz, um es mal so auszudrücken, und auf einem Bauernhof muss man früh auf den Beinen sein. Am nächsten Tag war ich jedes Mal hundemüde. David ging es natürlich genauso.»

«Also war Ihr Verhältnis ein rein körperliches?»

Ylva Sandström hatte angefangen, die Mohrrüben zu schälen. Jetzt errötete sie, senkte den Blick und starrte in den Eimer.

«Auf einem Bauernhof gibt es nicht viel zu tun, wenn die Tiere versorgt sind. Natürlich haben wir hin und wieder auch etwas unternommen, sind ausgegangen. Aber das kam nicht besonders oft vor. Insgesamt fünf oder sechs Mal vielleicht. Ich brauchte damals nicht mehr Abwechslung, wenn Sie verstehen, was ich meine. Ich kam gut zurecht, und meine Tage waren ausgefüllt.»

«Sie scheinen nicht sonderlich wütend über Davids Weggang gewesen zu sein», sagte Vidar zögerlich.

«Nein, nicht wirklich. Natürlich hätte ich es lieber gesehen, wenn er es mir gesagt hätte, aber andererseits ... Ich hatte den Eindruck, dass es außer mir vielleicht noch jemanden gab.»

«Eine andere Frau?»

«Ich weiß es nicht, ich hatte nur so ein Gefühl, dass da noch jemand war. Vielleicht ist er mit ihr durchgebrannt, dachte ich. Vielleicht wohnte sie in Sundsvall. Ich habe keine Ahnung, aber ich hätte es verstanden. Kurz danach habe ich Henrik kennengelernt, und wir sind Hals über Kopf zusammengezogen. So ist die Liebe. An die Sache mit David habe ich danach gar nicht mehr groß gedacht. Ehrlich gesagt war ich froh, mir keine Gedanken mehr über ihn machen zu müssen. Ich dachte, dass es ihm schon gutgehen würde, wo immer er auch steckte. Trotzdem hätte er mir ein Wort sagen können, bevor er sich Knall auf Fall aus dem Staub gemacht hat.»

«Sie haben seither also nichts mehr von ihm gehört?», fragte Vidar.

«Nein», antwortete Ylva Sandström, «habe ich nicht.»

«Hat er irgendwann einmal von Sundsvall gesprochen?», hakte Markus nach.

«Nie, darum hat es mich ja so gewundert.»

«Hat er mal den Namen Adam Persson erwähnt?»

«Keine Ahnung. Daran erinnere ich mich nicht.»

Ylva Sandström stand auf, verschwand um die Hausecke und kehrte kurz darauf mit einem Wasserschlauch zurück. Als sie den Strahl in den Eimer richtete, spritzte sie Markus nass.

«Hoppla, ich sollte mich wohl besser in Acht nehmen», lachte er.

«Tut mir leid. Sind Sie sehr nass geworden?»

«Nein, kein Problem. Viele Polizisten haben Schwierigkeiten, ihre Arbeit loszulassen. Wissen Sie, ob es David so ging?»

«Nein, er sagte immer, er sei froh, aufgehört zu haben.»

«Er hat nie über alte Fälle gesprochen?»

«Jedenfalls nicht mit mir. Aber», fügte Ylva Sandström hinzu, «noch einmal: so eine Beziehung hatten wir auch nicht.»

«Wenn Sie an Ihre Zeit mit ihm zurückdenken, wie würden Sie David als Menschen beschreiben?»

«Tja, bis auf die letzte Zeit, wo er ein wenig unberechenbar wurde, war er ein ganz normaler Kerl. Nett, zuverlässig, schließlich war er ja Polizist gewesen. Freundlich und großzügig, fleißig. Pflichtbewusst. Das war er auch noch, als er seine Launen bekam. Das muss man als Bauer sein. Die Tiere scheren sich nicht darum, ob Weihnachten oder Mittsommer ist, ob es warm oder kalt ist, früh oder spät. Wenn sie dich brauchen, brauchen sie dich. Das kann nicht jeder. David konnte es. Das sagt eine ganze Menge über ihn als Mensch, denke ich.»

Markus warf Vidar einen Blick zu. Der saß unbewegt da und hörte zu.

«Und trotzdem», fuhr er fort, «verschwindet er von heute auf morgen ohne ein Sterbenswort, vielleicht mit einer anderen Frau, und meldet sich nie wieder bei Ihnen.»

Markus war gut. Einfühlsam, aber smart. Seine Stimme flößte Vertrauen ein, mit einem leichtem Umschwung im Ton, wenn es ernst wurde. Vidar sah ihn vor sich, wie er in der Vergangenheit seines Vaters stocherte. Der Gedanke verursachte ihm Unbehagen.

«Ja ... das stimmt. Aber bei den Kerlen setzt nun mal der

Verstand aus, wenn sie verknallt sind, und so was in der Richtung habe ich vermutet. Aber warum fragen Sie das alles? Glauben Sie, David ist etwas zugestoßen?»

«Nein», sagte Markus. «Das heißt, wir wissen es nicht. Hat er irgendwann mal über Tiarp gesprochen?»

«Über Tiarp? Warum hätte er das tun sollen?»

«Das weiß ich auch nicht.» Markus lächelte leicht. «Darum frage ich.»

«Nein, soweit ich weiß, nicht.» Ylva Sandström stand auf, verschwand abermals um die Hausecke und drehte das Wasser ab. Aus dem Rübeneimer stieg ein frischer, erdiger Geruch auf. «Kann ich sonst noch etwas für Sie tun?», fragte sie.

«Nein. Ich glaube, wir sind fertig.»

Markus erhob sich. Vidar folgte seinem Beispiel.

«Ach, doch, eine Frage noch», sagte er. «Sie sagten, Sie hätten ein paar Tage nach seinem Verschwinden gehört, David wäre nach Sundsvall gezogen. Wissen Sie noch, wer Ihnen das erzählt hat?»

Ylva Sandström hob zwei perfekt gezupfte Augenbrauen.

«Nein, daran erinnere ich mich nicht. Es wird wohl irgendwer aus dem Dorf gewesen sein.»

79.

«Was denkst du?», fragte Vidar, als sie von Genevad zurückfuhren. Markus holte tief Luft.

«Vielleicht ist Linder einfach nur schwer zu finden. Ich weiß es nicht. Vielleicht ist er aus freien Stücken verschwunden und abgetaucht, aus irgendeinem Grund, den wir nicht kennen, der aber vollkommen legitim ist. Frauengeschichten, Schulden, weiß der Teufel was. Vielleicht hat er diese Lüge über Persson verbreitet, weil er *irgendwas* erzählen musste. So kann es sein, oder ... er hatte auch einen Karton mit seiner Vergangenheit oben auf dem Dachboden, wenn du verstehst, was ich meine. So wie dein Vater und du.»

«Was ist deiner Meinung nach passiert?»

«Ich glaube, dass Linder auf eigene Faust weiterermittelt hat und dass ihm jemand dabei geholfen hat. Jedenfalls gibt es Anzeichen, die dafürsprechen. Zur selben Zeit, zu der Linder verschwindet, geht dein Vater ins Polizeiarchiv und ... ja, entwendet Beweismittel. Ylva Sandström vermutet, dass eine andere Frau im Spiel gewesen sein könnte. Aber vielleicht war es keine Frau. Du weißt ja, was man über uns Polizisten sagt. Unsere besseren Hälften glauben, dass wir sie betrügen. Aber das tun wir nicht. Jedenfalls in neun von zehn Fällen nicht, und nicht auf die Art, wie sie denken. Polizisten gehen selten fremd, sind dafür aber womit verheiratet?»

«Mit ihrem Beruf.»

«Einmal Polizist, immer Polizist.»

Die Worte stießen etwas in Vidar an. Markus zog ein Foto aus der Innentasche seiner Jacke.

«Das ist das aktuellste Foto, das ich von Linder finden konnte», sagte er. «Aus dem Sommer neunundachtzig, als er seinen Führerschein verlängert hat.»

Das hatte Linder noch im alten Polizeirevier im Patrikshillsvägen getan. Auf dem Foto sah er jung aus. Er blickte mit wachen Augen in die Kamera, hatte ein eckiges Gesicht, kurze blonde Haare, eine markante Nase und einen auffallend schmalen Mund. Vidar überlegte, wie es wohl gewesen war, mit ihm zusammenzuarbeiten. Er wirkte kompetent, wie jemand, der nicht aufgab, der für seine Kollegen da war, wenn es darauf ankam.

«Ich bin Linders alte Dienstpläne durchgegangen», sagte Markus. «Er hatte so viele Überstunden angehäuft, dass er sie bis zu seinem Ausscheiden aus dem Dienst gar nicht abfeiern konnte. Samstage und Sonntage, Nachtschichten und Feiertage. Die ganze Palette. Solange er dabei war, war er rund um die Uhr Polizist. Genau wie dein Vater. Genau wie ... du. Vielleicht ist auch das ein Hinweis. Das ist alles, was ich habe. Mehr weiß ich nicht über ihn.»

Vidar schwieg lange. Er dachte an die Notizbucheinträge seines Vaters und überlegte, wie er sie zur Sprache bringen konnte, ohne dass Markus etwas ahnte.

«Ich glaube, mein Vater hat sich kurz vor seinem Tod mit dem Fall befasst. Ich kann mich nicht mehr genau erinnern, aber ich glaube, so war es. Ich weiß noch, dass er dasaß und Unterlagen aus diesem Karton vor sich hatte.»

Vielleicht haben sie zusammengearbeitet, dachte Vidar. Papa und David Linder. Sein Vater erfährt aus der Zeitung von dem Vorfall in Risarp und ahnt, dass der Tiarp-Mörder nach fünf Jahren erneut zugeschlagen hat. Er wittert die Spur, ist körperlich aber nicht mehr in der Lage, selbst die Jagd aufzunehmen. Er braucht jemanden, der für ihn das Ohr auf die Schienen legt, die Fußarbeit erledigt.

«Du vertraust mir nicht», sagte Vidar. «Und das kann ich in gewisser Weise auch verstehen.»

Markus sah ihn erstaunt an.

«Wie kommst du darauf?»

«Deshalb wolltest du, dass ich mitkomme. Jetzt, wo ich in

die Sache involviert bin, ist es besser, mich in der Nähe zu haben. Ich weiß, wie du denkst. Gib es einfach zu.»

Markus schwieg lange.

«Es ist nur ... Ich habe Schwierigkeiten, mir auf all das einen Reim zu machen. Aber du irrst dich. Ich vertraue dir.» Markus lachte. «Glaube ich jedenfalls.» Und dann, wie um zu beweisen, dass er die Wahrheit sagte, fuhr er fort: «Angenommen, die beiden arbeiten zusammen. Linder kommt in seinen Nachforschungen weiter als dein Vater. Er kreuzt die Bahn des Tiarp-Mörders und wird von ihm aus dem Weg geräumt. Vielleicht ist das die Erklärung für sein Verschwinden. Der Tiarp-Mörder hat ihn zum Schweigen gebracht. Linder wurde nie offiziell als vermisst gemeldet. Also wurde auch nie eine Ermittlung eingeleitet, in der wir Anhaltspunkte finden könnten. Gut möglich, dass wir jetzt eine Ermittlung einleiten müssen, aber das wird uns nicht weiterbringen. Hat dein Vater David Linder mal erwähnt? Er ist ja nach Linders Verschwinden gestorben.»

«Ein, zwei Mal, vielleicht, aber ich weiß nicht mehr, was er gesagt hat.»

Erneut wurde es still zwischen ihnen.

«Ich frage mich, ob Linder und Franzén vielleicht eine Beziehung hatten», sagte Markus schließlich. «Warum hätte er sonst verheimlichen sollen, dass er sie kannte? Vielleicht hat er nichts gesagt, weil er wusste, wie das aussehen würde. Wen durchleuchten wir als Erste, wenn eine Frau ermordet wird? Die Männer in ihrem Umfeld. Und Linder war ein junger Polizist, neu, unerfahren, fähig und ehrgeizig. Er wollte nicht riskieren, unter Verdacht zu geraten. Er hätte es als Polizist weit bringen können. Wahrscheinlich sah er sich schon auf einem Chefposten und hat geschwiegen, um sich selbst zu schützen. Das würde auch erklären, warum er den Fall 1991, gemeinsam mit deinem Vater, wieder aufgerollt hat.»

Und vielleicht hatte ihn das zum vierten Opfer des Tiarp-Mörders werden lassen.

80.

Das Foto von Sven und Bibbi hing an der Wand im Wohnzimmer und war im Garten von Vidars Elternhaus aufgenommen worden. An einem Frühlingstag in den frühen Achtzigern. Die Pflanzen hinter ihnen standen in voller Blüte. Seine Mutter lächelte pflichtschuldig in die Kamera. Sie trug Jeans und Bluse und saß mit übereinandergeschlagenen Beinen auf einem weißen Holzstuhl. Sein Vater hatte eine Hand auf ihre Schulter gelegt und blickte ernst und wachsam drein, als ob er die Absichten des Fotografen in Frage stellte.

Es war später Abend. Vidar konnte nicht schlafen und hatte sich einen Whisky eingeschenkt. Er saß am Küchentisch, trank hin und wieder einen Schluck und versuchte, eine Chronologie der Ereignisse zu erstellen. Er zog einen Zeitstrahl und beschriftete ihn mit den Geschehnissen, die er mit Sicherheit wusste. Früher hatte ihm das immer geholfen, zu sortieren und zu ordnen, zu sagen *nein, zuerst das, dann das und danach das*.

Er schrieb.

15/11/85: Franzén und Linder begegnen sich.

War es ihr erstes Aufeinandertreffen gewesen? Jedenfalls das erste, von dem er wusste.

28/02/86: Franzén wird ermordet.

29/04/86: Östmark verschwindet. (Östmark ermordet?)

Vidar zog seine Erinnerungen zu Rate, das Notizbuch seines Vaters, die Erkenntnisse aus dem Gespräch mit Ylva Sandström. Die Einträge entlang des Zeitstrahls verdichteten sich.

27/02/91: Überfall auf das Ehepaar Mellberg in Risarp.

06/03/91: Robert Mellberg wird in Snapparp aufgefunden.

XX/03/91: Linder verschwindet.

Vidar zögerte lange, dann fügte er hinzu:

XX/XX/91: Papa holt Beweismaterial aus dem Polizeiarchiv.

Holt, ein neutrales Wort.

Als er schließlich nach oben ins Schlafzimmer ging, hatte ein intensives Pochen die wohlige Benommenheit des Alkohols abgelöst. Patricia schlief bäuchlings im Bett und atmete tief und regelmäßig, versunken im Reich der Träume. Er legte eine Hand auf ihren Rücken, spürte ihre kühle Haut, weich und glatt unter seiner schwieligen Hand. Für gewöhnlich ließen ihn Patricias gleichmäßige Atemzüge und die Gewissheit, die Hand ausstrecken und sie berühren zu können, in schlaflosen Nächten Ruhe finden.

Heute Nacht fand er keine Ruhe.

Seine Haut kribbelte wie nach einem heißen Sommertag, wenn man zu lange in der Sonne gewesen ist. Vorsichtig schwang er die Beine aus dem Bett.

«Wenn du sowieso nicht schlafen kannst», hörte er Patricias schläfrige Stimme in seinem Rücken, «könntest du deine Zeit produktiver nutzen als damit, am Küchentisch vor dich hin zu brüten. Wie wär's, wenn du das Bücherregal abstaubst und die Bücher neu einsortierst. Das wäre dringend nötig.»

«Ich liebe dich.»

«Ich weiß. Aber bevor du dir die Nacht weiter um die Ohren schlägst, musst du mir erzählen, was los ist.»

Und Vidar erzählte es ihr, obwohl es ihm widerstrebte. Patricia schwieg lange.

«Das muss schwer sein», sagte sie schließlich. «Weil es deinen Vater betrifft. Oder dein Bild von ihm. Das verstehe ich.»

Er sah sie in der Dunkelheit an.

«Er wurde damals angezeigt. Wegen fahrlässiger Tötung.»

«Am selben Tag?»

«Nein, später. Aber wegen dem, was an dem Tag geschehen ist.»

«Vidar.» Patricia strich ihm durchs Haar. «Ich habe deinen Vater nicht mehr kennengelernt. Aber ich habe Geschichten über ihn gehört, genug, damit ich ein Bild von ihm habe. Und ganz egal, was dein Vater getan hat, war er genau wie du der Ansicht, dass manche Menschen nicht frei auf den Straßen herumlaufen dürfen, sondern hinter Gitter gehören. Danach hat er gehandelt, und das weißt du.»

Vidar versuchte, Trost in dem Gedanken zu finden. Aber die Geschichten, die Patricia von seinem Vater kannte, stammten von ihm, und wenn er sich geirrt hatte ... Seltsam, dass es so viel bedeutete, nach so vielen Jahren, doch das tat es.

Er dachte an Amadia. Auch wenn Gott in ihrem Zuhause gegenwärtig gewesen war, war seine Tochter nicht auf dieselbe Art mit ihm aufgewachsen, wie er es getan hatte. Gut möglich, dass irgendwo da oben ein Gott existierte, aber Amadia war nie im Glauben an eine göttliche Existenz erzogen worden, die über den Köpfen der Menschen schwebte.

Für sie blieb die Frage nach Schuld und Unschuld auf die irdische Welt beschränkt. Für Schuld und Unschuld gab es kein Anderswo. Erst jetzt ging ihm auf, dass er genauso dachte.

Er schloss die Augen. Es gab so vieles, was er seinen Vater gern gefragt hätte, so viele Dinge, die er nicht wusste.

«Diese Anzeige gegen ihn, dass er Beweise unterschlagen hat, dass er ... ich weiß nicht, was er getan hat. Dass er nichts davon gesagt hat, das ist fast das Schlimmste. Ich habe immer geglaubt, ihn zu kennen. Er war so stabil, zuverlässig. Und dass er die Polizei nicht darüber informiert hat, womit er sich zuletzt beschäftigt hat, das bereitet mir auch Sorgen. Und dann denke ich an Amadia.»

«Was ist mit Amadia?»

«Ich mache mir Sorgen, dass sie Polizistin werden will.»

Patricia lachte.

«Sie will Architektin werden.»

«Was? Das hat sie nie erzählt.»

Patricia strich ihm über die Brust.

«Wahrscheinlich hast du nicht zugehört.»

«Aber ...»

«Mach dir deswegen keine Sorgen.» Patricia kicherte. «Amadia als Polizistin, ja, das wäre was. Versuch jetzt zu schlafen.»

«Ich kann nicht.»

Er dachte an David Linder. War er dem Tiarp-Mörder zum Opfer gefallen? Wo war er? Wo war der Tiarp-Mörder heute? Ein Schemen mit einigen wenigen Referenzpunkten wie Glutfunken in der Dunkelheit – zum Tatzeitpunkt relativ jung, Stimme, Schuhgröße vierundvierzig, eine Phantomzeichnung –, mehr war er nie geworden. Er war und blieb ein Schatten.

Patricia seufzte resigniert und sagte:

«Der Allzweckreiniger steht auf der Spüle. Ich habe ihn heute Nachmittag benutzt.»

Vidar küsste sie aufs Haar, ging nach unten und setzte sich an den Küchentisch, trank ein Glas Wasser. Kurz spielte er mit dem Gedanken, sich noch einen Whisky einzuschenken, ließ es aber bleiben; eine miserable Idee. Stattdessen füllte er den Putzeimer mit Wasser, gab ein paar Spritzer Allzweckreiniger hinein, griff nach einem Lappen, wanderte durchs Haus und blieb vor dem Bücherregal stehen.

Patricia hatte es nicht ernst gemeint, das wusste er. Aber das bedeutete nicht, dass es ein schlechter Vorschlag war.

Seit Amadias Auszug lagen die Bücher wie Kraut und Rüben durcheinander. Eigentlich hatte sie alle Bücher, die ihr gehörten, mitnehmen wollen, aber in ihrer kleinen Wohnung in Nyhem war nicht genug Platz, sodass letzten Endes doch etliche Exemplare bei ihnen zurückgeblieben waren, vorerst, hineingezwängt ins Regal oder zu Stapeln getürmt auf dem Fußboden davor.

Frida Östmark, hatte sein Vater in sein Buch notiert. *Wo ist sie?* Frust, Suche und Ungewissheit schimmerten zwischen den Worten hindurch.

Vidar räumte sämtliche Bücher aus dem Regal, stapelte sie aufeinander und staubte die Bretter der Reihe nach ab. Das alte Holz verströmte einen anheimelnden Geruch. Er war noch immer nicht ganz nüchtern. Wenn er sich bewegte, schaukelte es leicht in seinem Kopf.

Es tat gut, etwas zu tun, die Hände zu beschäftigen. Er tauchte sie in die Lauge, atmete den Seifenduft ein. Als er das Regal ausgewischt hatte, sortierte er die Bücher neu ein.

Kurz darauf kam sie, die Müdigkeit. Schön. Er hockte sich

im Schneidersitz auf den Fußboden. Sein Rücken schmerzte, die Gelenke knackten. Ihm war noch immer schäbig zumute. Vielleicht lag es am Whisky, der sich nicht verflüchtigte.

Nein, etwas anderes war der Grund. Aus zusammengekniffenen Augen blickte er durch die Dunkelheit zum Bücherregal. Er hatte etwas übersehen.

Eine alte Erinnerung flackerte in ihm auf, es musste eine Erinnerung sein, eine Momentaufnahme ohne Zusammenhang, die viele Jahre zurücklag.

Vidar stand langsam auf und trat ans Bücherregal, strich mit der Hand über die alten Einbände. Es war wie ein Traum, Sekunden nach dem Aufwachen.

Stina Franzén war auf dem Weg ins Krankenhaus im Auto gestorben. Sein Vater war gefahren. Gisela Mellberg hatte überlebt, dank ihres Mannes. Markus und er hatten ihn gefunden.

Frida Östmark war nie gefunden worden.

Vielleicht hatte der Tiarp-Mörder auch David Linder ermordet.

In letzter Zeit war etwas geschehen. Davon war er überzeugt. Etwas oder jemand Größeres, Älteres, Stärkeres als er hatte begonnen, sich in unmittelbarer Nähe zu bewegen. Alles stirbt einmal. Das ist der Lauf der Dinge. Doch vielleicht kehrte das Verstorbene eines Tages zurück.

Seine Hand verharrte auf einem gebundenen Buch ohne Schutzumschlag. Ein schmales Bändchen. In der Dunkelheit wirkte das Leinen graublau, aber – da war sie wieder, die Erinnerung – als sein Vater das Buch vor vielen Jahren in Vidars Elternhaus aus dem Regal gezogen hatte, war der Einband rubinrot gewesen. Vidar nahm das Buch in die Hand.

Hallands Balladen. Hier standen sie alle, die alten Volkslieder, an die er sich vage erinnerte, von Våxtorp im Süden bis in den nördlichsten Zipfel des Valldatrakten.

Die Seiten waren steif und vergilbt. Ganz hinten im Buch steckte ein Lesezeichen. Vidar schlug es an der Stelle auf. Das Lied handelte von der Legende um den Knecht Aron und dessen Begegnung mit dem Tod.

In Vidars Kopf wurde es vollkommen still. Seine Finger zuckten, eine unsichtbare Spannung zwischen Haut und Buch. Erinnerungen kehrten zurück, Bruchstücke fügten sich zusammen.

Er bekam Atemnot.

Hatte er all das vergessen?

81.

An einem Samstagmorgen, mitten im Herbst 1991, griff sein Vater zum Telefonhörer und rief ihn an.

«Ich muss ein paar Dinge erledigen», sagte er. «Aber deine Mutter braucht das Auto. Ich wollte dich fragen, ob du ...» Er hustete. Es klang hart und schmerzhaft. Sekunden der Stille folgten, bis sein Vater wieder sprechen konnte und mühsam sagte: «Könntest du mich abholen? Könnten wir deinen Wagen nehmen?»

Obwohl er nur auf der anderen Seite des Dorfes wohnte, hatte Vidar seine Eltern schon länger nicht mehr besucht. Aber so ist das Leben nun mal: Jeder ist mit seinen eigenen Angelegenheiten beschäftigt. Er hatte sein Haus, alte und neue Freunde, absolvierte nach wie vor sein erstes Jahr bei der Ordnungspolizei und machte viele Überstunden.

Sein Vater sah schlecht aus. Hager und blass und mit eingefallenen Wangen kam er aus dem Haus. Erstaunt stellte Vidar fest, dass das Auto seiner Eltern in der Einfahrt stand, er hatte angenommen, seine Mutter wäre schon weg.

Sven kommentierte es nicht. Seine Haare waren mit der Maschine geschnitten und höchstens einen Zentimeter lang. Er hatte sich einen schmalen grauen Oberlippenbart stehenlassen, trug eine Pilotenbrille mit silberfarbenen Bügeln, eine schlechtsitzende Jeans und eine dicke Herbstjacke. Mit einem leichten Lächeln kam er zum Auto. Vidar öffnete die Fahrertür und stieg aus, um seinem Vater die Beifahrertür aufzuhalten. Doch der wedelte unwillig mit der Hand.

«Nein, nein, bleib sitzen. Du bist doch kein Taxi.»

«Hast du dir die Haare abrasiert?»

«Die Pflege war mir zu mühselig.»

Alles ging mittlerweile ein wenig langsam und zäh vonstatten, als wäre Sven rund um die Uhr vom Schlaf benommen, und von Zeit zu Zeit musste er sich beim Arzt Sauerstoffinfusionen geben lassen. Aber das war eigentlich das Einzige. Er hatte immer noch Kraft in den Armen und im Rücken, vor einem Monat erst hatte er Holz gehackt. Vidar war gerade zu Besuch gewesen und hatte gefragt, ob er ihm helfen sollte, da hatte er genauso reagiert, den Kopf geschüttelt, abwehrend mit der Hand gewedelt und irgendetwas gemurmelt.

«Wo soll es hingehen?», fragte Vidar.

«Nach Norden», antwortete sein Vater. «Richtung Vapnö.»

Dann wurde es still im Auto.

«Was hat Mama vor?»

«Ich weiß es nicht», sagte sein Vater, den Blick aus dem

Fenster gerichtet, auf die vertraute Landschaft, die draußen vorbeiglitt, die Felder rings um den Toftasjön und Skedala. «Besorgungen.»

Im Nachhinein sollte Vidar erfahren, dass sein Vater gelogen hatte. Seine Mutter hatte gar keine Pläne gehabt. Papa hatte mit ihm fahren wollen, aber einen Vorwand gebraucht. Als wäre es unmöglich, einfach anzurufen und seinen Sohn um ein bisschen gemeinsame Zeit zu bitten.

«Wie geht es dir?», erkundigte sich sein Vater. «Bei der Arbeit und so. Läuft es ... Ja, läuft es gut?»

«Ja, vieles ist natürlich noch neu für mich. In jeder Schicht passiert irgendwas Neues. Aber ich lerne dazu.»

«Gut.» Sein Vater nickte nachdenklich. «Das ist gut. Du hast immer schnell gelernt. Daran erinnere ich mich. Und hartnäckig bist du auch. Als du beschlossen hattest, Polizist zu werden, konnte dich nichts und niemand davon abbringen. Und das ist gut, so etwas ehrt einen Mann, musst du wissen.»

«Danke, glaube ich jedenfalls. Wie ist es dir in der letzten Zeit ergangen?»

«Schön, trotz allem. Ruhig und friedlich mit deiner Mutter. Evy kommt hin und wieder vorbei. Dann trinken wir eine Tasse Kaffee. Sie erkundigt sich nach dir, ich frage, wie es bei der Arbeit und mit Einar läuft. Und wie es ihr geht, natürlich. Ich glaube, es ist wie im Sommer. Wenn ich es richtig verstanden habe, hat Einar inzwischen einen Platz in einer Wohneinrichtung bekommen. Das ist wohl gut, denke ich. Das hätte man selbst gern.»

«Du würdest in einer Einrichtung für betreutes Wohnen wahnsinnig werden.»

Sven gluckste.

«Ja, das würde ich. Vidar, ich ... du warst immer sehr anständig zu mir, und ich ...» Sein Vater verstummte und blickte auf Vidars Hand, die auf dem Schaltknüppel lag. Ganz langsam legte er seine Hand auf die seines Sohnes und drückte sie zögerlich. «Aber ich war nicht immer gut zu dir oder zu deiner Mutter. Das tut mir leid.»

Sie näherten sich der Stadt. Sein Vater ließ seine Hand, wo sie war.

«Ich glaube nicht, dass ich dir viel beibringen kann. Aber wenn du Fragen hast, wenn du wissen willst, wie man einen Menschen wie Björkman zur Zusammenarbeit bewegt, oder was auch immer, dann kannst du immer zu mir kommen, auch wenn es sich für dich vielleicht nicht so anfühlt», fügte er hinzu. «Ich möchte, dass du weißt, dass ich für dich da bin.»

Er zog seine Hand zurück.

Vidar schwieg lange. Fragen. Er hatte so viele. Doch in diesem Moment fiel ihm keine einzige ein. Die unerwartete Berührung seines Vaters hatte es in seinem Kopf vollkommen still werden lassen.

«Vielleicht willst du mich auch gar nichts fragen», fuhr sein Vater fort. «Ich kann verstehen, wenn es so ist. Aber vielleicht kann ich dir auch gar nichts beibringen. Du weißt sowieso schon mehr als ich. Das denke ich immer öfter: Je älter ich werde, desto weniger weiß ich.»

«Das glaube ich nicht», sagte Vidar. «Ich habe haufenweise Fragen, Dinge, die mir im Kopf rumgehen und so. Polizist ist kein Beruf wie jeder andere, das habe ich inzwischen gemerkt.»

Sein Vater gluckste. Hustete. Sein Atem ging rasselnd.

«Das kann man wohl sagen.»

Sehr viel später sollten sich Fragen ergeben. Unzählige, doch da war es zu spät. Die Toten antworten für gewöhnlich nicht, jedenfalls nicht so, wie man es sich vielleicht wünscht.

Sie fuhren am Krankenhaus vorbei, den Flottiljvägen hoch. Rechter Hand lag die alte weiße Kirche, links, hinter dem Flugplatz, erstreckte sich das Vapnödalen unter einem blassgrauen Himmel. Der goldene September war vorbei, die Farben der Erde hatten sich behauptet: Grau, Braun und Dunkelgrün. Vidar fand den Anblick überraschend schön. Kein Verkehr, so weit das Auge reichte, nur schnurgerade Asphaltstreifen und abgeerntete Felder, die sachte im Wind wogten, Gehöfte und Windmühlen, die sich in der Ferne abzeichneten, und dahinter der gewaltige Nyårsåsen wie eine bläulich schimmernde äußerste Grenze.

«Bieg dahinten links ab, in die Tiarper Landstraße, dann wieder links Richtung Tiarp. Kannst du bitte ein bisschen langsamer fahren? Ich glaube, ich sehe das zum ... zum ersten Mal seit vielen Jahren. Ich bin lange nicht hier gewesen.»

Vidar hatte es damals nicht verstanden. Jetzt, in der Rückschau, verstand er es. *Ich glaube, ich sehe es zum letzten Mal.* Das hatte sein Vater sagen wollen. Als hätte er es gewusst und Abschied genommen.

82.

«Hat hier oben nicht ein Kollege von dir gewohnt?», fragte Vidar.

«David Linder.» In der Stimme seines Vaters schwang etwas Dunkles mit, als wecke der Name eine unschöne Erinnerung in ihm.

«Ach ja, richtig. Evy hat erzählt, dass er nach Sundsvall gezogen ist.»

Sie fuhren langsam weiter. Vidar betrachtete die Landschaft.

«Zu welchem Haus willst du?»

«Es ist kein Haus. Es ist eine Lichtung.»

«Eine Lichtung?»

«Am Gut Tiarp. Fahr weiter geradeaus, gleich kommt ein großer Findling, da müssen wir links abbiegen.»

«Was für ein Findling?»

Sein Vater antwortete nicht. Wie unter einer Bürde war er auf dem Beifahrersitz zusammengesunken und schwieg. Vidar wartete.

Kurz darauf sah er ihn: einen mannshohen Findling, massiv und schwer, der Ortsname TIARP mit kantigen Lettern in den Stein gehauen. Er war sehr alt. Abends wurde er von unten angestrahlt. Früher hatte man Fackeln angezündet. Vor dem Aufkommen der Elektrizität hatte Fackelschein die Menschen wissen lassen, dass sie heimgekehrt waren.

«Der Stein hat schon zu Arons Zeiten hier gestanden», sagte sein Vater unvermittelt. «Hier musst du links.»

«Wer?», fragte Vidar.

Doch sein Vater verfiel wieder in Schweigen. Parallel zur

neuen, breiten Landstraße, die sie gefahren waren, verlief der alte Tiarpsvägen, sehr viel schmaler, angelegt in einer Zeit, in der man zu Fuß oder zu Pferd unterwegs gewesen war. Uralte, knorrige Bäume erhoben sich zu beiden Seiten. Sein Vater begann erneut zu husten. Vidar hielt den Blick auf den Weg gerichtet, der von Senken durchzogen war. Sie passierten ein Feld, danach eine Koppel. Aber Pferde waren keine zu sehen, nur Elstern und Dohlen.

Am Ende der Koppel sagte sein Vater, den Blick auf das Gehöft gerichtet: «Hier rechts. Es ist da hinten zwischen den Bäumen.»

Vidar hatte vermutet, sie könnten auf dem Weg zu der Stelle sein, an der sie vor fünf Jahren den Reifenabdruck genommen hatten. Fünf Jahre. War es schon so lange her? Unfassbar.

Doch er hatte sich geirrt. Hier war er noch nie gewesen. Sie waren hoch oben auf dem Nyårsåsen, und der Weg führte immer tiefer in den Wald hinein. Obwohl es helllichter Tag war, umgab sie ein unnatürlicher blassgrauer Dunst.

«Ich habe keinen Schimmer, wo wir sind.»

«Es gibt ein Lied über diesen Ort», sagte sein Vater zögernd. «Erinnerst du dich daran? An das Lied über Aron? Ich glaube, du hast es als Kind gehört.»

«Nein, daran erinnere ich mich nicht.»

«Aron kam aus Marbäck, hat sich aber hier oben auf dem Nyårsåsen als Knecht verdingt.»

Sein Vater begann zu singen, rau und falsch, es war eher ein Summen als ein Lied, und die Melodie klang so einsam und wehmütig, dass sie eins wurde mit dem Gestein und dem Berg, dem Wasser und den Bäumen.

«Eine Mär aus alter Zeit, von einem Mann aus Tiarp, hört

ihr nun, ihr Kinder. Die Mär, wie ein Knecht, der junge Aron, einst in eisig kalter Nacht dem Tod begegnete.»

Der tiefe Wald schloss sie ein. Das Licht schwand, die Natur drang durch die Lüftung und füllte das Wageninnere mit einem schweren, erdigen Geruch, der ewig zu sein schien.

«Du kannst anhalten», sagte sein Vater leise. «Wir sind da.»

An dieser Stelle waren die Bäume ein wenig beiseitegerückt und hatten einer Lichtung Platz gemacht, gerade groß genug für den Wendekreis eines Pkw. Rechts und links führten zwei schmale Pfade weiter in den Wald hinein. Vidar schaltete den Motor aus.

«An das Lied kann ich mich nicht erinnern», sagte er.

«Es ist sehr alt. Ich ...» Sein Vater wand sich unbehaglich auf dem Sitz. «Ich habe viel Schlechtes getan, Vidar, viel Gutes auch, aber daran denkt man selten. Das ist vielleicht der Grund, warum ich so viel über die Geschichte von Aron nachgedacht habe. Er war auf dem Rückweg von Harplinge, von einem Bauern auf der anderen Seite des Nyårsåsen, und es war später Abend. So beginnt die Geschichte.»

Und dann erzählte er, von den Pferden und vom Tod, von Aron, der sich von Gott, dem Herrn, abgewandt und auf seinem Kutschbock weder ein noch aus gewusst hatte. Vidar, der ein erwachsener Mann war und mehr Gräuel gesehen hatte als viele andere, wurde mulmig zumute. Als das Pferdefuhrwerk in rasender Fahrt den Nyårsåsen hinunterdonnerte und beim Gränstorp-Bauern zum Stillstand kam, war er froh, dass die Geschichte zu Ende war.

«Ja», sagte sein Vater. «So hat es sich zugetragen. Ich habe das Lied in einem Buch gefunden. Es steht bei uns zu Hause im Bücherregal. Ich habe die Seite mit einem Lesezeichen markiert, falls du es mal lesen willst.»

«Du hast Lesezeichen?»

Sein Vater kicherte vergnügt.

«Aber ich bin nicht erst in dem Liederbuch auf die Geschichte gestoßen.» Er schwieg einen Moment. «Er war dein ... wie war das noch gleich ... der Bruder deines Ururgroßvaters.»

Vidar drehte den Kopf.

«Wer?»

«Aron.»

«Wir sind mit Aron verwandt?»

«Niemand hat die Religion so ernst genommen wie mein Vater. *Denk an Aron*, hat er immer zu mir gesagt, um mich zu Tode zu ängstigen. *Wer am Glauben zweifelt, steht allein.* Zu dir habe ich das nie gesagt.» Sein Vater sah ihn an, mit einem Mal verunsichert. «Oder doch?»

«Nein, hast du nicht.»

«Ich fange an, Dinge durcheinanderzubringen. Mein Gedächtnis lässt nach. Das ist nicht leicht.» Sein Vater starrte plötzlich wie gebannt auf eine etwas weiter entfernte Baumgruppe, als hätte er dort den Schatten eines Tiers gesehen, dessen Erscheinen er nicht verpassen wollte, falls es hervorkam. «Um die Dinge zu lösen, muss man die Teile zusammenfügen. Anders geht es nicht. Und man muss wissen, wo man suchen muss.»

«Um welche Dinge zu lösen, Papa?»

«Alles. Alles hängt miteinander zusammen.»

«Was?»

Sein Vater drehte den Kopf und sah ihn mit seltsam leerem Blick an.

«Was hast du gesagt?»

Einen Moment lang sah es aus, als würde er in Tränen ausbrechen. Aber nichts geschah.

«Es ist okay.»

Sein Vater musste die Bestätigung wohl hören. Deshalb sagte er es. Aber es war nicht okay. Es war schrecklich. Vidar fühlte sich wieder wie ein Kind.

«Ich war ein guter Ehemann, Vidar. Das war ich. Ich liebe Bibbi mehr, als ich jemals eine Frau auf dieser Welt geliebt habe. Ich habe nie eine andere Frau auch nur angesehen. Aber ... du kennst doch Evy?»

«Was ist mit ihr?»

«Ich ... Es fällt mir schwer, es zu erzählen.»

«Was ist? Ist zwischen euch mal was gewesen?»

Sein Vater blickte verwirrt drein.

«Gewesen? Was meinst du mit gewesen?»

«Es klingt, als hättet ihr eine Affäre gehabt.»

«Nein, nein. Aber manchmal ... Wir sind manchmal zusammen ans Meer gefahren. Wenn wir bei der Arbeit eine Stunde Leerlauf hatten, oder nach Feierabend. Das war schön. Ich bin da immer zur Ruhe gekommen. Und ich ... Vielleicht hätten wir es nicht tun sollen.»

«Das ist okay, Papa. Es ist nicht schlimm. Ich weiß, wie das ist.»

Sein Vater nickte nachdenklich und blickte auf die Lichtung.

«Manchmal schießen Jäger hier Wild, obwohl die Lichtung außerhalb des Jagdreviers liegt. Es ist ein guter Platz für Jäger. Sie haben freie Sicht, und die Tiere können sich nirgendwo verstecken.»

«Apropos.» Vidar räusperte sich.

«Ja?»

«Warum sind wir hier?»

«Habe ich das nicht gesagt? Nicht nur Elchen und Rehen ist es hier schlecht ergangen. Nicht nur Tiere liegen in der Erde begraben.» Sein Vater blickte durch die Windschutzscheibe in die Dunkelheit, die vor ihnen wartete. Die mächtigen Bäume, die sich rings um die Lichtung in den Himmel erhoben, die Pfade, die tief in den Wald hinein verliefen, so tief, dass man nicht einmal zu ahnen vermochte, wohin sie führten. «Hier ist es passiert. Hier ist Aron dem Tod begegnet.»

83.

Nicht nur Tiere liegen in der Erde begraben.

Man muss wissen, wo man suchen muss.

Vidar erinnerte sich an die Autofahrt an jenem Tag, vor fast dreißig Jahren, an die Worte seines Vaters und dessen hagere Gestalt auf dem Beifahrersitz. Damals war ihm nicht mehr viel Zeit geblieben, nicht einmal mehr ein Monat. Vidar hatte nicht verstanden. Nicht im Traum wäre ihm eingefallen, dass es dabei um Frida Östmark gegangen sein könnte, der Gedanke war ihm zu keiner Sekunde in den Sinn gekommen. Nicht bis zu diesem Moment.

Das Richtige tun.

Das ist die Schwierigkeit.

Woher weiß man es.

Vidar sah auf seine Hände, die das Lenkrad hielten. Einen Moment lang waren sie sehr viel jünger und glatter, das Auto war ein anderes, und er war nicht allein. Wenn er den Kopf drehte, den Blick nur ein kleines bisschen zur Seite wandte, würde er seinen Vater auf dem Beifahrersitz sitzen sehen.

Er stieg aus dem Auto und schaute sich um. Das Gelände stieg steil an. Der Wald rund um Marbäck war alt, doch der Nyårsåsen war eine ganz andere Größenordnung. Schwärzer, älter, tiefer. Er kannte sich hier nicht aus, er würde sich rasch verirren. Der Wald war wachsam, als verstünde er, dass Vidar ein Fremdling war. Langsam ging er weiter zwischen den Bäumen hindurch. Wem gehörte dieser Teil des Nyårsåsens?

Nicht nur Tiere liegen in der Erde begraben.

Es war furchtbar, die Antwort nicht zu kennen. Vidar wusste das. Und es hatte an seinem Vater gezehrt, Tag und Nacht, bis zum Schluss.

Der Wald schloss ihn nun ein. Die Farben verblassten. Immer tiefer ging er in den Nyårsåsen hinein, bis er auf der Lichtung stand. Dort sank er in die Hocke, betrachtete den Boden, spürte das Wurzelgeflecht der Bäume unter seinen Schuhsohlen wie einen verschlungenen Blutkreislauf. Wie viel konnte nach dreißig Jahren noch vorhanden sein?

Der Tiarp-Mörder könnte längst gestorben sein.

Vidar ging zurück zum Auto, öffnete den Kofferraum, griff nach der Tüte vom Eisenwarenhandel und nahm Zitronensäure, Ammoniummolybdat, Filterpapierstreifen, einen Block und einen Stift heraus.

Er folgte einer Eingebung. Er konnte sich irren. Und wenn es so war, wollte er allein sein, darum hatte er niemandem etwas gesagt.

Heute existieren modernere Methoden. Leichenspürhunde sind speziell darauf trainiert, menschliche Körper aufzuspüren. Georadare senden elektromagnetische Wellen durch den Boden, die zurückgeworfen werden und das Innere der Erde auf einem Computermonitor abbilden, die neuesten Geräte liefern sogar dreidimensionale Ansichten. Bei lehmigem Untergrund setzt man elektromagnetische Induktion ein. Wir können die Welt unter unseren Füßen bis in tiefste Schichten hinein erforschen, ohne einen einzigen Spatenstich zu tun.

Doch das ist teuer.

Vidar skizzierte auf dem Block ein Kästchengitter. Jedes Kästchen entsprach einem Quadratmeter. Unten auf der Straße fuhr kaum ein Auto vorbei. Von Wärme keine Spur. Dunkle Wolken zogen vom Meer heran. Der Wind frischte auf. Unsicher und linkisch machte er sich an die Arbeit.

Irrsinn. Hirngespinst. Eine Eingebung, eine spontane Idee, das war es. Trotzdem machte er weiter, wie getrieben von etwas, das er nicht sehen, geschweige denn benennen konnte.

Du wolltest mir damals etwas sagen. Zeig es mir.

War das zu viel Erde? Nein, so viel brauchte man. Es ist doch zu viel, das Filterpapier hängt durch. Glück gehabt, es hat geklappt. Verdammt, jetzt war ihm das Fläschchen Zitronensäure aus der Hand gefallen. Seine Schuhe hatten nichts abgekriegt, aber seine Hose. Verdammt, wie das stank.

Der nächste Filterpapierstreifen, ein paar Krumen Erde und einige Tropfen Ammoniummolybdat, dann die Reaktion abwarten. Je dunkler die Verfärbung, desto größer die Abweichung in der Bodenbeschaffenheit. Vidar nummerierte die Rückseiten der Filterpapierstreifen entsprechend den Kästchen auf seinem Block und klebte sie in die betreffenden Felder. Nach und nach entstand eine grobe Umgebungskarte, die ein Grab einkreisen sollte.

Hatte er hier nicht schon eine Probe genommen? Nein, er hatte dort drüben angefangen: eins, zwei, drei, vier, fünf. Ja, so war es korrekt. Hier musste er weitermachen.

Die Filterpapierstreifen sahen alle vollkommen gleich aus. Er konnte keinerlei Farbunterschiede erkennen. Oder doch, diese Probe hier. Dieser Streifen war dunkler.

Verdammt, jetzt war doch Säure auf seine Schuhe getropft.

Regen lag in der Luft, setzte jedoch nicht ein. Vidar stapfte über die Lichtung, sorgsam darauf achtend, wohin er trat. Er benötigte jeden Schimmer Tageslicht, den er kriegen konnte. Er kam jetzt rascher voran, hatte Übung bekommen. Der Wald raschelte warnend mit seinem Blattwerk.

Vidar richtete sich auf, klebte den Filterpapierstreifen in das Raster. Zwei Kästchen waren noch frei, dann hatte er die Lichtung abgesucht. Oder richtiger: dann hatte er keine Filterpapierstreifen mehr.

In der Ferne glitzerten die Lichter der Stadt. Hin und wieder fuhr unten auf der Landstraße ein Auto mit grellen Scheinwerfern vorbei. Vidar nahm zwei letzte Bodenproben, dann ging er zum Wagen, um eine Taschenlampe zu holen. Das Tageslicht reichte nicht mehr aus.

Er musterte sein Raster. Lila, lila, überall lila, dunklere und hellere Schattierungen.

Der Reihe nach nahm er die Streifen genauer in Augenschein.

In der oberen rechten Ecke waren sie eindeutig dunkler. Vidar schaltete die Scheinwerfer ein, holte einen Spaten aus dem Kofferraum und schritt ans Werk.

Ein bis zwei Meter. Das war Standard. Täter haben weder die Kraft noch die Zeit, tiefer zu graben.

Vidar stieß den Spaten in den Boden und trat mit dem Fuß darauf. Die Erde gab nach. Staub wirbelte im Gegenlicht der Autoscheinwerfer. Nach und nach weitete sich das Loch zu einer Grube. Er kämpfte sich durch dichtes Wurzelwerk. Hinter ihm entstand ein Erdhaufen. Er horchte auf Schritte, Stimmen, Hundegebell. Was sollte er sagen, wenn jemand kam?

Die Scheinwerfer warfen lange Schatten. Er geriet ins Schwitzen, seine Hände waren schmutzig, seine Schultern und sein Rücken schmerzten. Über ihm krächzten Krähen. Er war in die Grube hinuntergestiegen. Sie war jetzt hüfthoch. Auf dem Boden krabbelten Käfer und Regenwürmer, die über seine Schuhe krochen. Überall kribbelte und juckte es. An seinen Füßen, in den Haaren, auf dem Rücken.

Wie lange hatte er gegraben? Vidar zog sein Telefon aus der Tasche, um nachzusehen, wie spät es war. Das Display leuchtete auf.

Er stockte. Der Schein war nicht nur auf Erdreich gefallen. Er griff nach der Taschenlampe und richtete den Strahl auf den Boden der Grube.

Vidar sank auf die Fersen, atmete den Geruch der Erde ein.

Ringsum war es totenstill. Er hörte nur den Klang seiner eigenen keuchenden Atemzüge in der Dunkelheit.

Vorsichtig legte er mit dem Spaten den vermoderten Stoff frei. Schwindel überfiel ihn, er hatte Mühe, den Blick zu fokussieren. Behutsam, mit ruhiger Hand, ermahnte er sich. Er stocherte weiter, bekam Erdklumpen in den Mund. Zum Schluss sah er es.

Der Schein der Taschenlampe fiel grell und kalt auf ein Knochengerippe, das einmal eine menschliche Hand gewesen war.

84.

Das war der Abend, an dem er in die Bar am Lilla torg gegangen war.

In den Tagen, die folgten, war die Ausgrabung das einzige Gesprächsthema. Die Medien rochen Lunte und schwärmten mit Kameras und Mikrophonen auf den Nyårsåsen, luden ihren Kram aus, postierten sich ein Stück entfernt, versuchten, auf die hohen Bäume zu klettern und auf die alten Ländereien zu gelangen, um bessere Bilder zu bekommen. Ein armer Teufel, der Reporter einer Abendzeitung, kletterte so hoch in einen Wipfel, dass er nur mit Hilfe der Feuerwehr wieder hinunterkam. Die Bauern aus der Umgebung verfolgten das Spektakel aus der Ferne. Fast vergaß man, dass es um einen grausigen Fund ging.

Auf dem Nyårsåsen herrschte striktes Stillschweigen. Man redete mit niemandem, der nicht aus der Gegend kam, doch irgendwie sprach es sich trotzdem herum. Zunächst, dass es ein Knochenfund war, dann, dass es sich um menschliche Überreste handelte, was angesichts des Medientheaters und der umfassenden Polizeipräsenz keine unerwartete Neuigkeit war, und zu guter Letzt, dass es sich um eine erwachsene Person handelte, die mindestens zehn Jahre dort oben gelegen hatte, mit großer Wahrscheinlichkeit jedoch deutlich länger.

Die Zeitungen listeten Vermisstenfälle auf. Auf Platz eins jeder Liste stand Frida Östmark, und der Verdacht richtete sich gegen den Täter, der als Tiarp-Mörder bekannt war.

Über die genauen Umstände der Auffindesituation schwiegen sich die Zeitungen aus. Es hieß lediglich, der Fund sei *in Zusammenhang mit einem Polizeieinsatz* erfolgt, was alles Mögliche bedeuten konnte, und so wurde es auch interpretiert.

Irgendetwas stimmte nicht. Wenn es Frida Östmarks Leiche war und Sven davon gewusst hatte, warum hatte er nichts gesagt, weder zu Vidar noch zur Polizei? Das Rätsel um den Tiarp-Mörder und seine Opfer hatte seinen Vater bis zu seinem Tod gequält. Wie hatte er nur schweigen können? Es war unbegreiflich.

Und wie war Vidar selbst in all das hineingeraten? Abermals im Zentrum eines bisher ungelösten Rätsels, obwohl so viele Jahre vergangen waren. Nach dem Auszug seiner Tochter vor wenigen Monaten hatten ihn seine Gefühle beschäftigt, die neue Zeit, die nun bevorstand, die kleinen und großen Hürden des Alltags. Und dann, während einer schlaflosen Nacht, war etwas nähergekommen, eine ungeheure und gewaltige Kraft, die ihn vorwärtstrieb, hinein in das alte Liederbuch und den Nyårsåsen hinauf. Dieses Gefühl war seitdem nicht wiedergekehrt, hatte ihn aber zutiefst aufgewühlt zurückgelassen.

Eine ungeheure und gewaltige Kraft, die ihm Angst machte.

Vidar wünschte sich nichts sehnlicher, als dieses kalte Gefühl des Fallens loszuwerden, das auf dem Nyårsåsen von ihm Besitz ergriffen hatte. Alles andere fiel von ihm ab, Wut, Erleichterung, Angst, Verwirrung. Das einzige Beständige war der Fall.

«Vidar», sagte Patricia eines Abends, als sie nebeneinander auf dem Sofa saßen. «Was ist *los*?»

«Ich weiß es nicht.» Er schluckte. «Ich weiß es nicht. Ich bin nur ...»

Ein schwerer Frühlingsregen fiel auf Marbäck und prasselte gegen die Fensterscheiben. Er zog sein Handy aus der Tasche und wählte Markus' Nummer. Es klingelte in der Leitung, die Signale hallten eigenartig wider. Patricia zog die Augenbrauen hoch, drehte den Kopf und blickte in die Diele.

Vidar stand auf, um die Haustür zu öffnen.

Er stand in der Dunkelheit, mit ungepflegten Haaren und unrasiert, das klingelnde Handy in der Hand, und sah Vidar mit seltsam traurigem Blick an.

«Hallo», sagte Markus. «Kann ich reinkommen?»

85.

Die tiefhängende Deckenlampe am Küchentisch überzog ihre Gesichter mit Schatten. Markus sah ihn mit einem Blick voller Zweifel an.

«Eins möchte ich wissen: Wieso bist du da oben gewesen?»

«Was meinst du?»

«Du weißt, was ich meine.»

«Nein, weiß ich nicht.»

«Woher wusstest du, wo du suchen musstest?»

«Das hast du gesehen. Ich habe dir die Karte mit den Bodenproben gezeigt.»

«Aber woher wusstest du, dass du die Proben genau da

nehmen musstest?» Markus senkte die Stimme. «Ich weiß, woher. Aus demselben Grund, aus dem du die Blutproben aus dem Archiv entwendet hast. Was ist los mit dir, Vidar? Was spielst du für ein Spiel? Woher wusstest du, wo du suchen musstest?»

«Ich wusste es nicht.»

«Deinem Vater zuliebe, Vidar, du musst mir die Wahrheit sagen. Über den Leichenfund und die Blutproben. Sonst ... Ich weiß nicht.»

«Ich war es nicht», sagte Vidar, jedoch ohne Überzeugung in der Stimme.

Er konnte nicht einmal wütend werden. Er hatte keine Kraft mehr.

Ob Patricia vom Wohnzimmersofa aus zuhörte? Vermutlich.

«Ich bin einmal mit ihm da gewesen. An der Lichtung. Er hat mich gebeten, ihn hinzufahren. Ungefähr einen Monat vor seinem Tod.»

Vidar erzählte widerwillig und in knappen Worten. Markus merkte es und beugte sich vor. Die Schatten auf seinem Gesicht veränderten sich.

«Ich verstehe nicht, warum er nicht deutlicher war», sagte Vidar. «Warum hat er all das erzählt und doch nicht alles gesagt? Ich verstehe es einfach nicht. Warum hat er nicht gesagt, dass sie da liegt, meine ich.»

Auf einmal wirkte Markus verwirrt.

«Wer?»

«Frida. Frida Östmark. Das ist sie doch?»

«Es ist David Linder.» Markus zog ein kleines Aufnahmegerät aus der Tasche. «Ich denke, das hier solltest du dir anhören.»

86.

Die alte Dame bewohnte ein Zimmer im Seniorenstift Pålsbo in Bäckagård, ein paar Kilometer von Tylösand entfernt. Markus hatte sein Kommen im Vorfeld telefonisch angekündigt. Bei seinem Eintreffen saß sie mit der gestrigen Ausgabe der Hallandsposten in ihrem Zimmer, tief in einen Artikel versunken.

«Heutzutage steht in den Zeitungen kaum noch Text», murmelte sie.

«Darf ich mich setzen?», fragte Markus.

Die alte Dame blickte verwirrt auf.

«Natürlich. Worum geht es?»

«Hat man Ihnen nicht gesagt, dass ich komme?»

Sie schüttelte den Kopf.

«Ich habe jedenfalls keinen Appetit.»

«Appetit? Ich ...»

«Ich kann Ihnen etwas zu trinken anbieten, wenn Sie möchten.»

«Ich bin von der Polizei. Mein Name ist Markus Danielsson. Ich bin wegen Ihres Sohnes hier, wegen David.»

Für einige lange Sekunden herrschte Stille. Die alte Dame ließ die Zeitung sinken.

«Ich habe seit ... ja, Gott weiß wie vielen Jahren nicht mehr mit ihm gesprochen. Wir hatten einen Streit, müssen Sie wissen. Er wollte nichts mehr mit mir zu tun haben.»

«Worüber haben Sie sich gestritten?»

«Über den Hof. David wollte ihn verkaufen. Ich fand das schrecklich. Wie konnte er das tun? Und dann war er eines Tages einfach weg. Ich hätte nie für möglich gehalten, dass sich unsere Familie entzweit, aber so ist es gekommen. Furchtbar, wenn man darüber nachdenkt.»

Als Vidar David Linders Mutter am Lautsprecher des Aufnahmegeräts zuhörte, erkannte er ihre Stimme wieder, ihre Art zu sprechen: Man hörte ihr an, dass sie die alten Emotionen nach wie vor mit sich herumtrug, aber gleichzeitig schien sie auf Distanz zu ihnen gegangen zu sein, sich nicht mehr von ihnen berühren zu lassen.

«Das muss ein schlimmer Streit gewesen sein.»

«Ja, aber so ist es nun mal, manche Dinge sind heilig. David hat den Hof übernommen, als Hasse, mein Mann, krank wurde. Er war nicht alt, mein Hasse, und es ging schnell. Also hat David die Arbeit gemacht. Ich hätte nie geglaubt, dass er uns das antun könnte, mir und Hasse und allem, wofür wir ... Aber er hat es getan. Davor war er übrigens Polizist, mein David, wussten Sie das?»

«Ja», antwortete Markus. «Das wusste ich.»

«Er hat kurz nach Palmes Ermordung angefangen. Das waren andere Zeiten damals. Mein Sohn wollte einen Unterschied bewirken, sagte er. Hasse war der Meinung, das könne er zu Hause auf dem Hof genauso gut. Aber er hat nicht verstanden, was David meinte. Herrgott, ich plappere und plappere. Verzeihen Sie, hier gibt es nicht gerade viele Gesprächspartner, ich habe nicht oft Gelegenheit, mich zu unterhalten.»

«Ich muss Sie das fragen», sagte Markus. «Hat Ihr Sohn ... Wie hat sich David in der Zeit vor seinem Umzug verhalten? War er irgendwie anders als sonst?»

«Die Sache oben in Tiarp hat ihn sehr mitgenommen. Er hat immer wieder darüber geredet. Über das Mädchen, das in einem Auto aufgefunden wurde.»

«Kurz bevor er verschwunden ist?»

«Nein, nein, direkt nachdem es passiert war. In der Nacht, in der Palme ermordet wurde. Das war eine düstere Zeit. Die Dinge, die danach passiert sind ... Ohne Palme wäre es wohl nie dazu gekommen. Jedenfalls nicht so. Und dasselbe gilt für meinen David. Darum ist er ...»

Ihre Erinnerungen begannen abzuschweifen, ein Gedanke ergab den nächsten und sprudelte über ihre Lippen.

«Ich dachte, falls jemand Ihrem Sohn ...»

«Was?»

«Mal angenommen, jemand wollte ihm schaden, jemand, mit dem er sich überworfen hatte.»

«Ihm schaden? Auf gar keinen Fall. Wer hätte meinem David schaden sollen? Er hat sich mit niemandem überworfen, außer mit uns. Nein, David war bei allen beliebt. Wegen seiner mitfühlenden Art. Ich sagte ja schon, diese Sache oben in Tiarp hat ihn sehr mitgenommen. Ich war damals noch wach, ich konnte nicht schlafen. Ich habe mich um Hasse gekümmert, die Nächte waren am schlimmsten. Ich habe die Nachricht im Radio gehört, die Nachricht über Palme, meine ich, David auch, er kam gerade nach Hause.»

Markus' Tonbandstimme klang jetzt dringlicher, näher.

«Ihr Sohn kam also gerade vom Dienst?»

«Nein, er war unterwegs gewesen.»

«Erinnern Sie sich an die Uhrzeit? Wann er weggefahren und wann er nach Hause gekommen ist?»

«Er ist gegen halb elf weggefahren und gegen halb eins wiedergekommen.»

«Sie klingen ziemlich sicher?»

«Mein Mann schlief meistens gegen zehn Uhr abends ein, wachte eine halbe Stunde später wieder auf und hatte ein paar schwierige Stunden, bevor er endgültig zur Ruhe kam. An jenem Abend wachte er auf, kurz bevor das Licht in Davids Hütte ausging, ich konnte es vom Schlafzimmerfenster aus sehen. David wohnte bei uns auf dem Hof, in einem eigenen Haus. Hasse und er haben es zusammen renoviert, aber wir haben es immer nur Hütte genannt. Gegen halb eins ging das Licht drüben wieder an. Also muss er um diese Zeit wieder zu Hause gewesen sein. Das weiß ich mit Sicherheit. In dieser Nacht wurde der Ministerpräsident erschossen, natürlich erinnere ich mich daran. Jeder erinnert sich daran.»

«Was hat Ihr Sohn in der Zeit zwischen halb elf und halb eins gemacht?»

«Er hat einem Bekannten in Tiarp geholfen. Sie haben irgendetwas repariert. Ganz genau weiß ich es nicht mehr. Ich fand es seltsam, dass er so spät noch mal losfuhr. Aber er meinte, er müsse den Kopf freikriegen. Der Polizeiberuf ist nicht leicht», fügte sie hinzu. «Ich verstehe nicht, wie ihr das schafft. Schlagen Sie sich auch die Nächte um die Ohren?»

«Selten, wenn ich ehrlich bin. Hat Ihr Sohn damals ein Auto besessen?»

«Natürlich. Auf einem Bauernhof ist man auf ein Auto angewiesen. Er hatte einen robusten, zuverlässigen Wagen.»

«Erinnern Sie sich an die Marke?»

«Es war ein großer Wagen, mit Ladefläche.»

«Ein Jeep?»

«Ja, so heißen diese Fahrzeuge wohl.»

«Hat außer mir noch jemand mit Ihnen über diese Nacht gesprochen?»

«Sie meinen, heute?»

«Nein. Generell. Zum Zeitpunkt von Davids Verschwinden, zum Beispiel.»

«Nein», sagte David Linders Mutter zögerlich. «Nein, das glaube ich nicht. Oder doch, einmal, aber das ist viele Jahre her. Ein Kollege von Ihnen war hier und hat Fragen gestellt.»

«Worüber? Hat er nach David gefragt und die Nacht, in der Palme ermordet wurde?»

«Ich glaube schon. Aber wissen Sie ...»

«Wissen Sie noch, wie der Polizist hieß?»

«Nein, das weiß ich leider nicht mehr. Aber ich erinnere mich, dass er mit David zusammengearbeitet hat, und er hat ganz fürchterlich gehustet.»

«Könnte sein Name Sven gewesen sein?»

«Ja, gut möglich, dass er so hieß», sagte die alte Dame. «Er hat so seltsame Fragen gestellt. Er wollte Davids Blutgruppe wissen.» Sie lachte auf. «Können Sie sich das vorstellen?»

«Welche Blutgruppe hat Ihr Sohn denn?»

«Früher sagte man Blutgruppe B, heutzutage kommt noch irgendwas dahinter.»

«B Rh?»

«Ja, aber mit einem Plus. David hat Blutgruppe B Rh+.»

«Und das haben Sie Sven erzählt? Also, dem Mann, der Sie besucht hat?»

«Ja, das habe ich wohl.»

87.

Vidar starrte auf die Tischplatte.

«Was ...»

«Das würde erklären, warum Linder nie gefasst wurde. Er war Polizist. Er wusste, wie man Spuren vermeidet.»

«Spuren vermeidet?», sagte Vidar. «Du warst doch mit in Snapparp. Du hast den Lieferwagen gesehen. Da hat es von Spuren nur so gewimmelt.»

«Aber haben wir ihn geschnappt? Nein. Nichts davon hat uns weitergebracht.» Markus zuckte die Achseln. «Er wusste, wie man *falsche* Spuren vermeidet. Das Ergebnis ist dasselbe.» Markus streckte die Hand aus und hob den Daumen. «Linder hatte erwiesenermaßen eine Verbindung zum ersten Opfer.» Er hob den Zeigefinger. «Eine Verbindung, die er jedoch verheimlicht.» Markus hob den Mittelfinger. «Sein Alibi für den Tatabend lässt sich nicht mehr überprüfen. Mit anderen Worten: Er hat keins.» Markus hob seinen Ringfinger. «Er fährt einen Wagen, der dem Fahrzeugmodell entspricht, das zum Tatzeitpunkt am Tatort gesehen wurde.» Markus hob den kleinen Finger. «Er wohnt ganz in der Nähe. Und das ist noch nicht alles. Er hat eine bestätigte Verbindung zum dritten Opfer: Gisela Mellberg. Die Mordserie hört auf, als er aus dem Polizeidienst ausscheidet. Und er hängt den Dienst *ein für alle Mal* an den Nagel. Warum tut er das? Man quält sich doch nicht durch die ganze Ausbildung, um ein Jahr später einer plötzlichen Berufung als Landwirt zu folgen? Das kaufe ich ihm nicht ab. Ich glaube, dass Linder kalte Füße gekriegt hat. Und, vor allem, er hat Blutgruppe B Rh+. Linder hat die Blutgruppe des Täters.»

Markus hob die Hände. «Ich habe nicht genug Finger, um alle Indizien gegen ihn aufzuzählen.»

Vidar schwieg. Umdenken, ein Opfer zum Täter machen, war nicht so leicht.

«Was ist mit den Blutproben aus Franzéns Auto?», sagte er.

«Die Auswertungen vom NFC stehen noch aus. Aber angenommen, ich habe recht, und ich bin ziemlich sicher, dass es so ist, werden sie uns kaum weiterhelfen.»

«Warum nicht?»

«Weil Linder nicht vorbestraft ist. Das habe ich überprüft. Und dann ist es ausgeschlossen, dass seine DNA in unseren Datenbanken gespeichert ist. Die Eliminierungsdatenbank, um DNA von Polizeibeamten am Tatort auszuschließen, gab es damals noch nicht. Und selbst wenn es sie gegeben hätte, wären seine Daten nach seinem Ausscheiden aus dem Polizeidienst gelöscht worden.»

«Was ist mit dem Skelett? Kann man aus den Knochen keine DNA extrahieren?»

«In diesem Fall ist das fraglich. Die Knochen sind in einem sehr schlechten Zustand. Der Boden war feucht. Sie haben dreißig Jahre lang in Grundwasser gelegen. Der Zersetzungsprozess ist weit fortgeschritten.»

«Aber ihr seid sicher, dass es Linder ist?»

Markus nickte.

«Zahnärztliche Unterlagen haben es eindeutig bestätigt.»

«Wie ist er gestorben?»

«Das wissen wir nicht. Noch nicht. Aber eins noch: Es erklärt, warum wir Robert Mellberg in Snapparp gefunden haben. David Linder war von Oktober 1990 bis März 1991 mit Ylva Sandström liiert. Sie wohnt in Genevad, keine zehn

Autominuten von Snapparp entfernt. Er kann zu ihr gefahren sein, nachdem er den Lieferwagen an der Raststätte abgestellt hat. Das Zeitfenster passt. Und ...» Markus zog ein zusammengefaltetes Blatt aus seiner Gesäßtasche und faltete es auseinander. Vidar erkannte das Phantombild, das vor fast dreißig Jahren veröffentlicht worden war. «Das Bild sieht Linder ähnlich. So ähnlich, wie ein Phantombild, das auf Zeugenaussagen basiert, einem Täter für gewöhnlich sieht. Und dabei müssen wir bedenken, dass Gisela Mellberg das Gesicht des Mannes gar nicht deutlich gesehen hat, weil er eine Maske trug.»

Vidar betrachtete das Bild zweifelnd.

«Ja», sagte er ohne große Überzeugung. «Stimmt.» Er dachte an etwas anderes, das Markus gesagt hatte. «Du hast gesagt, Linder hätte eine Verbindung zu Gisela Mellberg gehabt? Welche?»

«Sie hat am Morgen nach dem Mord an Stina Franzén einen kleinen Jungen auf dem Feld vor ihrem Haus entdeckt und ihn zu seinen Eltern gebracht. Der Junge soll die Tat beobachtet haben. Den Akten zufolge ist Linder zu Mellberg gefahren und hat ihre Aussage aufgenommen. Er kann sie also eine ganze Weile im Auge gehabt haben.» Markus schnitt eine angewiderte Grimasse. «Er hat seine Opfer durch die Arbeit kennengelernt. Scheußlich.»

«Und Frida Östmark?»

«Auch da wird es irgendeine Verbindung geben. Wir sind dabei, das Archiv zu durchforsten. David Linder, der Tiarp-Mörder.» Markus sagte es, als ob er die Möglichkeit testete. «Verflucht, das wird in den Medien wie eine Bombe einschlagen. Und im Präsidium.»

«Aber welches Motiv hätte Linder haben sollen?»

Markus zog die Augenbrauen hoch.

«Muss man das als Polizist wissen?»

«Du bist der Polizist, nicht ich.»

Markus verdrehte die Augen.

«Ja, mach ruhig deine Witze. Es ist nicht mein Job, in den Tiefen seines Kopfs zu wühlen. Die Aufgabe kann jemand anderes übernehmen. Sadistische Psychopathen gibt es überall.»

«Aber war er ein Psychopath?», beharrte Vidar. «Hätte es nicht irgendwelche Anzeichen geben müssen?»

«Vielleicht gab es die, aber man hat sie nicht gesehen. Wer weiß. Wir hatten Fälle, bei denen wir weit weniger in der Hand hatten und trotzdem sicher waren, dass wir richtiglagen. Aber Vidar, die Beweise, die Blutproben.»

«Ich fasse nicht, wie du glauben kannst, ich hätte sie entwendet?»

«Wer hätte es sonst sein sollen?»

«Ich war es jedenfalls nicht.»

Vidar starrte seinen Freund an, der zurückstarrte. Zum Schluss lenkte Markus ein.

«Wenn du es sagst, glaube ich dir. Dann bleibt diese Frage auch offen.»

«Wie lautet die andere?»

«Wer hat dafür gesorgt, dass Linder unter die Erde kam? Er hat sich wohl kaum selber eingebuddelt.»

Vidar schüttelte den Kopf. So weit hatte er nicht gedacht. Alles war unklar, trübe. Die Konturen waren verwischt. Sein Gehirn arbeitete träge.

«Keine Ahnung.»

«Wenn du etwas weißt, musst du es mir sagen. Und zwar jetzt.»

«Was sollte das sein?»

«Dein Vater hat dir die exakte Stelle gezeigt, wo wir, wo *du* David Linder gefunden hast. Was bedeutet das? Es bedeutet, dass Sven wusste, wo er lag. Und wie konnte er das wissen? Entweder hat es ihm jemand erzählt, und ich habe keinen blassen Schimmer, wer das gewesen sein könnte, oder ...»

«Du verstehst nicht. Ich habe angefangen, Linders Grab freizulegen. Danach war ich mit meinen Kräften am Ende. Ich meine, körperlich. Und ich habe nur ... Du hast doch gesehen, wie weit ich gekommen bin. Und 1991, mein Vater ...» Vidar zögerte.

Es war zu privat, fast beschämend. Als gäbe er einen wunden Punkt preis, den niemand erfahren sollte.

«Du verstehst nicht, wie krank er war», flüsterte Vidar, während die Erinnerungen zurückkehrten. Er wollte sie nicht sehen, wünschte, er hätte sie nicht in seinem Innern bewahrt. «Er hätte Linder niemals vergraben können, dazu hatte er nicht die Kraft. Seine Lungen hätten es nicht mitgemacht. Er war körperlich nicht mehr dazu in der Lage. Er war es nicht. Das sage ich nicht als sein Sohn, sondern als ehemaliger Polizist.»

«Dann war er nicht allein. Jemand hat ihm geholfen.»

«Wer hätte ihm helfen sollen?»

«Ich weiß es nicht.»

In diesem Moment begriff Vidar, was er tun musste. Aber das konnte er Markus nicht sagen.

«Okay», sagte Markus stattdessen. «Ich weiß nicht, ob ich dir glaube, aber für den Moment verbleiben wir so.» Er schien gehen zu wollen.

«Gibt es noch etwas, das ich wissen muss?»

Vidar blinzelte. Er hatte es deutlich vor Augen. Er sah, wie er aufstand, sich entschuldigte, in die Diele hinausging und die Hand in die Innentasche seiner Jacke schob.

Auf dem Sofa im Wohnzimmer wandte Patricia den Kopf in seine Richtung.

«Ist alles in Ordnung?»

«Ja», sagte er ruhig, wie man es tut, wenn man nach langem Zögern eine Entscheidung gefällt hat. «Alles in Ordnung.»

Er sah sich in die Küche zurückgehen und das schwarze Notizbuch, das letzte kleine Fragment des Lebens seines Vaters, das nur ihm gehört hatte, vor Markus auf den Küchentisch legen.

Doch als er ein zweites Mal blinzelte, sah er nichts als Markus' ernstes Gesicht auf der anderen Seite des Küchentischs.

«Gibt es noch etwas, Vidar?»

Vidar schüttelte den Kopf.

«Nein, wenn es so wäre, hätte ich es gesagt.»

88.

Ich habe viel Schlechtes getan, Vidar.

Er war so erleichtert gewesen, als er sie gefunden hatte. Nicht nur um seiner selbst willen, sondern wegen seines Vaters. Es war, als hätte der Sohn etwas zu Ende geführt, was dem Vater nicht gelungen war, wofür dessen Zeit nicht ausgereicht hatte. Darin lag eine größere, tiefere Bedeutung, deren Ausmaß er jedoch erst verstanden hatte, als er die Knochenreste fand. Als könnte er nun ausatmen. So hatte es sich angefühlt.

Und dann hatte gar nicht Frida Östmark dort oben gelegen. Sondern David Linder. Doch was das bedeutete, begriff Vidar noch immer nicht.

Es gab einen Menschen, mit dem er sprechen konnte. Dem er vertrauen konnte. Der ihm die Wahrheit sagen würde, so schlimm sie auch sein mochte.

Es sollte noch Monate dauern, bis sie den Schlaganfall erlitt. Sie war gesund und munter, eine rundliche Frau mit silbergrauem Kraushaar, einem lauten, herben Lachen, lebhaften Augen und einem flinken Verstand. Als er in der Einfahrt parkte, stand sie schon draußen auf der Veranda und musterte ihn eindringlich.

«Vidar Jörgensson?» Sie gluckste vergnügt. «Was in aller Herrgotts Namen willst du denn hier?»

«Ich war gerade in der Gegend.»

«Dich habe ich nicht mehr gesehen, seit du fünfundzwanzig warst. Komm her, lass dich anschauen.»

Vidar ging die Stufen zur Veranda hinauf.

«Du bist deinem Vater wie aus dem Gesicht geschnitten.»

Evy reichte ihm bis zur Brust. Er beugte sich über sie und umarmte sie. Sie roch nach alten Möbeln und schwerem Damenparfüm. Ihre Hände waren die einer alten Frau, ihre Augen die einer Polizistin.

«Nicht so zaghaft», protestierte sie an seiner Schulter. «Ich bin zwar alt, aber nicht zerbrechlich.» Sie musterte ihn aus zusammengekniffenen Augen. «Was ist los? Du siehst völlig verstört aus.»

«Können wir reingehen? Hast du einen Moment Zeit?»

«Zeit ist alles, was ich habe. Zeit und Kaffee.»

Evy ging ihm voran in das alte Haus in Norteforsen. An

den Wänden hingen farbige Drucke, im Bücherregal und an den Wänden reihten sich Fotos ihrer Enkelkinder aneinander. Am Kühlschrank hafteten eine Merkliste und gemalte Kinderzeichnungen mit Strichmännchen und bunten Flaggen. *Für Oma* stand darauf.

«Ich habe eine ganze Rasselbande bekommen», sagte Evy, während sie die Kaffeemaschine befüllte. «Enkelkinder, meine ich. Sie malen mir immer so schöne Bilder, wenn sie mich besuchen kommen. Sind sie nicht schön?»

«Sehr schön.»

Vidar war zum ersten Mal hier. Früher hatte Evy in Kärleken gewohnt. Da waren sie gewesen, er und Markus, vor fast dreißig Jahren, nachdem ihr Bruder diesen schlimmen Autounfall gehabt hatte. Er erinnerte sich an Einar Bengtssons reglose Gestalt im Rollstuhl, wie Evy ihm liebevoll ein Glas mit Strohhalm an die Lippen gehalten hatte. Lebte er noch? Wohl eher nicht.

Die Kaffeemaschine begann zu gurgeln. Evy stellte Milch und Zucker auf den Tisch und bedeutete Vidar, auf der Küchenbank Platz zu nehmen, einem robusten alten Möbelstück. Vidar wartete darauf, dass Evy sich ihm gegenüber an den Tisch setzte, doch sie blieb stehen, wirkte mit einem Mal verlegen.

«Kannst du ... Wenn ich mich hinsetze, kannst du dann die Kanne holen, wenn der Kaffee durchgelaufen ist? Das Aufstehen bereitet mir immer ein wenig Mühe.»

«Natürlich.»

Die betagte Dame, die plötzlich eher einer sehr alten Frau als einer Polizistin glich, sank erleichtert auf den Stuhl am Kopfende des Tisches. Auf dem Tisch lag ein Kartenspiel. Evy nahm den Stapel mit routinierter Hand auf und begann die Karten mit überraschend flinken Fingern und geschmeidigen Bewegungen zu mischen. Sie raschelten hörbar. Vidar erkundigte sich nach dem Haus, wie Ronnie und sie dazu gekommen waren, und wie sie ihre Tage als Witwe verbrachte.

«Was führt dich her?», fragte sie schließlich.

«Mein Vater.»

Evy nahm die obersten Karten ab und mischte sie separat.

«Ich nehme mir immer vor, sein Grab zu besuchen, wenn ich in Breared bin. Aber die Abstände werden immer größer. Es strengt mich mittlerweile zu sehr an, die Fahrerei und alles.»

«Du bist wahrscheinlich öfter da als ich.»

«Das klingt, als würdest du dir Vorwürfe machen.»

Das Gurgeln der Kaffeemaschine verstummte. «Ich glaube, jetzt können wir uns ein Tässchen genehmigen.»

Vidar stand auf.

«Man darf sich selbst keine Vorwürfe machen», hörte er Evys Stimme im Rücken, während er Kaffee in zwei weiße Keramikbecher schenkte. «Damit ist niemandem gedient. Die Toten kommen ohne uns zurecht. Wir sind es, die sie brauchen. Und sie sind immer da.»

Vidar stellte Evy einen Becher hin. Sie goss Milch dazu, ließ ein Stück Zucker hineinplumpsen und rührte um.

«Es geht um Stina Franzén und Frida Östmark. Du hast doch damals mit Papa zusammengearbeitet.»

«Ja, das war eine grauenhafte Geschichte. Es hat ihn am Ende fast umgebracht.» Evy sah ihn fragend an, eine weiße Augenbraue, die in einer gefurchten Stirn ein kleines Stück in die Höhe stieg. «Aber daran wirst du dich doch erinnern? Damals warst du alt genug.»

«Ich war nicht oft zu Hause. Wir hatten uns entfremdet. Es war nichts Bestimmtes vorgefallen, es hat sich einfach ...»

«Ja, es hat sich einfach so ergeben», beendete Evy den Satz. «So geht es mit vielen Dingen im Leben.»

Vidar nickte und legte einen Notizblock auf den Tisch. Er schlug eine Seite auf, klickte mit einem Kugelschreiber und trank einen Schluck heißen Kaffee.

«Erinnerst du dich, wie er damals war? Achtundachtzig und neunundachtzig?»

«Dein Vater hatte ein Notizbuch, glaube ich», sagte Evy mit einem Blick auf Vidars Block. «Ein kleines mit schwarzem Ledereinband. Er hatte es immer in der Brusttasche seines Hemds stecken. So ähnlich wie du. Aber du arbeitest nicht mehr als Polizist, oder? Ich habe gehört, dass du gegangen bist?»

«Nein, ich bin kein Polizist mehr. Ich frage aus ... aus privaten Gründen.»

«Gut.» Evy nahm einen Schluck von ihrem Kaffee. «Ich habe die Nase voll von Polizisten.»

«War die Polizei bei dir?»

«Natürlich waren sie hier. Dein ehemaliger Streifenwagenpartner, wie heißt er noch gleich, Magnus?»

«Markus.»

«Der war hier, zusammen mit einem Kollegen. Aber ich wollte nicht mit ihnen sprechen.»

«Was wollten sie?»

«Fragen stellen, nach Tiarp und deinem Vater, was sonst? Schließlich habe ich auch eine Zeitlang an den Fällen gearbeitet.» Evy rückte ihre Brille zurecht und strich mit den Fingerspitzen über die Karten. «Aber achtundachtzig, neunundachtzig willst du wissen? Ich ... es fällt mir ein wenig schwer, über deinen Vater zu sprechen. So ist es. Aber nicht ... Wie sage ich es am besten. Du kannst es genauso gut erfahren. Ich war fünfzig Jahre mit Ronnie verheiratet, bis zu seinem Tod. Aber Ende der achtziger Jahre war ich bis über beide Ohren in deinen Vater verschossen. Ich habe mir eingebildet, ihn zu lieben. Vielleicht habe ich das sogar. Aber das habe ich nie jemandem erzählt. Außer dir, in diesem Moment.»

Sie sagte es so unumwunden und selbstverständlich, als würde sie ihm erzählen, was sie heute zum Abendessen kochen wollte, dass er nicht wusste, wie er darauf reagieren sollte.

«Aha ... okay ... Wusste er das?»

Evy schüttelte den Kopf.

«Ihm habe ich es auch nie gesagt. Dein Vater hat sich auf diese Dinge nicht verstanden.» Sie sah auf den Kartenstapel und deckte eine Karte auf. Kreuzkönig. Evy legte ihn offen auf den Tisch. «Oder vielleicht hat er das. Ich weiß es nicht. Aber es spielte auch keine Rolle. Er hatte Bibbi, und ich hatte Ronnie. Ein jegliches hat seinen Platz, musst du wissen. Ein jegliches hat seine Zeit. Es ist im Sand verlaufen.»

«Also ist nichts zwischen euch gewesen?»

«Gewesen?» Evy wirkte verwirrt. «Wie meinst du das, gewesen?»

«Ja», erwiderte Vidar zögerlich, ein zunehmend unbehagliches Gefühl in der Magengrube. «Habt ihr ...»

«Ach so.» Evy wedelte mit der Hand. «Nein, nein. Wir waren beide versorgt. Hin und wieder sind wir zusammen ans Meer gefahren, und das war schön. Aber mehr war nicht.»

Vidar betrachtete sie forschend.

«Wirklich gar nichts?»

«Nein. Aber es war kompliziert. Man kann nichts für seine Gefühle, sage ich immer zu meinen Kindern und Enkelkindern, aber man kann fast immer etwas für sein Verhalten, ob man sich von seinen Gefühlen leiten lässt oder nicht. Und das habe ich nie getan. Aber mit ihm zusammenzuarbeiten, war kompliziert. Und dann ging es ihm ja auch zunehmend schlechter. Es war kompliziert, in vielerlei Hinsicht.»

«Schlechter, du meinst ...»

«Körperlich. Dein Vater war ja krank. Aber auch seelisch. Sven wurde ...» Evy suchte einen Moment nach dem passenden Wort. «Düster.» Sie nickte gedankenverloren. «Ja, sehr düster. Er wurde damals angezeigt, wusstest du das?»

«Ja, davon habe ich gehört.»

«Die Anzeige wurde natürlich fallengelassen, aber es hat ihn hart getroffen. Richtig schlimm wurde es, als dieser junge Bursche weggezogen ist, dieser Linder. Danach hat er sich vollkommen in sich selbst zurückgezogen und kam nicht mehr heraus. Er war kurz davor in Rente gegangen, aber wir hatten hin und wieder Kontakt. Als Linder weg war, schlief er so gut wie ein. Sven mochte ihn. Ich glaube, er hat ihn sehr vermisst.»

Vidar saß sehr still da.

«David Linder war Polizist, oder?»

«Ja, er hat kurze Zeit bei uns gearbeitet.» Evy nickte und kniff die Augen zusammen, als versuche sie, durch einen dichten Nebel hindurch einen Blick auf die Vergangenheit zu erhaschen. «Sechsundachtzig, ja, am Anfang war er mit dabei, ich bin mir ziemlich sicher. Aber dann hat er aufgehört. Ja.» Wie zur Bekräftigung pochte Evy energisch mit dem Finger auf den Tisch. «So war's. Sein Vater hatte oben in Vapnö einen Hof. Hasse, so hieß er, Hasse Linder. Er ist in seiner Jugend Folkrace-Rennen gefahren. Wenn ich mich recht entsinne, hat er den einen oder anderen Wettbewerb sogar gewonnen. Aber dann hat er den Hof seiner Eltern übernommen und einen Sohn bekommen. Das war David, und der wurde Polizist. Ein tüchtiger junger Bursche, meine ich, und umgänglich. Aber dann wurde Hasse krank und konnte sich nicht mehr um den Hof kümmern. David war von Kindesbeinen an mit der Landwirtschaft groß geworden. Ich glaube, er ist sogar eine Weile auf die Landwirtschaftsschule gegangen. Er hat bei uns aufgehört und stattdessen den Hof übernommen.»

Welche Art von Patience Evy auch immer legte, sie schien nicht aufzugehen. Sie schob die Karten beiseite, verschränkte die Arme unter ihren schweren Brüsten und blickte aus dem Fenster. Draußen blühte der Frühling wie ein hoffnungsfrohes Zeichen.

«Aber Linder ist weggezogen?», fragte Vidar leise.

«Im Winter neunzig-einundneunzig. Vielleicht war es auch erst im Frühjahr einundneunzig. Er wohnte allein, traf sich aber hin und wieder mit einem Mädel aus Genevad. Sie hatte auch einen Hof, mit Hühnern und anderem Vieh, darum hat wohl jeder für sich gewohnt. Aber David ist abends immer zu ihr gefahren. Ich habe immer gedacht, sie hätte ihn überredet, den Hof zu verkaufen und wegzuziehen, sein Glück weiter im Norden zu suchen. Der Hof lief schlecht, sehr schlecht. Weder Hasse noch David konnten etwas dafür, die Zeiten waren schuld. Anfang der Neunziger, während der Krise, hatten es die schwedischen Landwirte nicht leicht. Viele Bauern mussten ihre Höfe drangeben. Aber soweit ich weiß, hatten Davids Eltern kein Verständnis für seinen Entschluss, den Hof zu verkaufen. Sie haben jeden Kontakt zu ihm abgebrochen. Kannst du dir das vorstellen? Zu ihrem eigenen Kind.»

«Woher weißt du das alles, wenn du ihn doch kaum gekannt hast?»

Evy stockte.

«Ich glaube, Sven hat es mir erzählt.»

«Was hat er gesagt?»

«Du, mein Gedächtnis ist nicht mehr das, was es mal war. Das ist alles so lange her.»

«Aber es ist wichtig für mich, dass du versuchst, dich zu erinnern.»

Er sagte es seltsam hart. Evy registrierte es, kommentierte es aber nicht.

«Ja, nein. Ich erinnere mich nicht.»

«Erinnerst du dich daran», Vidar blieb ruhig und notierte etwas auf seinem Block, «was die Leute damals darüber gesagt haben? Im Polizeirevier, meine ich.»

«Es ist nicht verboten, wegzuziehen.» Evy zuckte die Achseln. «Vielleicht hatte er es einfach satt. Ich glaube nicht, dass ihm die Landwirtschaft Freude gemacht hat, aber das ist meine Meinung.»

«Was hat Papa geglaubt?»

«Dasselbe wie ich.» Evy lächelte, und in diesem Moment erahnte Vidar, wie sie damals, vor dreißig Jahren, ausgesehen haben musste. «Wenn dein Vater nicht wusste, wie sich Dinge verhielten, hat er sich nach mir gerichtet. Manchmal vermisse ich ihn ganz schrecklich, Vidar.»

Vidar wusste nicht, was er darauf erwidern sollte. Er blickte auf seinen Block. Zwei Fragen musste er noch stellen. Die schmerzlichsten.

«Papa scheint sich in den letzten Jahren vor seinem Tod mit einigen Dingen befasst zu haben. Ich weiß nicht, ob du ... Als meine Tochter von zu Hause ausgezogen ist, habe ich einen alten Karton von ihm gefunden, mit Ermittlungsunterlagen. Ich habe ihn Markus ausgehändigt. Vielleicht war er deshalb hier. Beziehungsweise, ich *weiß*, dass er deshalb hier war und mit dir sprechen wollte. In dem Karton lag Material, das die Ermittlungen um Stina Franzén und Frida Östmark betraf. Material, das Papa», Vidar hielt kurz inne und schloss dann, «an sich genommen hat.»

«Ja.» Evy blinzelte. «Und?»

«Er hat es nie zurückgegeben. Und er hat es erst nach seiner Pensionierung aus dem Archiv geholt, vermutlich Anfang 1991. Als er keinen Zutritt mehr zum Archiv hatte.»

Evys Lippen formten sich zu einem kleinen O.

«Okay.»

«Du wusstest nichts davon?»

«Was hast du gesagt? Material aus ...»

«Technisches Beweismaterial. Blutspuren. Die einzige Spur, die mit dem Täter in Verbindung gebracht werden konnte.» Vidar blickte Evy forschend an. «Ich verstehe, wenn du nicht mit der Polizei reden möchtest. Aber ich hoffe, dass du mit mir redest.»

Evy strich mit der Hand mechanisch über die Tischdecke, als glätte sie eine Falte, die nur sie sah.

«Dein Vater war ein sehr guter Mensch, Vidar. Und ein guter Polizist. Aber ... am Ende war um ihn herum alles düster. Ihm ging es sehr schlecht. Ich wollte ihm nur helfen. Er fragte, ob er noch einmal ins Archiv gehen und einen letzten Blick in die Asservatenkartons werfen dürfte. Und ich hatte ... ich konnte es ihm nicht abschlagen. Das war falsch von mir, ich weiß das. Aber ich ...» Evy seufzte. «Ich erinnere mich noch, wie er an jenem Tag wieder gegangen ist. Er war nur ein paar Minuten unten im Archiv ... Ich habe ihm nachgesehen, und es tat mir in der Seele weh. Nicht nur weil er es war, sondern wegen dem, was ich getan hatte.»

«Hat er dir gesagt, was er da unten genau wollte?»

«Er meinte nur, dass er einen allerletzten Blick in die alten Ermittlungsunterlagen werfen wollte. Mehr nicht. Niemand wollte diesen Teufel mehr drankriegen als Sven. Und wenn er irgendwas ... Was sagtest du, soll er genommen haben?»

«Technisches Beweismaterial.»

«Wenn er irgendetwas mitgenommen hat, dann ist die einzige Erklärung, die ich mir denken kann, die, dass er versucht hat, den Fall auf eigene Faust zu lösen. Wenn es etwas gibt, das man mit zunehmendem Alter lernt, dann, dass es manchmal besser ist, manche Dinge nicht zu wissen.»

Vidar sah Evy lange an. Er hatte eine letzte Frage. Die schwierigste. Doch etwas von dem, was Evy gesagt hatte, ließ ihn die Antwort bereits ahnen.

«Es ist so», sagte er leise. «David Linder wurde gefunden. Oben in Tiarp.»

Evys Augen wurden groß.

«Was sagst du da?»

«Hast du in der Zeitung von dem Knochenfund gelesen? Es ist Linder.»

«Grundgütiger, wie schrecklich.»

Vidar verspürte einen Stich in der Magengrube. Er neigte den Kopf zur Seite. Sie hatte ihn überrascht.

«Du warst mal eine sehr gute Lügnerin», sagte er behutsam. «Aber heute bist du es nicht mehr. Du musst es mir erzählen, Evy. Alles.»

Sie schwieg sehr lange. Dann redete sie, und die Geschichte, die sie Vidar an jenem Abend erzählte, erzählte sie, als hätte sie ein ganzes Leben lang damit gelebt, ohne zu wissen, wie sie mit ihr verfahren sollte, nun aber endlich den Ausweg gefunden. Die Bürde hatte schwer auf ihr gelastet, und die Übergabe war so spürbar, als wäre es nun die seine.

89.

Evy war zu Hause in Kärleken gewesen. Sie, Ronnie und die Kinder hatten gemeinsam zu Abend gegessen. Kurz vor neun gingen die Kinder ins Bett, und Ronnie und sie machten es sich vor dem Fernseher gemütlich. Davor rief sie noch in Einars Wohneinrichtung an und vereinbarte mit dem Nachtpersonal eine Besuchszeit für den folgenden Tag.

Ronnie hatte eine Hand auf ihren Oberschenkel gelegt, und sie streichelte ihn liebevoll im Nacken. Nach einem langen Arbeitstag war er immer zärtlich. Ronnie arbeitete seit fast zwanzig Jahren als Lkw-Fahrer bei Nordiskafilt und hatte vor, es noch zwanzig weitere zu tun, solange ihm sein Nacken keinen Strich durch die Rechnung machte. Ein Busunfall in seiner Kindheit hatte seine Nackenmuskulatur unwiderruflich geschwächt und anfällig gemacht.

Evy saß neben ihrem Mann auf dem Sofa, betrachtete seine Hand auf ihrem Oberschenkel und wünschte sich, es wäre nicht seine. Es tat weh, aber so war es. Gegen ihre Gefühle war sie machtlos.

In der Küche klingelte das Telefon, und sie stand auf, um ranzugehen. Als sie seine Stimme hörte, wurde ihr warm ums Herz. Sie hatte angenommen, es wäre jemand von Einars Wohneinrichtung, doch sie hatte sich geirrt.

«Hallo, Sven. Wie gefällt dir das Rentnerleben? Vermisst du uns?»

Es war März 1991. Er lachte. Das gefiel ihr.

«Vielleicht ein bisschen.»

«Wie ist es gelaufen?» Evy senkte die Stimme. «Bei dieser Sache, bei der ich dir geholfen habe. Hast du gesehen, was du sehen wolltest?»

Sie meinte die Ermittlungsunterlagen im Archiv.

«Ja», sagte Sven verhalten. «Ja, das habe ich. Alles bestens.»

In seiner Stimme schwang ein hohler Unterton, schwer in Worte zu fassen, aber er klang nicht so wie früher. Seine Stimme war dünner, kraftlos. Er sagte, es ginge ihm gut, aber es könnte sein, dass er sie um einen letzten Gefallen bitten müsse. Er sagte *letzten*, damals hatte sie jedoch nicht weiter darüber nachgedacht.

«Okay?»

«Es geht bestimmt alles gut. Aber wenn ich mich bis halb elf nicht wieder gemeldet habe, möchte ich, dass du zu dieser Adresse fährst. Hast du Papier und Stift?»

Es war das erste Mal, dass er sie bat, etwas aufzuschreiben. Nach all den Jahren wusste er, dass sie keine Notizen brauchte, um sich zu erinnern. Und trotzdem bat er sie darum. In diesem Moment ahnte Evy, dass es wichtig war. Sie schrieb die Adresse auf.

«Und was soll ich machen, wenn ...»

«Warte einfach ab. Wahrscheinlich geht alles gut. Aber falls ich wider Erwarten nicht anrufe, setz dich ins Auto und fahr los. Du wirst es verstehen, wenn du da bist.»

Evy kehrte aufs Sofa zurück. Ronnie war kurz davor einzuschlafen, und sie sagte ihm nichts. Als er ins Obergeschoss hinaufging, blieb sie sitzen und starrte auf die Uhr.

Vor dem Fenster war es stockdunkel. Sie schlug die Adresse im Kartenatlas nach, der im Bücherregal stand. Die Adresse verwirrte sie. Dass Sven sich mit David traf, war nicht verwunderlich, sie hatten immer einen speziellen Draht zueinander gehabt. Aber was hatte sie damit zu tun?

Es wurde halb elf. Kein Anruf, nur Stille und Einsamkeit im Haus. Sie wartete noch fünfzehn Minuten, dann nahm sie die Autoschlüssel aus der Schale in der Diele und machte sich mit einem beklommenen Gefühl in der Brust auf den Weg. Sie fuhr die Landstraße Richtung Holm und nahm die Abzweigung nach Vapnö.

Evy war noch nie auf dem Linder'schen Hof gewesen. Sie parkte ein Stück entfernt am Straßenrand, stieg aus und schloss geräuschlos die Fahrertür. In der Stille fernab der Stadt hörte man sämtliche Laute des Waldes und der Natur. Sie waren aufdringlich, hart und grell.

Evy nahm eine Taschenlampe aus dem Handschuhfach, dann ging sie weiter zum Hof. Svens Auto stand auf dem Vorplatz, dunkel und still. Die Motorhaube war kalt. Evy zog an der Fahrertür. Verriegelt.

Es schien niemand da zu sein. Evy machte ein paar Schritte auf das Wohnhaus zu. Der Vorplatz bestand aus Kies und Erde. Von Svens Wagen führten Fußspuren zum Haus und wieder zurück. Sie blieb stehen. Drüben, an der Hofeinfahrt, waren noch mehr Fußspuren.

Ein zweites Schuhpaar. Jemand hatte Sven begleitet.

Evy blickte zur Straße. Wohin waren sie gegangen? Richtung Tiarp oder Kvibille? Sie setzte auf Tiarp, verließ den Hof und folgte der Landstraße. Evy knipste die Taschenlampe aus und wartete darauf, dass sich ihre Augen an die Dunkelheit gewöhnten.

Sie passierte Gut Tiarp, wo der schwere Findling von warmem Licht angestrahlt in die Finsternis emporragte. Windböen kamen und gingen in Wellen, raschelten im Laub der Bäume, strichen über die Felder.

Evy ging weiter in den Wald hinauf. Sie war jetzt ganz in Svens Nähe, fast spürte sie seine Anwesenheit in den umliegenden Schatten.

Sie lief weiter. Sie drehte um und drehte sich im Kreis. Oder hatte sie Schwindel überfallen? Alles um sie herum sah vollkommen gleich aus. Der Nyårsåsen erhob sich vor ihr, mächtig und schwarz.

Da sah sie es. Da, zwischen den Bäumen. Eine Bewegung. Vorsichtig ging sie näher. Ihr Herz schlug so heftig, dass sie ihren Entschluss bereute. Sie dachte an Ronnie, der in ihrem gemeinsamen Bett lag und schlief, Ronnie, der sie liebte, der Vater ihrer Kinder, der keine Ahnung hatte, dass sie hier war.

«Sven?»

Sie knipste die Taschenlampe an. Panisch drehte er den Kopf in ihre Richtung und zischte *Mach das Licht aus, mach es aus*.

Er kniete im Dunkeln auf dem Waldboden, eine ausgezehrte und bleiche Gestalt mit aufgerissenen Augen und wirrem Haar, das in alle Richtungen abstand. Er keuchte. Sein Atem rasselte und pfiff in den Lungen. Er hatte Blutspritzer im Gesicht.

«Sven, um Gottes willen, Sven, was ist passiert?»

«Du musst mir helfen, Evy.» Er bekam kaum Luft. «Du musst mir helfen. Ich schaffe es nicht alleine. Er ist zu schwer.»

90.

Adrenalin schoss durch ihren Körper. Mit weichen Beinen trat sie näher heran und sah David Linders Leiche am Rand einer frisch ausgehobenen Grube liegen.

Sven Jörgensson hatte warme Augen und sanft wirkende Hände, er besaß eine nachdenkliche Schweigsamkeit und ein schiefes Lächeln, doch jetzt kniete er unweit von Tiarp auf dem Waldboden und sah entsetzlich einsam aus.

Sven war zu David gefahren. David war überrascht gewesen, hatte sich aber dem Anschein nach gefreut. Sie machten einen Abendspaziergang, um zu reden. David war betrunken und torkelte. Sven sagte, dass er jetzt alles verstanden habe, dass er die fehlenden Spuren gefunden habe: die Anzeige wegen der Schlägerei im Grand Hotel, Snapparp, Davids Blutgruppe. Alles würde gut werden, sie würden eine Lösung finden. Solange David jetzt mit ihm käme, nach Halmstad, ins Polizeirevier zu ihren ehemaligen Kollegen. Mehr müsse er nicht tun, er könne ihn begleiten.

Doch sein Plan ging nicht auf. Er hatte einen kühlen Kopf bewahrt und nicht geschwiegen. Er hatte David gefragt, warum er getan hatte, was er getan hatte. Warum er sie so schändlich behandelt hatte, Stina und Frida, Gisela und Robert, ob es noch weitere Opfer gab. Wo Frida Östmark war. Er verlor nicht einmal die Fassung, als er sagte, dass sein eigener Sohn Robert Mellbergs Leiche in Snapparp aufgefunden hatte.

David war aus allen Wolken gefallen: «Was zum Teufel faselst du da? Denkst du, ich bin der Tiarp-Mörder? Was soll das? Hör auf.»

Sven hatte seine Hand ausgestreckt.

«Komm jetzt, David.»

David hatte gebrüllt, Sven habe den Verstand verloren, sei vollkommen irre, er würde ihn wegen Verleumdung anzeigen. Er, David, sei nur ein Bauer, der versuche, den elterlichen Hof über Wasser zu halten. Zum Schluss hatte er geschrien, er würde eine Dummheit begehen, wenn Sven nicht augenblicklich den Mund hielt und verschwand.

Sven hatte mit ausgestreckter Hand dagestanden und sich wie ein Idiot gefühlt, weil er es nicht eher begriffen hatte. Die verstellte Stimme bei den Telefonanrufen. Körperbau, Schuhgröße, Geographie. Alles passte. Die vielen Phasen, in denen David vom Dienst beurlaubt gewesen war, hatten ihm Gelegenheit geboten, Perspektiven auszuloten, nachzudenken, letzte Nachforschungen anzustellen.

David machte einen Schritt auf ihn zu, forderte ihn zum Gehen auf.

«Das kann ich nicht, David. Nicht jetzt. Hattet ihr eine Beziehung, du und Stina?»

«Sven, ich habe keine Ahnung, wie du dir diesen Irrsinn in deinem Kopf zurechtgereimt hast, aber glaubst du allen Ernstes, dass ich der Tiarp-Mörder bin?»

Es würde nie für eine Anklage reichen. Es war genau wie im Palme-Mord: nur Zeugenaussagen, Indizien, ein Zeitstrahl. Manchmal war das alles, was man hatte. Er hatte Davids Blutgruppe in Erfahrung gebracht. Das war das

Entscheidende. Es musste so sein. Anders passte es nicht zusammen.

Sven zückte seine alte Dienstwaffe.

«Ich weiß, dass du es bist. Du hast mich sogar angerufen. Wolltest du vor mir ein Geständnis ablegen? Warum hast du mich angerufen?»

David starrte auf die Waffe, die im Dunkeln schimmerte.

«Sven, verflucht. Dir muss doch klar sein, dass ...»

«Ich will nur, dass du mir keine Lügen mehr auftischst, David. Das ist alles. Sag mir die Wahrheit.»

Er hob die Waffe. Nicht als Drohung. Als Warnung.

«Scheiße!», brüllte David. «Hör auf!»

Er machte einen Schritt nach vorn und versuchte, Sven die Pistole aus der Hand zu reißen. Doch Sven setzte sich zur Wehr. Er war sehr viel schwächer als sein Gegner, langsamer und schwächer, und er begriff, dass er auch aus diesem Kampf als Verlierer hervorgehen würde. Er versuchte, David einen Kopfstoß zu versetzen, verfehlte ihn aber. Die Pistole klemmte zwischen ihren Brustkörben, Hände zerrten daran. Sven roch den Alkohol in Davids Atem, Spucke sprühte ihm ins Gesicht. Er spürte, wie sein rechter Zeigefinger ausgerenkt wurde, und im selben Augenblick löste sich der Schuss. Er hörte ihn im Wald widerhallen, spürte, wie der Körper vor ihm Kraft und Willen verlor und zu Boden sackte.

Mit unerträglichen Schmerzen in Gliedern und Muskeln sank Sven in die Knie und betrachtete den Mann, der sich stöhnend auf den Rücken wälzte.

«Warum?», brüllte er. «Das ist alles, was ich wissen will. Also? Warum?»

Unter ihm rang David nach Luft.

«Antworte mir!»

David blinzelte. Blut sprudelte aus seinem Mund.

«Sag was, verflucht noch mal!»

Sven ballte seine Hand zur Faust und schlug dem sterbenden Mörder so hart er konnte ins Gesicht.

Der Verrat brannte in ihm, nur Lügen und Masken, keine Wahrheit, nirgends, genau wie in dem Land, in dem er lebte.

Wie abstoßend die Welt war, wie unfassbar kalt und gleichgültig gegenüber sich selbst und allem, zu dem sie fähig war, man konnte es nicht begreifen.

Und dann war es vorbei.

Evy half Sven, David zu vergraben. Es dauerte die halbe Nacht. Sven bekam währenddessen mehrmals Atemnot und musste sich ausruhen. Er blickte sich permanent um, von Panik getrieben, jemand könne aus der Dunkelheit hervortreten, ein Zeuge, und alles wäre aus.

Als sie im Morgengrauen zurückkehrten, gingen sie getrennt zu ihren Wagen, nahmen ihre getrennten Wege nach Hause, vermissten einander jeder an seinem Platz.

Ja, einander. So fühlte es sich an. Sven und Evy waren gezwungen, mit dem, was sie getan hatten, zu leben. Sie konnten niemandem davon erzählen. Nicht einmal Stina Franzéns Eltern, die immer noch in Ungewissheit lebten. Sven war ihnen nicht begegnet, nachdem die interne Ermittlung gegen ihn eingestellt worden war, und auch später hatte er sie nie wieder getroffen. Er hatte ihnen nie sagen können, wer der Mörder ihrer Tochter war. Er schämte sich, aber er konnte es nicht. Er und Evy mussten die Wahrheit über den Tiarp-Mörder und sich selbst zu zweit tragen, zu zweit und trotzdem allein.

Sven war mit sich im Reinen und ruhigen Gewissens gestorben. Davon war Evy überzeugt. Doch als er starb, blieb sie allein zurück. So sah sie es. Sie war dazu gezwungen, die Wahrheit über Sven Jörgensson, David Linder und den Tiarp-Mörder allein zu tragen, und sie schwieg. Sie fing an zu rauchen und zu nächtlicher Stunde Gin zu trinken, allein im Dunkeln, wenn die Kinder und Ronnie schliefen und die Erinnerungen zurückkamen. Heimsuchungen, von denen sie sich nicht befreien konnte.

Sie hatte nicht geglaubt, es durchstehen zu können. Aber es ist erschreckend, wie viel man allein zu tragen vermag. Wenn man muss.

91.

Der Fridhemsgrill war der soziale Treffpunkt von Halmstad. Dort kehrte man ein, aß eine Bratwurst oder einen Burger, quatschte dummes Zeug, trank einen über den Durst und traf sich mit den Leuten, die man unter der Woche nicht gesehen hatte. An den Wochenenden war es im Fridhemsgrill so rappelvoll, dass davor mit dem Auto kein Durchkommen war. Einige Gäste waren vorher im Folkpark gewesen, andere am Strand oder in der Disco, aber am Ende kamen sie alle im Fridhemsgrill zusammen. Manch einer musste etwas Festes in den Magen bekommen, andere etwas Flüssiges, wieder andere wollten einfach noch etwas unternehmen, damit der Abend nicht zu Ende ging. Im Gastraum stand eine Jukebox, und diese Jukebox war der Grund, warum Sven zum Fridhemsgrill gerufen wurde. Ein Gast, der zu tief ins Glas geschaut hatte, wollte «Be my Baby» von The Ronettes hören, doch je mehr Münzen er in die Jukebox hineinwarf, umso wütender wurde er. Das Gerät hatte sich aufgehängt und weigerte sich, etwas anderes zu spielen als «Der herrliche Sommer ist gekommen» von Evert Taube.

Als er begann, die Jukebox mit Fußtritten zu traktieren, ging ein Gast zu ihm hin und bat ihn, sich zu beruhigen. Seine Bitte erzielte jedoch das genaue Gegenteil, und ein Handgemenge brach los. Bei Svens Eintreffen leierte die Jukebox unverändert «Der herrliche Sommer ist gekommen», leise und ein wenig verzerrt durch einen der Lautsprecher, der während des Tumults lädiert worden war. Die beiden Raufbolde hockten draußen auf der Treppe vor dem Fridhemsgrill und versuchten auszunüchtern, der eine mit einem Kaffee, der andere mit einer Schokoladenmilch.

«Was war hier los?», erkundigte sich Sven

«Nichts», sagte der Kaffeetrinker und nahm einen Schluck.

In seinem Gesicht schillerte ein Veilchen von der Größe einer Apfelsine.

«Ihm ist nur kurz die Sicherung durchgebrannt», sagte der andere, der sich eine aufgeplatzte Augenbraue eingehandelt hatte. «Aber jetzt ist alles wieder okay.»

Der Mann mit dem Veilchen deutete mit dem Kopf in den Gastraum, wo Taube gerade sang *Hier ist der herrliche Sommer, den ich dir versprochen habe.*

«Mittlerweile mag ich das Lied sogar. Es klingt schön, wenn man auf den Text achtet.»

Sven mochte das Lied auch. Es erinnerte ihn an die Zeit, als Bibbi und er jung waren. Sie hatten dazu getanzt. Also setzte er sich zu den beiden auf die Stufen und hörte sich das Lied an. Als es zu Ende war, wünschte er den beiden einen schönen Abend und bat sie, auf dem Heimweg vorsichtig zu sein.

Wenn er die Geschichte erzählte, funkelten seine Augen amüsiert, und er lachte.

Das war die Welt, in der er sich auskannte, in der er einen Platz und eine Aufgabe gehabt hatte. Dieses Leben war verlässlich und ergab Sinn, und nichts war schlimm, nicht wirklich, man konnte sich selbst im Spiegel betrachten und wusste, wen man vor sich hatte. Doch dann war etwas faul geworden, kalt und fremd.

Dass er den Tiarp-Mörder gefasst hatte, war nicht nur eine Abrechnung mit einem Täter, sondern gleichsam eine Abrechnung mit dem Land, das ihn aus seinem Innersten hervorgebracht hatte.

Vidar konnte seinen Vater verstehen. Was er getan hatte, war juristisch nicht zu rechtfertigen, wohl aber moralisch? Jedenfalls wenn es um jemanden ging, der so viel Leid verursacht hatte wie David Linder? Manche Angehörige der Opfer hatten es nicht verkraftet und waren zerbrochen.

Nein, dachte Vidar. Du hast das Richtige getan, Papa. Ich verstehe dich. Du hast das Richtige getan, bis zum Schluss.

Er verspürte eine abgrundtiefe Erleichterung, wie jemand, der mit knapper Not einer großen Gefahr entronnen ist.

Einige Wochen später lagen die Auswertungen des Nationalen Forensischen Centrums vor. Die Blutspuren, die vor über dreißig Jahren sichergestellt und katalogisiert, dann abhandengekommen, jedoch kürzlich wiederentdeckt worden waren, konnten keinem der in den polizeilichen Datenbanken gespeicherten DNA-Profilen zugeordnet werden.

Dasselbe galt für das Skelett, das auf dem Nyårsåsen gefunden worden war. Der Zersetzungsprozess der Knochen war zu weit fortgeschritten, um eine forensische DNA-Analyse durchzuführen.

Genau wie Markus es vorausgesehen hatte.

Aber warum hatte Linder getan, was er getan hatte? Es musste eine Erklärung geben. Dass die Antwort auf die Frage im Dunkeln blieb, war nicht ungewöhnlich. Vielleicht würde sie mit der Zeit ans Licht kommen. So ist es ja oft: die Erklärung liegt tief unter der Oberfläche, verborgen von Erinnerungen und Schweigen. Übergriffe in der Kindheit, frühe Gewalttendenzen, Isolation, ein verqueres Frauenbild, Pornographie; nichts dergleichen war ihnen untergekommen. Aber es gab genug andere Zeichen, und Zeichen lassen sich selten erkennen, bevor man weiß, was sie bezeichnen. Erst dann erkennt man die Zusammenhänge.

Mit der Zeit würde die Antwort zutage treten. Und wenn nicht, wäre auch das bezeichnend. Niemand wusste heutzutage noch irgendetwas. 1986 hatten die Leute aufgehört, Dinge zu wissen.

Vielleicht verhielt es sich ja so, dachte ich, als ich in dem gelben Haus versuchte, die Geschichte von Sven und Vidar zusammenzustellen. Das Böse auf dem Nyårsåsen war aus derselben Verwesung hervorgegangen, die bewirkt hatte, dass jemand den Ministerpräsidenten dieses Landes hinterrücks erschoss. Und jetzt war sie vernichtet.

III
ZERFALL

2019

III

ZERFALL

92.

So nahm ich sie wahr und glaubte, sie zu verstehen, die beiden Männer, die ich auf der Bühne dargestellt habe. Ein hochaufgelöstes Bild, entwickelt von mir und den Menschen, mit denen ich gesprochen habe, nicht zuletzt Evy. Nachdem sie mir von Sven und sich und der Nacht auf dem Nyårsåsen erzählt hatte, in der David Linder sein Schicksal ereilte, brachte ich nur eine einzige Frage heraus:

«Weiß Vidar davon?»

«Natürlich weiß er es. Schließlich betrifft es seinen Vater. Als er mich dieses Frühjahr danach gefragt hat, habe ich es ihm erzählt.»

«Gut», sagte ich, weil ich das Gefühl hatte, dass es das war, was ich sagen musste. «Das war gut, Evy.»

Doch in meinem Inneren tat sich ein Abgrund auf. Nachdem ich Tag und Nacht versucht hatte, mich in Sven und Vidar Jörgensson hineinzuversetzen, empfand ich nun fast Trauer darüber, dass der Vater so weit hatte gehen müssen. Und der Schmerz des Sohnes, all das, *du lieber Himmel, all das*; als ich einen Schritt zurücktrat, erschütterte es mich, wie all das um mich herum hatte geschehen können, ohne dass ich die geringste Ahnung davon gehabt hatte.

Ein Mensch, der an den Körper glaubt, in dem er geboren wurde, an das Leben, das er lebt, in der Zeit, in der er in dem Land wirkt, das seine Heimat ist – und von allem enttäuscht wird. Das muss die fatalste aller Tragödien sein. Genau das war es, was Sven Jörgensson widerfuhr: die Vernichtung eines Mannes, der in unseren Augen unzerstörbar gewesen war. Am Ende hatte er Ruhe finden dürfen, doch sie war mit dem höchsten aller Preise einhergegangen.

Hatte seinen Sohn dieselbe Enttäuschung erfasst? Nein, dachte ich. Nicht ganz. Bei Vidar lag der Fall anders. Seine Enttäuschung trat nicht im gleichen Maß offen zutage. Anders als sein Vater trug Vidar eine Unnahbarkeit in sich, in sein Innenleben konnte man sich nicht ohne weiteres hineinversetzen.

Wenn ich mir Sven Jörgensson vorstelle, sehe ich einen Mann versteinert von dem, was ihm widerfahren ist, als sei ein unbegreiflicher Fehler geschehen.

Ein Fehler. Das war der Katalysator des Ganzen, Svens Vorgehen, als er Stina Franzén im Wald von Tiarp fand. Dass er sie schüttelte oder vielleicht auch nicht schüttelte.

Für mich markiert dieses Ereignis einen Anfang, einen

Ausgangspunkt. Einen inneren Schmerzpunkt, vielleicht. Ich mag mich irren, aber ich glaube, Sven hat es so empfunden. Denn so war er. Der Mann, den wir uns als Kinder vorstellten und zu dem wir aufsahen, war kein Mensch, der Ausflüchte suchte. Ebenso wenig war er ein Mensch, der keine Erklärung für das hatte, was geschah, ganz gleich, was es sein mochte. Konnte er keine Ursache finden, dann musste es an ihm liegen. Der Mann, dessen Vortrefflichkeit darin bestand, genauso zu sein, wie er sich gab, musste vortreten.

Auf diese Weise konnten die Dinge auch geradegerückt werden. Ein Mann, der sich weder überschätzte noch sein Licht unter den Scheffel stellte und selbst in die Leerstelle trat, die eine Erklärung erforderte. Einen schwedischeren Mann in einer schwedischeren Zeit kann ich mir kaum denken. Danach hatte ich gesucht. Nach einer Erklärung. Einem Schlüssel, der die verschlossene Tür aufsperrte. Diesen Schlüssel fand ich in Sven und demnach auch in dem Land, in dem er lebte, in einer Zeit, die ihn zugrunde richten sollte.

Ja, dachte ich, so musste es sein, und all das – Svens Leiden, die Schönheit seiner geliebten Felder und Wälder in jenem Jahr, das große Vertrauen, das die Menschen einander im Kielwasser der Morde trotz allem entgegengebrachten, dass Sven, der nie einen Platz in der großen schwedischen Geschichte gehabt hatte, die ihren Eingang in Schulbücher findet, auf einmal mitten in deren Zentrum gelandet und von ihr aufgerieben und zerstört worden war – brach mir fast das Herz.

Ich versuchte, mir über die Konsequenzen von Svens Tat klarzuwerden. Dass er am Ende einen Menschen umgebracht hatte, weil er nicht klein beigegeben hatte; dass er, der so viele Jahre lang stolz das Joch der Gerechtigkeit geschultert hatte, am Ende die Grenze überschritt und tat, was getan werden musste, war nicht gerade dies die Bestätigung des Bildes, das wir von ihm hatten? Plötzlich hatte der Tiarp-Mörder in der Dunkelheit vor ihm gestanden, die Person, die so viel Leid und Verderben in die Welt gebracht hatte, aber nie mehr als ein flüchtiger Schatten gewesen war. Mit einem Mal trat sie ins Licht, wurde greifbar.

Ja. Es war richtig, ihn zu erschießen! Auch wenn sich der Schuss versehentlich gelöst hatte. Wir hätten dasselbe getan, oder gehofft, wie Sven den Mut dazu aufzubringen. Fast verspürte ich nun ein noch stärkeres Band der Gemeinschaft mit Sven, ein karges und bitteres Band, denn das war die Realität. 1986, nach den Schüssen auf dem Sveavägen, war vieles, das wir zu kennen geglaubt hatten, auf den Prüfstand gestellt worden, und in der sich anschließenden Hysterie und Panik hatte sich ein winziger Splitter aus dem Chaos gelöst und war nach Marbäck gelangt, nach Tofta und zu Sven und Vidar Jörgensson. Sven hatte getan, was er tun musste, um die Ordnung wiederherzustellen und die Lösung ans Licht zu bringen. Ein letztes Mal hatte er exakt das getan, was man von ihm verlangen konnte.

93.

Zu diesem Zeitpunkt lebte ich von Ersparnissen. Während des Sommers waren nur wenige Anfragen für Kolumnen und Artikel gekommen, die Leute hatten am Strand gelegen oder in ihren Ferienhäusern TV-Serien geglotzt. Es störte mich nicht. Der Herbst war da, und ich hatte die Einsamkeit schätzen gelernt, die mein Beruf mit sich brachte, die Stille im Haus, mich in ein Schweden hineinzuversetzen, das es nicht mehr gab, und zu erforschen, welche Spuren es in den Menschen hinterlassen hatte, in deren unmittelbarer Nähe ich mich einmal bewegt hatte.

Ich war zehn, als Palme erschossen wurde, dann, in jenem eigenartigen Jahr 1988, hatte auch ich unter der Hitze gestöhnt, und ich hatte Halmstad in den Nachwehen der Krise verlassen, die in den neunziger Jahren zahlreiche Höfe in der Gegend in den Ruin getrieben hatte. Ich hatte es gesehen, mir aber keine Gedanken darüber gemacht, es nicht verstanden.

Das war der Kern, dachte ich. Das Schreiben selbst. Keine Frauengeschichten oder Freunde, die mich ablenkten, auch nicht der Gedanke, dass die Geschichte, die ich zu enthüllen im Begriff war, eines Tages in einer Buchhandlung stehen würde. Sollte ich das Manuskript vielleicht gar nicht veröffentlichen? War das Schreiben an sich nicht genug?

Ich glaube, ich durchlebte eine Art Krise. Ich war nicht verrückt, so viel wusste ich. Aber was hätte ich tun sollen? Zu wissen, dass man in einer Krise steckt, macht die Sache nicht leichter. Im Gegenteil.

Weil ich in der realen Welt keinen Platz hatte, erschuf ich eine in meinem Kopf, indem ich das Leben anderer lebte. Das möchte ich ausdrücklich festhalten, denn es ist sehr wichtig. Ich hatte absolut nichts dagegen, mich für den Moment ausschließlich auf meine Arbeit zu konzentrieren. Was danach geschah, geschah, weil ich keine Wahl hatte. Alles andere wäre gelogen.

Als der Herbst kam und die Temperaturen fielen, drang die Kälte ins Haus. Eines Morgens betrug die Raumtemperatur gerade mal fünfzehn Grad, obwohl die Heizkörper heiß waren. Der Fußboden blieb kalt, und die alten Wände speicherten keine Wärme. Bibbernd stand ich im Wohnzimmer, die Hände um einen Kaffeebecher gelegt, betrachtete den alten Kamin und überlegte, ob er wohl funktionierte. Ich konnte mich nicht mehr daran erinnern, wann er zuletzt in Gebrauch gewesen war. In meiner Kindheit hatten wir ihn im Herbst und Winter fast täglich angefeuert. Ich weiß noch, wie sehr ich den Geruch liebte, wie die Flammen an den Holzscheiten emporzüngelten, die mein Vater draußen im Garten zurechtgespalten hatte, wie die gebündelte Wärme aus dem Kamin wallte.

«Nein, du», sagte mein Vater, als ich ihn anrief. «Ich weiß nicht mehr, wann wir den Kamin das letzte Mal benutzt haben. Irgendwann haben wir stattdessen einen Heizlüfter gekauft. Und eine Zusatzheizung. Warum fragst du? Ist es kalt im Haus?»

«Ein bisschen», erwiderte ich. «Wo sind der Heizlüfter und die Zusatzheizung?»

«Die haben wir mitgenommen. Sie müssten in unserem Kellerabteil stehen. Sollen wir sie dir vorbeibringen?»

«Nicht nötig. Ich versuche, den Kamin in Gang zu kriegen.»

«Wie geht es dir eigentlich? Seit dem Sommer habe ich dich kaum gesehen. Rasmus sagt, du steckst bis über die Ohren in Arbeit.»

«Mir geht's gut. Aber ja, ich schreibe viel.»

«Geht es immer noch um die Sache oben in Tiarp?»

«Ja», sagte ich zögernd. «Tut es.»

«Schlimme Geschichte», sagte mein Vater. «Du weißt, ich ...»

«Papa, entschuldige, aber ich muss hier weitermachen», unterbrach ich ihn. «Ich muss versuchen, das Feuer im Kamin zum Brennen zu bringen. Wir hören uns bald.»

Mein Versuch sollte nicht von Erfolg gekrönt sein. Weil ich kein Brennholz hatte, fuhr ich nach Marbäck, um bei Backlund welches zu kaufen. Auf dem Weg dorthin kam ich an Vidar und Patricia Jörgenssons Haus vorbei. Es stand, wo es immer gestanden hatte, die Einfahrt hübsch und gepflegt, aber leer. Sie waren wohl bei der Arbeit wie alle anderen. Nur ich war allein.

Backlund erkannte mich wieder. Bevor er mir das Kaminholz umsonst gab, lud er mich auf eine Tasse Kaffee ein, fragte nach meinem Leben in Stockholm, warum ich heimgekehrt sei – er sagte *heim* –, wie es meinem Vater gehe, und trug mir Grüße auf. Danach verbrachte ich den Rest des Vormittags mit dem Versuch, Feuer im Kamin anzuzünden. Und als es mir nach unzähligen Pleiten endlich gelang, ging ich nach draußen, um nachzusehen, ob aus dem Schornstein eine Rauchfahne stieg.

Ich wartete eine ganze Weile, konnte jedoch keinen Rauch sehen. Stattdessen begannen sämtliche Feuermelder im Haus in einem zornigen Chor zu piepen. Mit zusammengekniffenen Augen blickte ich zum Küchenfenster und meinte, Rauchschwaden zu erkennen.

Ich stürzte zurück ins Haus und füllte einen Eimer mit Wasser, das ich in den Kamin kippte. Die Flammen spuckten und zischten, und auf dem schönen Parkettfußboden im Wohnzimmer breiteten sich rußige Lachen aus. Was hätte ich tun sollen? Bestimmt etwas anderes, aber mit solchen Dingen kannte ich mich nicht aus. Hustend stolperte ich durchs Haus und riss Fenster und Türen auf. Dann stand ich draußen in der Kälte in der Einfahrt und sah dabei zu, wie der Rauch aus sämtlichen Öffnungen des Hauses wich, nur nicht aus dem Schornstein.

Ich versuchte, aufs Dach zu klettern. Ich tat es wirklich.

Aber ich fand auf den Dachziegeln keinen Halt und war kurz davor, runterzufallen. Am Ende stieß ich zu allem Überfluss mit dem Fuß gegen die Leiter, die daraufhin umkippte. Verschwitzt, erniedrigt und verrußt, blieb mir nichts anderes übrig, als mich zur Dachrinne zu hangeln, mich der Länge nach daranzuhängen und mich zwei Meter in die Tiefe hinabfallen zu lassen, bis ich wieder auf festem Boden stand. Einem Jörgensson wäre das nicht passiert, dachte ich und warf resigniert die Flinte ins Korn. Ich rief eine Schornsteinfegermeisterin an, die meinte, sie könne in der nächsten Woche kommen und nach dem Kamin sehen. Anschließend wählte ich abermals die Nummer meiner Eltern und fragte meinen Vater, ob ich mir den Heizlüfter oder die Zusatzheizung für ein paar Tage ausborgen könnte.

«Du kannst beide haben», erwiderte er hörbar amüsiert, als könne er sich die Szenen im Haus ausmalen.

94.

Elsa Grave stammte aus Schonen, zog aber Mitte der fünfziger Jahre ins Vapnödalen bei Halmstad. Da wohnte sie vierzig Jahre, bis sie in ein Pflegeheim in Laholm übersiedelte. Und obwohl sie aus meiner Heimatgegend kam, hörte ich ihren Namen zum ersten Mal an der Uni in Stockholm. In einem Literaturkurs lasen wir schwedische Dichter und Dichterinnen, und da kam ich mit ihrer Lyrik in Berührung.

Auf ihrem Hof in Vapnö, unweit von Tiarp, dichtete sie über das Leben am Nyårsåsen, die Tiere, die Natur, die Mystik und die Angst der Liebe, den Schmerz des Frauseins und der Mutterschaft, die Dunkelheit der Landschaft und was sie mit den Menschen macht: *Schenke mir eine Dunkelheit / von nagelgespickter Gotik / klauengleicher Hände / von siedenden Kehlen / klingenbewehrter Kapitäle*, heißt es in «Dunkelheit», einem Gedicht, dem ich heute, viele Jahre später, eine sehr viel tiefere Bedeutung beimesse als damals.

Ein Kommilitone, der wusste, dass ich aus Halmstad kam, drehte sich einmal zu mir um und fragte: «Kennst du das Gedicht?»

Mein Vater ist in Tiarp aufgewachsen. Sein Vater, mein Großvater Arvid, arbeitete zunächst als Steinmetz und später als Baumeister. Seine Mutter, meine Großmutter Greta, war den Großteil ihres Lebens als Küsterin in der Kirche von Vapnö tätig. Dort wurden mein Bruder und ich getauft, und eines Tages werden dort vielleicht unsere Grabsteine stehen.

Anfang der Siebziger, als er meine Mutter kennengelernt hatte, zog mein Vater aus Tiarp fort, und ein paar Jahre später erwarben sie das Grundstück hier in Tofta – auf Großvaters Anraten. Er hatte gesehen, dass es zum Verkauf stand, sagte, dass es guter Baugrund sei – und baute das gelbe Haus. Ich kann mich nicht daran erinnern, dass ich, von Weihnachtsfesten und Mittsommerfeiern abgesehen, als Kind in Tiarp gewesen wäre.

Also antwortete ich meinem Kommilitonen, dass ich das Gedicht nicht kannte.

Doch es gab Menschen, die es kannten, und im Herbst nach meiner Rückkehr durchstreifte ich Elsa Graves Landschaften, wanderte über den Nyårsåsen nach Risarp hinunter, wo das Haus der Mellbergs gestanden hatte.

Ich dachte über den Tiarp-Mörder nach und versuchte zu verstehen, was es mit einem Ort auf sich hatte, der so viele finstere Unterströmungen im Leben eines Menschen hervorbringen konnte. Ihm haftete Schönheit an, eine lyrische nahezu. Doch es war eine bösartige, aggressive Schönheit, voller Zorn.

Elsa Grave hatte die Schatten auf dem Nyårsåsen gefürchtet und das, was zwischen ihnen lauerte. In «Dunkelheit» offenbart sie ihre Faszination und gleichsam ihre Angst vor der Landschaft, in der sie lebte: *Entfache mir eine Sonne bei Nacht / du, welcher mir Dunkelheit schenken soll.*

Sie wendet sich an jemanden, der zugleich Licht und Dunkelheit bringen soll. Wie ein Janusgesicht.

So könnte Sven es empfunden haben: dass die Wahrheit über den Tiarp-Mörder ihm für immer ein Rätsel bleiben würde, wenn er ihr nicht unermüdlich nachspürte, sie einforderte, sie jagte, obwohl er sie, tief in seinem Inneren, längst kannte.

Mein Vater ging mit mir in den Keller und half mir, den Heizlüfter und die mobile Heizung nach oben zu tragen. Er erzählte von dem Krimi, den er gerade las, meinte, er sei gut, es kämen aber zu viele Namen darin vor.

«Ich kann mir einfach nicht merken, wer wer ist», sagte er. «Ich werde wohl langsam alt. Ich lese eine Seite, auf der eine neue Figur auftaucht, und denke, aha?, und wer war dann der Kerl? Also blättere ich zurück und lese alles noch mal.»

Ich verdrehte die Augen.

«Versuch es mit *Robinson Crusoe*. Da ist das Figurenpanorama überschaubar.»

«Ja, bis Freitag auftaucht. Dann wird es kompliziert.»

Ich lachte.

«Die Heizung steht hinter der Kiste da. Wenn du sie ein Stück zur Seite schiebst, kommen wir dran.»

Ich tat, wie mir geheißen, und wir wuchteten die Heizung heraus.

«Erinnerst du dich an Elsa Grave?», fragte ich.

«Elsa?» Mein Vater zog die Augenbrauen hoch. «Natürlich erinnere ich mich an sie. Wir haben etliche Feten bei ihr gefeiert. Das heißt, ihre Töchter haben die Feten veranstaltet, Elsa selbst war nie zu Hause, glaube ich. Deshalb konnten die Feten ja steigen. Sie wohnte in Vapnö, in der Nähe des Sportplatzes, und blieb meistens für sich. Ich mochte sie, obwohl sie ein wenig schrullig war. Warum fragst du?»

«Ach nichts, ich habe nur nachgedacht. Ich habe neulich ein Buch von ihr gelesen. Ihre Beschreibungen vom Nyårsåsen und Tiarp sind sehr eindringlich.»

«Wenn du mich fragst, wird heutzutage über viel zu viele Orte geschrieben. Bei manchen täte man besser daran, sie in Frieden zu lassen. Das, was oben auf dem Nyårsåsen geschehen ist, ist schlimm genug.» Mein Vater hob ein Ende der Heizung an und ging rückwärts aus dem Kellerabteil. «Und die Zeitungen schreiben und schreiben, als gäbe es kein Ende. Müssen auch noch die Dichter ihren Senf dazugeben?»

«Du hast recht», keuchte ich unter dem Gewicht der Heizung. «Aber Elsa Grave hat nicht ...»

«Ich weiß, ich weiß.» Mein Vater fuchtelte mit einer Hand. «Ich finde es einfach traurig, deshalb, wie sagt man, mokiere ich mich darüber.»

«Ich verstehe, was du meinst», erwiderte ich und dachte an die Geschichte, die ich Stück für Stück zusammensetzte. «Aber ich glaube, dass dem Ganzen eine tiefere Bedeutung zugrunde liegt. Allen Schreibereien zum Trotz.»

David Linder war in diesem Jahr zur berüchtigsten Person Hallands aufgestiegen. Von heute auf morgen war er und alles, was ihn betraf, Gemeingut geworden. Erst heute hatte in der Hallandsposten wieder ein Artikel über ihn gestanden, in dem der Tathergang in Tiarp, die Ausgrabung seiner Leichenreste und ein Teil der Ermittlungen durchexerziert wurden. Auch Linders kurze Zeit im Polizeidienst war aufs Tapet gebracht worden, inklusive zahlreicher Spekulationen, warum er diesen Beruf gewählt und wieder aufgegeben hatte. Der Verfasser des Artikels erging sich in wilden Mutmaßungen über alle nur denkbaren Szenarien. Ich hatte den Artikel ausgedruckt und zu meinen Arbeitsmaterialien gelegt, die seit meinen gescheiterten Versuchen, Feuer im Kamin zu machen, nach Rauch stanken.

«Das ist eine merkwürdige Geschichte», sagte mein Vater, als wir die Heizung in mein Auto gehievt hatten.

Ich schlug die Kofferraumklappe zu.

«Was meinst du?»

«Die Sache mit Linder. Willst du nicht noch mit nach oben kommen und einen Kaffee trinken, bevor du fährst?»

«Doch, klar. Aber was soll mit Linder gewesen sein?»

«Du erinnerst dich doch an deinen Großvater? Er und Mudder haben damals dort oben gewohnt.»

Mein Halländisch ist im Lauf der Jahre stark eingerostet, aber seit ich wieder hier lebe, sind viele dialektale Ausdrücke in meinen Wortschatz zurückgekehrt. Ich merke es an der Satzmelodie, an der Art, wie ich die Wörter betone, einerseits ungewohnt, andererseits seltsam vertraut. Meinem Vater ist die heimische Mundart nie abhandengekommen. Er spricht den dumpfen, sonoren Halland-Dialekt, den die Männer der Gegend seit Urzeiten sprechen, ein Dialekt, der seine Herkunft als Steinmetzsohn verrät. Und während seiner Berufsjahre als Kfz-Mechaniker und als Kollege von anderen Steinmetz-, Bauern- und Bergarbeitersöhnen hatte er sich kein bisschen abgeschliffen. Er sagte nicht Mama, Mutter, Papa oder Vater, er sagte *Mudder* und *Vadder*.

Wir gingen zurück zum Haus. Oben in Tegelbruket wehte ein schneidend kalter Herbstwind, und wir stemmten uns dagegen, vergruben die Hände in den Taschen.

«Wie geht es dir eigentlich?», fragte mein Vater zögernd.

«Gut», antwortete ich. «Warum fragst du?»

«Ach nichts, ich wollte nur ... Aber bist du sicher? Dass es dir gutgeht, meine ich. Ich dachte wegen Sara und der Scheidung, und ...»

«Ich bin ein bisschen erschöpft», gab ich zu.

«Aber du siehst nicht erschöpft aus. Du siehst krank aus.»

«Danke für das Kompliment.»

«Mager und blass wie ein frisch geborenes Kalb. Deine Mudder wird sich Sorgen machen.»

«Es geht mir gut, Papa», sagte ich irritiert.

«Wenn du das sagst.»

Dann erzählte er mir eine Geschichte. Hätte er es nicht getan, wären die folgenden Ereignisse wohl niemals eingetreten, und alles wäre umsonst gewesen.

95.

«Als Rasmus am Telefon erzählte, du würdest von früh bis spät arbeiten, dachte ich zuerst, er meint das Haus, und ich habe mich gefragt, ob du das alles allein schaffst. Dann wurde mir klar, dass er von den Vorfällen oben in Tiarp redet. Das ist sicher schwierig für dich, oder? Ich habe keine Ahnung, wie du vorgehst, wenn du schreibst, aber du kannst doch keine Erinnerungen an damals haben? Oder doch?»

«Nein», sagte ich. «Nein, habe ich nicht.»

«Das habe ich mir gedacht. Wir waren ja nur in Tiarp, wenn Mudder und Vadder Geburtstag hatten oder zu irgendwelchen anderen Festen. Nach dem Telefonat mit Rasmus wollte ich eigentlich ein bisschen in meinem Krimi schmökern, aber dann kamen wieder diese ganzen Namen vor und obendrein ein neuer, der mir bis dahin noch nicht untergekommen war, also bin ich stattdessen zum Baumarkt gefahren und habe einen Schraubenzieher gekauft. Als ich nach Hause kam, wollte ich ein Nickerchen machen. Deine Mudder und ich legen uns nachmittags immer ein Stündchen hin, machen die Augen zu und ruhen uns aus. Doch dann musste ich darüber nachdenken, was Rasmus gesagt hat.»

Unterdessen waren wir in der Wohnung angelangt. Meine Mutter stand in der Küche und hielt die Autoschlüssel in der Hand.

«Hallo, Schatz», begrüßte sie mich. «Wie geht's dir?»

«Gut.»

Sie umarmte mich mit besorgtem Blick und einem leichten Lächeln, fragte, ob ich einen Kaffee trinken oder etwas essen wolle, bemerkte, dass ich nach Rauch roch.

«Ich habe Feuer im Kamin gemacht», sagte ich.

«Ich wollte gerade einkaufen», erwiderte sie. «Bist du sicher, dass du nichts essen möchtest? Du siehst furchtbar dünn aus.»

«Das habe ich auch gesagt», sagte mein Vater.

«Es ist alles in Ordnung, Mama.»

«Sicher?»

«Ja doch.»

Als meine Mutter gegangen war, deutete mein Vater zum Küchentisch, auf dem drei dicke Kladden lagen. Es waren die alten Geschäftsbücher meines Großvaters, edel und schwer, mit haselnussbraunem Ledereinband.

«In diesen Büchern hat Vadder seine Aufträge notiert», sagte er. «Jeden Tag, wie ein Kalender. Mit Datum und allem. Die Häuser, die er gebaut hat, die Arbeiten, die er verrichtet hat, besondere Vorkommnisse et cetera pp. Ich erinnere mich noch, wie Mudder und er abends am Küchentisch immer zusammen einen Kaffee tranken und er dabei seine Buchhaltung machte. Sie hat ihm bei den Zahlen geholfen. Ich habe die Bücher aufbewahrt, weil ich sie so schön finde.» Mein Vater strich mit der Hand über die Ledereinbände. Das Geräusch klang kühl und trocken, behaglich. «Ich meinte mich zu erinnern, dass sie beim Umzug unten im Keller gelandet sind, und das waren sie. Ich habe alle Bücher von 1986 hochgeholt. Ich dachte, dass sie dir vielleicht ...» Er zögerte. «Ich wollte zur Abwechslung einmal versuchen, dir ein bisschen zu helfen. Wenn ich kann. Ich dachte, vielleicht steht darin irgendwas, das dir weiterhilft. Falls du Hilfe brauchst», setzte er rasch hinzu. «Aber nach dem, was Rasmus gesagt hat, klang es, als könntest du Hilfe gebrauchen.»

Ich merkte, dass er sich wirklich nicht einmischen wollte.

Das freute mich. Ich dachte an die große Distanz, die einmal zwischen uns geherrscht hatte, die Konflikte und das Schweigen, und dass davon keine Spur mehr vorhanden war. Wenn man es nicht selbst erlebt hat, kann man es sich kaum vorstellen. Ich setzte mich an den Küchentisch, zog eines der Bücher zu mir heran und schlug es auf.

Dieses Buch gehört: gefolgt von Großvaters vollem Namen, feierlich, in elegant geschwungener Schreibschrift. Genau wie mein Vater gesagt hatte, hatte Großvater Tag für Tag Buch geführt. Über seine Aufträge, Geschäftstermine und sonstige Begebenheiten. Auch mich selbst entdeckte ich. *9-11:30 Uhr Planungsgespräch mit F. Jonasson bei Söndrums Bau & Material. Nachmittags Mats und Monica mit den Jungen zu Besuch.* Die Eintragung betraf den Tag vor Mittsommer 1986.

«Okay», sagte ich langsam, ein wenig besorgt, meinen Vater zu enttäuschen. «Söndrums Bau & Material kannte ich zum Beispiel nicht. Gut möglich also, dass in den Büchern noch andere nützliche Hinweise stehen. Danke, Papa.»

«Ja, ich dachte auch, dass sie dir nützen könnten», sagte er und griff nach einem anderen der drei Geschäftsbücher. «Aber das war, bevor ich ...»

Er schlug den Band auf und begann, darin zu blättern. Chronologisch war es das erste Buch, die Einträge stammten vom Januar und Februar 1986. Als er die gesuchte Seite gefunden hatte, betrachtete er sie einen Moment, als müsse er sich davon überzeugen, dass er richtig gesehen hatte.

Dann blickte er auf und schaute mich unsicher an.

«Linder soll den ersten Mord doch zwischen elf Uhr abends und ein Uhr nachts begangen haben, oder? So stand es damals jedenfalls in der Zeitung.»

«Das stimmt.»

«Komm mal zu mir rum, dann zeige ich dir was.»

Sein Zeigefinger lag auf Großvaters Eintrag vom Abend des 28. Februar 1986.

23:00–00:30 Uhr D. Linder hier. Hat mir geholfen, den Betonmischer zu reparieren. Brauche ihn morgen in Frösakull (300,– Kronen).

«D. Linder», las ich.

«Ja», sagte mein Vater. «Und ich ... Ich kenne mich mit diesen Dingen ja nicht aus, aber in der Zeitung stand damals, der Täter hätte die Frau abends von der Arbeit abgeholt, kurz nach elf, als ihre Schicht zu Ende war. Diesem Eintrag zufolge kann Linder das ja nicht getan haben.»

«Wie alt war Großvater 1986?», fragte ich.

«Er war Jahrgang 1913, also muss er dreiundsiebzig gewesen sein. Aber du kanntest ihn ja», sagte mein Vater, als verstünde er, worauf ich anspielte. «Bis zu seiner Hirnblutung 1990 war sein Verstand klar wie ein Bach im Frühling. Und er war stark wie ein Ochse. Ich erinnere mich an diesen Betonmischer. Das war ein Ungetüm aus den Fünfzigern, den bekam man nur zu zweit vom Fleck. Linders hatten auf ihrem Hof das gleiche Modell. Als Kind habe ich manchmal mit Frans und Göran da gespielt. Der alte Hasse Linder hat uns mit Argusaugen beobachtet.»

«Und ...», setzte ich an, wusste aber nicht recht, wie ich weitermachen sollte.

«Auf deinen Großvater Arvid war Verlass», sagte mein Vater und klopfte mit dem Finger auf die Seite. «Wenn er notiert hat, dass David Linder um diese Uhrzeit bei ihm war, dann war er das auch. Vadder muss ihn gemeint haben. Ich weiß nicht, ob man ... Die Zeitungen haben ja so viel darüber geschrieben, aber sollte man nicht die Polizei informieren? Ein Mensch kann schließlich nicht an zwei Orten gleichzeitig sein. Das ist doch merkwürdig, oder nicht?»

«Zwischen elf und halb eins, das ist mitten in der Nacht. Warum war Großvater so spät noch wach?»

«Er hat vor dem Schlafengehen immer ein letztes Mal nach dem Rechten gesehen, kontrolliert, dass die Werkzeuge, die er am nächsten Tag benötigte, an Ort und Stelle lagen. Die Zeit konnte knapp werden, wenn eine Säge oder ein Hobel fehlte, oder irgendein Gerät Zicken machte. Ich weiß noch, einmal war ein Meißel verschwunden, und dein Großvater hat bis halb drei in der Früh danach gesucht, zornig wie eine Hornisse. Ich nehme an, dass es an diesem Abend ähnlich war. Er hat gemerkt, dass der Betonmischer nicht funktionierte, und da hat er Linder um Hilfe gebeten. Das heißt, er war um diese Uhrzeit bei deinem Großvater. Ist das nicht merkwürdig?»

«Doch», sagte ich seltsam kühl. «Das ist merkwürdig. Kann ich mir die Bücher ausleihen?»

«Natürlich.» Mein Vater wirkte fast erleichtert, als böte ich mich an, ihm eine Last abzunehmen. «Geh nur bitte vorsichtig mit ihnen um. Sie sind so schön.»

96.

Das Team der Spurensicherung hatte seine Arbeit in den heißesten Sommerwochen des Jahres verrichtet, noch dazu in einer Phase, die mit etlichen Urlauben zusammenfiel, sodass sie sich besonders lange hingezogen hatte und in mehreren Etappen erfolgt war. Jetzt lag das Anwesen verlassen da, nur einige vergessene blau-weiße Absperrbänder flatterten noch im Herbstwind, der über die kahlen Felder fuhr. Mich fröstelte in der Kälte.

Ich parkte ein Stück entfernt vom Hof und ging an der Umzäunung entlang. Der Linder'sche Hof war nur einer von Hunderten verlassener Höfe in Halland, die sich im Lauf der Jahre nicht mehr hatten halten können und dem Verfall überlassen worden waren. Fuhr man mit dem Auto durch die Provinz, stieß man immer wieder auf verfallene Höfe, insbesondere in den Regionen, denen die großen Krisen am härtesten zugesetzt hatten. Nur wenige Landwirte erholten sich. Die Menschen hatten Familienbesitze, Lebenswerke aufgeben müssen. Mit diesem Hof verhielt es sich anders. Hier hatte ein Mörder gelebt und sein Unwesen getrieben, bis ihn die Gerechtigkeit eingeholt hatte.

Ich warf einen Blick über die Schulter. Weit und breit war niemand zu sehen. Ich duckte mich unter einem Absperrband hindurch und betrat das Grundstück. Die Spuren der Kriminaltechniker waren noch deutlich zu erkennen: Abdrücke im Boden, Messstäbe und Plastikhüllen, ein vergessener hellblauer Latexhandschuh. Sie hatten sich nicht die Mühe gemacht, hinter sich aufzuräumen. Schmale Profile von Georadaren zogen sich wie parallel verlaufende Fahrradreifen über das Grundstück.

Ich suchte nach einem freigelegten Grab. Einer Ausgrabung. Sie musste hier oben gefunden worden sein, ein Fund, den die Polizei so gut unter Verschluss gehalten hatte, dass nichts davon an die Presse gedrungen war.

An einigen Stellen hatten die Kriminaltechniker den Boden genauer untersucht und flache Löcher ausgehoben.

Ich verbrachte über zwei Stunden auf dem Hof, durchkämmte das Gelände nach Anzeichen dafür, dass sie Frida Östmark gefunden hatten. Meine Hände und Füße wurden eiskalt, schließlich war ich so durchgefroren, dass ich mich eine Weile ins Auto setzte, um mich aufzuwärmen.

Mein Handy klingelte. Es war Evy. Wir hatten schon länger nicht mehr miteinander gesprochen.

«Hallo», meldete ich mich. «Wie geht es Ihnen, Evy?»

«Ich habe so schauderhafte Träume. Hunger habe ich auch, aber ich habe nichts zu essen im Haus.»

«Kauft denn niemand für Sie ein?»

Ich hörte, wie Evy sich mit ihrem Rollator in Bewegung setzte. Die Kühlschranktür wurde geöffnet.

«So was, der Kühlschrank ist ja voll.»

Sie klang überrascht und verwirrt. Ich dachte an Großvaters Geschäftsbücher und hätte Evy gern dazu befragt, wusste aber nicht recht, wie ich das Thema anschneiden sollte, also ließ ich es bleiben. Stattdessen blickte ich auf Linders Hof und sagte:

«Darf ich Sie etwas fragen?»

«Natürlich.»

«Als Ronnie und Sie von Kärleken nach Norteforsen gezogen sind ...»

«Mmh.»

«Wie war das für Sie?»

«Gut. Warum?»

«Nach dem Umzug wohnten Sie nur ein paar Kilometer von Sven entfernt, und ich dachte, angesichts Ihrer Geschichte ...»

«Geschichte?»

Evy klang verständnislos. Zwischen uns wurde es still.

«Wissen Sie», begann sie. «Ich sage nicht, dass mich an dem, was passiert ist, keine Schuld trifft. Aber wir konnten nichts tun. Niemand konnte das.»

«Sie meinen das, was zwischen Ihnen und Sven passiert ist?»

«Nein, die Dinge in Tiarp. Worüber Sie so viele Fragen stellen. Die Morde.»

«Aber inwiefern trifft Sie Schuld daran? Weil Sie Sven geholfen haben?»

Evy schwieg lange.

«Sie kommen mich doch bald besuchen?»

«Ich komme Sie bald besuchen», versprach ich. «Aber Evy, fühlen Sie sich schuldig? Ich glaube, das haben Sie mir bisher nicht erzählt. Aber natürlich kann ich verstehen, wenn Sie es so empfinden. Alles andere wäre wohl seltsam.»

«Ja, ich weiß nicht. In meinem Kopf geht so vieles durcheinander. Dieses alte Mädel stellt sich so gut an, wie sie es vermag, aber es ...»

Der Satz verebbte unbeendet, wurde zu Schweigen. Meine Frustration wuchs. So war es bei jedem Gespräch mit ihr. Ich startete einen neuen Versuch, merkte jedoch, dass Evy zunehmend erschöpfter klang. Vielleicht würde sie ein andermal darauf zurückkommen. Ich hatte gelernt zu warten. Wir beendeten das Gespräch.

In der Zwischenzeit waren die Autoscheiben beschlagen. Ich stieg wieder hinaus in die Kälte und ließ meinen Blick über das Gelände schweifen. Eigentlich war es logisch. Warum hätte Linder die Leiche auf seinem eigenen Grund und Boden vergraben sollen? Wäre sie durch Zufall gefunden worden, hätte sich der Verdacht sofort gegen ihn, den

Hofeigentümer, gerichtet. Das war auch Linder klar gewesen. Er hatte sie woanders entsorgt.

Ich habe meinen Großvater als kräftigen, breitschultrigen und großen Mann in Erinnerung, der so gut wie immer ein verwaschenes Flanellhemd, eine Latzhose und Holzpantoffeln trug. Seine Stimme war tief und warm, sein Lachen ein dumpfes Brummen, und vor vielen Jahren half er mir dabei, meinen ersten Sandkasten zu bauen. Bei Großmutter und Großvater gab es immer Eis mit Beeren, wenn ich sie besuchte, und literweise zuckersüßen Saft, den Großmutter selbst machte. In ihrer Gegenwart fühlte ich mich geborgen, und ich liebte es, Großvaters Hand zu halten.

Als ich jetzt seine Geschäftsbücher las, entstand das Bild eines vielbeschäftigten, gründlichen Handwerkers mit dem festen Willen, sich und seinem Beruf alle Ehre zu machen. Trotz seines hohen Alters hatte er so gut wie täglich daran gearbeitet, jemandes Wunschvorstellung eines Wohn- oder Ferienhauses zu verwirklichen. *Kein Wechselgeld für M. Jansson*, hatte er notiert, *muss es ihm morgen vorbeibringen (54,50 Kronen)*.

Die Geldsumme grundsätzlich am Rand und in Klammern gesetzt, auf die Öre genau.

David Linder tauchte in Großvaters Geschäftsbüchern aus dem Jahr 1986 kein zweites Mal auf. Der Eintrag vom achtundzwanzigsten Februar war der einzige, in dem er erwähnt wurde. Anderntags war ein C-H Håkansson vermerkt, der mit einem Pritschenwagen gekommen war, um den Betonmischer abzuholen. Am Sonntag hatte Großvater bis auf einen Gottesdienstbesuch in der Kirche von Vapnö nichts notiert.

An meinem Schreibtisch sitzend, den Heizlüfter neben mir, in der wohltuenden Einsamkeit des Hauses, versuchte ich mir darüber klarzuwerden, was Großvaters Geschäftsbücher bedeuteten, welche Konsequenzen seine Notizen hatten, wie meine nächsten Schritte aussehen mussten. *9:00–13:00 Uhr Suchtrupp F. Östmark* lautete ein Eintrag im Mai. Als ich das las, wurde mir warm ums Herz. Meine Großeltern hatten bei der Suche nach Frida Östmark mitgewirkt. Sie hatten sich engagiert, Anteil genommen und helfen wollen.

Abends entdeckte ich, dass die Spülmaschine nicht mehr funktionierte. Seufzend bückte ich mich, um im Schrank unter der Spüle nach Spülmittel und Spülbürste zu suchen. Als ich mich wieder aufrichtete, sah ich in der Dunkelheit draußen vor dem Fenster einen Schatten vorbeihuschen. Im Garten hatte jemand gestanden, ein paar Schritte entfernt auf dem verwilderten Rasen, und hatte mich durch das Küchenfenster beobachtet. Ich war ganz sicher.

Ich ging in die Diele, nahm eine Taschenlampe aus dem Garderobenschrank und trat auf Socken vors Haus. Der grelle Schein der Taschenlampe zitterte in meiner Hand, mein Puls rauschte in den Ohren.

Niemand da. Ich riss mich zusammen und ging auf die Hausecke zu, hinter der der Schatten verschwunden war. Der Himmel über mir war finster und wolkenlos, in den Bäumen raschelte es.

Ich holte tief Luft und umrundete die Hausecke. Der Strahl der Taschenlampe wanderte über den Rasen, hinunter zum Zaun und weiter auf den Fahrradweg auf der anderen Seite.

Niemand. Keine Menschenseele.

Ich musste mich geirrt haben.

Doch als ich ins Haus zurückkehrte, war es nicht die abendliche Kälte, die mich frösteln ließ.

97.

Am nächsten Morgen hatte sich meine Angst noch immer nicht gelegt. Ich bewegte mich vorsichtig, zögernd und verunsichert, suchte nach Zeichen. Als ich im Bademantel und mit einem Becher Kaffee in der Hand draußen auf dem Rasen stand, entdeckte ich nichts. Was nicht bedeutete, dass niemand da gewesen war.

Um auf andere Gedanken zu kommen, lenkte ich mich ab. Ich fuhr in die Stadt, kaufte einen Drucker, richtete ihn ein und druckte das Manuskript aus, an dem ich seit dem Sommer arbeitete. Ich schichtete die Seiten zu einem ordentlichen Stapel, platzierte ihn neben meinem Computer und starrte ihn an. Da lag es und wartete, das Ergebnis meiner Arbeit der vergangenen Monate, nach wie vor einen leichten Tonergeruch verströmend.

Ich rührte es nicht an. Stattdessen empfand ich gegenüber dem Text oder dem, was er schilderte, einen eigenartigen Widerwillen.

Es war noch früh am Morgen, doch als ich die Nummer ausfindig gemacht hatte, griff ich dennoch zum Telefon. Alte Menschen waren zeitig auf den Beinen. Nach etlichen fruchtlosen Versuchen war es mir gelungen, Einblick in die Akten des internen Ermittlungsverfahrens gegen Sven

Jörgensson zu erhalten, und dazu zählte auch eine Tonaufnahme der Vernehmung, die sie 1988 mit ihm geführt hatte – auf die näheren Umstände, wie dieses Material in meinen Besitz gelangt ist, kann ich mit Rücksicht auf die Person, die es mir ausgehändigt hat, nicht eingehen. Ich hatte das Material für selbsterklärend gehalten. Doch in den letzten Tagen waren mir Zweifel gekommen, und ich hatte begonnen, den Wortlaut der Vernehmung und der Unterlagen zu drehen und zu wenden, ohne zu einem Ergebnis zu kommen.

«Ja, hallo?»

«Spreche ich mit Nora Selvin?»

«Wer möchte das wissen?»

Auch mehr als dreißig Jahre später klang ihre Stimme genauso wie auf der Aufnahme. Genauso dünn und nasal, genauso wachsam und klar. Ich wagte nicht, ihr etwas anderes als die Wahrheit zu sagen, wer ich war, woran ich arbeitete. Dass ich, zumindest geographisch betrachtet, in unmittelbarer Nähe von Sven Jörgensson aufgewachsen war.

«Ich verstehe. Und wie sind Sie an dieses Material gekommen?»

«Das kann ich Ihnen nicht sagen. Aber ich habe es streng vertraulich behandelt.»

«Soso.» Sie klang, als würde sie mir kein Wort glauben. «Und was wollen Sie von mir?»

«Ich frage mich, ob ...»

«Einen Moment.» Im Hintergrund raschelte es. «Ausgerechnet heute habe ich Besuch. Meine Tochter bringt ein paar Sachen vorbei. Können Sie später noch einmal anrufen?»

Nora Selvin war sechsunddreißig gewesen, als sie Svens Handeln auf dem Nyårsåsen geprüft hatte. Sie war erst zu

Beginn dieses Jahres in Ruhestand gegangen. Die letzte Zeit ihres Berufslebens hatte sie in Jönköping verbracht, wo sie nach wie vor wohnte. Ich glaube, der einzige Grund, warum sie nach einer intensiven und ereignisreichen Karriere als Staatsanwältin überhaupt mit mir redete, war der, dass sie sich schlichtweg langweilte.

«Ja», sagte ich, als wir etwas später erneut miteinander telefonierten. «Ich frage mich, ob ... Es geht mir um Sven Jörgensson. Erinnern Sie sich an die Ermittlung?»

«Natürlich. Ich erinnere mich an jeden meiner Fälle.»

«Nachdem ich die Unterlagen gelesen habe, frage ich mich, ob er richtig oder falsch gehandelt hat.»

«Richtig oder falsch?»

«Ja.»

Sie lachte.

«Glauben Sie, die Welt ist so einfach gestrickt?»

«Nein, aber ...»

«Während meiner Zeit als Staatsanwältin haben die Leute immer nur nach Fakten gefragt. Leute, die keine Ahnung von Jura oder Rechtslehre hatten, stellten Fragen nach dem Wahrheitsgehalt, ob dieses oder jenes der *Wahrheit* entspräche. Als ob man das mit Gewissheit sagen könnte.»

«Ich frage nicht nach wahr oder falsch.»

«Woran schreiben Sie, sagten Sie? An einem Buch?»

«Ich denke schon. Ja. Ich bin so gut wie fertig.»

«Und Sie haben Zugang zu den Ermittlungsunterlagen?»

«Ja.»

Nora Selvin schwieg lange.

«Es ist im Sand verlaufen. Das Verfahren, meine ich. Es ist nicht leicht, gegen die eigenen Reihen zu ermitteln. Jörgensson war Polizeibeamter. Heutzutage gibt es Richtlinien für

Fälle wie diese, aber damals, achtundachtzig, war so was ein einziges Kuddelmuddel. Ich glaube, ich habe das Verfahren eingestellt, war es nicht so?»

«Ja.»

«Wie fast jede Anklage, die in irgendeiner Form die Polizei betraf.»

«Aber was denken Sie persönlich?», fragte ich. «Hat Jörgenssons Handeln zu Stina Franzéns Tod beigetragen?»

«Ja, das hat es. Zweifellos.»

Es zu hören, war schmerzhaft. Selbst nach allem, was ich in Erfahrung gebracht hatte.

«War die Ermittlung gegen ihn gerechtfertigt?», fuhr Nora Selvin fort. «Ja, das war sie. War es gerechtfertigt, dass er freigesprochen wurde?» Sie seufzte. «Schwer zu sagen. Aber ja, ich würde auch das bestätigen, trotz der Tatsache, dass Polizisten nie für etwas zur Rechenschaft gezogen werden. Aber in diesem Fall? Welche Wahl hätte Jörgensson gehabt? Er hat versucht, der Frau das Leben zu retten. Er hätte überlegter handeln können, ganz sicher. War es nicht so, dass er sie geschüttelt hat?»

«So wurde es jedenfalls dargestellt.»

«Aber ich weiß nicht. Ich bin nicht der Ansicht, dass man... Wie gesagt, er hat versucht, ihr das Leben zu retten. Es war eine seltsame Nacht. Ich finde nicht, dass man so hart über ihn urteilen sollte.»

Ich überlegte.

«Nach dem Bild, das Sie von Sven gewonnen haben», sagte ich. «Glauben Sie, dass es für ihn von Bedeutung war?»

«Was meinen Sie? Dass ich das Verfahren eingestellt habe?»

«Ja, dass er freigesprochen wurde.»

Wieder schwieg Nora Selvin.

«Ich kannte ihn nicht», sagte sie schließlich. «Sie zwingen mich dazu, Mutmaßungen anzustellen, und das gefällt mir nicht.»

Ich wartete.

«Aber ich erinnere mich, dass ich darüber nachgedacht habe», fuhr sie fort. «Die Einstellung des Verfahrens hat für ihn eine geringere Rolle gespielt als für viele andere. Die Schwere seiner Schuld und die Geschehnisse schienen so schwer auf ihm zu lasten, dass es für ihn zweitrangig war, was mit ihm geschah. Aber jetzt spekuliere ich. Warum fragen Sie?»

«Aus keinem speziellen Grund, ich versuche nur ...»

«Wissen Sie, sein Sohn hat mich diesen Sommer angerufen und dasselbe gefragt.»

«Vidar? Vidar Jörgensson hat Sie angerufen?»

«Ja, Vidar. So hieß er.»

«Was wollte er?»

«Gewissheit über einige Dinge, die seinen Vater betrafen, sagte er. Ich habe seine Fragen so gut ich konnte beantwortet und ungefähr dasselbe gesagt wie Ihnen gerade eben. Hinterher wirkte er irgendwie erleichtert, als hätte er es hören müssen, um abschließen und nach vorn schauen zu können. Ich werde allmählich alt, und mein Gehör ist nicht mehr das, was es einmal war, aber ich glaube doch, dass ich richtig gehört habe. Kann ich noch etwas für Sie tun?»

Ich blickte auf den Rasen draußen vor dem Fenster. Dort hatte jemand gestanden. Wer? Wer konnte es auf mich abgesehen haben? Ich konnte mir keinen Reim darauf machen.

«Ich nehme an, dass Sie die Neuigkeiten gehört haben? Über den Tiarp-Mörder?»

«Dass es Linder war? Ja, entsetzlich. Ich bin ihm einige

Male in Halmstad begegnet. Meinem Eindruck nach schien er ein guter Polizist zu sein.»

«Hat es Sie überrascht?»

«Ich bin Staatsanwältin», erwiderte Nora Selvin. «Mich überrascht nie etwas.»

98.

Etwas später in derselben Woche begegnete ich Vidar, aus purem Zufall.

Es war ein sonniger Oktobersonntag, und mein Bruder war aus Lund gekommen. Unangemeldet stand er plötzlich auf meiner Türschwelle und beharrte darauf, dass ich an die frische Luft müsse. Welche Gedanken ich gerade auch immer wälzen mochte, meinte er, so sollte ich doch für ein paar Stündchen etwas anderes unternehmen.

«Und was zum Beispiel?», fragte ich.

«In einer Stunde spielt Breared gegen Snöstorp Nyhem.»

Beim Gedanken an Menschenansammlungen und halb bekannte Gesichter von früher brach mir der kalte Schweiß aus. Was, wenn der Schatten aus dem Garten darunter war? Widerwillig stimmte ich zu.

Folgt man der Landstraße, fährt man zunächst an den dichtbewaldeten Forstgebieten von Marbäck entlang. Dort wachsen die Bäume so hoch, dass sich ihre Äste, schwer von der Nässe eines Sommerregens, über die Straße neigen, als wollten sie den Menschen, die unter ihnen des Wegs daherkommen, Schutz bieten. Jetzt standen sie kahl und aufrecht in langen Reihen Spalier. Hinter Marbäck folgt eine Strecke über Land in Richtung Skärkered. Als Kinder waren wir hier immer mit dem Fahrrad entlanggefahren. Fast glaubte ich, den Geruch von Asphalt und Erde in der Nase zu haben. Hinter Skärkered erstreckt sich das Simlångsdalen mit seinen kleinen Häusern und alten Werkstätten. Früher gab es in Skärkered einen Erlebnisladen, und als Kinder hatten mein Bruder und ich geglaubt, man ginge dorthin, um ein Erlebnis zu kaufen.

Rasmus lachte, als ich ihn daran erinnerte.

Wir parkten am Sportplatz. Es waren viele Leute da. Sie unterhielten sich lachend, begrüßten sich händeschüttelnd, umarmten sich. Es roch nach Kaffee, ein Bratwurstgrill qualmte. Die Spieler wärmten sich auf dem Rasen auf. Dampfwolken stiegen aus ihren Mündern.

Auf dem Weg vom Auto zum Sportplatz betrachtete ich die Szenerie, und mit jedem Schritt wuchs mein Zögern. Mein Bruder nahm meine Anspannung nicht zur Kenntnis. Er redete über irgendeinen verletzten Spieler von Snöstorp Nyhem – keine Ahnung, wen er meinte –, weshalb Rasmus heute große Chancen für Breared sah. In diesem Moment entdeckte ich ihn, zum ersten Mal seit unserer Begegnung in der Bar. Ihn wiederzusehen, war seltsam: plötzlich stand er einfach da, der Mann, der eine Art Ausgangspunkt meiner Geschichte bildete und den ich ohne sein Wissen, geschweige denn sein Einverständnis gemeinsam mit seinem verstorbenen Vater auf meine Bühne gezwungen hatte.

Patricia und er unterhielten sich mit jemandem, den ich nicht kannte. Vidar sah jünger aus als an dem Abend in der Bar, seine Wangen waren fülliger, seine Bewegungen gelöster. Er hatte keine Ringe unter den Augen, und sein Blick war fest, offen. Er sieht aus, als wäre er genau da, wo er sein will, dachte ich. Weit weg von Gewalt, Kummer und quälenden Erinnerungen. Dies war nur ein Sonntag in der kalten Oktobersonne, mit Bekannten, die man lange nicht getroffen hatte, alten Gessle-Songs aus den Lautsprechern und den kleinen Sorgen und Nöten des Alltags. Oves alter Mähdrescher sprang nicht mehr an, und zum Frühjahr musste er sich einen neuen anschaffen, Johanssons Werkstatt hatte dichtgemacht, die Kinder wünschten sich neue Schlittschuhe, Gott sei Dank hatte man noch ein paar Urlaubstage übrig, wie standen eigentlich die Wetten für das bevorstehende Spiel? Breared machte einen starken Eindruck.

Wir steuerten auf die Tribüne zu, um uns zwei Plätze zu suchen. Die Mannschaften bereiteten sich schon auf den Anpfiff vor. Vidar sagte etwas zu Patricia und ging in Richtung Kiosk.

«Wenn du zwei Plätze frei hältst, hole ich uns einen Kaffee», sagte ich rasch.

Mein Bruder blickte mir verdutzt nach, als ich davoneilte. Ich weiß nicht, warum ich es tat. Ich tat es einfach.

Ich landete hinter Vidar in der Schlange. Er hielt einen gefalteten Geldschein in der Hand, und da wurde mir klar, dass ich kein Bargeld dabeihatte.

«Weißt du, ob ich hier per Handy-App bezahlen kann?»

«Ach, hallo, Wurm. Siehst du dir das Spiel an?»

Vidar drehte sich zu mir um und musterte mich mit großen grünen Augen, warm und klar.

«Mein Bruder hat mich hergeschleppt.»

«Das ist gut. Fußball ist wichtig. Das sage ich auch immer zu Patricia, aber sie ist nicht überzeugt.»

«Noch nicht», spezifizierte ich. «Sie ist *noch* nicht überzeugt. Das sagt mein Bruder immer zu mir.»

Vidar lachte.

«Ganz genau. Dein Bruder hat recht. Und ja, ich glaube, du kannst per Handy-App bezahlen.»

«Wie geht es dir?», fragte ich

«Gut, wirklich gut.» Und dann, als würde er sich erst jetzt erinnern, fügte er hinzu: «Besser als beim letzten Mal.»

«Das freut mich.»

«Und wie ist es mit dir?»

«Ungefähr so wie bei unserer letzten Begegnung, wenn ich ehrlich bin», sagte ich, und wir grinsten uns an, wie man es tut, wenn man nicht weiß, was man sagen soll. «Du hast damals von deinem Vater gesprochen und gemeint, du würdest viel über ihn nachdenken.»

«Ach so, ja. Das stimmt. Im Frühjahr habe ich über vieles nachgedacht.»

Er hatte an jenem Abend nicht darüber reden wollen und signalisierte deutlich, dass er es auch jetzt nicht wollte. Trotzdem sprach ich weiter, als zöge jemand die Worte aus meinem Mund.

«Ich habe ... Ja, ehrlich gesagt habe ich seitdem selbst viel über ihn nachgedacht.»

Vidar zog die Augenbrauen hoch.

«Hast du?»

«Ich dachte, wenn du irgendwann mal Zeit hast ... Ich habe natürlich Zeitung gelesen, und ich würde dir gerne etwas zeigen. Es geht um das, was damals geschehen ist.»

«Was meinst du?»

«Ich habe vor kurzem die alten Geschäftsbücher meines Großvaters gefunden. Und in einem davon bin ich auf eine merkwürdige Notiz gestoßen.»

«Aha?»

Vidar drehte sich um, musterte die Schlange vor sich. Er war der Nächste.

«Ja, und ich habe mit Evy Carlén gesprochen.»

Das brachte ihn aus dem Konzept.

«Evy Carlén?»

«Ja. Sie sagte ...»

«Tut mir leid, Wurm», unterbrach er mich und fing sich wieder, «aber ich bin hier, um Fußball zu gucken und Zeit mit meiner Frau zu verbringen. Wenn du mich jetzt bitte entschuldigst?»

«Natürlich. Sicher.»

Vidar war an der Reihe. Er bestellte zwei Kaffee.

«Bis dann, Wurm.»

Ich drehte mich um und hielt Ausschau nach meinem Bruder. Die meisten Zuschauer hatten mittlerweile ihre Plätze eingenommen, die Mannschaften versammelten sich zum Anstoß an der Mittellinie. Ich hob die Hand und winkte Rasmus zu, er grinste. Ich grinste zurück, doch dann geschah etwas, das mich erstarren ließ.

Etwas blitzte auf, kurz und flüchtig, wie wenn mitten am Tag unversehens ein Fragment des Albtraums der vergangenen Nacht durch das Bewusstsein zuckt. Von einer Sekunde auf die andere ist sie da, die Erinnerung, klar und deutlich und zähnefletschend wie ein Raubtier, aber einen Augenblick später ist sie genauso schnell wieder verschwunden.

War es der Schatten von gestern? Nein. Nein, es war etwas anderes gewesen. Ich blickte mich um. Irgendetwas hier auf dem Sportplatz. Etwas, das ich mit Stina Franzén verknüpfte. Bloß was?

Ich stand reglos da, als würde die Erinnerung erneut auftauchen, wenn ich nur wartete. Das tat sie nicht. Ich bezahlte per Handy-App, und Breared verlor 1:3.

99.

Vielleicht war es das Bild von Vidar und Patricia auf dem Sportplatz Sekunden vor dem Anpfiff, Seite an Seite, lächelnd und mit sich und der Welt im Einklang, das mich unvermutet mein eigenes Leben reflektieren ließ. Ich, der stets vor irgendetwas davongelaufen war, hatte dagestanden und einen Mann beobachtet, der niemals den geringsten Impuls verspürt hatte, davonzulaufen. Ein Mann ohne Bindungen betrachtete einen Mann, der mehr als alles andere durch Bindungen definiert zu sein schien, die Bindung zu seinem Heimatort, seiner Frau, seinen Grundsätzen.

An einem Spätsommertag im Jahr 1994 hatte ich den Ort, an dem ich aufgewachsen war, verlassen, um mich an der Stockholmer Universität für einen Kurs in Literaturwissenschaft einzuschreiben. Zu diesem Zeitpunkt war Sven Jörgensson seit fast drei Jahren tot.

Auch damals dachte ich an sie, an Sven und Vidar. Mein Aufbruch war notwendig, jedoch alles andere als leicht. Nur wenige, die aus Tofta kommen, treibt es weiter in die Welt hinaus als einige Kilometer nach Westen bis Halmstad. Handwerkersöhne werden Handwerker, Bauernsöhne Bauern, der Sohn eines Polizisten war aus eigenem Antrieb heraus Polizist geworden. Dieser Art des Generationenerbes haftete eine tiefe Verbundenheit an, und es muss meine

Eltern geschmerzt haben, als sie verstanden, dass mein Bruder und ich andere Wege einschlagen würden. Damals hatten mein Vater und ich große Schwierigkeiten, miteinander zu reden. Wir sollten wieder zueinander finden. Aus der Distanz verbrachten wir Jahre damit, die Nähe des anderen zu suchen, bis es uns schließlich gelang. Aber 1994 war es schlimm. Ich, stets eher ein Papa- als ein Mamakind, stand ihm unendlich fern.

«Kannst du nicht einfach ...», sagte er eines Tages in jenem Sommer. «Ich meine, was ist falsch daran, hier zu bleiben? Geht es dir hier so schlecht?»

«Nein, aber ...»

«Guck dir deine Freunde an. Sie sind glücklich und zufrieden. Nimm Bengt und Örjan oder Vidar Jörgensson. An ihnen ist nichts verkehrt, das sind alles anständige Kerle. Und für sie ist das Leben hier gut genug, warum nicht für dich? Warum kannst du nicht zufrieden sein?»

Wenn ich mir meine Kindheit und Jugend ins Gedächtnis rufe, wüsste ich keine andere Situation zu nennen, in der mein Vater so offen sagte, was er dachte.

«Darum geht es nicht, Papa. Es geht nicht darum, wie es mir hier geht oder was gut genug ist. Ich möchte einfach etwas anderes sehen.»

«Aber was? Was willst du sehen? Was, glaubst du, wird in Stockholm so viel besser sein?»

«Das weiß ich nicht.»

Als ich meinem Vater an jenem Sommertag gegenübersaß, überlegte ich, ob auch Vidar Jörgensson irgendwann einmal mit dem Gedanken gespielt hatte, fortzugehen, schlug diese Möglichkeit jedoch sogleich wieder in den Wind. Es erschien undenkbar, fast absurd. Wie hätte Aufbruch eine Option für jemanden sein sollen, der sich stets zu Hause gefühlt hatte? Zufriedenheit, das war es, was Vidar sich vom Leben zu wünschen schien, mehr durfte man nicht verlangen. Und genau das war es, wovor ich davonlief.

Ich habe nie den Zwang empfunden, die Gefühle, die ich während meiner Kindheit und Jugend mit mir herumgetragen habe, rechtfertigen zu müssen. Es hatte nichts mit meinen Eltern zu tun: sie liebten mich und meinen Bruder, so gut sie es vermochten. Sie arbeiteten sehr viel, und wenn sie abends nach Hause kamen, waren sie oft müde und abgekämpft, weil sie sich abrackerten, die Anforderungen des Alltags zu bewältigen: Essen kochen, Wäsche waschen, Wasserschäden beheben, die nächste Autoinspektion, das Familienleben. Wir haben nicht viel Zeit zu viert verbracht. Ich denke, dass sie sich gewünscht hätten, mehr Zeit für mich und Rasmus zu haben, ein stärkeres Band zwischen uns zu knüpfen, größere Nähe. Das hätte mir bestimmt gefallen, aber dass es nicht so war, hat mir nicht geschadet. Im Gegenteil, ich bin immer wieder verblüfft, wie viel Zeit Kinder heutzutage mit ihren Eltern verbringen und wie viel sie über sie erfahren. Vielleicht mehr, als es für alle Beteiligten gut ist.

Mit der Zeit erfuhr ich sie natürlich, die großen und kleinen Tragödien, die sich zu Hause ereigneten. Die Ernte, die schlecht ausfiel, Göranssons Traktor, der gestohlen wurde, Nilssons Frau, die krank wurde und starb. Der schreckliche Hausbrand in Tolarp, in dessen Trümmern man die Leiche einer jungen Frau fand, ereignete sich nur wenige Monate nach meinem Wegzug. Ich wusste, dass Vidar in die Ermittlung involviert war, begriff aber nicht recht, wie. Selbstverständlich erinnerte ich mich an Lovisa Markström, ich war ihr einige Male begegnet.

Ich wohnte zur Untermiete in einer Wohnung in der Vasastan, mitten im Herzen von Stockholm, und fuhr die zwei Stationen mit der U-Bahn zum Hauptbahnhof, staunend und noch immer besorgt, mich zu verirren, um in dem großen Zeitungskiosk in der Bahnhofshalle eine Ausgabe der Hallandsposten zu kaufen. Es war der Tag nach dem Volksreferendum über einen Beitritt zur EU, und in Stockholm war Europa das einzige Gesprächsthema.

Als ich die Fotos betrachtete, wurde mir bewusst, wie groß der Abstand geworden war, die Kluft zwischen mir und dem Dorf, das im Mittelteil der Zeitung beschrieben wurde und das einmal meine ganze Welt gewesen war. Ich bin kein Teil mehr davon, dachte ich. Stattdessen war ich von der Euphorie erfüllt, mich im Zentrum des Lebens der schwedischen Hauptstadt zu befinden. Ich empfand keine Scham, nur Erleichterung. Wie könnte ich jemals zurückkehren? Alles, was ich in Tofta vermisst hatte, gab es hier.

So sah ich sie, ausnahmslos, wie aus sehr weiter Ferne. Vidar, seine Mutter Bibbi, meine Eltern, und meine Erinnerungen an Sven und Lovisa und all die anderen, die nicht mehr da waren: sogar wenn ich für kurze Stippvisiten an Weihnachten und Ostern nach Hause fuhr, waren sie alle ein Teil dessen, was ich hinter mir gelassen hatte und niemals vermissen würde.

Bei diesen Gelegenheiten hatte ich das Gefühl, dass zu Hause die Zeit stehengeblieben war, alles war unverändert. Sobald ich meinen Fuß auf halländischen Boden setzte, erkannte ich alles wieder, alle Gesichter, alle Sorgen und Hoffnungen.

Ungefähr zu dieser Zeit kam Bewegung in mein Leben. Eine Zeitung druckte eine erste Novelle von mir ab, kurz darauf eine zweite und eine dritte, danach fragte ein Verlag an, ob ich schon einmal darüber nachgedacht hätte, ein längeres Prosastück zu schreiben. Zwei Jahre später, im selben Jahr, in dem ich sechsundzwanzig wurde, erschien mein Debütroman *Erfordernisse für Träumer*, ein Roman, der sich bis zum heutigen Tag in exakt sechshundertsechsundfünfzig Exemplaren verkauft hat, von denen eine nicht unbedeutende Zahl meinen Eltern zuzurechnen sein dürfte, die das Buch kauften, um es an Freunde und Verwandte zu verschenken. Richtig turbulent wurde es erst 2010, mit Erscheinen meines vierten Romans *Freiheitsspiel*. Ich wurde in Talkshows eingeladen, in Feuilletons interviewt und gebeten, Leitartikel, Theaterstücke und Drehbücher fürs Fernsehen zu schreiben. Ich war inzwischen fünfunddreißig, hatte Sara kennengelernt und verdiente so gut, dass ich nicht mehr nebenher als Kassierer im örtlichen Supermarkt jobben musste.

Sara und ich führten ein gutes Leben. Sie arbeitete als Büroangestellte, las gern, trainierte im Fitnessstudio unseres Viertels und traf sich abends mit ihren Freundinnen in der Stadt zum Essen, während ich in einer offenen Bürogemeinschaft auf Södermalm einen Schreibtisch mietete, auf Events ging, Buchhandlungen und Bibliotheken aufsuchte und gelegentlich mit ein paar Kumpels ein Bier trank. Ich plauderte interessiert mit unseren Nachbarn, putzte die Fenster, machte den Abwasch, und ich arbeitete.

Sara schien kein Problem damit zu haben, mit einem Schriftsteller zusammenzuleben, jedenfalls behauptete sie das, und sie wirkte glücklich. Wir fuhren in den Urlaub, bezahlten Rechnungen, machten Wocheneinkäufe, wenn es nötig war, gingen ins Kino, schlossen Versicherungspolicen ab und renovierten das Badezimmer, bepflanzten die Balkonkästen und bekundeten unsere Zuneigung auf diese halbromantische Art, wie es Erwachsene tun, wenn sie versuchen, zusammenzuleben.

Die Rastlosigkeit, die ich als Siebzehnjähriger auf den Straßen von Halmstad verspürt hatte, hatte sich seit Jahren nicht eingestellt, womöglich weil ich zu beschäftigt war, um sie zu bemerken.

Gegen Ende unserer Ehe kam in mir ein seltsames Gefühl auf. Ich wusste nicht, was es war, es hatte keinen Namen. Manchmal, in sonderbaren, elektrisch aufgeladenen Momenten wie die Luft vor einem Gewitter, sah ich mich um und hatte keine Ahnung, wo ich mich befand, auf welcher Straße ich stand, wie alt ich war, was für ein Leben ich lebte. Kurze Momente völliger Schwerelosigkeit oder Sauerstoffmangels, als wäre die Welt ringsum zu grauem Eis erstarrt. Hinter mir lag nichts, und auch vor mir wartete nichts.

Dann, als hätte jemand neben mir mit den Fingern geschnippt, fand ich mich im Hier und Jetzt wieder und kehrte mit einem klammen Gefühl in der Brust, das, ich weiß nicht, womöglich Verlust ähnelte, in die Gegenwart zurück.

Irgendwann um diese Zeit begann ich, vom Haus in Tofta zu träumen.

Die Grundsteinlegung erfolgte in den ersten Wochen des Jahres 1979. Ich war damals zwei Jahre alt. Mein Vater, mein Onkel und mein Großvater Arvid bauten das Haus gemeinsam. Es war ein solides Haus, ein Familienwerk. Ich stelle mir vor, dass viel Liebe und Herzblut in ihm steckt.

Ende des Jahres war es fertig, und wir zogen ein. Als ich fast vierzig Jahre später von ihm zu träumen begann, war ich lange nicht dort gewesen.

Viele der Menschen, die das Haus einmal besucht hatten, waren nicht mehr da: meine vier Großeltern, der Bruder meiner Mutter und all die anderen, deren Gesichter ich inzwischen nur noch auf Fotos betrachten kann.

Ich selbst hatte einen weiten Weg zurückgelegt, war Schriftsteller geworden und fast ein anderer Mensch. So fühlte es sich an.

Doch im Traum war ich zurückgekehrt. Ich stand in der Abenddämmerung in der Einfahrt, und die Menschen, die nicht mehr da waren, waren nur kurz weggegangen, um irgendetwas zu besorgen. Ja, dachte ich im Traum und lachte. Ein Missverständnis! So musste es sein. Als ich die Küche betrat, konnte ich sie fast hören, weit entfernt, und ich spürte, wie sehr ich sie vermisst hatte.

Etwa um diese Zeit, als ich von unserem Haus in Tofta zu träumen begann, sagte Sara zum ersten Mal, ich sei sonderbar leer geworden.

Aber ich fühlte mich nicht leer. Nicht damals.

Stattdessen fühlte ich, dass ein Kapitel meines Lebens zu Ende ging und etwas Neues seinen Anfang nahm. Aber ich konnte mir beim besten Willen nicht vorstellen, worin dieses Neue bestand.

100.

Ich scheute mich davor, mit Gisela Mellberg zu sprechen, und hatte lange gezögert. Doch am Ende sah ich ein, dass es nur eine Frage der Zeit war, dass ich früher oder später mit ihr reden musste, und griff zum Telefon. Es gab Auskünfte, die nur sie mir geben konnte.

Zu meiner Überraschung stimmte sie einem Treffen zu. Sie wohnte in einem hübschen Bungalow in Furet, und dort trafen wir uns vor gut zwei Monaten. Ich erkannte sie von den alten Zeitungsfotos wieder. Sie waren vor dem Überfall entstanden und kurz danach veröffentlicht worden. Ich war erstaunt, wie wenig sie sich verändert hatte. Ich hatte erwartet, dass die Schicksalsschläge ihres Lebens ihr Gesicht mehr gezeichnet hätten, als es rein äußerlich der Fall war.

Der Bungalow war geschmackvoll eingerichtet und aufgeräumt, doch die Anwesenheit von Teenagern war unverkennbar. Wir saßen im Wohnzimmer in einer gemütlichen Sitzgruppe, und ich hörte ihr zu. Sie sprach über die Atmosphäre in Tiarp, nachdem Stina Franzén gefunden worden war, von der Suche nach Frida Östmark und Schweden im Frühjahr 1986. Erst nach einer geraumen Weile wagte ich, nach ihren persönlichen Erlebnissen zu fragen, nach Robert und der Zeit danach.

Wir redeten, bis einer ihrer Söhne mit der Sporttasche über der Schulter ins Wohnzimmer kam und sie erstaunt auf die Uhr blickte.

«Herrje, wie die Zeit vergeht. Ich muss mich um das Abendessen kümmern.»

Ich glaube, dass sie einwilligte, mit mir zu reden, weil ich keine Verbindung zu ihr hatte. Alle anderen Menschen in ihrem Umfeld standen auf irgendeine Weise in Zusammenhang mit den Tragödien, die ihr Leben geprägt hatten. Ich nicht. Mit mir konnte sie frei reden, so frei, wie sie es wollte. Außerdem spürte ich eine Art Chemie zwischen uns, keine körperliche, aber doch etwas Vergleichbares. Vielleicht war es Vertrauen. Sie habe das Gefühl, sagte sie, dass ich sie verstehe, was ich auch tat. Manchmal sei das das Einzige, was man sich wünsche.

«Das», sagte sie, «und dass man einen Punkt im Leben erreicht, an dem unsere Vergangenheit nicht mehr erklären kann, wer wir sind und wohin uns unser weiterer Weg führt. Das ist alles, was man sich wünscht.»

Nichtsdestotrotz zögerte ich, sie abermals zu kontaktieren, vielleicht sogar noch mehr als beim ersten Mal. Schließlich setzte ich mich ins Auto und fuhr zu ihr.

«Hallo? Was führt Sie denn wieder her?»

Sie öffnete die Tür ein Stück weiter, trat einen Schritt vor und gab mir mit kühlem, festem Griff die Hand. Sie hatte klare, wache Augen, die nicht auswichen.

«Ich hätte vorher anrufen sollen», sagte ich. «Aber ich war gerade in der Gegend, und ich würde gerne noch einmal mit Ihnen darüber reden, was damals geschehen ist.»

Was damals geschehen ist. Ich hatte beschlossen, es so zu bezeichnen, auch wenn es gekünstelt klang.

Sie sah mich lange an.

«Warum?»

Ich hielt die schwere Stofftasche hoch, die ich dabeihatte.

«Es geht um meinen Vater.»

«Ihren Vater? Wer ist Ihr Vater?», fragte sie erstaunt.

«Er ist der Sohn von Arvid und Greta Carlsson aus Tiarp.»

Das hatte ich ihr beim letzten Mal nicht erzählt. Ich hatte es nicht für wichtig gehalten.

«Aha?»

«Ich hoffe, dass Sie mir helfen können. Oder ihm. Uns.» Ich machte ein zerknirschtes Gesicht. «Darf ich reinkommen? Es dauert nicht lange. Oder soll ich ein andermal wiederkommen?»

In Gisela Mellbergs Augen ging etwas vor. Gedanken rührten sich in ihnen. Ich fragte mich, welche. Dann trat sie einen Schritt zur Seite und ließ mich herein.

Wir setzten uns dorthin, wo wir bei unserem ersten Gespräch gesessen hatten, ins Wohnzimmer, in die gemütliche Sitzgruppe. Sie trank Tee, ich Wasser. Sie hatte mir Kaffee angeboten, aber ich hatte abgelehnt, aus Angst, sie könnte ihre Meinung während des Kaffeekochens ändern.

«Wissen Sie», sagte sie nach einer Weile, «es ist seltsam, wenn ich jetzt im Nachhinein darüber nachdenke. Seitdem sind so viele Jahre vergangen. Ich habe länger damit gelebt als ohne. Aber manchmal habe ich das Gefühl ... ja, mich in einer Fehlkalkulation zu verstricken.»

«Inwiefern?»

«Ich lebe nicht seit fünfundfünfzig Jahren, sondern seit achtundzwanzig. Die Gisela, die davor existierte, vor diesen Ereignissen, ist bedeutungslos. Das war jemand anders. Die Frau, die zusammen mit Robert in Risarp gewohnt hat, das war nicht ich. Verstehen Sie, was ich meine? Es mag in Ihren Ohren seltsam klingen, oder traurig. Ich habe an Selbsthilfegruppen für Opfer von Gewaltverbrechen teilgenommen. Ich habe von Menschen gelesen, die sich über ihren Opferstatus definieren lassen. Die meisten sind natürlich Frauen, und immer sind sie Opfer männlicher Gewalt, in welcher Form auch immer. Ich habe nie verstanden, wie man sich derart einschüchtern lassen kann. Man kann nicht hierhin oder dorthin gehen, weil *er* da sein könnte, nicht in diesem oder jenem Geschäft einkaufen, weil er da immer einkauft. Man läuft durch die Stadt und hat eine Todesangst, ihm auf der Straße zu begegnen, man sitzt im Auto und fürchtet sich, an einer roten Ampel neben ihm zu stehen. Ich fand das ... ja, schwach. Obwohl ich es verstehe, hielt ich es für Schwäche. Aber bin *ich* anders? Ich habe vor diesem Leben hier nicht einmal *existiert*. Die Frau, die ich heute bin, wurde in dem Moment geboren, als die Polizei im Krankenhaus in mein Zimmer kam und mir sagte, was Robert zugestoßen ist. Dass sie ihn gefunden haben. Die Frau, die davor existiert hat, ja ... Wo ist sie? Tot, nehme ich an. So einfach ist es wohl. Und das ist schlimmer, als sich über das Opfersein zu definieren, oder nicht?»

«Ja», sagte ich zögernd. «Oder ist es vielleicht dasselbe?»

«Für Sie mag es seltsam klingen, ich schätze, das tut es. Aber wissen Sie ... In gewisser Weise ist das, was in jener Nacht geschehen ist, nichts, was ich mit mir herumtrage, unter dem ich leide oder von dem ich Albträume bekomme. Es sitzt viel tiefer. Und das ist der Grund, warum ich trotzdem leben und glücklich sein kann, ohne Angst, mit Kindern, einem Mann und allem. Wenn der Schmerz so tief sitzt, ist es kein Schmerz mehr. Es ist ein Sein. Und dann kann man weiterleben.»

Sie sprach wie jemand, der es gewohnt ist, sich verbal auszudrücken, mit einem nahezu poetischen oder akademischen Klang. Ich wollte fragen, ob sie Bücher las. Ob sie meine gelesen hatte. Wohl eher nicht.

«Wissen Sie, wann ich begriffen habe, dass ich begonnen hatte, mein Leben weiterzuleben, wie unmöglich es auch immer klingt?»

«Nein.»

«Als ich zum ersten Mal das Wort Mädelchen hörte, ich glaube, es war in einem Film, ohne dass ich darauf reagierte. Und wie auch? Er hat es ja nicht zu mir gesagt, sondern zu der Frau, die vor mir existiert hat. So habe ich argumentiert.»

«Ja», sagte ich langsam. «Mädelchen, seine Worte waren ...»

«Liegstilljetzt, Mädelchen.»

Das hatte er gesagt. Ich notierte es.

«Haben Sie die Ereignisse während des Frühjahrs und Sommers verfolgt?»

«Das war nicht nötig. Die Polizei hat mich angerufen.»

«Hat sie?»

«Natürlich hat sie das. Um mich zu informieren, und weil sie wollten, dass ich ihn identifiziere.» Nach einer kurzen Pause fügte sie hinzu: «Sie haben mir Fotos von ihm gezeigt.»

«Von David Linder?»

«Ja. Die Beamten waren sehr nett. Ich durfte Tag, Uhrzeit und Ort bestimmen. Und als sie kamen, hatten sie eine Psychologin dabei. Es hat keinen großen Unterschied gemacht, aber ich wusste es zu schätzen.»

Draußen vor dem großen Wohnzimmerfenster wurde die Stille einen Moment lang von einem Lkw unterbrochen, der langsam am Haus vorbeifuhr.

«Und er war es?»

«Ja, wobei ich ihn ja nicht gesehen habe. Er trug eine Maske. Das Einzige, was ich sehen konnte, waren seine Augen und ein Stück seiner Nase. Aber das habe ich Ihnen doch schon bei unserem letzten Gespräch erzählt. War es das, was Sie mich fragen wollten?»

Ich hob die Stofftasche vom Boden auf, legte sie neben mich auf das Sofa und zog Großvaters schweres Geschäftsbuch heraus.

«Was ich Sie fragen wollte, ist Folgendes ...»

Ich schlug das Buch auf und erzählte von Großvaters Notizen, von *D. Linder*, dem Betonmischer und dass mein Vater die alten Geschäftsbücher aus dem Keller geholt hatte, weil er glaubte, sie könnten mir bei meiner Arbeit helfen.

«Und», fuhr ich fort, «so, wie ich es verstehe ... Die Zeiten können doch nicht stimmen, oder? Vielleicht interpretiere ich irgendetwas falsch?»

Gisela Mellberg blickte mit starrer Miene auf das Buch.

«Haben Sie vor, das in Ihr Buch aufzunehmen?»

«Ich ... Das ist nicht so einfach. Ich möchte nur verstehen, warum mein Großvater das notiert hat. Aber ich kann verstehen, wenn es für Sie ...» Ich führte den Satz nicht zu Ende. Ich hatte keine Ahnung, was Gisela Mellberg dachte oder fühlte, und wagte diesbezüglich auch keine Vermutung anzustellen. Stattdessen hob ich die Hände. «Wenn Sie möchten, dass ich gehe, gehe ich.»

Gisela Mellberg sah wieder auf das aufgeschlagene Geschäftsbuch.

In meiner Erinnerung unseres Treffens richtete sie sich in ihrem Sessel auf und erstarrte. Doch in Wahrheit tat sie es nicht. Sie sagte:

«Daran erinnere ich mich.»

Ihr Zeigefinger lag auf Großvaters Eintrag vom Tag danach, dem ersten März.

C-H Håkansson mit Pritschenwagen hier, hatte er notiert, *um Betonmischer abzuholen. Endgültig schrottreif.*

«Ich war auf dem Heimweg», fuhr Gisela Mellberg fort, den Zeigefinger nach wie vor auf der Seite, als könne ihre Erinnerung verblassen, sobald sie das Papier nicht mehr berührte. «Ich hatte Wille nach Hause gebracht, und auf dem Rückweg bin ich ihm begegnet.»

«Håkansson?»

«Er ist über die Dörfer gefahren und hat Schrott eingesammelt, allen möglichen Kram, vor allem Autoteile, und alles zum Verwertungsbetrieb in die Stadt gebracht. Sein Vorname war Carl-Henrik, dafür steht das C-H. Er kam gerade von Arvid und Greta, als ich ihn getroffen habe. Das stimmt.» Sie klopfte mit dem Zeigefinger auf die Seite. «Auf der Ladefläche stand ein Betonmischer.»

Ich bereute, nicht vorausschauender gewesen zu sein, mich nicht besser vorbereitet zu haben. Hätte ich das Gespräch aufzeichnen sollen?

In diesem Moment zog sie ihre Hand von der Seite, als hätte sie sich am Buch verbrannt.

«Ein Betonmischer», sagte ich. «Sind Sie sicher?»

«Ja.»

Draußen vor dem Fenster zog eine Vogelformation am blassen Himmel entlang, spitz und schwarz wie unheilvolle Tuschestriche.

«Aber dann ... Wenn das so ist, und angesichts dessen, was mein Großvater notiert hat ... Dann bedeutet das doch, dass er recht hatte. Oder verstehe ich Sie falsch?»

Gisela Mellberg betrachtete das Geschäftsbuch.

«Ich erinnere mich daran. Aber was es bedeutet, kann ich Ihnen nicht sagen. Vielleicht sind die Zeiten falsch? Die

Ihres Großvaters oder der Tatzeitpunkt, von dem die Polizei ausgeht? Vielleicht ist die Tat früher oder später geschehen.»

«Das habe ich zuerst auch gedacht. Aber früher kann es nicht gewesen sein. Stina Franzén hatte bis elf Uhr abends Dienst im Hotel. Der Täter hat anschließend auf sie gewartet, vorausgesetzt, dass wirklich er dort draußen gestanden hat, aber ich denke, davon kann man ausgehen. Und später kann es auch nicht gewesen sein. Als ihr Tod im Krankenhaus festgestellt wurde, waren ihre Verletzungen nicht frisch, sondern bereits einige Stunden alt. Die Tat muss also um diese Zeit passiert sein, im selben Zeitraum, in dem Linder bei meinem Großvater war.»

Die zeitliche Bestimmung der Verletzungen war wichtig.

Ein glücklicher Zufall hatte sie mir in die Hände gespielt. Sie waren bei der Strafanzeige und dem internen Ermittlungsverfahren gegen Sven Jörgensson von Bedeutung gewesen und dementsprechend aus den Unterlagen hervorgegangen.

Gisela Mellberg neigte den Kopf zur Seite.

«Und Ihr Großvater? Könnte er sich geirrt haben?»

Meine Antwort kam zögernd.

«Ich weiß es nicht. Ich glaube nicht», sagte ich.

101.

Ich wünschte mir, dass Sven recht gehabt hatte. Dass er richtig gehandelt hatte. Ich brauchte es. Wenn er sich geirrt hatte, würde ihn das in meinen Augen ambivalent machen, zwiespältig. Aber es war durchaus möglich, dass David Linder an jenem Abend bei meinen Großeltern gewesen war. Und dann konnte er unmöglich Stina Franzéns Mörder sein.

Wie konnte das sein? Wie war es zugegangen? Im selben Moment, in dem ich alles verstand, verstand ich überhaupt nichts.

Ich wusste, dass der Augenblick näher rückte, an dem ich Vidar treffen und mit ihm reden musste. Unsere kurze Unterhaltung auf dem Sportplatz hatte mich nicht gerade optimistischer gestimmt, was den Verlauf dieses Gesprächs betraf. Schon jetzt konnte ich mir seine Reaktionen, Proteste und Einwände gegen die Geschichte, die ich während des Sommers und des Herbstes geschrieben hatte, lebhaft vorstellen.

«Nein, nein, *nein*, Wurm, verflucht noch mal. So war es nicht. Die Beziehung zwischen mir und meinem Vater war nicht so kompliziert, wie du glaubst. Er war auf gar keinen Fall derart *labil*, wie du ihn beschreibst. Du stellst ihn ja dar, als wäre er reif für die Klapse gewesen. Glaubst du wirklich, er hätte kurz davorgestanden, einem unschuldigen Mann an die Gurgel zu gehen? Und Evy, dass er und sie ... dass du es überhaupt wagst. Bist du verrückt? Und *ich*. Ich habe niemals gedacht, es wäre besser gewesen, wenn Einar Bengtsson bei dem Unfall ums Leben gekommen wäre. Was zum Teufel glaubst du von mir? Aber das Schlimmste ist Papas Tod. Wie kannst du dir überhaupt anmaßen, den Tod eines realen Menschen zu schildern? Noch dazu wie eine alte Heimatsage? Der Tod meines Vaters ist keine verfluchte Sage. Er ist zu Hause auf dem Badezimmerfußboden gestorben, den Mund voll von Erbrochenem und Blut. Er ist erstickt, während meine Mutter in der Stadt Besorgungen gemacht hat.

Er hatte sich eingekotet, und sein Gesicht hatte die Farbe einer unreifen Banane. Was glaubst du eigentlich, was du hier tust?»

Ja. Genau so würde er reagieren. Er würde mich vorwurfsvoll ansehen und schließen:

«Kein Wort von dem Geschreibsel ist wahr, Wurm. Kein einziges. Wirf es weg.»

Und wenn ich ihn daraufhin bäte, zu erzählen, wie es gewesen war, die Wahrheit, wie sich die Geschehnisse für ihn darstellten, würde er nur unwillig den Kopf schütteln, möglicherweise weil er damit abgeschlossen hatte oder aus Gegenwehr. Ich könnte es verstehen.

Als ich nach Hause kam, hatte ich nichts dabei, das ich als Waffe nutzen konnte, und war mental schlecht gewappnet für den Anblick, der sich mir durchs Küchenfenster bot: Die Leuchtstoffröhre über der Spüle brannte. Das kalte Licht schimmerte einsam durch die Dunkelheit. Ich stieg aus dem Auto und ging langsam zur Vordertür.

Ich hatte das Licht heute Morgen angeschaltet, als es draußen noch dunkel gewesen war und ich das Geschirr vom Vortag gespült hatte. Hatte ich es angelassen? Ich war mir so gut wie sicher, es ausgeknipst zu haben.

Leise betrat ich die Veranda, spähte durchs Fenster, schob den Haustürschlüssel ins Schloss und drehte ihn herum. Das Laub raschelte in den Bäumen, und die Dunkelheit trieb wie Rauch auf mich zu. Ich hielt den Atem an und spürte eine seltsame Angst in der Magengrube, wie wenn man sich einer großen Gefahr bewusst wird.

Was mir Angst einjagte, waren die Konturen. Als ich mich umsah, begannen sie sich aufzulösen. Ob Sven es so empfunden hatte? Die Besessenheit war wie ein Gift und säte Zweifel, welche Schatten real und welche Einbildung waren.

«Hallo?», rief ich laut, als ich mit wild hämmerndem Herzen in der Diele stand.

Aus dem Haus schlug mir nichts als Stille entgegen.

Ich knipste meine Handytaschenlampe an und richtete den Schein auf den Boden. Aber was hoffte ich zu sehen? Fußspuren?

Ich wusste es nicht. Ich wusste rein gar nichts.

Stattdessen holte ich tief Luft und ging mit lauten, harten Schritten in die Küche, schaltete das warme Deckenlicht an, ging zur Spüle und knipste die Leuchtstoffröhre aus. Dann blickte ich mich um. Alles stand an seinem gewohnten Platz, alles war, wie es sein sollte. Trotzdem wurde ich das Gefühl nicht los, dass jemand im Haus gewesen war.

102.

Ein ehemaliger Polizist, Sven Jörgensson, hatte einen anderen ehemaligen Polizisten, David Linder, ermordet, den Mann, der sich als die Schreckgestalt entpuppt hatte, die die Bewohner des Nyårsåsen während der zweiten Hälfte der achtziger Jahre in Angst und Schrecken versetzt hatte. Die Zeitungen hatten darüber berichtet, Talkshowrunden darüber debattiert. In den Nachrichtensendungen hatten die Moderatoren und Moderatorinnen die üblichen Fragen gestellt: *Wie konnte das geschehen? Ist so etwas in den Reihen der Polizei ein häufigeres Phänomen, als man es für möglich hält? Was sollte man dagegen unternehmen? Muss der Polizeiapparat strenger kontrolliert werden?*

Aber auch gegenteilige Stimmen wurden laut: Ein Mörder war für immer unschädlich gemacht worden. Dafür hatten die Leute Verständnis.

Die Stimmungsmache hielt auch während des Sommers an, und die Polizei stand geraume Weile unter immensem Druck. Oft sah ich Markus Danielsson mit verbissener Miene vor einem Mikrophon oder auf einem hastig geknipsten Zeitungsbild vor einer Hauswand stehen. Bei einer Gelegenheit hatte man sogar den Chef der schwedischen Reichskriminalpolizei zu einer Stellungnahme bewegt. Doch als der Herbst Einzug hielt, legte sich der Rummel. Lediglich die lokalen Nachrichtensender und ein paar verrückte Querulanten befeuerten die Geschichte in den sozialen Medien weiter.

Daraufhin nahm ich mir erneut die Pressemeldungen vor und sah mir die Fernsehinterviews an, die die öffentlich-rechtlichen Programme gesendet hatten. Die Namen der Polizeibeamten wurden in keinem Beitrag genannt, doch jeder, der sie wissen wollte, brauchte nur das Internet zu bemühen. In einem Forum existierte bereits ein ausführlicher Thread über David Linder, in dem auch Sven und Vidar erwähnt wurden.

Der Schriftsteller in mir war geweckt. Und weil ich unsicher war, wie ich vorgehen sollte, grub ich da, wo ich stand.

Ich versuchte, einen ehemaligen Angestellten von Halmstad Montage & Schweißtechnik ausfindig zu machen, um diesen Punkt noch ein wenig auszubauen und der Schilderung mehr Gewicht und Farbe zu verleihen. Einen vollen Tag verbrachte ich damit, den Hersteller des Betonmischers zu recherchieren, den mein Großvater besessen hatte. Ich vertiefte mich in die Geschichte der Mergelkuhlen und forschte nach weiteren Details über Aron, den Mann aus Marbäck, von dem es hieß, der Leibhaftige habe ihn auf dem Nyårsåsen geholt. Das Einzige, was ich fand, war eine Notiz in einem alten Kirchenbuch. Dort wurde er aufgeführt, als unverehelichter Knecht. Ich fuhr in die Stadtbibliothek, kontaktierte die Hallandsposten und stöberte in ihrem Bilderarchiv nach Fotos von Halmstad ab dem Herbst 1985. Ich stieß auf Aufnahmen vom Nyårsåsen, von der Umgebung um Vapnö, von den Sucheinsätzen nach Frida Östmark. In meiner Tasche stapelten sich die Fotokopien.

Gisela Mellberg hatte irgendetwas gesagt. Irgendetwas, das mir keine Ruhe ließ, aber ich bekam nicht zu fassen, was es war.

Mein Telefon klingelte und riss mich aus meinen Gedanken. Es war mein Vater.

«Hallo», sagte er. «Wie geht's dir?»

«Gut», erwiderte ich, und in dem Moment kehrten sie zurück, der Schatten vor dem Küchenfenster und das brennende Licht über der Spüle. Das Gefühl, dass jemand in meinem Haus gewesen war. «Ich schlafe nur zu wenig.»

«Du verbringst zu viel Zeit in deinem Kopf», sagte mein Vater. «Vermisst du nicht ...»

«Was?»

«Ich weiß nicht. Andere Menschen.»

«Doch. Aber ich komme klar. Ich habe schließlich euch und Rasmus.»

«Glaubst du, du wirst noch mal heiraten?»

Die Frage klang so verlegen, als läse er sie von einem Blatt ab. Und für einen Moment geschah etwas, was ich bisher nur in Stockholm erlebt hatte: Ich hatte das Küchenfenster geöffnet, um zu lüften, und plötzlich vernahm ich einen Geruch, den ich nicht einordnen konnte. Das war mir hier noch nie passiert. Hier waren alle Gerüche, Geräusche und Eindrücke vertraut und zuordenbar. Das Haus, der Boden, die Natur, die Straßen, die Autos und Lkws, die landwirtschaftlichen Maschinen, alles war klar und eindeutig, und nichts bedurfte einer Erklärung.

In den Stockholmer Mehrfamilienhäusern war das anders. Stand man an einem warmen Augustabend draußen auf dem Balkon, konnte einem unversehens der Grillduft eines in der Nachbarschaft stattfindenden Barbecues in die Nase steigen oder der Waschmittelgeruch frisch gewaschener Wäsche, die ein paar Balkone weiter zum Trocknen hing, man hörte Lachen oder Streitereien, Liebeserklärungen oder Trennungen von Menschen, die man niemals sah. Das war eines der Dinge, die ich an Stockholm liebte, diese kleinen und großen Geschehnisse des Lebens, die sich ringsum abspielten, ohne dass man ein Teil von ihnen war.

Hier war man ein Teil von allem. Sogar jetzt. Natürlich kannte ich den Geruch, ich brauchte nur einen Moment, um ihn zu identifizieren. Es war Diesel. Als ich mit dem Telefon am Ohr ans Küchenfenster trat und zum Rastplatz auf der anderen Seite der Landstraße hinüberblickte, stand dort ein Lastwagen. Der Fahrer kratzte sich kummervoll am Kopf, dann kniete er sich hin und nahm die Unterseite des Fahrzeugs in Augenschein. Von Zeit zu Zeit trug der Wind die Gerüche des Rastplatzes zu mir herüber.

«Ich weiß es nicht», sagte ich zu meinem Vater.

«Wenn du den richtigen Menschen triffst, könntest du dir dann vorstellen, wieder zu heiraten?»

Absolut, wollte ich sagen. Auf jeden Fall. Wenn ich den richtigen Menschen treffe, klar. Doch was ich tatsächlich sagte, kam der Wahrheit näher.

«Ich weiß nicht, ob ich das ein zweites Mal schaffe.»

Mein Vater lachte.

«Ich bin seit vierzig Jahren mit deiner Mudder verheiratet. Wenn man liebt, schafft man alles.»

103.

«Ja, hallo. Spreche ich mit Bernt Olofsson?»

Es raschelte, als würde er den Hörer am Pullover abwischen, dann kehrte seine Stimme zurück, heiser und gedämpft.

«Ja. Worum geht es?»

Ich nannte meinen Namen und erklärte, dass ich an einem Buch über die Geschehnisse in Tiarp schrieb. Mehr brauchte ich nicht zu sagen. Inzwischen hatte ich gelernt, meine Gesprächspartner rasch einzuschätzen, ob es klüger war, so wenig wie möglich zu sagen, oder ob ich mein Anliegen geradeheraus formulieren konnte. Viele meiner ersten Interviewpartner hatten sich verschlossen, andere wiederum waren sehr darauf erpicht gewesen, ihre Sicht der Dinge darzustellen, auch wenn sie nicht immer von Bedeutung war.

«Ja, weiß Gott, das war eine entsetzliche Sache.»

Ich ließ Olofsson eine Weile reden, einen Mann kurz vor der Rente, mit viel zu langen Wochenenden und viel zu wenigen Erlebnissen, um sie auszufüllen. Er tat seine Meinung über Kriminalität, Politik und Einwanderer kund, dann verstummte er.

«Was ich Sie fragen wollte», sagte ich dann. «Sie haben doch bis zur Schließung des Betriebs 1994 bei Halmstad Montage & Schweißtechnik gearbeitet, nicht wahr?»

«Korrekt», sagte Olofsson.

«Und Sie haben auch schon in den Achtzigern da gearbeitet?»

«Und ob ich das habe. Zwanzig Jahre habe ich da geschuftet. Von vierundsiebzig bis vierundneunzig, bis der Pleitegeier kam, wegen diesem verfluchten Sozialisten, wie hieß er noch gleich ...»

«Mich würde interessieren», fuhr ich fort, «wie es war, dort zu arbeiten.»

«Wie soll es gewesen sein? Es war ein guter Job. Harte, körperliche Arbeit, aber abwechslungsreich. Ich mag Maschinen, und wir hatten verdammt gute. Die Arbeit hat Spaß gemacht, und wir hatten viele Autos.»

«Die Firma besaß also einen eigenen Fuhrpark?»

«Ja, das war damals beileibe keine Selbstverständlichkeit. Wir hatten alle möglichen Fahrzeuge, vor allem Pick-ups, von Ford, glaube ich, ja, ich bin mir ziemlich sicher, dieses klassische Truckmodell, Sie wissen schon. Mit denen waren wir meistens unterwegs. Stark wie nur was, mit V8-Motoren.»

«Waren Sie oft unterwegs? Was genau meinen Sie damit?»

«Wir hatten einen festen Kundenkreis, Stammkunden sozusagen, bei denen ging ständig irgendwas kaputt.» Olofsson lachte. «Sie wissen, wie das ist. Heutzutage werden Dinge nicht mehr gebaut, um zu halten, sondern um kaputtzugehen. Verschleiß hält die Welt am Laufen, weil die Leute reparieren, was kaputtgeht.»

«Was genau haben Sie repariert?»

«Alles Mögliche. Wir haben nicht nur Schweißarbeiten ausgeführt, wir waren auch Mechaniker. Wollte ein Kunde unsere Expertise, sind wir meistens direkt hingefahren. Von Küchengeräten im Gastronomiebereich über Baustellenfahrzeuge bis hin zu Autowaschanlagen. Einmal war ich sogar in einem dieser Fitnessstudios.»

Ich konsultierte meine Notizen. *In einem dieser Fitnessstudios.* Es klang, als hätte er einen fremden Planeten besucht.

«Sie sagten Stammkunden. Welche Stammkunden hatten Sie?»

«Alle möglichen. In Halmstad und im näheren Umkreis. In Steninge haben wir zum Beispiel einen kompletten Maschinenpark betreut. Und eine Fabrik in Trönninge, da war ich sehr oft. In Snapparp hatten wir Kunden, und in Eldsberga, Åled. Wir ...»

«Sagten Sie Snapparp?»

«Da gab es eine Raststätte mit einer Tankstelle. Die Autowaschanlage lief nicht rund. Ein Kollege von mir ist immer wieder rausgefahren. Wie hieß er noch gleich ...»

Ich stand wie erstarrt da.

«Ein Witz von einer Waschanlage», fuhr Olofsson fort. «Ich hätte meinen Wagen nie im Leben da waschen lassen. Die Fahrzeuge sahen hinterher aus wie durch die Mangel gedreht.»

104.

Liegstill jetzt, Mädelchen.

Das hatte der Tiarp-Mörder zu Gisela Mellberg gesagt, und diese Worte ließen mich an Evys Worte denken: Dieses alte Mädel stellt sich so gut an, wie sie es vermag.

Ein harmloses Wort, vielleicht von Eltern dahingesagt und von Kindern übernommen.

Mädel. Mädelchen.

Ich bekam keine Luft mehr.

105.

Ich rief im Vereinsheim des Alets IK an. Zunächst erreichte ich nur einen Anrufbeantworter, doch schließlich erhielt ich die Nummer einer Frau, die in Frösakull wohnte und ab und zu die Verwaltungsarbeiten des Sportvereins erledigte.

Sie traf mich am selben Nachmittag auf dem Parkplatz des Vereinsheims. Eine kleine, dunkelhaarige Frau in einem weinroten Herbstmantel und mit aufgeweckten Augen.

«Sie schreiben also ein Buch über Fußball? Habe ich das richtig verstanden?»

«Nicht direkt, aber Fußball spielt darin eine Rolle.»

«Spannend. Ja, hier können Sie recherchieren.» Sie zog einen Schlüsselbund aus der Manteltasche und suchte den richtigen heraus. «Hier, dieser hier ist es.»

Das Vereinsheim war ein flacher Holzbau. Drinnen roch es muffig und nach altem Holz. Das Büro lag ganz hinten. Es war klein und mit Möbeln aus den Siebzigern eingerichtet. In einer Ecke stand ein Kopierer. An den Wänden hingen Mannschaftsfotografien, und in einer schmalen Vitrine reihten sich etliche Pokale aneinander. Über die Wand neben dem Schreibtisch erstreckte sich ein Aktenregal mit Ordnern. Ich betrachtete die Mannschaftsfotos, die Reihen junger Spieler und Spielerinnen. Die Aufnahmen schienen sowohl älteren als auch neueren Datums zu sein.

«Interessant», sagte ich. «Aber das sind nicht alle Mannschaften, oder?»

«Nein, nein. Früher haben wir alle Mannschaftsfotos aufgehängt, aber im Lauf der Jahre wurden es zu viele. Dies sind nur die Siegermannschaften.» Sie klopfte auf ein Bord des Aktenregals. «Hier sollten Sie finden, wonach Sie suchen. Sie dürfen leider keine Dokumente mit nach Hause nehmen, aber Sie können sie abfotografieren, sofern es sich nicht um vertrauliche Daten handelt. Aber das dürfte kaum der Fall sein, denke ich.»

«Danke, das ist nett.»

«Ich sehe solange ein wenig nach dem Rechten. Heute ist Montag, manchmal finden hier am Wochenende Feiern statt, und dann kann es hinterher schon mal aussehen, als hätte eine Bombe eingeschlagen.»

Ich trat an das Aktenregal. Die Ordner schienen ordentlich sortiert zu sein. Ich studierte Listen und Pläne für Trainingslager, Fahrten zu Auswärtsspielen und Saisonabschlüsse. Es gab Mannschaftsaufstellungen, Spielpläne, Inventarlisten. Ich fotografierte die alten Dokumente mit meinem Handy und suchte nach weiteren Fotos, fand jedoch keine. Als ich von der gebeugten Haltung über dem Schreibtisch Rückenschmerzen bekam, richtete ich mich auf und stellte einen Ordner zurück ins Regal. Bislang hatte ich noch keine Spielerlisten gefunden. Abermals betrachtete ich die gerahmten Mannschaftsfotos an der Wand. Es waren an die zwanzig Stück, manche sehr alt, andere aus den letzten Jahren. Ich entdeckte das Mannschaftsfoto von 1985, jedoch nicht das von 1986. Wahrscheinlich weil Alet in dem Jahr gegen Breared verloren hatte, mutmaßte ich.

Ich zog einen neuen Ordner aus dem Regal. Er war aus dem Herbst 1985. Darin war ein Schreiben abgeheftet, adressiert an den damaligen Vereinsvorstand. Es war mit der Schreibmaschine getippt, wimmelte von Rechtschreibfehlern, und es war kurz:

```
Guten Tag.

Ich möchte den Verein darauf aufmerksam machen,
dass manche Träner ungebürlichen Umgang mit
ihren Spielerinnen flegen. Das habe ich mit
eigenen Augen gesehen als ich meine Tochter
letzte Woche (22.9.85) vom Träning abholte. Das
ist unakkzeptabel. Das Mädchen ist volljährig
und diese Dinge passieren vielleicht überall
und man sollte keinen Wirbel darum machen aber
mir ist nicht wohl bei dem Gedanken. Es kann
auch zu unnötigen Konflickten in der Mannschaft
führen. Da ich nicht weiß ob der Verein davon
Kentnis hat will ich Sie darüber informieren.
```

Ich suchte nach einer schriftlichen Stellungnahme vonseiten des Vereins, fand jedoch keine; vielleicht hatte man sich zu keiner Reaktion veranlasst gesehen, gewundert hätte es mich nicht, oder man hatte die Angelegenheit mündlich geklärt. Das Schreiben war unterzeichnet mit *Ein besorgter Elternteil*.

Mein Blick fiel auf das Datum. Es dauerte eine Weile, bis ich ganz hinten in einem der Ordner den Trainingsplan vom September 1985 fand. Am 22. September hatten nur zwei Mannschaften trainiert. Die Jungenmannschaft der F-Jugend und die Damenmannschaft ab sechzehn Jahren aufwärts.

Ich griff nach einem anderen Ordner und schlug den Reiter mit der Beschriftung *Spielerlisten & Trainer* auf. Hier könnte ich fündig werden.

Ja, dachte ich, hier könnte es stehen. Ich blätterte die Seiten durch, fand eine Namensliste von 1985 und 1986 und fotografierte sie. Dann fuhr ich mit dem Finger die einzelnen Namen entlang. Da stand sie, Stina Franzén. Sie hatte im Herbst 1985 in der Damenmannschaft von Alet gespielt.

Ihr Name war nicht der einzige, den ich wiedererkannte. Auch den Namen des Trainers kannte ich. Und als ich begriff, woher, blieb ich wie vom Blitz getroffen stehen. Ich hatte mich nicht geirrt. Das war es, was mir neulich auf dem Sportplatz durch den Kopf geschossen war, was ich aber nicht zu fassen bekommen hatte.

Einar Bengtsson war Stina Franzéns Fußballtrainer gewesen.

106.

Mitten in der Sommerflaute war der Tod gekommen und hätte um ein Haar ein Menschenleben geholt. Vielleicht war es nur Zufall, dass er mit leeren Händen hatte von dannen ziehen müssen.

Die Fotos von der Unfallstelle waren von guter Qualität, stellte ich fest, als ich sie nach stundenlanger Suche im Archiv der Stadtbibliothek schließlich in einer Ausgabe der Hallandsposten fand. Zwei Fotos unter einer Schlagzeile über einen schweren Verkehrsunfall, der sich im Juli 1991 ereignet hatte. *Am Donnerstag ist ein Mann bei einem Verkehrsunfall auf dem Kustvägen schwer verletzt worden*, begann der Artikel. *Der Pkw des Mannes kollidierte frontal mit einem entgegenkommenden Lkw und fing bei dem Zusammenstoß Feuer. Der Mann wurde mit lebensgefährlichen Verletzungen ins Krankenhaus gebracht.*

Evy hatte mir von dem Unfall ihres Bruders erzählt, Fotos hatte ich jedoch keine gesehen. Ich studierte die beiden Aufnahmen gründlich. Das erste Bild war eine Großaufnahme des Autowracks, eines Saab. Das zweite war aus größerer Distanz und von oben aufgenommen worden, als hätte der Fotograf einen erhöhten Standort gewählt, um einen Überblick über die Unfallstelle zu bekommen. Es war ein chaotisches Bild: im Hintergrund ein friedlicher Sommertag, im Vordergrund der Lastwagen und dahinter Polizeiabsperrungen, Schaulustige, der ausgebrannte Saab, Einsatzfahrzeuge und Rettungswagen, vom Feuer rußgeschwärzter Asphalt.

Irgendetwas an dem Bild war merkwürdig, aber es dauerte eine ganze Weile, bis ich verstand, was. Doch dann sah ich es. Ich kniff die Augen zusammen und beugte mich dichter über die Aufnahme.

Die Bremsspur des Lkw war deutlich zu erkennen. Dunkler Reifenabrieb zog sich über den ausgeblichenen Asphalt. Aber auf der Fahrstrecke des Saab: nichts. Als hätte der Fahrer nicht einmal versucht zu bremsen.

Seltsam, dass die Polizei nicht darauf reagiert hatte. Oder hatte sie? Im Zeitungsartikel stand nichts dergleichen, aber vielleicht war die Polizei dem nachgegangen? Vielleicht war Bengtsson keine Zeit zum Bremsen geblieben. Möglich wäre es. Oder irgendwas hatte ihn davon abgehalten. Oder er hatte versucht zu bremsen, aber die Bremsen hatten versagt. Es gab unzählige denkbare Erklärungen.

Keine davon stimmte mich ruhiger.

Draußen war es dunkel, vom Fluss her wehte ein eisiger Wind und pfiff um die Gebäudeecke, als ich die Stadtbibliothek verließ und über den Parkplatz zu meinem Wagen ging. Im Auto blickte ich immer wieder in den Rückspiegel. Allerdings dauerte es eine Weile, bis mir klarwurde, warum ich es tat.

Um festzustellen, ob mich jemand verfolgte.

Hinter mir war niemand. Keine Menschenseele.

Redete ich mir ein.

Zu Hause schaltete ich sämtliche Lampen ein und versuchte, mir einen Überblick über das Wirrwarr zu verschaffen, zu dem mein Arbeitsplatz geworden war. Unter einem Stapel alter Zeitungen fand ich das Familienfoto, das Evy mir als Erinnerung geschenkt hatte, ein Geschenk, das mich gerührt hatte. Ich hatte mich entschuldigt und war auf die Toilette geflüchtet.

Auf dem Bild waren Evy und Ronnie, ihre Kinder, Ronnies Mutter und Evys Bruder Einar zu sehen.

Ich starrte lange auf den jungen blonden Mann, der in die Kamera lächelte. Wer hatte das Foto gemacht? Ich hatte vergessen, Evy danach zu fragen.

Ein Gedanke schoss mir durch den Kopf, und ich wühlte mich weiter durch mein Chaos. Ich musste eine Weile suchen, aber schließlich entdeckte ich sie in einem grünen Schnellhefter, halb begraben unter alten Zeitungsausschnitten: einen Stapel Fotos von einem Sucheinsatz nach Frida Östmark, unten am Meer im Frühjahr 1986.

Die Fotos waren vom Rand des Suchgebiets aufgenommen worden, man hatte vorübergehende Absperrungen errichtet und wieder abgebaut, sobald die Kette sich weiterbewegte. Der Fotograf hatte auf der gegenüberliegenden Seite gestanden und die Teilnehmer des Suchtrupps eingefangen, Männer und Frauen, die in einer unregelmäßigen Reihe nebeneinander hergingen, mit ernsten Mienen. Viele hatten den Blick konzentriert auf den Boden gerichtet, andere schauten nach vorn oder in die Richtung des Fotografen. An den Bildrändern war eine kleine Schar besorgt und neugierig dreinblickender Schaulustiger zu erkennen, die viel zu dünn bekleidet frierend in der Frühlingssonne standen. Inzwischen konnte ich vieles aus den Bildern herauslesen, Nuancen, die mir zuvor entgangen waren. Nicht nur die Mode fiel mir auf, die Frisuren, die Schuhe und die hoch sitzenden Jeans. Ich sah ein anderes Schweden vor mir, die Zeit unmittelbar nach den Schüssen auf dem Sveavägen, als das Entsetzen und das Trauma noch ganz frisch waren und die Angst um sich griff, aber noch Hoffnung existiert hatte.

Da war er. Am äußersten Bildrand. Er stand lässig da, die

Hände in die Hosentaschen geschoben, das Gesicht abgewandt. Er stimmte mit dem Mann aus meiner Erinnerung überein, mit dem jungen Trainer, der seine Spieler nach der Niederlage gegen Breared aufgemuntert hatte. Ich griff nach dem Familienfoto und verglich die beiden Männer.

Hier, dachte ich und betrachtete die Fotos vom Sucheinsatz. Hier hast du sie gefunden. Gisela Mellberg.

107.

Die Adresse. Seine Adresse. Wo hatte er damals gewohnt, vor dem Unfall? Ich blätterte meine Unterlagen durch. Stand es nicht irgendwo?

Hier. Im Fammarpsvägen. Fammarp war ein weitläufiges Gebiet mit ungefähr hundert Einwohnern, das in Geschichtsbüchern allenfalls als Hindernis Erwähnung fand. Der gängigste Kontext, in dem der Ort zur Sprache kam, war Halmstads Küstenlinie, die, so heißt es, lang und unfassbar schön sei. Und wenn Fammarp nicht wäre, könnte man von Heagård aus bis zum Meer gucken.

Ich googlete die kleine Ortschaft, studierte die angezeigte Umgebungskarte und druckte sie aus. Am Küchentisch markierte ich Tiarp und Ringenäs mit einem Kreuz, fuhr mit dem Finger die Straßen entlang und maß die Entfernung. Fammarp lag exakt in der Mitte.

Sein Ausgangspunkt.

Ich hatte mir angewöhnt, mich permanent umzuschauen, wähnte überall Schatten. Nachts wachte ich auf und machte einen Rundgang durchs Haus, starrte hinaus in die Dunkelheit, weil ich glaubte, dort stünde jemand, der mir Böses wollte. Die Wände des Hauses waren dünn wie Papier und bröckelig wie Zwieback geworden, das Dach sackte herab. Manchmal hatte ich das Gefühl, das Haus tickte, ich watete durch die Räume, als wäre der Boden mit Wasser bedeckt. Irgendwo war ein Rohr geplatzt, aber es gab keinen Handwerker, den ich anrufen konnte. All das brachte mich langsam, aber sicher um den Verstand, und ich hatte keine Ahnung, was ich tun sollte, damit es aufhörte. Sofern das überhaupt möglich war.

108.

Eines Abends, als ich noch immer mit mir haderte, was ich tun sollte, erhellten zwei grelle Scheinwerfer die Einfahrt, und Kies knirschte unter Autoreifen. Verunsichert trat ich auf die Veranda und blinzelte mit zusammengekniffenen Augen in die Dunkelheit. Eine Autotür klappte zu.

«Hallo», hörte ich eine Stimme sagen.

Sie klang viel jünger, als sie war, und ich musste daran denken, was sie gesagt hatte, dass sie gar nicht so alt sei. Dass sie vor fast dreißig Jahren gestorben und als eine andere Frau zurückgekehrt sei.

Gisela Mellberg fragte, ob sie ungelegen käme. Immerhin sei es spät.

«Nein, nein, kommen Sie rein», sagte ich und machte

einen Schritt auf sie zu. «Das heißt, wenn Sie reinkommen möchten», fügte ich hinzu.

Inzwischen stand sie in dem warmen Licht, das aus Küchenfenster und Diele auf die Veranda fiel. Sie lächelte, aber es war ein kühles Lächeln, wie ich es oft bei Frauen beobachtete und das gleichermaßen Offenheit wie Distanz bedeuten konnte, Wachsamkeit.

«Ja, nur einen Moment. Ich möchte … Ich habe ein paar Fragen zu unserer letzten Unterhaltung.»

Das konnte ich verstehen. Gisela Mellberg ging in die Diele. Ich fragte, ob ich ihr einen Kaffee anbieten könne. Sie lehnte ab und sagte dann: «Was für ein gemütliches Haus.»

«Ich weiß nicht, ob ich da zustimmen kann. Aber danke. Ich wohne noch nicht so lange hier.»

«Wann sind Sie eingezogen?»

«Vor …», begann ich, als ich meinen Fehler begriff. «Vor fast einem Jahr.»

Ihr Lächeln blieb unverändert.

«Sie hatten vielleicht wichtigere Dinge zu tun.»

«Ja, in gewisser Weise.»

«Das ist es, was ich Sie fragen wollte.»

Gisela Mellbergs Blick wanderte über meinen Arbeitstisch. Sie ging darauf zu, musterte den Computer, als betrachte sie eine Waffe, und legte eine Hand auf den Papierstapel, der danebenlag.

«Was ist das?»

«Ein Missverständnis, vielleicht. Oder ein Fehler.»

Sie blickte mich verwirrt an.

«Wie darf ich das verstehen? Ist das ein Entwurf? Für Ihr Buch?»

«Das … Wir werden sehen. Vielleicht.»

Ich war unschlüssig, wie ich es bezeichnen sollte. Bericht? Eine Art Protokoll? Was geschehen war, wann, durch wen und warum? Oder war es nur mein persönlicher Erinnerungsversuch? Eine Erklärung, ja, vielleicht, jedenfalls für mich selbst, eine Erklärung für das, was mit Sven Jörgensson und seinem Sohn Vidar geschehen war, mit dem Land, das ihre Heimat war.

Das jedenfalls hatte ich geglaubt.

Ich bat Gisela Mellberg, in der Küche Platz zu nehmen, wo eine kleine Tischlampe, die ich im Herbst bei meinen Eltern im Keller gefunden hatte, ein schummriges Licht verbreitete.

Sie sagte, sie würde gerne erfahren, was ich eigentlich bezweckte. Nach unserem ersten Gespräch hätte sie den Eindruck gehabt, dass es mir nur um das Buch ginge, doch nach unserer zweiten Unterhaltung wären ihr Zweifel gekommen.

Ich sagte ihr dasselbe wie beim letzten Mal, doch diesmal bedeuteten meine Worte mehr. Ich hätte nicht nach der Geschichte über den Tiarp-Mörder gesucht, sagte ich, sondern die Geschichte hätte mich gefunden. Das war nicht die volle Wahrheit, aber das war, was ich mir selber einredete. Ich wäre nach Hause zurückgekehrt, und die Dinge hätten sich einfach ereignet. Es sei eine Erzählung, die man mir, dem Autor, nicht zum Vorwurf machen könnte. Schriftstellern sei eine gewisse Rücksichtslosigkeit zu eigen, die für Außenstehende nicht immer leicht zu ertragen sei. Wir müssten rationalisieren, rechtfertigen. Ich wolle nur verstehen, sagte ich, obwohl es gut möglich sei, dass ich mich inzwischen selbst ins Zentrum des Zerfalls gerückt hätte.

«Okay», sagte Gisela Mellberg, als ich geendet hatte. «Ich verstehe.»

«Es tut mir leid, wenn ich ...»

«Es ist alles in Ordnung. Jetzt verstehe ich. Unser Gespräch neulich hat mich nur sehr verwirrt und Fragen aufgeworfen.»

«Dafür entschuldige ich mich.»

Ihr Blick fiel wieder auf den Manuskriptstapel.

«Sie haben vorhin gesagt, Sie hätten vielleicht einen Fehler gemacht. Bereuen Sie, das Buch geschrieben zu haben?»

«Ja, oder nein. Vielleicht habe ich mich geirrt. Ich weiß es nicht.»

«Wobei haben Sie sich geirrt?»

Ich zögerte. Sie sitzt vor mir, dachte ich. Was soll ich tun? Obwohl ich mich innerlich dagegen sträubte, war mir klar, dass es keine Alternative gab. Wenn ich es nicht jetzt tat, würde ich es zu einem anderem Zeitpunkt tun.

«Wo Sie schon einmal hier sind», sagte ich. «Darf ich Ihnen ein Foto zeigen?»

«Was für ein Foto?»

«Von einer Person.»

Ich hatte Kopien der Fotos auf meinem Laptop gespeichert und die Zeitungsbilder bearbeitet, um sein Gesicht so deutlich und isoliert wie möglich hervortreten zu lassen.

Ich holte meinen Laptop, klickte mein stetig anwachsendes Bilderarchiv durch und zeigte ihr schließlich eine Aufnahme.

Sie hatte mir erzählt, wie es für sie gewesen war, David Linders Foto zu sehen. Das Wiedererkennen sei verhalten gewesen, hatte sie gesagt und von einer Vibration gesprochen, die durch ihren Körper gegangen war. Keine Schockwelle, kein glasklarer Moment. Ich hatte sie zitiert, präziser konnte man es nicht ausdrücken. Und, ich muss gestehen, ich hatte mich auch an keine andere Formulierung herangewagt.

Ich ließ Gisela Mellberg nicht aus den Augen, sah, wie sie die Schultern hochzog und erstarrte, einen Anflug von Begreifen und Angst in den klaren Augen.

«Wer ist das?»

«Ich weiß es nicht», log ich. «Wissen Sie es?»

Was habe ich in diesem Moment gefühlt? Was habe ich gedacht? War ich schockiert? Vielleicht hätte ich es sein müssen, vielleicht hätte ich es sogar mit der Angst zu tun bekommen müssen, denn wenn ich mich umsah, befand ich mich auf einem Gewässer, das so tief war, dass ich keinen Begriff mehr davon hatte, was Grund bedeutete. Doch nichts davon trat ein. Stattdessen dachte ich wieder: Hier sitzt sie. Die Frau, die überlebt hat, obwohl sie behauptet, gestorben zu sein.

Gisela Mellberg starrte auf den Bildschirm. Schluckte.

«Ich hätte nicht geglaubt, dass es so sein würde.» Sie flüsterte. «So klar. Wenn ich sie zu sehen bekäme.»

«Neulich sagten Sie, Sie hätten Linder wiedererkannt.»

Sie nickte verbissen.

«Ich habe mich geirrt. Vielleicht habe ich Ereignisse verwechselt ... Ich bin ihm ja einmal begegnet, Linder. Vielleicht haben sich die Situationen in meinem Bewusstsein überlagert. Ich weiß es nicht. Das war ... es war ...»

«Gisela? Gisela, geht es Ihnen gut?»

«Seine Augen», sagte sie tonlos, als hätte das Gesicht auf dem Bild sie gebannt. «Ich erinnere mich an seine Augen.»

109.

Für die Dauer eines Augenblicks, bevor ich die Treppe zur Veranda in Marbäck hinaufging und an seine Tür klopfte, hatte ich das Gefühl, mich parallel zu ihnen zu bewegen, mich in ihrer unmittelbaren Nähe zu befinden, ich spürte ein unvermutetes Band zwischen mir und den beiden Männern, denen das Schicksal so übel mitgespielt hatte. Und ich sollte alles noch schlimmer machen.

Ein eisiger Regen fiel, und Weihnachten, Licht und Besinnlichkeit schienen noch in weiter Ferne zu liegen. Eine einsame Lampe tauchte die Vordertreppe in einen gelben Schein. Als Vidar die Tür öffnete, blickte er mich erstaunt an.

«Wurm?»

«Hallo», sagte ich. «Hast du Zeit? Wir müssen reden.»

«Worüber?»

«Tiarp.»

Vidar verdrehte die Augen.

«Wurm, ich ...»

Doch irgendwas in meiner Stimme musste ihn umgestimmt haben. Er trat zur Seite und ließ mich herein. Ich streifte meine Schuhe ab und zog meine Jacke aus.

«Ist Patricia zu Hause?»

«Nein, sie hat irgendein Arbeitstreffen. Was ist los?»

«Können wir uns setzen?»

«Nur wenn du mir erklärst, was zum Teufel los ist.»

Ich setzte mich aufs Sofa, die Stofftasche stellte ich neben mich auf den Fußboden. Vidar ließ sich mir gegenüber in einen Sessel sinken. Er hatte sich ein Glas Whisky eingeschenkt. Während er daran nippte, betrachtete er mich forschend.

Ich wusste nicht recht, wie ich beginnen sollte, also fing ich aufs Geratewohl an.

«Erinnerst du dich daran, ob Frida Östmark Geschwister hatte?»

Vidar zog die Augenbrauen hoch.

«Wieso?»

«Ich dachte, sie hätte keine gehabt.»

«Doch, hatte sie. Einen jüngeren Bruder. Sören Östmark. Er ist auf die schiefe Bahn geraten und war etliche Male bei uns zu Gast, wegen Trunkenheit und einigen krummen Touren.»

Ich nickte langsam. Dann beugte ich mich vor und zog die Kopie eines vergilbten Dokuments aus meiner Stofftasche.

«Das ist eine Spielerliste», sagte ich. «Alet, 1986. Ich habe sie selbst aus dem Vereinsarchiv geholt.»

Als Innenverteidiger war ein S. Östmark aufgeführt. Oben auf der Seite stand der Name des Trainers.

Ich zog ein zweites Blatt aus meiner Stofftasche.

«Das hier», sagte ich leise, «ist die Liste der Spielerinnen von Alets Damenmannschaft aus der Saison 1985.»

Ich sah, dass Vidars Blick auf dem Namen S. Franzén haften blieb und dass er den Trainernamen las. Mit jeder Sekunde, die auf der alten Wanduhr über seinem Kopf verstrich, ohne dass er etwas sagte, wuchs meine Anspannung. Ich hatte sie gefunden. Die Verbindung.

«Ich glaube, sie hatten eine Beziehung.» Ich reichte Vidar eine Kopie des Briefs, der mit *Ein besorgter Elternteil* unterschrieben war. «Stina Franzéns Name wird nicht explizit genannt, aber ich interpretiere es so.»

«Was ist das alles?», fragte Vidar schließlich. «Ist das ... Worum geht es hier? Was soll das mit Tiarp zu tun haben?»

Ich hatte ihn gesehen. Einar Bengtsson hatte Frida Östmarks Bruder Sören trainiert, und nur ein halbes Jahr zuvor hatte er Stina Franzéns Mannschaft trainiert. Stina war aus dem Verein ausgetreten. Vielleicht hatte sie keine Zeit oder keine Lust mehr gehabt, oder eine Verletzung hatte sie dazu gezwungen. Ich wusste es nicht. Es spielte auch keine Rolle. Stina war mit Bengtsson liiert gewesen. Aber die Beziehung war heikel; ein Trainer und eine ehemalige Spielerin.

Deshalb hatte sie niemandem davon erzählt. Doch ihre Mutter hatte es geahnt. Was hatte sie damals während der Ermittlung gesagt? Ich hatte es in der Zeitung gelesen.

Aber in der letzten Zeit, seit einem Monat etwa, hatte ich das Gefühl, dass etwas war. Ich dachte, sie hätte vielleicht jemanden kennengelernt. Mütter besaßen einen siebten Sinn für diese Dinge.

«Und Gisela Mellberg», fuhr ich fort, indem ich ein Zeitungsfoto der Hallandsposten aus meiner Stofftasche zog, «begegnet er hier. Bei einem Sucheinsatz nach Frida Östmark. Sie läuft in der Suchkette mit, und er ist unter den Zuschauern. Siehst du? So hat er sie ausgewählt.»

«‹So hat er sie ausgewählt›? Was redest du da? Schreibst du etwa darüber?» Vidar warf nicht einmal einen Blick auf das Foto. «Ist es das, was du in Tofta treibst? Dann solltest du zur Kenntnis nehmen, dass David Linder der Täter war.»

«Wie kannst du dir da so sicher sein? Wurde Frida Östmarks Leiche jemals gefunden?»

«Nein, aber ...»

«Ich war da, auf Linders Hof. Ich habe gesehen, wie gründlich die Spurensicherung das Grundstück durchkämmt hat. Ihre Leiche war nicht da. Wenn Linder der Täter war, warum war sie dann nicht auf seinem Grundstück vergraben?»

«Weil es zu nah gewesen wäre!», rief Vidar und fuchtelte mit den Händen.

«Das habe ich zuerst auch gedacht», sagte ich. «Aber wie leicht ist es, eine Leiche zu beseitigen, ohne Spuren zu hinterlassen?»

«Vielleicht hat er sie nie auf seinen Hof gebracht. Das wäre viel zu riskant gewesen. Sie könnte überall sein. Das beweist gar nichts. Und Snapparp, warum sollte Einar ...»

«Einar Bengtsson hat bei Halmstad Montage & Schweißtechnik gearbeitet. Die Tankstelle in Snapparp hat zu ihren Stammkunden gezählt, wegen der Autowaschanlage.» Ich zog ein weiteres Blatt aus meiner Stofftasche. «Er war regelmäßig da und hat sie repariert. Er wusste sicher, dass der Parkplatz eine geeignete Stelle war, um den Lieferwagen zurückzulassen. Vielleicht die einzige Stelle, die ihm im Affekt eingefallen ist. Bei der Tat wäre er, soweit wir wissen, fast erwischt worden. Gut möglich, dass er in Panik gehandelt hat.»

Vidar starrte mich an.

«Am Tatort sind Reifenspuren eines Jeeps sichergestellt worden. Einar Bengtsson hat einen klapprigen alten Saab gefahren, keinen Jeep. Linder besaß einen Jeep.»

Es fiel mir schwer, aber ich ließ mich nicht beirren. Ich hatte so lange daran gearbeitet und wollte das Ganze ein für alle Mal zum Abschluss bringen. Und irgendetwas, ich weiß nicht, was, hatte mich überzeugt.

«Einar Bengtsson hatte Zugang zu Firmenjeeps, und er wohnte in Fammarp.» Ich zog mein Handy aus der Hosentasche und zeigte Vidar das Foto von Einar. «Gisela Mellberg hat ihn als den Mann identifiziert, der sie überfallen hat.»

«Hat sie das dir gegenüber gesagt? Hat sie ihn in deiner Gegenwart identifiziert?»

«Ja.»

«Verdammt, Wurm.»

«Ich habe ihr nichts gesagt. Weder, wer er ist, noch sonst irgendwas. Ich weiß nicht ...» Ich verstummte. «Ich weiß nicht, was ich tun soll.»

Vidar beugte sich vor und sagte mit kalter, klarer Stimme, vollkommen unbeeinträchtigt vom Whisky:

«Vergiss es. Lass es auf sich beruhen.»

110.

Ich habe keine Ahnung, was ich erwartet hatte. Vielleicht genau das, und auch wieder nicht. Oder? Der Unterschied zwischen Glauben und Hoffen ist nicht immer leicht zu erkennen. Im Haus war es still, und die Wände schienen sekündlich näher zu rücken. Ich saß reglos vor Vidar, den Blick auf sein Whiskyglas geheftet, und in mir regte sich das starke Verlangen nach einem eigenen Glas.

«Der Verdacht muss dir doch auch gekommen sein», sagte ich.

«Welcher Verdacht?»

«Dass es Bengtsson war.»

«Er war es nicht.»

«Du hast ihn nach dem Unfall besucht. Du warst bei ihm zu Hause. Wieso?»

Vidar hob die Hände.

«Ich wurde eingeladen. Und ich war nicht allein. Mein Kollege Markus war dabei. Ich konnte nicht nein sagen.»

«War das der einzige Grund?», bohrte ich weiter.

«Er hatte einen schweren Verkehrsunfall. Es war das erste Mal, dass ich einem Menschen das Leben gerettet hatte. Ich stand unter Schock. Mir fiel es eben schwer, die Sache loszulassen.»

«Wegen der Bremsspuren?»

«Wie kommst du auf Bremsspuren?»

«Es gab keine. Jedenfalls sind auf den Zeitungsfotos von der Unfallstelle keine zu erkennen.»

Das brachte Vidar aus dem Konzept. Zum ersten Mal wirkte er verunsichert, als würde ihm erst jetzt bewusst, dass er nicht wissen konnte, was ich in Erfahrung gebracht hatte.

«Ich habe keine Ahnung. Es kann alle möglichen Gründe dafür geben, dass keine Bremsspuren vorhanden waren. Aber ich habe Bengtsson keine Sekunde lang als Täter in Betracht gezogen, weil er es nicht war.» Ich roch den Whisky in Vidars Atem. «Die Morde haben nach Linders Tod aufgehört», setzte er hinzu.

«Oder nach Bengtssons Autounfall.»

Vidar schüttelte den Kopf.

«Der Autounfall hat sich erst Monate später ereignet.»

«Aber zwischen den einzelnen Morden ist immer viel Zeit vergangen», wandte ich ein. «Und Linder hat ein Alibi. Jedenfalls für den Mord an Stina Franzén.»

Vidar schnaubte.

«Was für ein Alibi sollte das sein?»

Ich nahm Großvaters Geschäftsbuch aus der Tasche, legte

es auf meine Knie, schlug es auf und blätterte zu dem betreffenden Eintrag.

«Ich habe das hier gefunden.»

Ich drehte das Buch um, damit Vidar die Notiz lesen konnte. Er las Großvaters Vermerk vom 28. Februar 1986 mit gerunzelten Augenbrauen:

23:00-00:30 Uhr D. Linder hier. Hat mir geholfen, den Betonmischer zu reparieren. Brauche ihn morgen in Frösakull (300,- Kronen).

Er schaute lange auf die Zeilen. Ich suchte nach Zeichen in seiner Miene, nach einer plötzlichen Anspannung oder Verunsicherung, konnte aber nichts dergleichen erkennen.

«Das ist kein Alibi, Wurm. Ein Eintrag in einem Geschäftsbuch ist kein Alibi.»

«Gisela Mellberg sagt, dass sie Carl-Henrik Håkansson am nächsten Tag begegnet ist. Darüber gibt es auch einen Eintrag in dem Buch. Håkansson war bei meinem Großvater und hat den Betonmischer abgeholt. Gisela Mellberg bestätigt das. Vidar, könnte es nicht sein, dass hier ein Irrtum vorliegt?»

«Nein», sagte er kalt. «Das kann nicht sein. Er hat das Richtige getan.»

Ich sah ihn verwirrt an.

«Wer hat das Richtige getan?»

«Bist du damit zur Polizei gegangen?»

«Nein, wie gesagt, ich wusste nicht, was ich tun soll.»

«Was, glaubst du, soll jetzt passieren, Wurm? Was? Aber wie dem auch sei, das ist nur eine Tat von vielen. Hat Linder Alibis für die anderen?»

«Das weiß ich nicht. Aber sie hängen alle miteinander zusammen.»

«Lass es gut sein, Wurm.»

«Es sprechen mehr Beweise gegen Bengtsson als gegen Linder. Zum Beispiel hat man nie eine Verbindung zwischen Linder und Östmark gefunden, oder irre ich mich? Gisela Mellberg lebt. Stina Franzéns Eltern leben. Es gibt noch immer Angehörige, die ...»

Vidar sprang so unvermittelt auf, dass der Sessel nach hinten rutschte und über den Fußboden schrammte. Er blickte mit einer Mischung aus Abscheu und Angst auf mich herab, als befürchte er, ich könnte etwas Schreckliches tun.

«Willst du zur Polizei gehen und ihnen erzählen, dass ein ehemaliger Polizist Selbstjustiz geübt und einen anderen ehemaligen Polizisten ermordet hat, den du für unschuldig hältst? Glaubst du ernsthaft, dass sie sich damit befassen wollen? Begreifst du nicht, wie das aussehen würde? Und alles nur, um einen Mann dranzukriegen, der nicht einmal belangt und zur Rechenschaft gezogen werden kann. Einar Bengtsson ist eine Mumie in einem Rollstuhl. Er kann sich nicht bewegen, nicht sprechen, wer weiß, ob er überhaupt denken kann. Alle wollen Antworten, alle wollen einen Sinn, eine Erklärung. Was zum Teufel sollte das für eine Erklärung sein?»

«Vidar», sagte ich. «Warum bist du so wütend?»

«Ja, was glaubst du? Das hier ist kein verfluchtes Spiel.»

«Das weiß ich, glaub mir. Ich will nur», und in derselben Sekunde, in der ich es aussprach, wurde mir klar, wie naiv und töricht es klang, «die Wahrheit ans Licht bringen.»

«Die Wahrheit?», spie Vidar. «*Welche* Wahrheit? *Wessen* Wahrheit? Deine? Alle Welt läuft herum und glaubt, die Wahrheit zu kennen, über sich selbst, über ihre Nachbarn, dass sie einander *verstehen*. Aber du hast keine Ahnung. Es gibt keine Grenzen für das, was wir nicht wissen. Und jetzt glaubst du, du wüsstest, wie die Dinge liegen. Eine Wahrheit hat Konsequenzen. Was, denkst du, passiert dann? Und hier oben im Dorf? Der Name meines Vaters, mein Name, was würde mit uns passieren? Was willst du tun, Wurm? Was?»

Vielleicht hatte er recht.

Die Suche nach der Wahrheit könnte bis in alle Ewigkeit andauern oder bis alle Zeitzeugen vergessen hatten, dass es eine Wahrheit zu finden gab. Wahrheit war Chimäre. Wahrheit hatte kein Ende. Genau wie Lügen, Missverständnisse, Spiegelungen, Verschleierungen. Plötzlich wurde mir klar, wie viel ich nicht wusste, wie viel ich zu wissen glaubte, in Wirklichkeit jedoch nur annahm.

«Was zum Teufel bezweckst du damit? Warum stellst du uns nach? Mir und meinem Vater? Genau wie früher. Ich erinnere mich, wie du uns immer beobachtet hast. Dein eigenes Leben da oben in dem Haus ist so verflucht ereignislos, dass du Dinge erfinden musst. Das hast du selbst zu mir gesagt. Du hast kein Leben, also lebst du das Leben von anderen. Du sitzt da an deinem Computer wie ein verfluchter Schreibtischdetektiv. Du brauchst Dämonen, aber weil du selber keine hast, zehrst du von den Dämonen anderer. Von meinen und denen meines Vaters. Von denen der Opfer und ihrer Angehörigen. Das ist es, was du tust, was du früher getan hast.»

Ich setzte zu einer Erwiderung an, blieb aber stumm. In einer Hinsicht war Vidars Vorwurf berechtigt. Ich hatte ihn und seinen Vater mit Staunen und Neid beobachtet und tat es in gewisser Weise noch immer, vielleicht sogar mehr denn je. Ich brauchte eine Geschichte, in der alles einen Sinn ergab, in der alles am rechten Platz und stimmig war. Ein Monument über Sven und Vidar.

«Ich möchte genauso an deinen Vater glauben. Dass er das Richtige getan hat. Er hat in dem Glauben gehandelt, das Richtige zu tun, aber er hat sich geirrt. Und auch dir möchte ich glauben. Aber Linder war unschuldig. Ich habe keine Ahnung, was zu tun ist. Darum bin ich hier.»

Ich sprach zu seinem Rücken. Vidar hatte sich mit dem Whiskyglas in der Hand umgedreht und starrte die Wand an. Es dauerte einen Moment, bis ich begriff, dass er ein Foto seiner Eltern betrachtete.

Unvermittelt wandte er sich um und blickte mir direkt in die Augen, und in diesem Moment sah ich Vidar Jörgensson, blickte tief in ihn hinein, und ein Schmerz durchzuckte mich, als stiege eine qualvolle Erinnerung in mein Bewusstsein.

«Ich denke an einen anderen alten Fall hier in der Gegend», sagte ich. «Den Mord an Lovisa Markström. Ich war damals nicht hier, aber ich habe davon gehört. Ich weiß, dass du damals alles in deiner Macht Stehende getan hast, um einen Fehler zu korrigieren und den wahren Täter zur Rechenschaft zu ziehen. Und du hast es geschafft. Vielleicht denkst du bei Linder genauso, das wäre nicht verwunderlich.»

«Du hast keine Ahnung, wovon du redest. Ich bin kein ...»

«Hör mir zu.» Zum ersten Mal fiel ich Vidar ins Wort, und die Schärfe in meiner Stimme ließ ihn verstummen. «Auch wenn du glaubst, die Dinge richtiggestellt zu haben, auch wenn das dein einziger Beweggrund war, es war ein Fehler.»

«Das weißt du nicht.»

«Als es um Lovisa Markström ging, hast du, ohne mit der Wimper zu zucken, in den Fehlern der Polizei gestochert. Ich verstehe, dass die Dinge anders liegen, wenn dein eigener Vater betroffen ist, wenn er derjenige ist, der ... Aber Vidar, dein Vater wusste es nicht. Er hat in dem Glauben gehandelt, das Richtige zu tun, genau wie du. Was hätte er getan, wenn er es gewusst hätte? Hast du mal darüber nachgedacht?»

Vidar blinzelte. Als er schwieg, fuhr ich fort, fast flehend:

«Dein Vater hat dir alles gegeben, was du brauchst, um jetzt das Richtige zu tun. Das weißt du. Wenn er erkannt hätte, dass er einen Fehler gemacht hat, hätte er keine ruhige Minute mehr gehabt, bis er ...»

«Er hätte sich das Leben genommen! Kapierst du das nicht? Er hätte es niemals ertragen! Manche Dinge lassen sich nicht ungeschehen machen. Er hätte sich das niemals verziehen!»

«Und du wirst es dir genauso wenig verzeihen. Das weißt du.»

«Er hätte sich das Leben genommen, Wurm.»

«Aber er ist doch schon tot!»

Vidar sah aus, als hätte ich ihn geohrfeigt.

«Er lebt nicht mehr», fuhr ich in sanfterem Ton fort. «Sven war ein guter Mensch, der einen Fehler gemacht hat. Man kann ein guter Mensch sein und Fehler machen. Er ist nicht mehr da. Aber wir sind es, *du* bist da.»

«Verstehst du überhaupt, was du da treibst, was du von mir verlangst?» Vidar starrte mich an. «Ist dir das klar?»

«Ja, das ist es.»

Er senkte den Blick auf das Whiskyglas in seiner Hand. Sein Wutausbruch hatte ihn außer Atem gebracht.

Außer uns waren noch andere im Zimmer, Dämonen, die nur er sah.

Stumm schleuderte er das Glas an die Wand.

111.

Er forderte mich auf zu gehen. Ich hatte nichts mehr zu sagen und setzte mich nicht zur Wehr. Es war vorbei, was auch immer *es* gewesen sein mochte. Ich setzte mich ins Auto, ließ Marbäck hinter mir zurück und fuhr auf der Landstraße Richtung Tofta. Ich griff nach meinem Handy, wählte und hörte, wie es in der Leitung klingelte.

«Ja, hier ist Gisela.»

Bevor wir uns verabschiedeten, hatte ich versprochen, mich bei ihr zu melden, wenn oder falls ich herausbekäme, wer der Mann auf dem Foto war. Jetzt wüsste ich es, sagte ich ihr. Er war es. Natürlich hatte ich es schon gewusst, als Gisela Mellberg bei mir gewesen war, hatte es ihr aber in der Hoffnung verschwiegen, Vidar würde anders reagieren, sobald ich mit ihm redete. Ich hätte mir gewünscht, dass wir hinterher gemeinsam zur Polizei gegangen wären und anschließend, Seite an Seite, mit Gisela Mellberg gesprochen hätten.

Nachdem ich ihr den Namen genannt hatte, blieb sie lange still. Ich fragte mich, was sie dachte, welche Gefühle in ihr vorgingen, ob sie überhaupt etwas dachte, überhaupt etwas fühlte.

«Lebt er?»

«Ja, er lebt. Ich werde zur Polizei gehen, aber ich wollte es Ihnen zuerst sagen.»

«Das weiß ich zu schätzen. Danke.»

«Die Polizei wird Sie bestimmt anrufen. Vielleicht schon morgen. Ich wollte, dass Sie vorbereitet sind, falls sie sich melden.»

«Danke, das ist nett. Ich muss mich jetzt um das Abendessen kümmern. Wir wollen gleich essen.»

Ihre Stimme klang seltsam mechanisch. Aber das war wohl kein Wunder. Die Nachricht musste ein Schock für sie sein.

Ich fuhr nach Hause. Meine Scheinwerfer erhellten einsam und grell die Straße. Machte ich Vidar einen Vorwurf? Nein. Die Hoffnung, dass er sich nicht mit Zähnen und Klauen dagegen wehren würde, wäre der Forderung nach etwas Unmenschlichem gleichgekommen.

Zu Hause schaltete ich das Verandalicht an und starrte auf die Eingangstür. Irgendetwas stimmte nicht. Als ich die Klinke herunterdrückte, begriff ich, was es war.

Die Haustür war unverschlossen.

Sie war alt. Rings um das Schloss blätterte die Farbe ab, und der Anstrich war im Lauf der Jahre von Kerben und Macken überzogen worden. Viele davon hatte ich selbst verursacht, wenn ich in der Pubertät betrunken nach Hause gekommen war und im Dunkeln das Schloss mit meinem Haustürschlüssel verfehlt hatte. Unmöglich zu sagen, ob seitdem neue Kratzer hinzugekommen waren.

Vorsichtig schob ich die Tür auf. Das Einzige, was ich als Waffe einsetzen konnte, waren meine Schlüssel. Eine Hand fest um den Schlüsselbund geschlossen und in der anderen das Handy, 112 eingetippt, bereit, die Anruftaste zu drücken, falls notwendig, kontrollierte ich sämtliche Räume.

Mein Puls dröhnte in den Ohren, ich konnte kaum etwas hören.

Es war niemand da. Ich war allein.

Mit weichen Knien sank ich auf meinen Schreibtischstuhl und rief meinen Vater an. Meine Kehle war wie zugeschnürt, und während es in der Leitung klingelte, räusperte ich mich und sagte probehalber laut «Hallo, ich bin's» in die Stille des Hauses hinein, um den Klang zu testen.

«Hallo?», meldete sich mein Vater.

«Hallo, ich bin's.»

«Hallo, schön, dich zu hören.»

«Störe ich?»

«Deine Mudder und ich gucken gerade Nachrichten. Moment, ich schalte den Fernseher aus.»

Ich warf einen Blick auf die Uhr.

«Kommen jetzt Nachrichten?»

«Nein, wir haben sie aufgenommen. Wie geht's dir?»

«Gut. Ich wollte nur sagen, dass ... Morgen, morgen gehe ich zur Polizei.»

«Aha?» Mein Vater klang alarmiert. «Aber wieso? Ist irgendwas passiert? Du klingst ganz merkwürdig.»

Ich dachte an den Schatten draußen im Garten, die brennende Lampe über der Spüle, die unverschlossene Haustür. War ich das gewesen? Vielleicht hatte ich es vergessen. Konstruierte ich Muster, wo keine waren? Ich konnte mir beim besten Willen nicht vorstellen, wer es auf mich abgesehen haben sollte.

«Nein.»

Ich blickte ins Wohnzimmer. Es gibt ein Foto von uns, von mir und meinem Vater. Ich glaube, ich bin darauf etwa sechs, sieben Jahre alt, mein Vater hat noch Haare auf dem Kopf und ist jünger, als ich es heute bin. Wir sitzen nebeneinander auf dem Sofa, tief versunken in einen Comic, wir haben die Köpfe zusammengesteckt, und mein Vater hat mir die Hand auf die Schulter gelegt.

«Soll ich ...», begann er jetzt. «Soll ich dich begleiten? Sollen wir zusammen fahren?»

«Nein, ich fahre allein. Es ist okay, Papa. Aber die Polizei wird dich bestimmt anrufen, wegen Großvaters Geschäftsbüchern.»

«Er hatte also recht?»

«Er hatte recht.»

«Darauf hätte ich wetten können», sagte mein Vater.

An diesem Abend schrieb ich, umgeben von tatsächlichen und vermeintlichen Schatten. Und ich schrieb noch immer, als Stunden später mein Handy klingelte. Ich erkannte die Nummer.

«Vidar?», meldete ich mich.

«Du hast mit Evy gesprochen, oder?»

Er lallte. Er hatte weitergetrunken.

«Ja.» Bei unserer Begegnung auf dem Sportplatz hatte ich ihm davon erzählt, aber er hatte es sich wohl nicht gemerkt. Vielleicht hatte er mich nicht einmal gehört. «Oft. Aber nur über David und Sven. Nicht über Einar. Damit habe ich gewartet. Über Einar habe ich nur mit dir und Gisela Mellberg geredet.»

«Gisela Mellberg? Du hast noch mal mit ihr gesprochen?»

«Ich hatte ihr versprochen, sie anzurufen.»

Vidars Stimme klang plötzlich alarmiert:

«Wann hast du mit ihr gesprochen? Was hast du ihr gesagt? Hast du ihr gesagt, dass es Einar war?»

«Ich ...», begann ich. «Ja, heute Abend, vor ein paar Stunden.»

«Verflucht, Wurm!» Ich hörte eilige Schritte, hörte, wie Vidar in eine Jacke schlüpfte. «Du musst fahren. Ich habe zu viel getrunken. Komm her und hol mich ab.»

«Jetzt?»

«Ja, jetzt, verflucht noch mal. Sofort!»

Er legte auf, und in dem Moment begriff ich, was ich getan hatte.

112.

«Überhol den Kerl.»

Ich scherte ein kleines Stück aus. Die Mittellinie brummte unter den Reifen. Zwei weiße Scheinwerfer zerteilten die Nacht.

«Ich kann nicht, da kommt ein Auto.»

«Überhol endlich!»

«Gerne, dann kommt keiner von uns ans Ziel. Damit wäre allen gedient.»

«Dann hup, verflucht noch mal!»

«Das ist ein Lastwagen. Was soll er machen? Anhalten?»

Das entgegenkommende Auto fuhr an uns vorbei. Ich schaltete einen Gang runter und überholte den Lastwagen. Wir näherten uns Brogård, Wiesen und Felder wurden von Wohnhäusern und Gässchen abgelöst. Als ich für eine Sekunde den Blick von der Straße nahm und den Kopf zur Seite drehte, sah ich, dass Vidar mit versteinerter Miene neben mir saß. Er wirkte gealtert. Die Dunkelheit im Wageninneren ließ seine vielen Gesichtsfalten und Furchen noch tiefer wirken.

«Verdammt, Wurm, warum machst du das alles? Wegen ein paar alten Spielerlisten? Wegen zwei Einträgen in einem Geschäftsbuch aus den Achtzigern? Das ist Irrsinn. Kompletter Irrsinn.»

Vidars Atem stank nach Whisky. Ich schwieg. Ich hatte nichts zu sagen. Mein einziger Gedanke galt dem, was uns an unserem Ziel erwartete.

«Ich bin zu betrunken für das hier.» Vidar kniff die Augen zusammen und presste die Fingerspitzen gegen die Lider. «Ich bin einmal bei ihr gewesen. Bei Evy. Im Frühjahr, nachdem wir Linders Überreste gefunden hatten. Sie hat mir alles erzählt, über meinen Vater, über David. Dass sie meinem Vater auf dem Nyårsåsen geholfen hat. Ich hätte nicht gedacht, dass sie den Mut haben würde, es zu erzählen. Sie war so niedergeschlagen, so voller Reue und gleichzeitig ... als hätte es keinen anderen Ausweg gegeben. Sie wirkte so verdammt, wie soll ich sagen ... aufrichtig. Ich habe ihr geglaubt. Jeder hätte das. Sie hat mir Dinge anvertraut, über sich, über meinen Vater, Dienstvergehen, die sie seinetwegen begangen hat. Wenn das, was du sagst, wahr ist, hat sie mir dreist ins Gesicht gelogen. Das kann ich mir nicht vorstellen.»

Ich konnte ebenfalls nicht daran glauben. Evy hatte mir dieselbe Geschichte erzählt. Das Gefühl der Unwirklichkeit, dass ich womöglich derart hintergangen worden war, noch dazu von ihr, nagte auch an mir.

«Dein Vater hat in der festen Überzeugung gehandelt, das Richtige zu tun. Er hat sich geirrt, aber das ändert nichts.»

«Nein?»

Vidar wandte mir den Kopf zu und sah mich mit gequältem Blick an. In dem Moment begriff ich: Er würde mit einem Rätsel leben müssen, auf das er möglicherweise niemals eine Antwort erhielt.

Den Informationen zufolge, die ich in den letzten Tagen in Erfahrung gebracht hatte, lebte Einar Bengtsson in einer

Pflegeeinrichtung in der Nähe von Tylösand. Er war mittlerweile achtundfünfzig, doch davon abgesehen hatte sich seit 1991 nicht viel verändert. Er war nach wie vor stumm und auf den Rollstuhl angewiesen. Seit ein paar Jahren besaß er einen Hund, mit dem er und eine Pflegekraft jeden Morgen und Abend einen Spaziergang machten. Das war alles.

Die Pflegeeinrichtung war schön gelegen, man konnte das Meer riechen. Das Gebäude sah aus wie ein gewöhnliches zweistöckiges Mietshaus mit dunkler Klinkerfassade. Im Erdgeschoss wiesen Schilder den Weg zu einer Krankenstation und einer kleinen Cafeteria, die schon geschlossen hatte, und zu Fahrstühlen neben dem Treppenaufgang. Es roch wie in einem Krankenhaus.

Vidar blieb vor der Tafel mit den Namen der Bewohner und Bewohnerinnen stehen, studierte sie einen Moment, ehe er sich zur Treppe wandte, die in den zweiten Stock hinaufführte. Er war groß und schwer. Das Geräusch seiner Schritte hallte zwischen den Wänden wider. Ich spürte meinen Puls in Wangen und Ohren, pochende Angst.

Die Tür war nicht verschlossen, sie hatte sich nicht die Mühe gemacht. Vidar drückte die Klinke nach unten und stürzte vor mir ins Zimmer.

In dem kleinen Appartement gab es eine Sitzgruppe, und dort saß Gisela Mellberg, nach vorn gebeugt, die Ellbogen auf die Knie gestützt und das Gesicht zur Tür gewandt, als hätte sie auf uns gewartet.

Einar Bengtsson lag im Rollstuhl vor ihr auf dem Boden. Sie hatte ihn so hart geschlagen, dass er zur Seite gekippt war. Bengtssons Gesicht war wie eine Maske aus Fleisch, bis zur Unkenntlichkeit entstellt. In der roten Masse war nur ein weit aufgerissenes Auge zu erkennen, in dem Panik flackerte.

Was mit seinem anderen Auge geschehen war, wusste ich nicht, es war nicht zu sehen. Unter seinem Kopf breitete sich eine Blutlache aus. Wenn er atmete, zischte es, und Blutblasen quollen aus seinem Mund. Neben ihm lag ein flauschiger kleiner Hund, der winselnd und zitternd versuchte, ihm das Gesicht abzulecken.

Ich wollte mich übergeben, konnte es aber nicht. Ich konnte gar nichts. Es war meine Schuld, alles war meine Schuld, ich war festgefroren und konnte nicht ...

«Wurm, ruf die 112! Und nimm den Hund da weg. Lauf nach unten und hol jemanden vom Personal. Irgendwer muss in diesem Haus doch arbeiten, zum Teufel.»

Vidar kniete vor Bengtsson am Boden.

«Das Personal macht gerade Kaffeepause», erklang Gisela Mellbergs Stimme. Sie hatte den Blick auf irgendeinen Punkt zwischen ihren Füßen und Bengtsson geheftet. «Ich wusste nicht, dass er einen Hund hat. Ich konnte nicht ... Er lag da und hat die ganze Zeit gewinselt. Ich musste aufhören.» Sie schaute mich an. Was ich in ihren Augen sah, erschreckte mich. «Ich bin ihm einmal begegnet. Er hat zugesehen, als wir nach Frida Östmark gesucht haben. Er ist zu mir gekommen und hat mich gefragt, was wir da täten, ob er mithelfen könnte. So muss er mich gefunden haben.» Blut tropfte von ihren Händen. Es schien sie nicht zu kümmern. Sie stand auf. «Und heute habe ich ihn gefunden. Ich habe es nicht für mich getan. Sondern für Robert.»

«Was haben Sie mit ihm gemacht?»

Gisela Mellberg ging langsam an mir vorbei, hinaus auf den Flur.

«Ich weiß es nicht.»

An den Wänden hingen gerahmte Fotografien, einige

der Personen darauf erkannte ich wieder: Einar Bengtssons Eltern, Evy, Evys Kinder und Enkelkinder. Evy musste die Bilder aufgehängt haben.

Der Körper am Boden begann wie unter Stromstößen unkontrolliert zu zucken. Der Hund jaulte.

«Wurm!», brüllte Vidar. «Wurm, ruf endlich den Krankenwagen, bevor er krepiert.»

113.

Es war eiskalt, und bis zum Tagesanbruch dauerte es noch Stunden, aber ich erinnere mich an keine Kälte, kein Frieren, an nichts.

Rhythmisch zuckendes Blaulicht umgab uns. Ich hörte das Rauschen der Wellen, die ganz in der Nähe ans Ufer brandeten, und drehte den Kopf in die betreffende Richtung. Zwischen Häuserzeilen und Bäumen schimmerte das Meer, eine noch dunklere Oberfläche, die auf einen dunklen Himmel traf. Hier hatte er dreißig Jahre behaglich gelebt. Ein seltsamer Gedanke.

Ich sah das Meer und erahnte die Uferpromenade. In den Sommermonaten war sie von Touristen und Familien bevölkert, von lachenden Kindern, miserablen Straßenmusikanten, dann war die Luft stickig von Wärme, Bierschwaden und Sonnenmilch. Jetzt lag sie verlassen da. Das Rauschen nahm zu, wurde kraftvoll und drohend und gewaltig.

«Woran denkst du?», fragte Vidar.

«Ich dachte, ich hätte jemanden gesehen. Vor meinem Küchenfenster. Ich dachte, jemand wäre in meinem Haus gewesen und würde mich verfolgen. Ich weiß nicht, ich ... Jetzt glaube ich, ich habe ein Muster gesehen, das nicht existiert hat.»

Das machte mir Angst. Nicht so sehr der Gedanke, dass mich jemand beobachtet haben könnte, direkt vor den sichersten vier Wänden, die ich kannte, oder dass die Lampe über der Spüle gebrannt hatte oder dass die Haustür unverschlossen gewesen war.

Niemand hatte vor meinem Küchenfenster gestanden. Niemand hatte mich verfolgt. Niemand außer mir selbst war in meinem Haus gewesen. Ich hatte mir das alles eingebildet. Das war es, was mir Angst machte. Dass ich aufgrund einer Eingebung gehandelt hatte, es für möglich gehalten hatte. Genau wie Sven, als er David Linder verdächtigte, hatte ich etwas gesehen, das nicht da gewesen war. Ich hätte nie geglaubt, dass die Geschichte so enden würde. Es braucht nicht viel, um sich selbst zu verlieren, und mit Sven Jörgensson verband mich deutlich mehr als ein Fleckchen Erde und eine gemeinsame Herkunft.

«Ich hatte gehofft, es würde auch diesmal so sein», fuhr ich fort. «Mit Einar Bengtsson. Dass du recht hast und ich mir das alles nur zusammenphantasiert habe.»

Vidar schwieg.

Wir sahen, wie Bengtsson aus dem Haus getragen wurde. Die Rettungssanitäter bewegten sich rasch und routiniert, riefen sich kurze Anweisungen zu. Hier ist er, dachte ich. Das Geschöpf, der Mensch, der anderen so großes Leid zugefügt hat. Über so viele Jahre nur ein Schatten, ein Schrecken in der Nacht, ein Nachtalb. Jetzt endlich ein Mensch aus Fleisch und Blut, lebendig und sterblich. Hier war er. Nur ein Mensch wie andere auch.

«Kannst du mich mitnehmen?», fragte Vidar leise.

«Soll ich dich nach Hause fahren?»

Er schüttelte den Kopf.

«Nein, nicht nach Hause.» Er sah mich an. «Ist alles okay?»

Ich drehte den Kopf in Richtung Meer.

«Es ist das erste Mal, seit ich wieder hier bin, dass ich am Meer bin», sagte ich.

Wir fuhren Richtung Tofta. Er rief sie unterwegs an und weckte sie. Es hatte sie noch niemand informiert, und Vidar sagte ihr nicht, worum es ging, nur, dass sie reden müssten.

«Wie klang sie?», fragte ich.

«Müde.»

«Du weißt, dass sie im August einen Schlaganfall hatte?»

«Ja, das habe ich gehört.»

Sie empfing uns an der Haustür, eine Hand fest um den Griff ihres weinroten Rollators geklammert. Ihre große, rundliche Gestalt war in einen Bademantel gehüllt, und warmer Kaffeeduft strömte hinaus zu uns in die Kälte.

«Hallo, Evy», sagte Vidar. «Es tut mir furchtbar leid, dich stören zu müssen.»

«Hallo.» Sie betrachtete mich überrascht. «Sie auch?»

«Ja.»

Ich umarmte sie vorsichtig. Evy musterte Vidar durch ihre Brillengläser hindurch mit einem ungewöhnlich scharfen Blick.

«Hast du getrunken?» Erst jetzt bemerkte sie das Blut an seinen Händen. Die Nacht färbte es unnatürlich dunkel. «Um Himmels willen, was ist passiert?»

«Dürfen wir reinkommen?»

Vidar wusch sich die Hände, wir nahmen auf dem Sofa Platz, und dann tranken wir Kaffee. Evy saß auf ihrem Rollator, die Unterarme auf die Griffe gestützt, die Hände über dem Bauch gefaltet. Sie wirkte seltsam abwesend, wie sie es zu sein pflegte, wenn sie sich anschickte, etwas zu erzählen, und einer Erinnerung nachspürte, die sie noch nicht richtig zu fassen bekam. Ihr Bademantel klaffte ein wenig auseinander, und ich konnte die dicken Krampfadern oberhalb ihrer Knie und an den Innenseiten ihrer Beine sehen.

«Folgendes», sagte Vidar behutsam.

Dann begann er zu erzählen.

«Okay», sagte Evy mit dünner Stimme, als er geendet hatte. «Ist sie ... Wo ist sie jetzt? Gisela Mellberg?»

«Auf dem Revier. Sie wurde kurz danach festgenommen. Sie ist nicht weit gekommen und hat auch nicht versucht zu fliehen.»

Evy nickte langsam. Sie blickte auf ihre Hände.

«Okay», wiederholte sie.

«Sie haben es geahnt», sagte ich vorsichtig. «Habe ich recht?»

Sie schrak zusammen, als hätte sie meine Anwesenheit vergessen.

«Ja», sagte sie mit fester Stimme. «Ja, ich habe es geahnt.» Sie seufzte. «Lügen haben ihre Zeit. Die Wahrheit wird wohl die ihre haben.»

Ich musste die Frage stellen. Ich stellte sie, weil Vidar es nicht schaffte. Ich hätte es selbst fast nicht übers Herz gebracht. Ich dachte an alles, was Evy mir erzählt hatte, in Bruchstücken und unzusammenhängenden Fragmenten. Kurze Augenblicke und Szenen, die ich zusammengefügt hatte, wenn ihr eigener Geist es ihr verwehrte. Ihre Schilderungen der Geschehnisse zwischen ihr und Sven, zwischen Sven und David Linder. Nichts davon erschien mehr verlässlich, nichts wahr. Alles, begriff ich, konnte die Unwahrheit gewesen sein.

Ich hatte ihr eine Geschichte entlocken wollen. Die hatte ich bekommen.

Lügen haben ihre Zeit, die Wahrheit hat die ihre.

Doch: Was ist was?

114.

«Es war im Sommer einundneunzig, kurz vor dem Unfall. Da habe ich Einar zur Rede gestellt. Ich glaube, dass er deshalb ... Ich weiß nicht, aber ich bilde mir ein, dass er deshalb in den Gegenverkehr gefahren ist. Ich denke, er wollte dem Ganzen ein Ende setzen.» Evy zog eine Packung Papiertaschentücher aus der Tasche ihres Bademantels, nestelte eines heraus und knetete es zwischen den Fingern. «Ich hätte etwas tun müssen, etwas sagen. Das war mir klar. Aber ich wusste es ja nicht mit Sicherheit. Und wie entstellt er nach dem Unfall war. Ich wusste, dass er niemals wieder in der Lage wäre, jemandem etwas zuleide zu tun. Genauso wenig wie für sich zu sprechen, sich zu verteidigen. Also habe ich nichts getan. Ich habe nichts getan.»

«Aber du hast ihn mit deinem Verdacht konfrontiert», sagte Vidar. «Dafür musst du doch einen Grund gehabt haben. Was hat den Ausschlag gegeben?»

Evy schwieg lange.

«Ich habe ihn auf einem Zeitungsfoto entdeckt, von einem Sucheinsatz nach Frida Östmark. Ich habe ihn gefragt, warum er da war, er hätte eigentlich bei der Arbeit sein müssen, und er hatte keine plausible Antwort. Das genügte, damit ich begriff. Mich konnte er nicht anlügen.»

«Apropos Lügen. Ich kann verstehen, dass du mich angelogen hast. Aber meinen Vater?»

«Ich habe nicht gelogen», entgegnete sie. «Ich habe ihn nicht angelogen.»

«Aber du hast etwas geahnt, du hast es selbst gesagt.»

«Aber nicht ...»

«Mir haben Sie es auch gesagt, Evy», mischte ich mich ins Gespräch. «Nicht wahr? *Wir konnten nichts tun. Niemand konnte das.* Das haben Sie gesagt. Erinnern Sie sich daran?»

«Ich ... Ja ... Nein, ich ...»

«Ich verstehe nicht, wie du meinen Vater so anlügen konntest. Verstehst du nicht, die Sache hat ihn zugrunde ...»

Vidar verstummte, als Evy in Tränen ausbrach. Alte Menschen weinen zu sehen, ist unbehaglich. Man glaubt, sie hätten so lange gelebt, so vieles gesehen, dass sie damit aufgehört hätten.

«Ich weiß», sagte sie, als sie sich wieder ein wenig gefangen hatte. «Ich weiß, aber Herrgott, man ist schließlich auch nur ein Mensch.»

Als wäre es eine Erklärung. Was es auch war. Ich hatte selbst oft auf diese Weise argumentiert. Vidar ebenfalls, vielleicht sogar Sven. Es gibt eine Grenze für das, was ein Mensch ertragen kann, doch manchmal müssen wir uns Dingen stellen, die jenseits dieser Grenze liegen. Und dann zieht man den Kürzeren, so oder so.

Aber wird uns nicht gerade vergeben, eben weil wir Menschen sind? Als hätten wir, ohne es zu verdienen und aus dem einzigen Grund, als Menschen geboren worden zu sein, das Recht, Fehler zu machen und von anderen Vergebung einzufordern? Das ist keine Rechtfertigung, wohl aber eine Art zu sagen, dass man nicht an allem Schuld trägt. Sich aufs Menschsein zu berufen, ist gleichbedeutend damit, zu sagen: Und darum musst du mir vergeben. Mensch zu sein, bedeutet, der Schuld enthoben werden zu können.

Der Schuld ja, nicht aber der Verantwortung. Ich warf Vidar einen Seitenblick zu. Er hatte nicht die Schuld seines Vaters geerbt; aber die Verantwortung, dass die Wahrheit ans Licht kam, fiel ihm zu. Die Verantwortung, das Richtige zu tun. So war es doch? Denn meine konnte es doch wohl nicht sein?

«Sie haben geglaubt, dass Sven richtig gehandelt hat, als Sie ihm auf dem Nyårsåsen geholfen haben», wandte ich mich an Evy. «Sie haben geglaubt, dass David Linder der Täter war, oder?»

Sie nickte vehement.

«Ja, natürlich. Dass ... dass mein Bruder der Schuldige sein könnte, der Verdacht kam mir erst im Sommer. Kurz vor dem Unfall.»

«Aber mein Vater ist im November gestorben», wandte Vidar ein. «Fast ein halbes Jahr nach dem Unfall. Da musst du gewusst haben, dass Einar der Täter war. Und trotzdem hast du es ihm nicht gesagt.»

«Einar war mein Bruder!», rief Evy verzweifelt. «Ich konnte oder *wollte* einfach nicht glauben, dass er so abgrundtief böse ist! Das ist er nicht. Aber in dem Moment, in dem ich es Sven gesagt hätte, wäre es wahr geworden. Und außerdem, ja, ich ... Ich habe dabei auch an Sven gedacht. Ich wollte ihn schonen. Davids Tod hat ihm das Herz gebrochen. Wenn sich herausgestellt hätte, dass er unschuldig wäre, dann ...»

«Aber er war unschuldig», sagte ich kühl. «Und Sven war am Leben. Hätte er es nicht verdient gehabt, die Wahrheit zu erfahren?»

«Er hätte es nicht ertragen.» Vidar senkte den Blick und heftete ihn auf einen Punkt zwischen seinen Schuhen. «Er wäre zu seinen alten Kollegen gegangen und hätte gestanden. Dann wäre alles herausgekommen.» Er hob den Kopf und blickte Evy in die Augen. «Und du hättest deinen Bruder verloren.»

Er wartete darauf, dass Evy etwas erwiderte, doch sie blieb stumm. Ich sah ihr an, dass sie über etwas nachdachte, und fragte sie, was ihr durch den Kopf ging.

«Ach, ich habe nur ... Das ist alles so grauenvoll.»

«Das verstehe ich», sagte ich.

«Einar war, das heißt, er ist gläubig, wusstet ihr das? Er sagte immer, das Böse könne im geringsten Geschöpf auf Erden seine Wurzeln schlagen. Aber die Menschen seien eine besondere Spezies. Als Gott sie erschaffen habe, müsse der Teufel in unmittelbarer Nähe gewesen sein.»

«Das hat er gesagt?», fragte ich.

«Manchmal. Wenn er etwas Schlimmes im Fernsehen gesehen oder in der Zeitung gelesen hatte.»

«Wie hat er das gemeint?»

«Ich weiß es nicht.» Evy zitterte wie von einem plötzlichen Kälteschauer. «Ich weiß es wirklich nicht.»

«Glauben Sie, er hat sich selbst gemeint?»

Oder etwas *in* sich, setzte ich in Gedanken hinzu. Etwas, das er sah oder spürte und fürchtete.

«Nein. Er war so gut, versteht ihr. Einar ist ein guter Mensch. Er will anderen helfen, nicht sie verletzen.»

«Ist Einar irgendwann einmal straffällig geworden?», fragte ich. «Nicht wegen dieser Verbrechen, sondern allgemein. Hat er irgendwelche Vorstrafen?»

«Nein, Gott bewahre. Einar ist straffrei.»

Deswegen hatte der Abgleich der Blutspuren keinen DNA-Treffer ergeben. Ich wünschte, ich hätte daran gedacht, etwas zum Schreiben mitzunehmen. Ich fürchtete, der Schock und die Erschöpfung könnten mein Erinnerungsvermögen beeinträchtigen.

«War er vielleicht krank?»

«Krank? Was meinen Sie mit krank?»

«Keine Ahnung, einfach ... ob er krank war. Vor dem Unfall, meine ich.»

Evy schüttelte den Kopf.

«War er depressiv? Hat er Tabletten genommen oder ...»

«Nein.»

«Hatte er ... Erinnern Sie sich, ob er ...»

Vidar hatte die letzten Minuten schweigend dagesessen, jetzt warf er mir einen fragenden Blick zu. Ich wollte Evy fragen, ob ihr Bruder eine Affinität für Pornographie gehabt hatte. Für Sexclubs, Gewalt, ob sie irgendwann einmal Notizen von ihm gefunden hatte, in denen er davon phantasierte, Frauen zu dominieren. Ich suchte nach einer Erklärung, ausgehend von dem Bild, das ich von Männern hatte, welche die Art von Verbrechen begingen, deren sich ihr Bruder schuldig gemacht hatte. Ich brauchte etwas, das einen Zusammenhang stiftete.

«Als Jugendlicher war er ziemlich rebellisch», sagte Evy. «Ich war die Einzige, auf die er hörte. Aber er war ein guter

Mensch. Ein guter Trainer, ausgeglichen, warmherzig und empathisch. Es gab nichts ... Ich habe nie einen Funken Schlechtigkeit an ihm wahrgenommen.»

Und heute Abend wäre er fast ermordet worden.

Ich verbrachte den Großteil des Tages in meinem Kopf, in einer Welt, die ich selbst ersann, eine Welt, die aus Phantasien bestand. Niemals zuvor war die Grenze zwischen Fiktion und Realität derart verschwommen und zugleich so glasklar gewesen. Was hatte ich getan, als ich Gisela Mellberg anrief? Ich hatte nicht nachgedacht. Ich hatte nicht verstanden.

«Waren die beiden ein Paar, Evy?» Diesmal war es Vidar, der die Frage stellte. «Einar und Stina?»

«Ich glaube, ja. Aber ich bin mir nicht sicher.»

«Ich frage deshalb, weil Täter oft eine persönliche Verbindung zu ihrem ersten Opfer haben», fuhr Vidar fort. «Die Tat muss nicht einmal geplant gewesen sein. Sie passiert im Affekt. Vielleicht war es auch bei Einar so. Doch dann wird ihnen bewusst, dass sie dieses Gefühl wieder erleben wollen oder müssen, und sie beginnen, aktiv nach ihrem nächsten Opfer zu suchen.»

«Ja», sagte Evy leise. «Ja, vielleicht. Er hat mir erzählt, dass er eine seiner Spielerinnen mochte. Ich glaube, er meinte Stina.»

Sie konnte nicht weitersprechen. Es war zu qualvoll.

Ja, dachte ich, so könnte es gewesen sein: Stina und Einar werden im Herbst 1985 ein Paar. In den Augen mancher Leute ist die Beziehung ein Skandal. Im Verein und in der Umgebung wird geklatscht und getratscht. Stina tritt aus dem Fußballverein aus, damit sie sich weiter treffen können. Die Tankquittung, die Sven und David in ihrem Auto gefunden hatten: Am Tatabend holt Einar Stina nach der Arbeit um elf Uhr am Grand Hotel ab. Da sie noch Pläne haben, tankt Stina vorsorglich für den nächsten Tag. Anschließend fahren sie weiter, in Richtung Vapnödalen. Vielleicht wollen sie zu Einar nach Hause. Unterwegs geschieht etwas, ein Streit? Passiert die Tat im Affekt, oder ist es Vorsatz?

Oder: Die beiden gehen im Herbst 1985 eine Beziehung ein, aber Stina will die Beziehung beenden. Einar offenbart Eigenschaften und Charakterzüge, die ihr nicht gefallen, Eigenschaften, die ihr Angst machen? Vielleicht mag sie ihn einfach nicht mehr. Stina tritt aus dem Fußballverein aus, und die beiden sehen sich nicht mehr, aber Einar kann nicht aufhören, an Stina zu denken. Er ruft sie an, lauert ihr nach der Arbeit auf. Er will reden. Sie zögert, schlägt aber schließlich vor, ihn nach Fammarp zu fahren, allerdings müsse sie dann vorher noch tanken. Sie wählt die Strecke über Tiarp.

Vidar schien etwas sagen zu wollen, doch ich kam ihm zuvor.

«Evy», sagte ich. «Die Polizei wird nach Frida Östmark suchen. Schon morgen, auf dem Grundstück, auf dem Einar damals gewohnt hat. Ist das der richtige Ort?»

Evy nickte und atmete heftig. Sie schnäuzte sich.

«Ich denke, ja.»

«Wissen Sie, wo? Wo genau auf dem Grundstück?»

Sie schüttelte den Kopf. Ihr silbergraues Kraushaar stob in alle Richtungen. Als ich sie betrachtete, sah ich ihr Gesicht, wie es war. Zwiegespalten und durchdrungen von dem moralischen Schmerz, den es bedeutet hatte, über Jahre hinweg ein Janusgesicht tragen zu müssen. Aber war das nicht ihre eigene Entscheidung gewesen? Ich vermag es nicht zu sagen, vielleicht hat man schlussendlich nicht immer eine Wahl.

Gut möglich, dass Evy in jener Nacht noch mehr sagte, ich erinnere mich nicht mehr. Ich war so müde. Nur dies eine ist mir noch im Gedächtnis geblieben.

«Ich habe damit gerechnet, dass du eines Tages kommen würdest, Vidar», sagte sie. «Du bist schließlich der Sohn deines Vaters. Alles andere hätte einem Jörgensson nicht ähnlich gesehen. Aber ich hatte gehofft, schon im Grab zu liegen, wenn du kämst.»

115.

Die Hunde fanden sie in der Morgendämmerung. Frida Östmark lag hinter einem Geräteschuppen, in einer Ecke des Grundstücks, das damals Einar Bengtsson gehört hatte. Sie trug dieselbe Kleidung wie am Tag ihres Verschwindens. Die Suche hatte zwei Tage gedauert.

Einige Wochen später, auf Beschluss der Staatsanwaltschaft, führte das Nationale Forensische Centrum einen Abgleich der Blutspritzer aus Stina Franzéns Auto mit einem Speichelabstrich aus Einar Bengtssons Mundhöhle durch, der genommen worden war, während er halb zu Tode geprügelt in einem Krankenhausbett lag.

Die Auswertung der beiden DNA-Profile erzielte einen Übereinstimmungsgrad von +4; der höchste und sicherste Wert der laborinternen Skala. *Aufgrund der vorliegenden Untersuchungsbefunde*, schrieb der zuständige Analytiker, *ist es praktisch erwiesen, dass die DNA von Einar Bengtsson stammt.*

In einer der größten Tageszeitungen stand unlängst ein ausführlicher Artikel über den Tiarp-Mörder. Man hatte angefragt, ob ich zitiert werden wolle, aber ich lehnte ab. Der Artikel kreiste um David Linders Unschuld und Einar Bengtssons Schuld und betonte vor allem den Vorwurf gegen den *damals 54-jährigen ehemaligen Polizeibeamten, der im Verdacht steht, im Frühjahr 1991 das Gesetz in die eigenen Hände genommen zu haben.* Jeder wusste, wer damit gemeint war. Die Polizeibehörde wurde an den Pranger gestellt, und Markus Danielsson musste erneut eine offizielle Stellungnahme abgeben, diesmal über die, wenn möglich, noch bemerkenswertere Wendung, die der Fall genommen hatte. Soweit ich es beurteilen kann, machte er seine Sache gut. Er stellte es so hin, als habe er sich an die Medien gewandt, nicht umgekehrt, als habe er die Wahrheit über den Tiarp-Mörder an die Öffentlichkeit bringen wollen, statt ihretwegen Rede und Antwort stehen zu müssen.

Ich sah fremde Autos in Richtung Marbäck und Norteforsen fahren. Man wollte mit Vidar und Evy reden. Ich fragte mich, was sie antworteten. Nach und nach förderten die Zeitungen sie zutage, Namen und Bruchstücke dessen, was geschehen war. Ich blieb für mich, doch ich ahnte, dass die Autos früher oder später auch in meiner Einfahrt stehen würden.

In Einar Bengtsson musste irgendetwas existiert haben. Eine Erklärung. Mir war es nur noch nicht gelungen, sie zu finden. Ein Kindheitstrauma, eine Obsession, eine Neigung. Ich dachte an den schlaksigen und gutgekleideten Fußballtrainer, den sympathischen und lachenden jungen Mann, den ich vor vielen Jahren von der Tribüne auf der anderen

Seite des Fußballplatzes gesehen hatte. Es gab keine Erklärung. Keine einzige. Außer Gelegenheit, vielleicht, und dass er ein Mann war. Aber was war das für eine Erklärung? Als erfordere eine Verbrechensserie dieser Art nicht einen gleichwertigen, ebenso starken Auslöser.

Sven war auf eine Art ebenfalls ein Täter. Ich hatte Zeit gebraucht, es zu verstehen, aber jetzt war es mir klar: Er hatte sich des schlimmsten Verbrechens von allen schuldig gemacht. Nichtsdestoweniger konnte ich ihn verstehen, der Schriftsteller in mir verstand ihn. Aber Einar Bengtsson? Ich fand nichts, das mich Einar Bengtsson hätte verstehen lassen. Er hatte getan, was er getan hatte. Was geschieht, geschieht. Man kann es nicht immer verstehen. Das Böse kann im geringsten Geschöpf auf Erden seine Wurzeln schlagen; Evy zufolge hatte er das gesagt. Stimmte das, und war es so simpel?

Ich dachte an die Verletzungen, die wir Menschen uns gegenseitig zufügen, die Kränkungen und Lügen, die kleinen und großen Tragödien, die über uns hereinbrechen. Wir wünschen uns Erklärungen, damit all das einen Sinn erhält.

Wird die Dunkelheit in manchen von uns nicht zurückgehalten, bricht sie sich Bahn wie ein wildes Tier. Darin liegt eine Art Antwort. Falls man es eine Antwort nennen kann. Eine mögliche Lösung des Rätsels besteht darin, dass das Rätsel selbst sich auflöst, dass sich das augenscheinlich Festgefügte verflüchtigt und in Rauch aufgeht.

Ja, dachte ich, so könnte es sein. Die schwedischen Verbrechen, die vor vielen Jahren geschehen sind, haben uns die düsterste Wahrheit gelehrt, die das Leben zu erteilen vermag: dass es ohne Sinn ist.

116.

Ein früher Märzmorgen 2020. Das Wetter ist sehr klar, die Luft federleicht. Ich stehe am Fenster meines Arbeitszimmers und schaue hinaus auf Tofta. Da entdecke ich sie, in der Ferne, eine schwarze Silhouette vor all dem Blau, sie kommt näher. Die Flügel wie Silber.

Ein jegliches hat seinen Platz. Ein jegliches hat seine Zeit.

Der Winter hat seine Zeit, und der Frühling hat seine Zeit.

Die Bachstelze ist nicht groß, ihre Gestalt schlank und anmutig. Sie lässt sich auf einem der gestutzten Bäume nieder, die den Fahrradweg säumen. Ich kneife die Augen zusammen, kann aber nicht erkennen, ob sie mich ansieht oder nicht, die Entfernung ist zu groß.

Ich habe angefangen, darüber nachzudenken, wie ich den Rest meines Lebens verbringen will.

Ich bin inzwischen ein gutes Stück vorangekommen.

Es war schwieriger, als ich erwartet hatte. Hätte ich Sven weiter Held bleiben lassen sollen? Ich glaube, für mich ist er noch immer ein Held, aber für Vidar? Ich weiß es nicht. Auch Helden begehen Fehler. Der Traum einer makellosen Vergangenheit ist genau das: ein Traum. Niemand bleibt ohne Makel. Wir müssen lernen, damit zu leben. Wenn wir können.

Vielleicht so. Ich spüre, dass ich der Antwort sehr nahe bin, womöglich komme ich ihr nicht näher. Aber wer wären wir, wenn wir es nicht versuchten?

117.

Einige Zeit nachdem ich die vorige Passage niedergeschrieben hatte, empfing ich zwei Nachrichten. Die erste war eine Todesnachricht. Es war still und leise und in der Nacht geschehen. Sie war eingeschlafen und nicht wieder aufgewacht. Irgendwann nach Mitternacht hatte der Tod sich auf Norteforsen 195 herabgesenkt und Evy Carlén mit auf die andere Seite genommen. Ich erhielt die Nachricht allein in dem gelben Haus, und ich dachte daran, dass ich keinen Abschied genommen hatte. Wie auch immer dieser Abschied ausgesehen hätte.

Die zweite Nachricht betraf Vidar Jörgensson. Ich erfuhr, dass er seinen alten Freund und Kollegen angerufen und ihn gebeten hatte, zurückkommen und wieder als Polizist arbeiten zu dürfen.

Als mich diese Nachricht erreichte, dachte ich an die vielen Dinge, die wir nicht wissen. Die vielen Dinge, die wir niemals erfahren werden. Eigentlich ist es verblüffend. Noch erstaunlicher sind die vielen Dinge, die wir zu wissen glauben, die sich jedoch als Irrtum erweisen. Das kann böse Folgen haben. Aber weil es keinen Ausweg gibt, tue ich das, was alle tun. Ich erfinde, male mir Dinge aus, unterstelle, schließe Lücken. Das ist mein Beruf.

Ich habe es nicht mit eigenen Augen gesehen und werde es wohl auch nicht tun, aber wenn man morgens an die Landstraße hinuntergeht, erhascht man jetzt vermutlich einen Blick auf Vidar, der vorbeifährt, so, wie wir vor vielen Jahren Blicke auf seinen Vater erhaschten. Ich kenne sein Auto. Wahrscheinlich kommt er aus Richtung Marbäck angefahren, als wäre die Zeit stehengeblieben, auf dem Weg in die Stadt und ins Revier, um seinen Arbeitstag etwa zur gleichen Zeit zu beginnen wie alle anderen.

Christoffer Carlsson
Unter dem Sturm

DAS GRUNDLEGENDE VERBRE-
CHEN IST DIE GESELLSCHAFT
SELBST.

464 Seiten

Im südschwedischen Marbäck wird eine junge Frau ermordet. Ein Täter ist schnell gefunden: Edvard Christensson, ihr Freund, berüchtigt für seinen aufbrausenden Charakter, wie alle Männer in seiner Familie. Er wird verurteilt, und der Frieden kehrt ins Dorf zurück. Nur nicht für den siebenjährigen Isak, der seinen Onkel Edvard vergöttert hat und sich nun fragt: Trägt auch er etwas Böses in sich?

Zehn Jahre später sitzt Isak nach einem Diebstahl vor Vidar, der als junger Polizist bei der Verhaftung von Edvard half. Mit den Erinnerungen an den Fall kommen Vidar Zweifel an den früheren Ermittlungen. Und als Isak verschwindet, begibt er sich auf die Suche: nach dem Jungen und der Antwort auf die Frage, was damals wirklich geschah.

«Selten sind Menschen, Land und Natur Schwedens so einfühlsam dargestellt worden wie in diesem Kriminalroman über Schuld, Strafe und Versöhnung.» *Tobias Gohlis, Deutschlandfunk Kultur*

Weitere Informationen finden Sie unter **rowohlt.de**

Pressestimmen zu «Was ans Licht kommt»:

«Carlsson erzählt mit epischer Wucht von Schuld, Verantwortung und Verstrickung, von der Vergeblichkeit und Verkehrung guter Absichten [...] Ein Buch, dessen literarische Qualitäten seinem Spannungsbogen ebenbürtig sind.» *Frankfurter Allgemeine Zeitung*

«Ein spannender, dicht erzählter und meisterlich komponierter Krimi, der sich seinen Personen mit psychologischem Gespür nähert.» *Stern*

«Nicht nur von enormer Raffinesse, sondern auch von einer emotionalen Wucht, die man nur selten in einem Kriminalroman erfährt.» *Der Spiegel*

«Glänzend gezeichnete Charaktere, ein raffiniert konstruierter Spannungsbogen: Das ist große Kriminalliteratur.» *Hamburger Abendblatt*

«Brillant realistisch und herzzerreißend menschlich.» *Dagens Nyheter*

«Elegant und meisterhaft erzählt. [...] Eine dunkle Geschichte, ein sprachliches Vergnügen und ein Kriminalroman, der es wagt, seinen eigenen Fähigkeiten und denen des Lesers zu vertrauen.» *Göteborgs-Posten*

«Eine vielschichtige Geschichte von einem großartigen Autor, dem es gelingt, die Spannung bis zur letzten Seite aufrechtzuerhalten und gleichzeitig seine Figuren authentisch und lebendig wirken zu lassen.» *Aftonbladet*

«Ein unglaublicher Text, eine Geschichte, die auf vielen verschiedenen Ebenen vor Leben vibriert. [...] Es gibt so viele Dinge, die man an diesem Text lieben kann. Eine Pflichtlektüre.» *Schwedisches Krimifestival*